湖南省哲学社会科学基金项目基地项目“大数据背
掘研究”（项目批准文号：湘社科办〔2017〕16号
湖南省“十四五”时期社科重大学术和文化研究
研究”（项目批准文号：湘社科办〔2021〕16号；

湖南省屈原文化研究基地
屈原文化研究丛书

龚红林　李明◎主编

衣被词人非一代

屈原文学文献四种汇纂

龚红林　何轩◎编纂

湖南大学出版社
·长沙·

内容简介

"文人情深于《诗》《骚》，古今一也。"屈原在文学上的经典性价值，不仅在于其作为"中国文学家的老祖宗"的标杆性示范价值，还在于其在中国文学史长久传承中不断作为文学创作题材的艺术美学价值。本书聚焦屈原题材文学，汇纂屈原题材的辞赋类、诗歌类、词类、散曲类等四种文献，将零散文献系统化，旨在推进屈原接受美学研究、中国文学"风骚"传统研究，并唤起人们对"世界文化名人"屈原的人格精神及其楚辞艺术在中国文学史上的地位的再认识、再开发，为丰富新时代中国特色社会主义文艺创作提供参考。

图书在版编目（CIP）数据

衣被词人非一代：屈原文学文献四种汇纂/龚红林，何轩编纂. —长沙：湖南大学出版社，2023. 11

（湖南省屈原文化研究基地屈原文化研究丛书/龚红林，李明主编）

ISBN 978-7-5667-2938-5

Ⅰ. ①衣…　Ⅱ. ①龚… ②何…　Ⅲ. ①古典诗歌—诗集—中国　Ⅳ. ①I222

中国国家版本馆 CIP 数据核字（2023）第 072121 号

衣被词人非一代：屈原文学文献四种汇纂

YIBEI CIREN FEI YI DAI：QUYUAN WENXUE WENXIAN SI ZHONG HUIZUAN

编　　纂：龚红林　何　轩
责任编辑：周文娟
印　　装：湖南省美如画彩色印刷有限公司
开　　本：710 mm×1000 mm　1/16　**印　　张**：39. 5　**字　　数**：647 千字
版　　次：2023 年 11 月第 1 版　**印　　次**：2023 年 11 月第 1 次印刷
书　　号：ISBN 978-7-5667-2938-5
定　　价：120. 00 元

出 版 人：李文邦
出版发行：湖南大学出版社
社　　址：湖南·长沙·岳麓山　**邮　　编**：410082
电　　话：0731-88822559（营销部），88649149（编辑室），88821006（出版部）
传　　真：0731-88822264（总编室）
网　　址：http://press.hnu.edu.cn
电子邮箱：934868581@qq. com

屈原　明代（约 1600 年）彩绘历代圣贤图像本

谨以此书纪念屈原入选世界文化名人七十周年

他的作品是属于中国悠久的优秀的诗歌传统中的最美好的遗产的一部分，永远像春天的花朵似的，百代常新。他的正直不屈的一生，为人民、为国家的命运而奋斗的一生，他的悲剧的死，无一不在中国人民的心上留下最深刻的印象。他不仅是一位最优秀的古代伟大诗人，也是一位最可崇敬的人类的好儿子。

——郑振铎在 1953 年 11 月华沙纪念屈原大会上的主题发言

湖南省屈原文化研究基地

《屈原文化研究丛书》编委会

本书属于下列科研项目成果：

（1）湖南省哲学社会科学基金项目基地项目“大数据背景下屈原题材诗赋文献的挖掘研究”（项目批准文号：湘社科办〔2017〕16号；项目编号：17JD38）

（2）湖南省“十四五”时期社科重大学术和文化研究专项项目“楚辞文献整理与研究”（项目批准文号：湘社科办〔2021〕16号；项目编号：21ZDAZ15）

（3）汨罗市人民政府“屈子文化园藏骚阁图书系统建设采购项目”（政府采购编号：汨财采计〔2019〕0055号）

本书还属于以下学科、专业、平台、团队成果：

湖南理工学院中国语言文学学院

湖南省标志性文化工程汨罗市屈子文化园藏骚阁

湖南理工学院与汨罗市人民政府校地共建湖南省屈原文化研究基地

教育部国家级线上一流本科课程《楚辞鉴赏与诵读》

湖南理工学院屈原文化传承与发展协同创新中心

湖南理工学院屈原文化与中国古代文学科研创新团队

湖南理工学院中国古代文学系列课程教学团队

湖南理工学院图书馆屈学文献特藏室

岳阳市屈原学会

汨罗市屈原学会

当代屈原及楚辞研究的学术史分期及其思想特点

——湖南省“十四五”时期社科重大学术和文化研究专项项目“楚辞文献整理与研究”开题报告之研究综述

龚红林

自1949年至今，七十余年来，随着社会政治（包括国际关系）、经济、文化的发展，当代屈原及楚辞研究经历了四个明显的时代区间，在研究内容、方法、路径及理论创新等方面呈现出鲜明的学科自觉性与社会时代性。具体而言：

一、1949—1966年：当代学科范式的确立期

此期，研究范式已由传统经学范式转向现代文学批评；研讨内容主要围绕屈原及楚辞的民族性、人民性内涵展开，“屈原奠定了爱国主义传统”是此期普遍共识。

早在二十世纪初，屈原研究范式在王国维、梁启超两位国学大师的论著中已经开始向现代文学批评范式转型。王国维认为“济之以学问，帅之以德性”的“大文学”乃民族文化发达的标志，“民族文化之发达，非达一定之程度则不能有文学”；并首次用“高尚伟大之人格”“高尚伟大之文学”的全新文学

术语概括屈原其人、其诗，这种宏阔哲思开启了后世屈原研究心理学一脉[①]；王国维提出“大诗歌”概念：“大诗歌之出，必须俟北方人之感情，与南方人之想象合而为一。”由此提出南北文化沟通交融成就了屈原的“大诗人”气质。[②] 梁启超指出接受屈原作品的两个基本原则：一是文学性（情感的、艺术的），一是文化性（时代的、社会的）；梁启超认为，屈原是中国文学史上第一位“文学的专家”“中国文学家的老祖宗”“千古独步之大文学家”；梁启超特别提出，读前人注释只看名物训诂，其分析衍生作品旨意则可全不看：“治《楚辞》者，对于诸家之注，但取其名物训诂而足，其敷陈作者之旨者，宜悉屏勿观也。”（梁启超《〈楚辞〉注释书及其读法》），强调读者自己的感悟与审美体验。1922 年 11 月 3 日，梁启超在东南大学文哲学会上做了题为《屈原研究》的演讲，11 月 9—15 日该演讲词刊载于《时事新报 · 学灯》，又载于同年 11 月 18—24 日《晨报副镌》。两位国学大师突破传统经学而尝试文学、美学视野的代表性成果，具有很重要的学术史意义。

而伴随中华民族遭受帝国主义列强压迫与侵略，屈原人格精神成为鼓舞民族自救的精神力量源泉，屈原的家国思想被深入阐发。这主要表现在学者们更多去“汲取”阐释屈原在恶劣政治环境里坚持忠贞爱国的独醒精神和刚毅品格，而汉代文人反复强调的“士不遇”主题逐渐“淡化”了。1941 年 5 月 30 日，老舍、郭沫若、闻一多、郁达夫、胡风等 53 位知名人士署名《诗人节缘起》，提出“屈原爱国家爱民族的伟大精神，活在他的诗行里，活在我们的心里”，“奔放的爱国的热情，高洁的真纯的胸怀，是屈原艺术生动感人的源流”。[③] 1943 年《文化先锋》再次刊文，曰：“抗战以来，国内诗人咸感屈原

---

① 屈原心理学研究相关论著如：《屈原创作心态初探》（姚益心，《中州学刊》1986 年 10 月 28 日）、《〈离骚〉：屈原心灵的结晶——从创作心理看〈离骚〉》（周禾，《江汉论坛》1989 年 5 月 21 日）、《屈原的创作心态》（范正声，《江汉论坛》1992 年 8 月 28 日）、《屈原创作的情感体验与迷狂心理》（苏昕，《晋阳学刊》1995 年 11 月 30 日）、《人格界说与心理学意义上屈原人格研究的起点》（彭红卫，《邵阳学院学报》2005 年 6 月 25 日）、《屈原悲剧人格研究》（彭红卫，华中师范大学硕士学位论文 2004 年）、《屈原作品中的修名焦虑》［梅桐生，《贵州大学学报（社会科学版）》2007 年 7 月 15 日］、《原型的还魂与召唤——从分析心理学角度解读屈原被放逐后的生命轨迹》（韩新卫，《职大学报》2014 年 2 月 28 日）、《中西方怨恨情绪之比较——以屈原和莎士比亚及其代表作为例》［陈慧，《南京工程学院学报（社会科学版）》2017 年 6 月 15 日］等。

② 王国维：《屈子文学之精神》，《教育世界》1906 年 11 月总 140 号。

③ 《一九四一年“文协”刊出的〈诗人节缘起〉》，《重庆师范学院学报》1982 年第 2 期，第 17 页。

诗风人格，两俱不朽。于爱国诗人中最早最著，兹大敌当前，国势阽危之际，允宜矜式前贤，用励来者……公议以每年的阴历五月五日，爱国诗人屈原殉国纪念日为诗人节，借以纪念前贤，并资策励云云。"[①] 可见，近现代文人研究屈原的立场，已经发生"巨变"：由个体人生穷通转变到民族生死存亡，并在屈原诗歌与人格魅力的感召下走向救国之路。近代诸多《楚辞》注本[②]进一步强化了汉代王逸、宋代洪兴祖和朱熹、明代王夫之等人对屈原忠贞爱国精神的阐发，如，湖南平江人彭泽陶《离骚今译校注与答问》（1946 年）叙曰："屈子爱国精神，与夫富贵不能淫、贫贱不能移、威武不能屈之大丈夫气节，得以宛然复见于世。"[③]

延续上述立场、视角和观点，屈原是"爱国诗人""人民诗人"在当代已经成普遍共识。1949 年后，现代批评方式及成果形式精彩纷呈于各大主要报刊媒体。如：文怀沙《人民诗人屈原》（《光明日报》1952 年 5 月）、游国恩《屈原文学作品的人民性》（《新建设》1953 年 6 月）、唐弢《人民的诗人屈原》（《文艺月报》1953 年）、何剑熏《伟大的人民诗人屈原》（《重庆日报》1953 年）等。诚如蔡靖泉《屈原思想研究四十年》中言："1949 年新中国成立后……历史上曾被推崇为爱国爱民之典范的屈原，经过'五四'以来，特别是抗日战争以来对其爱国主义作了高度的肯定和赞扬之后，自然而然地成了新中国人民所热爱的历史人物。报刊上大量地介绍了屈原的事迹，充分地宣传了屈原爱国爱民的思想。"[④] 此后，"屈原奠定了爱国主义传统"[⑤] "祖国最伟大的爱国诗人"[⑥] 等学术观点影响至今。

当代屈原研究的第一次热潮出现在 1953 年前后。这一年，世界和平理事

① 徐贡真：《建国历详解》（1943 年），转引自王家康《四十年代的诗人节及其争论》，《中国现代文学研究丛刊》2003 年第 1 期，第 69 页。

② 可参李中华、朱炳祥《楚辞学史》之"第八章近代的《楚辞》研究"（武汉出版社，1996 年）、翟振业《楚辞研究新思维》（苏州大学出版社，2003 年）、李炳海《以国学治骚的是非得失——太炎、刘师培楚辞研究的历史反思》（《国学的传承与创新　冯其庸先生从事教学与科研六十周年贺学术文集·上》，上海古籍出版社，2013 年）、徐志啸《楚辞综论》之"近代楚辞学"（上海古籍出版社，2015 年）。

③ 彭泽陶：《离骚今译校注与答问·自叙》，载崔富章编著《楚辞书目五种续编》，上海古籍出版社，1993 年，第 176 页。

④ 蔡靖泉：《屈原思想研究四十年》，《江汉论坛》1989 年 11 月，第 50 页。

⑤ 孙作云：《在历史教学中怎样处置屈原问题》，《历史教学》1954 年 1 月，第 22 页。

⑥ 闻宥：《屈原作品在国外》，《新华月报》1953 年第 7 号，第 225 页。

会将屈原列为全世界人民纪念的四大文化名人之一，1953年6月15日（端午节）被定为“屈原逝世二千二百三十周年纪念日”，文化部社会文化事业管理局领导北京历史博物馆为此举办了“楚文物展览”[①]，北京市图书馆、沈阳市图书馆、云南省图书馆举行纪念屈原的专题讲座[②]，国家邮政局四次发行屈原题材的邮票，[③] 民俗学界将这类文化现象称之为“文化巨匠信仰”。“文化热”掀起了新中国成立后第一次“屈学热”。姜亮夫《楚辞书目五种》“楚辞论文目录”辑录二十世纪五十年代的屈原研究文章共61篇，其中1953年刊发的论文有35篇，约占57%。这一年，关于屈原人民性、民族性及其爱国精神的研究观点影响深广，主要报纸均刊登了相关论文，计有：陆侃如《屈原：爱祖国爱人民的伟大诗人》（《解放日报》1953年）、郭沫若《伟大的爱国诗人屈原》（《人民日报》1953年）、郑振铎《纪念伟大诗人屈原》（《光明日报》1953年）、郑振铎《屈原作品在中国文学上的影响》（《文艺报》1953年）、褚斌杰《屈原：热爱祖国的诗人》（《大公报》1953年）、李易《爱祖国爱人民的诗人屈原》（《北京日报》1953年）、陈思苓《屈原的爱国主义与浪漫主义》（《西南文艺》1953年）、刘大杰《爱国诗人屈原》（《少年文艺》1953年）等[④]。由探究屈原爱国思想的历史文化渊源，促成屈原生平事迹、作品真伪考证成为又一重要学术“增长点”。如：汤炳正《〈屈原列传〉新探》（《文史》1962年第1辑），汤炳正《〈楚辞〉编纂者及其成书年代的探索》（《江汉学报》1963年第10期）、郑文《读〈《屈原列传》新探〉兼论〈离骚〉创作的时间》（《西北师大学报》1962年第4期）、陈子展《“卜居”“渔父”是否屈原所作》（《学术月刊》1962年第6期）、谭戒甫《屈原〈招魂〉的研究》（《武汉大学学报》1962年第1期）等。此期出版的主要屈原研究著作有：林

---

① 相关情况见《纪念我国伟大爱国诗人屈原北京历史博物馆举行楚文物展览》，《文物》1953年Z1期，第75页。

② 《各地图书馆举行报告会　纪念伟大的爱国诗人屈原》，《文物》1954年第6期，第67页。

③ 1953年12月30日，国家邮政局发行《世界文化名人》纪念邮票（纪25），共一套四枚，屈原列为四大文化名人之首，该套邮票采用雕刻版，发行量400万套。屈原首次被后人以邮票形式纪念。1994年6月25日，国家邮政局发行《中国古代文学家》（第二组）共一套四枚，屈原列在第四枚，发行量3501.75万枚。1994年11月4日，国家邮政局发行《长江三峡》特种邮票，共一套六枚，秭归屈原祠列在第六枚，发行量3915.3万枚。2007年6月，国家邮政局发行《长江三峡库区古迹》纪念邮票，秭归屈原墓列在其中。

④ 文章索引见姜亮夫编著《楚辞书目五种》，中华书局，1961年，第481-485页。

庚《诗人屈原及其作品研究》（上海棠棣出版社 1952 年）、游国恩《屈原》（生活·读书·新知三联书店 1953 年）、东北图书馆编《屈原生平及其作品参考目录》（1953 年）等计有二十余种，或为新作，或为三十、四十年代的作品再版。上述论文、论著在研究范式上具有当代学科建设的开创性意义。

此期，屈原诗集域外传播与研究成果也集中出现，较为丰富。日文类，如：《巫系文学论》（藤野岩友，大学书局 1951 年）、《天问与卜巫》（角川书店 1952 年）、《屈原的忧愁》（花崎采琰，《东方文艺》1951 年第 3 期）、《屈原》（影山巍，《华侨文化》1952 年第 48 期）、《屈原的立场》（白川静，《立命馆文学》1954 年第 109 期）、《屈原文学与地形、气候》（龙川清，《会津短期大学学报》1954 年第 4 期）、《屈原的生平及其文学》（牧尾良海，《大正大学研究纪要文学部·佛教学部》1955 年第 40 期）、《有关〈史记〉中〈屈原〉的一节》（竹治贞夫，《支那学研究》1956 年第 15 期）、《关于〈楚辞〉及其代表作者屈原》（押谷冶夫，《亚洲文化》1964 年第 1 期）、《〈楚辩·渔父〉篇和屈原》（小岛政雄，《大东文化大学纪要·文学部分》1964 年 2 期）等。俄文类，如：《中国人民的诗人屈原》（艾德林，《苏联科学院东方学研究所简报》1953 年第 9 辑）、《政治家屈原和他的时代》（杜曼，《苏联科学院东方学研究所简报》1953 年第 9 辑）、《屈原：伟大的中国诗人》（艾德林，《科研院学报》1953 年第 9 期）、《伟大的中国诗人屈原》（费德林，《真理报》1953 年 6 月 15 日，《星火》1953 年第 24 期）、《屈原问题》（费德林，《苏联中国学》1958 年第 2 期）、《屈原》（《中国手册》1959 年）、《屈原》（波兹德涅耶娃，《东方古代文学》1962 年）、《屈原——中国七大诗人之一》（菲什曼，《中国古典作家抒情诗集》1962 年）等。这些域外成果得到国内学者及时关注和集中著录。[1] 屈原诗篇及其精神的世界价值得到极高肯定："屈原诗篇有着固有的民族特色，然而也具有普遍的世界意义。屈原的诗歌是全人类的财富。"[2] "他的作品是属于中国悠久的优秀的诗歌传统中的最美好的遗产的一部分，永远像春天的花朵似的，百代常新。他的正直不屈的一生，为人民、为国家的命

① 见饶宗颐《楚辞书录》，香港苏记书庄，1956 年；姜亮夫编著《楚辞书目五种》，中华书局上海编辑所，1961 年；闻宥《屈原作品在国外》，《新华月报》1953 年第 7 号等著录或介绍。

② 费德林：《论屈原诗歌的独特性与全人类性》，载尹锡康、周发祥主编《楚辞资料海外编》，湖北人民出版社，1986 年，第 93 页。

运而奋斗的一生，他的悲剧的死，无一不在中国人民的心上留下最深刻的印象。他不仅是一位最优秀的古代伟大诗人，也是一位最可崇敬的人类的好儿子。"①

楚辞目录学是学科入门之学，此期，承续汉代班固《汉书·艺文志》、梁代阮孝绪《七录》，及《隋书·经籍志》《四库全书总目提要》之体例，楚辞目录学专书首次出现，极大推动了学科建设。计有：饶宗颐编《楚辞书录》二卷（香港苏记书庄1956年），著录"知见楚辞书目"118种、"元以前楚辞佚籍"26种，"拟骚"49种、"图像"22种、"译本"德文7种、英文13种、法文2种、意文1种、日文3种，共著录楚辞学书籍241种，包括书名、卷数、作者、版本信息、间附评论或考证；又有《别录》二卷，"近人楚辞著述略"31种，"楚辞论文要目"105篇；书前有屈原像和主要楚辞书影共计25帧。另一部是姜亮夫编著《楚辞书目五种》（中华书局上海编辑所1961年），著录楚辞书目提要228种、楚辞图谱提要47种、绍骚隅录19种、楚辞札记目录802题又2卷、楚辞论文目录447篇，书前附敦煌写本《楚辞音》（残卷）、《屈原放逐图》等书影图片15帧。

综上，1949年至1966年期间关于屈原的研究格局与成果具有划时代意义的学术价值。传统经学模式逐渐"淡出"或以一种新形态演化融入现代学科范式中，屈原及楚辞研究的话语方式、研究立场发生质的变化。站在国家民族立场系统阐发屈原家国思想、"屈原奠定了爱国主义传统"成为普遍共识，而汉代以来文人反复强调的"士不遇"主题则逐渐"淡化"。入选"世界文化名人"的1953年前后，国内外均出现当代屈原研究的第一次热潮。加之"爱国诗人屈原""世界文化名人屈原"的学术观点及其文化建构、楚辞目录学专书的出版，标志着屈原学当代学科研究范式已基本确立。

二、1966—1978年：当代屈原研究的踯躅期

1966至1978年为当代屈原研究的踯躅期。

第一，出现了两大阻滞屈原研究的学术思想和观点：先有国内的"儒法批评模式"。1974—1975年，大陆学者公开发表的关于屈原及楚辞研究的期刊

① 摘自1953年11月在华沙举行的纪念屈原大会上的主题发言。

论文，直接囿于当时“儒法”斗争的评述模式：归属于法家就是爱国，肯定屈原的时代价值；归属于儒家就是不爱国、应批判的。两派的争论刻意曲解，阻滞了屈原研究。后有域外的日本学者提出所谓“屈原否定论系谱”。铃木修次主编《中国文学史》提出《离骚》等作品不是屈原所作，屈原只是“传说”。稻畑耕一郎《屈原否定论系谱》（早稻田大学编印《中国文学研究》1977 年第 3 期）集中梳理二十世纪二十年代中国学者廖季平、胡适之、何天行、朱东润四人有关“屈原是谁”的“疑古论”，并首次用“否定论系谱”来概括这几位学者的“假设”。

第二，这段时期论著成果形式相对单一化。诠注、译注、正义、选译、新诂类楚辞文献学整理，占了此段时间内全部成果的三分之二左右。以第一次出版时间（1966—1978 年）来筛选统计相关中文版图书共 16 种，有：于宇飞《屈赋正义二十七篇》（台湾中华书局 1969 年）、林振玉《离骚新诠》（高雄复文图书出版社 1971 年）、王运熙《天问天对注》（上海人民出版社 1972 年）、吕天明《屈原离骚今译》（台北五洲出版社 1973 年）、文怀沙《屈原离骚今绎》《屈原九章今绎》《屈原九歌今绎》（中流出版社 1973 年）、沈洪《楚辞选注》（台北商务印书馆 1974 年）、缪天华《离骚九歌九章浅释三卷卷末一卷》（台北东大图书有限公司 1975 年）、《天问天对译注》（人民出版社 1976 年）、魏子高《离骚抉疑》（台北广文书局 1976 年）、郑坦《屈赋甄微六卷》（台北商务印书馆 1976 年）、苏雪林《楚骚新诂》（台北编译馆 1978 年）、何敬群《楚辞精注》（台北正中书局 1978 年）、王家乐《屈原赋今译》（台北华联出版社 1978 年）、谭介甫《屈赋新编》（中华书局 1978 年）等。其他研究类著作，大陆学者有：王宗乐《屈原与屈赋》（华冈出版部 1974 年）、叶敏编“中国历代名人传记”《屈原・王冕・郑和》（上海书局 1974 年）、上海书局编辑部编《屈原》（上海书局有限公司 1976 年）等，可以看出，大陆学者出版的屈原研究著作主要为普及性传记。台湾出版著作有：苏雪林《九歌中的人神恋爱问题》（台湾文星书店 1967 年）、文崇一《楚文化研究》（台湾民族学研究所 1967 年）、张寿平《九歌研究》（台湾广文书局 1970 年）、胡子明《楚辞研究》（台北华联出版社 1976 年）、吴天任《楚辞文学的特质》（台北商务印书馆 1977 年）等，思想观点新颖，如苏雪林《九歌中的人神恋爱问题》一书认为“古人将《九歌》处处附会到屈原借事神以思君上去，今人将《九歌》

中的一半，处处归之于男女恋爱的事件上去”这两方面都不圆满，而列举“古代希腊、印度、意大利、德意志、日本、南太平洋、墨西哥，以及亚非利加，莫不有以人为牺牲祭神之事，中国古代也有”进行类比，提出“《九歌》完全是宗教舞歌，完全是祭礼的歌辞”① 等。

第三，成果数量上相对较少。据白铭编著《二十世纪楚辞研究文献目录》（学苑出版社2008年）著录统计，此期的相关论文307篇。域外楚辞研究论著则有法文版1种：何如《屈赋选译（法文版）》（《南京大学学报》1978年第2期）；日文版4种：目加田诚《屈原》（岩波书店1967年）、星川清孝《楚辞入门》（日本文艺社1970年）、小南一郎《楚辞参考文献》（日本筑摩书房1973年）、竹治贞夫《楚辞研究》（东京风间书房1978年）等。

综上，此期，从学者空间分布看，国内，台湾学界相对活跃，大陆学界相对沉寂；域外，日本屈原研究出现热点。从学术思想创新看，苏雪林、竹治贞夫等学者在片段的史书记载与较系统的屈原作品之间架起一座桥梁，贯通中外，条分缕析，视野宏阔，观点新颖。从学术史影响看，国内“儒法批评模式”、日本学者提出的“屈原否定论系谱”，成为下一个时期学术思想“破立”的起点。

三、1978—2000年：当代屈原研究的成熟期

1978—2000年，伴随时代价值观和方法论的发展，新内涵、新理论、新视点层出不穷，屈原及楚辞研究呈现百家争鸣之活跃局面，学科建设日臻完善。褚斌杰《百年屈学》评述这个时期道：“80年代初至今，20年的时间不算长，但中国社会与学术变化之大，发展之快，令人惊叹。在这一情况下，也迎来了屈学发展前所未有的高潮……这表现在屈学研究中，就是研究领域的大大拓展和学术观点的百家争鸣。同时，屈学研究者队伍的迅速扩大和研究成果数量的猛增，更是这一屈学研究高潮的标志。”②

此期，对前一时期“以儒法划线”的屈原思想阐释现象予以透彻批评。有学者反思：“有些文章以儒法划线，有的为了肯定他，就把他说成‘法家革新者’‘法家诗人’；有的为了否定他，就把他说成孔孟之道的‘信奉者’。显

① 苏雪林：《九歌中的人神恋爱问题》，台湾文星书店，1967年。
② 褚斌杰：《屈原研究》，湖北教育出版社，2003年，第4-5页。

然，这两种看法，都是十分错误的。”① 这类论文，如：郭在贻《论屈原》（《杭州大学学报》1978年第3期）、温洪隆《屈原爱国论》（《华中师范大学学报》1979年第2期）、陆永品《论爱国诗人屈原》（《齐鲁学刊》1978年第3期）、高帆《“屈原向往秦国”说质疑》（《福建师范大学学报》1979年第4期）、陆永品《辛弃疾与屈原——读书札记》（《吉林大学社会科学学报》1978年Z1期）、刘蔚华《论屈原的哲学思想》（《哲学研究》1978年第11期）、祖献《屈原》（《安徽教育》1978年第7期）等。

有破有立。此期，出现了两次全国性及国际性的学术争鸣：

一是“屈原爱国精神存在与否”的争鸣。一篇发表在《湖南师院学报》上的文章引发了全国性“争鸣”②。《“屈原——爱国诗人”之我见》（《湖南师院学报》1983年第4期）提出：“屈原至死不离楚国，最后怀沙自沉的思想动机，不是出于爱国，而是忠于向其委质的同姓君主。这既符合于当时中国社会发展的实际，也是符合于历史唯物主义的原则的了。”③ 这一观点针对人们广泛认同的“屈原是爱国诗人”而发，以此引发学术争鸣，出现了针对该文观点的大量支持和反对意见，争辩双方分别从屈原作品、先秦文史文献中搜罗了大量关于“国家”“爱国”的资料，并从内因和外因两个方面，各自证明屈原是否可以称为爱国主义诗人。内因方面，主要聚焦于屈原主观上是否具有爱国的观念；外因方面，主要聚焦于先秦有没有国家观念和爱国观念，以探讨屈原爱国的客观历史环境是否存在。到争鸣后阶段，开始慢慢脱离屈原作品，而主要转向外因来谈屈原精神的倾向。双方据历史唯物主义方法论，从历史文献中搜索出大量先秦“爱国”文献。并且随着国内心理学的复兴，“动机”“精神支柱”“动力”“意识”等心理学术语常见于双方的论文中，推动了屈原人格研究。而随着考古文献文物的陆续刊发，屈原及楚辞考古学研究或解决屈原生年，或还原“屈原的时代”，产生了一批有力度的研究成果，如汤炳正《历史文物的新出土与屈原生年月日的再探讨》（《四川师范大学学报》1978年第4

① 陆永品：《论爱国诗人屈原》，《齐鲁学刊》1978年第3期，第39页。

② 关于此次争鸣，周建忠《屈原“爱国主义”研究的历史审视》（中国屈原学会编《中国楚辞学》第一辑，学苑出版社，2002年，第8-12页）“关于屈原‘爱国主义’争鸣”曾专题介绍。赵沛霖《屈原爱国精神研究与历史理论的发展——屈原研究述评之一》（广州师院学报（社会科学版）1994年第3期）也曾介绍。

③ 曹大中：《“屈原——爱国诗人”之我见》，《湖南师院学报》1983年第4期，第98页。

期）一文，将1976年陕西临潼县出土的一件“利簋”上的铭文“岁贞克”，与屈原《离骚》“摄提贞于孟陬兮”比照，提出“摄提”是纪年，不是纪月；陈蔚松《鄂君启舟节与屈原〈哀郢〉研究》[《华中师院学报（哲学社会科学版）》1982年第S1期] 一文，根据1957年、1960年安徽寿县发现的鄂君启舟节铭文研究屈原作品《哀郢》中诗人航行轨迹；赵逵夫《屈原与他的时代》（人民文学出版社1996年）一书，结合文物与文献对屈原的身世、履历、作品与屈原生活的时代等进行细致考索；等等。这次关于屈原是否主观上有爱国精神及能否称屈原为爱国诗人的学术争鸣，促进了学界对屈原精神实质的反复思索，也客观上推进了当代屈原研究的思维方法和话语体系的完善。

二是中日学者关于“屈原否定论”的国际性争鸣。其缘起可追到20世纪初，其时，廖平在《楚辞新解》《楚辞讲义》等书中率先发难，他认为《史记·屈原贾生列传》所写屈原都是不对的，并认为屈原的作品多半是秦博士所作的《仙真人诗》。随后，胡适《读楚辞》[①] 明确否定屈原的存在，认为屈原是一个“传说的”“箭垛式的人物”。针对胡适的屈原否定论，陆侃如发表《读〈读楚辞〉》[②]《屈原评传》[③] 予以批驳。此外，梁启超《屈原研究》、谢无量《楚辞新论》、游国恩《楚辞概论》、郭沫若《屈原》等都批驳了否定屈原的观点。在国内，质疑屈原的假设逐渐“落幕”。但，在日本，白川静撰写了《屈原的立场》（1954年），出版了《中国古代文学（一）从神话到楚辞》（1976年），认为楚辞是“楚巫集团所作”。稻畑耕一郎《屈原否定论系谱》（1977年）一文将胡适等人观点进行系统梳理后首次概括为“屈原否定论系谱”。到了改革开放以后，日本学界稻畑耕一郎《屈原否定论系谱》所造作的“屈原否定论”由域外“回流”国内，以此引发中、日两国学术界关于“屈原否定论”等问题的争鸣。与此同时，姜亮夫、汤炳正等也撰文论述屈原其人的真实性与屈原对楚辞作品的著作权问题。关于这次争鸣，黄中模《屈原问题论争史稿》（十月文艺出版社1987年）、《楚辞研究与争鸣》集刊第一辑（团结出版社1989年）、《与日本学者讨论屈原问题》（华中理工大学出版社1990年）、《中日学者屈原问题论争集》（山东教育出版社1990年）等，赵逵

① 胡适：《读楚辞》，载《努力周报》增刊《读书杂志》1922年第1期。

② 陆侃如：《读〈读楚辞〉》，载《努力周报》增刊《读书杂志》1922年第4期。

③ 陆侃如：《屈原评传》，上海亚东图书馆，1923年。

夫《日本新的“屈原否定论”产生的历史背景与思想根源初探》[《西北师大学报（社会科学版）》1995年04期]、周建忠《当代楚辞研究论纲·学者专论》第十四章“黄中模论”等有详细阐述。

两次全国规模的争鸣，促使屈原学术思想与学科研究方法一步步走向成熟。1985年，中国屈原学会正式成立。1986年，《岳阳师专学报》（今《云梦学刊》）率先在全国开设《屈原研究》专栏。1986年，薛威霍、王季深提出建立“屈原学”。1990年，张光忠主编《社会科学学科辞典》对“屈原学”的定义、研究内容、研究意义、研究方法等做了阐述。1991年，易重廉《中国楚辞学史》（湖南出版社）阐述两汉至清代的中国楚辞学史。1992年，周建忠《当代楚辞研究论纲》界定了当代楚辞学的九个分支学科：“其中包括三个大型学科：楚辞文献学、楚辞文艺学、楚辞社会学；四个中型学科：楚辞美学、楚辞学史、楚辞比较学、海外楚辞学；两个小型学科：楚辞传播学、楚辞再现学。”[①] 1996年，李中华、朱炳祥《楚辞学史》（武汉出版社）阐述两汉至近代的楚辞学术史。屈原研究的学科意识觉醒的同时，全国屈原学研究的人才梯队形成。由黄中模、王雍刚主编的《楚辞研究成功之路——海内外楚辞专家自述》（重庆出版社2000年）汇集了包括汤炳正、林庚、苏雪林在内的三十余位楚辞专家的自述，并将海内外楚辞专家分为四代，重点关注了楚辞学人的研学之路及主要屈原研究建树，是一部“传记体”楚辞学史。

与学科意识觉醒、人才梯队成熟相呼应的，楚辞文献整理与研究也出现划时代性的成果。按照时间先后，计有：（1）姜亮夫《楚辞通故》（齐鲁书社1980年），该书“探峻索隐、穷本求源、精阐流变、通达明畅”[②]，被誉为“研究楚辞最详尽、最有影响的巨著”[③]。（2）马茂元主编《楚辞研究集成》（湖北人民出版社1985年，共五册，含《楚辞要籍解题》《楚辞注释》《楚辞研究论文选》《楚辞资料海外编》《楚辞评论资料选》）。（3）杜松柏主编《楚辞汇编》（台湾新文丰出版股份有限公司1986年），共十册，如第一册：《楚辞述注》（明·林兆珂撰）、《屈原赋证辨》（沈祖绵著），第二册：《楚辞听直》（明·黄文焕撰），第三册：《楚辞疏》（明·陆时雍撰）等。

---

① 周建忠：《当代楚辞研究论纲》，湖北教育出版社，1992年，第34页。
② 孟华：《〈楚辞通故〉问世》，《文献》1986年第1期。
③ 王明德等：《近代中国的学术传承》，巴蜀书社，2010年，第161页。

此外，学界进一步整理楚辞学目录。承续姜亮夫《楚辞书目五种》的有：昝亮《〈楚辞书目五种〉补考五则》（《古籍整理研究学刊》1997年第3期）、崔富章编著《楚辞书目五种续编》（上海古籍出版社1993年）等。对中国二十世纪“楚辞学史”研究论文和论著目录继续予以梳理的，有：周建忠《中国二十世纪“楚辞学史”研究论文总目》（《职大学刊》1996年第1期）、《中国二十世纪“楚辞学史”研究论文总目（连载二）》（《职大学刊》1997年第1期）、《二十世纪中国楚辞研究著作总目》（《云梦学刊》2001年第6期）等，统计了我国（包括香港、台湾）1900—2000年出版的著作，包括外国学者在中国出版的译著，与楚辞有关的楚史、楚文化著作，以屈原与楚辞为题材的作品集、研究资料辑录、汇编本等计589部。

综上，两次全国性学术争鸣激活了沉寂十余年的大陆屈学界，“屈原学”正式提出，全国性学术团体成立，全国屈原学研究的人才梯队形成，整理楚辞学目录专书进一步完善，屈原及楚辞研究有了正式公开出版的专业期刊或专栏，[①] 学术思想的深化拓展与学科领域的体系建构等，标志着当代屈原学的成熟。

四、二十一世纪：当代屈原研究的拓展与深化期

二十世纪末联合国教科文组织提出：“文化领域已经成为国际政治斗争和意识形态较量的主战场，文化产业成为经济发展新的增长点。”[②] 2007年湖南大学成立“中国文化软实力[③]研究中心”，2009年岳麓书院举办全国首届“中

① 即《中国楚辞学》、《云梦学刊》“屈原研究”（1985年开设至今）、《职大学报》“楚辞研究”（1992年开设，1999年更名）等。

② 联合国教科文组织编，关世杰译：《世界文化报告（1998）》，北京大学出版社，2000年。

③ “软实力”（Soft Power）（Soft Power我国通常将其翻译为“软力量”“软权力”或“软实力”）理论，是约瑟夫·奈（Joseph Nye）在1990年出版的《注定领导：变化中的美国力量的本质》（或译《美国定能领导世界吗?》）一书中首次提出的，1993年“软实力”一词被译介到中国。2004年出版的《软实力：在世界政治中获得成功的途径》（或译《软力量：世界政坛成功之道》）一书中进一步补充和完善了此理论。此后，我国出现了大量“文化软实力”及“国家文化软实力”的理论与应用研究，这些研究成果有：童世骏《文化软实力》（重庆出版社2008年）、孟亮《大国策　通向大国之路的软实力》（人民日报出版社2008年）、贾海涛《试析文化软实力的概念和理论框架》（《岭南学刊》2008年第2期）等。“软实力”的应用研究更是方兴未艾，如：王超逸、马树林《最卓越的企业文化故事　软实力与企业文化力》（中国经济出版社2009年），王超逸主编《软实力与文化力管理》（中国经济出版社2009年）等。

国文化软实力研究学术研讨会"[①]。党的十八以来，关于文化建设的新论断新观点新理论逐步深入民心。伴随文化强国建设，社会各阶层都充分享受到文化自信带来的幸福感和获得感；伴随教育强国建设，党的文化建设新理论直接引导和促进了高校学科专业建设；伴随数字中国建设，大数据及互联网技术加速发展，文化"双创"业绩辉煌。新时代党和国家文化建设事业发展的目标任务和大政方针，亦促进了屈原学的研究资料、研究内容、研究视野的拓展与深化。

牢牢把握国家文化建设的需要与学科前沿问题，拓展、深化与系统性高度统一，近二十年来屈原及楚辞研究国家社科基金项目立项课题集中于域外楚辞学、楚辞社会学、楚辞传播学、楚辞接受美学、楚辞文献学、楚辞考古学、楚辞文化学等方面，计有："英美《离骚》英译史"（冯俊，2022 年）、"民国楚辞学递嬗与转型研究"（汤洪，2021 年）、"屈原史志资料的搜集、整理与研究"（龚红林，2021 年）、"《楚辞》论评要籍整理与研究"（罗剑波，2020 年）、"日本楚辞学研究"（王海远，2015 年）、"欧美楚辞学文献搜集、整理与研究"（陈亮，2015 年）、"屈原精神传承接受史论"（龚红林，2015 年）、"清代楚辞学文献考论及阐释研究"（陈欣，2014 年）、"历代《楚辞》图像文献研究"（罗建新，2014 年）、"唐代楚辞接受史"（祁国宏，2013 年）、"东亚楚辞文献通史"（黄灵庚，2013 年）、"汉宋文化与楚辞研究的转型——以楚辞注释为中心"（孙光，2012 年）、"楚辞的传播形成与作家文学的诞生"（熊良智，2008 年）、"境外楚辞研究论著总目提要"（贾海生，2009 年）、"楚辞与朝鲜古代文学之关联研究"（郑日男，2007 年）、"日本楚辞研究论"（徐志啸，2003 年）。教育部人文社科青年基金项目有："楚辞在欧美的传播与影响研究"（陈亮，2006 年）、"后'屈原时代'的宋玉与两汉文学：荆楚文学神话浪漫主义的承传、变异与发展"（李立，2006 年）等。

此期，全国屈原学研究呈现出拓展与深化的新局面。

首先是研究资料的拓展与深化。此期，国内外楚辞文献原始刊本及研究性、学术性文献汇编完成的八大重要成果有：（1）《楚辞学文库》（湖北教育出版社 2002 年），该文库共有《楚辞集校集释》（上・下）、《楚辞评论集览》、

① 唐代兴：《创建文化软实力学的宏观视野与基本思路》，《湖南大学学报（社会科学版）》2010 年第 01 期。

《楚辞著作提要》、《楚辞学通典》四卷五册，约八百二十二万字，具备前所未有的体系性、可靠性与便利性，是海内外楚辞研究的重要基础文献汇编。（2）周殿富译注《楚辞源流选集》（吉林人民出版社 2003 年），含《楚辞魂》《楚辞论》《楚辞源》《楚辞流》《楚辞余》五种，包括各家各派对楚辞的精湛评说、骚体诗赋流变嬗递的脉络痕踪，为辞赋等文学研究者提供了丰富的文献。（3）戴锡琦、钟兴永主编《屈原学集成》（中央编译出版社 2007 年），该书以原文摘要或主题综述形式，对古今中外特别是新中国成立以来国内关于屈原研究的成果进行了分类汇编。（4）吴平《楚辞文献集成》（广陵书社 2008 年），该书包括注释类，收刘向、王逸、朱熹等诸家注释楚辞之作，共 74 种；音义类，收录有关研究楚辞的字音、字义、韵谱之作，共计 19 种；评论类，收录有关楚辞的论人、论世、论义、论文之作，共计 20 种；考证类，征收有关楚辞的人物、名物、制度、史事之作等，共计 21 种；图谱类，收录有关楚辞的法书、图画、地图之作等，共 10 种；札记类，收录诸家读书札记中考论楚辞的文字，共计 6 种。（5）黄灵庚《楚辞文献丛刊》（国家图书馆出版社 2014 年），收录中、日、韩三国作者历代《楚辞》重要版本、研究文献 207 种，分为“章句”“补注”“文选・楚辞”“集注”和“楚辞研究文献”等六类，为至今最为完整的楚辞文献影印本集成，有 100 多种属于首次影印刊行，其中，宋刻本 4 种、明刻本 60 多种、稿钞校本 50 多种，均是难得一见的楚辞文献，该书配套有《楚辞文献丛考》（国家图书馆出版社 2017 年），对每一种文献都撰写了详尽的述要。（6）南通大学楚辞研究中心周建忠《东亚楚辞文献的发掘、整理与研究》立项为国家社会科学基金重大项目（13&ZD112），已出版《韩国古代楚辞资料汇编》等著作 13 种。（7）王伟辑《历代散见楚辞资料辑录》（中华书局 2020 年）从经学、史书、类书、小学、笔记等上百种典籍中辑录历代有关《楚辞》的评论和笺注。（8）曹锦炎《上海博物馆藏战国竹书楚辞笺注》（上海古籍出版社 2021 年）整理了战国时期的五篇“楚辞类”作品：《凡物流形》《李赋》《兰赋》《有皇将起》《鹠鷅》。

此期，楚辞学目录文献也集大成，日臻完善。计有：潘啸龙、毛庆主编《楚辞著作提要》（湖北教育出版社 2003 年）收集从古至今以来的楚辞校注、译著、楚辞作家评传、楚辞专题论著，以及有关楚文化、神话、文物考古、楚辞研究历史等方面的著作，共 200 余种，一一撰写提要，提要内容包括作者生平、著述体例、主要见解、学术评论及版刻情况、重要传本等。白铭编著《二十世纪楚辞研究文献目录》（学苑出版社 2008 年）收录了我国在二十世纪正式出版或发表的楚辞学文献，上编为楚辞学著作，下编为楚辞学论文。崔富章《楚辞书录解题》（高等教育出版社 2010 年）内容分四个部分：楚辞著述，内分辑注、音义、论评、考证四类，著录书籍四百四十种；楚辞图谱，包括法书、画图、地图、摄影、索引、图鉴等，著录图籍五十种；绍骚隅录，著录图籍（篇章）四十六种；楚辞札记，著录书籍（篇章）十五种；总计五百五十余种（包括中国台湾出版的八十余种，日本出版的三十余种）的书名、卷数、著者、著者简介、内容提要、版本、版本叙。周建忠等《五百种楚辞著作提要》（江苏教育出版社 2011 年）著录了汉代至当代楚辞学著作 500 种，除却传统著录项目（书名、卷数、著者、著者简介、内容提要、版本），还增加了当代研究论文索引。

此期，专题性的屈学文献及其研究成果进一步拓展。一是楚辞图谱研究，已成系统。罗建新《历代楚辞图像文献研究》（中华书局 2021 年）将众多《楚辞》图像划分为三种主要类型：《楚辞》作者图像、《楚辞》文本图像、《楚辞》衍生图像，整理出 311 目图像及 490 余条关涉楚辞图像的诗文，编制了《历代楚辞图像文献总目表》，梳理了《楚辞》图像的发展进程，总结了《楚辞》图像的主要特征。该书“对于《楚辞》文献研究特别是《楚辞》图像文献研究无疑具有重要的里程碑意义”[①]。何继恒《中国古代屈原及其作品图像研究》（中华书局 2019 年）以中国古代屈原图像和屈原作品图像为研究对象，通过图像与文本的互证，尽力还原历史中屈原的真实形象，结合社会生活、历史文化、审美思潮等因素揭示图像的历史发展规律。二是楚辞乐舞、服饰文献的整理与研究，方兴未艾。朱益红《〈离骚〉琴曲集成》（南京大学出版社 2017 年）汇编三十多个版本的《离骚》减字谱，系统考证其版本源流。石丹丹《〈楚辞〉服饰研究》（中国纺织出版社 2019 年）分析《楚辞》中服饰的审美特征及其设计学价值，对《楚辞》的服饰形制和风格特色、《楚辞》丝织刺绣纹样与文化意义等进行探讨。三是屈原文物古迹历史文献与口传文献的整理研究，日臻完善。龚红林《屈原庙史料通考》（湖北人民出版社 2014

① 方铭：《历代楚辞图像文献研究·序》，载罗建新《历代楚辞图像文献研究》，中华书局，2021 年。

年）、《屈原文化版图》（南京大学出版社 2017 年）搜寻史籍、方志与文献，考察出全国 11 省 50 县市区的屈原文物古迹，编制了《全国屈原庙（祠）、纪念遗址一览表》《全国屈原纪念建筑分布图》等，“通过此书，今日的读者可以清楚了解到屈原文化和屈原精神在中华大地广泛传播的印迹。全书所列图表和详细文字记载，翔实清晰，给读者展示了二千年来屈原文化传承的历史脉络和时空分布。”[①] 此外，屈原传说、屈原故里、屈氏族谱等民间文献整理成果颇丰。徐伯青、宁发新等整理各地屈原传说 379 个。秭归县组织对“屈原后裔”进行田野考察获得《屈氏族谱》百余卷。

其次是研究内容的拓展与深化。屈原学研究内容集中于哪些问题？王志《百年屈学问题疏证》（上海三联书店 2015 年）结合百年现代学术史系统疏证屈学研究的主要问题：屈原的身份、族属、家世、年寿、职官及履历问题，屈原的哲学思想、爱国情感、统一观念、美政内容及失败的各种原因，屈原的自杀缘由及人格特点，屈原的文学史地位与文化史地位，等。谭家斌《屈学问题综论》（湖北人民出版社 2006 年）把屈原研究的各种分歧归纳为屈原的生平、家世、作品、时代、思想、遗响、端午和龙舟、否定论等八类内容九十九个子问题，并梳理历代答案于各问题之下。当代屈学研究的主要内容基本在这两本书中归纳了，但答案却是有差别的，这是当代屈原学拓展与深化的前提和学术背景。我们知道，楚国文献至少遭遇了两次秦火：一次是公元前 278 年秦将白起火烧郢都，一次是公元前 213 年前后秦始皇焚毁六国“史记”。但屈原作品却幸免于难，这主要得益于楚人争相口头或书面传教：“楚人高其行义，玮其文采，以相教传。”（《楚辞章句序》）所以目前关于屈原研究的核心资料仍是屈原作品和楚地口传或出土文献。此期，学界继续对屈原其人、其诗、其时代的某些争议性问题予以创新性探索：

一是关于屈原作品与地下文献考古新资料的对照研究。如，张秀华、徐广才《据出土文献校读〈楚辞〉三则》（中国文字学会编《中国文字学报》2012 年第 4 辑）；汤漳平《从出土文献看〈诗〉〈骚〉之承传》（蔡先金、张兵主编《出土文献与中国文学研究》2013 年）；张树国《出土文献与上古历史文学研究以楚史及屈赋为中心》（人民出版社 2018 年），依据出土楚竹书，

---

① 徐志啸：《屈原文化精神传承新版图》，《中华读书报》2020 年 08 月 19 日 15 版。

对屈原流放生涯以及悲剧命运进行清晰考辨，借助出土文献资料研究《楚辞》作品。又如黄灵庚《楚辞与简帛文献》（人民出版社 2011 年）运用战国楚地出土的简帛文献、秦汉简帛文献以及战国时期楚帛画、楚文物等新材料，对传世《楚辞》十七卷作品，从文字、文学、文化、宗教、历史等方面进行全面研讨，例如，依据出土的魏晋或北朝文物之“象牙书签”，证实六朝时期流传的是“王逸注《楚辞》十一卷”本，并依据《文心雕龙·辨骚》得出《楚辞》十一卷的篇目及顺序：《骚经》（注：《离骚经》）、《九章》、《九歌》、《九辩》、《远游》、《天问》、《招魂》、《招隐》、《卜居》、《渔父》、《九怀》，亦推论《隋书·经籍志》著录屈原“《离骚》八篇”之篇目：《离骚》《九辩》《九歌》《天问》《九章》《远游》《卜居》《渔父》等[①]。

二是关于屈原接受美学研究。廖群《先秦两汉文学的多维研究》：“研究屈宋接受、楚辞接受，是先秦两汉文学接受研究中涉及最多的课题之一。单就近年发表的文章来说，已经涉及汉代、魏晋六朝、唐代、宋代、元代等不同历史时期的不同作家、不同群体对屈宋和楚辞的不同反映，几乎可排列出一段完整的接受史。”[②] 据万方数据库初步统计，2000 年以来以屈原、楚辞接受为“题名”的学位论文有 19 篇，已发表的期刊论文 700 余篇，且呈现逐年增多的趋势。这些屈原接受研究主要探讨了楚辞的结集传播、拟骚文学现象、咏屈讽屈创作现象，及个别作家对屈原的接受研究、断代屈原接受研究，总体而言，传统接受美学研究主要局限于文人接受视域。其中，龚红林《屈原精神传承接受史论》（中华书局 2021 年）一书选择两千三百年来各个历史阶段各个社会阶层（民间、文人、官方和域外）具有代表性的接受者或文化现象，提出屈原精神传承接受的民间、文人、官方和域外等四种形态，发掘了四个层面的关联性，建构了一个完整的全面认识及研究屈原精神传承接受史的理论体系，“从接受史的角度研究屈原，本书实现了两大转向，一是从文本转向精神，二是从圈内转向圈外，不仅仅为屈原学研究开拓了新领域，也为中国文学接受史研究开启了新路向。”[③] 历史上，大量楚辞文献传播海外，如贾捷、千金梅对

---

① 黄灵庚：《楚辞与简帛文献》，人民出版社，2011 年，第 50-55 页。

② 廖群：《先秦两汉文学的多维研究》，山东大学出版社 2013 年，第 404-405 页。

③ 王兆鹏：《屈原精神传承接受史论·序一》，载龚红林《屈原精神传承接受史论》，中华书局，2021 年，第 1 页。

朝鲜朝后期文人《离骚经解》，张佳对楚辞传入朝鲜半岛后朝鲜时期文人创作的拟骚赋的研究，易世安探讨了屈原与《楚辞》对越南后黎朝时期文人的影响，杨成虎对《离骚》诸家英译本“摄提”二句的处理方法，严晓江对《楚辞》英译如何彰显原作的研究，肖芸、倪歌对日本江户时代学者芦东山的《楚辞评苑》，田宫昌子对江户末期龟井昭阳的《楚辞玦》的研究，陈亮、徐美德述评了楚辞在德语区的翻译与研究的历史等。屈原及楚辞研究人类文化视野不断深化与拓展。世界视野促进了屈原研究的深化，屈原及其作品亦成为中外文化交流的一个重要载体。韩国、日本、德国、蒙古国、越南等域外学者的屈原及楚辞研究也日趋丰富。虽然战国史料现存不多，但屈原作为文化原点人物，影响深远，加之历代文人、官方、民间、域外大量关于屈原的记载，未来这一领域仍是学术富矿，成为最可行和有效的学术选题。但域外楚辞受容与接受研究急需中西贯通的复合型人才加入。

三是楚辞学术研究断代史或区域史研究。计有：李大明《汉楚辞学史（增订本）》（中国社会科学出版社、华龄出版社 2004 年）、蒋骏《宋代屈学研究》（扬州大学硕士学位论文 2004 年）、徐志啸《日本楚辞研究论纲》（学苑出版社 2004 年）、陈炜舜《明代前期楚辞学史论》（台湾学生书局有限公司 2011 年）、孙巧云《元明清楚辞学史》（浙江工商大学出版社 2013 年）、纪晓建《汉魏六朝楚辞学名家研究》（国家图书馆出版社 2014 年）、陈亮《欧美楚辞学论纲》（中华书局 2020 年）、陈欣《清代楚辞学文献考释》（中华书局 2022 年）等。

四是屈原故里之争不断。1982—2022 年，湖南、河南、湖北等地研究者提出“汉寿”“南阳”“鲁山”“张家界”等故里新说。秭归故里说见于北魏文献郦道元《水经注》，张伟权、周凌云《诗魂余韵　屈原传说及其他》（2009 年）描述了屈原故里秭归的名胜古迹、山水风光、风土人情、名人轶事、民间传说等。舒新宇《破解屈原溆浦之谜》（2007 年）则探寻并解答屈原在溆浦生活了多少年、屈原在溆浦创作了多少作品、屈原为什么选择端午节投江等问题。而河南省西峡县回车镇人民政府、张俊伟编《屈原岗文化》（2011 年）、《屈原南阳诵歌》（2012 年）从南阳的屈原文化遗存、历史文献、民间传说、端午习俗、学术论文、文学作品等多个方面，阐释了屈原与南阳西峡的渊源关系。侯文汉主编《屈原故里研究》（2012 年）、张中一《汉寿屈原故乡新证》（2013 年）、侯文汉主编《汉寿屈原故里考》（2014 年）则提出“屈原故里汉寿说”。近年，金克剑《屈原故里大庸考》（中国商业出版社 2021 年）提出屈原出生地在今张家界市永安区阳湖坪镇屈家坊——潭口里，展开对屈原身世、屈原家族、屈原家庭、秭归辨讹、祖先封地、古庸国史、屈子遗风、屈原诗中昆仑、屈原诗中故乡的最新求证[①]。需要注意的是，一边是“争抢”屈原故里地，一边是有文献和历史文化遗迹但因游客稀少而“放弃”，地方政府的文化传承“困境”也因此出现。可见，文化“争抢”并不利于文化传承，只会导致屈原的当代文化价值与世界意义在人们思维里慢慢模糊。

五是“屈原否定论”沉渣再起。“屈原是谁”的模糊化、不确定化的假设，通过网络传播直接影响到学校教材，如屈原被某版本的中学历史教材删除。《光明日报》2021 年 6 月 7 日 13 版特刊登《屈原否定论的前世今生》。调研发现，屈原“世界文化名人”身份也变得模糊，[②]“屈原是世界文化名人相关问题的误传越来越多，不仅波及著述文献，而且渗透网络媒体，就连历史教科书籍等普及性读物也频繁出现差错。”[③] 显然，片面的学术观点或者不完整的学术史梳理，会影响一个民族的育人走向或文化自信。

六是屈原及楚辞的大众化、产业化拓展。文化复兴、文旅融合背景下，屈原及楚辞研究已经走出“学院式”研究，进入广阔的社会文化生活。在以资讯和网络技术为依托的全球化语境下，跨学科或跨文化阐释学、经济学、传播接受学、人类学、比较文学等方法论，拓展了屈原研究的意义和价值空间，屈原研究学术化、大众化、产业化发展的新视野越来越清晰，社会组织、政府、高校、企业、民间、域外联动拓展与提质屈原文化“辐射圈”已成基本格局。以地处“龙舟故里　端午源头”的湖南理工学院为例，二十世纪八十年代中期在全国学报中率先开设《屈原研究》栏目，至今仍是国内外屈学界的重要学术窗口；近八年来，依托该校省级社科基地“湖南省屈原文化研究基地”对接地方重大需求，与汨罗市人民政府签署合作共建“湖南省屈原文化研究

---

① 各地关于“屈原故里”的史料文献搜集、整理与研究，表现出地方学者对屈原深厚的情感和文化传承的使命感，及地方经济文化建设的强烈参与，当然也给后学和社会民众带来不少“困扰”，学术争鸣与文化争抢之间的界限也被“模糊”，亟待认真总结和反思。

② 陈新文：《屈原是“世界四大文化名人之一”吗》，《现代语文（教学研究版）》2009 年 4 月 15 日。

③ 雷浩明：《屈原是“世界文化名人”相关问题考辨》，《中国文艺家》2017 年 12 月 15 日。

基地”协议，目前屈原研究已形成多学科、多专业、多层面、多角度融合的联动传承机制，在教育普及、保护传承、创新发展、传播交流等方面协同推进，并依据“点子—聚焦—文化内核—产业化”步骤，首次提出屈原文化创意转化的“七个一”方略，取得大量独创性、原创性理论与应用成果，联合主办“屈原文化传承与区域文化创意产业发展高峰论坛”，直接促成汨罗屈子文化园正式开园。新时代弘扬屈原精神、传播屈原文化，成为湖南、湖北、河南、安徽等地社会各阶层文化生活中的重要组成部分。此期，屈原研究相关学术组织的团体活动趋于规范化进一步促进了学术繁荣。截至目前，在全国各地登记成立的以“屈原”命名的社会组织已有 21 个。① 以全国性学术团体中国屈原学会为例，自二十世纪八十年代成立以来，年会已经举办十九届，每届年会都会出版学会会议综述及会议论文集，集中呈现当代屈原研究国内外进展的情况。而伴随数字中国及教育信息化的稳步推进，屈原及楚辞的大众化普及工作呈现数字化网络化倾向。继超星学术视频推出的林家骊、赵逵夫、徐志啸等楚辞讲座之后，2020 年南通大学《楚辞研究》（周建忠等主讲）和湖南理工学院《楚辞鉴赏与诵读》（龚红林等主讲）入选教育部国家级线上一流本科课程，上线国家智慧教育平台，并面向全网开放。此外，湖南岳阳、汨罗、澧县、汉寿、溆浦，湖北宜昌、秭归等地的大中小学校，开创实践屈原及楚辞的课内教学、课外活动、文化熏陶、科研创新、平台建设五个维度的文化育人优秀案例。社会科学研究的优长学科、特色学科、新兴学科建设成果正在成为学校立德树人的教育资源。

综上，进入二十一世纪，学界与国家文化建设需要相结合，关注焦点、正视热点、守正创新、担当文化传承的使命，正成为当前屈原研究的主要理路。传统焦点问题继续深化、新发现的问题继续充实，整个屈原学学科范式日趋成熟。而对各类学术思想与方式方法的包容，对文献集成与学科意识的重视，社会组织、政府、高校、企业、民间、域外联动拓展与提质屈原文化“辐射

① 与“屈原”相关的全国社会组织名称：中国屈原学会、新疆屈原文化研究会、湖北省屈原研究会、湖南省屈原学会、宜昌市屈原学会、池州市屈原学会、岳阳市屈原学会、秭归县屈原文化研究会、汉寿县屈原学会、溆浦屈原学会、祁东县屈原文化弘传协会、三闾大夫屈原研究会、郧阳屈原文化研究会、永州市冷水滩区屈原文化研究会、汨罗市屈原学会、青阳县屈原学会、新邵县屈原文化弘传协会、秭归县屈原美食文化研究院、澧县澧州屈原学会、岳阳市屈原管理区屈原文化发展研究中心、秭归县屈原文化传承交流中心等（来源：中华人民共和国民政部　全国社会组织信用信息公示平台）。

圈”，是新时期屈原及楚辞研究与推广的突出特点。

五、小结：当代屈原及楚辞研究的学术史分期

通过梳理，试将当代屈原及楚辞研究学术史分为四期，各期学术思想和特点归纳如下：

1949 至 1966 年为屈原研究当代学科范式的确立期。此期，研究者已经逐渐“淡化”屈原作品意蕴的“士不遇”主题，初步完成“爱国诗人屈原”“世界文化名人屈原”的学术和文化创造。“屈原奠定了爱国主义传统”成为普遍共识。1953 年屈原入选“世界文化名人”触发了国内外屈原研究热。世界范围内的屈原学成果开始被国内学界集中关注与整理。研究方法上，基本突破了传统“经学”视野，进入文学、美学、文化学视野，话语方式、论证思路、理论依据基本完成了当代学科范式的创新转型。

1966 至 1978 年为当代屈原研究的踯躅期。此期，从学者空间分布看，国内，大陆学界相对沉寂，台湾学界相对活跃；域外，日本学界甚为活跃，出现热点。从学术思想看，国内期刊论文囿于“儒法模式”而对屈原爱国精神加以“刻意”曲解，论著则以诠注、译注、正义、选译、新诂类文献学为主；域外，日本学者首次使用“屈原否定论系谱”的概念概括二十世纪二十年代中国廖季平、胡适之、何天行等人的“疑古论”，成为下一个时期中、日学者的学术争鸣点。

1978 至 2000 年为屈原研究当代学科范式的成熟期。此期，大陆学者对前一时期“儒法划线”予以反思，回归正轨后的屈原研究伴随时代价值观和方法论的发展，新理论层出不穷，呈现百家争鸣之活跃局面，在短短二十年间，产出成果丰富，一大批学者作出“划时代”性学术贡献，楚辞文献整理与研究出现《楚辞通故》等重大成果。“屈原否定论”“屈原爱国论”的争鸣促使学术思想与学科方法一步步走向成熟。二十世纪八十年代中期“屈原学”被正式提出，1985 年中国屈原学会成立，学科建设意识觉醒与学科领域的体系建构标志着当代屈原学的成熟。

2000 年至今为屈原研究的深化与拓展期。此期，传统焦点问题继续深化、新发现的问题继续充实，整个屈原学进入发展飞跃期；楚辞学史、楚辞域外传播接受研究、屈原文化遗迹地的全国分布、出土文献与楚辞研究、中外楚辞文

献古籍版本、屈原精神传承接受的发掘与整理等成就显著；屈原学成为中国古代文学学科领域内的“显学”，被一些高校作为重要学科特色予以扶持，如湖南理工学院湖南省屈原文化研究基地，湖南大学、南通大学、三峡大学等地的屈原或楚辞研究中心等。特别是党的十八大以来，伴随党和国家文化建设事业发展的目标任务和大政方针，深挖屈原文化历史资源，使“经义”与“达用”并举，政府、学校、民间、企业联动，探索构建科学研究、教育普及、保护传承、创新发展、传播交流等方面协同推进的屈原文化传承发展模式，出现了学术文献资料集成化、数字化，学科教育大众化，屈原文化产业化；进入本领域研究屈原的人员队伍的职业身份、学科背景也前所未有地广泛，全国以屈原命名的社会组织达到 21 个；屈原研究走出“学院式”模式，社会各界对各类学术思想与研究路径方法很包容，对文献集成、历史回顾与文化建设的重视前所未有；社会组织、政府、高校、企业、民间、域外联动拓展与提质屈原文化“辐射圈”，是二十一世纪屈原及楚辞研究的亮点与时代烙印。

当前，屈原研究又进入“爬坡期”，很多悬而未决的问题，如“屈原故里之争”“屈原沉身地之争”“屈原作品创作时地之争”“屈原流放路线之争”“楚辞文化解读之争”等“硬核”问题，促使学界研究再次进入新的争鸣期。“致广大，尽精微，综罗百代。”（《宋元学案》）虽不能至，心向往之。为更好认识产生于人类文化“轴心时代”的楚辞提供借鉴，为更好建设中华民族现代文明提供重要助力，为坚定文化自信提供坚强支撑，这是本项目研究的方向、目标和宗旨。

前　言

龚红林

屈原在文学上的经典性价值，不仅在于其作为中国文学文人创作源头的标杆性示范价值，还在于其在中国文学史长久传承中不断作为文学创作题材书写的美学价值。《屈原文学文献四种汇纂》首次以系统观及创作时空观对“屈原题材”（为行文便利，“屈原题材”出现时不再加引号）文学文献加以发掘，旨在推进屈原接受美学研究、中国文学“风骚”传统研究，并唤起人们对“世界文化名人”屈原的品格精神及楚辞艺术在中国文学史上的地位的再认识、再开发，为丰富社会主义文艺创作提供参考。

在大数据背景下，对跨越两千年时空的诗、赋、词、曲四类文献中的“屈原信息”加以集中、系统地整理，至少有以下四个方面的必要性：

第一，为在中国文学史上呈现屈原“衣被词人非一代也”提供第一手长时段历史文献。本书对东周以来取材于屈原生平思想的四类文学体裁作品进行了一次系统发掘，作品总计1661余篇，作者来自全国23省200余县，涉及楚文化区、巴蜀文化区、吴越文化区、秦陇文化区、燕赵文化区、齐鲁文化区、岭南文化区、闽台文化区等，大致梳理出了屈原文学影响地图。

屈原是中国文学史上的“奠基性”诗人，一代代文人以屈原及其作品为标杆，定位自己的人生与写作。南朝梁刘勰《文心雕龙·辨骚》中评论屈原对后世文人的影响时说：“其衣被词人，非一代也。”[1] 唐代“诗仙”李白赞

① （南朝梁）刘勰著，周振甫注：《文心雕龙注释》，人民文学出版社，2002年，第36页。

"屈平辞赋悬日月"（《江上吟》）；唐代"诗圣"杜甫道"窃攀屈宋宜方驾"（《戏为六绝句》）；宋代文豪苏轼"要伴骚人餐落英"（《次韵僧潜见赠》）、感叹"楚辞前无古，后无今"、"吾文终其身企慕而不能及万一者，惟屈子一人耳"（蒋之翘《七十二家评楚辞》）；南渡爱国词人刘克庄仰慕"灵均（屈原）标致高如许"（《贺新郎·端午》）；近代国学大师梁启超说"中国文学家的老祖宗，必推屈原"（《屈原研究》），并感叹："凡为中国人者，须获有欣赏《楚辞》之能力，乃为不虚生此国"（《楚辞要籍解题及其读法》）；现代文豪鲁迅写下"一枝清采妥湘灵，九畹贞风慰独醒"（《无题》），并道："其影响于后来之文章，乃甚或在三百篇以上"（《汉文学史纲要》）；当代台湾诗人余光中说"蓝墨水的上游是汨罗江"（《诗魂在南方》）、"旗号纷纷，追你的不仅是/三湘的子弟，九州的选手/不仅是李白与苏轼的后人/更有惠特曼与雪莱的子孙"（《汨罗江神》）；等等。

正可谓"文人情深于《诗》《骚》，古今一也"[①]。这些屈原题材文学作品的存在，是屈原精神深刻影响文人内在精神追求的一个重要体现，亦是爱国、思乡、时命、生死、迁谪等一系列文学母题的源头。

初步调研，取材于屈原生平思想的文学作品，散见于各类总、别集及经、史、子部中，是了解屈原精神对历代文人心灵铸造的第一手材料，对深入了解屈原精神人格及楚辞艺术传承接受的基本面貌有重要文献价值。长期以来，学界致力于国内外楚辞版本及学者评论的文献整理[②]，相比于楚辞版本、史料及研究类文献汇编的成熟，屈原题材文学文献整理则显得不足。对屈原题材文学创作作品整理多为"撷英式"，而相关的屈原文学接受美学研究在资料采用上也主要以个案分析、点面结合等论证路径为主。

现存最早的整理屈原题材的辞赋作品集是东汉时期王逸《楚辞章句》，该

① （清）章学诚著，叶瑛校注：《文史通义校注》，中华书局，1985 年，第 62 页。

② 如马茂元主编《楚辞研究集成》（1985）、杜松柏主编《楚辞汇编》（1986）、崔富章总主编《楚辞学文库》（2002）、周殿富译注《楚辞源流选集》（2003）、戴锡琦等主编《屈原学集成》（2007）、吴平等主编《楚辞文献集成》（2008）、黄灵庚主编《楚辞文献丛刊》（2014）、周建忠主编《东亚楚辞整理与研究丛书》（2019）、王伟辑录《历代散见〈楚辞〉资料辑录》（2020）、罗建新著《历代楚辞图像文献研究》（2021）等，上述著述在国内外楚辞版本及研究性文献的整理研究方面作出重要贡献，成为推进屈学研究的扛鼎论著。

书是一部“整理+阐发”式的著作，其前期文献基础基本确定是西汉刘向《楚辞》（原书已佚），两书相承，整理汇编的屈原题材诗赋有《九辩》《招魂》《七谏》《哀时命》《九怀》《九叹》《九思》等，并得到宋代洪兴祖《楚辞补注》承传。到了南宋，朱熹《楚辞集注》删去了《七谏》《九怀》《九叹》《九思》，而接续晁补之《重编楚辞》新增《吊屈原》等汉至宋代文人的骚体文学作品，影响深远。

当代屈原题材相关文学文献的整理，主要为两种形态：一种是“混合式”整理。如周殿富译注《楚辞源流选集》（吉林人民出版社 2003 年）其中两卷为历代骚体诗选《楚辞流》、历代骚体赋选《楚辞余》，各汇编两汉至清代末期骚体诗 1000 多首、骚体赋 400 余篇。不过，其编选标准是“骚体艺术”继承（即“体裁”）而并不太关注所选诗赋是否吟咏的屈原生平思想（即“题材”），只有少数作品为“屈原题材”，如苏辙《屈原庙赋》、王守仁《吊屈平赋》，古琴曲谱《离骚》、《〈渔父〉琴曲歌词》等。另一种属于“撷英式”整理。如：（1）温广义《历代诗人咏屈原》（内蒙古人民出版社 1982 年）收 102 人的诗作 130 首，附文赋 3 篇，琴曲歌辞 4 种；（2）李兴、蒋金流主编《屈原颂》（湖南文艺出版社 1991 年）编入古今诗人学者的 1200 首诗词和 200 多幅楹联，是书为目前收录屈原题材诗词量最多的著述，但没有收录辞赋、散曲类作品；（3）刘济民主编《歌咏屈原古今诗词选》（中国炎黄文化出版社 2008 年）选注并赏析了 200 多位诗人的 300 多首诗词，其中包含了少量朝鲜、越南、日本、新加坡、泰国、美国的汉诗；（4）彭丹华《越南使者咏屈原诗三十首校读》（《湖南科技学院学报》2011 年第 10 期）一文，整理出越南使者咏屈原的诗歌 30 首；（5）谭家健《楚辞汉赋域外仿作拾零》（《云梦学刊》2016 年第 6 期）对朝鲜、日本、越南、印尼、新加坡的辞赋模仿作品予以介绍，其中提及高丽“第一篇仿效《离骚》的作品”《郑瓜亭》、仿《天问》的《问造物》、取自《离骚》和《抽思》的《思美人辞》等；（6）吴伯森编著《黄钟大吕歌楚魂：古代屈原戏注评》（湖北人民出版社 2006 年）专题整理屈原题材戏曲文献，是这一领域的标志性成果，其中收录有明末清初时期郑瑜（生卒年不详）的杂剧《汨罗江》，清代康乾时期张坚（1681—1771）的《怀沙记》、汪柱的杂剧《采兰纫佩》、周乐清（1785—1855）《屈大夫魂返汨罗江》，清道光以后，有胡盍朋（1826—1866）《汨罗沙》、尤侗（1618—1704）《读离骚》等戏曲作品，屈原题材戏曲文学汇纂在此基本完成。

纵观上述成果可知，关注屈原题材文学作品的汇集评论，历时已有两千多年，屈原题材文学作品是不可或缺的屈原学研究资料。当代暂无屈原题材诗、词、曲、赋类文学文献的全面系统整理，相关的第一手长时段历史文献亟待发掘与汇纂。

第二，为澄清中外学术文化史上“屈原否定论”提供丰富而鲜活的历史文献。历代屈原文学文献里包含了大量“屈原信息”，梳理它有助于澄清“屈原否定论”[①] 等问题。

学界在二址世纪初有一股“疑古”思潮，在那样的背景下，屈原其人、其作都受到了怀疑。如记录了屈原生平事迹的西汉文献——司马迁的《史记·屈原贾生列传》遭到否定。廖季平提出“屈原并没有这人”，“《离骚》首句‘帝高阳之苗裔’，是秦始皇的自序。其他屈原的文章，多半是秦博士所作”。[②] 胡适《读〈楚辞〉》亦提出，屈原“与黄帝周公同类，与古希腊的荷马同类”，“屈原是一种复合物，是一种‘箭垛式’的人物”，是后人根据需要而塑造出的“传说”式人物。[③] 何天行《楚辞作于汉代考》一书也提出类似观点，认为《史记》记录的屈原资料不可信，继续强化所谓“屈原传说”的观点，在胡适等怀疑《史记·屈原贾生列传》的可靠性基础上，提出屈原是刘向或刘歆虚构出的，《史记·屈原贾生列传》作者是刘向或刘歆；又进一步考证认为，贾谊《吊屈原赋》、淮南小山《招隐士》、东方朔《七谏》等涉及屈原的作品都是西汉末年的伪托；《离骚》作者是淮南王刘安。[④] 这些观点迅速“扩散”，波及域外，日本学者稻畑耕一郎发表《屈原否定论系谱》一文，翔实论述并评解了廖季平、胡适之、何天行、朱东润四人有关屈原的观点看法，

① ［日］稻畑耕一郎：《屈原否定论系谱》，早稻田大学编印《中国文学研究》第 3 期，1977 年 12 月。

② 引自谢无量著，王岫庐编辑：《楚词新论》，商务印书馆，1923 年，第 12 页。

③ 胡适：《胡适谈读书》，百花洲文艺出版社，2016 年，第 167 页。

④ 何天行：《楚辞作于汉代考》，中华书局，1948 年。

并首次使用“否定论”来概括这几位学者的观点学说。时至今日，仍有不少人认为屈原是一个“传说”，认为《离骚》等二十五篇诗歌绝不是一个人作的。如2011年福建漳州屈原与楚辞学国际学术研讨会上，日本学者石川三佐男使用“屈原传说”这一名词，他说：“《楚辞·天问》篇成书于春秋末期的可能性非常高，同时与屈原传说无关的可能性也很高。”他在论文中提出，屈原的身份是巫师，且他的诗歌只是对上古楚国歌谣的传达，“屈原是中介传达‘帝词’的‘巫祝者’身份”。还认为，《楚辞》是集体创作积累型的诗歌，屈原只是“传说”中的巫祝者而非个性鲜明的诗人。[①] 石川三佐男的观点，与胡适的观点，与20世纪70年代日本学者白川静的“楚巫集团所作”的论点，基本立场一致。上述“屈原否定论”，解构着屈原作品及其精神的传承文脉，引发学者们的忧思：“虽然网络时代流行解构历史文化名人以娱乐大众，但是在学术研究中还应该遵循实事求是的原则，有一分材料说一分话。楚辞研究领域虽然还有很多尚未完全解决的谜团，但是这也是一代又一代学者去探索的原因所在。”[②]

因为楚国等六国典籍文献在秦始皇时期曾受到极大破坏，许多先秦历史文献中的人物虽然经过司马迁等汉代史官的恢复，但或因编纂中部分信息的“错漏”，或因出土文献不足，直接导致了后世对包括司马迁、刘向等人有关屈原的著述多有怀疑。这种怀疑也曾针对春秋战国时期的其他文化名人，如老子、孙子。文脉传承自有其核心线索，在考古发掘有限的情况下，有必要对相关“地上之材料”予以系统梳理。

在本书汇纂中，我们发现，距离屈原百余年后、西汉前期百年间，河南、河北、陕西、山东、四川、安徽等南北不同地域的文学文献里都提及了屈原及其所创作的《离骚》等作品。在文化信息交流相对“封闭”的两千多年前，这一文学书写现象，应该不能理解为是一种简单的“复写”，而是可以证明屈原真实性的重要“证据链”。这些文献包括：创作于公元前177年左右的贾谊

① ［日］石川三佐男：《古代楚王国国策与〈楚辞〉各篇及战国楚竹书等文献的关系》，《中国楚辞学》第19辑，学苑出版社，2013年，第3页。

② 周建忠：《楚辞学是门真学问》，《光明日报》2017年9月25日第13版。

《吊屈原赋》，其中有“侧闻屈原兮，自沈汨罗”，贾谊是河南洛阳人；约公元前154—前93年，东方朔《七谏》有“平生于国兮，长于原野”，东方朔是山东惠民县人；创作于公元前104年左右的董仲舒《士不遇赋》有“若伍员与屈原兮，固亦无所复顾”，董仲舒是河北省景县人；前90—前51年，王褒《九怀》有“伍胥兮浮江，屈子兮沈湘”，王褒是四川省资阳市人；约成书于公元前91年的《史记·屈原贾生列传》及《太史公自序》《报任安书》，其中有“屈原放逐，乃赋《离骚》”，司马迁是陕西韩城人；约完成于公元前81年的桓宽《盐铁论》有“夫屈原之沉渊，遭子椒之谗也”，桓宽是河南上蔡人；等等。可见，距离屈原时代较近的汉代，百余年间洛阳贾谊、景县董仲舒、惠民东方朔、资阳王褒、韩城司马迁、上蔡桓宽，他们虽身处河南、河北、陕西、山东、四川等不同地域空间，却都在文章里提及了屈原或阅读收藏《离骚》等作品。其后，成书于公元92年的《汉书·艺文志》著录“屈原赋二十五篇”，成书于公元117年的《楚辞章句》（王逸注）等，都进一步保存了屈原作品与其生平经历的信息。刘向《九叹》有“伊伯庸之末胄兮，谅皇直之屈原”，刘歆《遂初赋》有：“彼屈原之贞专兮，卒放沈于湘渊”等，这些作者的身份分别为光禄大夫、兰台令史、校书郎，按照汉代官府藏书整理的法规制度[①]，他们的工作职责是校阅国家典籍，论其旨归，辨其讹误。因此，他们对屈原及其作品的评述是有其客观的“硬件”及制度保障的。

历经“秦火”，屈原生平信息很难找到，但屈原作品得益于楚人争相口头或书面传教而幸免于难，“楚人高其行义，玮其文采，以相教传”（《楚辞章句序》）。又经过两千三百余年，屈原生平信息被保存在历代文人的作品中，折射着不同时代对屈原精神的理解与承传。特别是这些屈原题材文学作品对屈原命运的描述是相似的，这与“屈原否定论”在否定屈原后却得出“五花八门”的结论，形成鲜明对照，无疑为澄清中外学术文化史上“屈原否定论”提供丰富而鲜活的历史文献。

第三，为深化当代屈原学研究提供被忽略的历史文献线索。历代文学创作

---

① 参见徐兴无：《刘向评传》，南京大学出版社，2005年。

以韵笔书写屈原与山川大地、社会生活的交融，对屈原精神传播起到极大促进性作用，亦为当代屈原研究提供了丰富的历史文献线索。

如早期辞赋中有关“屈原故乡”的信息及唐代之后流行的“秭归说”，值得进一步厘清与探究。屈原出生于何地？司马迁《史记·屈原贾生列传》中没有明确说。屈原诗歌《哀郢》有“去故乡而就远兮，遵江夏以流亡”，“发郢都而去闾兮，怊荒忽其焉极?”，很多学者据此认为屈原是郢都人，即今湖北荆州人。清代蔡九霞《广舆记》卷十四：“屈原名平，别字灵均，郢人也。”近现代学者孙作云、袁纯富、吴郁芳、浦士培等都认为屈原是“郢人”。距离屈原百余年的汉代东方朔（约前 154—前 93 年）在《七谏·初放》中直接书写屈原出生地在“国”：“平生于国兮，长于原野。”“国”，一般理解，就是纪南城，今遗址在湖北荆州市内。《周礼》：“体国经野。”注曰：“谓一百里以外，三等采地之中。”《说文》曰：“野，郊外也。”段玉裁注：“邑外谓之郊，郊外谓之野。”有了东方朔《七谏》的“国野”说，就将屈原《哀郢》的内容与唐代之后流行的“秭归说”的关系说清楚了。“国”是屈原出生地，“野”是屈原成长地，即学者提出的“屈原生于江陵，长于秭归”①。

屈原没有在楚国都城长大，还有一个佐证，屈原《九章·惜诵》：“思君其莫我忠兮，忽忘身之贱贫。”“贱”是社会政治地位低，“贫”是经济拮据。在《离骚》中，屈原常将自己比作出生贫贱的傅说、吕望、宁戚，可以看作屈原对其身份地位的自我认知，确实不可能是郢都贵族。又据《战国策·楚策》记载，屈原生活的时期郢都的物价“奇贵”：“楚国之食贵于玉，薪贵于桂。”吃的食物、取暖的木材高价如珠玉和香木。以此，因经济贫困而迁居到偏远的“原野”也就不难理解了。

屈原的故乡究竟在哪里，除了“秭归说”，也有学者提出汉寿说、西峡说、张家界说、鲁山说、南阳说等。② 不过，屈原故乡“秭归说”几乎妇孺皆知。有一次电话江陵附近监利县白螺镇村委会，问他们那里是否还保留了纪念

---

① 韩致中：《屈原籍贯考——与吴郁芳先生商榷》，《江陵县志资料》，1989 年第 29 期。

② 《屈原生地论集》《屈原问题综论》《屈原故里大庸考》等书均有详细介绍。

屈原的建筑“望郢亭”[①]，他们均表示没听说有个“望郢亭”，反而善意提醒：“研究屈原，屈原的家乡在秭归嘛。”

此外，屈原文学文献亦弥补了“屈原学史”，梳理它有助于弥补部分时间段内屈原学资料留存不多的情况。据调查可知汉唐时期的楚辞学辑录、音注类研究著述留存下来的不多，汉代《楚辞》类学术著作仅存刘安《离骚传》（残篇）、王逸《楚辞章句》（仅存明代刊本）；魏晋时期仅存刘勰《文心雕龙·辨骚》；隋代仅存释道骞《楚辞音》（残卷）；唐代仅存《文选》六臣注[②]；等等[③]。但是汉唐之间文人屈原题材的诗赋作品数量则相对较多，汉唐文人创作中对屈原的描述与评价，为我们了解汉代楚辞学的理论阐述与实践创作、了解唐代楚辞学的诗学实践都提供不少线索和关键性信息。如刘向、王逸都将自己创作的屈原题材的辞赋《九叹》《九思》编缀于《楚辞（章句）》之中，这一《楚辞》编撰体例特征启发了当代学者对汉代楚辞文献编纂的新认识。汤炳正先生专门作文分析《楚辞》成书过程，提出《楚辞》文献编纂“乃先秦到东汉这一较长的历史时期中累积而成的，并不是刘向一人所纂辑的，当然刘向也是其中的一个”[④]。再如，唐代现存《楚辞》注本仅存《文选》六臣注本，我们会误以为唐代文人对屈原及楚辞的接受是不深刻的。但通过研究留存至今的唐代文人屈原题材诗赋作品，我们发现唐代文人对屈原精神和艺术的学习是深入骨子里的。“初唐四杰”王勃道：“南国多才，江山助屈平之气。”[⑤]李白、杜甫对屈原辞赋之才推崇备至，李白赞“屈平辞赋悬日月”（《江上吟》），杜甫亦“窃攀屈宋宜方驾”（《戏为六绝句》）。贬谪江南的刘禹锡模仿屈原，学习民谣，创作《竹枝词九首》，并记叙道：“昔屈原居沅湘间，其民迎神，词多鄙陋，乃为作《九歌》。到于今，荆楚歌舞之。故余亦作《竹

---

① 《监利：楚遗迹何其多?》，荆楚网东湖评论 http://bbs.cnhubei.com/thread-1956989-1-1.html

② 现存部分注释保存于洪兴祖《楚辞补注》，如，补注引用唐“五臣注”解释屈原“路曼曼其修远兮”一句，五臣云：“漫漫”。（《楚辞补注·离骚经章句第一》）

③ 参见崔富章：《楚辞书录解题》，高等教育出版社，2010年。

④ 汤炳正：《〈楚辞〉编纂者及其成书年代的探索》，《江汉学报》1963年第10期。

⑤ （唐）王勃：《越州秋日宴山亭序》，《王子安集》卷五，文渊阁四库全书本。

枝》九篇，俾善歌者扬之。附于末，后之聆巴歈，知变风之自焉。”[①] 元代屈原学著述寥若晨星，但元代诗词曲中评论屈原及楚辞者并没有消失。对此，周建忠、孙巧云等诸位学者都曾有提及，[②] 此不赘述。

第四，为全面认识“屈原之死”提供系统的参考文献。历代文学作品中关于“屈原之死”的记载或态度，值得重视。

首先是记录。现存最早直接提及“屈原之死”的辞赋篇目为贾谊《吊屈原赋》，这篇辞赋以其重要史料和文学价值得到汉代司马迁和南宋朱熹的肯定，司马迁撰《史记·屈原贾生列传》将其全文选录，朱熹《楚辞集注》直接将其增选入集。贾谊《吊屈原赋》曰：“恭承嘉惠兮，俟罪长沙。侧闻屈原兮，自沈汨罗。”[③] 这里明确了屈原自沉于汨罗。此后，历代文献均对贾谊的记载予以沿用，基本可以确认为信史。如，在历代辞赋文献咏叹屈原事迹时，在地理表述时基本与“汨水”相连接。《史记·屈原贾生列传》记载贾谊《吊屈原赋》的写作地点亦在湘水，其文曰：“自屈原沉汨罗后百有余年，汉有贾生，为长沙王太傅。过湘水，投书以吊屈原。”汨水为湘水支流，故而后世诗赋常常用“沉湘”代“沉汨”。如，西汉王褒（前 90—前 51 年）《九怀》描述屈原之死地，其文曰：“伍胥兮浮江，屈子兮沉湘。”（王逸《楚辞章句》卷十五）西汉刘歆（约前 53—23 年）作《遂初赋》曰：“彼屈原之贞专兮，卒放沉于湘渊。”（龚克昌、苏瑞隆评注《两汉赋评注》）东汉王逸（约 89—158 年）《九思》曰：“悼屈子兮遭厄，沉玉躬兮湘汨。”（王逸《楚辞章句》卷十七）唐代大诗人李白（701—762 年）《杂曲歌辞·行路难三首》：“子胥既弃吴江上，屈原终投湘水滨。”我们知道，在屈原自己的作品中亦十分清晰记录“沉湘流”：“临沅湘之玄渊兮，遂自忍而沉流。”（《惜往日》）“宁赴湘流，葬于江鱼之腹中。”（《渔父》）。按，《水经注》卷三十八曰：“湘水从汨罗口西北流经磊石山西，也称青草山，北对青草湖，西对悬城口。”所以，这里“沉湘”之说属于“沉汨”的大地理概念表述。与秭归为屈原故里一样，

① 《全唐诗》卷三百六十五。

② 孙巧云：《元明清楚辞学史》，浙江工商大学出版社，2013 年。

③ （汉）贾谊：《贾谊集》，上海人民出版社，1976 年，第 209 页。

汨罗为屈原沉身地也基本为历代文人所尊从。

其次是态度。历代文学文献中，作者对“屈原之死”呈现出理解与嘲讽两派观点。理解者，如宋代王十朋（1112—1171 年）《题屈原庙》：“自古皆有死，先生死忠清。”嘲讽者，如唐代白居易（772—846 年）《和万州杨使君四绝句·竞渡》：“自经放逐来憔悴，能效灵均死几多。”今天，前一种观点影响较大，但持后一种观点也不乏其人，且多以此而避讳去谈“屈原之死”。

无论是“记录”，还是“态度”，对进一步厘清“屈原之死”都具有重要文献和文化价值。史书记载，历代官方对屈原是十分推崇的①。如，唐玄宗天宝七年（748）颁诏长沙郡县长官，春秋二时择日公祭屈原，《唐会要》载：“其忠臣义士、孝妇烈女，史籍所载，德行弥高者，所在宜置祠宇，量事致祭……楚三闾大夫屈原（长沙郡）……并令郡县长官，春秋二时择日，准前致祭。”② 元《文献通考》卷一百三《宗庙考》亦载：“（天宝）七载……令郡县长官，春秋二时择日，粢盛蔬馔时果酒脯，洁诚致祭。其忠臣义士、孝妇烈女，史籍所载，德行弥高者，所在宜置祠宇，量事致祭。殷相傅说、殷太师箕子、宋公微子、殷少师比干、齐相管夷吾、齐相晏平仲、晋卿羊舌叔向、鲁卿季孙行父、郑卿东里子产、燕上将军乐毅、赵卿蔺相如、楚三闾大夫屈原、汉大将军霍光、汉太傅萧望之、汉丞相邴吉、蜀丞相诸葛亮，以上忠臣一十六人。”③ 唐玄宗诏书见宋王钦若等撰《册府元龟》卷五十九《帝王部·兴教化》。可以看出，一千二百七十多年前，屈原作为忠臣楷模，与齐国丞相管仲、郑国丞相子产、赵国丞相蔺相如、蜀国丞相诸葛亮等一齐被唐朝官方颁文纳入公祭。而公祭屈原的地点，就是历代文献中记载的屈原沉汨罗江所在的长沙郡。

与此同时，历代文学作品中呈现的关于“屈原之死”的态度，亦能给今天人们全面认识“屈原之死”提供参考。正如梁启超先生所说：“研究屈原，

---

① 具体参见笔者论文《屈原封号考论》，《湖北大学学报（哲学社会科学版）》2012 年第 1 期。

② （宋）王溥撰：《唐会要》新一版，卷二十二“社稷”，上海古籍出版社，1991 年，第 501-502 页。

③ （元）马端临：《文献通考》，文渊阁四库全书本。

应该拿他的自杀做出发点。”① 在历代文人作品中，我们常常发现文人将屈原之死与比干、介子推、伍子胥等爱国忠臣之死并称。西汉严忌《哀时命》：“子胥死而成义兮，屈原沉于汨罗。”（王逸《楚辞章句》卷十四）东汉马融《长笛赋》：“屈平适乐国，介推还受禄。”（龚克昌、苏瑞隆评注《两汉赋评注》）唐代黄滔《御试曲直不相入赋》：“屈原在楚，餔其糟而不为。比干相殷，剖其心而可得。”（《黄御史集》卷一）明代刘基《吊岳将军赋》：“屈原贞而见逐兮，伍子忠而获戾。”（《刘基集》卷九）等等。而屈原自己亦常常提及比干、伯夷、叔齐、子胥、申生、介子推等人，以他们为模范：“行比伯夷，置以为像兮。”（《九章·橘颂》）“比干何逆，而抑沉之?”（《天问》）“伍子逢殃兮，比干菹醢，与前世而皆然兮。”（《九章·涉江》）“晋申生之孝子兮，父信谗而不好。”（《九章·惜诵》）“介子忠而立枯兮，文君寤而追求。”（《九章·惜往日》）“浮江淮而入海兮，从子胥而自适”“求介子之所存兮，见伯夷之放迹。”（《九章·悲回风》）等。屈原与比干、子胥、介子推等在外力胁迫下仍坚持自己初心，为之舍生取义，令历代文人敬佩，宋代洪兴祖曾道：“屈子之事，盖圣贤之变者，使遇孔子当与三仁同称。”② 可见，历代文人已经认识到，屈原之自沉与比干之剖心、伯夷之不食周粟、介子推之被烧，均有外力胁迫与内力抗争的忠贞性质。可惜，这一点随着时光的流逝正在被慢慢淡忘，以此，希望本书的选编能客观地呈现屈原的精神风貌及其对社会进步带来的深远而积极的影响。

综上，屈原题材文学创作历时两千三百多年，至今不辍，作品众多，影响深远。这些不同时空背景下产生的屈原辞赋接受现象，以作品和文字形式固定下了一部丰富多彩的屈原文化影响史，与各类史部、子部书籍一样，保存了屈原丰富的文化信息，值得系统搜集整理。

总体而言，本书全面挖掘中国古代文学中取材于屈原生平思想或屈原作品意象的诗、赋、词、曲等韵文类作品，唤起人们对世界文化名人屈原“诗性精神”的再认识、再开发，引发对爱国、悲秋、时命、美人、迁谪等一系列

① 梁启超：《屈原研究》，《梁启超古典文学论著》，上海书店出版社，2013 年，第 267 页。
② （宋）洪兴祖：《楚辞补注》卷一，中华书局，1983 年，第 50 页。

文学母题的新思考、新阐释。而“风骚”传统传播域外，日本、越南、朝鲜、美国等地的汉文诗歌和辞赋亦多见屈原题材，此为后续可以努力的一个方向。

本书辑录汇纂本着“全面系统，时空定点，呈现屈原文学图录”之旨，在用大数据技术全面遴选古籍文献库基础上，一一检索核对每一作品的纸本文献来源。长时段的专题文学文献全编，是“慢功夫”“细致活”，虽有大数据技术的便宜，也极需信息甄别的数据处理能力和学术毅力，虽用心用力，但目力所及仍难免错漏，敬请读者指正！本书校对工作得到湖南理工学院中国古代文学研究生蔡智宏、邹海燕，汉语言文学专业成子萌及南湖学院文法系赵铎四位同学的支持，特此感谢！

凡　例

一、本编之旨：将跨越两千年时空的诗、赋、词、曲四类文学文献中“屈原信息”加以集中、系统地发掘整理，汇编成帙，集中呈现屈原“衣被词人非一代”的文学风貌，供屈原研究及阅读之参考。

二、本编主要以历代诗、赋、词、曲全集或丛书为采集范围，以“屈原”“屈子”“灵均”“正则”“湘累”“三闾”“左徒”为遴选关键词，共辑录含有上述“屈原信息”的韵文类作品 1661 篇。其中，辞赋共计 79 篇（存目 7 篇）、诗歌 1256 篇、词 280 篇、曲 46 篇。并蒐集了作品的作者生卒年和籍贯等基本信息，以便读者初步了解屈原精神后世影响之时空范围。

三、本编按照赋、诗、词、曲四类分纂，每类以作者生年的先后顺序编排；如果生卒年不详，则参照登第、交游情况酌情编排。

四、本编收录作者的生年范围在 1900 年以前。1900 年后出生作者的作品均不在此编收录。

五、本编采编时的原始文献多为繁体版，在改为简体过程中，避讳缺笔字径改、古今异体字径改。与通行本不一致的，保留原文，异文则出脚注以备参疑。

六、本编对作品原始文献中的双行夹注文字以脚注形式保留。

七、本编收录作品均于篇末注明了原始来源文献，为节约篇幅，故不再统一罗列参考文献。

目　次

辞赋类

诗歌类

词类

清

曲　类

辞赋类

说明：本编从《楚辞章句》《楚辞集注》《楚辞通释》《全汉赋》《历代辞赋总汇》及魏晋以来至清代的各类文献中，辑录“屈原题材”辞赋共计 79 篇（存目 6 篇）。其中，战国时期 2 篇，汉代 21 篇（其中，存目 5 篇、残篇 1 篇），魏晋六朝 12 篇（存目 1 篇），隋 1 篇（存目），唐 11 篇，宋 10 篇，金 2 篇、元 5 篇、明 12 篇、清 3 篇。这些赋篇的作者籍贯为湖南、湖北、河南、河北、四川、甘肃、山西、山东、陕西、江苏、浙江、安徽、上海、福建等省市。

东周

宋玉《九辩》

宋玉（约前 298—前 222），鄢（今湖北宜城）人。

悲哉秋之为气也！萧瑟兮，草木摇落而变衰。憭栗兮若在远行，登山临水兮送将归。泬寥兮天高而气清，寂寥兮收潦而水清。憯凄增欷兮，薄寒之中人，怆怳懭悢兮，去故而就新，坎廪兮，贫士失职而志不平。廓落兮，羁旅而无友生，惆怅兮而私自怜。燕翩翩其辞归兮，蝉寂漠而无声。雁廱廱而南游兮，鹍鸡啁哳而悲鸣。独申旦而不寐兮，哀蟋蟀之宵征。时亹亹而过中兮，蹇淹留而无成。

悲忧穷戚兮独处廓，有美一人兮心不绎。去乡离家兮来远客，超逍遥兮今焉薄？专思君兮不可化，君不知兮可奈何！蓄怨兮积思，心烦憺兮忘食事。愿一见兮道余意，君之心兮与余异。车既驾兮朅而归，不得见兮心伤悲。倚结軨兮长太息，涕潺湲兮下沾轼。忼慨绝兮不得，中瞀乱兮迷惑。私自怜兮何极。心怦怦兮谅直。

皇天平分四时兮，窃独悲此凛秋。白露既下百草兮，奄离披此梧楸。去白日之昭昭兮，袭长夜之悠悠。离芳蔼之方壮兮，余萎约而悲愁。秋既先戒之以白露兮，冬又申之以严霜。收恢炱之孟夏兮，然欿傺而沈藏。叶菸邑而无色兮，枝烦挐而交横；颜淫溢而将罢兮，柯仿佛而萎黄。萷櫹槮之可哀兮，形销铄而瘀伤。惟其纷糅而将落兮，恨其失时而无当。擥騑辔而下节兮，聊逍遥以相佯。岁忽忽而遒尽兮，恐余寿之弗将。悼余生之不时兮，逢此世之俇攘。澹容与而独倚兮，蟋蟀鸣此西堂。心怵惕而震荡兮，何所忧之多方！仰明月而太息兮，步列星而极明。

窃悲夫蕙华之曾敷兮，纷旖旎乎都房。何曾华之无实兮，从风雨而飞飏。以为君独服此蕙兮，羌无以异于众芳。闵奇思之不通兮，将去君而高翔。心闵怜之惨凄兮，愿一见而有明。重无怨而生离兮，中结轸而增伤。岂不郁陶而思君兮？君之门以九重。猛犬狺狺而迎吠兮，关梁闭而不通。皇天淫溢而秋霖兮，后土何时而得漧！块独守此无泽兮，仰浮云而永叹。

何时俗之工巧兮，背绳墨而改错！却骐骥而不乘兮，策驽骀而取路。当世岂无骐骥兮，诚莫之能善御。见执辔者非其人兮，故駶跳而远去。凫雁皆唼夫梁藻兮，凤愈飘翔而高举。圜凿而方枘兮，吾固知其鉏铻而难入。众鸟皆有所登栖兮，凤独遑遑而无所集。愿衔枚而无言兮，尝被君之渥洽。太公九十乃显荣兮，诚未遇其匹合。谓骐骥兮安归？谓凤皇兮安栖？变古易俗兮世衰，今之相者兮举肥。骐骥伏匿而不见兮，凤皇高飞而不下。鸟兽犹知怀德兮，何云贤士之不处？骥不骤进而求服兮，凤亦不贪喂而妄食。君弃远而不察兮，虽愿忠其焉得？欲寂寞而绝端兮，窃不敢忘初之厚德。独悲愁其伤人兮，冯郁郁其安极！霜露惨凄而交下兮，心尚幸其弗济。霰雪雰糅其增加兮，乃知遭命之将至。愿徼幸而有待兮，泊莽莽与野草同死。愿自往而径游兮，路壅绝而不通。欲循道而平驱兮，又未知其所从。然中路而迷惑兮，自压按而学诵。性愚陋以褊浅兮，信未达乎从容。

窃美申包胥之气盛兮，恐时世之不固。何时俗之工巧兮？灭规矩而改凿。独耿介而不随兮，愿慕先圣之遗教。处浊世而显荣兮，非余心之所乐。与其无义而有名兮，宁穷处而守高。食不媮而为饱兮，衣不苟而为温。窃慕诗人之遗风兮，愿托志乎素餐。蹇充倔而无端兮，泊莽莽而无垠。无衣裘以御冬兮，恐溘死而不得见乎阳春。靓杪秋之遥夜兮，心缭悷而有哀。春秋逴逴而日高兮，然惆怅而自悲。四时递来而卒岁兮，阴阳不可与俪偕。白日晼晚其将入兮，明月销铄而减毁。岁忽忽而遒尽兮，老冉冉而愈弛。心摇悦而日幸兮，然怊怅而无冀。中憯恻之凄怆兮，长太息而增欷。年洋洋以日往兮，老嵺廓而无处。事亹亹而觊进兮，蹇淹留而踌躇。

何泛滥之浮云兮，猋壅蔽此明月！忠昭昭而愿见兮，然霠曀而莫达。愿皓日之显行兮，云濛濛而蔽之。窃不自聊而愿忠兮，或黕点而污之。尧舜之抗行兮，瞭冥冥而薄天。何险巇之嫉妒兮，被以不慈之伪名。彼日月之照明兮，尚黯黮而有瑕。何况一国之事兮，亦多端而胶加。

被荷裯之晏晏兮，然潢洋而不可带。既骄美而伐武兮，负左右之耿介。憎愠惀之脩美兮，好夫人之慷慨。众踥蹀而日进兮，美超远而逾迈。农夫辍耕而容与兮，恐田野之芜秽。事绵绵而多私兮，窃悼后之危败。世雷同而炫曜兮，何毁誉之昧昧！今修饰而窥镜兮，后尚可以窜藏。愿寄言夫流星兮，羌儵忽而难当。卒壅蔽此浮云兮，下暗漠而无光。尧舜皆有所举任兮，故高枕而自适。谅无怨于天下兮，心焉取此怵惕。乘骐骥之浏浏兮，驭安用夫强策？谅城郭之不足恃兮，虽重介之何益？遭翼翼而无终兮，忳惛惛而愁约。生天地之若过兮，功不成而无效。愿沈滞而不见兮，尚欲布名乎天下。然潢洋而不遇兮，直怐愗而自苦。莽洋洋而无极兮，忽翱翔之焉薄？国有骥而不知乘兮，焉皇皇而更索？宁戚讴于车下兮，桓公闻而知之。无伯乐之善相兮，今谁使乎訾之。罔流涕以聊虑兮，惟着意而得之。纷纯纯之愿忠兮，妒被离而鄣[①]之。

愿赐不肖之躯而别离兮，放游志乎云中。乘精气之抟抟兮，骛诸神之湛湛。骖白霓之习习兮，历群灵之丰丰。左朱雀之茇茇兮，右苍龙之跃跃。属雷师之阗阗兮，通飞廉之衙衙。前轻辌之锵锵兮，后辎乘之从从。载云旗之委蛇兮，扈屯骑之容容。计专专之不可化兮，愿遂推而为臧。赖皇天之厚德兮，还及君之无恙。

［（汉）王逸《楚辞章句》第八卷，明正德十三年本］

---

① 鄣，正德本《楚辞章句》“鄣”作“彰”，文渊阁四库全书本《楚辞章句》仍之。此据洪兴祖《楚辞补注》改。

宋玉《招魂》

朕幼清以廉洁兮，身服义而未沬。主此盛德兮，牵于俗而芜秽。上无所考此盛德兮，长离殃而愁苦。帝告巫阳曰：“有人在下，我欲辅之。魂魄离散，汝筮予之。”

巫阳对曰：“掌梦，上帝其命难从。若必筮予之，恐后之谢，不能复用巫阳焉。”乃下招曰：魂兮归来。去君之恒干，何为四方些。舍君之乐处，而离彼不祥些。

魂兮归来，东方不可以托些。长人千仞，惟魂是索些。十日代出，流金铄石些。彼皆习之，魂往必释些。归来归来，不可以托些。魂兮归来，南方不可以止些。雕题黑齿，得人肉以祀，以其骨为醢些。蝮蛇蓁蓁，封狐千里些。雄虺九首，往来倏忽，吞人以益其心些。归来归来，不可久淫些。魂兮归来，西方之害，流沙千里些。旋入雷渊，爢散而不可止些。幸而得脱，其外旷宇些。赤蚁若象，玄蜂若壶些。五谷不生，丛菅是食些。其土烂人，求水无所得些。彷徉无所倚，广大无所极些。归来归来，恐自遗贼些。魂兮归来，北方不可以止些。增冰峨峨，飞雪千里些。归来归来，不可以久些。魂兮归来，君无上天些。虎豹九关，啄害下人些。一夫九首，拔木九千些。豺狼从目，往来侁侁些。悬人以娭，投之深渊些。致命于帝，然后得瞑些。归来归来，往恐危身些。魂兮归来，君无下此幽都些。土伯九约，其角觺觺些。敦脄血拇，逐人駓駓些。参目虎首，其身若牛些。此皆甘人，归来归来，恐自遗灾些。魂兮归来，入修门些。工祝招君，背行先些。秦篝齐缕，郑绵络些。招具该备，永啸呼些。魂兮归来，反故居些。天地四方，多贼奸些。像设君室，静闲安些。高堂邃宇，槛层轩些。层台累榭，临高山些。网户朱缀，刻方连些。冬有突夏，夏室寒些。川谷径复，流潺湲些。光风转蕙，泛崇兰些。经堂入奥，朱尘筵些。砥室翠翘，挂曲琼些。翡翠珠被，烂齐光些。蒻阿拂壁，罗帱张些。纂组绮缟，结琦璜些。室中之观，多珍怪些。兰膏明烛，华容备些。二八侍宿，射递代些。九侯淑女，多迅众些。盛鬋不同制，实满宫些。容态好比，顺弥代些。弱颜固植，謇其有意些。姱容修态，絙洞房些。蛾眉曼睩，目腾光些。靡颜腻理，遗视矊些。离榭修幕，侍君之闲些。翡帷翠帱，饰高堂些。红壁沙版，玄玉之梁些。仰观刻桷，画龙蛇些。坐堂伏槛，临曲池些。芙蓉始发，杂芰荷些。紫茎屏风，文缘波些。文异豹饰，侍陂陁些。轩辌既低，步骑罗些。兰薄户树，琼木篱些。

魂兮归来！何远为些？室家遂宗，食多方些。稻粢穱麦，挐黄粱些。大苦醎酸，辛甘行些。肥牛之腱，臑若芳些。和酸若苦，陈吴羹些。胹鳖炮羔，有柘浆些。鹄酸臇凫，煎鸿鸧些。露鸡臛蠵，厉而不爽些。

粔籹蜜饵，有餦餭些。瑶浆蜜勺，实羽觞些。挫糟冻饮，酎清凉些。华酌既陈，有琼浆些。归来反故室，敬而无妨些。肴羞未通，女乐罗些。陈钟按鼓，造新歌些。《涉江》《采菱》，发《扬荷》些。美人既醉，朱颜酡些。娭光眇视，目曾波些。被文服纤，丽而不奇些。长发曼鬋，艳陆离些。二八齐容，起郑舞些。衽若交竿，抚案下些。竽瑟狂会，搷鸣鼓些。宫庭震惊，发《激楚》些。吴歈蔡讴，奏大吕些。士女杂坐，乱而不分些。放陈组缨，班其相纷些。郑卫妖玩，来杂陈些。《激楚》之结，独秀先些。菎蔽象棋，有六簙些。分曹并进，遒相迫些。成枭而牟，呼五白些。晋制犀比，费白日些。铿钟摇虡，揳梓瑟些。娱酒不废，沈日夜些。兰膏明烛，华灯错些。结撰至思，兰芳假些。人有所极，同心赋些。酎饮尽欢，乐先故些。魂兮归来！反故居些。

乱曰：献岁发春兮，汨吾南征。菉蘋齐叶兮，白芷生。路贯庐江兮，左长薄。倚沼畦瀛兮，遥望博。青骊结驷兮，齐千乘。悬火延起兮，玄颜烝。步及骤处兮，诱骋先。抑骛若通兮，引车右还。与王趋梦兮，课后先。君王亲发兮，惮青兕。朱明承夜兮，时不可以淹。皋兰被径兮，斯路渐。湛湛江水兮，上有枫。目极千里兮，伤春心。魂兮归来，哀江南。

［（汉）王逸《楚辞章句》第九卷，明正德十三本］

汉

贾谊《吊屈原》

贾谊（前200—前168），洛阳（今河南洛阳）人。

谊为长沙王太傅，既以谪去，意不自得，及渡湘水，为赋以吊屈原。屈原，楚贤臣也。被谗放逐，作《离骚赋》，其终篇曰：“已矣哉！国无人兮，莫我知也。”遂自投汨罗而死。谊追伤之，因自喻。其辞曰：

恭承嘉惠兮，俟罪长沙。侧闻屈原兮，自沈汨罗。造托湘流兮，敬吊先生；遭世罔极兮，乃殒厥身。呜呼哀哉！逢时不祥！

鸾凤伏窜兮，鸱枭翱翔。阘茸尊显兮，谗谀得志。贤圣逆曳兮，方正倒植。世谓随、夷为溷兮，谓跖、蹻为廉。莫邪为钝兮，铅刀为铦。吁嗟默默[①]，生之无故兮。斡弃周鼎，宝康瓠兮。腾驾罢牛，骖蹇驴兮。骥垂两耳，服盐车兮。章甫荐履，渐不可久兮。嗟苦先生，独离此咎兮。

讯曰：已矣！国其莫我知兮，独壹郁其谁语？凤漂漂其高逝[②]兮，固自引而远去。袭九渊之神龙兮，沕深潜以自珍。偭蟂獭以隐处，夫岂从虾与蛭螾？所贵圣人之神德兮，远浊世而自藏。使骐骥可得系而羁兮，岂云异夫犬羊？般纷纷其离此尤兮，亦夫子之故也！历[③]九州而相其君兮，何必怀此都也？凤凰翔于千仞兮，览德辉而下之。见细德之险征兮，遥曾击而去之。彼寻常之污渎兮，岂能容夫吞舟之巨鱼？横江湖之鳣鲸[④]兮，固将制于蝼蚁。

（《六臣注文选》卷第六十“吊文”，四部丛刊初编本）

严忌《哀时命》

严忌（约前188—前105），奉县（今浙江嘉兴）人。

哀时命之不及古人兮，夫何予生之不遘时。往者不可扳援兮，俫者不可与期。志憾恨而不逞兮，杼中情而属诗。夜炯炯而不寐兮，怀隐忧而历兹。心郁郁而无告兮，众孰可与深谋？欿愁悴而委惰兮，老冉冉而逮之。居处愁以隐约兮，志沈抑而不扬。道壅塞而不通兮，江河广而无梁。愿至昆仑之悬圃兮，采钟山之玉英。

揽瑶木之橝枝兮，望阆风之板桐。弱水汩其为难兮，路中断而不通。势不能凌波以径度兮，又无羽翼而高翔。然隐悯而不达兮，独徙倚而彷徉。怅惝罔以永思兮，心纡轸而增伤。倚踌躇以淹留兮，日饥馑而绝粮。廓抱景而独倚兮，超永思乎故乡。廓落寂而无友兮，谁可与玩此遗芳。白日晼晚其将入兮，

---

① 默默，一作“嚜嚜”。

② 逝，一作“遰”。

③ 历，一作“瞝”。

④ 鲸，一作“鲟”。

哀余寿之弗将。车既弊而马罢兮，蹇邅徊而不能行。身既不容于浊世兮，不知进退之宜当。冠崔嵬而切云兮，剑淋离而从横。衣摄叶以储与兮，左祛挂于榑桑。右衽拂于不周兮，六合不足以肆行。上同凿枘于伏戏兮，下合矩矱于虞唐。愿尊节而式高兮，志犹卑夫禹汤。虽知困其不改操兮，终不以邪枉害方。世并举而好朋兮，一斗斛而相量。众比周以肩迫兮，贤者远而隐藏。为凤皇作鹑笼兮，虽翕翅其不容。灵皇其不寤知兮，焉陈词而效忠？俗嫉妒而蔽贤兮，孰知余之从容？愿舒志而抽冯兮，庸讵知其吉凶？璋珪杂于甑窐兮，陇廉与孟娵同宫。举世以为恒俗兮，固将愁苦而终穷。幽独转而不寐兮，惟烦懑而盈匈。魂眇眇而驰骋兮，心烦冤之忡忡。志欿憾而不憺兮，路幽昧而甚难。

块独守此曲隅兮，然欿切而永叹。愁修夜而宛转兮，气涫沸其若波。握剞劂而不用兮，操规矩而无所施。骋骐骥于中庭兮，焉能极夫远道？置猨狖于棂槛兮，夫何以责其捷巧？驷跛鳖而上山兮，吾固知其不能升。释管晏而任臧获兮，何权衡之能称？箟簬杂于黀蒸兮，机蓬矢以射革。负檐荷以丈尺兮，欲伸要而不可得。外迫胁于机臂兮，上牵联于矰隿。肩倾侧而不容兮，固狭腹而不得息。务光自投于深渊兮，不获世之尘垢。孰魁摧之可久兮，愿退身而穷处。凿山楹而为室兮，下被衣于水渚。雾露蒙蒙其晨降兮，云依斐而承宇。虹霓纷其朝霞兮，夕淫淫而淋雨。怊茫茫而无归兮，怅远望此旷野。下垂钓于溪谷兮，上要求于仙者。与赤松而结友兮，比王侨而为耦。使枭杨先导兮，白虎为之前后。浮云雾而入冥兮，骑白鹿而容与。

魂眐眐以寄独兮，汩徂往而不归。处卓卓而日远兮，志浩荡而伤怀。鸾凤翔于苍云兮，故矰缴而不能加。蛟龙潜于旋渊兮，身不挂于罔罗。知贪饵而近死兮，不如下游乎清波。宁幽隐以远祸兮，孰侵辱之可为。子胥死而成义兮，屈原沈于汨罗。虽体解其不变兮，岂忠信之可化？志怦怦而内直兮，履绳墨而不颇。执权衡而无私兮，称轻重而不差。摡尘垢之枉攘兮，除秽累而反真。形体白而质素兮，中皎洁而淑清。时厌饫而不用兮，且隐伏而远身。聊窜端而匿迹兮，嗼寂默而无声。独便悁而烦毒兮，焉发愤而抒情？时暧暧其将罢兮，遂闷叹而无名。伯夷死于首阳兮，卒夭隐而不荣。太公不遇文王兮，身至死而不得逞。怀瑶象而佩琼兮，愿陈列而无正。生天墬之若过兮，忽烂漫而无成。邪气袭余之形体兮，疾憯怛而萌生。愿壹见阳春之白日兮，恐不终乎永年。

［（汉）王逸《楚辞章句》卷第十四，明正德十三本］

董仲舒《士不遇赋》

董仲舒（前179—前104），西汉广川（今河北景县）人。

呜呼嗟乎！遐哉邈矣。时来曷迟？去之速矣。屈意从人，悲吾徒[①]矣。正身俟时，将就木矣。悠悠偕时，岂能觉矣？心之忧欤，不期禄矣。皇皇[②]匪宁，秖[③]增辱矣。努力触藩，徒摧角矣。不出户庭，庶无过矣。

重曰：生不丁三代之盛隆兮，而丁三季之末俗。以辨[④]诈而期通兮，贞士耿介而自束。虽日三省于吾身，繇怀进退之惟谷。彼寔繁之有徒兮，指其白以为黑。目信嫮而言眇兮，口信辨[⑤]而言讷。鬼神不能正人事之变戾兮，圣贤亦不能开愚夫之违惑。出门则不可与偕往兮，藏器又蚩其不容。退洗心而内讼兮，亦未知其所从也。观上古之清浊兮，廉士亦茕茕而靡归。殷汤有卞随与务光兮，周武有伯夷与叔齐。卞随、务光遁迹于深渊兮，伯夷、叔齐登山而采薇。使彼圣人[⑥]其繇周遑兮，矧举世而同迷。若伍员与屈原兮，固亦无所复顾。亦不能同彼数子兮，将远游而终慕。于吾侪之云远兮，疑荒涂而难践。惮君子之于行兮，诫三日而不饭。

嗟天下之偕违兮，怅无与之偕返。孰若返身于素业兮，莫随世而轮转。虽矫情而获百利兮，复不如正心而归一善。纷既迫而后动兮，岂云禀性之惟褊？昭同人而大有兮，明谦光而务展。遵幽昧于默足兮，岂舒采而蕲显？苟肝胆之可同兮，奚须发之足辨也？

（龚克昌、苏瑞隆等评注《两汉赋评注》，山东大学出版社2011年，第148-149页）

东方朔《七谏》

东方朔（约前161—前93?），平原郡厌次县（今山东惠民）人。

---

① 徒，一作“族”。
② 皇皇，一作“遑遑”。
③ 秖，一作“祇”。
④ 辨，一作“辩”。
⑤ 辨，一作“辩”。
⑥ 人，一作“贤”。

初放

平生于国兮，长于原野。言语讷譅兮，又无彊[①]辅。浅智褊能兮，闻见又寡。数言便事兮，见怨门下。王不察其长利兮，卒见弃乎原野。伏念思过兮，无可改者。群众成朋兮，上浸以惑。巧佞在前兮，贤者灭息。尧、舜圣已没兮，孰为忠直？高山崔巍兮，水流汤汤。死日将至兮，与麋鹿同坑。块鞠兮当道宿，举世皆然兮，余将谁告？斥逐鸿鹄兮，近习鸱枭。斩伐橘柚兮，列树苦桃。便娟之修竹兮，寄生乎江潭。上葳蕤而防露兮，下泠泠而来风。孰知其不合兮，若竹柏之异心。往者不可及兮，来者不可待。悠悠苍天兮，莫我振理。窃怨君之不寤兮，吾独死而后已。

沈江

惟往古之得失兮，览私微之所伤。尧舜圣而慈仁兮，后世称而弗忘。齐桓失于专任兮，夷吾忠而名彰。晋献惑于骊姬兮，申生孝而被殃。偃王行其仁义兮，荆文寤而徐亡。纣暴虐以失位兮，周得佐乎吕望。修往古以行恩兮，封比干之丘陇。贤俊慕而自附兮，日浸淫而合同。明法令而修理兮，兰芷幽而有芳。苦众人之妒予兮，箕子寤而佯狂。不顾地以贪名兮，心怫郁而内伤。联蕙芷以为佩兮，过鲍肆而失香。正臣端其操行兮，反离谤而见攘。世俗更而变化兮，伯夷饿于首阳。独廉洁而不容兮，叔齐久而逾明。浮云陈而蔽晦兮，使日月乎无光。忠臣贞而欲谏兮，谗谀毁而在旁。秋草荣其将实兮，微霜下而夜降。商风肃而害生兮，百草育而不长。众并谐以妒贤兮，孤圣特而易伤。怀计谋而不见用兮，岩穴处而隐藏。成功隳而不卒兮，子胥死而不葬。世从俗而变化兮，随风靡而成行。信直退而毁败兮，虚伪进而得当。追悔过之无及兮，岂尽忠而有功。废制度而不用兮，务行私而去公。终不变而死节兮，惜年齿之未央。将方舟而下流兮，冀幸君之发曚。痛忠言之逆耳兮，恨申子之沈江。愿悉心之所闻兮，遭值君之不聪。不开寤而难道兮，不别横之与纵。听奸臣之浮说兮，绝国家之久长。灭规矩而不用兮，背绳墨之正方。离忧患而乃寤兮，若纵火于秋蓬。业失之而不救兮，尚何论乎祸凶？彼离畔而朋党兮，独行之士其何

---

① 彊，一作“强”。

望？日渐染而不自知兮，秋毫微哉而变容。众轻积而折轴兮，原咎杂而累重。赴湘沅之流澌兮，恐逐波而复东。怀沙砾而自沈兮，不忍见君之蔽壅。

怨世

世沈淖而难论兮，俗岭峨而嵾嵯。清泠泠而歼灭兮，溷湛湛而日多。枭鸮既以成群兮，玄鹤弭翼而屏移。蓬艾亲入御于床笫兮，马兰踸踔而日加。弃捐药芷与杜衡兮，余奈世之不知芳何。何周道之平易兮，然芜秽而险戏。高阳无故而委尘兮，唐虞点灼而毁议。谁使正其真是兮，虽有八师而不可为。皇天保其高兮，后土持其久。服清白以逍遥兮，偏与乎玄英异色。西施媞媞而不得见兮，嫫母勃屑而日侍。桂蠹不知所淹留兮，蓼虫不知徙乎葵菜。处涽涽之浊世兮，今安所达乎吾志。

意有所载而远逝兮，固非众人之所识。骥踌躇于弊輂兮，遇孙阳而得代。吕望穷困而不聊生兮，遭周文而舒志。宁戚饭牛而商歌兮，桓公闻而弗置。路室女之方桑兮，孔子过之以自侍。吾独乖剌而无当兮，心悼怵而耄思。思比干之悙悙兮，哀子胥之慎事。悲楚人之和氏兮，献宝玉以为石。遇厉武之不察兮，羌两足以毕斮。小人之居势兮，视忠正之何若？改前圣之法度兮，喜嗫嚅而妄作。亲谗谀而疏贤圣兮，讼谓闾娵为丑恶。愉近习而蔽远兮，孰知察其黑白。卒不得效其心容兮，安眇眇而无所归薄。专精爽以自明兮，晦冥冥而壅蔽。年既已过太半兮，然輡轲而留滞。欲高飞而远集兮，恐离罔而灭败。独冤抑而无极兮，伤精神而寿夭。皇天既不纯命兮，余生终无所依。愿自沈于江流兮，绝横流而径逝。宁为江海之泥涂兮，安能久见此浊世？

怨思

贤士穷而隐处兮，廉方正而不容。子胥谏而靡躯兮，比干忠而剖心。子推自剖[①]而饲君兮，德日忘而怨深。行明白而曰黑兮，荆棘聚而成林。江离弃于穷巷兮，蒺藜蔓乎东厢。贤者蔽而不见兮，谗谀进而相朋[②]。枭鸮并进而俱鸣兮，凤皇飞而高翔。愿壹往而径逝兮，道壅绝而不通。

---

① 剖，一作“割”。

② 相朋，一作“在位”。

自悲

居愁懃其谁告兮，独永思而忧悲。内自省而不惭兮，操愈坚而不衰。隐三年而无决兮，岁忽忽其若颓。怜余身不足以卒意兮，冀一见而复归。哀人事之不幸兮，属天命而委之咸池。身被疾而不闲兮，心沸热其若汤。冰炭不可以相并兮，吾固知乎命之不长。哀独苦死之无乐兮，惜予年之未央。悲不反余之所居兮，恨离予之故乡。鸟兽惊而失群兮，犹高飞而哀鸣。狐死必首丘兮，夫人孰能不反其真情？

故人疏而日忘兮，新人近而俞好。莫能行于杳冥兮，孰能施于无报？苦众人之皆然兮，乘回风而远游。凌恒山其若陋兮，聊愉娱以忘忧。悲虚言之无实兮，苦众口之铄金。过故乡而一顾兮，泣歔欷而沾衿。厌白玉以为面兮，怀琬琰以为心。邪气入而感内兮，施玉色而外淫。何青云之流澜兮，微霜降之蒙蒙。徐风至而徘徊兮，疾风过之汤汤。闻南籓乐而欲往兮，至会稽而且止。见韩众而宿之兮，问天道之所在。借浮云以送予兮，载雌霓而为旌。驾青龙以驰骛兮，班衍衍之冥冥。忽容容其安之兮，超慌忽其焉如。苦众人之难信兮，愿离群而远举。登峦山而远望兮，好桂树之冬荣。观天火之炎炀兮，听大壑之波声。引八维以自道兮，含沆瀣以长生。居不乐以时思兮，食草木之秋实。饮菌若之朝露兮，构桂木而为室。杂橘柚以为囿兮，列新夷与椒桢。鹍鹤孤而夜号兮，哀居者之诚贞。

哀命

哀时命之不合兮，伤楚国之多忧。内怀情之洁白兮，遭乱世而离尤。恶耿介之直行兮，世溷浊而不知。何君臣之相失兮，上沅湘而分离。测汨罗之湘水兮，知时固而不反。伤离散之交乱兮，遂侧身而既远。处玄舍之幽门兮，穴岩石而窟伏。

从水蛟而为徙兮，与神龙乎休息。何山石之崭岩兮，灵魂屈而偃蹇。含素水而蒙深兮，日眇眇而既远。哀形体之离解兮，神罔两而无舍。惟椒兰之不反兮，魂迷惑而不知路。愿无过之设行兮，虽灭没之自乐。痛楚国之流亡兮，哀灵修之过到。固时俗之溷浊兮，志瞀迷而不知路。念私门之正匠兮，遥涉江而远去。念女媭之婵媛兮，涕泣流乎於悒。我决死而不生兮，虽重追吾何及。戏疾濑之素水兮，望高山之蹇产。哀高丘之赤岸兮，遂没身而不反。

谬谏

怨灵修之浩荡兮，夫何执操之不固？悲太山之为隍兮，孰江河之可涸。愿承间而效志兮，恐犯忌而干讳。卒抚情以寂寞兮，然怊怅而自悲。玉与石其同匮兮，贯鱼眼与珠玑。驽骏杂而不分兮，服罢牛而骖骥。年滔滔而日远兮，寿冉冉而俞衰。心悇憛而烦冤兮，蹇超摇而无冀。固时俗之工巧兮，灭规矩而改错。却骐骥而不乘兮，策驽骀而取路。当世岂无骐骥兮，诚无王良之善驭。见执辔者非其人兮，故驹跳而远去。不量凿而正枘兮，恐矩矱之不同。不论世而高举兮，恐操行之不调。弧弓弛而不张兮，孰云知其所至。无倾危之患难兮，焉知贤士之所死。俗推佞而进富兮，节行张而不著。贤良蔽而不群兮，朋曹比而党誉。邪枉说饰而多曲兮，正法弧而不公。直士隐而避匿兮，谗谀登乎明堂。弃彭咸之娱乐兮，灭巧倕之绳墨。菎蕗杂于丛[①]蒸兮，机蓬矢以射革。驾蹇驴而无策兮，又何路之能极。以直针而为钓兮，又何鱼之能得？伯牙之绝弦兮，无钟子期而听之。和抱璞而泣血兮，安得良工而剖之？同音者相和兮，同类者相似。飞鸟号其群兮，鹿鸣求其友。故叩宫而宫应兮，弹角而角动。虎啸而谷风至兮，龙举而景云往。音声之相和兮，言物类之相感也。夫方圜之异形兮，势不可以相错。列子隐身而穷处兮，世莫可以寄托。众鸟皆有行列兮，凤独翱翔而无所薄。经浊世而不得志兮，愿侧身岩穴而自托。欲阖口而无言兮，尝被君之厚德。独便悁而怀毒兮，愁郁郁之焉极。念三年之积思兮，愿壹见而陈词。不及君而骋说兮，世孰可为明之。身寝疾而日愁兮，情沉抑而不扬。众人莫可与论道兮，悲精神之不通。

乱曰：鸾皇孔凤，日以远兮。畜凫[②]驾鹅，鸡鹜满堂坛兮。蛙黾游乎华池。要褭奔亡兮，腾驾橐驼。铅刀进御兮，遥弃太阿。拔搴玄芝兮，列树芋荷。橘柚萎枯兮，苦李旖旎。甂瓯登于明堂兮，周鼎潜乎深渊。自古而固然兮，吾又何怨乎今之人！

［（汉）王逸《楚辞章句》卷第十三，明正德十三本］

① 丛，一作“蘩”。
② 凫，一作“枭”。

王褒《九怀》

王褒（前90—前51），蜀郡资中（今四川资阳）人。

匡机

极运兮不中，来将屈兮困穷。余深愍兮惨怛，愿一列兮无从。乘日月兮上征，顾游心兮鄗酆。弥览兮九隅，彷徨兮兰宫。芷闾兮药房，奋摇兮众芳。菌阁兮蕙楼，观道兮从横。宝金兮委积，美玉兮盈堂。桂水兮潺湲，扬流兮洋洋。蓍蔡兮踊跃，孔鹤兮回翔。抚槛兮远望，念君兮不忘。怫郁兮莫陈，永怀兮内伤。

通路

天门兮墬户，孰由兮贤者？无正兮溷厕，怀德兮何睹？假寐兮愍斯，谁可与兮寤语？痛凤兮远逝，畜鴳兮近处。鲸䲘兮幽潜，从虾兮游陼。乘虬兮登阳，载象兮上行。朝发兮葱岭，夕至兮明光。北饮兮飞泉，南采兮芝英。宣游兮列宿，顺极兮彷徉。红采兮骍衣，翠缥兮为裳。舒佩兮綝纚，竦余剑兮干将。腾蛇兮后从，飞駏兮步旁。微观兮玄圃，览察兮瑶光。启匮兮探策，悲命兮相当。纫蕙兮永词，将离兮所思。浮云兮容与，道余兮何之？远望兮仟眠，闻雷兮阗阗。阴忧兮感余，惆怅兮自怜。

危俊

林不容兮鸣蜩，余何留兮中州？陶嘉月兮总驾，搴玉英兮自修。结荣茝兮逶逝，将去烝兮远游。径岱土兮魏阙，历九曲兮牵牛。聊假日兮相佯，遗光燿兮周流。望太一兮淹息，纡余辔兮自休。晞白日兮皎皎，弥远路兮悠悠。顾列孛兮缥缥，观幽云兮陈浮。钜宝迁兮砏磤，雉咸雊兮相求。泱莽莽兮究志，惧吾心兮懤懤。步余马兮飞柱，览可与兮匹俦。卒莫有兮纤介，永余思兮怞怞。

昭世

世溷兮冥昏，违君兮归真。乘龙兮偃蹇，高回翔兮上臻。袭英衣兮缇䌤，披华裳兮芳芬。登羊角兮扶舆，浮云漠兮自娱。握神精兮雍容，与神人兮相胥。流星坠兮成雨，进瞵盼兮上丘墟。览旧邦兮滃郁，余安能兮久居？志怀逝兮心懰栗，纡余辔兮踌躇。闻素女兮微歌，听王后兮吹竽。魂凄怆兮感哀，肠回回兮盘纡。抚余佩兮缤纷，高太息兮自怜。使祝融兮先行，令昭明兮开门。驰六蛟兮上征，竦余驾兮入冥。历九州兮索合，谁可与兮终生？忽反顾兮西囿，睹轸丘兮崎倾。横垂涕兮泫流，悲余后兮失灵。

尊嘉

季春兮阳阳，列草兮成行。余悲兮兰生，委积兮从横。江离兮遗捐，辛夷兮挤臧。伊思兮往古，亦多兮遭殃。伍胥兮浮江，屈子兮沈湘。运余兮念兹，心内兮怀伤。望淮兮沛沛，滨流兮则逝。榜舫兮下流，东注兮磕磕。蛟龙兮导引，文鱼兮上濑。抽蒲兮陈坐，援芙蕖兮为盖。水跃兮余旌，继以兮微蔡。云旗兮电骛，倏忽兮容裔。河伯兮开门，迎余兮欢欣。顾念兮旧都，怀恨兮艰难。窃哀兮浮萍，泛淫兮无根。

蓄英

秋风兮萧萧，舒芳兮振条。微霜兮眇眇，病殀兮鸣蜩。玄鸟兮辞归，飞翔兮灵丘。望溪兮滃郁，熊罴兮呴嗥。唐虞兮不存，何故兮久留？临渊兮汪洋，顾林兮忽荒。修余兮袿衣，骑霓兮南上。乘云兮回回，亹亹兮自强。将息兮兰皋，失志兮悠悠。蒶蕴兮黴黧，思君兮无聊。身去兮意存，怆恨兮怀愁。

思忠

登九灵兮游神，静女歌兮微晨。悲皇丘兮积葛，众体错兮交纷。贞枝抑兮枯槁，枉车登兮庆云。感余志兮惨栗，心怆怆兮自怜。驾玄螭兮北征，向吾路兮葱岭。连五宿兮建旄，扬氛气兮为旌。历广漠兮驰骛，览中国兮冥冥。玄武步兮水母，与吾期兮南荣。登华盖兮乘阳，聊逍遥兮播光。抽库娄兮酌醴，援瓟瓜兮接粮。毕休息兮远逝，发玉轫兮西行。惟时俗兮疾正，弗可久兮此方。寤辟摽兮永思，心怫郁兮内伤。

陶壅

览杳杳兮世惟，余惆怅兮何归？伤时俗兮溷乱，将奋翼兮高飞。驾八龙兮连蜷，建虹旌兮威夷。观中宇兮浩浩，纷翼翼兮上跻。浮溺水兮舒光，淹低佪兮京沚。屯余军兮索友，睹皇公兮问师。道莫贵兮归真，羡余术兮可夷。吾乃逝兮南娭，道幽路兮九疑。越炎火兮万里，过万首兮嶷嶷[①]。济江海兮蝉蜕，绝北梁兮永辞。浮云郁兮昼昏，霾土忽兮壓壓。息阳城兮广夏，衰色罔兮中怠。意晓阳兮燎寤，乃息轸兮存兹。思尧舜兮袭兴，幸咎繇兮获谋。悲九州兮靡君，抚轼叹兮作诗。

株昭

悲哉于嗟兮，心内切磋。款冬而生兮，凋彼叶柯。瓦砾进宝兮，捐弃随和。铅刀厉御兮，顿弃太阿。骥垂两耳兮，中坂蹉跎。蹇驴服驾兮，无用日多。修洁处幽兮，贵宠沙劘。凤皇不翔兮，鹑鴳飞扬。乘虹骖蜺兮，载云变化。鷦鹏开路兮，后属青蛇。步骤桂林兮，超骧卷阿。丘陵翔舞兮，溪谷悲歌。神章灵篇兮，赴曲相和。余私娱兹兮，孰哉复加。还顾世俗兮，坏败罔罗。卷佩将逝兮，涕流滂沲。

乱曰：皇门开兮照下土，株秽除兮兰芷睹。四佞放兮后得禹，圣舜摄兮昭尧绪，孰能若兮愿为辅。

［（汉）王逸《楚辞章句》卷第十五，明正德十三本］

刘向《九叹》

刘向（前77—前6），沛郡丰邑（今江苏徐州）人。

逢纷

伊伯庸之末胄兮，谅皇直之屈原。云余肇祖于高阳兮，惟楚怀之婵连。原生受命于贞节兮，鸿永路有嘉名。齐名字于天地兮，并光明于列星。吸精粹而吐氛浊兮，横邪世而不取容。行叩诚而不阿兮，遂见排而逢谗。后听虚而黜实兮，不吾理而顺情。肠愤悁而含怒兮，志迁蹇而左倾。心戃慌其不我与兮，躬速速而不吾亲。辞灵修而陨意兮，吟泽畔之江滨。椒桂罗以颠覆兮，有竭信而归诚。谗夫蔼蔼而曼[②]着兮，曷其不舒予情？始结言于庙堂兮，信中涂而叛

① 嶷嶷，一作“旌旌”。

② 曼，一作“漫”。

之。怀兰蕙与蘅芷兮，行中野而散之。声哀哀而怀高丘兮，心愁愁而思旧邦。愿承闲而自恃兮，径淫曀而道壅。颜黴黧以沮败兮，精越裂而衰耄。裳襜襜而含风兮，衣纳纳而掩露。赴江湘之湍流兮，顺波凑而下降。徐徘徊于山阿兮，飘风来之汹汹。驰余车兮玄石，步余马兮洞庭。平明发兮苍梧，夕投宿兮石城。芙蓉盖而菱华车兮，紫贝阙而玉堂。薜荔饰而陆离荐兮，鱼鳞衣而白蜺裳。登逢龙而下陨兮，违故都之漫漫。思南郢之旧俗兮，肠一夕而九运。扬流波之潢潢兮，体溶溶而东回。心怊怅以永思兮，意晻晻而自颓。白露纷以涂涂兮，秋风浏浏以萧萧。身永流而不还兮，魂长逝而常愁。

叹曰：譬彼流水，纷扬磕兮。波逢汹涌，濆滂沛兮。揄扬涤荡，飘流陨往，触岑石兮。龙邛脟圈，缭戾宛转，阻相薄兮。遭纷逢凶，蹇离尤兮。垂文扬采，遗将来兮。

灵怀

灵怀其不吾知兮，灵怀其不吾闻。就灵怀之皇祖兮，诉灵怀之鬼神。灵怀曾不吾知兮，即听夫人之谀辞。余辞上参于天墬兮，旁引之于四时。指日月使延照兮，抚招摇以质正。立师旷俾端词兮，命咎繇使并听。兆出名曰正则兮，卦发字曰灵均。余幼既有此鸿节兮，长愈固而弥纯。不从俗而诐行兮，直躬指而信志。不枉绳以追曲兮，屈情素以从事。端余行其如玉兮，述皇舆之踵迹。群阿容以晦光兮，皇舆覆以幽辟。舆中涂以回畔兮，驷马惊而横奔。执组者不能制兮，必折轭而摧辕。断镳衔以驰骛兮，暮去次而敢止。路荡荡其无人兮，遂不御乎千里。身衡陷而下沈兮，不可获而复登。不顾身之卑贱兮，惜皇舆之不兴。出国门而端指兮，方冀壹寤而锡还。哀仆夫之坎毒兮，屡离忧而逢患。九年之中不吾反兮，思彭咸之水游。惜师延之浮渚兮，赴汨罗之长流。遵江曲之逶移兮，触石碕而衡游。波澧澧而扬浇兮，顺长濑之浊流。淩黄沱而下低兮，思还流而复反。玄舆驰而并集兮，身容与而日远。棹舟杭以横濿兮，𣶒[①]湘流而南极。立江界而长吟兮，愁哀哀而累息。情慌忽以忘归兮，神浮游以高厉。志蛩蛩而怀顾兮，魂眷眷而独逝。

叹曰：余思旧邦，心依违兮。日暮黄昏，嗟幽悲兮。去郢东迁，余谁慕

---

① 𣶒，古“济”字。

兮？谗夫党旅，其以兹故兮。河水淫淫，情所愿兮。顾瞻郢路，终不返兮。

离世

惟郁郁之忧毒兮，志坎壈而不违。身憔悴而考旦兮，日黄昏而长悲。闵空宇之孤子兮，哀枯杨之冤鸰。孤雌吟于高墉兮，鸣鸠栖于桑榆。玄猿失于潜林兮，独偏弃而远放。征夫劳于周行兮，处妇愤而长望。申诚信而罔违兮，情素洁于纫帛。光明齐于日月兮，文采燿于玉石。伤厌次而不发兮，思沈抑而不扬。芳懿懿而终败兮，名糜[1]散而不彰。背玉门以奔骛兮，蹇离尤而干诟。若龙逢之沈首兮，王子比干之逢醢。念社稷之几危兮，反为仇而见怨。思国家之离沮兮，躬获愆而结难。若青绳之伪质兮，晋骊姬之反情。恐登阶之逢殆兮，故退伏于末庭。孽子之号咷兮，本朝芜而不治。犯颜色而触谏兮，反蒙辜而被疑。菀蘼芜与菌若兮，渐藁本于洿渎。淹芳芷于腐井兮，弃鸡骇于筐簏。执棠谿以刜蓬兮，秉干将以割肉。筐泽泻以豹鞹兮，破荆和以继筑。时溷浊犹未清兮，世殽乱犹未察。欲容与以俟时兮，惧年岁之既晏。顾屈节以从流兮，心巩巩而不夷。宁浮沅而驰骋兮，下江湘以邅回。

叹曰：山中槛槛，余伤怀兮。征夫皇皇，其孰依兮。经营原野，杳冥冥兮。乘骐骋骥，舒吾情兮。归骸旧邦，莫谁语兮。长辞远逝，乘湘去兮。

怨思

志隐隐而郁怫兮，愁独哀而冤结。肠纷纭以缭转兮，涕渐渐其若屑。情慨慨而长怀兮，信上皇而质正。合五岳与八灵兮，讯九鬿与六神。指列宿以白情兮，诉五帝以置词。北斗为我质中兮，太一为余听之。云服阴阳之正道兮，御后土之中和。佩苍龙之蚴虬兮，带隐虹之逶蛇。曳彗星之皓旰兮，抚朱爵与鵕鸃。游清雾之飒戾兮，服云衣之披披。杖玉策与朱旗兮，垂明月之玄珠。举霓旌之墆翳兮，建黄昏[2]之总旄。躬纯粹而罔愆兮，承皇考之妙仪。惜往事之不合兮，横汨罗而下厉。乘隆波而南度兮，逐江湘之顺流。赴阳侯之潢洋兮，下石濑而登洲。陆魁堆以蔽视兮，云冥冥而暗前。山峻高以无垠兮，遂曾闳而迫身。雪雰雰而薄木兮，云霏霏而陨集。阜隘狭而幽险兮，石嵾嵯以翳日。悲故

① 糜，一作“靡”。
② 昏，一作“纁”。

乡而发忿兮，去余邦之弥久。背龙门而入河兮，登大坟而望夏首。横舟航而湓湘兮，耳聊啾而戃慌。波淫淫而周流兮，鸿溶溢而滔荡。路曼曼其无端兮，周容容而无识。引日月以指极兮，少须臾而释思。水波远以冥冥兮，眇不睹其东西。顺风波以南北兮，雾宵晦以纷暗。日杳杳以西颓兮，路长远而窘迫。欲酌醴以娱意[①]兮，蹇骚骚而不释。

叹曰：飘风蓬龙，埃拂拂兮。中木摇落，时槁悴兮。遭倾遇祸，不可救兮。长吟永欷，涕焭焭兮。舒情陈诗冀以自免兮，颓流下陨身日以远兮。

远逝

悲余性之不可改兮，屡惩艾而不移。服觉浩以殊俗兮，貌揭揭以巍巍。譬若王侨之乘云兮，载赤霄而凌太清。欲与天地参寿兮，与日月而比荣。登昆仑而北首兮，悉灵圉而来谒。选鬼神于太阴兮，登阊阖于玄阙。回朕车俾西引兮，褰虹旗于玉门。驰六龙于三危兮，朝四灵于九滨。结余轸于西山兮，横飞谷以南征。绝都广以直指兮，历祝融于朱冥。枉玉衡于炎火兮，委两馆于咸唐。贯鸿蒙以东朅兮，维六龙于扶桑。周流览于四海兮，志升降以高驰。征九神于回极兮，建虹采以招指。驾鸾凤以上游兮，从玄鹤与鹪朋[②]。孔鸟飞而送迎兮，腾群鹤于瑶光。排帝宫与罗囿兮，升县圃以眩灭。结琼枝以杂佩兮，立长庚以继日。凌惊雷以轶骇电兮，缀鬼谷于北辰。鞭风伯使先驱兮，囚灵玄于虞渊。溯高风以徘[③]徊兮，览周流于朔方。就颛顼而敶词兮，考玄冥于空桑。旋车逝于崇山兮，奏虞舜于苍梧。湓杨舟于会稽兮，就申胥于五湖。见南郢之流风兮，殒余躬于沅湘。望旧邦之黯黮兮，时溷浊其犹未央。怀兰茝之芬芳兮，妒被离而折之。张绛帷以襜襜兮，风邑邑而蔽之。日暾暾其西舍兮，阳炎炎而复顾。聊假日以须臾兮，何骚骚而自故。

叹曰：譬彼蛟龙，乘云浮兮。泛淫澒溶，纷若雾兮。潺湲轇轕，雷动电发，馺高举兮。升虚凌冥，沛浊浮清，入帝宫兮。摇翘奋羽，驰风骋雨，游无穷兮。

---

① 意，一作“忧”。
② 鹪朋，一作“明鹪”。
③ 徘，一作“低”。

惜贤

览屈氏之离骚兮，心哀哀而怫郁。声嗷嗷以寂寥兮，顾仆夫之憔悴。拨谄谀而匡邪兮，切溉泯之流俗。荡渨涹之奸咎兮，夷蠢蠢之溷浊。怀芬香而挟蕙兮，佩江蓠之菲菲。握申椒与杜若兮，冠浮云之峨峨。登长陵而四望兮，览芷圃之蠡蠡。游兰皋与蕙林兮，睨玉石之嵾嵯。扬精华以炫燿兮，芳郁渥而纯美。结桂树之旖旎兮，纫荃蕙与辛夷。芳若兹而不御兮，捐林薄而菀死。驱子侨之奔走兮，申徒狄之赴渊。若夷由之纯美兮，介子推之隐山。晋申生之离殃兮，荆和氏之泣血。吴子胥之抉眼兮，王子比干之横废。欲卑身而下体兮，心隐恻而不置。方圜殊而不合兮，钩绳用而异态。欲俟时于须臾兮，日阴曀其将暮。时迟迟其日进兮，年忽忽而日度。妄周容而入世兮，内距闭而不开。俟时风之清激兮，愈氛雾其如壓。进雄鸠之耿耿兮，谗纷纷而蔽之。默顺风以偃仰兮，尚由由而进之。心懭悢以冤结兮，情舛错以曼忧。搴薜荔于山野兮，采撚枝于中洲。望高丘而叹涕兮，悲吸吸而长怀。孰契契而委栋兮，日晻晻而下颓。

叹曰：油油江湘，长流汩兮。挑揄扬波，荡迅疾兮。忧心展转，愁怫郁兮。冤结未舒，长隐忿兮。丁时逢殃，孰可奈何兮。劳心悁悁，涕滂沲兮。

忧苦

悲余心之悁悁兮，哀故邦之逢殃。辞九年而不复兮，独茕茕而南行。思余俗之流风兮，心纷错而不受。遵野莽以呼风兮，步从容于山薮。巡陆夷之曲衍兮，幽空虚以寂寞。倚石岩以流涕兮，忧憔悴而无乐。登巑岏以长企兮，望南郢而窥之。山修远其辽辽兮，涂漫漫其无时。听玄鹤之晨鸣兮，于高冈之峨峨。独愤积而哀娱兮，翔江洲而安歌。三鸟飞飞以自南兮，览其志而欲北。愿寄言于三鸟兮，去飘疾而不可得。欲迁志而改操兮，心纷结其未离。外彷徨而游览兮，内恻隐而含哀。聊须臾以时忘兮，心渐渐其烦错。愿假簧以舒忧兮，志纡郁其难释。叹《离骚》以扬意兮，犹未殚于《九章》。长嘘吸以于悒兮，涕横集而成行。伤明珠之赴泥兮，鱼眼玑之坚藏。同驽骡与乘驵兮，杂斑驳与阘茸。葛藟虆于桂树兮，鸱鸮集于木兰。偓促谈于廊庙兮，律魁放乎山间。恶虞氏之《箫韶》兮，好遗风之《激楚》。潜周鼎于江淮兮，爨土鬵于中宇。且人心之有旧兮，而不可保长。邅彼南道兮，以征夫宵行。思念郢路兮，还顾眷眷。涕流交集兮，泣下涟涟。

叹曰：登山长望，中心悲兮。菀彼青青，泣如颓兮。留思北顾，涕渐渐兮。折锐摧矜，凝泛滥兮。念我茕茕，魂谁求兮？仆夫慌悴，散若流兮。

愍命

昔皇考之嘉志兮，喜登能而亮贤。情纯洁而罔薉兮，姿盛质而无愆。放佞人与谄谀兮，斥谗夫与便嬖。亲忠正之悃诚兮，招贞良与明智。心溶溶其不可量兮，情澹澹其若渊。回邪辟而不能入兮，诚愿藏而不可迁。逐下袟于后堂兮，迎虙妃于伊雒。刜谗贼于中廇兮，选吕管于榛薄。丛林之下无怨士兮，江河之畔无隐夫。三苗之徒以放逐兮，伊皋之伦以充庐。今反表以为里兮，颠裳以为衣。戚宋万于两楹兮，废周邵于遐夷。却骐骥以转运兮，腾驴骡以驰逐。蔡女黜而出帷兮，戎妇入而彩绣服。庆忌囚于阱室兮，陈不占战而赴围。破伯牙之号钟兮，挟人筝而弹纬。藏瑉石于金匮兮，捐赤瑾于中庭。韩信蒙于介胄兮，行夫将而攻城。莞芎弃于泽洲兮，瓟蠡蠹于筐簏。麒麟奔于九皋兮，熊罴群而逸囿。折芳枝与琼华兮，树枳棘与薪柴。掘荃蕙与射干兮，耘藜藿与蘘荷。惜今世其何殊兮，远近思而不同。或沉沦其无所达兮，或清激其无所通。哀余生之不当兮，独蒙毒而逢尤。虽謇謇以申志兮，君乖差而屏之。诚惜芳之菲菲兮，反以兹为腐也。怀椒聊之蔼蔼兮，乃逢纷以罹诟也。

叹曰：嘉皇既殁，终不返兮。山中幽险，郢路远兮。谗人㦝㦝，孰可诉兮。征夫罔极，谁可语兮。行吟累欷，声喟喟兮。怀忧含戚，何侘傺兮。

思古

冥冥深林兮，树木郁郁。山参差以崭岩兮，阜杳杳以蔽日。悲余心之悁悁兮，目眇眇而遗泣。风骚屑以摇木兮，云吸吸以湫戾。悲余生之无欢兮，愁倥偬于山陆。旦徘徊于长阪兮，夕仿偟而独宿。发披披以鬤鬤兮，躬劬劳而瘏悴。魂俇俇而南行兮，泣沾襟而濡袂。心婵媛而我告兮，口噤闭而不言。违郢都之旧闾兮，回湘沅而远迁。念余邦之横陷兮，宗鬼神之无次。闵先嗣之中绝兮，心惶惑而自悲。聊浮游于山狭兮，步周流于江畔。临深水而长啸兮，且倘佯而泛观。兴《离骚》之微文兮，冀灵修之壹悟。还余车于南郢兮，复往轨于初古。道修远其难迁兮，伤余心之不能已。背三五之典刑兮，绝洪范之辟纪。播规矩以背度兮，错权衡而任意。操绳墨而放弃兮，倾容幸而侍侧。甘棠枯于丰草兮，藜棘树于中庭。西施斥于北宫兮，仳倠倚于弥楹。乌获戚而骖乘兮，燕公操于马圉。蒯聩登于清府兮，咎繇弃于野外。盖见兹以永叹兮，欲登阶而狐疑。乘白水而高骛兮，因徙弛而长词。

叹曰：倘佯垆阪，沼水深兮。容与汉渚，涕淫淫兮。锺牙已死，谁为声兮？纤阿不遇①，焉舒情兮。曾哀凄欷，心离离兮。还顾高丘，泣如洒兮。

［（汉）王逸《楚辞章句》卷第十六，明正德十三本］

扬雄《羽猎赋　并序》

扬雄（前53—18），蜀郡郫县（今四川成都）人。

其十二月羽猎，雄从。以为昔在二帝、三王，宫馆台榭、沼池苑囿、林麓薮泽，财足以奉郊庙、御宾客、充庖厨而已，不夺百姓膏腴谷土桑柘之地。女有余布，男有余粟，国家殷富，上下交足。故甘露零其庭，醴泉流其塘，凤皇巢其树，黄龙游其沼，麒麟臻其囿，神爵栖其林。昔者禹任益虞而上下和，草木茂；成汤好田而天下用足；文王囿百里，民以为尚小；齐宣王囿四十里，民以为大：裕民之与夺民也。武帝广开上林，南至宜春、鼎胡、御宿、昆吾，旁南山而西，至长杨、五柞，北绕黄山，濒渭而东，周袤数百里。穿昆明池，象滇河，营建章、凤阙、神明、馺娑，渐台、泰液，象海水周流方丈、瀛洲、蓬莱，游观侈靡，穷妙极丽。虽颇割其三垂，以赡齐民，然至羽猎，田车戎马，器械储偫，禁御所营，尚泰奢丽夸诩，非尧、舜、成汤、文王三驱之意也。又恐后世复修前好，不折中以泉台，故聊因《校猎赋》以风。其辞曰：

或称戏农，岂或帝王之弥文哉？论者云否，各亦并时而得宜，奚必同条而共贯？则泰山之封，乌得七十而有二仪？是以创业垂统者，俱不见其爽；遐迩五三，孰知其是非？遂作颂曰：丽哉神圣，处于玄宫。富既与地虖侔訾，贵正与天虖比崇。齐桓曾不足使扶毂，楚严未足以为骖乘；陿三王之阨薜，峤高举而大兴，历五帝之寥廓，涉三皇之登闳；建道德以为师，友仁义

① 遇，一作“御”。

与为为朋。

于是玄冬季月，天地隆烈，万物权舆于内，徂落于外，帝将惟田于灵之囿，开北垠，受不周之制，以终始颛顼、玄冥之统。乃诏虞人典泽，东延昆邻，西驰阊阖，储积共偫，戍卒夹道，斩丛棘，夷野草，御自汧渭，经营酆镐，章皇周流，出入日月，天与地沓。尔乃虎路三嵕以为司马，围经百里而为殿门。外则正南极海，邪界虞渊，鸿蒙沆茫，碣以崇山。营合围会，然后先置乎白杨之南，昆明灵沼之东。贲育之伦，蒙盾负羽，杖镆邪而罗者以万计。其余荷垂天之毕[①]，张竟野之罘。靡日月之朱竿，曳彗星之飞旗。青云为纷，红蜺为缳，属之虖昆仑之虚，涣若天星之罗，浩如涛水之波，淫淫与与，前后要遮。欃枪为闉，明月为候，荧惑司命，天弧发射，鲜扁陆离，骈衍佖路。徽车轻武，鸿絧緁猎，殷殷轸轸，被陵缘阪，穷冥[②]极远者，相与迾[③]虖高原之上；羽骑营营，昈分殊事。缤纷往来，轠轳不绝，若光若灭者，布虖青林之下。

于是天子乃以阳，晁始出乎玄宫，撞鸿钟，建九旒，六白虎，载灵舆，蚩尤并毂，蒙公先驱。立历天之旂，曳捎星之旃，辟历[④]列缺，吐火施鞭。萃傱允[⑤]溶，淋离廓落，戏八镇而开关；飞廉、云师，吸嚊潚率，鳞罗布列，攒以龙翰，秋秋[⑥]跄跄，入西园，切神光。望平乐，径竹林，蹂蕙圃，践兰唐。举烽烈火，辔者施披，方驰千驷，校骑万师。虓虎之陈，从横胶輵，猋泣雷厉，驞駍駖磕，汹汹旭旭，天动地岋。羡漫半散，萧条数千万里外。

若夫壮士忼慨，殊乡别趣，东西南北，骋耆奔欲。拕苍豨，跋犀犛，蹶浮麋。斮巨狿，搏玄蝯[⑦]，腾空虚，歫连卷。踔夭蟜，娭涧门，莫莫纷纷，山谷为之风猋，林丛为之生尘。及至获夷之徒，蹶松柏，掌蒺藜；猎蒙茏，辚轻飞；履般首，带修蛇；钩赤豹，摼象犀。跇峦坑，超唐陂。车骑云会，登降闇蔼，泰华为旒，熊耳为缀，木仆山还，漫若天外，储与虖大溥，聊浪

---

① 毕，一作“罼”。
② 冥，一作“夐”。
③ 迾，一作“列”。
④ 辟历，一作“霹雳”。
⑤ 允，一作“沇”。
⑥ 秋秋，一作“啾啾”。
⑦ 蝯，一作“猿”。

虖宇内。

于是天清日晏，逢蒙列眦，羿氏控弦。皇车幽輵，光纯天地，望舒弥辔，翼乎徐至于上兰。移围徙陈，浸淫蹴部，曲队坚重，各按行伍。壁垒天旋，神抶电击，逢之则碎，近之则破，鸟不及飞，兽不得过，军惊师骇，刮野扫地。及至罕车飞扬，武骑聿皇；蹈飞豹，绢嗅阳。追天宝，出一方；应騂声，击流光。野尽山穷。囊括其雌雄，沈沈溶溶，遥噱虖纮中。三军芒然，穷尢阏与，亶观夫剽禽之绁隃，犀兕之抵触，熊罴之挐攫，虎豹之凌遽，徒角抢题注，蹙竦詟怖，魂亡魄失，触辐关脰。妄发期中，进退履获。创淫轮夷，丘累陵聚。

于是禽殚中衰，相与集于靖冥之馆，以临珍池。灌以岐梁，溢以江河，东瞰目尽，西畅亡崖，随珠和氏，焯烁其陂。玉石嶜崟，眩耀青荧。汉女水潜，怪物暗冥，不可殚形。玄鸾孔雀，翡翠垂荣。王雎关关，鸿雁嘤嘤。群娭虖其中，噍噍昆鸣；凫鹥振鹭，上下砰磕，声若雷霆。乃使文身之技，水格鳞虫，凌坚冰，犯严渊，探岩排碕，薄索蛟螭，蹈獱獭，据鼋鼍，抾灵蠵。入洞穴，出苍梧，乘巨鳞，骑京鱼。浮彭蠡，目有虞。方椎夜光之流离，剖明月之珠胎，鞭洛水之宓妃，饷屈原与彭胥。

于兹虖鸿生巨儒，俄轩冕，杂衣裳，修唐典，匡《雅》《颂》，揖让于前。昭光振耀，蚃曶如神，仁声惠于北狄，武义动于南邻。是以旃裘之王，胡貉之长，移珍来享，抗手称臣。前入围口，后陈卢山。群公常伯、杨朱、墨翟之徒，喟然称曰：“崇哉乎德！虽有唐虞、大夏、成周之隆，何以侈兹！夫古之觐东岳，禅梁基，舍此世也，其谁与哉！”

上犹谦让而未俞也，方将上猎三灵之流，下决醴泉之滋，发黄龙之穴，窥凤凰之巢，临麒麟之囿，幸神雀之林，奢云梦，侈孟诸，非章华，是灵台，罕徂离宫而辍观游，土事不饰，木功不雕，承民乎农桑，劝之以弗迨，侪男女使莫违。恐贫穷者不遍被洋溢之饶，开禁苑，散公储，创道德之囿，弘仁惠之虞，驰弋乎神明之囿，览观乎群臣之有亡。放雉兔，收罝罘，麋鹿刍荛，与百姓共之，盖所以臻兹也。於是醇洪鬯之德，丰茂世之规，加劳三皇，勖勤五帝，不亦至乎！乃祗庄雍穆之徒，立君臣之节，崇贤圣之业，未遑苑囿之丽，游猎之靡也。因回轸还衡，背阿房，反未央。

（龚克昌、苏瑞隆评注《两汉赋评注》，山东大学出版社 2011 年，第 233-235 页）

扬雄《太玄赋》

观大《易》之损益兮，览老氏之倚伏。省忧喜之共门兮，察吉凶之同域。皦皦著乎日月兮，何俗圣之暗烛。岂愒宠以冒灾兮，将噬脐之不及！若飘风不终朝兮，骤雨不终日。雷隐隐而辄息兮，火犹炽而速灭。自夫物有盛衰兮，况人事之所极。奚娄焚于富贵兮，迄丧躬而危族！丰盈祸所栖兮，名誉怨所集。熏以芳而致烧兮，膏含肥而见焫。翠羽媺而殃身兮，蚌含珠而擘裂。圣作典以济时兮，驱蒸民而入甲。张仁义以为纲兮，怀忠贞以矫俗。指尊选以诱世兮，疾身殁而名灭。岂若师由聃兮，执玄静于中谷。纳僬禄于江淮兮，揖松乔于华岳。升昆仑以散发兮，踞弱水而濯足。朝发轫于流沙兮，夕翱翔于碣石。忽万里而一顿兮，过列仙以托宿。役青要与承戈兮，舞冯夷以作乐。听素女之清声兮，观宓妃之妙曲。茹芝英以御饿兮，饮玉醴以解渴。排阊阖以窥天庭兮，骑骍騩以踟蹰。载羡门与俪游兮，永览周乎八极。

乱曰：甘饵含毒，难数尝兮。麟而可羁，近犬羊兮。鸾凤高翔，戾青云兮。不挂网罗，固足珍兮。斯错位极，离大戮兮。屈子慕清，葬鱼腹兮。伯姬曜名，焚厥身兮。孤竹二子，饿首山兮。断迹属娄，何足称兮。辟斯数子，智若渊兮。我异于此，执太玄兮。荡然肆志，不拘挛兮。

（龚克昌、苏瑞隆等评注《两汉赋评注》，山东大学出版社 2011 年，第 255 页）

扬雄《反离骚》

先是时，蜀有司马相如，作赋甚弘丽温雅，雄心壮之，每作赋，常拟之以为式。又怪屈原文过相如，至不容，作《离骚》，自投江而死，悲其文，读之未尝不流涕也。以为君子得时则大行，不得时则龙蛇，遇不遇，命也，何必湛身哉！乃作书，往往摭《离骚》文而反之，自岷山投诸江流以吊屈原，名曰《反离骚》；又旁《离骚》作重一篇，名曰《广骚》；又旁《惜诵》以下至《怀沙》一卷，名曰《畔牢愁》。《畔牢愁》《广骚》文多不载，独载《反离骚》，其辞曰：

有周氏之蝉嫣兮，或鼻祖于汾隅，灵宗初谍伯侨兮，流于末之扬侯。淑周楚之丰烈兮，超既离虖皇波。因江潭而淮记兮，钦吊楚之湘累。

惟天轨之不辟兮，何纯絜而离纷！纷累以其淟涊兮，暗累以其缤纷。

汉十世之阳朔兮，招摇纪于周正。正皇天之清则兮，度后土之方贞。图累承彼洪族兮，又览累之昌辞。带钩矩而佩衡兮，履欃枪以为綦。素初贮厥丽服兮，何文肆而质䙡！资娵娃之珍髢兮，鬻九戎而索赖。

凤皇翔于蓬陼兮，岂驾鹅之能捷？骋骅骝以曲囏兮，驴骡连蹇而齐足。枳棘之榛榛兮，猿貁拟而不敢下。灵修既信椒、兰之唼佞兮，吾累忽焉而不蚤睹？

衿芰茄之绿衣兮，被夫容之朱裳。芳酷烈而莫闻兮，固不如襞而幽之离房。闺中容竞淖约兮，相态以丽佳。知众嫭之嫉妒兮，何必飏累之蛾眉？

懿神龙之渊潜兮，俟庆云而将举。亡春风之被离兮，孰焉知龙之所处？愍吾累之众芬兮，飏爗爗之芳苓。遭季夏之凝霜兮，庆夭悴[①]而丧荣。

横江湘以南淮兮，云走乎彼苍吾，驰江潭之泛溢兮，将折衷虖重华。舒中情之烦或兮，恐重华之不累与。陵阳侯之素波兮，岂吾累之独见许？

精琼靡与秋菊兮，将以延夫天年；临汨罗而自陨兮，恐日薄于西山。解扶桑之总辔兮，纵令之遂奔驰。鸾皇腾而不属兮，岂独飞廉与云师！

卷薜芷与若蕙兮，临湘渊而投之。棍申椒与菌桂兮，赴江湖而沤之。费椒稰以要神兮，又勤索彼琼茅。违灵氛而不从兮，反湛身于江皋！

累既𠨔夫傅说兮，奚不信而遂行？徒恐鹈鴂之将鸣兮，顾先百草为不芳。

初累弃彼虙妃兮，更思瑶台之逸女，抨雄鸩以作媒兮，何百离而曾不壹耦！乘云蜺之旖柅兮，望昆仑以樛流，览四荒而顾怀兮，奚必云女彼高丘？

既亡鸾车之幽蔼兮，焉驾八龙之委蛇？临江濒而掩涕兮，何有《九招》与《九歌》？夫圣哲之不遭兮，固时命之所有。虽增欷以于邑兮，吾恐灵修之不累改。昔仲尼之去鲁兮，婓婓迟迟而周迈，终回复于旧都兮，何必湘渊与涛濑！溷渔父之餔歠兮，絜沐浴之振衣，弃由、聃之所珍兮，跖彭咸之所遗！

（龚克昌、苏瑞隆等评注《两汉赋评注》，山东大学出版社2011，第278-279页）

① 悴，一作“顇”“瘁”。

扬雄《广骚》（存目）

存目，见《汉书》卷八十七上。

扬雄《畔牢愁》（存目）

存目，见《汉书》卷八十七上。

刘歆《遂初赋》

刘歆（约前53—23），沛郡丰邑（今江苏徐州）人。

昔遂初之显禄兮，遭阊阖之开通。跖三台而上征兮，入北辰之紫宫。备列宿于钩陈兮，拥大常之枢极。总六龙于驷房兮，奉华盖于帝侧。惟太阶之侈阔兮，机衡为之难运。惧魁杓之前后兮，遂隆集于河滨。遭阳侯之丰沛兮，乘素波以聊戾。得玄武之嘉兆兮，守五原之烽燧。

二乘驾而既俟，仆夫期而在涂。驰太行之严防兮，入天井之乔关。历冈岑以升降兮，马龙腾以超摅。舞双驷以优游兮，济黎侯之旧居。心涤荡以慕远兮，回高都而北征。剧强秦之暴虐兮，吊赵括于长平。好周文之嘉德兮，躬尊贤而下士。骛驷马而观风兮，庆辛甲于长子。哀衰周之失权兮，数辱而莫扶。执孙蒯于屯留兮，救王师于余吾。过下虒而叹息兮，悲平公之作台。背宗周而不恤兮，苟偷乐而惰怠。枝叶落而不省兮，公族阒其无人。日不悛而俞甚兮，政委弃于家门。载约屦而正朝服兮，降皮弁以为履。宝砾石于庙堂兮，面隋和而不视。始建衰而造乱兮，公室由此遂卑。怜后君之寄寓兮，唁靖公于铜鞮。越侯田而长驱兮，释叔向之飞患。悦善人之有救兮，劳祁奚于太原。何叔子之好直兮，为群邪之所恶。赖祁子之一言兮，几不免乎徂落。雹美不必为偶兮，时有差而不相及。虽韫宝而求贾兮，嗟千载其焉合。昔仲尼之淑圣兮，竟隘穷乎陈蔡。彼屈原之贞专兮，卒放沉于湘渊。何方直之难容兮，柳下黜出而三辱。蘧瑗抑而再奔兮，岂材知之不足？扬蛾眉而见妒兮，固丑女之情也。曲木恶直绳兮，亦小人之诚也。以夫子之博观兮，何此道之必然。空下时而矖世兮，自命己之取患。悲积习之生常兮，固明智之所别。叔群既在皂隶兮，六卿兴而为桀。荀寅肆而颛恣兮，吉射叛而擅兵。憎人臣之若兹兮，责赵鞅于晋阳。轶中国之都邑兮，登句注以陵厉。历雁门而入云中兮，超绝辙而远逝。济临沃而遥思兮，垂意兮边都。

野萧条以寥廓兮，陵谷错以盘纡。飘寂寥以荒吻兮，沙埃起之杳冥。回风育其飘忽兮，回飐飐之泠泠。薄涸冻之凝滞兮，沸溪谷之清凉。漂积雪之皑皑兮，涉凝露之降霜。扬雹霰之复陆兮，慨原泉之凌阴。激流澌之漻泪兮，窥九渊之潜淋。飒凄怆以惨怛兮，戚风漻以冽寒。兽望浪以穴窜兮，乌胁翼之浚浚。山萧瑟以鹍鸣兮，树木坏而哇吟。地坼裂而愤忽急兮，石捌破之岩岩。天烈烈以厉高兮，廖琫窻以枭牢。雁邕邕以迟迟兮，野鹳鸣而嘈嘈。望亭隧之皦皦兮，飞旗帜之翩翩。回百里之无家兮，路修远之[①]绵绵。于是勒障塞而固守兮，奋武灵之精诚。摅赵奢之策虑兮，威谋完乎金城。外折冲以无虞兮，内抚民以永宁。既邕容以自得兮，唯惕惧于笁寒。攸潜温之玄室兮，涤浊秽于太清。反情素于寂寞兮，居华体之冥冥。玩琴书以条畅兮，考性命之变态。运四时而览阴阳兮，总万物之珍怪。虽穷天地之极变兮，曾何足乎留意！长恬澹以欢娱兮，固贤圣之所喜。

乱曰：处幽潜德，含圣神兮。抱奇内光，自得真兮。宠幸浮寄，奇无常兮。寄之去留，亦何伤兮。大人之度，品物齐兮。舍位之过，忽若遗兮。求位得位，固其常兮。守信保己，比老彭兮。

（龚克昌、苏瑞隆评注《两汉赋评注》，山东大学出版社2011年，第292-293页）

冯衍《显志赋》

冯衍（约1—76），京兆杜陵（今陕西西安）人。

冯子以为夫人之德，不碌碌如玉，落落如石。风兴云蒸，一龙一蛇，与道翱翔，与时变化，夫岂守一节哉？用之则行，舍之则臧，进退无主，屈申无常。故曰："有法无法，因时为业；有度无度，与物趣舍。"常务道德之实，而不求当世之名，阔略杪小之礼，荡佚人间之事。正身直行，恬然肆志。顾尝好俶傥之策，时莫能听用其谋，喟然长叹，自伤不遭。久栖迟于小官，不得舒其所怀。抑心折节，意凄情悲。夫伐冰之家，不利鸡豚之息；委积之臣，不操市井之利。况历位食禄二十余年，而财产益狭，居处益贫。惟夫君子之仕，行

① 之，一作"而"。

其道也。虑时务者不能兴其德，为身求者不能成其功。去而归家，复羁旅于州郡，身愈据职，家弥穷困，卒离饥寒之灾，有丧元子之祸。

先将军葬渭陵，哀帝之崩也，营之以为园。于是以新丰之东，鸿门之上，寿安之中，地埶高敞，四通广大，南望郦山，北属泾渭，东瞰河华，龙门之阳，三晋之路，西顾酆鄗，周秦之丘，宫观之墟，通视千里，览见旧都，遂定茔焉。退而幽居。盖忠臣过故墟而歔欷，孝子入旧室而哀叹。每念祖考，着盛德于前，垂鸿烈于后，遭时之祸，坟墓芜秽，春秋蒸尝，昭穆无列。年衰岁暮，悼无成功，将西田牧肥饶之野，殖生产，修孝道，营宗庙，广祭祀。然后阖门讲习道德，观览乎孔老之论，庶几乎松乔之福。上陇阪，陟高冈，游精宇宙，流目八紘。历观九州山川之体，追览上古得失之风。愍道陵迟，伤德分崩。夫睹其终必原其始，故存其人而咏其道。疆里九野，经营五山，眇然有思陵云之意。乃作赋自厉，命其篇曰《显志》。显志者，言光明风化之情，昭章玄妙之思也。其辞曰：

开岁发春兮，百卉含英。甲子之朝兮，汩吾西征。发轫新丰兮，裴回镐京。陵飞廉而太息兮，登平阳而怀伤。悲时俗之险厄兮，哀好恶之无常。弃衡石而意量兮，随风波而飞扬。纷纶流于权利兮，亲雷同而妒异；独耿介而慕古兮，岂时人之所憙？沮先圣之成论兮，慜名贤之高风；忽道德之珍丽兮，务富贵之乐耽。遵大路而裴回兮，履孔德之窈冥；固众夫之所眩兮，孰能观于无形？行劲直以离尤兮，羌前人之所有；内自省而不惭兮，遂定志而弗改。欣吾党之唐虞兮，愍吾生之愁勤；聊发愤而扬情兮，将以荡夫忧心。往者不可攀援兮，来者不可与期；病没世之不称兮，愿横逝而无由。

陟雍畤而消摇兮，超略阳而不反。念人生之不再兮，悲六亲之日远。陟九嵕而𡾊临嶭兮，听泾渭之波声。顾鸿门而歔欷，哀吾孤之早零。何天命之不纯兮，信吾罪之所生？伤诚善之无辜兮，赍此恨而入冥。嗟我思之不远兮，岂败事之可悔？虽九死而不眠兮，恐余殃之有再。泪汍澜而雨集兮，气滂浡而云披；心怫郁而纡结兮，意沉抑而内悲。

瞰太行之嵯峨兮，观壶口之峥嵘；悼丘墓之芜秽兮，恨昭穆之不荣。岁忽忽而日迈兮，寿冉冉其不与；耻功业之无成兮，赴原野而穷处。昔伊尹之干汤兮，七十说而乃信；皋陶钓于雷泽兮，赖虞舜而后亲。无二士之遭遇兮，抱忠贞而莫达；率妻子而耕耘兮，委厥美而不伐。韩卢抑而不纵兮，骐骥绊而不试；独慷慨而远览兮，非庸庸之所识。卑卫赐之阜货兮，高颜回之所慕；重祖考之洪烈兮，故收功于此路。循四时之代谢兮，分五土之刑德；相林麓之所产兮，尝水泉之所殖。修神农之本业兮，采轩辕之奇策；追周弃之遗教兮，轶范蠡之绝迹。陟陇山以逾望兮，眇然览于八荒；风波飘其并兴兮，情惆怅而增伤。览河华之泱漭兮，望秦晋之故国。愤冯亭之不遂兮，愠去疾之遭惑。

流山岳而周览兮，徇碣石与洞庭；浮江河而入海兮，泝淮济而上征。瞻燕齐之旧居兮，历宋楚之名都；哀群后之不祀兮，痛列国之为墟。驰中夏而升降兮，路纡轸而多艰；讲圣哲之通论兮，心怊忆而纷纭。惟天路之同轨兮，或帝王之异政；尧舜焕其荡荡兮，禹承平而革命。并日夜而幽思兮，终悇憛而洞疑；高阳瑟其超远兮，世孰可以论兹？讯夏启于甘泽兮，伤帝典之始倾；颂成康之载德兮，咏《南风》之歌声。思唐虞之晏晏兮，揖稷契与为朋；苗裔纷其条畅兮，至汤武而勃兴。昔三后之纯粹兮，每季世而穷祸；吊夏桀于南巢兮，哭殷纣于牧野。诏伊尹于亳郊兮，享吕望于酆洲；功与日月齐光兮，名与三王争流。

杨朱号乎衢路兮，墨子泣乎白丝；知渐染之易性兮，怨造作之弗思。美《关雎》之识微兮，愍王道之将崩；拔周唐之盛德兮，捃桓文之谲功。忿战国之遘祸兮，憎权臣之擅强；黜楚子于南郢兮，执赵武于溴梁。善忠信之救时兮，恶诈谋之妄作；聘申叔于陈蔡兮，禽荀息于虞虢。诛犁之介圣兮，讨臧仓之诉知；鳏子反于彭城兮，爵管仲于夷仪。疾兵革之寖滋兮，苦攻伐之萌生；沉孙武于五湖兮，斩白起于长平。恶丛巧之乱世兮，毒从横之败俗；流苏秦于洹水兮，幽张仪于鬼谷。澄德化之陵迟兮，烈刑罚之峭峻；燔商鞅之法术兮，烧韩非之说论。诮始皇之跋扈兮，投李斯于四裔。灭先王之法则兮，祸寖淫而弘大。援前圣以制中兮，矫二主之骄奢；馌女齐于绛台兮，飨椒举于章华。摛道德之光耀兮，匡衰世之眇风；褒宋襄于泓谷兮，表季札于延陵。摭仁智之英华兮，激乱国之末流；观郑侨于溱洧兮，访晏婴于营丘。日曀曀其将暮兮，独于邑而烦惑；夫何九州之博大兮，迷不知路之南北。驷素虬而驰骋兮，乘翠云相佯；就伯夷而折中兮，得务光而愈明。款子高于中野兮，遇伯成而定虑；钦真人之德美兮，淹踌躇而弗去。意斟愖而不澹兮，俟回风而容与；求善卷之所存兮，遇许由于负黍。轫吾车于箕阳兮，秣吾马于颍浒；闻至言而晓领兮，还吾反乎故宇。

览天地之幽奥兮，统万物之维纲；究阴阳之变化兮，昭五德之精光。跃青龙于沧海兮，豢白虎于金山；凿岩石而为室兮，托高阳以养仙。神雀翔于鸿崖兮，玄武潜于婴冥；伏朱楼而四望兮，采三秀之华英。纂前修之夸节兮，曜往昔之光勋；披绮季之丽服兮，扬屈原之灵芬。高吾冠之岌岌兮，长吾佩之洋洋；饮六醴之清液兮，食五芝之茂英。

揵六枳而为篱兮，筑蕙若而为室；播兰芷于中庭兮，列杜衡于外术。攒射干杂蘼芜兮，构木兰与新夷；光扈扈而炀燿兮，纷郁郁而畅美；华芳晔其发越兮，时恍惚而莫贵；非惜身之埳轲兮，怜众美之憔悴。游精神于大宅兮，抗玄妙之常操；处清静以养志兮，实吾心之所乐。山峨峨而造天兮，林冥冥而畅茂；鸾回翔索其群兮，鹿哀鸣而求其友。诵古今以散思兮，览圣贤以自镇。嘉孔丘之知命兮，大老聃之贵玄；德与道其孰宝兮？名与身其孰亲？陂山谷而闲处兮，守寂寞而存神。夫庄周之钓鱼兮，辞卿相之显位；於陵子之灌园兮，似至人之仿佛。盖隐约而得道兮，羌穷悟而入术；离尘垢之窈冥兮，配乔松之妙节。惟吾志之所庶兮，固与俗之不同。既俶傥而高引兮，愿观其从容。

（龚克昌、苏瑞隆评注《两汉赋评注》，山东大学出版社2011年，第356-359页）

班彪《悼离骚》句

班彪（3—54），扶风安陵（今陕西咸阳）人。

夫华植之有零茂，故阴阳之度也。圣哲之有穷达，亦命之故也。惟达人进止得时，行以遂伸。否则诎而坼蠖，体龙蛇以幽潜。

［（唐）欧阳询《艺文类聚》卷五十六·杂文部二·赋，文渊阁四库全书本］

梁竦《悼骚赋》

梁竦（23—83），安定乌氏（今甘肃平凉）人。

彼仲尼之佐鲁兮，先严断而后弘衍。虽离谗以呜邑兮，卒暴诛于两观。殷伊周之协德兮，暨太甲而俱宁。岂齐量其几微兮，徒信己以荣名？虽吞刀以奉命兮，抉目眦于门闾。吴荒萌其已殖兮，可信颜于王庐？图往镜来兮，关北在篇。君名既泯没兮，后辟亦然。屈平濯德兮，絜显芬香。句践罪种兮，越嗣不长。重耳忽推兮，六卿卒强。赵陨鸣犊兮，秦人入疆。乐毅奔赵兮，燕亦是丧。武安赐命兮，昭以不王。蒙宗不幸兮，长平颠荒。范父乞身兮，楚项不昌。何尔生不先后兮，惟洪勋以遐迈。服荔裳如朱绂兮，骋鸾路于奔濑。历苍梧之崇丘兮，宗虞氏之俊乂。临众渎之神林兮，东敕职于蓬碣。祖圣道而垂典兮，褒忠孝以为珍。既匡救而不得兮，必殒命而后仁。惟贾傅其违指兮，何杨生之欺真？彼皇麟之高举兮，熙太清之悠悠。临岷川以怆恨兮，指丹海以为期。

（龚克昌、苏瑞隆评注《两汉赋评注》，山东大学出版社2011，第405页）

马融《长笛赋》

马融（79—166），扶风郡茂陵县（今陕西兴平）人。

融既博览典雅，精核数术，又性好音，能鼓琴吹笛，而为督邮。无留事，独卧郿平阳邬中。有雒客舍逆旅，吹笛，为《气出》《精列》相和。融去京师，逾年，暂闻，甚悲而乐之。追慕王子渊、枚乘、刘伯康、傅武仲等箫琴笙颂，唯笛独无，故聊复备数，作《长笛赋》。其辞曰：

惟籦笼之奇生兮，于终南之阴崖。托九成之孤岑兮，临万仞之石磎。特箭槁而茎立兮，独聆风于极危。秋潦漱其下趾兮，冬雪揣封乎其枝。巅根跱之槷刖兮，感回飙而将颓。夫其面旁则重巘增石，简积颓砐。兀嵃狋鬢，倾昊倚伏。庨窌巧老，港洞坑谷；嶰壑浍帨，峆窞岩窦。运裛穸浚，冈连岭属。林箫蔓荆，森槮柞朴。

于是山水猥至，渟涔障溃，颐淡滂流，碓投瀺穴。争湍苹萦，汩活澎濞，波澜鳞沦，窊隆诡戾。瀥瀑喷沫，奔遁砀突。摇演其山，动杌其根者，岁五六而至焉。是以间介无蹊，人迹罕到。猿蜼昼吟，鼯鼠夜叫。寒熊振颔，特麚昏髟；山鸡晨群，野雉晁雊；求偶鸣子，悲号长啸；由衍识道，噍噍欢噪。经涉其左右，哤聒其前后者，无昼夜而息焉。夫固危殆险巇之所迫也，众哀集悲之所积也，故其应清风也。纤末奋蕱，铮镄謍嗃，若絙瑟促柱，号钟高调。

于是放臣逐子，弃妻离友，彭胥伯奇，哀姜孝己。攒乎下风，收精注耳，雷叹颓息，掐膺擗摽，泣血泫流，交横而下。通旦忘寐，不能自御。

于是乃使鲁般宋翟，构云梯，抗浮柱。蹉纤根，跋篾缕，膺陗阤，腹陉阻。逮乎其上，匍匐伐取，挑截本末，规摹彟矩。夔襄比律，子野协吕，十二毕具，黄钟为主。挢揉斤械，剸掞度拟，鍯硐隤坠，程表朱里，定名曰笛，以观贤士。陈于东阶，八音俱起，食举雍彻，劝侑君子。然后退理乎黄门之高廊，重丘宋灌，名师郭张，工人巧士，肄业修声。

于是游闲公子，暇豫王孙，心乐五声之和，耳比八音之调。乃相与集乎其庭。详观夫曲胤之繁会丛杂，何其富也。纷葩烂漫，诚可喜也。波散广衍，实可异也。掌距劫遌，又足怪也。啾咋嘈啐，似华羽兮，绞灼激以转切。震郁怫以凭怒兮，耾砀骇以奋肆。气喷勃以布覆兮，乍跱距以狼戾；靁叩锻之岌峇兮，正浏溧以风冽；薄凑会而凌节兮，驰趣期而赴踬。

尔乃听声类形，状似流水，又象飞鸿，泛滥溥漠，浩浩洋洋，长矕远引，旋复回皇。充屈郁律，瞋菌碨抰。酆琅磊落，骈田磅唐。取予时适，去就有方。洪杀衰序，希数必当。微风纤妙，若存若亡。荩滞抗绝，中息更装。奄忽灭没，晔然复扬。或乃聊虑固护，专美擅工。漂凌丝簧，覆冒鼓锺。或乃植持緌缨，佁儗宽容。箫管备举，金石并隆。无相夺伦，以宣八风。律吕既和，哀声五降。曲终阕尽，余弦更兴。繁手累发，密栉叠重。踾踧攒仄，蜂聚蚁同。众音猥积，以送厥终。

然后少息暂怠，杂弄间奏。易听骇耳，有所摇演。安翔骀荡，从容阐缓。惆怅怨怼，窳圔窴赧。聿皇求索，乍近乍远。临危自放，若颓复反。蚡缊翻纡，缠冤蜿蟺。笢笏抑隐，行入诸变。绞概汩湟，五音代转。挼挐捘臧，递相乘遭。反商下徵，每各异善。

故聆曲引者，观法于节奏，察变于句投，以知礼制之不可逾越焉。听簉弄者，遥思于古昔，虞志于怛惕，以知长戚之不能闲居焉。故论记其义，协比其象；彷徨纵肆，旷瀁敞罔，老庄之概也。温直扰毅，孔孟之方也。激朗清厉，随光之介也。牢剌拂戾，诸贲之气也。节解句断，管商之制也。条决缤纷，申韩之察也。繁缛骆驿，范蔡之说也。剺栎铫愐皙、龙之惠也。上拟法于《韶箾》《南籥》，中取度于《白雪》《渌水》，下采制于《延露》《巴人》。

是以尊卑都鄙，贤愚勇惧。鱼鳖禽兽，闻之者莫不张耳鹿骇。熊经鸟伸，鸱视狼顾，拊噪踊跃，各得其齐。人盈所欲，皆反中和，以美风俗。屈平适乐国，介推还受禄。澹台载尸归，皋鱼节其哭。长万辍逆谋，渠弥不复恶。蒯聩能退敌，不占成节鄂。王公保其位，隐处安林薄。宦夫乐其业，士子世其宅。鱏鱼喁于水裔，仰驷马而舞玄鹤。

于时也，绵驹吞声，伯牙毁弦。瓠巴聑柱，磬襄弛悬。留视瞠眙，累称屡赞。失容坠席，搏拊雷抃。僬眇睢维，涕洟流漫。是故可以通灵感物，写神喻意。致诚效志，率作兴事。溉盥污濊，澡雪垢滓矣。

昔庖羲作琴，神农造瑟，女娲制簧，暴辛为埙。倕之和钟，叔之离磬。或铄金砻石，华睆切错。丸挺雕琢，刻镂钻笮。穷妙极巧，旷以日月。然后成器，其音如彼。唯笛因其天姿，不变其材，伐而吹之，其声如此。盖亦简易之义，贤人之业也。若然，六器者，犹以二皇圣哲黈益。况笛生乎大汉，而学者不识，其可以裨助盛美，忽而不赞。悲夫！有庶士丘仲言其所由出，而不知其弘妙。其辞曰：

近世双笛从羌起，羌人伐竹未及已。龙鸣水中不见己，截竹吹之声相似。剡其上孔通洞之，裁以当楗便易持。易京君明识音律，故本四孔加以一。君明所加孔后出，是谓商声五音毕。

（龚克昌、苏瑞隆评注《两汉赋评注》，山东大学出版社 2011 年，第 742-744 页）

王逸《九思》

王逸，生卒年不详（约 89—158?），安帝时为校书郎，顺帝时官侍中，南郡宜城（今湖北襄阳宜城）人。

逢尤

悲兮愁，哀兮忧。天生我兮当暗时，被诼谮兮虚获尤。心烦愦兮意无聊，严载驾兮出戏游。周八极兮历九州，求轩辕兮索重华。世既卓兮远眇眇，握佩玖兮中路躇。羡咎繇兮建典谟，懿风后兮受瑞图。愍余命兮遭六极，委玉质兮于泥涂。遽傽遑兮驱林泽，步屏营兮行丘阿。车轨折兮马虺颓，蠢怅立兮涕滂沱。思丁文兮圣明哲，哀平差兮迷谬愚。吕傅举兮殷周兴，忌嚭专兮郢吴虚。仰长叹兮气噎结，悒殟绝兮活复苏。虎兕争兮于廷中，豺狼斗兮我之隅。云雾会兮日冥晦，飘风起兮扬尘埃。走鬯堂兮乍东西，欲窜伏兮其焉如？念灵闺兮隩重深，原竭节兮隔无由。望旧邦兮路逶随，忧心悄兮志勤劬。魂茕茕兮不遑痳，目眩眩[①]兮寤终朝。

怨上

令尹兮謷謷，群司兮譨譨。哀哉兮淈淈，上下兮同流。菽藟兮蔓衍，芳虈兮挫枯。朱紫兮杂乱，曾莫兮别诸。倚此兮岩穴，永思兮窈悠。嗟怀兮眩惑，用志兮不昭。将丧兮玉斗，遗失兮钮枢。我心兮煎熬，惟是兮用忧。集慕[②]兮九旬，退[③]顾兮彭务。拟斯兮二踪，未知兮所投。谣吟兮中野，上察兮璇玑。大火兮西睨，摄提兮运低。雷霆兮硠磕，雹霰兮霏霏。奔电兮光晃，凉风兮怆凄。鸟兽兮惊骇，相从兮宿栖。鸳鸯兮噰噰，狐狸兮徾徾[④]。哀吾兮介特，独处兮罔依。蝼蛄兮鸣东，蟊蠽兮号西。蛓缘兮我裳，蠋入兮我怀。虫豸兮夹余，惆怅兮自悲。伫立兮忉怛，心结縎兮折摧。

疾世

周徘徊兮汉渚，求水神兮灵女。嗟此国兮无良，媒女诎兮謰謱。鴳雀列兮哗欢，鸲鹆鸣兮聒余。抱昭华兮宝璋，欲衒鬻兮莫取。言旋迈兮北徂，叫我友兮配耦。日阴曀兮未光，阒睄窕兮靡睹。纷载驱兮高驰，将谘询兮皇羲。遵河皋兮周流，路变易兮时乖。濿沧海兮东游，沐盥浴兮天池。访太昊兮道要，云靡贵兮仁义。志欣乐兮反征，就周文兮邠岐。秉玉英兮结誓，日欲暮兮心悲。惟天禄兮不再，背我信兮自违。逾陇堆兮渡漠，过桂车兮合黎。赴昆山兮𩖼騄，从卢敖[⑤]兮栖迟。吮玉液兮止渴，啮芝华兮疗饥。居嵺廓兮尠畴，远梁昌兮几迷。望江汉兮濩渃，心紧絭兮伤怀。时昢昢[⑥]兮且旦，尘漠漠兮未晞。忧不暇兮寝食，吒增叹兮如雷。

悯上

哀世兮睩睩，諓諓兮嗌喔。众多兮阿媚，骫靡兮成俗。贪枉兮党比，贞良

---

① 眩眩，一作“脈脈”。
② 集慕，一作“进恶”。
③ 退，一作“复”。
④ 徾徾，一作“獄獄”。
⑤ 卢敖，一作“邛遨”。
⑥ 昢昢，一作“咄咄”。

兮茕独。鹄窜兮枳棘，鹈集兮帷幄。蘮蕠兮青荵，槁本兮萎落。睹斯兮伪惑，心为兮隔错。逡巡兮圃薮，率彼兮畛陌。川谷兮渊渊，山阜兮硌硌。丛林兮崯崯，株榛兮岳岳。霜雪兮漼溰，冰冻兮洛泽。东西兮南北，罔所兮归薄。庇荫兮枯树，匍匐兮岩石。踡跼兮寒局数，独处兮志不申。年齿尽兮命迫促，魁累挤摧兮常困辱。含忧强老兮愁无乐，须发蔓[①]悴兮颢鬓白。思云[②]泽兮一膏沐，怀兰英兮把琼若，待天明兮立踯躅。云濛濛兮电儵烁，孤鹨[③]惊兮鸣呴呴。思怫郁兮肝切剥，忿悁悒兮孰诉告。

遭厄

悼屈子兮遭厄，沉玉躬兮湘汨。何楚国兮难化，迄于今兮不易。士莫志兮羔裘，竞佞谀兮谗阋。指正义兮为曲，訿玉璧兮为石。鹖[④]雕游兮华屋，鵕鸃栖兮柴蔟。起奋迅兮奔走，违群小兮謑訽。载青云兮上升，适昭明兮所处。蹑天衢兮长驱，踵九阳兮戏荡。越云汉兮南济，秣余马兮河鼓。霄霓纷兮晻翳，参辰回兮颠倒。逢流星兮问路，顾我指兮从左。俓娵觜兮直驰，御者迷兮失轨。遂踢达兮邪造，与日月兮殊道。志阏绝兮安如，哀所求兮不耦。攀天阶兮下视，见鄢郢兮旧宇。意逍遥兮欲归，众秽盛兮杳杳。思哽饐兮诘诎，涕流澜兮如雨。

悼乱

嗟嗟兮悲夫，殽乱兮纷挐。茅丝兮同综，冠屦兮共絇。督万兮侍宴，周邵兮负蒭。白龙兮见射，灵龟兮执拘。仲尼兮困厄，邹衍兮幽囚。伊余兮念兹，奔遁兮隐居。将升兮高山，上有兮猴猿。欲入兮深谷，下有兮虺蛇。左见兮鸣鵙，右睹兮呼枭。惶悸兮失气，踊跃兮距跳。便旋兮中原，仰天兮增叹。菅蒯兮野莽，雚苇兮千眠[⑤]。鹿蹊兮躖躖，貒貉兮蟫蟫。鹯鹞兮轩轩，鹑鴽兮甄甄。哀我兮寡独，靡有兮匹伦。意欲兮沉吟，迫日兮黄昏。玄鹤兮高飞，曾逝兮青冥。鸧鹒兮喈喈，山鹊兮嘤嘤。鸿鸬兮振翅，归雁兮于征。吾志兮觉悟，怀我

---

① 蔓，一作“芒”。
② 云，一作“灵”。
③ 鹨，一作“雌”。
④ 鹖，一作“鸦”。
⑤ 千眠，一作“仟绵”。

兮圣京。垂屣兮将起，跓俟兮湏[①]明。

伤时

惟昊天兮昭灵，阳气发兮清明。风习习兮龢煖，百草萌兮华荣。堇荼茂兮扶疏，蘅芷凋兮莹嫇。愍贞良兮遇害，将夭折兮碎糜[②]。时混混兮浇饡，哀当世兮莫知。览往昔兮俊彦，亦诎辱兮系累。管束缚兮桎梏，百贸易兮传卖。遭桓缪兮识举，才德用兮列施。且从容兮自慰，玩琴书兮游戏。迫中国兮迮狭，吾欲之兮九夷。超五岭兮嵯峨，观浮石兮崔嵬。陟丹山兮炎野，屯余车兮黄支。就祝融兮稽疑，嘉己行兮无为。乃回朅兮北逝，遇神孎兮宴娭。欲静居兮自娱，心愁戚兮不能。放余辔兮策驷，忽风[③]腾兮浮云。跖飞杭兮越海，从安期兮蓬莱。缘天梯兮北上，登太一兮玉台。使素女兮鼓簧，乘戈龢兮讴谣。声噭誂兮清和，音晏衍兮要媱。咸欣欣兮酣乐，余眷眷兮独悲。顾章华兮太息，志恋恋兮依依。

哀岁

旻天兮清凉，玄气兮高朗。北风兮潦烈[④]，草木兮苍唐。蛜蚗兮噍噍，蝍蛆兮穰穰。岁忽忽兮惟暮，余感时兮凄怆。伤俗兮泥浊，蒙蔽兮不章。宝彼兮沙砾，捐此兮夜光。椒瑛兮湟污，葈耳兮充房。摄衣兮缓带，操我兮墨阳。升车兮命仆，将驰兮四荒。下堂兮见虿，出门兮触螽。巷有兮蚰蜒，邑多兮螳螂。睹斯兮嫉贼，心为兮切伤。俛念兮子胥，仰怜兮比干。投剑兮脱冕，龙屈兮蜿蟤。潜藏兮山泽，匍匐兮丛攒。窥见兮溪涧，流水兮沄沄。鼋鼍兮欣欣，鳣鲇兮延延。群行兮上下，骈罗兮列陈。自恨兮无友，特处兮茕茕。冬夜兮陶陶，雨雪兮冥冥。神光兮颎颎，鬼火兮荧荧。修德兮困控，愁不聊兮遑生。忧纡兮郁郁，恶所兮写情。

守志

陟玉峦兮逍遥，览高冈兮峣峣。桂树列兮纷敷，吐紫华兮布条。实孔鸾兮

---

① 湏，一作“硕”。
② 糜，一作“靡”。
③ 风，一作“飚”。
④ 烈，一作“洌”。

所居，今其集兮惟鸮。乌鹊惊兮哑哑，余顾盼兮怊怊。彼日月兮暗昧，障覆天兮祲氛。伊我后兮不聪，焉陈诚兮效忠。摅羽翮兮超俗，游陶遨兮养神。乘六蛟兮蜿蝉，遂驰骋兮升云。扬彗光兮为旗，秉电策兮为鞭。朝晨发兮鄢郢，食时至兮增泉。绕曲阿兮北次，造我车兮南端。谒玄黄兮纳贽，崇忠贞兮弥坚。历九宫兮遍观，睹秘藏兮宝珍。就傅说兮骑龙，与织女兮合婚。举天罼兮掩邪，彀天弧兮射奸。随真人兮翱翔，食元气兮长存。望太微兮穆穆，睨三阶兮炳分。相辅政兮成化，建烈业兮垂勋。目瞥瞥兮西没，道遐迥兮阻叹。志稸积兮未通，怅敞罔兮自怜。

乱曰：天庭明兮云霓藏，三光朗兮镜万方。斥蜥蜴兮进龟龙，策谋从兮翼机衡。配稷契兮恢唐功，嗟英俊兮未为双。

（王逸《楚辞章句》卷十七，明正德十三年本）

应奉《感骚》三十卷（存目）

应奉（生卒年不详），汝南南顿（今河南项城）人。

存目，文佚。《后汉书》本传："追愍屈原，因以自伤。着《感骚》三十篇，数十万言。"

服虔《九愤》（存目）

服虔，荥阳郡（今河南荥阳）人。

存目，见《后汉书·文苑传》著录，文佚。

崔琦《九咨》（存目）

崔琦，涿郡安平（今河北安平）人。

存目，见《后汉书·文苑传》著录，文佚。

蔡邕《吊屈原文》

蔡邕（133—192），陈留郡圉县（一说为河南尉氏县、也有说法为河南杞县）。

鸊鹈轩翥，鸾凤挫翮。啄碎琬琰，宝其瓴甋。皇车奔而失辖，执辔忽而不顾。卒坏覆而不振，顾抱石其何补。

（《汉魏六朝百三家集·蔡中郎集》卷之二，光绪信述堂重刻本）

魏

曹植《九愁赋》

曹植（192—232），沛国谯（今安徽亳州）人。

嗟离思之难忘，心惨毒而含哀。践南畿之末境，超引领之徘徊。眷浮云以太息，愿攀登而无阶。匪徇荣而愉乐，信旧都之可怀。恨时王之谬听，受奸枉之虚辞。扬天威以临下，忽放臣而不疑。登高陵而反顾，心怀愁而荒悴。念先宠之既隆，哀后施之不遂。虽危亡之不豫，亮无远君之心。刈桂兰而秣马，舍予车于西林。愿接翼于归鸿，嗟高飞而莫攀。因流景而寄言，响一绝而不还。伤时俗之趋险，独惆怅而长愁。感龙鸾而匿迹，如吾身之不留。窜江介之旷野，独眇眇而泛舟。

思孤客之可悲，愍予身之翩翔。岂天监之孔明，将时运之无常？谓内思而自策，算乃昔之愆殃。以忠言而见黜，信无负于时王。俗参差而不齐，岂毁誉之可同？竞昏瞀以营私，害予身之奉公。共朋党而妒贤，俾予济乎长江。

嗟大化之移易，悲性命之攸遭。愁慊慊而继怀，恒惨惨而情挽。旷年载而不回，长去君乎攸远。御飞龙之蜿蜿，扬翠霓之华旌。绝九霄而高骛，飘弭节于天庭。披轻云而下观，览九土之殊形。顾南郢之邦壤，咸芜秽而倚倾。骖盘桓而思服，仰御骧以悲鸣。纡予袂而收涕，仆夫感以失声。履先王之正路，岂淫径之可遵？知犯君之招咎，耻干媚而求亲。顾旋复之无轨，长自弃于遐滨。与麋鹿而为群，宿林薮之葳蓁。野萧条而极望，旷千里而无人。民生期于必死，何自苦以终身？宁作清水之沉泥，不为浊路之飞尘。践蹊径之危阻，登岩峣之高岑。见失群之离兽，觌偏栖之孤禽。怀愤激以切痛，若回刃之在心。愁戚戚其无为，游绿林而逍遥。临白水以悲啸，猿惊聪而失条。亮无怨而弃逐，乃余行之所招。

（龚克昌，周广璜，苏瑞隆评注《全三国赋评注》齐鲁书社2013年，第

448 页）

周祗《枇杷赋　并序》

周祗（？—237），豫州陈郡（今河南淮阳）人。

昔鲁季孙有嘉树，韩宣子赋誉之。屈原《离骚》，亦著《橘赋》。至于枇杷树，寒暑无变，负雪扬华，余殖庭圃，遂赋之云。

名同音器，质贞松竹。四序一采，素华冬馥。霏雪润其绿蕤，商风理其劲条。望之冥蒙，即之疏寥。

（韩格平等校注《全魏晋赋校注》，吉林文史出版社 2008 年，第 528 页）

晋

左棻《离思赋》

左棻（？—300），西晋临淄（今山东淄博）人。

生蓬户之侧陋兮，不闲习于文符。不见图画之妙象兮，不闻先哲之典谟。既愚陋而寡识兮，谬忝厕于紫庐。非草苗之所处兮，恒怵惕以忧惧。怀思慕之忉怛兮，兼始终之万虑。嗟隐忧之沉积兮，独郁结而靡诉。意惨愦而无聊兮，思缠绵以增慕。夜耿耿而不寐兮，魂憧憧而至曙。风骚骚而四起兮时，霜皑皑而依庭。日暗暧而无光兮，气恻栗以洌清。怀愁戚之多感兮，患涕泪之自零。

昔伯瑜之婉娈兮，每彩衣以娱亲。悼今日之乖隔兮，奄与家为参辰。岂相去之云远兮，曾不盈乎数寻。何宫禁之清切兮，欲瞻睹而莫因。仰行云以歔欷兮，涕流射而沾巾。惟屈原之哀感兮，嗟悲伤于离别。彼城阙之作诗兮，亦以日而喻月。况骨肉之相于兮，永缅邈而两绝。长含哀而怀戚兮，仰苍天而泣血。

乱曰：骨肉至亲，化为他人，永长辞兮。惨怆愁悲，梦想魂归，见所思兮。惊寤号眺，心不自聊，泣涟洏兮。援笔舒情，涕泪增零，诉斯诗兮。

（韩格平等校注《全魏晋赋校注》，吉林文史出版社 2008 年，第 368 页）

陆云《九愍　并序》

陆云（262—303），吴县华亭（今上海）人。

昔屈原放逐，而《离骚》之辞兴。自今及古，文雅之士，莫不以其情，而玩其辞，而表意焉。遂厕作者之末，而述《九愍》。

裔皇圣之丰祜，膺万乘之多福。真龙晖以底载，启元辰而诞育。考度中以锡命，端嘉令而自肃。兰情馥以芬香，琼怀皎其如玉。希千载以遥想，昶远思而自怡。范方地而式矩，仪穹天而承规。结丹疑于璇玑，协朱诚于四时。咨中心之信修，佩日月以为旗。悲年岁之晚暮，殉修名而竞心。仰勋华之耿晖，咏三辟之遐音。握遗芳而自玩，挹浩露于兰林。阴云纷以兴霭，飙风起而回波。党朋淫以恶美，疾倾宫之扬娥。树椒兰于瑶圃，掩夜光于琼华。遘贞心以谁忒，毁玉质而蒙瑕。甘莠言而弃予，忽遐放其若遗。瞻前轨而我先，顾后乘而驾迟。遵荒涂而伏轼，抚鸣鸾而称悲。感瞻乌之有集，嗟离瘼之焉归？静沈思以自瘁，愿凌云而天飞。

修身

逢天怒而离纷，遘时咎于惟尘。端周诚以恪居，祗后命而自寅。悲谗口之罔极，高离情于参辰。岂三锡之又晞，乃裔予于遐宾。运羽棹以涉江，浮鄂渚而驾言。背夏首以寋逝兮，捌行川而永叹。结风回而薄水兮，源波荣而重澜。情怀眷以叠结，舟淹流而中盘。昶愁心以自迈，肃榜人而曾驱。诏河冯以清川，命湘娥而安流。济南诏以伫望，野萧条而振畴。兽悲号以命旅，鸟枉顾而鸣仇。悲我行之悠悠，怨同怀之莫求。

发辰阳而往彼，缘湘沅而来假。亦芳树于悬车，秣粱苗于樊马。山嵩高以藏景，云晻霭而荒野。鸟拊翼于甍巅，水回波于宇下。指明星以脉路，景即阴而无旅。随长川以问津，响修声而和予。听归音以自闻，践无迹以穷处。虽遘愍之既多，亦颠沛其何侮！仰众芳之遗情，希绝风之延伫。

乱曰：有鸟翻飞，集江湘兮。彼美一人，莫予将兮。念兹涉江，怀故乡兮。生日何短，戚日长兮。顾我愁景，惟永伤兮。

涉江

□□□□□□,[①] 积沈毒于苦心。魂凭虚以飘荡，形息景于重阴。虎鸣飙以拂谷，螭回云而结林。操土音以怀郢，涕频代而盈襟。辞终古之旧墟，托兹邦而遥集。望龙门而屡顾，攀惟桑而祇泣。悲愁心之难状，振枯形而独立。抚凋容之日颓，怊炯思而弗及。

闻先黎之达教，固积善于遗庆。晞明休而受言，想介福之保定。靡心贞以祇服，搠大顺而委命。君在初之嘉惠，每成言而永日。怨谷风之攸叹，弥九龄而未彻。愿自献于承间，悲党人之造膝。舒幽情其曷诉，卷永怀而淹恤。嗟哲士之足叹，伤邦家之殄瘁。痛灵修之匪怀，颓九成于一篑。忘大宝之勿假，轻挈瓶之守器。仰翦翮于凌霄，俯归飞于矰罻。毁方城于秦川，投江汉于泥渭。悲彼黍之在郢，悼宗楚之莫饩。抚伤心以告哀，将斯情之孰慰?

悲郢

悲怨思之多感，情惆怅而远慕。世玄黄而既渝，心居贞而抱素。冀斯气之一清，要佳之于天路。考年载以迟之，悲岁聿之已暮。揽丰草于朝日，思先晞于湛露。规法圆而天象，矩则方于地形。祇信顺以自范，邀式谷于神听。悲登魂之无抗，讯贞梦而通灵。悔相道而怀顾，悲实蕃之已盈。

顿椒丘而息驾，振初服而翱翔。结琼蕤之芳襟，袭凌华之藻裳。怀瑶林之珍秀，握兰野之芳香。命巫咸以启期，访百神而考祥。靖永言以听命，钦灵谇而肃迈。振华冕之玉藻，树象轩之高盖。率假翼以鸣和，霓挥景而萦旆。芳尘穆以烟煴，彤云起而深蔼。游八极以大观，解飞辔以长想。将结轨而世狭，愿援楫而川广。虽我服之方壮，思振策其安往。舒远怀以弭节，褰世罗于天网。

乱曰：猗猗芳草，殖山阿兮。朝日来照，发丰华兮。秋风萧瑟，凝霜加兮。倾叶怀春，犹俟河兮。

纡思

登高山以遐望，悲悠处之淹流。岂大川之难济，悲利涉之莫由。申修诚以

---

① 原缺。

砥节，反内鉴而自求。考余心其焉可，往稽度于神谋。访斯言以卜居，想贞龟以告猷。将矫翼而涂险，思振清而世浊。羌释策而评子，谅不疑其何卜。朝弹冠以晞发，夕振裳而濯足。有怀沙以赴渊，无抱素而蒙辱。

愁缠绵以宅心，长叹息而饮泪。步江潭以彷徉，频行吟而含瘁。遇渔父之戾止，兴说言而来憩。虽怀芳而握瑜，惧惟尘之我秽。顾虚景而端形，矧同波于其醉。迨伊人之逍遥，聊仰叶于林侧。怀达心以远寤，怡哀颜而表色。仰班荆之遗情，想嘉讯而良食。若有言而未吐，忽弃予而凌波。挥龙榜以鼓汰，遗芬响而清歌。俟沧浪之濯缨，悲余寿之几何？愧褊心之叹渝，恨尔谒之莫和。捐江鱼之言志，营玄寝于汨罗。苟怀忠而死节，岂有生之足嘉！

行吟

遍同流而无过，悲穷思之永久。听幽荒而罔诏，眷寥廓而无友。沈流液于绳枢，逝回飙于瓮牖。呼寂寞而靡应，揽虚无其何有？神悠悠而永念，忧绸缪而盈室。哀恻心而响起，时弃予而景逸。招逝运其难征，仪遗范而无律。虽芳林之将焚，岂兰响之可谧？晞馥风于旷野，思同芬而靡质。命险太其靡常，道离隆而匪易。纡幽情而思古，援在昔而立辟。俟重华以同游，悲瑶圃之难适。舟登陆其焉济，轮涉渊而无迹。悲荒涂之既舛，临遵渚而投策。

欲随波以周流，恨匪石之难颓。将从风而卷舒，悲宜矢之辞怀。贞节志而玉折，厉劲心而兰摧。喟我怀以寤叹，阐前鉴而自融。忠与邪其莫可，岂余命之所穷。俯投迹而世洿，仰晞志而道隆。耻蒙垢于同尘，思振辉于别风。明爽心以毕志，考吾道以自终。

考志

天机偏其挺盖，玉衡运而回襄。景弥修而日短，时愈促而夜长。和音变而改律，乘风革而为商。感秋林之夙暮，悲芳草之中霜。存倏忽而风过，逝挥霍而云散。方轻焱而炯迟，比收电而景宴。将愉乐以夙兴，迢良日于昧旦。痛予生之不辰，逢此世之多难。将蔼蔼而未扬，世浑浑其难澄。风颓山以离谷，波平渊而为陵。道旷世而朴散，化固滞而物凝。恨辅德以莫举，悲民鲜之孰胜。景照明以妙见，音振响而摅闻。金淬坚以示断，芑靡质而效芬。罄贞规以殉节，反蒙谪于朋群。咨小心以惴惴，悲江草之芸芸。

乱曰：浮云暗霭，天明息兮。矰罗重设，凤矫翼兮。梧桐逝矣，树榛棘兮。思我芳林，喟叹息兮。

感逝

哀时命之险薄，怀斯类以结忧。手拊膺而永叹，形顾景而长愁。生遗年而有尽，居静言其何须？将轻举以远览，眇天路而高游。

结垂云之翠虬，驾琬琰之玉舆。挥采旄以烟指，靡华旌而电舒。命日月以清天，吾将游乎九阂。命屏翳以夕降，式飞廉以朝兴。涂蒙雨而后清，景贞晖而先登。陪湘妃于雕辂，列汉女以后乘。琼娥起而清啸，神风穆其来应。骓凭云而响骇，骖嘘天而景凌。望紫微以振策，蹑太阶而遂升。飞芝盖之翼翼，回云车之辚辚。朝总辔于扶桑，夕饮马于天津。伐河鼓以解征，迄昆仑而凯振。轨凌虚而遗迹，尘蒙飙而绝轮。岂远游之无乐，怀故都而伤情。靡龙首以还顾，转瑶衡而回萦。溯凯风以流盼，悲旧邦之移倾。眷南云以兴悲，蒙东雨而涕零。凌百川而绝蹈，仰濯发于峥嵘。岂沈瘁之足弭，将蝉蜕于长生。

（原缺）征

痛世路之隘狭，咏遂古而长悲。镜端形于三接，照直影于太微。祇中怀以眷慕，岂鉴寐而忘归。悼天朝之遂晦，构贝锦于繁文。侈南箕以鼓物，蔼清阳而播芬。迹同尘而壤绝，景和光而天分。俯陨息于萦波，仰颓叹而崩云。折若华以翳日，时靡靡而难停。餐秋菊以却老，年冉冉其既盈。欲假翼以天飞，怨曾飙之我经。思戢鳞以遁沼，悲沉网之在渊。有河清而志得，挫千载之长年。挤哀响于颓风，寓悲音于绝弦。嗟有生之必死，固逸我以自休。彼达人之遗物，甘褰裳而赴流。矧余情之沉毒，资有生以速忧。悼居世其何戚，固形存其为尤。想百年之促期，悲乐少而难多。修与短其足吝，曷久沉于汨罗。投澜漪而负石，涉清湘以怀沙。临恒流而自坠，蒙睿壑之隆波。接申胥于南江，□□□□□□。鼓冕云以携手，仰接景而登遐。

□□[①]

［（清）严可均《全晋文》卷一百〇一，清光绪刻本］

① 严可均原按：此篇拟《悲回风》，宋刊本集误认题在篇首，因删去末一行，今无从校补。

郭璞《江赋》

郭璞（276—324），河东闻喜（今山西闻喜）人。

咨五才之并用，实水德之灵长。惟岷山之导江，初发源乎滥觞。聿经始于洛沫，拢万川乎巴梁。冲巫峡以迅激，跻江津而起涨。极泓量而海运，状滔天以淼茫。总括汉泗，兼包淮湘。并吞沅澧，汲引沮漳。源二分于崌崃，流九派乎浔阳。鼓洪涛于赤岸，沦余波乎柴桑。纲络群流，商搉涓浍。表神委于江都，混流宗而东会。注五湖以漫漭，灌三江而漰沛。滈汗六州之域，经营炎景之外。所以作限于华裔，壮天地之崄介。呼吸万里，吐纳灵潮。自然往复，或夕或朝。激逸势以前驱，乃鼓怒而作涛。

峨嵋为泉阳之揭，玉垒作东别之标。衡霍磊落以连镇，巫庐嵬崛而比峤。协灵通气，濆薄相陶。流风蒸雷，腾虹扬霄。出信阳而长迈，淙大壑与沃焦。若乃巴东之峡，夏后疏凿。绝岸万丈，壁立赮驳。虎牙嵥竖以屹崒，荆门阙竦而磐礴。圆渊九回以悬腾，湓流雷呴而电激。骇浪暴洒，惊波飞薄。迅澓增浇，涌湍叠跃。砯岩鼓作，漰湱泶灂。㶁濩㵃溆，溃濩泧漷。潏湟淴泱，瀇㳽滉瀁。漩澴荥瀯，溭淢濆瀑。溭淢浕涢，龙鳞结络。碧沙遗沲而往来，巨石硉矶以前却。潜演之所汩淈，奔溜之所碨错。厓隒为之泐嵃，埼岭为之岩崿。幽涧积岨，礐硞磈礭。

若乃曾潭之府，灵湖之渊。澄澹汪洸，沆滉困泫。泓汯洞澋，涒邻圆潾。混澣灦涣，流映扬焆。溟漭渺沔，汗汗沺沺。察之无象，寻之无边。气滃渤以雾杳，时郁律其如烟。类胚浑之未凝，象太极之构天。长波浃渫，峻湍崔嵬。盘涡谷转，凌涛山颓。阳侯砐硪以岸起，洪澜涴演而云回。泝沦溛瀤，乍浥乍堆。豃如地裂，豁若天开。触曲厓以萦绕，骇崩浪而相礧。鼓唇窟以漰渤，乃湓涌而驾隈。

鱼则江豚海狶，叔鲔王鳣，叔鲔王鳣，䱻䲛鰧鲉，鲮鳐鲍鲢。或鹿觡象鼻，或虎状龙颜。鳞甲鑃错，焕烂锦斑。扬鳍掉尾，喷浪飞唌；排流呼哈，随波游延；或爆采以晃渊，或吓鳃乎岩间。介鲸乘涛以出入，鰅鲎顺时而往还。尔其水物怪错，则有潜鹄鱼牛，虎蛟钩蛇。蛤蜅鲎蝞，鲼鼋鼍麾；王珧海月，土肉石华。三蝬蜉江，鹦螺蜁蜗；璅蛣腹蟹，水母目虾。紫蚢如渠，洪蚶专车。琼蚌晞曜以莹珠，石蜐应节而扬葩；蜛蝫森衰以垂翘，玄蛎磈螺而碨硭；

或泛潋于潮波，或混沦乎泥沙。若乃龙鲤一角，奇鸧九头。有鳖三足，有龟六眸。赪蟞胏跃而吐玑，文魮磬鸣以孕璆。偹鳙拂翼而掣耀，神蜧蝹蜦以沉游。騊马腾波以嘘蹀，水兕雷咆乎阳侯。

渊客筑室于岩底，鲛人构馆于悬流。雹布餘米，星离沙镜；青纶竞纠，缛组争映。紫菜荧晔以丛被，绿苔鬖髿乎研上，石帆蒙笼以盖屿，萍实时出而漂泳。其下则金矿丹砾，云精爥银；瑑珋璇瑰，水碧潜瑶。鸣石列于阳渚，浮磬肆乎阴滨。或颎彩轻涟，或焆曜崖邻。林无不溽，岸无不津。

其羽族也，则有晨鹄天鸡，鴢鹜鸥䲹。阳鸟爰翔，于以玄月。千类万声，自相喧聒。濯翮疏风，鼓翅翻翙。挥弄洒珠，拊拂瀑沫。集若霞布，散如云豁。产毻积羽，往来勃碣。橉杞稹薄于浔涘，栛梿森岭而罗峰。桃枝筼筜，实繁有丛。葭蒲云蔓，䕲以兰红。扬皓毦，擢紫茸，荫潭隩，被长江。繁蔚芳蓠，隐蔼水松。涯灌芊萰，潜荟葱茏。鲮鯥踦蹋于垠隒，獱獭睒瞲乎厥空；迅蜼临虚以骋巧，孤玃登危而雍容。夔㸶翘踛夕阳，鸳雏弄翮乎山东。因岐成渚，触涧开渠。漱壑生浦，区别作湖。磴之以瀿瀷，渫之以尾闾。标之以翠翳，泛之以游菰。播匪艺之芒种，挺自然之嘉蔬。鳞被菱荷，攒布水蘵。翘茎瀵蕊，濯颖散裹。随风猗萎，与波潭淹。流光潜映，景炎霞火。

其旁则有云梦雷池，彭蠡青草，具区洮滆，朱浐丹漅。极望数百，沆漾皛溔。爰有包山洞庭，巴陵地道。潜逵旁通，幽岫窈窕。金精玉英瑱其里，瑶珠怪石琗其表。骊虬摎其址，梢云冠其嘌。海童之所巡游，琴高之所灵矫；冰夷倚浪以傲睨，江妃含嚬而矊眇。抚凌波而凫跃，吸翠霞而夭矫。若乃宇宙澄寂，八风不翔。舟子于是搦棹，涉人于是檥榜。漂飞云，运艅艎；舳舻相属，万里连樯。泝洄沿流，或渔或商；赴交益，投幽浪，竭南极，穷东荒。尔乃曬雰祲于清旭，觇五两之动静。长风飀以增扇，广莫飚而气整。徐而不飂，疾而不猛。鼓帆迅越，趋涨截泂。凌波纵柂，电往杳溟。霩如晨霞弧征，眇若云翼绝岭。倏忽数百，千里俄顷。飞廉无以睎其踪，渠黄不能企其景。于是芦人渔子，摈落江山，衣则羽褐，食惟蔬鲜。栫淀为涔，夹潨罗筌。筒洒连锋，罾罍比船。或挥轮于悬踦，或中濑而横旋。忽忘夕而宵归，咏采菱以叩舷。傲自足于一呕，寻风波以穷年。

尔乃域之以盘岩，豁之以洞壑，疏之以沲汜，鼓之以潮汐。川流之所归凑，云雾之所蒸液。珍怪之所化产，傀奇之所窟宅。纳隐沦之列真，挺异人乎精魄。播灵润于千里，越岱宗之触石。及其谲变儵怳，符祥非一。动应无方，感事而出。经纪天地，错综人术，妙不可尽之于言，事不可穷之于笔。若乃岷精垂曜于东井，阳侯遁形乎大波。奇相得道而宅神，乃协灵爽于湘娥。骇黄龙之负舟，识伯禹之仰嗟。壮荆飞之擒蛟，终成气乎太阿。悍要离之图庆，在中流而推戈。悲灵均之任石，叹渔父之棹歌。想周穆之济师，驱八骏于鼋鼍。感交甫之丧佩，愍神使之婴罗。焕大块之流形，混万尽于一科。保不亏而永固，禀元气于灵和。考川渎而妙观，实莫着于江河。

（韩格平等校注《全魏晋赋校注》，吉林文史出版社2008年，第490-494页）

杨穆《九悼》（存目）

存目。《隋书·经籍志》著录，《四库提要》云至宋已亡。

陶渊明《感士不遇赋　并序》

陶渊明（352或365—427），浔阳柴桑（今江西九江）人。

昔董仲舒作《士不遇赋》，司马子长又为之。余尝于三余之日，讲习之暇，读其文，慨然惆怅。夫履信思顺，生人之善行；抱朴守静，君子之笃素。自真风告逝，大伪斯兴，闾阎懈廉退之节，市朝驱易进之心。怀正志道之士，或潜玉于当年洁己清操之人，或没世以徒勤。故夷、皓有“安归”之叹，三闾发“已矣”之哀。悲夫！寓形百年，而瞬息已尽；立行之难，而一城莫赏。此古人所以染翰慷慨，屡伸而不能已者也。夫导达意气，其惟文乎？抚卷踌躇，遂感而赋之。

咨大块之受气，何斯人之独灵！禀神志以藏照，秉三五而垂名。或击壤以自欢，或大济于苍生；靡潜跃之非分，常傲然以称情。

世流浪而遂徂，物群分以相形。密网裁而鱼骇，宏罗制而鸟惊。彼达人之善觉，乃逃禄而归耕。山嶷嶷而怀影，川汪汪而藏声。望轩唐而永叹，甘贫贱以辞荣。淳源汨以长分，美恶作以异途。原百行之攸贵，莫为善之可娱。奉上天之成命，师圣人之遗书。发忠孝于君亲，生信义于乡闾。推诚心而获显，不矫然而祈誉。嗟乎！雷同毁异，物恶其上；妙算者谓迷，直道者云妄。坦至公而无猜，卒蒙耻以受谤。虽怀琼而握兰，徒芳洁而谁亮！哀哉！士之不遇，已不在炎帝帝魁之世。

独祗修以自勤，岂三省之或废；庶进德以及时，时既至而不惠。无爰生之晤言，念张季之终蔽；悯冯叟于郎署，赖魏守以纳计。虽仅然于必知，亦苦心而旷岁。审夫市之无虎，眩三夫之献说。悼贾傅之秀朗，纡远辔于促界。悲董相之渊致，屡乘危而幸济。感哲人之无偶，泪淋浪以洒袂。

承前王之清诲，曰天道之无亲；澄得一以作鉴，恒辅善而佑仁。夷投老以长饥，回早夭而又贫；伤请车以备椁，悲茹薇而殒身；虽好学与行义，何死生之苦辛！疑报德之若兹，惧斯言之虚陈。何旷世之无才，罕无路之不涩。伊古人之慷慨，病奇名之不立。广结发以从政，不愧赏于万邑，屈雄志于戚竖，竟尺土之莫及！留诚信于身后，动众人之悲泣。商尽规以拯弊，言始顺而患入。奚良辰之易倾，胡害胜其乃急！

苍旻遐缅，人事无已；有感有昧，畴测其理！宁固穷以济意，不委曲而累己。既轩冕之非荣，岂缊袍之为耻？诚谬会以取拙，且欣然而归止。拥孤襟以毕岁，谢良价于朝市。

（韩格平等校注《全魏晋赋校注》，吉林文史出版社2008年，第482-483页）

南朝宋

颜延之《为湘州祭屈原文》

颜延之（384—456），琅琊临沂（今山东临沂）人。

惟有宋五年月日，湘州刺史吴郡张邵，恭承帝命，建旟旧楚。访怀沙之渊，得捐珮之浦。弭节罗潭，舣舟汨渚。乃遣户曹掾某，敬祭故楚三闾大夫屈君之灵。

兰薰而摧，玉缜则折。物忌坚芳，人讳明洁。曰若先生，逢辰之缺。温风迨时，飞霜急节。嬴芈遘纷，昭怀不端。谋折仪尚，贞蔑椒兰。身绝郢阙，迹遍湘干。比物荃荪，连类龙鸾。声溢金石，志华日月。如彼树芳，实颖实发。望汨心欷，瞻罗思越。藉用可尘，昭忠难阙。

［（明）张溥《汉魏六朝百三家集》卷六十七，文渊阁四库全书本］

齐

江淹《灯赋》

江淹（444—505），宋州济阳考城（今河南民权）人。

淮南王信自华淫，命彩女兮，饵丹砂饵丹砂而学凤音。紫霞没，白日沈。挂明灯，散玄阴。顾谓小山儒士，斯可赋乎？于是泛瑟而言曰：

若大王之灯者，铜华金檠，错质镂形。碧为云气，玉为仙灵。双椀百枝，艳帐充庭，炤锦地之文席，映绣柱之鸿筝。恣灵修之浩荡，释心疑而未平。兹侯服之夸诩，而处士所莫营也。若庶人之灯者，非珠非银，无藻无缛。心不贵美，器穷于朴。是以露冷幔帷，风结罗纨。萤光别桂，蛾命辞兰。秋夜如岁，秋情如丝。怨此愁抱，伤此秋期。必丹灯坐叹，停说忘辞。至夫霜封园橘，冰裂池荪，云雪无际，河海方昏。冬膏既凝，冬箭未度。悁连冬心，寂历冬暮，亦复朱灯空明，但为伤故。乃知灯之为宝，信可赋也。

王遂赞善，澄意敛神。屈原才华，宋玉英人。恨不得与之同时，结佩其绅。今子凝章挺秀，近出嘉宾，吐蘅吐蕙，含琼含珉，璀瑹雕辇，以爱国之有臣焉。

［（明）胡之骥注，李长路，赵威点校《江文通集汇注》，中华书局 2006 年，第 85 页］

江淹《山中楚辞五首》

青春素景兮，白日出之藹藹。吾将弭节于江夏，见杜若之始大。结琱鳞以成车，懸雜羽而为盖。草色绿而马声悲，歙沿袖以流带。

予将礼于太一，乃雄剑兮玉钩。日华粲于芳阁，月金披于翠楼。舞燕赵之上色，激河淇之名讴。荐西海之异品，倾东岳之庶羞。乘文鱼兮锦质，要灵人兮中洲。

入橘浦兮容与，心慠惘兮迷所识，视烟霞而一色。深秋窈以亏天，上列星之所极。桂之生兮山之幽，纷可爱兮柯团团。谿崎巇石架阻，颾颾[1]飕兮木道寒。烟色闭兮乔木挠，岚气暗兮幽篁难。忌蟪蛄之蚤吟，惜王孙之晚还。信于邑兮白露，方天病兮秋兰。

石篠篠兮蔽日[2]，雪叠叠兮薄树。车萧条兮山逼，舟容与兮水路。愍晨夜之摧挫，感春秋之欲暮。征夫辍而在位，御者踢而载顾。

魂兮归来，异方不可以亲。蝮蛇九首，雄虺载鳞。炎穴一光，骨烂魂伤。玄狐曳尾，赤象为梁。至日归来，无往此异方。

［（明）胡之骥注，李长路，赵威点校《江文通集汇注》，中华书局 2006 年，第 174–176 页］

江淹《爱远山》

伯鸾兮已远，名山兮不返。逮绀草之可结，及朱华之未晚。继余马于椒阿，漾余舟于沙衍。临星朏兮树暗，看日烁兮霞浅。浅霞兮驳云，一合兮一分。映壑兮为色，缀涧兮成文。碧色兮婉转，丹秀兮葐蒀。深林寂以窈窈，上猿狖之所群。群猿兮聒山，大林兮蔽天。枫岫兮筠岭，兰畹兮芝田。紫蒲兮光水，红荷兮艳泉。香枝兮嫩叶，翡累兮翠叠。非郢路之辽远，实寸忧之相接。欷美人于心底，愿山与川之可涉。若溘死于汀潭，哀时命而自惬。

［（明）王夫之《楚辞通释》卷十四，上海古籍出版社 2018 年，第 274 页］

陈

沈炯《归魂赋　并序》

沈炯（503—559），陈吴兴武康（今浙江德清）人。

古语称收魂升极，周易有归魂卦，屈原著招魂篇，故知魂之可归，其日已久。余自长安反，乃作《归魂赋》，其辞曰：

---

① 颾，一作“飋”。

② 泉，一作“日”。

伊吾人之陋宗，资玄圣而云始。肇邵闳之灵源，分昌发之世祀。实闻之乎家记，又孚之于惇史，亢宗贵而博古，四史成乎一身。怪日月之辽远，而承袭之相因。岂少贱之能察，非末学之知津也。

若夫风流退让，在秦作相疑。越江以东，惟戎及鄫。出忠出孝，且卿且公。世历十五，爰逮余躬值天地之幅裂，遭日月之雺虹。去父母之邦国，埋形影于胡戎。绝君臣而辞胥宇，蹐厚地而局苍穹。抱北思之胡马，望南飞之夕鸿。泣沾襟而杂露，悲微吟而带风。昔休明之云始，余播弃于天地。自太学而游承明，出书生而从下吏。身豫封禅之官，名入南宫之记。登玉墀之深眇，出金门之崇邃。受北狄之奉书，礼东夷之献使。实不尝至屈膝逊言，以殊方降意。

嗟五十之逾年，忽流离于凶忒。值中军之失权，而大盗之移国。何赤疹之四起，岂黄雾之云塞，祈瘦弟于赤眉，乞老亲于剧贼，免伏质以解衣，遂窘身而就勒。既而天道祸淫，否终斯泰。灵圣奋发，风云飨会。埽欃枪之星，斩蚩尤之旆。余技逆而效从，遂妻诛而子害。虽分珪而祚土，迄长河之如带。肌肤之痛何泯，潜翳之悲无伏。我国家之沸腾，我天下之匡复。我何辜于上玄，我何负于邻睦。背盟书而我欺，图信神而我戮。彼孟冬之云季，总官司而就绁。托马首之西暮，随槛车而回辙。履峨峨之层冰，面飋飋之岩雪。去莫敖之所缢，过临江之轨折。矧今古之悲凉，并攒心而沾袂。渡狭石之欹危，跨清津之幽咽。鸟虚弓而自陨，猿号子而腹裂。历沔汉之逶迤，及楚郡之参差。望隆中之大宅，映岘首之沈碑。既缧然而就鞅，非造次之能窥。

至若高祖武皇帝之基天下也，岐周景亳之地，龟图雀书之秘。醒醉之歌味绝，让畔之田鳞次。余既长于克民，觉何从而掩泗。淯水兮深且清，宛水兮澄复明。昔南阳之穰县，今百雉之都城。我太宗之威武，遏宛淯而陈兵。百万之虏，俄成鱼鳖，千仞之阜，倏似沧瀛。虽德刑成于赦服，故蛮狄震乎雄名。乃寻浙而历商，遂经秦而至洛，觉高蹈之清远，具①风云之倏烁，其山也，则嵚岑嶊嵬，岩嵲婆陁。或孤峰而秀聚，或逸出而横罗。千岁之木生岭表，百丈之石枕溪阿。其水则碎訇澌汩，或宽或疾。系万濑而相奔，聚千流而同出。何武关之狭隘，而汉祖之英雄，山万里而仰云雨②，水百仞而写蜿虹。若一夫而守

① 具，一作“见”。
② 雨，一作“雾”。

隘，岂万众之能攻。去青泥而喻白鹿，越渥水而到青门。长卿之赋可想，邵平之迹不存。咄嗟骊山之阜，惆怅灞陵之园。文恭俭而无隳，嬴发握其何言。访轵道之长组，舍[①]蓝田之玙璠，无故老之可讯，并膴膴之空原。登未央之北阙，望长乐之基趾。伊太后之所居，筑旗亭而成市。槐路郁以三条，方涂坦而九轨。观阡陌之遗踪，实不乖乎前史。傍直城而北转，临横门而左趋。南则董卓之坞，北则符坚所居。即二贼之墟垒，为彼主之庭除。终南巃嵸，太一嵯峨。九嵕堀起，八垒连河。汩泾泥之混浊，盥渭渚之清波。指咸阳而长望，何赵李而经过。息甘泉而避暑，犹爽垲而清和。尔乃背长夏，涉素秋。卧寒野，坐林陬。霜微凝而侵骨，树裁动而风遒。思我亲戚之颜貌，寄梦寐而魂求。察故乡之安否，但望斗而观牛。稚子夭于郑谷，勉励愧乎延州。闻爱妾之长叫，引寒风而入楸。何精灵以堪此，乃纵酒以陶忧。至诚可以感鬼，秉信可以祈天。何精殒而魄散，忽魂归而气旋。解龙骖而见送，走邮驿于亭传。出向来之太道，反初入之山川。受绕朝之赠策，报李陵之别篇。泪未悲而自堕，语未[②]咽而无宣。于时和风四起，具物初荣。草极野而舒翠，花分丛而落英。鱼则潜波涣濯，鸟则应岭俱鸣。随六合之开朗，与风云而自轻。其所涉也，州则二雍三荆，昌欢江并。唐安淅落，巴郢云平。其水则淮江汉淯，隋浩汙澧。潦浐滈河，泾渭相乱。或浮深而揭浅，或凌波而沿岸。每日夕而靡依，常一步而三叹。蛮蜒之与荆吴，玄狄之与羌胡。言语之所不通，嗜欲之所不同。莫不叠足敛手，低眉曲躬。岂论生平与意气，止望首丘于南风。悲城邑之毁撤，喜风水之渺扬。既尽地而谒帝，乃怀橘而升堂。何神仙之足学，此即云衣而虹裳也。

[（清）陈元龙辑《御定历代赋汇外集》卷十八，文渊阁四库全书本]

① 舍，一作“拾”。
② 未，一作“有”。

隋

刘炫《筮涂》（存目）

刘炫，河间景城（今河北沧州）人。

存目，《北史》卷八十二：“炫拟屈原《卜居》为《筮涂》以自寄。”

唐

法琳《悼屈原》

法琳（572—640），俗姓陈。颍川阳翟（今河南禹州）人，生于湖北襄阳。

帝曰：法琳虽毁朕宗祖。非无典据。特可赦其极犯。徙在益部为僧。法师见放意不自得。因作《悼屈原》篇，用申厥志。其词曰：

何天道之幽昧兮，乖张列宿。使忠正之屈原兮，而见放逐。谗佞从旨兮，位显名彰。直言不讳兮，遂焉逢殃。和璞捐于山泽兮，燕石为珍。西施屡而不幸兮，嫫母见亲。抚心思念屈原兮，博达广识。君王不察其贞正兮，斥逐去国。纳谗谄之詃惑兮，自昏厥德。燕苏弃于荒野兮，蘩蘠见殖。鹳鸠鸣啸于君林兮，鹓鸾戢翼。犲狼当路而从横兮，麟麇伏匿。凤鸟尚知怀德兮，见覆巢而高翔。麒麟犹忻有道兮，瞩不仁而腾骧。忠谏之不入兮，箕子佯狂。杜伯之谅直兮，遭尤逢殃。比干正而剖心兮，伍子胥贞而抉眼。痛清白之屈原兮，沈汨罗而不返。

［（唐）彦琮撰《唐护法沙门法琳别传》卷下，大正新修大藏经 1990 年印］

李白《拟恨赋》

李白（701—762），陇西成纪（今甘肃秦安）人，祖先隋末流寓碎叶（今吉尔吉斯斯坦托克马克城)，李白即出生于此。唐中宗神龙元年（705）随家迁居绵州昌隆县（今四川江油）青莲乡。

晨登太山，一望蒿里。松楸骨寒，草宿坟毁。浮生可嗟，大运同此。于是仆本壮夫，慷慨不歇。仰思前贤，饮恨而没。昔如汉祖龙跃，群雄竞奔。提剑叱咤，指挥中原。东驰渤澥，西漂昆仑。断蛇奋怒，扫清国步。握瑶图而倏升，登紫坛而雄顾。一朝长辞，天下缟素。若乃项王虎斗，白日争辉。拔山力尽，盖世心微。闻楚歌之四合，知汉卒之重围。帐中剑舞，泣挫雄威。骓兮不逝，喑呜何归？至如荆卿入秦。直度易水；长虹贯日，寒风飒起。远雠始皇，拟报太子。奇谋不成，愤惋而死。若夫陈后失宠，长门掩扉。日冷金殿，霜凄锦衣。春草罢绿，秋萤乱飞。恨桃李之委绝，思君王之有违。昔者屈原既放，迁于湘流。心死旧楚，魂飞长楸。听江风之嫋嫋，闻岭狖之啾啾。永埋骨于渌水，怨怀王之不收。及夫李斯受戮，神气黯然。左右垂泣，精魂动天。执爱子以长别，叹黄犬之无缘。或有从军永决，去国长违。天涯迁客，海外思归。此人忽见愁云蔽日，目断心飞。莫不攒眉痛骨，拉血霑衣。若乃错绣毂，填金门。烟尘晓沓，歌钟昼喧。亦复星沉电灭，闭影潜魂。已矣哉！桂华满兮明月辉，扶桑晓兮白日飞。玉颜灭兮蝼蚁聚，碧台空兮歌舞稀。与天道兮共尽，莫不委骨而同归。

［（唐）李白著《李白集校注》，上海古籍出版社 1980 年，第 14-18 页］

柳宗元《闵生赋》

柳宗元（773—819），河东（今山西永济）人。

闵吾生之险厄兮，纷丧志以逢尤。气沉郁以杳眇兮，涕浪浪而常流。膏液竭而枯居兮，魄离散而远游。言不信而莫余白兮，虽遑遑欲焉求？合喙而隐志兮，幽默以待尽。为与世而斥谬兮，固离披以颠陨。骐骥之弃辱兮，驽骀以为骋。玄虬蹶泥兮，畏避蛙黾。行不容之峥嵘兮，质魁垒而无所隐。鳞介槁以横陆兮，鸱啸群而厉吻。心沉抑以不舒兮，形低摧而自愍。肆余目于湘流兮，望九嶷之垠垠。波淫溢以不返兮，苍梧郁其蜚云。重华幽而野死兮，世莫得其伪真。屈子之悁微兮，抗危辞以赴渊。古固有此极愤兮，矧吾生之藐艰。列往则以考己兮，指斗极以自陈。登高岩而企踵兮，瞻故邦之殷辚。山水浩以蔽亏兮，路蓊勃以扬氛。空庐颓而不理兮，翳丘木之榛榛。块穷老以沦放兮，匪魑魅吾谁邻？仲尼之不惑兮，有垂训之谟言。孟轲四十乃始持心兮，犹希勇乎黝贲。顾余质愚而齿减兮，宜触祸以阽身。知徙善而革非兮，又何惧乎今之人。

噫！禹绩之勤备兮，曾莫理夫兹川。殷周之廓大兮，南不尽夫衡山。余囚楚越之交极兮，邈离绝乎中原。壤污潦以坟洳兮，蒸沸热而恒昏。戏凫鹳乎中庭兮，蒹葭生于堂筵。雄虺蓄形于木杪兮，短狐伺景于深渊。仰矜危而俯栗兮，弭日夜之拳挛。虑吾生之莫保兮，忝代德之元醇。孰眇躯之敢爱兮，窃有继乎古先。明神之不欺余兮，庶激烈而有闻。冀后害之无辱兮，匪徒盖乎曩愆。

［（唐）柳宗元著；尹占华，韩文奇校注《柳宗元集校注》，中华书局2013年，第151-152页］

柳宗元《天对》

问：曰遂古之初，谁传道之？上下未形，何由考之？冥昭瞢暗，谁能极之？冯翼惟像，何以识之？明明暗暗，惟时何为？

对：曰本始之茫，诞者传焉。鸿灵幽纷，曷可言焉！曶黑晰眇，往来屯屯，厖昧革化，惟元气存，而何为焉！阴阳三合，何本何化？合焉者三，一以统同。吁炎吹泠，交错而功。圜则九重，孰营度之？无营以成，沓阳而九。运辏浑沦，蒙以圜号。惟兹何功，孰初作之？冥凝玄厘，无功无作。斡维焉系？天极焉加？乌溪系维，乃縻身位。无极之极，漭弥非垠。或形之加，孰取大焉！八柱何当，东南何亏？皇熙（亹亹），胡栋胡宇！宏离不属，焉恃夫八柱！九天之际，安放安属？隅隈多有，谁知其数？无青无黄，无赤无黑。无中无旁，乌际乎天则。巧欺淫诳，幽阳以别。无限无隅，曷懵厥列。天何所沓？十二焉分？日月安属？列星安陈？折□篿剡筵，午施旁竖，鞠明究曛，自取十二。非予之为，焉以告汝！规毁魄渊，太虚是属。棋布万荧，咸是焉托。出自汤谷，次于蒙汜，自明及晦，所行几里？对曰：辐旋南昼，轴奠于北。轨彼有出次，惟汝方之侧。平施旁运，恶有谷汜！自明及晦，所行几里？当焉为明，不逮为晦。度引无穷，不可以里。夜光何德，死则又育？厥利维何，而顾菟在腹？对曰：毁炎莫俪，渊迫而魄，遐违乃专，何以死育！元阴多缺，爰感厥兔，不形之形，惟神是类。问曰：女歧无合，夫焉取九子？阳健阴淫，降施蒸摩，歧灵而子，焉以夫为！伯强何处？惠气安在？怪弥冥更，伯强乃阳。顺和调度，应气出行。时届时缩，何有处乡。何阖而晦？何开而明？明焉非辟，晦兮非藏。角宿未旦，曜灵安藏？孰旦孰幽，缪躔于经。苍龙之寓，而廷彼角亢。

不任汩鸿，师何以尚之？佥答何忧，何不课而行之？惟鲧谚谚，邻圣而孽。恒师庬蒙，乃尚其圮。后惟师之难，瞶颇使试。鸱龟曳衔，鲧何听焉？顺欲成功，帝何刑焉？永遏在羽山，夫何三年不施？盗堙息壤，招帝震怒。赋刑在下，而投弃于羽。方陟元子，以允功定地。胡离厥考，而鸱龟肆喙！伯禹腹鲧，夫何以变化？纂就前绪，遂成考功。何续初继业，而厥谋不同？气孽宜害，而嗣续得圣，污涂而蕖，夫固不可以类。胝躬躄步，桥楯勚路。厥十有三载，乃盖考丑。宜仪刑九畴，受是玄宝。昏成厥孽，昭生于德。惟氏之继，夫孰谋之式！

行鸿下隤，厥丘乃降。焉填绝渊，然后夷于土。地方九则，何以坟之？从民之宜，乃九于野。坟厥贡艺，而有上中下。应龙何画？河海何历？胡圣为不足，反谋龙智？畚锸究勤，而欺画厥尾！鲧何所营？禹何所成？康回冯怒，地何故以东南倾？

圜焘廓大，厥立不植。地之东南，亦已西北。彼回小子，胡颠陨尔力！夫谁骇汝为此，而以恩天极？九州何错？川谷何洿？州错富媪，爰定于处。躁川静谷，形有高庳。东流不溢，孰知其故？东穷归墟，又环西盈。脉穴土区，而浊浊清清。坟垆燥疏，渗渴而升。充融有余，泄漏复行。器运漱漱，又何溢为！东西南北，其修孰多？东西南北，其极无方。夫何鸿洞，而课校修长。南北顺椭，其衍几何？茫忽不准，孰衍孰穷！昆仑县圃，其尻安在？积高于干，昆仑攸居。蓬首虎齿，爰穴爰都。增城九重，其高几里？增城之里，万有三千。四方之门，其谁从焉？清温燠寒，迭出于时。时之丕革，由是而门。西北辟启，何气通焉？辟启以通，兹气之元。日安所到？烛龙何照？修龙口燎，爰北其首，九阴极冥，厥朔以炳。

羲和之未扬，若华何光？惟若之华，禀羲以耀。何所冬暖？何所夏寒？狂山凝凝，冰于北至。爰有炎洲，司寒不得以试。焉有石林？何兽能言？石胡不林？往视西极！兽言喽喽，人名是达。焉有虬龙，负熊以游？有虬委蛇，不角不鳞，嬉夫元熊，相待以神。雄虺九首，倏忽焉在？南有怪虺，罗首以噬。倏、忽之居，帝南北海。

何所不死，长人是守？员丘之国，身民后死。封嵎之守，其横九里。靡萍九衢，枲华安居？有萍九歧，厥图以诡。浮山孰产？赤华伊枲。灵蛇吞象，厥大何如？巴蛇腹象，足觌厥大。三岁遗骨，其修已号。黑水元趾，三危安在？黑水淫淫，穷于不姜。元趾则北，三危则南。延年不死，寿何所止？仙者幽幽，寿焉孰慕！短长不齐，咸各有止。胡纷华漫汗，而潜谓不死！鲮鱼何所？鬿堆焉处？鲮鱼人貌，迩列姑射。鬿雀峙北号，惟人是食。羿焉彃日？乌焉解羽？焉有十日，其火百物！羿宜炭赫厥体，胡庸以枝屈！大泽千里。群乌是解。禹之力献功，降省下土四方。焉得彼嵞山女，而通之于台桑？闵妃匹合，厥身是继。胡维嗜欲不同味，而快鼌饱？禹惩于续，嵞妇亟合。肞离厥肤，三门以不眡。呱呱之不颪，而孰图厥味！卒燥中野，民攸宇攸暨。启代益作后，卒然离蠥？彼呱克臧，俾姒作夏。献后益于帝，谆谆以不命。复为叟耇，曷戚曷孽！何启惟忧，而能拘是达？皆归射鞠，而无害厥躬？呱勤于德，民以乳活。扈仇厥正，帝授柄以挞凶穷。圣庸夫孰克害！何后益作革，而禹播降？益革民艰，咸粲厥粒。惟禹授以土，爰稼万亿。违溺践垍，休居以康食。姑不失圣，天胡往不道！启棘宾商，《九辩》《九歌》？启达厥声，堪舆以呻。辨同容之序，帝以賓嫔。何勤于屠母，而死分竞坠？禹母产圣，何疈厥旅！被淫言乱烟，聪聩以不处。帝降夷羿，革孽夏民。胡羿射夫河伯，而妻彼雒嫔？夷羿滔荒，割更后相。夫孰作厥孽，而诬帝以降。震皜厥鳞，集矢于晥。肆叫帝不谌，失位滋嫚。有洛之媍，焉妻于狡！冯珧利决，封豨是射。何献蒸肉之膏，而后帝不若？夸夫快杀，鼎豨以虑饱。馨骨腴帝，叛德恣力。胡肥台舌喉，而滥厥福！浞娶纯狐，眩妻爰谋。何羿之射革，而交吞揆之？寒谗妇谋，后夷卒戕。荒弃于野，俾奸民是臧。举土作仇，徒怙身弧！阻穷西征，岩何越焉？化为黄熊，巫何活焉？鲸殛羽岩，比黄而渊。成播秬黍，莆雚是营？子宜播殖稚，于丘于川。维莞维蒲，维菰维芦。丕彻以图，民以让以都。何由并投，而鲧疾修盈？尧酷厥父，厥子激以功，克硕厥祀，后世是郊。白蜺婴茀，胡为此堂？安得夫良药，不能固臧？天式从横，阳离爰死。大鸟何鸣，夫焉丧厥体？王子怪骇，蜺形茀裳。衣裓操戈，犹懵夫药良。终鸟号以游，奋厥篚筐。曶漠莫谋，形胡在胡亡。萍号起雨，何以兴之？阳潜而爨，阴蒸而雨。萍凭以兴，厥号爰所。撰体协胁，鹿何膺之？气怪以神，爰有奇躯。胁属支偶，尸帝之隅。鳌戴山抃，何以安之？宅灵之丘，掉焉不危，鳌厥首而恒以恬夷。释舟陵行，何以迁之？要释而陵，殆或谪之。龙伯负骨，帝尚窄之。惟浇在户，何求于嫂？何少康逐犬，而颠陨厥首？浇嫪以力，兄鹿聚之。康假于田，肆克宇之。女歧缝裳，而馆同爰止。何颠易厥首，而亲以逢殆？既裳既舍，宜咸坠厥首。汤谋易旅，何以厚之？汤奋癸旅，爰以伛拊。载厥德于葛，以诘仇饷。覆舟斟寻，何道取之？康复旧物，寻焉保之。覆舟喻易，尚或艰之。桀伐蒙山，何所得焉？妺嬉何肆，汤何殛焉？惟桀嗜色，戎得蒙昧，淫处暴娱，以大启厥伐。舜闵在家，父何以鳏？尧不姚告，二女何亲？厥萌在初，何所意焉？瞽父仇舜，鳏以不俪。尧专以女，兹俾允厥世。惟蒸蒸翼翼，于妫之汭。璜台十成，谁所极焉？纣台于璜，箕克兆之。登立为帝，孰道尚之？惟德登帝，师以首之。女娲有体，孰制匠之？娲躯虺号，古以类之。胡曰化七十，工获诡之！舜服厥弟，终然为害。何肆犬体，而厥身不危败？舜弟氏厥仇，毕屠水火。夫固优游以圣，而孰殆厥祸！犬断于德，终不克以噬。昆庸致爱，邑鼻以赋富。吴获迄古，南岳是止。孰期去斯，得两男子？嗟伯之仁，逊季旅岳。雍同度厥义，以嘉吴国。

缘鹄饰玉，后帝是飨。何承谋夏，桀终以灭丧？帝乃降观，下逢伊挚。何条放致罚，而黎伏大说？空桑鼎殷，谄羹厥鹄。惟轲知言，间焉以为不。仁易愚危，夫曷揆曷谋。咸逃丛渊，虐后以刘。降厥观于下，匪挚孰承！条伐巢放，民用溃厥疣，以夷于肤，夫曷不谣！简狄在台，喾何宜？元鸟致贻，女何喜？喾狄祷禖，契形于胞。胡乙觳之食，而怪焉以嘉！该秉季德，厥父是臧？该德允考，蓐收于西。爪虎手钺，尸刑以司慝。胡终弊于有扈，牧夫牛羊？牧正矜矜，浇扈爰踣。干协时舞，何以怀之？阶干以娱，苗革而格。不迫以死，夫胡狃厥贼！平胁曼肤，何以肥之？辛后骙狂，无忧以肥。肆荡弛厥体，而充膏于肌。啬宝被躬，焚以旗之。有扈牧竖，云何而逢？击床先出，其命何从？扈释于牧，力使后之。民仇焉宇，启床以靳。恒秉季德，焉得夫朴牛？何往营班禄，不但还来？殷武踵德，爰获牛之朴。夫唯陋民是冒，而丕号以瑞。卒营而班，民心是市。昏微循迹，有狄不宁。何繁鸟萃棘，负子肆情？解父狄淫，遭惎以报。彼中之不目，而徒以色视。眩弟并淫，危害厥兄。何变化以作诈，后嗣而逢长？象不兄龚，而奋以谋。盖圣孰凶怒，嗣用绍厥爱。成汤东巡，有莘爰极。何乞彼小臣，而吉妃是得？水滨之木，得彼小子。夫何恶之媵，有莘之妇？莘有玉女，汤巡爰获。既内克厥合，而外弼于德。伊知非妃，伊之知臣，曷以不识！胡木化于母，以蝎厥圣！喙鸣不良，谩以诡正。尽邑以垫，孰译彼梦！汤出重泉，夫何罪尤？不胜心伐帝，夫谁使挑之？汤行不类，重泉是囚。违虐立辟，实罪德之由。师凭怒以割，癸挑而仇。会鼌争盟，何践吾期？苍鸟群飞，孰使萃之？到击纣躬，叔旦不嘉。何亲揆发，足周之命以咨嗟？授殷天下，其位安旅？反成乃亡，其罪伊何？争遣伐器，何以行之？并驱击翼，何以将之？胶鬲比檠，雨行践期。捧盎救灼，仁兴以毕随。鹰之咸同，得使萃之。颈纣黄钺，旦孰喜之！民父有厘，嗟以美之。位庸庇民，仁克莅之。纣淫以害，师殛圮之。咸宜厥死，争徂器之。冀鼓颠御，让舞靡之。昭后成游，南土爰底。厥利惟何，而逢彼白雉？水滨玩昭，荆陷弑之。缪迓越裳，畴肯雉之。穆王巧拇，夫何为周流？环理天下，夫何索求？穆懵《祈招》，猖洋以游。轮行九野，惟怪之谋。胡绐娱戴胜之兽，觞瑶池以迭谣！妖夫曳衒，河号乎市？周幽谁诛，焉得夫褒姒？孺贼厥诜，爰檿其弧。幽祸挈以夸，惮褒以渔。淫嗜蔑杀，谏尸谤屠。孰鳞檠以征，而化鼋是辜。天命反侧，何罚何佑？天邈以蒙，人么以离。胡克合厥道，而诘彼允违。齐桓九会，卒然身杀？桓号其大，任属以傲。幸良以九合，逮孽而坏。彼王纣之躬，孰使乱惑？何恶辅弼，谗谄是服？比干何逆，而抑沈之？雷开何顺，而赐封之？何圣人之一德，卒其异方？梅伯受醢，箕子佯狂？纣无谁使惑，惟志为首。逆图倒视，辅谗以僇宠。干异召死，雷济克后。文德迈以被，芮鞫顺道。醢梅奴箕，忠咸丧以丑厚。稷惟元子，帝何笃之？投之于冰上，鸟何燠之？何冯弓挟矢，殊能将之？既惊帝切激，何逢长之？弃灵而功，笃胡爽焉。翼冰以炎，盍崇长焉。既歧既嶷，宜庸将焉。纣凶以启，武绍尚焉。伯昌号衰，秉鞭作牧。何令彻彼岐社，命有殷之国？伯鞭于西，化江汉浒。易岐社以太，国之命以祚武。迁藏就岐，何能依？逾梁橐囊，膻仁蚁萃。妲有惑妇，何所讥？妲灭淫商，痡民以亟去。受赐兹醢，西伯上告。何亲就上帝罚，殷之命以不救？肉梅以颁，乌不台诉！孰盈癸恶，兵躬殄祀！师望在肆，昌何志？鼓刀扬声，后何喜？牙伏牛渔，积内以外萌。歧目厥心，瞭眡显光。奋力屠国，以髀髋厥商。武发杀殷，何所悒？载尸集战，何所急？发杀曷逞，寒民于烹。惟栗厥文考，而虔予以徂征。伯林雉经，维其何故？何感天抑坠，夫谁畏惧？中谮不列，恭君以雉。胡螾讼蛲贼，而以变天地。皇天集命，惟何戒之？受礼天下，又使至代之？天集厥命，惟德受之。允怠以弃，天又祐之。初汤臣挚，后兹承辅。何卒官汤，尊食宗绪？汤挚之合，祚以久食。昧始以昭末，克庸成绩。勋阖梦生，少离散亡。何壮武厉，能流厥严？光征梦祖，憾离以厉。仿惶激覆，而勇益德迈。彭铿斟雉，帝何飨？受寿永多，夫何久长？铿羹于帝，圣孰嗜味！夫死自暮，而谁飨以俾寿！中央共牧，后何怒？蜂蚁微命，力何固？蜱啮已毒，不以外肆。细腰群螫，夫何足病！惊女采薇，鹿何祐？比至回水，萃何喜？萃回偶昌，鹿曷祐以女！兄有噬犬，弟何欲？易之以百两，卒无禄？针欲兄爱，以快侈富。愈多厥车，卒逐以旅。薄暮雷电，归何忧？厥严不奉，帝何求？伏匿穴处，爰何云？荆勋作师，夫何长先？悟过改更，我又何言？咨吟于野，胡若之很！严坠谊殄丁厥任，合行违匿固若所。咿嗄忿毒意谁与？丑齐徂秦啗厥诈，谗登狡庸咈以施。甘恬祸凶亟锄夷。愎不可化徒若罢。吴光争国，久予是胜？何环穿自闾社丘陵，爰出子文？吾告堵敖以不长，何试上自予，忠名弥彰？阖绰厥武，滋以侈颓。于菟不可以作，怠焉庸归？款吾敖之阏以旅尸，诚若名不尚，曷极而辞？

［（唐）柳宗元著；尹占华，韩文奇校注《柳宗元集校注》，中华书局2013年，第917-933页］

柳宗元《吊屈原文》

后先生盖千祀兮，余再逐而浮湘。求先生之汨罗兮，揽蘅若以荐芳。愿荒忽之顾怀兮，冀陈辞而有光。

先生之不从世兮，惟道是就。支离抢攘兮，遭世孔疚。华虫荐壤兮，进御羔袖。牝鸡咿嗄兮，孤雄束咮？哇咬环观兮，蒙耳大吕。堇喙以为羞兮，焚弃稷黍。犴狱之不知避兮，宫庭之不处。陷涂藉秽兮，荣若绣黼。榱折火烈兮，娱娱笑舞。谗巧之哓哓兮，惑以为咸池。便媚鞠恧兮，美逾西施。谓谟言之怪诞兮，反寘瑱而远违。匿重痼以讳避兮，进俞、缓之不可为。

何先生之凛凛兮，厉针石而从之？但仲尼之去鲁兮，曰吾行之迟迟。柳下惠之直道兮，又焉往而可施！今夫世之议夫子兮，曰胡隐忍而怀斯？惟达人之卓轨兮，固僻陋之所疑。委故都以从利兮，吾知先生之不忍；立而视其覆坠兮，又非先生之所志。穷与达固不渝兮，夫惟服道以守义。矧先生之悃愊兮，蹈大故而不贰。沉璜瘗佩兮，孰幽而不光？荃蕙蔽匿兮，胡久而不芳？

先生之貌不可得兮，犹仿佛其文章。托遗编而叹喟兮，涣余涕之盈眶。呵星辰而驱诡怪兮，夫孰救于崩亡？何挥霍夫雷电兮，苟为是之荒茫。耀姱辞之曭朗兮，世果以是之为狂。哀余衷之坎坎兮，独蕴愤而增伤。谅先生之不言兮，后之人又何望。忠诚之既内激兮，抑衔忍而不长。芈为屈之几何兮，胡独焚其中肠？

吾哀今之为仕兮，庸有虑时之否臧。食君之禄畏不厚兮，悼得位之不昌。退自服以默默兮，曰吾言之不行。既媮风之不可去兮，怀先生之可忘！

［（唐）柳宗元著；尹占华，韩文奇校注《柳宗元集校注》，中华书局2013年，第1301-1302页］

皮日休《九讽系述　并序》

皮日休（约838—约883），襄阳竟陵（今湖北天门）人。

在昔屈平既放，作《离骚经》。正诡俗而为《九歌》，辨穷愁而为《九章》。是后词人摭而为之，皆所以嗜其丽词，撢其逸藻者也。至若宋玉之《九辩》、王褒之《九怀》、刘向之《九叹》、王逸之《九思》，其为清怨素艳，幽抉古秀，皆得芝兰之芬芳，鸾凤之毛羽也。然自屈原以降，继而作者，皆相去数百祀。足知其文难述，其词罕继者矣。大凡有文人，不择难易，皆出于毫端者，乃大作者也。扬雄之文，丘、轲乎？而有《广骚》也；梁竦之词，班、马乎？而有《悼骚》也。又不知王逸奚罪其文，不以二家之述，为《离骚》之两派也。昔者，圣贤不偶命，必著书以见志，况斯文之怨抑欤？噫！吾之道不为不明，吾之命未为未偶。而见志于斯文者，吾惧来世任臣之君，因谤而去贤；持禄之士，以猜而远德，故复嗣数贤之作，以九为数，命之曰《九讽》焉。呜乎！百世之下，复有修《离骚章句》者乎？则吾之文未过，不为乎《广骚》、《悼骚》也。

正俗

粤句亶之薄俗兮，其风狡而且苦。吾欲以直道揠其邪心兮，皆骋容而莫顾。前诲行兮后止，高谕仰兮下俯。咸谓吾之儇为愚兮，并以吾之霾为伛。羌灵修之乃吾知兮，先职我而为辅。奈其臣之狺狺兮，乃不知吾之所抚。吾欲以明喆之性辨君臣之分兮，定文物之数。吾欲以正讦之道兮，进忠贤而退奸竖。吾欲以醇酞之化兮，反当今而为往古。吾欲以忖度之志兮，定觚圆而反规矩。

念儓覆之在位兮，若枭羊之当路。内灼怛以如剸兮，复何知其所诉。乃指天而郁悠兮，将天夺乎国之祜。永愸愸以何言兮，将求知于吾祖。

遇谤

有肪兮墨，而谓之不洁。有泉兮壅，而谓之不决。有茝兮轥，而谓之不芳。有轴兮锲，而谓之不辙。声咺唏以无音兮，气郁悒而空噎。既愸愸以憎惧兮，又谩谩而不诀。诬彭祖以为孺兮，谲殇子以为耋。伙众人之难信兮，捋夸者之不悦。佞为赘兮何去，奸为庞兮莫劀。譈为辔兮莫御，谤为玉兮何切。毳既膿而必烹兮，木方蓃兮必折。心轞轞以似车兮，思绵绵而如飔。手欲动兮似拲，足将行兮如绁。既不辨于颜跖兮，遂一贯于尧桀。吾哀生之不逢兮，奚至死而愋愋。念帝座之不曭兮，胡交光于卷舌。既何路以自辨兮，遂没齿而痨刺。

见逐

靳尚之言兮美于孋，子兰之气兮酴于醒。既怒瞈以相向兮，遂裹足而南征。面惬惬以奚色兮，心馃馃而何情。耳方聪兮忽联，目正视兮忽盲。日当午兮便昃，天方昼兮不明。欲泣兮有血，将啼兮失声。望灵修兮似失，出国门兮若惊。轫识怨兮欲缓，驷知愁兮复鸣。既倘佯兮夏水，复眷恋兮南荆。嗟予夙秉于大训兮，涵渍骨之忠贞。既贸者之莫余容兮，向重苍而自盟。既怺仁以凭义兮，遂瓠信而榥诚。将真宰之不仁兮，胡为役余以此生。彼鸒斯之蝨贼兮，固不能容乎鸰鹏。彼茨菉之丛秽兮，固不能让乎杜蘅。已矣乎！国无人兮莫我留，将诉帝于玉京。

悲游

荷为裯兮芰为摆，荃为裾兮薜为袆。弭吾棹兮沣之浦，驻吾楫兮湘之湄。悲莫悲兮新去国，怨莫怨兮新相思。幽篁萧兮静晚，清漪澹兮去迟。湘君欲出兮风水急，帝子不来兮烟雨微。芷既老兮白药，日将暮兮红萎。朝浮乎鹖蹄，夕叫乎羁雌。瀷漾漾兮不止，濻悠悠兮何之。日出没兮北渚，云依稀兮九疑。既无人以辨余兮，又何心而怨咨。退不解其怢憏兮，进不知其忸怩。寒蜩怨而无声兮，古木凄其寡枝。嗟吾魄之不返兮，千秋万岁湘中驰。

悯邪

慨天道之不明兮，何独生此大佞。若猰貐之能冠兮，当一国而持柄。见乱臣之反诈兮，信其主以不竞。辙已覆而又遵兮，佗将翻而不整。不思心腹之疾兮，又玩膏肓之病。竟客死于咸阳兮，终不作毒王之幸。既养虎以遗患兮，遂倒焊而授柄。将谀臣之肆祸兮，岂上天之付命。粤吾大以为不可兮，彼以灾而为庆。倘灵修之魄有知兮，刷吾耻于下暝。

端忧

有一美人兮端忧，千暗万愁兮曾不得以少休。肠结多以莫回兮，泪啼剧而不流。王孙何处兮碧草极目，公子不来兮清湘满眸。汀边月色兮晓将晓，浦上芦花兮秋复秋。天沉寥以似淬兮，峰巉崒以如抽。篔筜飒兮雨岸，杜若死兮霜洲。遗余程兮沣之侧，整余陌兮湘之幽。望女媭兮秭归梦，怀宋玉兮荆门愁。欲向天以号咷兮，寸晷不可以少留。又不知吾魂之所处兮，永寂寞以悠悠。

纪祀

山之巅兮水之涘，桂为祠兮兰为位。执玉桴兮扣雷鼓，奠金醽兮滴浮蚁。荐琼芳兮望暮云，献椒醑兮拜寒水。祝肸蠁以怪谈兮，巫妖冶而魅醉。波闪倏兮湘君，竹萧疏兮帝子。日将暮兮河伯，秋正深兮山鬼。神之化兮何方，人之艰兮至此。胡不化其邪而为正兮，胡不返其戾而为义。胡不转其亡而为兴兮，胡不易其乱而为治。但血食于下国兮，曾不少裨于有位。吾将乘青螭而驾白虬兮，将谒帝而诉神之累。谓天弧发镞兮，天棓行棰。神速悔尢兮，俾吾灵修而易知。

舍慕

粤吾秉志兮，洁于瑾瑜。芬其德而芳其道兮，荣于蘼芜。将兴国以见罪兮，拟佐王而蒙辜。彼群小之茸茸兮，如慕臭之螚蜉。以大鹏为爵兮，以康瓠为甂。以衮衣为褋兮，以黎丘为墟。以郑姬为丑兮，以子产为愚。以鲍焦为贪兮，以孔圣为诬。吾将奋鳞于大空兮，奚独慕此江湖。吾将发荣于蟠桃兮，奚独守此蒿蒌。吾将荡其魄兮，骖风轫与轧车。谒帝于冥冥之天兮，秉其生杀之枢。将飘飘以高逝兮，亦何必怀此奸邪之故都。

洁死

尧死兮舜灭，禹殄兮汤绝。似玉兮将沈，如金兮永没。行以仁兮止以义，生以贞兮死以洁。念余曾不足以蹈圣阃兮，亦慕兹而自悦。湘浦兮烟深，沅江兮风切。顾影兮白怜，抚躬兮永诀。鬼惨兮天愁，雨泣兮泉咽。竟汨没以奫沦兮，永幽忧而怫郁。湘之山兮未尽，湘之流兮不竭。千秋兮愁云，万古兮明月。灵均之冤兮孰能销其气，灵均之愁兮孰能释其结。来者之自鉴兮，无致位于牙孽。

［（唐）皮日休《皮子文薮》第二卷，上海古籍出版社 1981 年，第 11-16 页］

皮日休《悼贾　并序》

余尝读贾谊《新书》，见其经济之道，真命世王佐之才也。自汉氏革嬴，高祖得于矢石，不暇延儒人。及为天子，制缺度弛处华而夷。是时，独有叔孙生能定朝仪，其制未悉，唯生草其书，欲以制屈诸侯，推定正朔，调革舆服，通流货币。天不祐汉，绛灌兴谤，竟枉其道，出傅湘沅，生自以不得志，哀屈平之放逐。及渡沅湘，沉文以吊之。故其辞曰：历九州而相君兮，何必怀此故都。噫余释生之意矣。当战国时，屈平不用于荆，则有齐赵秦魏矣。何不舍荆而相他国乎？余谓平虽遭靳尚子兰之谗，不忍舍同姓之邦为他国之相，宜矣。然则，生之见弃又甚于平。当汉时，舍文帝则诸侯矣。如适诸侯，则《新书》之文，抑诸侯而尊天子也。舍诸侯则胡越矣，则《新书》之文灭胡越而崇中夏也。是以，其心切其愤深，其词隐而丽，其藻伤而雅。余悲生哀平之见弃，又生不能自用其道，呜呼！圣人之文与道也，求知与用，苟不在于一时，而在于百世之后者乎？其生之哀平欤？余之悲生欤？吾之道也。废与用，幸未可知，但不知百世之后得其文而存之者，复何人也？咸通癸未中，南浮至沅湘，复沈文以悼之。其辞曰：

粤炎绪之嫣绵兮，其国度之未彰。天锡生以命理兮，冀其道之益光。伟吴公之知贤兮，道其名于文皇。既启以召之兮，遂位之于上庠。愍耋儒之蠢愚兮，对天问之不臧。既群愚之让俊兮，驰其誉之煌煌。嗟大汉之丕绪兮，虬其贤于污潢。上下溷而不分兮，议制削于骄王。杀僇漭而不制兮，断捽胡其寇攘。羌虏坌以侵华兮，曾不能以抑强。饵其嗜之延延兮，实三代之计良。念五德之更承兮，论櫖结而不纲。乃秉臆以兴说兮，数用五而色尚黄。又诸侯以开国兮，输其租于咸阳。曾不得以抚民兮，俾其君兮可忘。请纡緺以乘印兮，各驰化于所疆。上既悦而欲大用兮，遭绛灌于东阳。道既擯兮何明，乃出傅于沅湘。浮沅波之滃洫兮，或漾棹以夷犹。望灵均之没所兮，顾其心之慆慆。临汨罗之浩漾兮，想怀沙之幽忧。森樛萝以蓊郁兮，时迸狖以相号。雾雨暗乎北渚，蝴蟰毒乎芳洲。景黯沮以不明兮，若天悼乎离骚。香依依兮杜若，韵凄凄兮篻篣，山隐隐以扫空兮，烟微微而淡秋。嗟吾不知所感兮，泪懭悢以横流。当抱犊于渺藩兮，曾无足以少休。既芵蘮以伤思兮，又鸺鹠以动愁。呜呼哀哉！世既不平领吾道以为非兮，吾复何依。蘋兰憔悴兮稂莠繁滋，麟凤匿迹兮枭獍腾威。愦匠罢斧兮拙者构之，离娄闭目兮瞽者扬眉。子都蒙袂兮敦洽骋姿。呜呼哀哉！亦先生之尤也。眙其世之不可兮，何不解而去位。又垂万世之名兮，取舍在此。奚自谤于童羖兮，乃惆然而为累。盖伊尹三就五就之心兮，冀其民之可治。奈惛惛以不悟兮，又被之以非议。幸一人之再觉兮，答受鳌之奥义。既孱王以堕驾兮，乃冤恸而已矣。讯曰：君不明矣莫我知，幽都寂兮和涕归。文悬日月兮俟后圣用之，大故忽兮其何足悲。

［（唐）皮日休《皮子文薮》第二卷，上海古籍出版社1981年，第16-18页］

皮日休《反招魂》

屈原作《大招魂》〔或曰景差作，疑不能明〕，宋玉作《招魂》，皮子以为忠放不如守介而死，奚招魂为？故作《反招魂》一篇以辨之。词曰：

承溟涬之命兮，付余才而辅君。君既不得乎志兮，余飘飘而播迁。余将荡大空而就灭兮，君又招余俾复身。余诣帝以请诀兮，帝俾巫阳以筮云。巫阳语余以不可归兮，故作词以招君。乃下招曰：君兮归来，故都慎不可留些。其君雄虺兮，其民封狐些。食民之肝鬲以为其肉兮，摘民之发肤以为其衣些。朝刀锯而暮鼎镬兮，上暧昧而下墨〔眉〕杘〔痴〕些。君兮归来，故都慎不可留些。余昔为比干之魂兮，干僇而余去些。未闻干贪生以自招兮，余竟洁其所处些。君兮归来，故都慎不可留些。余昔为伍胥之魂兮，胥僇而余逝些。未闻胥贪位以惜生兮，执属镂而不滞些。君兮归来，故都慎不可留些。余昔为宏演之魂兮，演自残而余行些。未闻演惜命以不死兮，俾其义而益明些。君兮归来，故都慎不可留些。帝命余以辅君兮，亦以君之忠介些。今以忠而见闻兮，尚盘桓而有待些。将自富贵而入羁旅兮，其志乃悔些。将恋骨肉而惜家族兮，何不自裁些。枭食母而獍食父兮，见禽兽之为生些。苟凶残者眉寿兮，实枭獍而同名些。君乎慎勿怀故都之恋归来乎，余为君存千古忠烈之荣名些。

［（唐）皮日休《皮子文薮》第二卷，上海古籍出版社1981年，第19页］

陆龟蒙《微凉赋》

陆龟蒙（？—约881），长洲（今江苏苏州）人。

椒梧既谢，屈原增伤。菱先雁败，柳徇蝉荒。日落深宫，十四等皆为丽绝。云愁大泽，九百里尽欲飞扬。暑退未退，宵长未长。傍宝阶以寻冷，当绮疏而荐香。飘飘拂拂，悄悄怅怅。省团扇以摇清，昵瑶琴而泛雅。石隐将卧，笻轻欲把。沈尹见王筠佳咏，不觉书之。谢傅感桓伊哀筝，无端涕下。单栖悟早，共赏情多。应从远壑，定降明河。病树一枝，度日空怀越奏。轻帆十幡，乘秋好唱湘歌。殷浩休谈，杨宏自舞。粉初渍而题媚，尘适消而画古。正在安榴馆里，寂寞饶潘。暂登酸枣台时，凄凉付庾。潜生翠被，暗着金楼。铢铢减癖，斛斛量愁。草元者逐贫无暇，梯附者结客而游。暮雨陵边，有魏主常闻之乐。夕阳池上，有蔡姬曾荡之舟。恨锁疏烟，襟披远水。露桂方澹，风篁或倚。鄂侯之余冷犹在，江令之宿酲初起。道气全衰，离情遍驶。许玉斧神超碧落，仰接应难。成花君怨别青宫，追伤未已。

［（清）董诰辑《全唐文》卷八百，清嘉庆内府刻本］

陆龟蒙《幽居赋》

陆子居全吴东，距长洲故苑一里，阖关不通人事，且欲吟咏情性。曰燕居，则仲尼有之矣。曰卜居，则屈原有之矣。曰闲居，则潘岳有之矣。曰郊居，则沈约有之矣。既抱幽忧之疾，复为低下之居，乃作《幽居赋》。其序云：余少学穷元，早持坚白。其生也悬赘附疣，其材也戴瘿衔瘤。居无养拙之资，出有倦游之叹。初张蓬矢，尝逞志于四方。末佩椒兰，敢违仁于一日。虽家风未泯，而世德将衰。门等韦平，材兼魏邴。激清芬而镇俗，追雅望于图形。荀勗乃天下表仪。裴秀为朝端领袖。朱轮十乘，紫诰千篇。炳若星辰，粲乎竹帛。俯观图牒，谬辱孙谋。五鼎萧条，赐书零落。漆工酒保，几欲沉沦。故栗空桑，屡瞻摧折。刘超刘毅，俱无儋石之储。许迈许询，但有山林之志。思凿坯而遁，聊倚树而吟。师道气于龟肠，扣兵钤于鱼腹。穷年学剑，不遇白猿。隔日伏痁，未擒黄鹞。止则葭墙艾席，行则葛履柴车。仲宣方玩于棋枰，叔夜还眠于锻灶。既以草知晦朔，木讣荣枯。因推墨别为三，复悟儒分至八。何晏之言道德，不及王生。郑元之注《春秋》，才同服氏。初陈梗概，渐入精微。探桓范之智囊，掘张凭之理窟。遗其耳目，然后谓之聪明。差若毫厘，焉足言乎大小。加以病惟斗蚁，力止戡蝉。帘帷非翡翠之荣，钟鼓岂爰居所乐。遂求衡泌，聊以栖迟。建一亩之宫，忝称儒者。置十金之产，雅叶中人。晏子以嚣尘可容，曹公以泥水自蔽。罗含宋玉，尝少出于荆蛮。萧相武侯，亦潜居于僻巷。杨德祖家惟弱柳，殷仲文庭只枯槐。冯衍姜辛，繁钦苔碧。复有稻名半夏，药号恒春。长榆亦降星精，修竹乃生云母。潘安馆里，尝闻柰素瓜甘。庾信园中，亦话枣酸梨酢。窃观留咏，雅尚清风。今古攸同，圣贤何远。武仲游于沛泽，伊尹耕于有莘。予欲无言，回不愿仕。神交六位，方为卖卜之人。歌动五噫，竟作赁舂之客。况有布缘纶帽，尚足朝昏。羽扇貂裘，犹堪寒暑。得以书抽虎仆，射用牛蝓。自理茶租，闲被钓褐。经称小品，还下二百签。赋谓名都，略点八十处。下问得犁涂之义，涂听闻诉怒之诗。既已逢原，遂成摛翰。非因授简，初拟遗鞭。不能粉饰大猷，且用元黄稗说。贻于好事，希逢得意而传。责以壮夫，甘受子云之笑。赋云：

泰伯勾吴，通侯旧里，地接虎丘，门连鹤市。比颜巷兮非陋，方赐墙兮犹峙。乐令有名教之乐，必以仁行。庄生乃道家者流，咸从达起。彼既得矣，予何谢焉。欲神游于浩气，法大隐于遗编。鲁仲孙衣止七升之布，栾武子食无一卒之田。贱不容忧，贫惟可贺。冥心而姑务藏疾，卷舌而谁能击堕。争先敢脱乎牛车，自给方营于马磨。噫！秦时亡命，竟作帝师。吁汉末遗臣，皆称王佐。吾焉用此，仆病未能。艺合欢求解忧之力，饵陟釐明攻冷之征。悲少歌于赵壹，喜长啸于孙登。万古骚人，远追乎橘浦。百金渔事，近出于松陵。非慕偷桃，还怜嗜芰。何惭尺蠖之屈，未损丈夫之志。投簪隐几，聊思夷甫谈元。搁札弹毫耻效文通奏记。夫静者躁之君，名者实之宾。进不参于多士，退宜追乎逸人。颂厥土之三壤，托高风于四邻。才祛燥湿，稍远嚣尘。以日系时，且复穷于鲁史。穿池种树，正欲类于齐民。室乏崇坛，墉非缩板。因坎窗以为洫，藉蒙笼而表限。孟戒无是非之心，阮通能青白之眼。龟床鹿帻，讶招隐兮何迟。橡饭菁羹，笑谋生之太简。是知名安可钓，笔不堪耕。有白凤之才，乃先为赘客。有雕龙之辩，然后为狂生。雄自投而几死，祢流恸而将行。外嬖方施，孟子虚陈乎仁义。中谗既胜，韩非徒恃其纵横。况复支离壹郁，尪九陋謇吃，才甚微而寡文，体素羸而多疾。阴铿药铫，披晓幌以皆来。徐邈酒铛，拥寒炉而必出。自然忘物我，混穷通，将大宗师理叶，与握真宰情同。优游塞马，脱落冥鸿。窃慕王晞，眷恋于良辰美景。深符谢眺，留连于明月清风。得不分碕岸而饰荒台，辍金钱而营佳树。莼丝兮欲萦千里，草带兮初围十步。颓垣抱碧，无非海发山衣。暗座飘香，尽是松肪桂蠹。加以篱边种菊，堂后生萱。覆井之新桐乍引，临窗之旧竹犹存。花妨过帽，柳碍移门。鹿去而云遮绝涧，樵归而水绕孤村。遇境逍遥，就鱼鸟之性乐。开襟散诞，见羲皇之道尊。早濯元泉，屡游庭苑。忧废学而将落，惧无文而不远。豹管闲窥，羊歧忘返。搜束皙之亡缺，补陈农之遗遁。梁世祖府充名画，或得奇踪。任敬子家聚群书，率多异本。何尝仿佛，莫究分毫。徒羡玉杯珠柱之号美，象格犀簪之态高。宁容朴野，不称蓬蒿。怅残编之未构，奚雅具之为劳。况乎栖平芜古木之地，壮被褐拥篇之事。宜其梓合巾箱，藤交饼筥。炊秠稗以为食，剖瓠匏而作器。荷蓧而行，据梧而睡。妖宁胜德，休占贾谊承尘。醉可全真，但舞王戎如意。其间豁尔，此外萧然。姜肱则惟卧一被，江革则还留半毡。望夫子之门墙，仍过数仞。顾先生之履袜，不啻双穿。敢惊时而独行，聊内视而返听。岂可浪发元关，虚摇谭柄。夜将半而谁容，月每旦而谁评。清言不屈，孙刘讵减于中军。善讲无穷，支许那轻于小令。或抽易轴，或扣元端，演精微于简易，消澹泊于危难。澄如止水，爰若长竿。与牛心者赴敌，持麈尘尾者登坛。交衡而矛戟初利，顿挫而风霜正寒。兴公雅韵，仲祖旁观。始信何才，当指地于丞相。方知习捷，抗弥天之道安。彼濩落而无容，且萧条而高寄。兼耳目以咸外，曷丘园之足贲。幸春物之向荣，列天姿而见遗。阴者负而阳者胜，孰谓两仪。瘠者缓而腴者先，奚云一气。真宰难问，洪钧肯留。人间未适，象表何求。纵使陶烟霞而傲睨，骑日月以嬉游。乘刚直上，摄景冥搜。纵横兮四海，飞扬兮十洲。读仙苑之琅书，安能解愠。倾洛公之金醴，几得消忧。不假大招，宁驰别国。悲故乡之何在，望平原之无极[①]。叹钟鼎之沉光，向渔樵而骋力。庚桑有道，犹居畏垒之颠。接舆佯狂，亦取杶栌之食。徐兮下舍，陶爱吾庐。上法于陵之畦圃，旁分建业之村墟。时牵殗殜，自把渠疏。友乏惠施，莫解连环之义。医无文挚，谁知方寸之虚。存其道而或通，失其居而久旅。才将命兮分坎窞，性与时兮甘龃龉。闲游广泽，愿学弋于蒲且。终蹈沧溟，更移家于苧屿。夫动以劳吾身，静以休吾神。苟能推其用舍，自足究乎天人。思任诞于穷檐，何辞井臼。不求容于侧径，何患荆榛。沉冥者朴素之源，毁誉者浮华之辙。著名聚雪，仍招死草之讥。琴号落霞，尚被枯桐之说。值圣则幽赞成功，逢贤则雅音攸发。同于德者，大亦宜然。殷宗命相于岩下，周武迎师于渭边。有东山北郭之风，才能养素。无左车右侯之计，未足图全。嗟浩叹而长吟，畏兰凋而蕙歇。清樽方滟于瑶水，宝瑟坐凝于华月。归田少接，犹疑斥鷃追飞。羽猎相逢，可谓无盐唐突。

［（清）董诰辑《全唐文》卷八百，清嘉庆内府刻本］

黄滔《御试曲直不相入赋》

黄滔（840—911），福建莆田（今属福建省）人。

曲也者，厥理惟何。直也者，其词可属。一则见回邪之所自，一则非平正而不欲。故圣人立此格言，为乎懿躅。俾有家而有国，不与混同。令自高而自卑，靡相参触。至如木也，或表从绳之直，或叠来巢之曲。虽则含烟带雨，共呈苍翠于岩间。而耸本盘根，各禀规模于山足。勿言同地而错杂，固乃殊途而瞻瞩。所以方能中矩，俟良匠之所知。劲不为轮，信奇材而可录。莫不分彼邪正，镇于时俗。且木之理兮，犹不差忒。人之道兮，切在忠直。直也不可以曲从，曲也不可以直饰。行于已而已有异，施于人而人是测。繇是屈原在楚，餔其糟而不为。比干相殷，剖其心而可得。顾惟忠谠之受性，岂与邪谀而同域？其不相入也，理苟如是，俗奚以惑？小人曲媚，或乘造次以得时。君子直诚，可仗英明而辅国。今我后恢睿哲以御乾，澄圣心而立极。恶似钩而在物，乐如弦而比德。惟曲是斥，彰万乘之准绳。惟直是求，示百王之楷式。微臣之获咏歌，敢不佩之于取则。

---

① 自注：陆乡在平原，乃远祖所封之地。

［（唐）黄滔《黄御史集》卷一，文渊阁四库全书本］

宋

刘敞《屈原嘏辞　并序》

刘敞（1019—1068），庐江新喻（今江西樟树）人。

梅圣俞在江南，作文祝于屈原，讥原好嘏辞，民习尚之。因以斗伤溺死，一岁不为，辄降疾殃，失爱民之道，其意诚善也。然竞渡非屈原意，民言不竞渡则岁辄恶者，讹也。故为原作嘏辞以报祝，明圣俞禁竞渡得神意。维时仲夏，吉日维午。神歆既祠，锡辞以嘏。曰：

朕之初生，皇揆予度。嘉朕以名，终身是守。抑岂不淑，不幸逢遇。离悯被忧，天不可诉。宗国为墟，宁敢自贼。朕惟忍生，岂不永年。悁悁荆人，是拯是怜。赴水蹈波，岁不废旃。既招朕魂，巫祝昔先。岂朕是私，将德是传。沦胥及溺，初亦不悛。其后风靡，民益轻死。匪朕之心，是岂为义。妇吊其夫，母伤其子。

人讯其端，指予以詈。予亦念之，其本有自。昔朕婞直，不为众下。世予尚之，谓予好怒。昔朕不容，自投于江。世予尚之，谓予弃躬。既习而斗，既远益谬。被朕伪名，污朕以咎。朕生不时，乱世是遘。民之秉彝，嘉是直道。从仁于井，朕亦不取。汝禁其俗，幸怀朕忠。好竞以诬，一何不聪。我实鬼神，民焉是主。

其祀其祷，予之所厚。予惧天明，焉事戏豫。予悯横流，焉事竞渡。予怀尧舜，焉事狎侮。汝惟贤人，曾不予怒。徇俗雷同，讥予以好。履常徇直，切谏尽节。人神所扶，未必皆福。去邪即正，何以有罚。曾非予怀，可禁其伪。毋使佞臣，指予为戒。锡尔多福，畀尔庞眉。使尔忠言，于君毕宜。

［（宋）刘敞《公是集》卷三，文渊阁四库全书本］

苏轼《屈原庙赋》

苏轼（1037—1101），眉州眉山（今属四川）人。

浮扁舟以适楚兮，过屈原之遗宫。览江上之重山兮，曰惟子之故乡。伊昔放逐兮，渡江涛而南迁。去家千里兮，生无所归而死无以为坟。悲夫！人固有一死兮，处死之为难。徘徊江上欲去而未决兮，俯千仞之惊湍。赋《怀沙》以自伤兮，嗟子独何以为心。忽终章之惨烈兮，逝将去此而沉吟。吾岂不能高举而远游兮，又岂不能退默而深居？独嗷嗷其怨慕兮，恐君臣之愈疏。生既不能力争而强谏兮，死犹冀其感发而改行。苟宗国之颠覆兮，吾亦独何爱于久生。托江神以告冤兮，冯夷教之以上诉。历九关而见帝兮，帝亦悲伤而不能救。怀瑾佩兰而无所归兮，独惸惸乎中浦。峡山高兮崔嵬，故居废兮行人哀。子孙散兮安在，况复见兮高台。自子之逝今千载兮，世愈狭而难存。贤者畏讥而改度兮，随俗变化斲方以为圆。黾勉于乱世而不能去兮，又或为之臣佐。变丹青于玉莹兮，彼乃谓子为非智。惟高节之不可企及兮，宜夫人之不吾与。违国去俗死而不顾兮，岂不足以免于后世。呜呼！君子之道，岂必全兮。全身远害，亦或然兮。嗟子区区，独为其难兮，虽不适中，要以为贤兮。夫我何悲，子所安兮。

［（宋）苏轼著；孔凡礼点校《苏轼文集》卷一，中华书局 1986 年，第 2–3 页］

苏辙《屈原庙赋》

苏辙（1039—1112），眉州眉山（今属四川）人。

凄凉兮秭归，寂寞兮屈氏。楚之孙兮原之子，伉直远兮复谁似？宛有庙兮江之浦，予来斯兮酌以醑。吁嗟神兮生何喜？九疑阴兮湘之涘。鼓桂楫兮兰为舟，横中流兮风鸣厉。忽自溺兮旷何求？野莽莽兮舜之丘，舜之墙兮缭九周，中有长遂兮可驾以游。揉玉以为轮兮，斫冰以为之辀。伯翳俯以御马兮，皋陶为予参乘。惨然愍予之强死兮，泫然涕下而不禁。道予以登夫重丘兮，纷古人其若林。悟伯夷以太息兮，焦衍为予而嘘唏。古固有是兮，予又何怪乎当今？独有谓予之不然兮，夫岂柳下之展禽？彼其所处之不同兮，又安可以谤予？抱关而击柝兮，余岂责以必死？宗国陨而不救兮，夫予舍是而安去？予将质以重华兮，蹇将语而出涕。予岂如彼归兮，夫不仁而出诉？惨默默予何言兮，使重华之自为处。予惟乐夫揖让兮，坦平夷而无忧。朝而从之游兮，顾子使予昌言。言出而无忌兮，暮还寝而燕安。嗟平生之所好兮，既死而后能然。彼乡之人兮，夫孰知予此欢従忽反顾以千载兮，喟故宫之颓垣。

［（宋）苏辙著；陈宏天，高秀芳点校《苏辙集》，中华书局1990年，第329页］

王灼《吊屈原赋》

王灼（约1081—1160），遂宁府（今四川遂宁）人。

鉴先民之典记兮，眷三闾之幽芬。涕涰涰以賈賈兮，恫忠洁而不伸。岂天监之沕默兮，将楚祀之遘屯。勋绩罔究毫末兮，遽蒙斥而湮沦。粤权舆之神化兮，畀斯人以灵智。胡廓落之巨邦兮，庸孑纷其一揆？邈先生之修能兮，踔群曹而特异。奉渥德以专衡兮，原委质而自试。妍蚩错以相形兮，为众情之攸忌。盖三五之盛际兮，贤骏登于玉除。前唱而后和兮，荡皇泽于八区。嗟独力之茕茕兮，莫有助于持扶。乃肆谗以媒孽兮，实厥私之是图。谓灵修之下烛兮，返信受以予怒。辱及身而国阽兮，愓不识其所措。既前王之不谏兮，尚后王之可追。郁中情之纾兮，负玷黜以长违。托叮咛之嘉言兮，锵琼珩与瑶佩。念皇舆之颠覆兮，悼日月之不再。持大义以自植兮，肯变度而易态？莽四顾其何适兮，宁投躯于江濑。嗟先生之耿光兮，贯宇宙而愈章。世或操其异说兮，疑先生之罹殃。惟屈氏之于楚兮，偕高阳之苗裔。历九州而从仕兮，谅非予之夙志。虽屏弃而日远兮，犹飞心于华轩。视故都之将颓兮，忍静默以自全？怀先生于久远兮，念叔世之愈薄。小不能死封疆兮，大不能死社稷。习柔媚以图安兮，睨其君如国人。进靡闻于抗直兮，矧退为之陨身？抑高风之难嗣兮，独以是钟于先生。岂时变而事殊兮，孤忠无用于必行？死骨之不可作兮，浩悲思之来并。

系曰：山崚崚兮水漻漻，沅湘春兮洞庭秋。缤纷兮芰荷衣，容与兮木兰舟。冯夷兮导前，祝融兮驰殿。揖彭咸兮周旋，招申徒兮游衍。晨谒帝兮九疑，夕腾步兮南箕。眇溷浊兮高逝，倏千载兮不归。

［（宋）王灼著；李孝中，侯柯芳辑注《王灼集》巴蜀书社2005年，第30-35页］

晁公遡《屈原宅赋》

晁公遡（1117—?），济州钜野（今山东巨野）人。

余入蜀之初，尝至于秭归之山。有渔者过焉，指其墟中而告余曰："此吾三闾大夫之故居也。"余闻而异之，问途而往观焉。则群山连绵，若远若近，风云渟滀，不见其境。于时秋也，霜降气肃，月光益明，风林水麓之影相乱，而大江之声，若敲金击石，泠泠然其可听也。而所谓屈原之居，则无复可识。吾想夫牛羊之牧其上，而樵苏之不禁也久矣，而彼渔者何自而知耶？

余观于屈原之前者，有唐叔之苗裔，袭霸主之遗风。方示侈于天下，筑虒祁之新宫。倾四封以来会，贺匠氏之奏功。其玉帛之容焜耀于下，而环佩之音铿锵于中，固已为诸侯之雄也。

自后强君桀主，日益侈矣。东西五里，南北千步，采玉砂以莹础，布金椎以隐路者，秦之骊山、阿房也。璧门凤阙，上栖金爵，缭周墙以百里，而终南、泰、华之气，上下而交错者，汉之长杨、五柞也。嘉木崇冈，蔽亏杳冥，而珍台闲馆，间见层出于幽深者，唐之玉华、九成也。方其作而未毁，固极侈以增丽。五都之豪杰，足留而目注者，彷徨而不已。然而千载之后，皆漫灭而不记，又况屈原之宅哉。

自沉沙之告终，凡几易于星纪。观陵谷之迁变，想丘陇其已毁。而后之人犹于荒榛野蔓之间，求仿佛于田里，而谓屈原之在是也。噫吁悲哉，独何为然？岂五方之异俗，惟楚人之为贤？秦晋汉唐之址，已泯绝而无有，至于此而独传。考厥俗之所托，实祝融之世臣。能遗迹于不朽，矧郢中之旧京。然今也平原旷野，上下禾黍，九疑云梦之间，水波烟云之容，轮囷浩荡而弥漫于九土。其章华之馆，兰台之宫，亦不知其处所矣。予于是瞻怅久之，泫然流涕，而后知名节之可尊，而富贵之为不足恃也。

渔者闻而笑之曰："子真知吾三闾大夫者欤？观此荒芜寻常之地，岂昔者所以被放逐而不忍去者也？闻其始也，渔父语之而不从；其终也，宋玉招之而不来。卒自葬于鱼腹，邈神游于九陔。曩云怀乎故都，今何不少留而徘徊也？"

余曰："封狐雄虺，象蚁壶蜂，层冰积雪，流金铄石之域，当凛而夏，宜燠而冬。生于四方，为物之凶。然吾知其为异，可前备而不逢。惟楚国之众士，实同质而异心。吾不量其有毒，故见放于江滨。然则彼可畏欤，此可畏欤？虽渔父之见告，使扬其波焉，如诵《招魂》之哀唱，亦小智而大愚。所以赴江流而不悔，其何爱于弊庐！"

［（宋）晁公遡《嵩山集》卷一，文渊阁四库全书本］

刘过《独醒赋》

刘过（1154—1206），太和（今江西泰和）人，一说江西庐陵（今江西吉安）人。

有贵介公子，生王谢家，冰玉其身，委身糟丘，度越醉乡。一日，谓刘子曰："曲糵之盛，弃土相似，酿海为酒。他人视之，以为酒耳！吾门如市，吾心如水。独不见吾厅事之南，岂亦吾之胸次哉？矮屋数间，琴书罢陈。日出内其有余闲，散疲苶于一伸，摩挲手植之竹，枝叶蔚然其色青。此非管库之主人乎？其实超众人而独醒。"

刘子曰："公子不饮，何有于醉？醉犹不知，醒为何谓？若我者，盖尝从事于此矣！少而桑蓬，有志四方。东上会稽，南窥衡湘，西登岷峨之颠，北游烂漫乎荆襄。悠悠风尘，随举子以自鸣。上皇帝之书，客诸侯之门。发《鸿宝》之秘藏，瑰乎雄辞而伟文。得不逾于一言，放之如万马之骏奔。半生江湖，流落龃龉。追前修兮不逮，途益远而日暮。始寄于酒以自适，终能酕醄而涉其趣。操卮执瓢，拍浮酒船。痛饮而谈《离骚》，白眼仰卧而看天。虽然，此特其大凡尔！有时坠车，眼花落井，颠倒乎衣裳，弁峨侧而不整。每事尽废，违昏而莫省。人犹曰：是其酩酊者然也！至于起舞捋须，不逊骂坐，芥视天下之士，以二豪为螟蛉与蜾蠃，兆谤稔怒，或贾奇祸，矧又欲多酌我耶？今者不然，我非故吾。觉昨非其未远，扫习气于一除。厌饮杯酒，与瓶罂而日疏。清明宛在其躬，泰宇定而室虚。譬犹醯酸出鸡，莲生淤泥；粪壤积而菌芝，疾驱于通道大都而去其蒺藜。当如是也，岂不甚奇矣哉？夫以易为乐者由于险，以常为乐者本于变。是故汩没于是非者，始真是；出入于善恶者，始真善。今公子富贵出于襁褓，诗书起于门阀，颉颃六馆，世袭科甲，游戏官箴，严以自律。所谓不额之珠，无瑕之璧，又何用判醒醉于二物？"

公子闻而笑曰："夫无伦者醉之语，有味者醒之说。先生舌虽澜翻而言有条理，胸次磊落而论不讹杂。子固以我为未知醒之境界，我亦以子为强为醉之分别。"

于是取酒对酌，清夜深沉，拨活火兮再红，烛花灿兮荧荧。淡乎相对而忘言，不知其孰为醉、孰为醒？

［（宋）刘过《龙洲集》卷十，文渊阁四库全书本］

高似孙《骚略序》[①]

高似孙（1158—1231），庆元府鄞县（今浙江宁波）人。

《离骚》不可学，可学者章句也，不可学者志也。楚山川奇，草木奇，原更奇。原人高志高文又高，一发乎词，与《诗》三百五文同志同。后之人沿规袭武，摹效制作，言卑气嫚，志郁弗舒，无复古人万一。武帝诏汉文章士修"楚辞"，大山、小山，竟不一企，况《骚》乎？呜呼，《诗》亡矣，《春秋》不作矣，《骚》亦不可再矣。独不能忘情于《骚》者，非以原可悲也，独恨夫《骚》不及一遇夫子耳。使《骚》在删《诗》时，圣人能遗乎！呜呼！余固不能窥原作，犹或知原志者。辄抱微款，妄意抒辞，题曰《骚略》。

［（宋）高似孙《骚略》，百川学海本］

高似孙《九怀》

苍梧帝（湘夫人）

望九疑兮云雨，心惨惨兮思君。冉冉兮愁痕，楚波深兮斑竹活。历嵯峨兮极眺，讯遐心兮谁将。蛟何跃兮冲波，鸿何惊兮离网。湘有蘋兮渚有荃，欲将诚兮无能宣。苍莽兮何之，孰亮余兮娵娟。羽何音兮锵锵，凤何仪兮济济。朝腾余轫兮梧阴，夕娭兮清澧。蹇踌躇兮自喜，遡清川兮如洗。植馆兮云中，树之兮石磊磊。贝阙兮鳞堂，杂青枫兮始霜。芷路兮蘅薄，桂飞榱兮兰房。相芰荷兮可衣，美秋菊兮曾粮。瑶华兮在席，江有蓠兮吐芳。被薜兮带萝，表之兮兰香。汇众卉兮扬徽，贮芳辛兮同薰。哀弦切兮入云，灵来下兮缤纷。捐余珰兮中流，遗余玦兮北渚。俾奉君兮嘉荐，乃遗余兮芳杜。时契阔兮难再，聊歌风兮自语。

思禹（湘君）

揽九州兮余忧，民将鱼兮谁瘳。水受令兮安流，菱芃芃兮方秋。老帝力兮

① 《骚略》全文又见《全宋文》卷六六四七。《骚略》是高似孙拟楚辞作品集编选拟骚作品33篇。其目的是继承汉代文人"以骚解骚"的文学创作传统，用拟骚创作对屈原作品里呈现的情志、意境予以"再现"阐发。

茫茫，射神鱼兮飞舟。朝帝君兮不下，莽故疆兮生埃。踏苍龙兮倏东，栖灵游兮故宫。擢桂栋兮兰房，蕙峙兮荃床。翳残书兮罅罍，杳空山兮神扬。神扬兮何极，有人来兮为之太息。湿刓石兮酒寒，隐怀君兮伤恻。荪桡兮桂楫，海若兮献月。采水碧兮紫渊，弄玭珠兮冰穴。无一芳兮可酬，心难吐兮犹咽。砥柱兮汤汤，龙门兮阻长。事难古兮悲伤，迹苍莽兮蹇余以何往？朝欲逝兮河津，夕濯衣兮西澨。花涨兮波恶，鱼鬪兮云舞。沐余冠兮嵯嵯，濯予珰兮楚楚。灵心怿兮来下，乃遗余兮芳杜。玩芳杜兮三嗅，时不来兮孰与？

越王台（东皇太一）

草长兮菲菲，越山青兮霏微。玉在珮兮欲语，望故宫兮如归。酒阔兮犹香，偃流光兮庭帏。芳俎进兮兰藉，玉鳞寒兮牲肥。灵翱兮醉只，笙嘘云兮沾衣。鼓轻舠兮无留，月共载兮依依。乐莫乐兮知几，哀莫哀兮别离。鹧鸪愁兮忘飞。

鸱夷子皮（云中君）

江欲冷兮丹枫，月将缺兮初鸿。天如仄兮沉波，楫有声兮追风。易莫易兮谋功，难莫离兮图终。东山兮谁作，若斯人兮犹穷。水下蟨兮溶溶，山插云兮丛丛。叫夫君兮不闻，拊遗声兮如空。君不来兮谁晤，余心忧兮冲冲。

浙水府（少司命）

越山兮青青，江波兮喷薄。万里兮长风，引惊澜兮去之。夫君兮以渊为期，水何为兮劳苦。越山兮升云，江水兮未平。举酒兮讯君，将与余兮心倾。若有人兮飐云旗，舞神鱼兮踏文螭。奏水星兮叫冰夷，横壮气兮海为飞。麋台兮生草，言如毛兮人杲杲。夕宿兮江皋，越兵西兮如拉槁。一沐浴兮九江，水扬波兮淙淙。飞余桡兮雁渚，舍余珰兮渔矼。望美人兮未来，心不怡兮难降。有酒兮如冰，呼脍具兮鱼龙。腥浇磊块兮洗磅礴，有老父兮愁偏醒。

秦游（东君）

君之来兮鞭潮，令冰夷兮毋骄。抚余车兮安驱，海难填兮魂销。龙翼辀兮既东，旌聚昏兮生埃。蛟抗刃兮波赤，咽雾光兮蓬莱。乐莫乐兮佳游，哀莫哀兮忘归。箫钟兮铙鼓，吴歌兮楚舞。鱼飞兮雁奔，君之乐兮俣俣。憩跸兮嵯峨，陈席兮楚楚。撰德兮苍崖，秦夸声兮豪诩。骑杂还兮銮玲珑，穷禹迹兮窥践宫。民如蟹兮谁能聪，海水作兮号鱼龙。欢未殚兮乐未终，金母号兮汉旌红。

江夫人（大司命）

江上兮青山，水既去兮复还。引微风兮无澜，擢桂桨兮闲闲。望美人兮来下，灵翩翩兮从女。劈中流兮扬舲，雁邕邕兮遵渚。玉衣兮画裳，御清气兮前青凤。穆川后兮静波，湘君遗兮兰芳。行贞兮昭昭，珰明兮玉娟。天门兮为开，万夫哀兮惟女贤。翠帷下兮沉沉，花饮露兮阴阴。素鳞寒兮不动，寄风瑟兮瑶音。涉江兮采蘋，剪绡兮蠲尘。奉瑶华兮结辞，灵不见兮愁人。愁人兮柰何，目眇眇兮微波。路杳霭兮修长，其奈何兮夕歌。

东山（河伯）

若有人兮山阿，乐莫乐兮在薖。絜余佩兮有兰，惬余裳兮有萝。凌八荒兮骋望，怅山河兮悲壮。倒天汉兮濯江淮，眇风云兮晤怀。竹树兮冥蒙，海月兮朣朦。君何处兮山中，鸿奔南兮逼轻舟。歌声天兮击中流，气浩浩兮横九州。山冉冉兮生雨，水汪汪兮迷浦。鸠一叫兮花愁，期美人兮春渚。

嵱山雨（山鬼）

砥苍崖兮燕危磐，枕渊洄兮夏留寒。谷怀烟兮川引雾，出渔乡兮入樵路。屋如悬兮石将危，荡兰舟兮扬桂旗。江有蓠兮溪有茆，沙一抹兮云垂垂。耒宜雨兮帆宜风，香在炉兮各为功。村醪熟兮春无度，水羞香兮雪登俎。晴阴节兮花乱飞，老渔歌兮野巫舞。灵埃乐兮憺忘归，人无忘兮雨而雨。维余舟兮款神关，石鬣鬣兮萝漫漫。帷之褰兮风毳急，石可憩兮苔痕斑。潭中人兮夜渔急，神鱼舞兮阴妃泣，报灵君兮千罟集。水如练兮月冥冥，若月弦兮作湘声。舟欲去兮且复留，耿不寐兮空隐忧。

［（宋）高似孙《骚略》，百川学海本］

高似孙《秋兰辞》（少司命）

《秋兰歌》，三闾大夫以奉司命者。

秋兰兮青青，得道兮如素。娟娟兮好修，行隐隐兮不渝。夫人兮孰怀美，兰何为兮靓处。秋兰兮英英，含章兮自明。山中兮无人，其与谁兮晤倾。悲复乐兮乐复悲，怅来者兮不可期。悲莫悲兮有所思，乐莫乐兮心相知。赠子兮杂珮，朝能来兮夕能会。暮雨兮生愁，心缭悷兮何能慨。讯苍苍兮如何，天不语兮云嵯嵯。

吐琬琰兮自通，宛清扬兮山之阿。望美人兮不来，闃寥寥兮浩歌。云裾兮风裳，引沆瀣兮朝阳。澹自乐兮傻尚羊，岂无人兮而不香。

［（宋）高似孙《骚略》，百川学海本］

岳珂《朱文公离骚经赞》

岳珂（1183—1234），相州汤阴（今属河南）人，侨居江州（今江西九江）。

伟兹帖之奇瑰兮，羌笔力之有神。走缄縢之来诏兮，并垂棘而足珍。从鲤庭而载求兮，得陈亢之异闻。书三闾之悃忠兮，将争光兮仪邻。予尝窃置疑兮，谓意或有在也。方淳熙之继明兮，德如天其大也。挈道统而在上兮，固无嫉邪之害也。先生之溯伊濂兮，又非沅湘之派也。寓物以写兴兮，自前世以固然。岂先生之适正兮，乃独取于沉渊。行或过乎中庸兮，虽为法而不可。其忠君爱国之诚兮，亦不虞乎后日之祸。彼不学兮，周公仲尼。知庄士与醇儒兮，或羞称之。律风雅之末流兮，若未免于或变。使交有所发兮，亦足以迪天性民彝之善。以今日之书兮，固非出于感时。则异时之集注兮，亦何病乎俗人之悕。原屈原之心兮，宗国之楚。作春秋兮，固安在乎黜周而王鲁。先儒之心兮，百圣之矩。藏此帖兮，昭于今古。

［（宋）岳珂撰《宝真斋法书赞》卷二十七，文渊阁四库全书本］

金

耶律铸《独醉园赋》

耶律铸（1221—1285），出生于西域，契丹人。

莲社上游，独醉痴仙。驰声荣路，栖心化元。务雍雍以延圣，尤孜孜于进贤。谌既醉于大道，殊泂酌以微言。粤飨道者，本乎忘情；而沉世者，利乎适意。适其意而冲其气者，无捷于春酒；忘其情而凝其神者，莫优于浓醉。八珍纷以骈罗，八音纵其迭递。合欢伯之淳德，俱淡乎其无味。味养老之灵液，沃玄心之精一；一万事于微尘，澹存亡于自得。纯纯焉而优人圣阈，熙熙然而径登春台。输江山于醉眼，摅啸歌之吟怀。南倪天津，北眺蓬莱；芳烟澹伫，惠风徘徊。征杯命杓，罗尊列缶；汲引琬液，掀拨玉醅；浇我胸中之块垒，涤我渴心之尘埃。既主百福之所会，宁俟一日之不斋。颜色憔悴足可惜，形容枯槁奚自哀。溺醉沉欲，鬻醒市名；各奇所趣，得无相轻。泥古人之糟粕，外物彻之疏明。感偏枯之去就，惜养恬之精诚。

唯有道者，襟期殊在。悠然独酌，半醉半醒；地偏心远，孤唱无和。茫然不觉，壮怀暗惊；赖其尤物，容寄幽情；得游其道，乃遂其生。疏瀹乎其虑，澡雪乎其神。神守其全，天守其真。邪气不之能袭，忧患不之能入。隘灵均之凝滞，懿无功之淳寂。蹈咏渔父之名歌，吟颂大人之至德。蹴破虚空，苏晋竟逃至于禅窟；神游八表，李白岂谪除乎仙籍。舄妨醉墨，颠倒淋浪。任圣友之真率，愚号酒为圣友，恣野人之清狂。标仙居之胜概，主长春之烟光。游赫胥氏之国，典无何有之乡。王道荡荡，圣德洋洋。纵心乎浩然，寄傲乎羲皇，淳风导化，和气呈祥；天香蔼蔼，凤鸣锵锵。（天香、凤鸣皆近代名酒。）伊曲生之风味，殆不可以相忘。融一壶之春色，奭五云之仙浆。琼苏积其清润，金波注其澄光。涨蒲桃之鸭绿，渍蔷薇之鹅黄。捧合欢之金掌，即悬玉之华堂。抱清圣之所务，嗜至乐其何长。召风姨以度曲，邀月姊以佐觞。播承云之雅奏，掬湛露于凝香。不知手之舞之，足之蹈之，踊之跃之，又从而歌之也。

歌曰：至人披露，天地心兮。形骸放浪，空古今兮。威凤倾冠，聆玉音兮。拥鼻长吟，梁甫吟兮。歌声未竟，泉涌风结；白浪摧卷，紫霞浆竭。

续称歌曰：碧云日暮，佳人信迈。殊未来兮，绵绵增慕。咀冰嚼雪，共此杯兮。歌阕引觞，块然径醉。毁之不怒，誉之不喜。俟欲醒而复酌，期必醉而方睡。祈天长与地久，使循环而无已。

［（金）耶律铸《双溪醉隐集》卷一，知服斋丛书本］

耶律铸《方湖别业赋》

双溪别墅，实曰方湖；东控沧溟，西拥皇都。兰洲曼衍，云锦模糊。有田一廛，有宅一区。我引我泉，我疏我渠；我灌我园，我溉我蔬。蔬食为肉，安步为舆；行吟坐啸，足以自娱。或临寿域，或即仙居，或隐而橘，或入而壶。左弧与矢，右琴且书；枕曲藉糟，怀瑾握瑜。命速伯伦，为招三闾。将补不足，与损有余。我智如斯，人无我愚。则自谓何如，而清狂者乎。

［（金）耶律铸《双溪醉隐集》卷一，知服斋丛书本］

元

陈植《南游会稽赋》

陈植（1293—1362），吴县（今江苏苏州）人。

太史公曰：予尝浮江汉南下，上会稽。后读三闾《九歌》等篇，爱其词，慕而赋南游会稽云。小司马曰：始皇亦尝至会稽，而赋不及之者，所探者禹穴，秦非所慕也。

江汉滔滔兮方舟之，汩吾南征兮游会稽。揖浮邱兮乘雌霓，风冉冉兮余上跻。嵚岑嶒崪兮路崄巇，巃嵸崭岩兮嗟哉奇。翼轸参差兮光陆离，氤氲下方兮浮云披披。横波星汉兮森嶙岏奄，此越疆兮何盘盘。飞霞渺渺兮丹凤翩翩，巨谷鳞鳞兮苍龙嵺颜。左吴右闽兮钩膺蝉联，背负险阻兮镠轕回旋。含云泄雾兮雨大荒，氤氲灿烂兮扶舆浑庬。神草湑兮零露浓，乌嘤嘤兮木葱茏。朝坱圠兮扶桑宫，夕逢逢兮海多风。吊夷兮江之浦，胥涛激兮阳侯怒。叫九疑兮湘之南，苍梧郁兮蜚云阴。山之椒兮产三秀，羽人飘兮不予候。山之麓兮越之阻，我所思兮在神禹。銮锵锵兮昔来狩，万国纷纷兮轮毂凑。荧燎列兮散星宿，玉珮珊兮九陔奏。接百神兮誓群后，防风诛兮羌来后。风穴婵娟兮不可依，云旂杳杳兮重华与归。玉帛敛兮甲盾过，轮毂悄兮乌鸢多。龙文阙兮龟篆讹，冥漠恍惚兮神抝呵。霰霏霏兮集藤萝，予曷留兮山之阿？濑溅溅兮石齿齿。会稽游兮嗟来止。石磊磊兮葛蔓蔓，会稽游兮嗟未还。石崭崭兮不可攀，嗟我归兮龙门山。

（马积高，康金声主编；章沧授副主编《历代辞赋总汇·金元卷》第5册，湖南文艺出版社2014年）

杨维桢《曹娥碑赋》

杨维桢（1296—1370），诸暨（今浙江诸暨）人。

昔湘累之徇国兮，甘以死而伤生。身虽殒而心不惩兮，同楚野为国殇。夫何娥之眇躯兮，亦前修之允蹈。彼忘死以为贞兮，兹捐躯以为孝。惟娥之烈烈兮，曾稚年之未笄。当吾父之善泅兮，习婆娑以为戏。阳侯忽其不仁兮，哀层波之垫溺。娥呱呱以哀鸣兮，旬七日而罔食。扣龙之宫不得其户兮，化精卫而莫为力。俨见父于重渊兮，奋轻身于踊擗。呜呼，惟仁足以残肌兮，刚足以锢志。诚足以开金石兮，孝足以动乎天地。风涛为之拆裂兮，蛟鼍为之四奔。抱父尸以即出兮，俨肤发之犹存。噪江头之长老兮，泣孤舟之过客。抱遗骸以祭告兮，异鲍生之刻木。嫱完父于伤槐兮，娟代父于醉津。缇萦氏之上言兮，除肉刑于特恩。曰予中人之可企兮，匪拔俗而绝伦。嗟娥之为教兮，习缔葛以为经。岂师傅之夙诏兮，诵烈女之遗风。惟纯诚之天出兮，奋百代而独立。宜庙貌之永存兮，表双阡于江邑。迨元嘉之元祀兮，得贤表于八厨。属邯郸以秉笔兮，树穹石于龟趺。追古雅以述作兮，比西京而莫逾。深石阴之诠语兮，信赞美其非誉。夫后宗人之孟德兮，过灵祠以驻马。摩道傍之残碑兮，感乎外孙与幼妇。三十里之较智兮，曾何足以为师。昧纲常之大节兮，絜长短之谀辞。彼小儿之舐犊兮，又何尤于德祖。酌大江以为酒兮，揽江花以为脯。些英英之孝娥兮，及遑遑之瞒甫。彼主将其可夺兮，劲吾衷其莫御。愿激清流于东江兮，洗遗污于邺土。呜呼，铜雀麋鹿兮，西陵狐鼠。耿孝魄之长存兮，照江月兮千古。矫彼淮阴，骄力跋扈。致乘舆之鸣銮，烹良犬于得兔。信乎，地不足以设险，德终然之可据。天眷吾皇，奄有寰区。虽兹泽之旷邈，果见侈于舆图。嗟予忝于楚产，期观光于帝都。及铺张于云梦，猥徒侪于腐儒。吞八九于胸中，曾不芥蒂于相如。

（韩格平主编；方稻副主编；方稻校注《全元赋校注》第6卷，吉林文史出版社2016年，第57页）

何克明《云梦赋》

何克明（1298—1376），衡山（今湖南衡东）人。

驾洞庭之飞艎，览熊绎之故墟。伟云梦之巨泽，控天南之一隅。尔其雄跨大江，延袤千里。水漏漏其渐渍，山巃嵸而迤靡。郄五岭瘴烟而莫近，岂五丈秋风之可拟。草木郁其畅茂，禽兽乐其游憩。原田每每，人获耒耜之利；车马辚辚，岁阅蒐狝之备。其产则橘柚菁茅，竹箭金锡。虎豹貔貅，可以应庭实军容之需；麋鹿鱼鳖，可以为干豆宾庖之给。实荆州之府库，亦中原之羽翼。岳阳大别，擅名胜于古今；夏口江陵，分形势于区域。当其烟横北渚，日暮兹湾。仙俦巨灵，神游其间。鼓瑟铿锵，写幽怨于湘女；钧天缥缈，奏广乐于轩辕。水天一色，落霞孤鹜，风月双清，归鹤啼猿。岸芷汀兰，香溢灵均之离骚；广谷大川，地壮召虎之于蕃。身历兹土，心驰往古，奠我民居，实维神禹。当怀山襄陵之际，任手胼足胝之苦。及其云土而梦作乂，于是考图而贡可数。暨夫荆惩之诗不歌，而楚氛之恶是怙。于以田猎，于以耀武，何凉德之不长，终汉室之启土。

（韩格平主编；方稻副主编；方稻校注《全元赋校注》第5卷，吉林文史出版社2016年，第135页）

胡翰《少梅赋》

胡翰（1307—1381），浙江金华人。

少梅者，以其抽毫象物，托意于梅，而命之也。余为之赋，则屈子所谓“置以为像”者云。

夫何一嘉植兮，忽肖仪而孰主。解余衣以盘薄兮，驰余思乎瑶之圃。若有人兮，独立乎千古。冰为魂兮，玉雪其度。澹遗世以逍遥兮，负姱节而不可拔，恍頩然而一见兮，若经年之远别。散缟衣于空明兮，驾蜚龙以超忽。情惝恍以摇曳兮，气漫汗而挥霍。欻云蒸而飙厉兮，纷又继之雨雹。抚阳关与乔如兮，齐造化于一指。惊建木之既榴兮，眷瑶华其何异。靓娅娟而凌波兮，浩绰约乎崇阿。向北风而含韵兮，承南服之冲和。春渺渺兮何其望，美人兮天一涯。折芳馨兮延伫，将以遗兮所思。

大化不停兮，细入无垠；高下散殊兮，其机孔神。服贞白以自嘉兮，今胡为此滋垢也；岂随时而变化兮，惧夫人之逐臭也。豫章不辨兮，樗中绳墨；弃厥箘簬兮，矢蓬以为直。悯众芳之芜秽兮，天肃杀以戒寒；窃独揆其中情兮，岂云异夫荃兰。何灵均之好修兮，结珮缳而弗睇；吾将敛而就实兮，和商鼎以进帝。

呜呼！勖哉兮保兹令美，世莫谅其真兮尚识其似。

（韩格平主编；方稻副主编；方稻校注《全元赋校注》第10卷，吉林文史出版社2016年，第285页）

陈谊高《云梦赋》

陈谊高，生卒年不详，1318年进士，湖南茶陵人。

览东南之巨浸兮，渺乾坤其浮浮。此未足以尽荆之为薮兮，蹇将溯其源之流。维九州之有泽兮，羌荆州之云梦。表二泽之横亘兮，跨江南北以相控。原夫泽之为量兮，水既潴而不溢。汇众流之交会兮，自循道以秩秩。若宇宙之再造兮，揭禹功于万年。俾五行之攸叙兮，乃迄今兮安其天。吾乘流而舣其侧兮，极空闲而深渊。天莽莽而不尽兮，河蔼蔼而含烟。乱风帆之往来，通巴峡而湘川。绾青山之一发兮，结襄汉之袤延。当春波之泛泛兮，捐四际于一区。及寒涛之浸碧兮，势已杀而两湖。征鸿飞而没影兮，涵元气于冥无。舞鱼龙之夭矫兮，云垂垂而水立。映残霞之错落兮，祝融苍茫而欲晡。原桑麻之旆旆兮，隰禾黍之离离。岸兰芷之菲菲兮，芳洲缭其江蓠，缅怀楚子之游田兮，佩明月而冠切云。排千乘之旌骑兮，纷驰骤于水渍。但知走兽之是获兮，岂得非熊以致君。汉高之伪游兮，未必临幸乎此中。笑齐封之虽大兮，终愧夫汨罗之孤忠。塞天地于一浩兮，居八九于心胸。洗往事之芥蒂兮，乃北望夫清都。眷云梦于万里兮，奠南服于一隅。其薮泽之所聚兮，皆材用之所需。决天下之疑兮，有大龟之纳锡。用天下之武兮，有砮楛之劲直。成天下之礼兮，况菁茅之生植。岂无秉心以东注兮，摅朝宗之万一。乃为之歌曰：云梦潴兮流海土，土楚产兮贡天府。秋风兮策策，洞庭波兮恍万舞。俯伏兮端门，听钧天兮帝所。

［韩格平主编；方稻副主编；方稻校注《全元赋校注》第10卷，吉林文史出版社2016年，第152页］

明

刘基《述志赋》

刘基（1311—1375），浙江青田（今浙江文成）人。

鲜余生之眇眇兮，荷后皇之深仁。具五气以成形兮，受明命而为人。体乾坤之粹精兮，晞日月之景光。漱飞泉之华滋兮，浥灏露之醇英。制杜蘅以为衣兮，藉茝若之菲菲。佩琳璆之玲珑兮，带文藻之葳蕤。朝濯发于兰池兮，夕偃息乎琼苑。愿驰骛以远游兮，及白日之未晚。驾轻轺之将将兮，服苍虬之骓骓。遵大路以周流兮，曳虹霓之委蛇。挟长离而乘鹓兮，款阊阖之九门。丰隆为余先导兮，百灵为余骏奔。前烛阴以启途兮，扬飘风使清埃。觐北斗于文昌兮，朝玉皇于帝台。食玄圃之丹荑兮，澡天潢之芳津。激微猋于桂枝兮，轻波起而龙鳞。清都不可以久留兮，忽乘云而遐征。

浮江湖之浩漾兮，陵山岳之峥嵘。野莽苍以多榛兮，路险隘而纡曲。猰貐炰烋而攫噬兮，蝮蛇蜿蜒以当陆。郁忡忡以怵惕兮，遹皇皇以营营。雨淫淫而不止兮，雾黯黯以昼冥。乌鸢号以成群兮，凤孤栖而无所。楚屈原之独醒兮，众皆以之为咎。欲振迅以高举兮，无六翮以奋飞。将抑志以从俗兮，非余心之所怡。长太息以增欷兮，哀时世之异常。弃韶夏而非听兮，登僸佅于中堂。苇轩于以和羹兮，腌鲍鱼而实俎。斫楩楠以给爨兮，束荆棘而为柱。施罾罷于丘陵兮，怨鲂鲤之弗获。虎兕逸于山林兮，循户庭以求索。前蒙瞍以指途兮，强杨子使操辕。命侏儒令举鼎兮，刖都卢使守阍。岁冉冉而将颓兮，日暧暧以就昧。松柏摧而根死兮，江河化而为浍。秣余马于不周兮，整余辔于樊桐。无蓍龟以决疑兮，迷不知余所从。

抟扶摇以为舆兮，揽列缺以为辀。骖青鸾之芨芨兮，超烟霭而上浮。梁天津以济河兮，睇紫微之神阙。开明怒目而电视兮，貔豹吼而山裂。进无人以为之先容兮，欲自献而不敢。气勃郁以凭中兮，心恻伤以憯懔。过少微而历明堂兮，就轩辕而陈情。雷霆砰其隐辚兮，马辟易而不行。访六符于泰阶兮，求民极之所在。咎繇不可以作兮，竞狂直以为罪。凌天街以径度兮，造旬始而瞻西清。众畏谗而卷舌兮，孰能白予之忠诚？怊慆其无止兮，默悄悄以狐疑。要傅说于箕尾兮，命灵龟使占之。曰有名必有实兮，若形影之相因。相福极出自天兮，又何尤乎世之人！鼎胡峙而不烹兮，旗胡张而弗麾。弧不可以射侯兮，驷不可以策而驰。众蠕蠕以朵颐兮，若颓波之东趋。谓翚翟为弗章兮，爱羸豕之负涂。方不可刓而规兮，白不可涅而黑。悲桂椒之芬芳兮，与朝菌而偕落。殷比干之剖心兮，时岂不知其为圣人？鲁仲尼之过化兮，焉役役而无所容其身！由强义而罹殃兮，惠直道而被黜。子胥忠而殒命兮，伯夷清而不食。将登山而迷路兮，欲涉水而无航。东西南北安所之兮？顾焉择其所长。

神冥冥而不下兮，龟又厌而弗告。思纠结而不抽兮，意恍惚以震悼。忽滥泛以遐举兮，行游目于大荒。羲和不可扳而留兮，恐年岁之弗将。驾广漠而南征兮，叫重华于九疑。山岑岑以蔽天兮，江淼淼而不可窥。遭吾道夫西陲兮，听鸣凤于岐阳。慨禾黍之离离兮，梧桐摧而不生。浮龙门以溯河兮，访夏后之遗迹。川渎混而不分兮，鲸鲵起而人立。揽骓辔而回鹜兮，谒陶唐之旧京。无衣裳以御寒兮，哀蟋蟀之悲鸣。心悢悢以增伤兮，神梦梦其若醉。泪落落以交流兮，忧湛湛而来会。傅说之版筑兮，无武丁其谁举？夷吾不逢夫鲍叔兮，竟沦没于囹圄。推竭心以服勤兮，上介山而立枯。种霸越而灭吴兮，终刎颈于属镂。乐毅升于金台兮，何遁逃而走赵？周条侯之耿介兮，卒含怨以饿殍。忠有蔽而不昭兮，道有塞而不行。名不可强而立兮，功不可期而成。李斯上书以相秦兮，空自陷于罪尤。买臣显而僇辱兮，岂如负薪之无忧！鱼赴饵以中钩兮，雉慕媒而膺镝。凤凰翔于丹穴兮，又何患乎矰弋！

返余旆之旖旎兮，还余车之辚辚。采薇蕨于山阿兮，撷芹藻于水滨。列玄泉以莹心兮，坐素石以怡情。聆嘤鸣之悦豫兮，玩卉木之敷荣。挹清风之泠泠兮，照秋月之娟娟。登高丘以咏歌兮，聊逍遥以永年。

［（明）刘基《刘伯温集》浙江古籍出版社 2011 年，第 226 页］

刘基《吊岳将军赋》

木之颠兮，其根必伤；人之将死兮，俞扁以为不祥。呜呼将军，夫何为哉！天地易位兮，江河倒流。凤凰夭殈兮，豺狼冕旒。臣不知有其君兮，子不知其有父。呜呼将军兮，独衔冤而怀苦！仇何爱而可亲兮，忠何辜而可戮！父兄且犹不顾兮，何忠良之能育？臣竭心以为主兮，又何可以为仇也？天之所废不可植兮，亦将军之尤也。乌伤弓而欲殒兮，群哑哑而拊翼。猿狖縻于机槛兮，羁悲鸣而不食。相伊人之有心兮，曾鸟兽之不如。忘戴天之大耻兮，安峻宇而高居。信谗邪之矫枉兮，委九庙于狐狸。甘卑辞以臣妾兮，苟残喘以娱嬉。焚舟楫于洪流兮，烹骅骝于中路。庸夫亦知其至愚兮，羌独迷而弗寤。捐薄躯以报主兮，乃忠臣之素心。纵狂瞽之弗思兮，又何必以之为禽！屈原贞而见逐兮，伍子忠而获戾。固将军之不辰兮，哀中原之芜秽。吊孤坟于湖滨兮，见思陵之牛羊。寄遥情于悲歌兮，识忘亲之不臧。

［（明）刘基《刘伯温集》浙江古籍出版社，2011 年，第 270 页］

王袆《九诵　并序》

王袆（1322—1373），金华（今属浙江）人。

余癸夘之岁，荐婴祸患，哀感并剧，情有所不任，抚事触物，辄形于声。盖彷佛乎《离骚》之作，而其情犹《巷伯》《蓼莪》之义焉尔。先是，庚寅之春，去国而归。戊戌之冬，避兵以走。中间悲苦之词，往往而在，合而次第之，得九篇。取《九章·惜诵》之语，题之曰《九诵》：

抚予年之方壮兮，翩吾好夫远游。匪骛外以矜名兮，固龌龊之为羞。泛淛河以西渡兮，憩钱唐之故都。即太伯之遗迹兮，复宿留乎中吴。凌大江以北上兮，亦徘徊乎梁楚。望岱宗之巍巍兮，道吾经乎邹鲁。至燕云且焉息止兮，曰帝京吾所企。睹河山之宏壮兮，望城阙之玮丽。

君门邃乎穆穆兮，严虎豹以守关。哀有怀将上诉兮，爰沥胆以披肝。恐吾君之怠荒兮，用纽娱以为玩盈。成或废乎持守兮，将噬脐而徒叹。何九重之阻隔兮，乃壅遏乎上闻。谓登天犹有阶兮，曾此语之不可信。抱予怀之邑郁兮，潸涕泪之浪浪中情。诚乎爱君兮，岂予心之可惩？

瞻魏阙以儃佪兮，心欲去仍夷犹。犬马犹恋主兮，盍少忍而迟留。卞所献岂非璞兮，乃三献而三刖。嗟进忠而离尤兮，固曷訾乎往哲。留三年亦既久兮，君终不察予中情。书有字且磨灭兮，每痛哭以拊膺。进既不获乎吾君兮，惟退修吾初服。不吾知其亦已兮，敢怨怼而陨获。出国门以南迈兮，赤子忍离乎慈亲。涕泪堕而莫遏兮，长矫首乎苍旻。念吾君本圣明兮，初不遗于小物。惟先容弗吾道兮，固吾之所为诎。亦初服之既返兮，粤义命之是安。盼邱壑以长往兮，时赓歌乎考槃。庶默名而晦节兮，期岁晏以无斁。惟初心之耿耿兮，恍梦寐以惊惕。处畎亩不忘君兮，在古人以皆然。讵独善以自足兮，固求志之为贤。

右远游

仰皇天之亭毒兮，粤冒下以至仁。纷含灵虽万彙兮，诞赋予之实均。惟夫人之有生兮，独衣冠乎厥身。固天衷之能全兮，秉至善以粹纯。胡有之乃弗保兮，众违天以自弃。褫神灵为淫亵兮，窒虚明为芜秽。肆恶念之一兴兮，若飙驰而焱炽。错枉直以逆施兮，甘遘菑而遭螯。抚吾躬以自爱兮，宁众人之敢同。饬礼均以自卫兮，修义矩以为容。冀寡过而鲜尤兮，惟圣贤之是从。吾岂戾众以自异兮，庶将蹈夫大中。嗟日月不吾与兮，年冉冉以如失。虽此志之不昧兮，宁群行之无轶。虑检身以靡逮兮，跛前贤而莫及。惟夙夜以战兢兮，动魄怆而魂怵。善非由外铄我兮，恶非本内锢。孰为善而不成兮，颜为恶而不倍。颜氏子之求仁兮，盗跖恣睢而强暴。较得失于千载兮，果孰好而孰恶？顾子志之耿介兮，孑孑焉不与人同心。曾敢蕲乎人知兮，予惟天之是谌。冀皇天之纯命兮，俾予善之获信。保贞吉而无咎兮，弗颠跻以沈沦。苟予志之变常兮，予行之或悖。夸毗慓乎紊守兮，贪婪肆以为害。致愆积以自稔兮，固获罪而何悔。抑岂予所弗敢兮，亦神明之弗贷。指皇天以为正兮，望白日之晶光。洞昭昭其在上兮，倘鉴予之衷诚。誓夫善之必为兮，式克全于令名。纷外物胡足恤兮，庶无忝乎所生。

右皇天

夫何世运之推移兮，时理乱之靡常。承平曾不百年兮，遽已失于小康。砉干戈其并起兮，鼎四海之沸腾。哀民生之多艰兮，宁性命之可凭。氛祲障以四塞兮，妖孽猖獗而蟲屃。天吴罔象何凭陵兮，魑魅伯强纷然而为戾。太白千载以昼煜兮，荧惑又孛以怒芒。抢搀旬始状丑而情悖兮，况有旄头与天狼。乾象错以垂变兮，乖气逆而成沴。岂夫时之偶然兮，抑所致之有自。何杀人以为嬉兮，又食人以为甘？既剜脑以剔髓兮，复刳肠而刺肝。白骨积而为山兮，流血红而成河。家十室而九空兮，曾残民之几何。人烟萧条亘千里兮，日夕起乎悲风。良田鞠为蒿莱兮，穴狐兔而横纵。何群黎之荼毒兮，一乃至于斯也？非天其孰使然兮，众梦梦其莫知也。尚天心之悔祸兮，愍斯人之遗类。矧天道亦既周兮，今丧乱且一纪。惟乱极则复治兮，殆夫数之必然，仰苍苍为长恸兮，哽咽呜以何言。

乱曰：登彼大坟，以望远兮。哀世之否，丧乱展转兮。凤麟长逝，枭獍产兮。长铩大刀，僇人如刬兮。人类几何，悉歼以殄兮。城邑丘墟，烟火鲜兮。哀今之人，其孰能免兮。瞻仰昊天，涕泗泫兮。曷保其躯，尚力为善兮。

右世运

哀吾不及古之人兮，胡乃遘兹乱离。亦宇宙之云广兮，身皇皇其何之。念离群而索居兮，心窃嗜此幽独。空山闃乎无人兮，所友狎乎麋鹿。既筑土以环堵兮，复诛茆而葺庐。咏先王之遗风兮，有左琴而右书。庶将乐而忘世兮，虽三聘不为起。何此志不终遂兮，遽斯世之屯否。干戈蔽乎中野兮，纷杀人如刈麻。杂虎狼以哮呀兮，肆攫爪而摇牙。嗟窜避之无所兮，曾皇恤乎厥居。恒声潜而形匿兮，骇神丧而魄飞。奉二亲之垂白兮，复提携吾妻子。及中夜以遁奔兮，悼行迈之靡靡。欲巢林以恃险兮，既蛇虺之螫毒。欲航渊而凭深兮，又蛟鳄之逞酷。康庄返为畏途兮，乡邑变为异域。临岐路以恸哭兮，阻千里于只尺。夜九起以樵榻兮，昼三卜而命龟。惧性命之弗保兮，心战栗而危疑。念吾身之七尺兮，中天地以为人。承先祖之庥荫兮，蒙造物之陶甄。庶有立于功言兮，稍自见于身后。虽千载不敢期兮，吾宁侪草木以同朽。苟溘先乎犬马兮，或横罹乎锋镝。譬草间之枯萤兮，虽有生曾何益。负此惧尤忧郁兮，况吾不知谋所从。时仲冬方凛冽兮，号旷野之朔风。冰皑皑而层生兮，雪皓皓以遐积。御敝缊以为衣兮，虽重袭犹絺绤。夜迢迢而未旦兮，矫吾望乎北斗。斗杓悬若可揽兮，将余哀之欲叩。邈漫漫之不可量兮，莽芒芒之不可知。愁纴结愈难解兮，情懒既而不能支。步儃佪而蜷局兮，行徬徨以蹉跎。亦生死之不可必兮，知天命之谓何。

右哀古人

皇纲忽其遂弛兮，今历载犹莫振。昔烟火以万里兮，今瓜剖而豆分。何吾生之不淑兮，乃亨屯而离蹇。冀性命之苟全兮，庶沈晦以获免。将诡姓以遁身兮，惧非义之所安。不直道以自见兮，又曷济乎艰难。惟视年之益迈兮，急朝夕之甘旨。嗟儋石之无储兮，将曷具乎瀡瀡。古固有不择禄兮，非徒仕以为急。粤为贫与为养兮，固圣训之可执。窃升斗之区区兮，缪见推于当今。虽簿书之云猥兮，吾犹惧夫力之不任。居腆颜以忍耻兮，揆初心徒自悔。况左牵而右掣兮，觉气沮而神愦。足蒙羁而莫骋兮，翮被铩而莫翔。驱泛驾使服犁兮，挥瓒槃以代觞。才猷不适乎所用兮，众咸以为不然。擿忠直以为谲兮，指迂疏以为奸。人心不同如其面兮，本夷险之叵测。谓人亦与吾心同兮，非予之所为惑。宜妒疾之交构兮，肆谤讟之并兴。与致萋斐成贝锦兮，纷巧言其如簧。无兄而盗嫂兮，娶孤女而挝妇翁。世乌有是事兮，皆人口之兴戎。不疑之盗金兮，刘寬之隐牛。惟疑似之不可明兮，故垢辱所由招。何腾谤之孔易兮，局致辨之独难。众口可以铄金兮，吾至今乃知其信然。驱吾车于九衢兮，突太行以硉矹。鼓吾栧于平川兮，翻滟滪以荡潏。菑有出于无妄兮，毁有生于求全。在贤哲所不免兮，吾亦焉敢以为冤。惟反躬而自责兮，有顺兮而无愧。我命不其在天兮，固赖此以为恃。

右皇纲

处维絷以累旬兮，心郁结以惶惧。昼彷徨以候晦兮，夜展转而达曙。岂不知戞戞之无益兮，奈何乎忧来而莫袪。浩澒泪而靡遏兮，类山崩而海潴。昔姬文囚羑里兮，宣尼削迹于陈域。揭中天之日月兮，浮云孰为之掩匿。钟离南冠卒反楚兮，蒯通据鼎而客齐。张苍韩信且伏斧锧兮，终将相之能跻。贾生既斥复召宣室兮，倪宽摈死为大夫。仲舒更生为儒宗兮，俱尝下狱以当诛。嗟梁狱之上书兮，终肮脏以自活。彼史迁虽宫刑兮，亦奇祸之终脱。何先哲之踵武兮，负环玮以豪隽。非才智之绝出兮，曷超卓以自奋。顾洪漻且恇怯兮，嗟力绵而技庸。徒慷慨以扼腕兮，宁昔人之敢同。为掾而受污辱兮，亦为亲之故也。观过乃知仁兮，吾敢改乎此度也。先民尝有言兮，孰无施而有报。吾亦安知其他兮，惟抚躬而嗟悼。

少歌曰：目吾睹此戎葵兮，受南薰而孕荣。敷绿叶之蕤蕤兮，缀丹葩之盈盈。叶障雨以卫足兮，葩向阳而心倾。既智计能自保兮，又表暴乎忠贞。何卉物之甚微兮，乃独怀此粹灵。近圆扉以托根兮，岂非所而苟生。固造化之偏锺兮，亦雨露之均承。悼吾德之不类兮，因触物而伤情。

倡曰：被仁袭义，服圣谟兮。循规蹈矩，道是趋兮。抚躬核志，本何尤兮。致谗召谤，抑岂无由兮。蛇虺毒人，彼不自知兮。唯不善避，毒是用罹兮。郁结纡轸，此情曷伸兮。匪天则高，盍不闻兮。

乱曰：已矣乎！莫我知兮，何我生之不辰。吾既不及乎古人兮，夫又何怨乎今之人。

右戎葵

赖神祇之嘉惠兮，俯洞微而烛幽。固正直之是与兮，用特乎此庇庥。蹀虎尾亦险艰兮，苟幸脱乎害菑。庶志复而气完兮，获少遂乎吾私。何罪逆之既深兮，或沈迷而弗悟。不自底于陨灭兮，祸顾延乎所怙。念顷岁之奔走兮，阻膝下之愉怡。食甘旨之既缺兮，居温清之复违。抚崦嵫之迫景兮，心遑遑以惊惧。何终养之靡逮兮，乃遽罹兹大故。承讣音之远来兮，五内割而分崩。痛极吾不知所为兮，如醉梦之弗能。醒病不及以尝药兮，敛不得以柎棺。不孝之罪上通天兮，虽殛死复何言。犹残息之支缀兮，忍未及于即死。恐徒死且无补兮，非所望为人子。世岂有无父之国兮，予独何为而不天。非天之独我仇兮，由吾行之有愆。哀昊天之罔极兮，将曷图以为报。立身扬名以显亲兮，固圣哲之谓孝。苟能比以自见兮，庶前罪之可赎。吾犹惧后来之不可期兮，终自弃于禽犊。仰皇天以呼号兮，沥哀衷以为誓。岂涕泪之能竭兮，尚有血以相继。

右崦嵫

瞻望乌伤，吾故乡兮。千里阻隔，路茫茫兮。若昔嬴秦，礼义亡兮。彝伦攸斁，渎纲常兮。有颜氏子，乌其名兮。诗书靡习，一黎氓兮。独孝之能尽，至行昭彰兮。呼号躄踊，执亲之丧兮。乃卜宅兆，以埋以葬兮。躬负厥土，用反壤兮。一念之至，格穹苍兮。毕逋者乌，纷回翔兮。衔土而助，成高冈兮。厥吻流血，集哀声兮。悲风满林，日色黄兮。维行之至，名乃长兮。邑以是名，曰乌伤兮。千载之下，我生是邦兮。耳目所及，亦云详兮。胡行之悖，不能彼同兮。岂性之蔽，学弗充兮。恭惟百行，孝为宗兮。曾是之弗，致不愧尔躬兮。兴言及此，痛割肺肠兮。陟彼岵矣，日月以望兮。白云天末，渺飞扬兮。蓼莪之思，顷刻能忘兮。维是哀衷，远莫将兮。已不得自由，中心曷明兮。靖言思之，不如无生兮。

右瞻乌伤

怅太息以揽涕兮，邈吾观乎大荒。登高丘以踯躅兮，复上陟乎高冈。欲登天而无梯兮，欲涉海而无航。穆眇眇以无垠兮，杳漫漫而莫穷。囿八极于指顾兮，等千古于斯须。遡长风之振荡兮，睇阴云之冥迷。情遥遥以遐迈兮，神惘惘而不自持。忧与忧其相接兮，夫孰知予之孔悲。缅大化之茫茫兮，中一身之甚细。苟修名之不立兮，曷自配于天地。曰惟忠与孝兮，固大节所攸系。或于斯弗自致兮，比蚁螘以何异。日与月其居诸兮，岁忽忽以云逝。恐没齿以无闻兮，故吾之所为惧。念予志之耿耿兮，夙有志于邦国。虽业术之已迂兮，夫岂不知蹇蹇之为直。进既被谤以逝穴兮，退惟反躬而自责。不绌已以徇人兮，宁枉寻而直尺。死非所固可耻兮，尚在我之弗失。何家祸之旋集兮，乃重遘兹闵凶。哀严训之在耳兮，邈莫睹乎仪容。恨奉养之乖违兮，痛终天以何穷。惟即死乃其所兮，孰从诉此哀恫。顾忧患之相仍兮，或魄陨而志销。投泪以掩涕兮，心曾不知夫所操。庶忍死图有就兮，不遂终乎寥寥。怨往昔之已矣兮，谅来者之可冀。每一念辄愗愗兮，虑造物之不吾济。抚予躬以自悼兮，恒兢兢以謇謇。或如阽于火竈兮，或如堕于水渊。不火而情自热兮，不冰而胆自寒。嗟任重而道远兮，固之死而始安。言有尽而意长兮，独嗟吁而永叹。

［（明）王祎《王忠文公集　7》，商务印书馆（上海）1936 年，第 419 页］

右□□[①]

王守仁《吊屈平赋》

王守仁（1472—1529）别号阳明，绍兴府（今浙江余姚）人。

正德丙寅，某以罪谪贵阳，取道沅湘，感屈原之事，为文而吊之。其词曰：

山黯惨兮江夜波，风飕飕兮木落森柯。泛中流兮焉泊，湛椒醑兮吊湘累。云冥冥兮月星蔽晦，冰崚嶒兮霰又下。累之宫兮安在，怅无见兮愁予。高岸兮嵚崎，纷纠错兮樛枝。下深渊兮不恻，穴澒洞兮蛟螭。山岑兮无极，空谷谽谺兮迴寥寂。猿啾啾兮吟雨，熊罴嗥兮虎交迹。念累之穷兮焉托处，四山无人兮骇狐鼠。魑魅游兮群跳啸，瞰出入兮为累奸宄。嫉累正直兮反诋为殃，昵比上官兮子兰为臧。幽丛薄兮畴侣，怀故都兮增伤。望九疑兮参差，就重华兮陈辞。沮积雪兮涧道绝，洞庭渺邈兮天路迷。要彭咸兮江潭，召申屠兮使骖。娥鼓瑟兮冯夷舞，聊遨游兮湘之浦。乘回波兮泊兰渚，眷故都兮独延伫。君不还兮郢为墟，心壹郁兮欲谁语。郢为墟兮函崤亦焚，谗鬼逋戮兮快不酬冤。历千载兮耿忠愊，君可复兮排帝阍。望遁迹兮渭阳，箕罹囚兮其佯以狂。艰贞兮晦明，怀若人兮将予退藏。宗国沦兮摧腑肝，忠愤激兮中道难。勉低回兮不忍，溘自沉兮心所安。雄之谀兮谗喙，众狂稚兮。谓累扬已，为魑为魅兮。为谗賸妾，累视若鼠兮。佞颡有泚，累忽举兮。云中龙旗，暗霭兮飘风横。四海兮倏

① 原文作“□”，已缺失。

忽，驷玉虬兮上冲。降望兮大壑，山川萧条兮漭寥廓。逝远去兮无穷，怀故都兮蜷局。乱曰：日西夕兮沅湘流，楚山嵯峨兮无冬秋。累不见兮涕泗，世愈隘兮。孰知我忧？

［（明）王守仁《王文成公全书》卷十九，文渊阁四库全书本］

李梦阳《疑赋》

李梦阳（1473—1530），庆阳府安化县（今甘肃省庆城县）人。

下乾上坤，高卑易矣。星辰在下，江河逆矣。夭乔乔夭，雉鸣求牡矣。鱼游于陆，冠苴履矣。呜呼噫嘻！

当昼而夜，宵中日出。我黑彼白，妇须男裼。铅刀何铦，湛卢何钝。丈则谓短，谓长者寸。凤鸣翩翩，群唾众慜；鸺鹤胡德，见之慕焉！呜呼噫嘻！

贞莹内精，谗嫉孔彰；乖滑澳溷，名崇智成。软诡歆欹，驰骋爽达；歼良媚势，光烂门阂。彼曰昧昧，人则攸知；上帝板板，鬼神邈而。昔之多士，犹或畏疑；今之多士，腼肆罔怀。呜呼噫嘻！

民殊者形，厥心则一；威挤利啗，日伊我栗。血流于庭，酣酒归室。友朋胥嬉，同声德色。阱彼罔识，巧我攸极。昔之执衡，视权如星；今之执衡，惟我重轻。古道坦坦，今眩东西。指辰谓暮，目鸾谓鸡。邻牛茹虎，冀虎德予。厉莫察阶，倒靡究所。呜呼噫嘻！

盗跖横行，回宪则贫；上官尊荣，原陨厥身。直何以仇，佞何以亲？彧何以颠，操何以振？飞何以屈，桧何以伸？西子何恶，嫫母何姝？乘黄瘠弱，御者骀驽；舍彼灵明，溺任糊涂。皎皎者忌，怜彼浊污。水清奚无鱼，而泥淖以成良畲？

先生莫所自解。诵曰：握粟出卜，其何能彀？于是出造巫咸叩焉。巫咸曰：胡梯鹘突，而与世汩，受福揭揭。渔者一旦获寻丈之鱼，见之者犹捩颈流涎，思劫之也，而恨不渔屠；而况怀千金之宝，抱径寸之珠，吾诚不能筮，以决子之疑。

［（明）李梦阳《空同集》卷一，文渊阁四库全书本］

杨慎《戎旅赋》

杨慎（1488—1559），四川新都（今四川成都）人。

恭承恩谴兮，于役滇越。捐珮江皋兮，解绅云阙。三陟崔崔兮，九折蛐蛐。不日不月兮，遂届穷发。抚孤旅而悁脰兮，掩众困而怛心。怅圭篇之骎遄兮，逾四稔而迄今。父母孔远兮，懿亲离而北南。类连逵而分衢兮，似同波而殊浔。慈乌忻于共巢兮，恒鸟悲乎异林。彼纤羽之微族兮，亦命侣而跦跦。何生人之含灵兮，乃离群而弗如。咏《清人》之介驷兮，感放士之鸣鴂。姬公畏于熠耀兮，尼父喈夫蟪蛄。屈托乘于螭豹兮，庄寄径于鼪鼯。在圣哲而固然兮，揽古人而重歔。哀吾生之罹邮兮，背中土而播荒。粤戴盆而伏嵁兮，望崦嵫之末光。神恍悢而蜚飏兮，形畜卷而伧囊。睇孙水之浩渺兮，瞻灵关之峻极。聆猩猩之夜啼兮，履狒狒之朝迹。寻终古之攸居兮，问祝融之昔宅。胥靡登而不惧兮，魑魅过而奚栗。堀堁飑扬兮，含沙影流。喟兹徂春兮，忽焉杪秋。月令殊于九州兮，瘴卉华而岁周。若有人兮好我，携旨酒兮思柔。采槟榔兮缀扶留，赠相离兮结忘忧。

寒鹎鸡兮为脯，露江鱼兮为修。滇歌兮僰舞，白日逝兮玄景浮。独持觞而怀远兮，杂叹啸其向陬。遂还轸而休室兮，隐零雨乎寂夜。引簟枕而假寐兮，遥梦归乎亲舍。家人嘻以款语兮，闾里纷其来讶。众鸡鸣而惊余兮，晨光昒乎东射。怅梦欢而觉悲兮，泪承睫而交下。假灵氛以历占兮，援龟颂兮余谢。日明庭其布德兮，子行归乎肆赦。

系曰：莫靡荒服，自中古兮。日月之表，烛不普兮。章亥步穷，禹罔睹兮。兰津开道，行商苦兮。碧鸡望祭，使者阻兮。余亦何为，恒此土兮。金跃不祥，顺勿忤兮。乐天知命，去何怃兮！

［（明）杨慎《升庵全集》卷一，商务印书馆（上海）1937 年，第 6-7 页］

周炳灵《洪山赋》

周炳灵，1621 年进士，湖北江夏（今湖北武汉）人。

何山川之不淫鬻兮？乃遥自蜿蜒于东郭。郁百折以盘纡兮，势若前而复却。壁或若峭复若秃兮，标灵境于磊硌。既屹而嶙兮，亦岩客而砧。苟潜庐之不闳兮，盍鳌岫莲崖之相络？肇研以翠郁兮，委化工于鬼凿。虽骤来未越乎步武兮，乃郁起已阶。夫丈尺方幻出之多端兮，复磅礴之如直尔。其襟湖背江，井别隧分。曲峦平江，倚伏如云。阳临广街，车舆殷殷。阴接平畴，禾黍芸芸。修林长薄，松区藓门。茫茫芊路，覆以石麟。圆沼碧荷，方塘青菱。堳坞别墅，漏景扈岑。顾灵泉其若祖兮，又高冠之殿其末。距九峰其未辽兮，忽崱屴而超越。右若望大别以少逊兮，尚欲吞洪流于滳潒。错千壤以东铺，横万雉而西括。指市廛兮问之，盼衢里兮六达。

若夫柰苑金田，慈林惠海，飞甍鳞次，交疏错绮，藻栋蕙樛，药房兰邝，前轨相矜，宏规大起，证所高明，崇宁是以，奉乃生融，居兹德士。昼响揵椎，宵下支筇。三缘何有，四谛皆空。六尘不入，五蕴成阴。象迹蜂歌，玉路金绳。源兮未涸，山兮不童。绀殿狮座，名为大雄。龛以花映，地以金供。丹垩重染，垣幄四封。香台积厨，烟雾蒙蒙。龙湫之窟，甃以珉玒。飞沙成塔，聚宝为宫。鸽怖雁回，体势穹窿。梵呗钟声，朝夕其中。宛如鹿苑鹫岭，兹山因之而增崇。乃其绎灵迹，步广陌，抉虚窍，荫疏樾，从遥径而扪萝，攀风磴而着屐。山椒虽霄峥，其窗寮夷崚，岂栈巉而不可索，则见舟车举，川原竭，楼台缈，烟雾绝。探岩硉堆云，扶魏武之雄文；排驳藓万寿，隐晋士之荒碣。白鹤背指而崔峨，黄鹄入目而勃崒。或闪闪而流虹，或霏霏而送雨。或夜杼之初停，或朝暾之半吐。鸡鹊鹳鹤，鹭鸪凫鸥，出没远浦。麇麚麛麋，獐猄猱猿，叫啸别屿。仙禽众鸟，奏迦陵之音；灵苗异卉，映薝卜之宇。逸气吹香以不断兮，众芽油油以徐膴。登斯山也，采秀搴芳，于河之浒。矫矫远心，以今以古。棹响滩声，牧歌社鼓。缅风壤之冲融兮，寄胜概于觇缕。乃若春光明媚，绣林如赭，或携士女，或集文雅，或修上冢，或骋游冶，莫不遵青陆，骛芳甸，而憩乎其下。履綦杂遝，流连杯斝。歌管声闻，喧天聋野。间一蹑浮屠，凌翠巘，陟上方，俯方夏。彼尘市之渟溶，何域恋之难舍？亦有贵游仕客，青衿学子，或经途而停盖，或穷年而隐几。匪林峦之灵异，孰盘桓而戾止？又奚问夫北海故宅，头陀遗址？怀西柳之必识兮，悼南楼之已圮。又有淹客陈人，清期爽旦，瀹茗消渴，落纸飞翰。怀芦苇之在顾，美青苍之入玩。于是殚枯肠，引素腕，锦琼瑶，青玉案，吊灵娥于禹山，咏逸妃于广汉。大音和以乐兮，小音浮以缦。色若助以跃如兮，光渤渤兮其未乱。又奚必申芈之荒淫兮，鼓湘累之哀怨？

乱曰：温液点翠兮萧以飒，势欲飞起兮凌天阖。前者双阜兮还相夹，缳以智鼓兮日鞈鞳。湖镜江练兮靡不纳，雉城拂肘兮市声杂。上腴开兮善气集，山灵闷兮古所合，倚杖歌之山响答。

（马积高，曹大中主编；常书智副主编《历代辞赋总汇·明代卷》第9册，湖南文艺出版社2014年，第8441-8443页）

朱鹤龄《枯橘赋》

朱鹤龄（1606—1683），吴江（今江苏吴江）人。

猗嘉树之葳蕤兮，实挺生于南国。维骚人之颂厥美兮，秉不迁之贞德。奄枝干之离披兮，抗园林而无色。哀灵木之变衰兮，抚枯株而太息。

尔其始也，连彩璇星，植根瑶圃，本自潇湘；阴成绿叶，含耿介以凌霜；萼吐素华，散芬芳而入户。佳人以是盘桓，翠羽于焉翔舞。迨夫清霜变律，白露零庭，实垂金而攒布，蒂连理而宗生。本自潇湘，荐彤庭而仓随锡贡，非因羽翼，登玉案而果以珍名；紫梨方其津润，拓浆失其甘馨，所以树重江陵。每置官而呈瑞，功标本草，恒鹨疾以析酲者也。无何，气改穷阴，衰催急节，干背日而凋伤，条随风而骚屑。

汉上苑之玉树，既失青葱；楚三闾之木兰，俄成萎绝。晨曦照耀，欲雕饰以无能；暮雨低垂，讶芳菲之顿辍。呜呼！半死嗟桐，先伐叹桂。昔日婆娑，今日憔悴。芗林改色，谁看密叶之垂阴；嘉荫无存，共惜修柯之委地。曾不若栌梨涩口，犹自遂其敷荣；椒樧含辛，反得矜其生意。观物理之凋换兮，固有盛而必衰；谁方根之久植兮，谁溥露之长滋？惧徙北而化枳兮，宁就槁而不辞。彼人事之迁流兮，纷菀枯其若斯。任大钧之回互兮，何必泫然于攀枝！

（霍旭东主编《历代辞赋鉴赏辞典》，商务印书馆国际有限公司2011年，第1242页）

王夫之《九昭》

王夫之（1619—1692），湖广衡州府衡阳县（今湖南衡阳）人。

有明王夫之，生于屈子之乡，而遘闵戢志，有过于屈者，爰作《九昭》而叙之曰：

仆以为抱独心者，岂复存于形埒之知哉？故言以奠声，声以出意，相逮而各有体。声意或留而不肖者多矣，况敛事征华于经纬者乎？故以宋玉之亲承音旨、刘向之旷世同情，而可绍者言，难述者意，意有疆畛，则声有判合，相勤以貌悲，而幽蛰之情不宣，无病之讥，所为空群于千古也。聊为《九昭》，以旃三閭之志。

发江山之芊蕑兮，回风被乎嘉卉。青春脉其将阑兮，羌何情而愉此？凌巴丘之澒洞兮，余甫阅乎南条之荒大。骇哀吟之宵鼯兮，郁薄霄乎夕瑷。虹半隐于丛薄兮，雨中岫而善淫。即灵媛之前思兮，惘南狩之所寻。绵修林之茸阒兮，窅洞壑之纷疑。答空响之森寒兮，合嶂沓其如规。耳迴寂其无闻兮，目改观于异色。讵侘傺之足捐兮，悄不知迢递之何极。

汩征

述屈子始迁于江南，览河山之异而兴悲，忧菀积中，更无从而明言所怨。深于怨者，言自穷也。

青林白水敞兰风兮，理前心而益炯。既服药之春气兮，蘋又申余以秋颖。谓白日之匪鲜兮，岂苍天之莫正？拊云门之清瑟兮，悼倾耳之独忧。改繁声以申悲兮，介师延而相将。匪将者之为劳兮，邈夷庚于羊肠。袤九州于寻尺兮，亘千岁于昏旦。恢画画以申猷兮，悔囊辞其犹未半。斥气珥于禺中兮，堙洪流于冀野。涉漩濩而濡首兮，洵犹贤夫今者。逸征鸟以翾翩兮，溯颢穹而莫执。回风飙而陨获兮，怅行野其何及？进不可与期兮，退不可与息。旷嘉会以韬愁兮，谁予俩而自戢？

申理

达屈子未言之情而表著之，想其忠爱愤激之心，迨沈湘之日，申念往事，必有如是者。清君侧之恶，虽非人臣所敢专，而宗臣之义，与国存亡，知无不为，言无不尽，故管蔡可诛，昌邑可废，况张仪靳尚之区区者乎？辄为追惜，无嫌悁烈也。

凌漳滏兮及晨，邀余目兮天末。骖驒崭岏兮，纡荆门之缥渺。滂溏漠泂兮，遂江流以奭发。相九州而洵美兮，承灵祚而奄处。被罗袿之袨服兮，尚不改乎此容也。华镫烜于永夜兮，羽盖飘而阴昼。夫何姣好之婵媛兮，抑雄风之蟉虬。吞冥阨以无外兮，卷河鼓而浮天街。旋北斗使挹桂酒兮，固谁昔之所怀。逮鸣鶗之未闻兮，芳草荣其如昨。逞余望以流观兮，恣含情之广托。物无废而不兴兮，羌聊谢夫送目。顾美人之倦游兮，曾不临高以旁瞩。

违郢

夕弭榜兮中洲，澹淫淫兮安流。蘋风欻兮缘波，明月影兮不留。静不可长愉兮情善疑，怵若危兮落叶之辞枝。苍天羃羃兮四垂，朕何为兮数离？若有期兮新欢，折琼茅兮赠言。维中庭兮妒者，迥相遇兮旷野。申旦旦以及今兮，涕零零而交下。来无踪兮去无秉，思心发兮遗光景。猿啼林兮惝怳，鱼惊波兮溟涬。江上之寂历兮梦梦，悄余眷兮精相从。孰寓形之洵然兮，覆魂投之靡通。幸旷古兮良夜，轻千里兮命驾。结兰佩兮揽罗袪，驰芳皋兮驱驷马。夫杳霭奚其不可亲兮，几神会之无假。

引怀

悲孤绪之独萦兮，旷千秋而无与。晋谋古而不获兮，奚凡今之可诉？二士行歌于首山兮，未夙谟夫商邑。百里望哭于殽嶔兮，追虞谏其何及？刳比干于一丘兮，待殷殄而始封。抉子胥于吴门兮，盼于越之凌江。言虽售而志残兮，要忘亲而迩怨。引愤毒于黄泉兮，操余言以为券。诚弥缝其终窘兮，轨有偾而必繇。陨萧艾于繁霜兮，匪芳桂之所求。鸟将飞而遗音兮，顾青林而息羽。鱼沈冥以呴沫兮，憺忘情于洲渚。丰草靡于江干兮，怀零露之新滋。乔木荣于崇丘兮，冀雰霰之后时。高天广陌之敻敻兮，玄冬闭而不泄。谅俯印之无与酬兮，韬郁陶以永世。

扃志

扃，闭也。孤情自怵，不与古人同调，而举国无同心之侣。缄闭幽贞之志，千古而下，犹有谓其忠而过者，谁与发屈子之扃乎？

耿玄夜之穆清兮，今者愔愔而寤余。邈登天其无畔兮，嘉余魂之安驱。余储奇服以遐征兮，纷仿佛而袭之。左葳蕤之翠羽兮，右离褷之星旄。发丹阳之故宫兮，首商于而问道。夏旌旖旎而前征兮，余又申之以鹭翿。介三青鸟以先鸣兮，诛凤皇于西母。诡逢迎而中变兮，余怒叱夫蜚廉之蚴蟉。升密云其未半兮，彗荧荧而西弛。觐太乙之婉存兮，责余驾之不驶。两龙抃而南回兮，顾丰隆之未息。惩蓐收之善淫兮，霁九嵕之暗霭。涤三危之宿曀兮，憩崆峒而息辔。容成嫕以徕下兮，唁余劳之已艾。日浮云不可为期兮，白日中其易倾。龙虬蟆其且蛰兮，风翩翻而不宁。排霄路之缤纷兮，又安得夫玉山之嘉颖。余填膺而申答兮，怀万年而一逞。鸾族凤以孪生兮，枭屡攫而永惎。指昊天以奋飞兮，惧日月之我迟。轻蹇产之云逵兮，愤闲关之梁轫。骛飙风而凌浮焰兮，夫何倒景之足忧？

荡愤

楚之势不两立者，秦也；百相欺，百相夺者，秦也。怀王客死，不共戴天者，秦也。屈子初合齐以图秦，为张仪、靳尚所阻，愤不得申。放窜之余，念大仇之未復，夙志之不舒，西望秦关，与争一旦之命，岂须臾忘哉？事虽没世不成，而静夜思之，炯然不昧。若蹀血咸阳，饮马泾渭，无难旦夕必为者，聊为达其志以荡其愤焉。

献岁发春兮，荃茸茸其始稚。抽盈盈之微荣兮，孰飘风之可试？皇天不仁兮，白日滲而西颓。夕月孤清兮，怛浮云之群飞。遭茕茕其骀荡兮，脉亭亭其谁诉？美人岂其无俦兮？介良媒而屡误。蕙托茎以同畦兮，荂与槁之相连。戒秋霜之凛冽兮，誓嘉会于百年。鸱鸮騂戾于阴雨兮，吟公旦于东国。五子悲讴于雒汭兮，怊有求而弗获。或流哀而必动兮，或皇皇而弗庸。余雅不谋夫判合兮，维灵修之梦梦。夙密迩于兰皋兮，旦搴芳而夕进。回曼睩其犹荧兮，矧千里之迷津？

飘女桑之季叶兮，哀弱丧之婕娟。下临澥汗之无地兮，上（黑对）（黑逮）而无天。怵不可以终夕兮，吾将奚望以久延？

悼孑

悼君侧之无人也。虽被迁窜，而所隐省者惟君。《七谏》以下，忿怀才不试而诋君者，固不足以知屈子之心矣。若夺禄位，罹厄穷，而悻悻自沈于渊，则岂非好勇疾贫之乱人哉？

承荣光于有绪兮，印玄鬒而善容。儆妩媚其无与仇兮，遑嫭忌而始工。亮兹情之莫蔽兮，素与黝其不相凌。荃同芳其犹迷兮，又奚况夫背憎？药与葹之争荧兮，辂栈车之相触。玉抵砥其必毁兮，熠燿固掩乎华烛。捐盛年之煌扈兮，殉奄息于既耄。辱干将以劅石兮，夫唯灵修之悼也。少师鰔而随延兮，恫皇天之不遄怒。箕子狂而辛殄兮，凄行歌以何补？企汉东而眕申息兮，鼯狌昼啼于丛薄。高台夷以成蹊兮，憯不满朝鞠人之溪壑。羌自瘵而庸违兮，审偾踣之必谌。已矣夫，方将之不可念兮，聊息乎长夜之曾阴。

惩悔

君心邪正之分，社稷存亡之介，虽不屑与匪人争，而触权奸以死，无所悔也。

洞庭之南兮，湘流瀰瀰。危岑屣㠑兮，青冥无极。悲风飒兮枫林幽，夕雨亘兮秋草积。敞苍天之穹窿兮，魂渺渺其谁寄？引万年于无终兮，羃四表而焉至？日长逝而不留兮，固荡散其匪今。就沆瀣于穷北兮，邀归云而复南。神与魄之不相守兮，光与容违。仅耿耿之若存兮，畴昔相知。营飘飖其莫羁兮，精溽弱其不固。愤连蜷以轮囷兮，恐伤余之雅度。白日夕沈兮，星汉高寒。谁俟余兮？神导余以漫漫。言不可理兮，心不可将。胧胧其若有明兮，指郢路之苍茫。辽戾滉瀁兮，荡斥八埏。谁与旋归兮，娱美人之暮年。剸志今夕兮，逝无与迁。郁勃欻以愤兴兮，遗孤颎之流连。

遗愍

［（明）王夫之《楚辞通释》卷末，上海古籍出版社2018年，第278–302页］

吴伯胤《感秋赋》

吴伯胤（？—1642），归德（今广西平果）人。

维四时之代运兮，差去日兮苦多。对秋色之萧条兮，怜吾生兮蹉跎。于时商风入律，冷露满天。流阴淡日，落叶哀蝉。偶疏雨兮滴滴，或斜月兮娟娟。时凭闲兮送四，尽平野兮如烟。尔乃公子行乐，绮堂列燕。锦瑟高张，红妆初荐。烧银烛兮将残，视明星兮有烂。叹为乐兮及时，念流光兮易换。睹兰秀兮菊芳，帐可怀兮不见。盖忽忽兮伤心，亦泪落兮如霰。至若荷戈黑山，从军陇水。边马思归，征戍未已。见胡骑兮数群，俄黄埃兮四起。听茄管兮腰吹，怀玉关兮千里。恐生入兮无时，已魂消兮心死乃。有孤身去国，羁旅无家。楚臣泽畔，汉傅长沙。白云起兮洞庭波，秋雁少兮夜猿多。盼清华兮梦已绝，卧沧江兮奈老何。惟迁客兮多思，因涕泗兮滂沱。或乃素士穷经，矻矻不置。手冷一编，霜流匝地。当桐风之初来，悲壮心之不遂。矧白发兮先秋，与蒲柳兮同弃。每踯躅兮徘徊，闻蛩吟而长喟。至如恩辞金屋，宠谢长门。苔封辇道，院积黄昏。惜此清光之一片兮，不照君王之寸心。彼雕虫之小技兮，虚买价以千金。恨团扇之见捐兮，怨寻秋草以俱深。又若良人远别，相见无期。秋来漏永，归梦偏迟。拂砧杵兮长太息，虑客子兮寒无衣。制腰带兮准畴昔，知今日兮是邪非。夜凉兮人不知，思君兮天之涯。傥有胶漆义断，寡鸾孤鹤。中夜徬徨，形影萧索。感织女之渡河，悔嫦娥之窃药。何若从君于地下兮，同夜台之寂寞。下如桑濮之间，溱洧之浒。秋以为期，将子无怒。望车来兮何迟，心摇摇兮南浦。愁别院兮笙歌，吊西陵兮风雨。断肠兮不见，啼痕兮可数。是故秋令司阴，秋气凝金。逢秋必感，有感必深。宋玉抑郁而兴悲，潘岳惆怅以长吟。非岁序之移人，彼往哲其何心。自古如此，我亦流连泣下而沾襟。

（《古今图书集成·历象汇编·岁功典》第五十八卷，中华书局影印本）

夏完淳《秋郊赋》

夏完淳（1631—1647），江苏华亭（今上海松江）人。

镜微先生托志曼修，遗情元散。游于罔象之墟，纷上下以游览。至五湖而泛舟，情偃蹇而澹澹。于是见东华子而言曰：“商飙戒节，白藏司辰。蓐收清其西颢，帝执矩而戒阴。草萧萧而木脱，雁肃肃而来宾。山水窈窕，雪物森沉。憺忘归兮宋玉，餐落英兮灵均。游乎！游乎！出其城门。东华子乃驾紫骝之马，挥桃枝之扇。出东郭而嬉游，步兰皋而如练。

斯时也，天肃气清，碧晖无竟。宿雾犹泫，秋芜曼静。绪飔扬而轻回，咸娟娟以动影。眺远郊之无际，激余心而弥耿。陟山则虹霁覆岫，霭深遥壁。晃若晨霞之□丽[①]，耀若朝日之烁的。扶服以登，悄然空碧。采三秀于山阿，云容容兮涧侧。疏桐落而无声，幽兰芳而露挹。阊阖扇其清凉，孤猿唱而不息。木纷纷兮从风，愁渺渺兮何极！桂余芬而委径，菊黄花而间赤。何昊天之潋翳，思美人兮脉脉。泛舟则搴杜若于中洲，揽揭车于别渚。葭渺渺兮远风，荻凄凄兮过雨。撷蘼芜兮徘徊，水苍苍兮容与。芙蓉悴兮莲摧，余心伤兮激楚。捐玉佩兮中流，荐兰肴而代舞。波汤汤兮纷来迎，雨冥冥兮冯夷语。其鸟则瑶

① 原文写作“□”，应为缺失。

光初散，爽鸠始祭。届素律而厉威，持金飙而矫势。苍鶊始征，六翮万里。嬉玄渚而复翔，自景山而来至。蛔马聆其素风，玄鸟飞而安逝。其兽则戒晨途于白虎，含雾文于赤豹。文狸乘其桂车，犺然疑而夜啸。晨则湛露未晞，光风已转。丰草余滋，颓烟欲敛。苔总翠而婵娟，蕉渥绛而婉娈。夜则明月层波，轻云似辇。何宿莽之依依，视繁星而有践！天孙悲于营室，望明河而偃蹇。于是騄駬已汗，廓然惟凉。按辔一顾，清风远扬。何曜灵之泛驾，伊倏忽而七襄！乐厌厌以永日，于中心而未央。乃瞻穈芑之亩，登穜稑之场。与与兮如廪，芃芃兮如梁。乃田家之有秋，奚蹶蹶而不康！惟王府之孔匮，力云竭于输将。悲阴雨之莫霄，将泣吁于穹苍。东华子于是黯然不乐，憺然心伤，而为乱曰：

嗟浮云之日变兮，横流离于九乾。风萧瑟而木落兮，心怦怦而屡迁。羌跼蹐而行野兮，洵何草之不玄！企灵修之一晤兮，眷下视而蓌然。

［（明）夏完淳《夏节愍公集》（乾坤正氣集本）卷一，潘氏袁江节署本］

夏完淳《九哀》

曜灵

曜灵落兮苍梧，浮云没兮潇湘波。帝子届兮玉鸾徂，芙蓉萎兮秋水多。南翘首兮重华，九疑绵连兮路遐。灵偃蹇兮亭亭，薜荔旗兮蕙旌。雨弥弥兮山青，波潺潺兮涧鸣。三秀折兮公子来，秋草绿兮王孙归。佩珊珊兮来迟，露瀼瀼兮未晞。左青雕兮右素威，羞玉芝兮疗饥。左右盼兮光遗，青霜激兮阳景微。眷瑶琴兮般淫裔，哀弦急兮泪沾衣。

思群公

玄云流兮阊阖开，龙车驾兮神往来。灵猋发兮荡九垓，绪飔横兮相徘徊。索琼浆兮进玉醴，蕙肴陈兮兰席启。神恍恍兮栗予体，左徐侯兮右吴黄。震天鼓兮扬熛芒，止桂旌兮登玉堂。前后睐兮轶曼光，鞭飞廉兮御丰隆。叩天门兮道苍龙，日旦旦兮月融融。三江远兮木叶落，思群公兮悲风作。巫咸进兮筳篿告，空山静兮深鬼哭。

南浦

桂楫兮蒙冲，鳞鳞兮海东。锦帆兮张风，绮绸兮凌空。超天河兮银汉通，光迢迢兮渤澥穷。谷水兮秋始波，霟沛兮驰虚无，横海兮伏波，百神森兮星罗。猋回回兮灵徂，鸾嘤嘤兮神过。南浦泛兮帆樯集，长剑断兮宝刀涩。天策隐兮旄头急，玉冕裂兮锦裘失。胡笳动兮楼船败，从鱼龙兮沉江海。雷师訇磕兮雨师洒，轶无形兮排玄霱。乘轻烟兮激云水，翳窈窕兮哀山鬼。

结玉芝

揽木兰兮芳洲，结玉芝兮瑶圃。眷四顾兮徘徊，余何为兮荼苦。芙蓉萎兮西江，蘼芜衰兮南浦。森岌岌兮高冠，佩陆离兮朱组。横四海兮皆狂，发斯披兮衽斯左。歠醨兮扬波，余不忍兮改此度。哀灵修之已化兮，慨皇舆以局步。鶗鴂鸣兮凤衰，归丹山兮铩羽。捐余玦于涧滨兮，投余环兮江浒。纷总总兮陆翙，路漫漫兮修阻。望故乡兮蔓然，羞琼粻兮上下。

云中游

秋飙动兮玉梁，芳草萎兮河阳。绿滋谢兮变黄，朱华凋兮负霜。彼众鸟兮安翔，独孤凤兮遑遑。寥泬天高兮懭悢，澹偃蹇兮怀上皇。哀美人兮既亡，彼蚩蚩兮为朋。既冉冉其迟暮兮，宁信修之可忘。结三秀兮寒芳，怨景晖兮逸光。鸾啾啾兮为从，骖雍雍兮飞龙。佩琼枝兮访有娀，奈蹇修兮未我通。君王去兮游云中，怀膏沐兮谁为容。虽鸩媒之善辞兮，羌余心之未同。

临清流

桂楫兮迎澜，药房兮内寒。泛辉兮崇兰，沐照兮轻纨。期美人兮江干，奏清徵兮玉阑。清霜发兮裳衣单，怀脉脉兮寡欢。美人未至兮露涔，蔓草平兮漫漫。芜城暮兮长叹，狖冥冥兮空山，苇萧萧兮哀湍。萍何为兮崖际，鹤何为兮林间。临清流兮濯冠，愁日暮兮潺湲。

秋士悲

虎豹兮踞天门，掩朱明兮景沦，横千里兮氤氲。城阙兮蔓草，野郭兮青燐。秋卉凋兮伤心，秋阳匿兮愁霖。琼户玉阁兮为薪，珠帘翠栋兮为尘。蛾眉曼睩兮黄土，绮心蕙质兮平莽。噫吁嚱兮哀以楚，秋士悲兮吊今古。望灵均兮南浦，枫湛湛兮江水多。哀江上兮光景徂，日曼光兮流层波。

王孙

三江波兮木叶脱，孤雁嗷嗷兮起天末。秋气高兮肃清，激流霜兮哀越[①]。楚歌终兮吴歈阕，吹玉笙兮卧明月。援琼枝兮偃蹇，佩瑶草兮百结。乘余马兮驾余车，鸾啾啾兮为我驱。哀王孙兮叹路隅，朱门闭兮狐鼠居。生烟漠漠兮当玉除，天阴阴兮新鬼趋。石马呼风兮猿啸雨，日月匿光兮神灵语。余将排阊阖兮入帝所，告天皇兮玄之圃。左玄螭兮右苍虎，射旄头兮于北街乎饮羽，无使王孙兮久荼苦。

望首阳

寥廓兮，秋天肃而气高。摇落兮，草木变黄于亭皋。长玄夜兮晦晦，思朱阳兮昭昭。天淫淫兮降霖，大块动兮秋潦。朱华零兮冒平阪，但闻訇磕兮悬洪涛。三江壮兮滔滔，鱼龙舞兮神灵号。金支翠旗兮冯夷朝，黄鹄之羽离离兮而尾翛翛。登高林兮泛巢，云茫茫兮浮天失地而寥遥。召丰隆兮招玄冥，骧龙首兮凌扶摇。叩英皇兮访有姚，溘灵飔兮不可招。东望首阳兮有蕨复有薇，玄马黄兮仆苦饥，横绝四海兮将何依。

［（明）夏完淳《夏节愍公集》（乾坤正氣集本）卷二，潘氏袁江节署本］

清

鲍辛浦《滋兰赋》

鲍辛浦（1690—1748），奉天（今辽宁沈阳）正红旗人。

客有遗余闽兰一盆。方着花，乃值公事剌促，不遑宁处，且亟亟乎有抱火厝薪之惧，清福难享也若此。爰为之赋。曰：

惟猗兰之为草兮，产空谷而自芳。虽目繁而种别兮，惟闽江为最良。历恢

① 一作“既冉冉兮其迟暮”。

台而抽颖兮，标秀致于秋凉。抱素心之幽艳兮，吐清露之甘香。幸移根于美器兮，资静玩于文房。干翘翘而拔萃兮，叶潇洒以相当。去雕饰而朴雅兮，秉矜贵而昂藏。无子实之累累兮，不滋蔓而遗殃。纵当门而锄弃兮，免荆棘之中伤。宁为骚人纫佩兮，浴楚客之兰汤。宁与士女秉简兮，托讽咏于篇章。宁供樵青苏刈兮，发茗火于筼筜。宁从罗含高尚兮，旁庭菊而凌霜。既格高而性洁兮，亦品贵而价昂。出庶类而为祖兮，轶群卉而归王。讵屑夫千金插帽兮，赚罗绮以披猖。庸羡夫汉宫对辟兮，握兰英于仙郎。肯希心彼腐朽兮，化微末之萤光。杂薰莸而同器兮，薄萧艾之寻常。爰不揣刍荛之献兮，藉同心言臭而扶将。

乙卯新秋，午发若下，期于薄莫，暮泊菰城，盖不能为性命缓须臾也。其情其事可悯矣。托物兴怀，于是乎征兰而作赋。夫兰为国香德芳者佩，今十步之内，与众草为侣，不得扬扬其香，得谓于兰何伤乎！是在善人君子，亟思所以滋之。舟无寸简，乃削腹稿，录于便面，皆不得已而然也。辛浦并识。

［（清）吴翌凤编《清朝文征》，吉林人民出版社 1998 年，第 1351-1352 页］

袁枚《长沙吊贾谊赋》

袁枚（1716—1798），钱塘（今浙江杭州）人。

岁在丙辰川，予春秋二十有一，于役粤西，路出长沙，感贾生之吊屈平也，亦为文以吊贾生。其词曰：

何苍苍者之不自珍其灵气兮，代纷纷而俊英。前者既不用而流亡兮，后者又不用而挺生。惟吾夫子之于君臣兮，泪如秋霖而不可止。前既哭其治安兮，后又哭其爱子。为人臣而竭其忠兮，为人师而殉之以死，君固黄、农、虞、夏之故人兮，行宛曼于先王。不知汉家之自有制度兮，乃嘐嘐然，一则日礼乐，二则日明堂。夫固要君以尧、舜兮，岂知其谦让而犹未遑。彼绛、灌兮，召儒生而恒东向。见夫子而吠所怪兮，以弱冠而气凌其上。曰丁我躬而未谐夫人世兮，未免负孤姿而抱绝状。当七国之妖氛将发兮，彼社稷臣无一语。徒申申其排余兮，余又见木索棰笞而怜汝。苏两爱而莫知所为兮，终不知千古之孰为龙而孰为鼠！彼俗儒之寡识兮，谓宜交欢夫要津。使诡遇而获兽兮，吾又恐孟轲之笑人。

圣贤每汶汶而蹇屯兮，历万祀而不知其故也。吾独悲吾夫子兮，为其知而不遇也。明珠耀于怀袖兮，忽中道而置之；淑女欢于衾席兮，媵妒谮而弃之。夫既干将之出匣兮，胡不淬清水而试之？蒙召见于宣室兮，泣鬼神于前席。荪拳拳而托长沙王兮，终不忍使先生之独受此卑湿。欲嘉遁乎山椒兮，感君王之恩重；图效忠于晚节兮，鹏鸟又知而来送。己之薄命固甘心兮，又累梁王而使之翻鞚。伤为傅之无状兮，自贤人之忠爱也；三十三而化去兮，恐终非哭泣之为害也。彼颜渊之乐道兮，亦时命之不长。贤者不忍其言之验兮，宜其身先七国而亡。误凤凰为钦鸡兮，览德辉而竟去；驷玉虬以上升兮，知九州之不可以久驻。逝者既萧曼以云征兮，名独留乎此处。

乱曰：潇湘之春，水浩浩兮。有美一人，涉远道兮。忽见芳草，生君之庙兮。咨嗟涕洟，感年少兮。

（马积高，叶幼明主编；陈建华副主编《历代词赋总汇·清代卷》第12册，湖南文艺出版社2014年）

曾燠《吊宋玉文》

曾燠（1760—1831），江西南城人。

自注：澧州刺史请修宋玉墓，乃为吊之。

何南土之萧瑟兮，气无时而不秋，山林杳以寞寞兮，郁终古之离忧。采芳馨于澧浦兮，徒榛莽之一丘，与汨罗遥相望兮，魂上下而孰招？眄高唐之云气兮，神惝恍其难求，呜呼夫子兮，学于灵均。鸾皇铩羽兮，孤鹤叫群。桂直而伐兮，膏明而焚。玉固可折兮，兰曷为熏？昔仲尼之殂落兮，微言绝而有述。七十子之继亡兮，斯大义之乖失。夫子之于灵均兮，如倡和之应节。自歌停于郢中兮，世讵闻夫白雪？嗟重昏兮楚襄，曾不鉴兮前王。见六双之大鸟兮，弃宝弓而不张。若野麋之在泽兮，蒙虎皮而欲狂。彼齐侯之复仇兮，隔九世而义明，何夫差之交越兮，杀尔父而可忘？日康娱以浮游兮，但娭娭其笑语。侈大王之雄风兮，慕神女之灵雨。闻谟言而置瑱兮，谀不工而亦拒。匿重痼以避医兮，虽俞缓其何处？惟夫子察其故兮，叹昌言之风微。批逆鳞其诚难兮，犯葅醢而奚裨？羌主文而谲谏兮，词多风以善入。驱诡怪而夸美丽兮，夫诚有所不恤。因大言以蒙赏兮，非夫子之怀也。或劝百而讽一兮，亦夫子之所哀也。古既重此修辞兮，何所遭之多忌？相灵均已肇端兮，宜夫子之陨涕。

乱曰：有神物兮鲲鱼，朝发于昆墟兮，莫宿于孟诸。吾知尺泽之鲵兮，固未足量于江湖。

［（清）王先谦编《骈文类纂》，浙江古籍出版社 1998 年，第 876 页）］

诗歌类

说明：共采录“屈原题材”诗歌1256篇。其中，魏晋六朝9篇，隋1篇，唐128篇，宋代468篇，金元81篇，明469篇，清110篇。这些诗作的作者籍贯分布湖南、湖北、河南、河北、四川、甘肃、山西、山东、陕西、江苏、浙江、安徽、上海、广东、广西、福建等省市。其中，明清时期，吟咏屈原的广东、福建籍诗人增多。

战国、西汉、东汉吟咏屈原作品体裁主要为辞赋类，查阅发现最早咏屈诗歌体裁从魏代开始。

魏

阮籍《咏怀八十二首》其五十一

阮籍（210—263）陈留尉氏（今河南尉氏）人。

丹心失恩泽，重德丧所宜。善言焉可长，慈惠未易施。不见南飞燕，羽翼正差池。高子怨新诗，三闾悼乖离。何为混沌氏，倏忽体貌隳。

［（明）张溥编；（清）吴汝纶选《汉魏六朝百三家集选》吉林人民出版社1998年，第103页］

晋

潘尼《送卢景宣》

潘尼（约250—311），荥阳中牟（今河南中牟）人。

杨朱焉所哭，歧路重别离。屈原何伤悲，生离情独哀。

知命虽无忧，仓卒意低回。叹气从中发，洒泪随襟颓。

九重不常键，阊阖有时开。愧无纻衣献，贻言取诸怀。

［（明）张溥《汉魏六朝百三家集》卷四十七《潘尼集》，文渊阁四库全书本］

陆机《拟东城一何高》

陆机（261—303），吴郡吴县（今江苏苏州）人。

西山何其峻，层曲郁崔嵬。零露弥天坠，蕙叶凭林衰。

寒暑相因袭，时逝忽如颓。三闾结飞辔，大耋嗟落晖。

曷为牵世务，中心若有违。京洛多妖丽，玉颜侔琼蕤。

闲夜抚鸣琴，惠音清且悲。长歌赴促节，哀响逐高徽。

一唱万夫叹，再唱梁尘飞。思为河曲鸟，双游沣水湄。

［（西晋）陆机；陆云著《陆机文集·陆云文集》，上海社会科学院出版社2000年，第47页］

南朝宋

谢惠连《长安有狭邪行》

谢惠连（407—433），陈郡阳夏（今河南太康）人。

纪郢有通逵，通逵并轩车。帟帟雕轮驰，轩轩翠盖舒。

撰策之五尹，振辔从三闾。推剑冯前轼，鸣佩专后舆。

［（明）张溥《汉魏六朝百三家集》卷七十一《宋谢惠连集》，文渊阁四库全书本］

吴迈远《楚朝曲》

吴迈远（？—474），桂阳郡（今湖南耒阳）人。

白云萦蔼荆山阿，洞庭纵横日生波。幽芳远客悲如何，绣被掩口越人歌。壮年流瞻襄成和，清贞空情感电过。初同末异忧愁多，穷巷恻怆沈汨罗。延思万里挂长河，翻惊汉阴动湘娥。

［（宋）郭茂倩《乐府诗集》卷五十八“琴曲歌辞”，中华书局 1979 年］

梁

江淹《还故园》

江淹（444—505），宋州济阳考城（今河南民权）人。

汉臣泣长沙，楚客悲辰阳。古今虽不举，兹理亦宜伤。山中信寂寥，孤景吟空堂。北地三变露，南檐再逢霜。窃值寰海辟，仄见圭纬昌。浮云抱山川，游子御故乡。遽发桃花渚，适宿春风场。红草涵电色，绿树铄烟光。高歌傃关国，微叹依笙篁。请学碧灵草，终岁自芬芳。

［（明）张溥编；（清）吴汝纶选《汉魏六朝百三家集选》，吉林人民出版社 1998 年，第 536-537 页］

王筠《和卫尉新渝侯巡城口号诗》

王筠（481—549）琅琊临沂（今山东临沂）人。

阊阖暧已昏，钩陈杳将暮。栖乌城上返，晚雀林中度。屯卫时巡警，凝威肆安步。阁道趋文昌，禁兵连武库。铜乌迎早风，金掌承朝露。罘罳分晓色，睥睨生秋雾。维城任寄隆，空想灵均赋。伊余方病免，丘园保恬素。

［（唐）欧阳询《艺文类聚》卷二十八，文渊阁四库全书本］

北齐

颜之推《古意诗二首》其一

颜之推（约 531—591），琅琊临沂（今山东临沂）人。

十五好诗书，二十弹冠仕。楚王赐颜色，出入章华里。作赋凌屈原，读书夸左史。数从明月宴，或侍朝云祀。登山摘紫芝，泛江采绿芷。歌舞未终曲，风尘暗天起。吴师破九龙，秦兵割千里。狐兔穴宗庙，霜露沾朝市。璧入邯郸宫，剑去襄城水。未获殉陵墓，独生良足耻。悯悯思旧都，恻恻怀君子。白发窥明镜，忧伤没余齿。

[（唐）欧阳询《艺文类聚》卷二十六，文渊阁四库全书本]

北魏

胡叟《示程伯达》

胡叟（生卒年不详），安定临泾（今甘肃镇原）人。

群犬吠新客，佞暗排疏宾。直途既已塞，曲路非所遵。

望卫惋祝鮀，眄楚悼灵均。何用宣忧怀，托翰寄辅仁。

[（清）沈德潜辑《古诗源》卷十四“北魏诗”，岳麓书社 1998 年，第 219 页]

隋

无名氏《汨罗土人为屈原歌》

《隋书》曰：屈原以五月望日赴汨罗，土人追至洞庭不见。湖大船小，莫得济者。乃歌曰云云，因而鼓棹争归，竞会亭上。习以相传，为竞渡之戏。

何由得渡湖！

［（清）杜文澜《古谣谚》卷十，中华书局1958年］

唐

法琳《敕放迁益部临行赋诗（题拟）》

法琳（572—640），俗姓陈。颍川阳翟（今河南禹州）人，生于湖北襄阳。

昔屈原被谗放逐，原岂不为忠。卞氏献璧加刑，谁言是瑕。此亦时君用与不用也。屈原虽经放逐，《离骚》盛行。卞氏纵复加刑，连城尚宝。但清水圆米行处，岂无所恨，世人莫知我也。言讫泣数行下，因为诗曰：

仆秉屈原操，不探渔父篇。问言蓬转者，答言直如弦。

［（唐）彦琮撰《唐护法沙门法琳别传》卷下，史念海主编《文史集林第2辑》，三秦出版社1987年，第260页］

张说《岳州观竞渡》

张说（667—730），河东（今山西永济）人。

画作飞凫艇，双双竞拂流。低装山色变，急棹水华浮。

土尚三闾俗，江传二女游。齐歌迎孟姥，独舞送阳侯。

鼓发南湖溠，标争西驿楼。并驱常诧速，非畏日光遒。

［（唐）张说著；熊飞校注《张说集校注　第1册》，中华书局2013年，第453页］

赵冬曦《灉湖作》

赵冬曦（677—750），定州鼓城（今河北晋县）人。

三湖返入两山间，畜作灉湖弯复弯。暑雨奔流潭正满，微霜及潦水初还。水还波卷溪潭涸，绿草芊芊岸崭岿。适来飞棹共回旋，已复扬鞭恣行乐。道旁耆老步跹跹，楚言兹事不知年。试就湖边披草径，莫疑东海变桑田。君讶今时尽陵陆，我看明岁更沦涟。来今自昔无终始，人事回环常若是。应思阙下声华日，谁谓江潭旅游子。初贞正喜固当然，往蹇来誉宜可俟。盈虚用舍轮舆旋，勿学灵均远问天。

［（清）《全唐诗》卷九十八，中华书局 1979 年］

卢象《追凉历下古城西北隅，此地有清泉乔木》

卢象（741 年前后在世），汶上（今山东泰安曲阜一带）人。

谢朓出华省，王祥贻佩刀。前贤真可慕，衰病意空劳。贞悔不自卜，游随共尔曹。未能齐得丧，时复诵离骚。闲阴七贤地，醉餐三士桃。苍苔虞舜井，乔木古城壕。渔父偏相狎，尧年不可逃。蝉鸣秋雨霁，云白晓山高。咫尺传双鲤，吹嘘借一毛。故人皆得路，谁肯念同袍。

［（清）《全唐诗》卷一百二十二，中华书局 1979 年］

王维《兰》

王维（700—761），太原祁（今山西祁县）人。

根移地因偏，花老色未改。意苏瘴雾余，气压初寒外。婆娑靖节窗，仿佛灵均佩。

［（宋）陈景沂编；程杰，王三毛点校《全芳备祖　上》，浙江古籍出版社 2018 年，第 494 页］

李白《古风》其一

李白（701—762）陇西成纪（今甘肃静宁）人。

大雅久不作，吾衰竟谁陈。王风委蔓草，战国多荆榛。龙虎相啖食，兵戈逮狂秦。正声何微茫，哀怨起骚人。扬马激颓波，开流荡无垠。废兴虽万变，宪章亦已沦。自从（一作蹉跎）建安来，绮丽不足珍。圣代复元古，垂衣贵清真。群才属休明，乘运共跃鳞。文质相炳焕，众星罗秋旻。我志在删述，垂（缪本作重）辉映千春。希圣如有立，绝笔于获麟。

［（唐）李白著《李太白集　上》，商务印书馆 1930 年，第 40-41 页］

李白《古风》其五十一

殷后乱天纪，楚怀亦已昏。夷羊满中野，菉葹盈高门。比干谏而死，屈平窜湘源。虎口何婉娈，女媭空婵娟。彭咸久沦没，此意与谁论。

［（唐）李白著《李太白集　上》，商务印书馆1930年，第71–72页］

李白《杂曲歌辞·行路难三首》

有耳莫洗颍川水，有口莫食首阳蕨。含光混世贵无名。何用孤高比云月。吾观自古贤达人，功成不退皆殒身。子胥既弃吴江上，屈原终投湘水滨。陆机才多岂自保，李斯税驾苦不早。华亭鹤唳讵可闻，上蔡苍鹰何足道。君不见吴中张翰称达生，秋风忽忆江东行。且乐生前一杯酒，何须身后千载名。

［（唐）李白著《李太白集　上》，商务印书馆1930年，第18页］

李白《江上吟》

木兰之枻沙棠舟，玉箫金管坐两头。美酒樽中置千斛，载妓随波任去留。仙人有待乘黄鹤，海客无心随白鸥。屈平词赋悬日月，楚王台榭空山丘。兴酣落笔摇五岳，诗成笑傲凌沧洲。功名富贵若长在，汉水亦应西北流。

［（唐）李白著《李太白集　中》，商务印书馆1930年，第3页］

李白《悲歌行》

悲来乎，悲来乎。主人有酒且莫斟，听我一曲悲来吟。悲来不吟还不笑，天下无人知我心。君有数斗酒，我有三尺琴。琴鸣酒乐两相得，一杯不啻千钧金。悲来乎，悲来乎。天虽长，地虽久，金玉满堂应不守。富贵百年能几何，死生一度人皆有。孤猿坐啼坟上月，且须一尽杯中酒。悲来乎，悲来乎。凤凰不至河无图，微子去之箕子奴。汉帝不忆李将军，楚王放却屈大夫。悲来乎，悲来乎。秦家李斯早追悔，虚名拨向身之外。范子何曾爱五湖，功成名遂身自退。剑是一夫用，书能知姓名。惠施不肯干万乘，卜式未必穷一经。还须黑头取方伯，莫谩白首为儒生。

［（唐）李白著《李太白集　中》，商务印书馆1930年，第23页］

李白《赠崔秋浦三首》其三

河阳花作县，秋浦玉为人。地逐名贤好，风随惠化春。

水从天汉落，山逼画屏新。应念金门客，投沙吊楚臣。

［（唐）李白著《李太白集　中》，商务印书馆 1930 年，第 87 页］

李白《赠汉阳辅录事二首》其一

闻君罢官意，我抱汉川湄。借问久疏索，何如听讼时？

天清江月白，心静海鸥知。应念投沙客，空余吊屈悲。

［（唐）李白著《李太白集　中》，商务印书馆 1930 年，第 101 页］

李白《单父东楼秋夜送族弟沈之秦》

注：时凝弟在席。

尔从咸阳来，问我何劳苦。沐猴而冠不足言，身骑土牛滞东鲁。沈弟欲行凝弟留，孤飞一雁秦云秋。坐来黄叶落四五，北斗已挂西城楼。丝桐感人弦亦绝，满堂送君皆惜别。卷帘见月清兴来，疑是山阴夜中雪。明日斗酒别，惆怅清路尘。遥望长安日，不见长安人。长安宫阙九天上，此地曾经为近臣。一朝复一朝，发白心不改。屈原憔悴滞江潭，亭伯流离放辽海。折翮翻飞随转蓬，闻弦坠虚下霜空。圣朝久弃青云士，他日谁怜张长公。

（安旗主编《李白全集编年注释》，巴蜀书社 1990 年，第 731 页）

李白《春滞沅湘有怀山中》

沅湘春色还，风暖烟草绿。古之伤心人，于此肠断续。予非怀沙客，但美采菱曲。所愿归东山，寸心于此足。

（安旗主编《李白全集编年注释》，巴蜀书社 1990 年，第 1535 页）

杜甫《最能行》

杜甫（712—770），河南巩县（今河南巩义）人。

峡中丈夫绝轻死，少在公门多在水。富豪有钱驾大舸，贫穷取给行艓子。小儿学问止《论语》，大儿结束随商旅。欹帆侧柁入波涛，撇漩捎濆无险阻。

朝发白帝暮江陵，顷来目击信有征。瞿唐漫天虎须怒，归州长年行最能。此乡之人器量窄，误竞南风疏北客。若道士无英俊才，何得山有屈原宅。

［（唐）杜甫撰，（宋）郭知达辑《九家集注杜诗》卷十三，文渊阁四库全书本］

杜甫《天末怀李白》

凉风起天末，君子意如何。鸿雁几时到，江湖秋水多。

文章憎命达，魑魅喜人过。应共冤魂语，投诗赠汨罗。

［（唐）杜甫撰，（宋）郭知达辑《九家集注杜诗》卷二十，文渊阁四库全书本］

杜甫《戏为六绝》其五

不薄今人爱古人，清词丽句必为邻。窃攀屈宋宜方驾，恐与齐梁作后尘。

［（唐）杜甫撰，（宋）郭知达辑《九家集注杜诗》卷二十二，文渊阁四库全书本］

杜甫《地隅》

江汉山重阻，风云地一隅。年年非故物，处处是穷途。

丧乱秦公子，悲凉楚大夫。平生心已折，行路日荒芜。

［（唐）杜甫撰，（宋）郭知达辑《九家集注杜诗》卷二十五，文渊阁四库全书本］

韩翃《送客游江南》

韩翃（719—788 年），754 进士，南阳（今属河南）人。

桂水随去远，赏心知有余。衣香楚山橘，手鲙湘波鱼。

芳芷不共把，浮云怅离居。遥想汨罗上，吊屈秋风初。

［（清）《全唐诗》卷二百四十四，中华书局 1979 年，第 2739 页］

褚朝阳《五丝》

褚朝阳，生卒年里不详。天宝年间进士及第。

越人传楚俗，截竹竞萦丝。水底深休也，日中还贺之。章施文胜质，列匹美于姬。锦绣侔新段，羔羊寝旧诗。但夸端午节，谁荐屈原祠。把酒时伸奠，汨罗空远而。

［（清）《全唐诗》卷二百五十四，中华书局 1979 年，第 2861 页］

李嘉祐《夜闻江南人家赛神，因题即事》

李嘉祐，生卒年不详，天宝七年（748）进士。赵州（今河北赵县）人。

南方淫祀古风俗，楚妪解唱迎神曲。锵锵铜鼓芦叶深，寂寂琼筵江水绿。
雨过风清洲渚闲，椒浆醉尽迎神还。帝女凌空下湘岸，番君隔浦向尧山。
月隐回塘犹自舞，一门依倚神之祜。韩康灵药不复求，扁鹊医方曾莫睹。
逐客临江空自悲，月明流水无已时。听此迎神送神曲，携觞欲吊屈原祠。

［（清）《全唐诗》卷二百六，中华书局 1979 年，第 2144-2145 页］

司空曙《迎神》

司空曙（720—790），广平（今河北永年）人。

吉日兮临水，沐青兰兮白芷。假山鬼兮请东皇，托灵均兮邀帝子。吹参差兮正苦，舞婆娑兮未已。鸾旌圆盖望欲来，山雨霏霏江浪起。神既降兮我独知，目成再拜为陈词。

［（清）《全唐诗》卷二百九十三，中华书局 1979 年，第 3326 页］

清江《湘川怀古》

清江（775 年前后在世），浙江诸暨人。

潇湘连汨罗，复对九嶷河。浪势屈原冢，竹声渔父歌。
地荒征骑少，天暖浴禽多。脉脉东流水，古今同奈何。

［（清）《全唐诗》卷八百十二，中华书局 1979 年，第 9146 页］

皎然《吊灵均词》

皎然（720—800），本姓谢，湖州长城（今浙江长兴）人。

昧天道兮有无，听汨渚兮踌躇。期灵均兮若存，问神理兮何如。愿君精兮为月，出孤影兮示予。天独何兮有君，君在万兮不群。既冰心兮皎洁，上问天兮胡不闻。天不闻，神莫睹，若云冥冥兮雷霆怒，萧条杳眇兮余草莽。古山春兮为谁，今猿哀兮何思。风激烈兮楚竹死，国殇人悲兮雨飔飔。雨飔飔兮望君时，光茫荡漾兮化为水，万古忠贞兮徒尔为。

［（清）《全唐诗》卷八百二十一，中华书局1979年，第9255页］

吴筠《览古诗十四首》其五

吴筠（？—778），华州华阴（今属陕西）人。

吾观采苓什，复感青蝇诗。谗佞乱忠孝，古今同所悲。奸邪起狡猾，骨肉相残夷。汉储殒江充，晋嗣灭骊姬。天性犹可间，君臣固其宜。子胥烹吴鼎，文种断越铍。屈原沈湘流，厥戚咸自贻。何不若范蠡，扁舟无还期。

［（清）《全唐诗》卷八百五十三，中华书局1979年，第9645页］

钱珝《江行无题一百首》其二十[①]

钱珝（722？—780），751年进士，吴兴（今浙江湖州）人。

憔悴异灵均，非谗作逐臣。如逢渔父问，未是独醒人。

［（清）《全唐诗》卷七百十二，中华书局1979年，第8192页］

刘长卿《送李侍御贬郴州》

刘长卿（726—786），宣城（今属安徽）人。

洞庭波渺渺，君去吊灵均。几路三湘水，全家万里人。

听猿明月夜，看柳故年春。忆想汀洲畔，伤心向白蘋。

［（清）《全唐诗》卷一百四十七，中华书局1979年，第1490页］

顾况《从江西至彭蠡入浙西淮南界道中寄齐相公》

顾况（727—815），海盐横山（今浙江海宁）人。

大贤旧丞相，作镇江山雄。自镇江山来，何人得如公。处士待徐孺，仙人期葛洪。一身控上游，八郡趋下风。比屋除畏溺，林塘曳烟虹。生人罢虔刘，井税均且充。大府肃无事，欢然接悲翁。心清百丈泉，目送孤飞鸿。数年鄱阳

① 一作钱起诗，钱起（722？—780），751年进士，吴兴（今浙江湖州市）人。

掾，抱责栖微躬。首阳及汨罗，无乃褊其衷。杨朱并阮籍，未免哀途穷。四贤虽得仁，此怨何匆匆。老氏齐宠辱，於陵一穷通。本师留度门，平等冤亲同。能依二谛法，了达三轮空。真境靡方所，出离内外中。无边尽未来，定惠双修功。蹇步惭寸进，饰装随转蓬。朝行楚水阴，夕宿吴洲东。吴洲复白云，楚水飘丹枫。晚霞烧回潮，千里光曈曈。蓂开海上影，桂吐淮南丛。何当翼明庭，草木生春融。

[（清）《全唐诗》卷二百六十四，中华书局 1979 年，第 2934-2935 页]

顾况《酬唐起居前后见寄二首》其二

何处吊灵均，江边一老人。汉仪君已接，楚奏我空频。
直道其如命，平生不负神。自伤庚子日，鹏鸟上承尘。

[（清）《全唐诗》卷二百六十六，中华书局 1979 年，第 2953 页]

蒋洌《经埋轮地》

蒋洌（744 年前后在世），常州义兴（今江苏宜兴）人。

汉家张御史，晋国绿珠楼。时代邈已远，共谢洛阳秋。洛阳大道边，旧地尚依然。下马独太息，扰扰城市喧。时人欣绿珠，诗满金谷园。千载埋轮地，无人兴一言。正直死犹忌，况乃未死前。汨罗有翻浪，恐是嫌屈原。我闻太古水，上与天相连。如何一落地，又作九曲泉。万古惟高步，可以旌我贤。

[（清）《全唐诗》卷二百五十八，中华书局 1979 年，第 2883 页]

戴叔伦《过贾谊宅》

戴叔伦（732—789），润州金坛（今属江苏）人。

一谪长沙地，三年叹逐臣。上书忧汉室，作赋吊灵均。
旧宅秋荒草，西风客荐蘋。凄凉回首处，不见洛阳人。

[（清）《全唐诗》卷二百七十三，中华书局 1979 年，第 2075 页]

戴叔伦《过三闾庙》

沅湘流不尽，屈宋怨何深。日暮秋烟起，萧萧枫树林。

[（清）《全唐诗》卷二百七十四，中华书局 1979 年，第 3102-3103 页]

戴叔伦《同兖州张秀才过王侍御参谋宅赋十韵（柳字）》

十年官不进，敛迹无怨咎。漂荡海内游，淹留楚乡久。因参戎幕下，寄宅湘川口。翦竹开广庭，瞻山敞虚牖。闲门早春至，陋巷新晴后。覆地落残梅，和风袅轻柳。逢迎车马客，邀结风尘友。意惬时会文，夜长聊饮酒。秉心转孤直，沈照随可否。岂学屈大夫，忧惭对渔叟。

［（清）《全唐诗》卷二百七十四，中华书局 1979 年，第 3112 页］

刘复《送黄晔明府岳州湘阴赴任》①

刘复（大历年间登进士），籍贯不详。

拟占名场第一科，龙门十上困风波。三年护塞从戎远，万里投荒失意多。

花县到时铜墨贵，叶舟行处水云和。遥知布惠苏民后，应向祠堂吊汨罗。

［（清）《全唐诗》卷五百七，中华书局 1979 年，第 5766 页］

窦常《谒三闾庙》

窦常（746—825），平陵（今陕西咸阳）人。

君非三谏寤，礼许一身逃。自树终天戚，何裨事主劳。众鱼应饵骨，多士尽铺糟。有客椒浆奠，文衰不继骚。

［（清）《全唐诗》卷二百七十一，中华书局 1979 年，第 3032 页］

孟郊《湘弦怨》

孟郊（751—814），湖州武康（浙江德清）人。

昧者理芳草，蒿兰同一锄。狂飙怒秋林，曲直同一枯。嘉木忌深蠹，哲人悲巧诬。灵均入回流，靳尚为良谟。我愿分众泉，清浊各异渠。我愿分众巢，枭鸾相远居。此志谅难保，此情竟何如。湘弦少知音，孤响空踟蹰。

［（清）《全唐诗》卷三百七十二，中华书局 1979 年，第 4180 页］

孟郊《楚竹吟酬卢虔端公见和湘弦怨》

握中有新声，楚竹人未闻。识音者谓谁，清夜吹赠君。昔为潇湘引，曾动

① 注：一作刘三复诗。

潇湘云。一叫凤改听，再惊鹤失群。江花匪秋落，山日当昼曛。众浊响杂沓，孤清思氛氲。欲知怨有形，愿向明月分。一掬灵均泪，千年湘水文。

［（清）《全唐诗》卷三百七十二，中华书局 1979 年，第 4181 页］

孟郊《楚怨》

秋入楚江水，独照汨罗魂。手把绿荷泣，意愁珠泪翻。九门不可入，一犬吠千门。

［（清）《全唐诗》卷三百七十二，中华书局 1979 年，第 4183 页］

孟郊《下第东南行》

越风东南清，楚日潇湘明。试逐伯鸾去，还作灵均行。江蓠伴我泣，海月投人惊。失意容貌改，畏途性命轻。时闻丧侣猿，一叫千愁并。

［（清）《全唐诗》卷三百七十四，中华书局 1979 年，第 4203-4204 页］

孟郊《旅次湘沅有怀灵均》

分拙多感激，久游遵长途。经过湘水源，怀古方踟蹰。旧称楚灵均，此处殒忠躯。侧聆故老言，遂得旌贤愚。名参君子场，行为小人儒。骚文衒贞亮，体物情崎岖。三黜有愠色，即非贤哲模。五十爵高秩，谬膺从大夫。胸襟积忧愁，容鬓复凋枯。死为不吊鬼，生作猜谤徒。吟泽洁其身，忠节宁见输。怀沙灭其性，孝行焉能俱。且闻善称君，一何善自殊。且闻过称己，一何过不渝。悠哉风土人，角黍投川隅。相传历千祀，哀悼延八区。如今圣明朝，养育无羁孤。君臣逸雍熙，德化盈纷敷。巾车徇前侣，白日犹昆吾。寄君臣子心，戒此真良图。

［（清）《全唐诗》卷三百七十七，中华书局 1979 年，第 4226-4227 页］

王建《荆门行》

王建（766—832），颍川许州（今河南许昌）人。

江边行人暮悠悠，山头殊未见荆州。岘亭西南路多曲，栎林深深石镞镞。看炊红米煮白鱼，夜向鸡鸣店家宿。南中三月蚊蚋生，黄昏不闻人语声。生纱帷疏薄如雾，隔衣噆肤耳边鸣。欲明不待灯火起，唤得官船过蛮水。

女儿停客茆屋新，开门扫地桐花里。犬声扑扑寒溪烟，人家烧竹种山田。巴云欲雨薰石热，麋鹿度江虫出穴。大蛇过处一山腥，野牛惊跳双角折。斜分汉水横千山，山青水绿荆门关。向前问个长沙路，旧是屈原沈溺处。谁家丹旐已南来，逢着流人从此去。月明山鸟多不栖，下枝飞上高枝啼。主人念远心不怿，罗衫卧对章台夕。红烛交横各自归，酒醒还是他乡客。壮年留滞尚思家，况复白头在天涯。

［（清）《全唐诗》卷二百九十八，中华书局 1979 年，第 2385-2386 页］

护国《归山作》

护国（766—779 年间在世），江南人。

喧静各有路，偶随心所安。纵然在朝市，终不忘林峦。四皓将拂衣，二疏能挂冠。窗前隐逸传，每日三时看。靳尚那可论，屈原亦可叹。至今黄泉下，名及青云端。松牖见初月，花间礼古坛。何处论心怀，世上空漫漫。

［（清）《全唐诗》卷八百十一，中华书局 1979 年，第 9138 页］

韩愈《送惠师》[①]

韩愈（768—824），邓州河阳（今河南孟州）人。

惠师浮屠者，乃是不羁人。十五爱山水，超然谢朋亲。脱冠剪头发，飞步遗踪尘。发迹入四明，梯空上秋旻。遂登天台望，众壑皆嶙峋。夜宿最高顶，举头看星辰。光芒相照烛，南北争罗陈。兹地绝翔走，自然严且神。微风吹木石，澎湃闻韶钧。夜半起下视，溟波衔日轮。鱼龙惊踊跃，叫啸成悲辛。怪气或紫赤，敲磨共轮囷。金鸦既腾翥，六合俄清新。常闻禹穴奇，东去窥瓯闽。越俗不好古，流传失其真。幽踪邈难得，圣路嗟长堙。回临浙江涛，屹起高峨岷。壮志死不息，千年如隔晨。是非竟何有，弃去非吾伦。凌江诣庐岳，浩荡极游巡。崔崒没云表，陂陀浸湖沦。是时雨初霁，悬瀑垂天绅。前年往罗浮，步戛南海漘。大哉阳德盛，荣茂恒留春。鹏骞堕长翮，鲸戏侧修鳞。自来连州寺，曾未造城闉。日携青云客，探胜穷崖滨。太守邀不去，群官请徒频。囊无一金资，翻谓富者贫。昨日忽不见，我令访其邻。奔波自追及，把手问所因。

① 原注：愈在连州与释景常、元惠游。惠师即元惠也。

顾我却兴叹，君宁异于民。离合自古然，辞别安足珍。吾闻九疑好，夙志今欲伸。斑竹啼舜妇，清湘沈楚臣。衡山与洞庭，此固道所循。寻嵩方抵洛，历华遂之秦。浮游靡定处，偶往即通津。吾言子当去，子道非吾遵。江鱼不池活，野鸟难笼驯。吾非西方教，怜子狂且醇。吾嫉惰游者，怜子愚且谆。去矣各异趣，何为浪沾巾。

［（清）《全唐诗》卷三百三十七，中华书局 1979 年，第 3774–3775 页］

韩愈《陪杜侍御游湘西两寺独宿有题一首因献杨常侍》

长沙千里平，胜地犹在险。况当江阔处，斗起势匪渐。深林高玲珑，青山上琬琰。路穷台殿辟，佛事焕且俨。剖竹走泉源，开廊架崖广。是时秋之残，暑气尚未敛。群行忘后先，朋息弃拘检。客堂喜空凉，华榻有清簟。涧蔬煮蒿芹，水果剥菱芡。伊余夙所慕，陪赏亦云忝。幸逢车马归，独宿门不掩。山楼黑无月，渔火灿星点。夜风一何喧，杉桧屡磨飐。犹疑在波涛，怵惕梦成魇。静思屈原沈，远忆贾谊贬。椒兰争妒忌，绛灌共谗谄。谁令悲生肠，坐使泪盈脸。翻飞乏羽翼，指摘困瑕玷。珥貂藩维重，政化类分陕。礼贤道何优，奉己事苦俭。大厦栋方隆，巨川楫行剡。经营诚少暇，游宴固已歉。旅程愧淹留，徂岁嗟荏苒。平生每多感，柔翰遇频染。展转岭猿鸣，曙灯青睒睒。

［（清）《全唐诗》卷三百三十七，中华书局 1979 年，第 3777–3778 页］

韩愈《感春四首》其二

皇天平分成四时，春气漫诞最可悲。杂花妆林草盖地，白日坐上倾天维。
蜂喧鸟咽留不得，红萼万片从风吹。岂如秋霜虽惨冽，摧落老物谁惜之。
为此径须沽酒饮，自外天地弃不疑。近怜李杜无检束，烂漫长醉多文辞。
屈原离骚二十五，不肯铺啜糟与醨。惜哉此子巧言语，不到圣处宁非痴。
幸逢尧舜明四目，条理品汇皆得宜。平明出门暮归舍，酩酊马上知为谁。

［（清）《全唐诗》卷三百三十八，中华书局 1979 年，第 3792 页］

韩愈《山南郑相公樊员外酬答为诗其末咸有见及语樊封以示愈依赋十四韵以献》

梁维西南屏，山厉水刻屈。禀生肖剿刚，难谐在民物。荥公鼎轴老，烹斡力健倔。帝咨女予往，牙纛前岔坲。威风挟惠气，盖壤两劘拂。茫漫华黑间，指画变恍欻。诚既富而美，章汇霍炳蔚。日延讲大训，龟判错衮黻。樊子坐宾署，演孔刮老佛。金舂撼玉应，厥臭剧蕙郁。遗我一言重，跽受惕斋栗。辞悭义卓阔，呀豁疚掊掘。如新去耵聍，雷霆逼飓䬀。缀此岂为训，俚言绍庄屈。

［（清）《全唐诗》卷三百四十二，中华书局1979年，第3831页］

韩愈《湘中》

猿愁鱼踊水翻波，自古流传是汨罗。蘋藻满盘无处奠，空闻渔父扣舷歌。

［（清）《全唐诗》卷三百四十三，中华书局1979年，第3841页］

刘禹锡《游桃源一百韵》

刘禹锡（772—842），彭城（今江苏徐州）人。祖籍河南洛阳。

沅江清悠悠，连山郁岑寂。回流抱绝巘，皎镜含虚碧。昏旦递明媚，烟岚分委积。香蔓垂绿潭，暴龙照孤碛。渊明著前志，子骥思远跖。寂寂无何乡，密尔天地隔。金行太元岁，渔者偶探赜。寻花得幽踪，窥洞穿暗隙。依微闻鸡犬，豁达值阡陌。居人互将迎，笑语如平昔。广乐虽交奏，海禽心不怿。挥手一来归，故溪无处觅。绵绵五百载，市朝几迁革。有路在壶中，无人知地脉。皇家感至道，圣祚自天锡。金阙传本枝，玉函留宝历。禁山开秘宇，复户洁灵宅。蕊检香氛氲，醮坛烟幂幂。我来尘外躅，莹若朝星析。崖转对翠屏，水穷留画鹢。三休俯乔木，千级扳峭壁。旭日闻撞钟，彩云迎蹑屐。遂登最高顶，纵目还楚泽。平湖见草青，远岸连霞赤。幽寻如梦想，绵思属空阒。夤缘且忘疲，耽玩近成癖。清猿伺晓发，瑶草凌寒坼。祥禽舞葱茏，珠树摇玓瓅。羽人顾我笑，劝我税归轭。霓裳何飘飖，童颜洁白皙。重岩是藩屏，驯鹿受羁靮。楼居弥清霄，萝茑成翠帟。仙翁遗竹杖，王母留桃核。姹女飞丹砂，青童护金液。宝气浮鼎耳，神光生剑脊。虚无天乐来，僁窣鬼兵役。丹丘肃朝礼，玉札工细绎。枕中淮南方，床下阜乡舄。明灯坐遥夜，幽籁听淅沥。因话近世仙，耸然心神惕。乃言瞿氏子，骨状非凡格。往事黄先生，群儿多侮剧。謷然不屑意，元气贮肝膈。往往游不归，洞中观博弈。言高未易信，犹复加诃责。一旦前致辞，自云仙期迫。言师有道骨，前事常被谪。如今三山上，名字在真籍。悠然谢主人，后岁当来觌。言毕依庭树，如烟去无迹。观者皆失次，惊追纷络绎。日暮山径穷，松风自萧槭。适逢修蛇见，瞋目光激射。如严三清居，不使恣搜索。唯余步纲势，八趾在沙砾。至今东北隅，表以坛上石。列仙徒有名，世人非目击。如何庭庑际，白日振飞翮。洞天岂幽远，得道如咫尺。一气无死生，三光自迁易。因思人间世，前路何狭窄。瞥然此生中，善祝期满百。大方播群类，秀气肖翕辟。性静本同和，物牵成阻厄。是非斗方寸，荤血昏精魄。遂令多夭伤，犹喜见斑白。喧喧车马驰，苒苒桑榆夕。共安缇绣荣，不悟泥途适。纷吾本孤贱，世叶在逢掖。九流宗指归，百氏旁捃摭。公卿偶慰荐，乡曲缪推择。居安白社贫，志傲玄纁辟。功名希自取，簪组俟扬历。书府蚤怀铅，射宫曾发的。起草香生帐，坐曹乌集柏。赐燕聆箫韶，侍祠阅琮璧。尝闻履忠信，可以行蛮貊。自述希古心，忘恃干时画。巧言忽成锦，苦志徒食蘖。平地生峰峦，深心有矛戟。层波一震荡，弱植忽沦溺。北渚吊灵均，长岑思亭伯。祸来昧几兆，事去空叹息。尘累与时深，流年随漏滴。才能疑木雁，报施迷夷跖。楚奏絷钟仪，商歌劳甯戚。禀生非悬解，对镜方感激。自从婴网罗，每事问龟策。王正降雷雨，环玦赐迁斥。倘伏夷平人，誓将依羽客。买山构精舍，领徒开讲席。冀无身外忧，自有闲中益。道芽期日就，尘虑乃冰释。且欲遗姓名，安能慕竹帛。长生尚学致，一溉岂虚掷。芝术资糇粮，烟霞拂巾帻。黄石履看堕，洪崖肩可拍。聊复嗟蜉蝣，何烦哀虺蜴。青囊既深味，琼葩亦屡摘。纵无西山资，犹免长戚戚。

［（清）《全唐诗》卷三百五十五，中华书局 1979 年，第 3980-3981 页］

刘禹锡《竞渡曲》

沅江五月平堤流，邑人相将浮彩舟。灵均何年歌已矣，哀谣振楫从此起。
杨桴击节雷阗阗，乱流齐进声轰然。蛟龙得雨鬐鬣动，螮蝀饮河形影联。
刺史临流褰翠帏，揭竿命爵分雄雌。先鸣余勇争鼓舞，未至衔枚颜色沮。
百胜本自有前期，一飞由来无定所。风俗如狂重此时，纵观云委江之湄。
彩旂夹岸照蛟室，罗袜凌波呈水嬉。曲终人散空愁暮，招屈亭前水东注。

［（清）《全唐诗》卷三百五十六，中华书局 1979 年，第 4002 页］

刘禹锡《竹枝词九首　并引》

四方之歌，异音而同乐。岁正月，余来建平。里中儿联歌竹枝，吹短笛击鼓以赴节，歌者扬袂睢舞，以曲多为贤。聆其音，中黄钟之羽，卒章激讦如吴声，虽伧儜不可分，而含思宛转，有淇澳之艳音。昔屈原居沅湘间，其民迎神，词多鄙陋，乃为作《九歌》。到于今荆楚歌舞之，故余亦作竹枝九篇，俾善歌者飏之，附于末。后之聆巴歈，知变风之自焉。

白帝城头春草生，白盐山下蜀江清。南人上来歌一曲，北人莫上动乡情。
山桃红花满上头，蜀江春水拍山流。花红易衰似郎意，水流无限似侬愁。
江上朱楼新雨晴，瀼西春水縠纹生。桥东桥西好杨柳，人来人去唱歌行。
日出三竿春雾消，江头蜀客驻兰桡。凭寄狂夫书一纸，住在成都万里桥。
两岸山花似雪开，家家春酒满银杯。昭君坊中多女伴，永安宫外踏青来。
城西门前滟滪堆，年年波浪不能摧。懊恼人心不如石，少时东去复西来。
瞿塘嘈嘈十二滩，人言道路古来难。长恨人心不如水，等闲平地起波澜。
巫峡苍苍烟雨时，清猿啼在最高枝。个里愁人肠自断，由来不是此声悲。
山上层层桃李花，云间烟火是人家。银钏金钗来负水，长刀短笠去烧畲。

［（清）《全唐诗》卷三百六十五，中华书局 1979 年，第 4112-4113 页］

李绅《涉沅潇》

李绅（772—846），无锡（今江苏无锡）人，祖籍安徽亳州。

屈原死处潇湘阴，沧浪淼淼云沉沉。蛟龙常怒虎长啸，山木翛翛波浪深。烟横日落惊鸿起，山映余霞淼千里。鸿叫离离入暮天，霞消漠漠深云水。水灵江暗扬波涛，鼋鼍动荡风骚骚。行人愁望待明月，星汉沉浮魈鬼号。屈原尔为怀忠没，水府通天化灵物。何不驱雷击电除奸邪，可怜空作沈泉骨。举杯沥酒招尔魂，月彩滉漾开乾坤。波明水黑山隐见，汨罗之上遥昏昏。风帆候晓看五两，戍鼓冬冬远山响。潮满江津猿鸟啼，荆夫楚语飞蛮桨。潇湘岛浦无人居，风惊水暗惟蛟鱼。行来击棹独长叹，问尔精魄何所如。

［（清）《全唐诗》卷四百八十，中华书局 1979 年，第 5462-5463 页］

白居易《和答诗十首·和思归乐》

白居易（772—846），下邽（今陕西渭南）人。

山中不栖鸟，夜半声嘤嘤。似道思归乐，行人掩泣听。皆疑此山路，迁客多南征。忧愤气不散，结化为精灵。我谓此山鸟，本不因人生。人心自怀土，想作思归鸣。孟尝平居时，娱耳琴泠泠。雍门一言感，未奏泪沾缨。魏武铜雀妓，日与欢乐并。一旦西陵望，欲歌先涕零。峡猿亦何意，陇水复何情。为入愁人耳，皆为肠断声。请看元侍御，亦宿此邮亭。因听思归鸟，神气独安宁。问君何以然，道胜心自平。虽为南迁客，如在长安城。云得此道来，何虑复何营。穷达有前定，忧喜无交争。所以事君日，持宪立大庭。虽有回天力，挠之终不倾。况始三十余，年少有直名。心中志气大，眼前爵禄轻。君恩若雨露，君威若雷霆。退不苟免难，进不曲求荣。在火辨玉性，经霜识松贞。展禽任三黜，灵均长独醒。获戾自东洛，贬官向南荆。再拜辞阙下，长揖别公卿。荆州又非远，驿路半月程。汉水照天碧，楚山插云青。江陵橘似珠，宜城酒如饧。谁谓谴谪去，未妨游赏行。人生百岁内，天地暂寓形。太仓一稊米，大海一浮萍。身委逍遥篇，心付头陀经。尚达死生观，宁为宠辱惊。中怀苟有主，外物安能萦。任意思归乐，声声啼到明。

［（清）《全唐诗》卷四百二十五，中华书局 1979 年，第 4680-4681 页］

白居易《读史五首》其一

楚怀放灵均，国政亦荒淫。彷徨未忍决，绕泽行悲吟。
汉文疑贾生，谪置湘之阴。是时刑方措，此去难为心。
士生一代间，谁不有浮沈。良时真可惜，乱世何足钦。
乃知汨罗恨，未抵长沙深。

［（清）《全唐诗》卷四百二十五，中华书局 1979 年，第 4679 页］

白居易《咏怀》

自从委顺任浮沈，渐觉年多功用深。面上减除忧喜色，胸中消尽是非心。
妻儿不问唯耽酒，冠盖皆慵只抱琴。长笑灵均不知命，江蓠丛畔苦悲吟。

［（清）《全唐诗》卷四百三十九，中华书局 1979 年，第 4889 页］

白居易《偶然二首》其一

楚怀邪乱灵均直，放弃合宜何恻恻。汉文明圣贾生贤，谪向长沙堪叹息。
人事多端何足怪，天文至信犹差忒。月离于毕合滂沱，有时不雨何能测。

［（清）《全唐诗》卷四百三十九，中华书局 1979 年，第 4839 页］

白居易《和万州杨使君四绝句　竞渡》

竞渡相传为汨罗，不能止遏意无他。自经放逐来憔悴，能校灵均死几多。
［（清）《全唐诗》卷四百四十一，中华书局 1979 年，第 4919-4920 页］

白居易《恻恻吟》

恻恻复恻恻，逐臣返乡国。前事难重论，少年不再得。
泥涂绛老头班白，炎瘴灵均面黎黑。六年不死却归来，道着姓名人不识。
［（清）《全唐诗》卷四百四十一，中华书局 1979 年，第 4927 页］

白居易《咏家酝十韵》

独醒从古笑灵均，长醉如今敩伯伦。旧法依稀传自杜，新方要妙得於陈。
井泉王相资重九，麹糵精灵用上寅。酿糯岂劳炊范黍，撇篘何假漉陶巾。
常嫌竹叶犹凡浊，始觉榴花不正真。瓮揭开时香酷烈，瓶封贮后味甘辛。
捧疑明水从空化，饮似阳和满腹春。色洞玉壶无表里，光摇金盏有精神。
能销忙事成闲事，转得忧人作乐人。应是世间贤圣物，与君还往拟终身。
［（清）《全唐诗》卷四百四十九，中华书局 1979 年，第 5066 页］

白居易《听芦管》

幽咽新芦管，凄凉古竹枝。似临猿峡唱，疑在雁门吹。
调为高多切，声缘小乍迟。粗豪嫌觱篥，细妙胜参差。
云水巴南客，风沙陇上儿。屈原收泪夜，苏武断肠时。
仰秣胡驹听，惊栖越鸟知。何言胡越异，闻此一同悲。
［（清）《全唐诗》卷四百六十二，中华书局 1979 年，第 5254 页］

柳宗元《汨罗遇风》

柳宗元（773—819），河东（今山西永济）人。
南来不作楚臣悲，重入修门自有期。为报春风汨罗道，莫将波浪枉明时。
［（清）《全唐诗》卷三百五十一，中华书局 1979 年，第 3932 页］

柳宗元《弘农公以硕德伟材屈于诬枉左官三岁复为大僚天监昭明人心感悦宗元窜伏湘浦拜贺末由谨献诗五十韵以毕微志》

知命儒为贵，时中圣所臧。处心齐宠辱，遇物任行藏。关识新安地，封传临晋乡。挺生推豹蔚，遐步仰龙骧。干有千寻竦，精闻百炼钢。茂功期舜禹，高韵状羲黄。足逸诗书囿，锋摇翰墨场。雅歌张仲德，颂祝鲁侯昌。宪府初腾价，神州转耀铓。右言盈简策，左辖备条纲。响切晨趋佩，烟浓近侍香。司仪六礼洽，论将七兵扬。合乐来仪凤，尊祠重饩羊。卿材优柱石，公器擅岩廓。峻节临衡峤，和风满豫章。人归父母育，郡得股肱良。细故谁留念？烦言肯过防。璧非真盗客，金有误持郎。龟虎休前寄，貂蝉冠旧行。训刑方命吕，理剧复推张。直用明销恶，还将道胜刚。敬逾齐国社，恩比《召南》棠。希怨犹逢怒，多容竟忤强。火炎侵琬琰，鹰击谬鸾凰。刻木终难对，焚芝未改芳。远迁逾桂岭，中徙滞余杭。顾土虽怀赵，知天讵畏匡。论嫌《齐物》诞，骚爱《远游》伤。丽泽周群品，重明照万方。斗间收紫气，台上挂清光。福为深仁集，妖从盛德禳。秦民啼畎亩，周士舞康庄。采绶还垂艾，华簪更截肪。高居迁鼎邑，遥傅好书王。碧树环金谷，丹霞映上阳。留欢唱容与，要醉对清凉。故友仍同里，常僚每合堂。渊龙过许劭，冰鲤吊王祥。玉漏天门静，铜驼御路荒。涧瀍秋潋滟，嵩少暮微茫。遵渚徒云乐，冲天自不遑。降神终入辅，种德会明扬。独弃伧人国，难窥夫子墙。通家殊孔李，旧好即潘杨。世议排张挚，时情弃仲翔。不言缧绁枉，徒恨缠牵长。贾赋愁单阏，邹书怯大梁。炯心那自是？昭世懒佯狂。鸣玉机全息，怀沙事不忘。恋恩何敢死？垂泪对清湘。

［（清）《全唐诗》卷三百五十一，中华书局 1979 年，第 3927-3928 页］

柳宗元《界围岩水帘》

注：元和十年春月，自永州召还，经岩下。

界围汇湘曲，青壁环澄流。悬泉粲成帘，罗注无时休。
韵磬叩凝碧，锵锵彻岩幽。丹霞冠其巅，想像凌虚游。
灵境不可状，鬼工谅难求。忽如朝玉皇，天冕垂前旒。
楚臣昔南逐，有意仍丹丘。今我始北旋，新诏释缧囚。
采真诚眷恋，许国无淹留。再来寄幽梦，遗贮催行舟。

［（清）《全唐诗》卷三百五十一，中华书局 1979 年，第 3930 页］

柳宗元《柳州城西北隅种柑树》

手种黄柑二百株，春来新叶遍城隅。方同楚客怜皇树，不学荆州利木奴。
几岁开花闻喷雪，何人摘实见垂珠。若教坐待成林日，滋味还堪养老夫。
［（清）《全唐诗》卷三百五十二，中华书局 1979 年，第 3939 页］

张碧《秋日登岳阳楼晴望》

张碧，785—805 年间在世，籍贯不详。
三秋倚练飞金盏，洞庭波定平如刬。天高云卷绿罗低，一点君山碍人眼。
漫漫万顷铺琉璃，烟波阔远无鸟飞。西南东北竞无际，直疑侵断青天涯。
屈原回日牵愁吟，龙宫感激致应沈。贾生憔悴说不得，茫茫烟霭堆湖心。
［（清）《全唐诗》卷四百六十九，中华书局 1979 年，第 5338 页］

李涉《鹧鸪词二首》其一

李涉，806 年前后在世，洛阳（今属河南）人。
湘江烟水深，沙岸隔枫林。何处鹧鸪飞？日斜斑竹阴。
二女虚垂泪，三闾枉自沈。惟有鹧鸪啼，独伤行客心。
［（清）《全唐诗》卷四百七十七，中华书局 1979 年，第 5424 页］

元稹《表夏十首》其十

元稹（779—831），洛阳（今河南洛阳）人。
灵均死波后，是节常浴兰。彩缕碧筠粽，香粳白玉团。
逝者良自苦，今人反为欢。哀哉徇名士，没命求所难。
［（清）《全唐诗》卷四百二，中华书局 1979 年，第 4494 页］

元稹《酬乐天东南行诗一百韵》

我病方吟越，君行已过湖。去应缘直道，哭不为穷途。亚竹寒惊牖，空堂夜向隅。暗魂思背烛，危梦怯乘桴。坐痛筋骸憯，旁嗟物候殊。雨蒸虫沸渭，浪涌怪睢盱。索绠飘蚊蚋，蓬麻甃舳舻。短檐苫稻草，微俸封渔租。泥浦喧捞蛤，荒郊险斗貙。鲸吞近溟涨，猿闹接黔巫。芒屩泅牛妇，丫头荡桨夫。酢醅荷裹卖，醨酒水淋沽。舞态翻鸲鹆，歌词咽鹧鸪。夷音啼似笑，蛮语谜相呼。江郭船添店，山城木竖郛。吠声沙市犬，争食墓林乌。犷俗诚堪惮，妖神甚可虞。欲令仁渐及，已被疟潜图。膳减思调鼎，行稀恐蠹枢。杂莼多剖鳝，和黍半蒸菰。绿粽新菱实，金丸小木奴。芋羹真暂淡，䶒炙漫涂苏。炰鳖那胜羜，烹鯄只似鲈。楚风轻似蜀，巴地湿如吴。气浊星难见，州斜日易晡。通宵但云雾，未酉即桑榆。瘴窟蛇休蛰，炎溪暑不徂。伥魂阴叫啸，鹏貌昼踟蹰。乡里家藏蛊，官曹世乏儒。敛缗偷印信，传箭作符缥。椎髻抛巾帼，镩刀代辘轳。当心鞙铜鼓，背弝射桑弧。岂复民氓料，须将鸟兽驱。是非浑并漆，词讼敢研朱。陋室鸮窥伺，衰形蟒觊觎。鬓毛霜点合，襟泪血痕濡。倍忆京华伴，偏忘我尔躯。谪居今共远，荣路昔同趋。科试铨衡局，衙参典校厨。月中分桂树，天上识昌蒲。应召逢鸿泽，陪游值赐酺。心唯撞卫磬，耳不乱齐竽。海岱词锋截，皇王笔阵驱。疾奔凌騕褭，高唱轧吴歈。点检张仪舌，提携傅说图。摆囊看利颖，开颔出明珠。并取千人特，皆非十上徒。白麻云色腻，墨诏电光粗。众口贪归美，何颜敢妒姝。秦台纳红旭，鄞匣洗黄垆。谏猎宁规避，弹豪讵嗫嚅。肺肝憎巧曲，蹊径绝萦迂。誓遣朝纲振，忠饶翰苑输。骥调方汗血，蝇点忽成卢。遂谪栖遑掾，还飞送别盂。痛嗟亲爱隔，颠望友朋扶。狸病翻随鼠，骢羸返作驹。物情良徇俗，时论太诬吾。瓶罄罍偏耻，松摧柏自枯。虎虽遭陷阱，龙不怕泥涂。重喜登贤苑，方欣佐伍符。判身入矛戟，轻敌比锱铢。驿骑来千里，天书下九衢。因教罢飞檄，便许到皇都。舟败罂浮汉，骖疲杖过邪。邮亭一萧索，烽候各崎岖。馈饷人推辂，谁何吏执殳。拔家逃力役，连锁责逋诛。防戍兄兼弟，收田妇与姑。缣缃工女竭，青紫使臣纡。望国参云树，归家满地芜。破窗尘坲坲，幽院鸟呜呜。祖竹丛新笋，孙枝压旧梧。晚花狂蛱蝶，残蒂宿茱萸。始悟摧林秀，因衔避缴芦。文房长遣闭，经肆未曾铺。鹓鹭方求侣，鸱鸢已吓雏。征还何郑重，斥去亦须臾。迢递投遐徼，苍黄出奥区。通川诚有咎，溢口定无辜。利器从头匣，刚肠到底刳。薰莸任盛贮，稊稗莫超逾。公干经时卧，钟仪几岁拘。光阴流似水，蒸瘴热于炉。薄命知然也，深交有矣夫。救焚期骨肉，投分刻肌肤。二妙驰轩陛，三英咏袴襦。李多嘲蝘蜓，窦数集蜘蛛。数子皆奇货，唯予独朽株。邯郸笑匍匐，燕蒯受揶揄。懒学三闾愤，甘齐百里愚。耽眠稀醒素，凭醉少嗟吁。学问徒为尔，书题尽已于。别犹多梦痳，情尚感凋枯。近喜司戎健，寻伤掌诰徂。士元名位屈，伯道子孙无。旧好飞琼翰，新诗灌玉壶。几催闲处泣，终作苦中娱。廉蔺声相让，燕秦势岂俱。此篇应绝倒，休漫捋髭须。乐天戏题篇末云：此篇拟打足下寄容州时，故有戏誉。

［（清）《全唐诗》卷四百七，中华书局1979年，第4530-4532页］

贾岛《寄朱锡珪》

贾岛（779—843），范阳（今河北涿州）人。

远泊与谁同，来从古木中。长江人钓月，旷野火烧风。

梦泽吞楚大，闽山厄海丛。此时樯底水，涛起屈原通。

［（清）《全唐诗》卷五百七十三，中华书局1979年，第6661页］

无可《兰》

无可（779年后—843），范阳（今河北涿州）人。

兰色结春光，氛氲掩众芳。过门阶露叶，寻泽径连香。

畹静风吹乱，亭秋雨引长。灵均曾采撷，纫珮挂荷裳。

［（清）《全唐诗》卷八百十三，中华书局1979年，第9156页］

王鲁复《吊灵均》

王鲁复（830年前后在世），连江（今福建连江）人。

万古汨罗深，骚人道不沈。明明唐日月，应见楚臣心。

［（清）《全唐诗》卷四百七十，中华书局1979年，第5346页］

李德裕《汨罗》

李德裕（787—850），赵郡（今河北赵县）人。

远谪南荒一病身，停舟暂吊汨罗人。都缘靳尚图专国，岂是怀王厌直臣。

万里碧潭秋景静，四时愁色野花新。不劳渔父重相问，自有招魂拭泪巾。

［（清）《全唐诗》卷四百七十五，中华书局1979年，第5415页］

雍陶《岳阳晚景》

雍陶（834年进士），成都（今属四川）人。

汉阳无远寺，见说过汾城。云雨经春客，江山几日程。
终随鸥鸟去，只在海潮生。前路逢渔父，多愁问姓名。
[（清）《全唐诗》卷五百十八，中华书局 1979 年，第 5913 页]

许浑《太和初靖恭里感事》[1]

许浑（788？—858），润州丹阳（今属江苏）人。
清湘吊屈原，垂泪撷蘋蘩。谤起乘轩鹤，机沈在槛猿。
乾坤三事贵，华夏一夫冤。宁有唐虞世，心知不为言。
[（清）《全唐诗》卷五百三十一，中华书局 1979 年，第 6065 页]

许浑《晨起白云楼寄龙兴江准上人兼呈窦秀才》

兹楼今是望乡台，乡信全稀晓雁哀。山翠万重当槛出，水华千里抱城来。
东岩月在僧初定，南浦花残客未回。欲吊灵均能赋否，秋风还有木兰开。
[（清）《全唐诗》卷五百三十五，中华书局 1979 年，第 6107 页]

许浑《寄郴州李相公》

高楼王与谢，逸韵比南金。不遇销忧日，埃尘谁复寻。旷怀澹得丧，失意纵登临。彩槛浮云迴，绮窗明月深。虬龙压沧海，鸳鸯思邓林。青云伤国器，白发轸乡心。功高恩自洽，道直谤徒侵。应笑灵均恨，江畔独行吟。

[（清）《全唐诗》卷五百三十七，中华书局 1979 年，第 6128 页]

马戴《送客南游》

马戴（799—869），定州曲阳（今河北曲阳）人。
拟卜何山隐，高秋指岳阳。苇干云梦色，橘熟洞庭香。
疏雨残虹影，回云背鸟行。灵均如可问，一为哭清湘。
[（清）《全唐诗》卷五百五十六，中华书局 1979 年，第 6450-6451 页]

杜牧《李甘诗》

杜牧（803—852），京兆万年（今陕西西安）人。

---

① 注：咏宋相申锡也，申锡为王守澄所护，谪死闲州，文宗太和五年事。

太和八九年，训注极虓虎。潜身九地底，转上青天去。四海镜清澄，千官云片缕。公私各闲暇，追游日相伍。岂知祸乱根，枝叶潜滋莽。九年夏四月，天诫若言语。烈风驾地震，狞雷驱猛雨。夜于正殿阶，拔去千年树。吾君不省觉，二凶日威武。操持北斗柄，开闭天门路。森森明庭士，缩缩循墙鼠。平生负奇节，一旦如奴虏。指名为锢党，状迹谁告诉。喜无李杜诛，敢惮髡钳苦。时当秋夜月，日值曰庚午。喧喧皆传言，明晨相登注。予时与和鼎，官班各持斧。和鼎顾予言，我死知处所。当庭裂诏书，退立须鼎俎。君门晓日开，赭案横霞布。俨雅千官容，勃郁吾累怒。适属命鄘将，昨之传者误。明日诏书下，谪斥南荒去。夜登青泥阪，坠车伤左股。病妻尚在床，稚子初离乳。幽兰思楚泽，恨水啼湘渚。恍恍三闾魂，悠悠一千古。其冬二凶败，涣汗开汤罟。贤者须丧亡，谗人尚堆堵。予于后四年，谏官事明主。常欲雪幽冤，于时一裨补。拜章岂艰难，胆薄多忧惧。如何干斗气，竟作炎荒土。题此涕滋笔，以代投湘赋。

[（清）《全唐诗》卷五百二十，中华书局 1979 年，第 5492 页]

李群玉《湖中古愁三首》其二

李群玉（808—862），澧州（今湖南澧县）人。

昔我睹云梦，穷秋经汨罗。灵均竟不返，怨气成微波。

奠桂开古祠，朦胧入幽萝。落日潇湘上，凄凉吟九歌。

[（清）《全唐诗》卷五百六十八，中华书局 1979 年，第 6572 页]

李群玉《竞渡时在湖外偶为成章》

雷奔电逝三千儿，彩舟画楫射初晖。喧江雷鼓鳞甲动，三十六龙衔浪飞。

灵均昔日投湘死，千古沈魂在湘水。绿草斜烟日暮时，笛声幽远愁江鬼。

[（清）《全唐诗》卷五百六十八，中华书局 1979 年，第 6584 页]

李商隐《过郑广文旧居（郑虔）》

李商隐（813—858），原籍怀州河内（今河南沁阳），迁居郑州荥阳（今河南荥阳市）。

宋玉平生恨有余，远循三楚吊三闾。可怜留着临江宅，异代应教庾信居。

［（清）《全唐诗》卷五百三十九，中华书局 1979 年，第 6180 页］

李商隐《哭遂州萧侍郎二十四韵（萧浣）》

遥作时多难，先令祸有源。初惊逐客议，旋骇党人冤。密侍荣方入，司刑望愈尊。皆因优诏用，实有谏书存。苦雾三辰没，穷阴四塞昏。虎威狐更假，隼击鸟逾喧。徒欲心存阙，终遭耳属垣。遗音和蜀魄，易箦对巴猿。有女悲初寡，无男泣过门。朝争屈原草，庙馁莫敖魂。迥阁伤神峻，长江极望翻。青云宁寄意，白骨始沾恩。早岁思东阁，为邦属故园。登舟惭郭泰，解榻愧陈蕃。分以忘年契，情犹锡类敦。公先真帝子，我系本王孙。啸傲张高盖，从容接短辕。秋吟小山桂，春醉后堂萱。自叹离通籍，何尝忘叫阍。不成穿圹入，终拟上书论。多士还鱼贯，云谁正骏奔。暂能诛倏忽，长与问乾坤。蚁漏三泉路，螀啼百草根。始知同泰讲，徼福是虚言。

［（清）《全唐诗》卷五百四十一，中华书局 1979 年，第 6235 页］

李商隐《偶成转韵七十二句赠四同舍》

沛国东风吹大泽，蒲青柳碧春一色。我来不见隆准人，沥酒空余庙中客。
征东同舍鸳与鸾，酒酣劝我悬征鞍。蓝山宝肆不可入，玉中仍是青琅玕。
武威将军使中侠，少年箭道惊杨叶。战功高后数文章，怜我秋斋梦蝴蝶。
诘旦九门传奏章，高车大马来煌煌。路逢邹枚不暇揖，腊月大雪过大梁。
忆昔公为会昌宰，我时入谒虚怀待。众中赏我赋高唐，回看屈宋由年辈。
公事武皇为铁冠，历厅请我相所难。我时憔悴在书阁，卧枕芸香春夜阑。
明年赴辟下昭桂，东郊恸哭辞兄弟。韩公堆上跋马时，回望秦川树如荠。
依稀南指阳台云，鲤鱼食钩猿失群。湘妃庙下已春尽，虞帝城前初日曛。
谢游桥上澄江馆，下望山城如一弹。鹧鸪声苦晓惊眠，朱槿花娇晚相伴。
顷之失职辞南风，破帆坏桨荆江中。斩蛟断璧不无意，平生自许非匆匆。
归来寂寞灵台下，著破蓝衫出无马。天官补吏府中趋，玉骨瘦来无一把。
手封狴牢屯制囚，直厅印锁黄昏愁。平明赤帖使修表，上贺嫖姚收贼州。
旧山万仞青霞外，望见扶桑出东海。爱君忧国去未能，白道青松了然在。
此时闻有燕昭台，挺身东望心眼开。且吟王粲从军乐，不赋渊明归去来。
彭门十万皆雄勇，首戴公恩若山重。廷评日下握灵蛇，书记眠时吞彩凤。

之子夫君郑与裴，何甥谢舅当世才。青袍白简风流极，碧沼红莲倾倒开。我生粗疏不足数，梁父哀吟鸲鹆舞。横行阔视倚公怜，狂来笔力如牛弩。借酒祝公千万年，吾徒礼分常周旋。收旗卧鼓相天子，相门出相光青史。

［（清）《全唐诗》卷五百四十一，中华书局 1979 年，第 6242 页］

刘得仁《赠从弟谷》

刘得仁（821—824 中即以诗名），籍贯不详。

此世荣枯岂足惊，相逢惟要眼长青。从来不爱三闾死，今日凭君莫独醒。

［（清）《全唐诗》卷五百四十五，中华书局 1979 年，第 6305 页］

李宣古《听蜀道士琴歌》

李宣古（843 年进士），澧阳（今湖南澧县）人。

至道不可见，正声难得闻。忽逢羽客抱绿绮，西别峨嵋峰顶云。初排□[①]面蹑轻响，似掷细珠鸣玉上。忽挥素爪画七弦，苍崖劈裂迸碎泉。愤声高，怨声咽，屈原叫天两妃绝。朝雉飞，双鹤离，属玉夜啼独鸳悲。吹我神飞碧霄里，牵我心灵入秋水。有如驱逐太古来，邪淫辟荡贞心开。孝为子，忠为臣，不独语言能教人。前弄啸，后弄嚬，一舒一惨非冬春。从朝至暮听不足，相将直说瀛洲宿。更深弹罢背孤灯，窗雪萧萧打寒竹。人间岂合值仙踪，此别多应不再逢。抱琴却上瀛洲去，一片白云千万峰。

［（清）《全唐诗》卷五百五十二，中华书局 1979 年，第 6393 页］

刘威《三闾大夫》

刘威，生卒年里贯均未详，武宗会昌时人。

三闾一去湘山老，烟水悠悠痛古今。青史已书殷鉴在，词人劳咏楚江深。竹移低影潜贞节，月入中流洗恨心。再引离骚见微旨，肯教渔父会升沈。

［（清）《全唐诗》卷五百六十二，中华书局 1979 年，第 6527 页］

曹邺《放歌行》

曹邺（816—975），桂州阳朔（今广西阳朔）人。

---

① 原缺一字。

莫唱放歌行，此歌临楚水。人皆恶此声，唱者终不已。三闾有何罪，不向枕上死。

［（清）《全唐诗》卷五百九十三，中华书局 1979 年，第 6876 页］

曹邺《续幽愤》[①]

繁霜作阴起，朱火乘夕发。清昼冷无光，兰膏坐销歇。
惟公执天宪，身是台中杰。一逐楚大夫，何人为君雪。
匆匆鬼方路，不许辞双阙。过门似他乡，举趾如遗辙。
八月黄草生，洪涛入云热。危魂没太行，客吊空骨节。
千年瘴江水，恨声流不绝。

［（清）《全唐诗》卷五百九十三，中华书局 1979 年，第 6878 页］

曹邺《文宗陵》

千年尧舜心，心成身已殁。始随苍梧云，不返苍龙阙。
宫女衣不香，黄金赐白发。留此奉天下，所以无征伐。
至今汨罗水，不葬大夫骨。

［（清）《全唐诗》卷五百九十三，中华书局 1979 年，第 6875 页］

陆龟蒙《袭美先辈以龟蒙所献五百言既蒙见和复示荣唱至于千字提奖之重蔑有称实再抒鄙怀用伸酬谢》

陆龟蒙（830？—881），吴郡长洲（今江苏苏州）人。

洪范分九畴，转成天下规。河图孕八卦，焕作玄中奇。先开否臧源，次筑经纬基。粤若鲁圣出，正当周德衰。越疆必载质，历国将扶危。诸侯恣崛强，王室方陵迟。歌凤时不偶，获麟心益悲。始嗟吾道穷，竟使空言垂。首赞五十易，又删三百诗。遂令篇籍光，可并日月姿。向非笔削功，未必无瑕疵。迨至夫子没，微言散如枝。所宗既不同，所得亦异宜。名法在深刻，虚玄至希夷。自从战伐来，一派纵横驰。寒谷生艳木，沸潭结流澌。惊奔失壮士，好恶随纤儿。嬴氏并六合，势尊丞相斯。加于挟书律，尽取坑焚之。南勒会稽颂，北恢

① 嵇康、吕安连罪赋此诗，郑纪李御史甘死封之事.

胡亥陙。犹怀遍巡狩，不暇亲维持。及汉文景后，鸿生方钘觹。簸扬尧舜风，反作三代吹。飘飖四百载，左右为藩篱。邺下曹父子，猎贤甚熊罴。发论若霞驳，裁诗如锦摛。徐王应刘辈，头角咸相衰。或有妙绝赏，或为独步推。或许润色美，或嫌诋诃痴。倏以中利病，且非混醇醨。雅当乎魏文，丽矣哉陈思。不肯少选妄，恐贻后世嗤。吾祖仗才力，革车蒙虎皮。手持一白旄，直向文场麾。轻若脱钳釱，豁如抽扊扅。精钢不足利，騕袅何劳追。大可罩山岳，微堪析毫厘。十体免负赘，百家咸起痿。争入鬼神奥，不容天地私。一篇迈华藻，万古无孑遗。刻鹄尚未已，雕龙奋而为。刘生吐英辩，上下穷高卑。下臻宋与齐，上指轩从羲。岂但标八索，殆将包两仪。人谣洞野老，骚怨明湘累。立本以致诘，驱宏来抵巇。清如朔雪严，缓若春烟羸。或欲开户牖，或将饰缨緌。虽非倚天剑，亦是囊中锥。皆由内史意，致得东莞词。梁元尽索虏，后主终亡隋。哀音但浮脆，岂望分雄雌。吾唐揖让初，陛列森咎夔。作颂媲吉甫，直言过祖伊。明皇践中日，墨客肩参差。岳净秀擢削，海寒光陆离。皆能取穴凤，尽拟乘云螭。迩来二十祀，俊造相追随。余生落其下，亦值文明时。少小不好弄，逡巡奉弓箕。虽然苦贫贱，未省亲嚅唲。秋倚抱风桂，晓烹承露葵。穷年只败袍，积日无晨炊。远访卖药客，闲寻捕鱼师。归来蠹编上，得以含情窥。抗韵吟比雅，覃思念棿摛。因知昭明前，剖石呈清琪。又嗟昭明后，败叶埋芳蕤。纵有月旦评，未能天下知。徒为强貔豹，不免参狐狸。谁蹇行地足，谁抽刺天鬐。谁作河畔草，谁为洞中芝。谁若灵囿鹿，谁犹清庙牺。谁轻如鸿毛，谁密如凝脂。谁比蜀严静，谁方巴賨赀。谁能钓抃鳌，谁能灼神龟。谁背如水火，谁同若埙篪。谁可作梁栋，谁敢驱谷蠡。用此常不快，无人动交鈹。空消病里骨，枉白愁中髭。鹿门先生才，大小无不怡。就彼六籍内，说诗直解颐。顾我迷未远，开怀溃其疑。初开凿本源，渐乃疏旁支。邃古派泛滥，皇朝光赫曦。揣摩是非际，一一如襟期。李杜气不易，孟陈节难移。信知君子言，可并神明蓍。枯腐尚求律，膏肓犹谒医。况将太牢味，见啖逋悬饥。今来置家地，正枕吴江湄。饵薄钩不曲，趯然守空坻。嘿坐无影响，唯君款茅茨。抽书乱签帙，酌茗烦瓯欂。或伴补缺砌，或偕诣荒祠。孤筇倚烟蔓，细木横风漪。触雨妨扉屦，临流泥江蓠。既狎野人调，甘为豪士訾。不敢负建鼓，唯忧掉降旗。希君念余勇，挽袖登文陴。

［（清）《全唐诗》卷六百一十七，中华书局 1979 年，第 7109-7111 页］

陆龟蒙《送羊振文先辈往桂阳归觐》

风雅先生去一麾，过庭才子趣归期。让王门外开帆叶，义帝城中望戟支。
郢路渐寒飘雪远，湘波初暖涨云迟。灵均精魄如能问，又得千年贾傅词。
［（清）《全唐诗》卷六百二十六，中华书局1979年，第7196页］

陆龟蒙《离骚》

天问复招魂，无因彻帝阍。岂知千丽句，不敌一谗言。
［（清）《全唐诗》卷六百二十七，中华书局1979年，第7201页］

贯休《读离骚经》

贯休（832—912），婺州兰溪（今属浙江）人。

湘江滨，湘江滨，兰红芷白波如银，终须一去呼湘君。问湘神，云中君，不知何以交灵均。我恐湘江之鱼兮，死后尽为人。曾食灵均之肉兮，个个为忠臣。又想灵均之骨兮终不曲。千年波底色如玉，谁能入水少取得，香沐函题贡上国。贡上国，即全胜和璞悬璃，垂棘结绿。

［（清）《全唐诗》卷八百二十六，中华书局1979年，第9302页］

贯休《送人之岭外》

见说还南去，迢迢有侣无。时危须早转，亲老莫他图。
小店蛇羹黑，空山象粪枯。三间遗庙在，为我一呜呼。
［（清）《全唐诗》卷八百三十二，中华书局1979年，第9383页］

罗隐《杜陵秋思》

罗隐（833—910），余杭（今浙江余杭）人。

南望商于北帝都，两堪栖托两无图。只闻斥逐张公子，不觉悲同楚大夫。
岩畔早凉生紫桂，井边疏影落高梧。一杯渌酒他年忆，沥向青波寄五湖。
［（清）《全唐诗》卷六百五十七，中华书局1979年，第7549页］

罗隐《轻飙》

轻飙掠晚莎，秋物惨关河。战垒平时少，斋坛上处多。

楚虽屈子重，汉亦忆廉颇。不及云台议，空山老薜萝。

[（清）《全唐诗》卷六百六十一，中华书局 1979 年，第 7583 页]

罗隐《经耒阳杜工部墓》

紫菊馨香覆楚醪，奠君江畔雨萧骚。旅魂自是才相累，闲骨何妨冢更高。
騄骥丧来空蹇蹶，芝兰衰后长蓬蒿。屈原宋玉邻君处，几驾青螭缓郁陶。

[（清）《全唐诗》卷六百六十二，中华书局 1979 年，第 7587 页]

罗衮《赠罗隐》

罗衮，生卒年均不详，大顺中（891 年左右）历左拾遗、起居郎。临邛（今四川邛崃）人。

平日时风好涕流，谗书虽盛一名休。寰区叹屈瞻天问，夷貊闻诗过海求。
向夕便思青琐拜，近年寻伴赤松游。何当世祖从人望，早以公台命卓侯。

[（清）《全唐诗》卷七百三十四，中华书局 1979 年，第 8386 页]

韦庄《泛鄱阳湖》

韦庄（836—910），京兆杜陵（今陕西西安）人。

四顾无边鸟不飞，大波惊隔楚山微。纷纷雨外灵均过，瑟瑟云中帝子归。
迸鲤似棱投远浪，小舟如叶傍斜晖。鸱夷去后何人到，爱者虽多见者稀。

[（清）《全唐诗》卷六百九十八，中华书局 1979 年，第 8034 页]

韦庄《鹧鸪》

南禽无侣似相依，锦翅双双傍马飞。孤竹庙前啼暮雨，汨罗祠畔吊残晖。
秦人只解歌为曲，越女空能画作衣。懊恼泽家非有恨，年年长忆凤城归。

[（清）《全唐诗》卷六百九十八，中华书局 1979 年，第 8032 页]

韦庄《湘中作》

千重烟树万重波，因便何妨吊汨罗。楚地不知秦地乱，南人空怪北人多。
臣心未肯教迁鼎，天道还应欲止戈。否去泰来终可待，夜寒休唱饭牛歌。

[（清）《全唐诗》卷六百九十八，中华书局 1979 年，第 8035 页]

皮日休《鲁望读襄阳耆旧传见赠五百言过褒庸材靡有称是然襄阳曩事历历在目夫耆旧传所未载者汉阳王则宗社元勋孟浩然文章大匠予次而赞之因而寄答亦诗人无言不酬之義也次韵》

皮日休（838—883），襄阳（今属湖北）人。

汉水碧于天，南荆廓然秀。庐罗遵古俗，鄢郢迷昔囿。幽奇无得状，巉绝不能究。兴替忽矣新，山川悄然旧。斑斑生造士，一一应玄宿。巴庸乃崄岨，屈景实豪右。是非既自分，泾渭不相就。粤自灵均来，清才若天漱。伟哉洞上隐，卓尔隆中耨。始将麋鹿狎，遂与麒麟斗。万乘不可谒，千钟固非茂。爰从景升死，境上多兵候。檀溪试戈船，岘岭屯贝胄。寂寞数百年，质唯包砾琇。上玄赏唐德，生贤命之授。是为汉阳王，帝曰俞尔奏。巨德耸神鬼，宏才轹前后。势端唯金茎，质古乃玉豆。行叶荫大椿，词源吐洪溜。六成清庙音，一柱明堂构。在昔房陵迁，圆穹正中漏。繄王揭然出，上下拓宇宙。俯视三事者，骙骙若童幼。低摧护中兴，若凤视其鷇。遇险必伸足，逢诛将引脰。既正北极尊，遂治众星谬。重闻章陵幸，再见岐阳狩。日似新刮膜，天如重熨绉。易政疾似欻，求贤甚于购。化之未期年，民安而国富。翼卫两舜趋，钩陈十尧骤。忽然遗相印，如羿卸其彀。奸幸却乘衅，播迁遂终寿。遗庙屹峰崿，功名纷组绣。开元文物盛，孟子生荆岫。斯文纵奇巧，秦玺新雕镂。甘穷卧牛衣，受辱对狗窦。思变如易爻，才通似玄首。秘于龙宫室，怪于天篆籀。知者竞欲戴，嫉者或将诟。任达且百觚，遂为当时陋。既作才鬼终，恐为仙籍售。予生二贤末，得作升木狖。兼济与独善，俱敢怀其臭。江汉称炳灵，克明嗣清昼。继彼欲为三，如醨如醇酎。既见陆夫子，驽心却伏厩。结彼世外交，遇之于邂逅。两鹤思竞闲，双松格争瘦。唯恐别仙才，涟涟涕襟袖。

［（清）《全唐诗》卷六百九，中华书局1979年，第7023-7024页］

黄滔《过长江》

黄滔（840—911年），莆田（今福建莆田）人。

曾搜景象恐通神，地下还应有主人。若把长江比湘浦，离骚不合自灵均。

［（清）《全唐诗》卷七百六，中华书局1979年，第8128-8129页］

胡曾《咏史诗　汨罗》

胡曾（约 840—?），字秋田，邵阳（今属湖南）人。

襄王不用直臣筹，放逐南来泽国秋。自向波间葬鱼腹，楚人徒倚济川舟。

［（清）《全唐诗》卷六百四十七，中华书局 1979 年，第 7431 页］

刘沧《江行书事》

刘沧（854 进士），洛阳（今属河南）人。

远渚蒹葭覆绿苔，姑苏南望思裴徊。空江独树楚山背，暮雨一舟吴苑来。人度深秋风叶落，鸟飞残照水烟开。寒潮欲上泛萍藻，寄荐三闾情自哀。

［（清）《全唐诗》卷五百八十六，中华书局 1979 年，第 6789 页］

于濆《戍客南归》

于濆（861 年进士），京兆（今陕西西安）、河北尧山（河北隆尧）寓居。

北别黄榆塞，南归白云乡。孤舟下彭蠡，楚月沈沧浪。

为子惜功业，满身刀箭疮。莫渡汨罗水，回君忠孝肠。

［（清）《全唐诗》卷五百九十九，中华书局 1979 年，第 6928 页］

邵谒《放歌行》

邵谒（860 年前后），韶州翁源（今广东翁源）人。

龟为秉灵亡，鱼为弄珠死。心中自有贼，莫怨任公子。屈原若不贤，焉得沈湘水。

［（清）《全唐诗》卷六百五，中华书局 1979 年，第 6992 页］

汪遵《渔父》

汪遵（877 年前后在世），宣州泾县（今安徽泾县）人。

棹月眠流处处通，绿蓑苇带混元风。灵均说尽孤高事，全与逍遥意不同。

［（清）《全唐诗》卷六百二，中华书局 1979 年，第 6957-6958 页］

汪遵《三闾庙》

为嫌朝野尽陶陶，不觉官高怨亦高。憔悴莫酬渔父笑，浪交千载咏离骚。

［（清）《全唐诗》卷卷六百二，中华书局 1979 年，第 6957 页］

汪遵《招屈亭》

三闾溺处杀怀王，感得荆人尽缟裳。招屈亭边两重恨，远天秋色暮苍苍。
［（清）《全唐诗》卷六百二，中华书局 1979 年，第 6958 页］

吴融《楚事》[1]

悲秋应亦抵伤春，屈宋当年并楚臣。何事从来好时节，只将惆怅付词人。
［（清）《全唐诗》卷六百八十五，中华书局 1979 年，第 7874-7875 页］

吴融《旅中送迁客》

天南不可去，君去吊灵均。落日青山路，秋风白发人。
言危无继者，道在有明神。满目尽胡越，平生何处陈。
［（清）《全唐诗》卷六百八十五，中华书局 1979 年，第 7864 页］

杜光庭《怀古今》

杜光庭（850—933），处州缙云（今浙江永康）人。

古，今。感事，伤心。惊得丧，叹浮沈。风驱寒暑，川注光阴。始衒朱颜丽，俄悲白发侵。嗟四豪之不返，痛七贵以难寻。夸父兴怀于落照，田文起怨于鸣琴。雁足凄凉兮传恨绪，凤台寂寞兮有遗音。朔漠幽囚兮天长地久，潇湘隔别兮水阔烟深。谁能绝圣韬贤餐芝饵术，谁能含光遁世炼石烧金。君不见屈大夫纫兰而发谏，君不见贾太傅忌鹏而愁吟。君不见四皓避秦峨峨恋商岭，君不见二疏辞汉飘飘归故林。胡为乎冒进贪名践危途与倾辙，胡为乎怙权恃宠顾华饰与雕簪。吾所以思抗迹忘机用虚无为师范，吾所以思去奢灭欲保道德为规箴。不能劳神效苏子张生兮于时而纵辩，不能劳神效杨朱墨翟兮挥涕以沾襟。

［（清）《全唐诗》卷八百五十四，中华书局 1979 年，第 9668 页］

郑谷《南游》

郑谷（851—910），袁州宜春（今江西宜春）人。

---

① 原注：屈原云“目极千里伤春心”。宋玉云“悲哉秋之为气”。

凄凉怀古意，湘浦吊灵均。故国经新岁，扁舟寄病身。山城多晓瘴，泽国少晴春。渐远无相识，青梅独向人。

［（清）《全唐诗》卷六百七十四，中华书局 1979 年，第 7709 页］

文秀《端午》

文秀（885 年前后在世），江南人，旅居长安（今陕西西安）。

节分端午自谁言，万古传闻为屈原。堪笑楚江空渺渺，不能洗得直臣冤。

［（清）《全唐诗》卷八百二十三，中华书局 1979 年，第 9284 页］

崔涂《屈原庙》

崔涂（888 年进士），浙江富春江（今浙江杭州）人。

谗胜祸难防，沉冤信可伤。本图安楚国，不是怨怀王。

庙古碑无字，洲晴蕙有香。独醒人尚笑，谁与奠椒浆。

［（清）《全唐诗》卷六百七十九，中华书局 1979 年，第 7779 页］

徐夤《南》

徐夤（894 年进士及第），莆田（今属福建）人。

罩罩嘉鱼忆此方，送君前浦恨难量。火山远照苍梧郡，铜柱高标碧海乡。

陆贾几时来越岛，三闾何日濯沧浪。钟仪冠带归心阻，蝴蝶飞园万草芳。

［（清）《全唐诗》卷七百十，中华书局 1979 年，第 8180 页］

孙郃《古意二首（拟陈拾遗）》其一

孙郃（897 年进士），浙江仙居人。

屈子生楚国，七雄知其材。介洁世不容，迹合藏蒿莱。

道废固命也，瓢饮亦贤哉。何事葬江水，空使后人哀。

［（清）《全唐诗》卷六百九十四，中华书局 1979 年，第 7989 页］

齐己《怀洞庭》

齐己（864—937），潭州益阳（今湖南益阳）人。

忆过巴陵岁，无人问去留。中宵满湖月，独自在僧楼。

渔父真闲唱，灵均是谩愁。今来欲长往，谁借木兰舟。

［（清）《全唐诗》卷八百四十二，中华书局 1979 年，第 9516 页］

齐己《看水》

范蠡东浮阔，灵均北泛长。谁知远烟浪，别有好思量。

故国门前急，天涯照里忙。难收上楼兴，渺漫正斜阳。

［（清）《全唐诗》卷八百四十三，中华书局 1979 年，第 9530 页］

齐己《潇湘》

寒清健碧远相含，珠媚根源在极南。流古递今空作岛，逗山冲壁自为潭。

迁来贾谊愁无限，谪过灵均恨不堪。毕竟输他老渔叟，绿蓑青竹钓浓蓝。

［（清）《全唐诗》卷八百四十五，中华书局 1979 年，第 9552 页］

齐己《行路难》

行路难，君好看，惊波不在黿鼉间，小人心里藏崩湍。七盘九折寒崷崒，翻车倒盖犹堪出。未似是非唇舌危，暗中潜毁平人骨。君不见楚灵均，千古沉冤湘水滨。又不见李太白，一朝却作江南客。

［（清）《全唐诗》卷八百四十七，中华书局 1979 年，第 9591 页］

齐己《吊汨罗》

落日倚阑干，徘徊汨罗曲。冤魂如可吊，烟浪声似哭。我欲考鼋鼍之心，烹鱼龙之腹。尔既啖大夫之血，食大夫之肉。千载之后，犹斯暗伏。将谓唐尧之尊，还如荒悴之君。更有逐臣，于焉葬魂。得以纵其噬，恣其吞。

［（清）《全唐诗》卷八百四十七，中华书局 1979 年，第 9589 页］

周昙《春秋战国门　顷襄王》

周昙，生卒年不详，籍贯未详。唐末，曾任国子直讲。

秦陷荆王死不还，只缘偏听子兰言。顷襄还信子兰语，忍使江鱼葬屈原。

［（清）《全唐诗》卷七百二十八，中华书局 1979 年，第 8342 页］

周昙《春秋战国门　屈原》

满朝皆醉不容醒，众浊如何拟独清。江上流人真浪死，谁知浸润误深诚。
［（清）《全唐诗》卷七百二十八，中华书局 1979 年，第 8348 页］

洪州将军《题屈原祠》[①]

洪州将军，洪州（今江西）。
苍藤古木几经春，旧祀祠堂小水滨。行客谩陈三酎酒，大夫元是独醒人。
［（清）《全唐诗》卷七百八十四，中华书局 1979 年，第 8847 页］

陈陶《寄兵部任畹郎中》

陈陶（894—968），剑浦（今福建南平）人。
常思剑浦越清尘，豆蔻花红十二春。昆玉已成廊庙器，涧松犹是薜萝身。
虽同橘柚依南土，终愧魁罡近北辰。好向昌时荐遗逸，莫教千古吊灵均。
［（清）《全唐诗》卷七百四十六，中华书局 1979 年，第 8482 页］

徐铉《送杨郎中唐员外奉使湖南》

徐铉（916—991 年），会稽（今浙江绍兴）人。
江边微雨柳条新，握节含香二使臣。两绶对悬云梦日，方舟齐泛洞庭春。
今朝草木逢新律，昨日山川满战尘。同是多情怀古客，不妨为赋吊灵均。
［（清）《全唐诗》卷七百五十三，中华书局 1979 年，第 8571 页］

宋

王禹偁《寄陕府通判孙状元（何）兼简令弟秀才（仅）》

王禹偁（945—1001），巨野（今属山东）人。

---

① 注：青琐集、屈子沈沙之处，在岳州境内汨罗江，上有祠以渔父配享。唐末，有洪州衙前军府，忘其姓名，题一绝，自后能诗者，不能措手。

商山留滞再经年，咫尺无由见状元。会赦未教归北阙，高歌应合遇东园。
寸心谩道如弦直，两鬓难禁似雪繁。兄弟相知情未改，著书呼取屈原魂。
（北京古文献研究所编《全宋诗　第 4 册》，北京大学出版社 1998 年，第 656 页）

王禹偁《贺冯起张秉二舍人》

八年东观知深屈，百日南床只暂经。春暖并吟红药树，云开双见紫微星。
绣衣脱后休持斧，珠履抛来免过厅。应念出官淮水上，被人还笑屈原醒。
（北京古文献研究所编《全宋诗　第 2 册》，北京大学出版社 1998 年，第 756 页）

张咏《吊屈原》

张咏（946—1015），濮州鄄城（今山东省菏泽市鄄城县）人。
楚王不识圣人风，纵有英贤志少通。可惜灵均好才术，一身空死乱离中。
［（宋）张咏著；张其凡整理《张乖崖集》，中华书局 2000 年，第 45 页］

寇准《晚望有感》

寇准（961—1023），华州下邽（今陕西渭南）人。
出门望寒野，四顾惟椒坡。忆昔楚大夫，还此情如何。
残阳半明雨，水落西风多。因同下蔡恨，不觉增悲歌。
［（宋）寇准《忠愍集》卷上，文渊阁四库全书本］

寇准《楚江有吊》

悲风飒飒起长洲，独吊灵均恨莫收。深岸自随浮世变，遗魂不逐大江流。
霜凄极浦幽兰暮，波动寒沙宿雁愁。月落烟沈无处泊，数声猿叫楚山秋。
［（宋）寇准《忠愍集》卷中，文渊阁四库全书本］

寇准《巴东书事》

乡思终日有，孤淡厌琴樽。众木侵山径，寒江逼县门。
浪沉滩见脊，雨过壁生痕。憔悴悲兰蕙，因思楚屈原。

［（宋）寇准《忠愍集》卷中，文渊阁四库全书本］

林逋《山阁偶书》

林逋（967—1028），钱塘（今浙江杭州）人。

绕舍青山看未足，故穿林表架危轩。但将松籁延佳客，常带岚霏认远村。吴榜自能凌晚汰，湘累何苦属芳荪。余生多病期恬养，聊此栖迟一避喧。

［（宋）林逋《林和靖集》卷二，文渊阁四库全书本］

杨亿《劝石集贤饮》

杨亿（974—1020），建州浦城（今福建浦城）人。

日上三竿宿雾披，章台走马帽檐欹。祇传祖席觞无算，肯顾尚书对有期。芸省翻经终寂寞，柳堤飞鞚好追随。灵均不醉真何益，千古离骚怨楚辞。

［（宋）杨亿《西昆酬唱集》卷下，丛书集成初编本］

释智圆《湖西杂感诗》其六

释智圆（976—1022），钱塘（今浙江杭州）人。

直木风摧秋败兰，闲观庭际可长叹。屈原溺水伍员死，孤洁由来独立难。

［（宋）智圆《闲居编》，上海涵芬楼影印日本大正《续藏经》本］

范仲淹《和章岷从事斗茶歌》

范仲淹（989—1052），吴县（今江苏苏州）人。

年年春自东南来，建溪先暖冰微开。溪边奇茗冠天下，武夷仙人从古栽。新雷昨夜发何处，家家嬉笑穿云去。露牙（宋本作芽）错落一番荣，缀玉含珠散嘉树。终朝采掇未盈襜，唯求精粹不敢贪。研膏焙乳有雅制，方中圭兮圆中蟾。北苑将期献天子，林下雄豪先斗美。鼎磨云外首山铜，瓶携江上中泠水。黄金碾畔绿尘飞，碧玉瓯心翠涛起。斗余味兮轻醍醐，斗余香兮薄兰芷。其间品第胡能欺，十目视而十手指。胜若登仙不可攀，输同降将无穷耻。吁嗟天产石上英，论功不愧阶前蓂。众人之浊我可清，千日之醉我可醒。屈原试与招魂魄，刘伶却得闻雷霆。卢仝敢不歌，陆羽须作经。森然万象中，焉知无茶星。商山丈人休茹芝，首阳先生休采薇。长安酒价减千万，成都药市无光辉。

不如仙山一啜好，泠然便欲乘风飞。君莫羡花间女郎只斗草，赢得珠玑满斗归。

［（宋）范仲淹《范文正公文集》卷二，宋集珍本丛刊北宋刻本］

范仲淹《新定感兴五首》其五

江上多嘉客，清歌进白醪。灵均良可笑，终日著离骚。

［（宋）范仲淹《范文正公文集》卷五，宋集珍本丛刊北宋刻本］

晏殊《端午作》

晏殊（991—1055），临川（今江苏抚州）人。

汨渚沉沉不可追，楚人犹自吊湘累。灵均未免争琼精，却道蛟龙畏色丝。

［（宋）晏殊《元献遗文》卷三，宜秋馆刻本］

宋庠《送上元勾簿吴昌卿》

宋庠（996—1066），开封府雍丘（今河南民权）人。

长安鼙鼓喧，里舍隙尘晓。有客驻歌骊，归途指江徼。晨庖爨苏冷，穷巷乡舆少。乃肯顾我庐，欢言复悲啸。悲啸诚易知，夫君韵经奇。才高洛阳贾，赋动楚湘累。平昔应贤诏，览德扬英蕤。孚尹倾宝肆，沛艾络仙羁。献书北阙下，对策东堂垂。逢吉旦兼暮，谐音埙且篪。天官选初筮，黄绶聊藏器。三釜乐及亲，尺檄甘为吏。迩来预冬集，再调郁奇意。群公亟为言，力命乃相戾。奏牍辄报闻，官书责勤莅。簿领百里佐，风烟六朝地。销魂南浦行，拄颊西山气。君子永来誉，胜襟无累欷。行矣勿载哗，乡枌方省家。春桡碎溪月，晓帆弄江霞。长洲纷藉草，故树杂生花。予心若为处，岁晏伫疏麻。

［（宋）宋庠《元宪集》卷二，文渊阁四库全书本］

宋庠《余卧病畿邑御史王君假守潭楚道出于舍下特见存访且寻先子之旧钦承风仪因为诗抒感云》

病客卧穷里，衡扉掩残春。隳官道家藏，窜迹农廛民。朝罗噪饥雀，暮席流芳尘。尸居恍逾岁，踵息动弥旬。忽讶绛鞲隶，传呼越郊畛。蹀躞千余骑，雍容两朱轮。言是楚邦守，来过安邑贫。固宜辨贵弃，乃尔存艰辛。此道古为重，余风今已沦。物色认平素，载言接殷勤。始悟先子旧，早笃尝僚亲。孤心极摧櫓，感涕浩盈巾。追念舞勺岁，已识栖鸾人。师筵奉函席，学舍操书筠。童牙自忘丑，诗钵或娱宾。公时摘句赏，谓是天麒麟。亲擘彩笺赠，勉我期日新。汝南丐题品，有道定人伦。自尔一睽刺，中年婴世纷。天圣绍休绪，顿网横无垠。鸾鹄不藏翼，虬蜗无遁鳞。余时滥隗始，骧首摩苍旻。司徒揖元叔，天子第平津。甲科廷尉属，再命宫坊臣。黄香入东观，贾谊过西秦。紬绎金匮室，珥彤瑶水滨。登瀛识褚马，颂汉希渊云。一朝泣风树，九死存余焄。中都索米后，老圃种瓜辰。惠然下车揖，高义倾前闻。却计髡髦日，二纪如逡巡。今形虽隐几，昔训尚铭绅。丈人笃求旧，偷俗将还淳。湘水澹苍野，衡峰凌紫氛。泽节首南夏，瑶魁瞻邃宸。恋阙魏公子，吊贤楚灵均。公怀佐时略，宜树光朝勋。奚为远问俗，惜此徒伤神。宣室懋清问，华光钦宝邻。行行爱玉体，趋节伫来臻。

［（宋）宋庠《元宪集》卷二，文渊阁四库全书本］

宋庠《见白发有感》

昔人三十二，已赋二毛悲。况乃逾强仕，何能怨始衰。星星簪外出，冉冉鉴中垂。颜负前丹渥，心惊故石移。袁公忧汉室，蜀客问湘累。此际重搔首，孤怀君讵知。

［（宋）宋庠《元宪集》卷七，文渊阁四库全书本］

宋庠《屈原》

蜜勺琼浆荐羽卮，修门工祝俪相依。蛾眉杂遝无穷乐，泽上迷魂底不归。

司命湘君各有情，九歌愁苦荐新声。如何不救沈江祸，枉解堂中许目成。

［（宋）宋庠《元宪集》卷十五，文渊阁四库全书本］

宋祁《屈原祠》

宋祁（998—1061），开封府雍丘（今河南民权）人。

楚江南望见修门，灵鼓声沈蕙卷樽。五日长蛟虚望祭，九关雕虎枉招魂。

兰茗猎翠凄寒露，枫叶摇丹啸暝猿。贾谊扬生成感后，沈沙投阁两衔冤。

［（宋）宋祁《景文集》卷十四，文渊阁四库全书本］

宋祁《杜少卿知陆州》

三年去国别尧云，一箧书空此谤分。贾谊有才偏陨涕，屈原何赋不思君。谏囊久晦沈余草，绶笥重开续旧薰。几日班春向桑野，汉家新诏十行文。
［（宋）宋祁《景文集》卷十六，文渊阁四库全书本］

宋祁《览聂长孺蕲春罢归舟中试笔》

姑山羽客冰为骨，金掌仙人露代餐。化作妙辞真扣玉，写成初藁剩惊鸾。心随零雨蒙蒙密，恨过清溪曲曲寒。此秘东阳夸未睹，灵均千载有余叹。
［（宋）宋祁《景文集》卷十七，文渊阁四库全书本］

宋祁《把酒》

歌管嘈嘈月露前，且将身世付酡然。谩夸鼷鼠机头箭，不识醯鸡瓮外天。青史有人讥巧宦，黄金无术治流年。君看醉趣兼醒趣，始足灵均更可怜。
［（宋）宋祁《景文集》卷十七，文渊阁四库全书本］

宋祁《早秋二首》其二

落照临风细细寒，已收纹簟未收纨。山中桂老初含紫，泽上枫多并是丹。月过河桥低映榭，露从霄极暗供盘。何人刻意离忧苦，不字灵均即姓潘。
［（宋）宋祁《景文集》卷十七，文渊阁四库全书本］

余靖《湘中送人》

余靖（1000—1064），韶州曲江（今广东韶关）人。
离讴方揭耳，别绪已凄然。草蔚湘累浦，花残蜀魄天。
嶷山晴拂汉，啼竹冷澄烟。后夜思君意，空歌皓月篇。
［（宋）余靖《武溪集》卷一，文渊阁四库全书本］

梅尧臣《答韩三子华韩五持国韩六玉汝见赠述诗》

梅尧臣（1002—1060），宣州宣城（今安徽宣州）人。
圣人于诗言，曾不专其中。因事有所激，因物兴以通。自下而磨上，是之谓国风。雅章及颂篇，刺美亦道同。不独识鸟兽，而为文字工。屈原作离骚，自哀其志穷。愤世嫉邪意，寄在草木虫。迩来道颇丧，有作皆言空。烟云写形象，葩卉咏青红。人事极谀谄，引古称辨雄。经营唯切偶，荣利因被蒙。遂使世上人，只曰一艺充。以巧比戏弈，以声喻鸣桐。嗟嗟一何陋，甘用无言终。然古有登歌，缘辞合徵宫。辞由士大夫，不出于瞽蒙。予言与时辈，难用犹笃癃。虽唱谁能听，所遇辄瘖聋。诸君前有赠，爱我言过丰。君家好兄弟，响合如笙丛。虽欲一一报，强说恐非衷。聊书类顽石，不敢事磨砻。

［（宋）梅尧臣《宛陵集》卷二十七，文渊阁四库全书本］

梅尧臣《汝州王待制以长篇劝予复饮酒因谢之》

前因饮酒多，乃苦伤营卫。呕血逾数升，几乎成病肺。上念父母老，下念妻儿稚。不死常抱痾，于身宁自贵。樊子来劝我，止饮良有谓。公复遗我诗，责我词甚毅。指以年齿衰，非酒何养气。春饮景可乐，夏饮暑可避。秋饮心忘愁，冬饮暖胜被。醉歌人不怪，醉言人不忌。在酒功实多，止酒酒何罪。假如寿九十，今子已半世。不饮徒自苦，未必止为利。胡汨妄与真，恐乖达者意。屈原吟泽畔，方悟独醒累。子居今之时，安免人病议。是以告子勤，子守亦谬计。我读才一过，不觉颜起愧。自兹愿少饮，但不使疾炽。书此以谢公，公言诚有味。

［（宋）梅尧臣《宛陵集》卷二十七，文渊阁四库全书本］

梅尧臣《哭尹师鲁》

谪死古来有，无如君甚冤。文章不世用，器业欲谁论。
野鸟灾王傅，招辞些屈原。平生洛阳友，零落几人存。

［（宋）梅尧臣《宛陵集》卷三十，文渊阁四库全书本］

梅尧臣《正仲往灵济庙观重台梅》

玉盘叠捧溪女归，鱼鳞作室待水妻。竹间山鬼入夜啼，古庙久闭谁启扉。屈原憔悴江之沂[1]，芙蓉木兰托兴微。贾谊未召绛灌挤，香草嘉禾徒菲菲。曾

① 沂，一作圻。

无半辞助诃讥，国风幸赖相因依。

［（宋）梅尧臣《宛陵集》卷四十，文渊阁四库全书本］

梅尧臣《尝正仲所遗拨[①]醅》

屈原自著渔父篇，铺糟不及渔父贤。世无功名多浪死，刘伶阮籍于今传。
迩来独酌邀明月，唯有青山李谪仙。谪仙殁后几百年，市楼日沽千万钱。
沉湎岂少当道眠，文字不见空月圆。吴均之孙何我怜，双壶贮醅持置前。
岂乏阮李诗与瘨，浅饮强对春风妍。

［（宋）梅尧臣《宛陵集》卷四十，文渊阁四库全书本］

梅尧臣《李宣叔秘丞遗川笺及粉纸二轴》

蜀人捣玉屑，楚客调金粉。制笺君有赠，草疏我无蕴。
宜书杨雄辞，莫写屈原愤。谁识此意微，曾非事摇吻。

［（宋）梅尧臣《宛陵集》卷四十，文渊阁四库全书本］

梅尧臣《宣州杂诗二十首》其六

信谗多见逐，伐国岂无仁。屈子行江畔，昭王问水滨。
包茅曾责贡，香草自持纫。莽苍山川在，渔歌属野人。

［（宋）梅尧臣《宛陵集》卷四十三，文渊阁四库全书本］

梅尧臣《苏州曹琰虞部浩然堂》

姑苏台上麋鹿号，夫差城中楼观高。荒榛尽已付明月，万古愤怒空秋涛。
吴亡越霸能几日，后世扰扰犹鸿毛。孟轲善养浩然气，充塞天地无饥嗸。
慕而为堂亦有意，不学屈子成离骚。

［（宋）梅尧臣《宛陵集》卷四十三，文渊阁四库全书本］

梅尧臣《书窜诗》

皇祐辛卯冬，十月十九日。御史唐子方，危言初造膝。曰朝有巨奸，臣介

① 拨，一作醱。

所愤嫉。愿条一二事，臣职非妄率。巨奸丞相博，邪行世莫匹。曩时守成都，委曲媚贵昵。银珰插左貂，穷腊使驰驲。邦媛将侈夸，中金赍十镒。为言寄使君，奇纹织纤密。遂倾西蜀巧，日夜急鞭抶。红经纬金缕，排料斗八七。比比双莲花，篝灯戴心出。几日成几端，持行如鬼疾。明年观上元，被服稳贤质。灿然惊上目，遽尔有薄诘。既闻所从来，佞对似未失。且云虔至尊，于妾岂能必。遂回天子颜，百事容丐乞。臣今得粗陈，狡狯彼非一。偷威与卖利，次第推甲乙。是惟阴猾雄，仁断宜勇黜。必欲致太平，在列无如弼。弼亦昧平生，况臣不阿屈。臣言天下言，臣身宁自恤。君傍有侧目，喑哑横诋叱。指言为罔上，废汝还蓬荜。是时白此心，尚不避斧锧。虽令御魑魅，甘且同饴蜜。既其弗可惧，复以强辞窒。帝声亦大厉，论奏不及毕。介也容甚闲，猛士胆为栗。立贬岭外春，速欲为异物。外内官恟恟，陛下何未悉。即敢救者谁，襄执左史笔。谓此傥不容，盛美有所咈。平明中执法，怀疏又坚述。介言或似狂，百岂无一实。恐伤四海和，幸勿苦苍卒。亟许迁英山，衢路犹嗟咄。翌日宣白麻，称快颇盈溢。阿附连谏官，去若坏絮虱。其间因获利，窃笑等蚌鹬。英州五千里，瘦马行驶驶。毒蛇喷晓雾，昼与岚气没。妻孥不同途，风浪过蛟窟。存亡未可知，雨馆愁伤骨。饥仆时后先，随猿拾橡栗。越林多蔽天，黄甘杂丹橘。万室通醺酤，抚远亡禁律。醉去不须钱，醒来弄琴瑟。山水仍怪奇，已可销忧郁。莫作楚大夫，怀沙自沈汨。西汉梅子真，去为吴市卒。为卒且不惭，况兹别乘佚。

［（宋）祝穆《古今事文类聚前集》卷三十一，文渊阁四库全书本］

石介《寄李缊仲渊》

石介（1005—1045），兖州奉符（今山东泰安）人。

噫吁嘻！屈原放，贾谊投。晦之流，子望囚。古人今人皆不免，才能累身才反仇。吾友仲渊少学古，胸中疏落罗孔周。点毫磨墨作文字，壮哉笔力追群牛。三十青衫得一尉，尺泽寸波蛰长虬。清廉爱民复材武，一日得罪系滁州。噫吁嘻！屈原忠臣楚之望，贾谊少年才无俦。晦之子望俱命世，麒麟头角争崔嵬。时不与兮将奈何，仲渊仲渊勿涕流。

［（宋）石介《徂徕集》卷二，文渊阁四库全书本］

欧阳修《啼鸟》

欧阳修（1007—1072），吉州永丰（今江西永丰）人。

穷山候至阳气生，百物如与时节争。官居荒凉草树密，撩乱红紫开繁英。花深叶暗耀朝日，日暖众鸟皆嘤鸣。鸟言我岂解尔意，绵蛮但爱声可听。南窗睡多春正美，百舌未晓催天明。黄鹂颜色已可爱，舌端哑咤如娇婴。竹林静啼青竹笋，深处不见惟闻声。陂田绕郭白水满，戴胜谷谷催春耕。谁谓鸣鸠拙无用，雄雌各自知阴晴。雨声萧萧泥滑滑，草深苔绿无人行。独有花上提葫芦，劝我沽酒花前倾。其余百种各嘲哳，异乡殊俗难知名。我遭谗口身落此，每闻巧舌宜可憎。春到山城苦寂寞，把盏常恨无娉婷。花开鸟语辄自醉，醉与花鸟为交朋。花能嫣然顾我笑，鸟劝我饮非无情。身闲酒美惜光景，惟恐鸟散花飘零。可笑灵均楚泽畔，离骚憔悴愁独醒。

［（宋）欧阳修《欧阳修集》卷三，四部备要排印本］

欧阳修《送友人南下》

河桥别柳减春条，隔浦挐音听已遥。千里羹莼夸敌酪，满池滮稻欲鸣蜩。
东风楚岸神灵雨，残月吴波上下潮。如吊湘累搴杜若，秋江斜日驻兰桡。

［（宋）欧阳修《文忠集》卷五十五·外集五，文渊阁四库全书本］

欧阳修《楚泽》

宿莽湘累怨，幽兰楚俗谣。紫屏空自老，翠被岂能招。
欲就苍梧诉，愁迷澧浦遥。哀猿羌昼晦，悲鴂众芳凋。
红壁丹砂板，琼钩翡翠翘。如何搴香杜，江上独无憀。

［（宋）欧阳修《文忠集》卷五十五·外集五，文渊阁四库全书本］

欧阳修《端午帖子词（二十首　三月十五日）》其四《皇帝阁》

楚国因谗逐屈原，终身无复入君门。愿因角黍询遗俗，可鉴前王惑巧言。

［（宋）祝穆《古今事文类聚前集》卷九，文渊阁四库全书本］

张方平《次韵酬潭州周沆学士见寄》

张方平（1007—1091），应天宋城（今河南商丘）人。

鳌背三山压海涛，云台高议接时髦。一麾忽到江湖外，回首方惊日月高。不善取容同曼倩，且歌乐职学王褒。贾生自是长沙远，更吊湘累赋广骚。
［（宋）张方平《乐全集》卷二，文渊阁四库全书本］

白子仪《端午书事》

白子仪，曾与范镇（1007—1088）交游。
火云方炽又风薰，谁梶天边午日轮。靖郭所生为贵子，灵均已死作忠臣。朝衣耻立鸡争地，宾幄难量狗盗人。休语前书忧喜事，浴兰角黍是良辰。
［（宋）蒲积中编《岁时杂咏》卷二十一，文渊阁四库全书本］

李觏《游寺醉归却寄同坐》

李觏（1009—1059），建昌军南城（今江西南城）人。
江村古寺偶闲行，一饮全疑酒有灵。水底屈原应大笑，我今独醉众人醒。
［（宋）李觏《盱江集》卷三十六，文渊阁四库全书本］

李觏《论文二首》其一

今人往往号能文，意熟辞陈未足云。若见江鱼须恸哭，腹中曾有屈原坟。
［（宋）李觏《盱江集》卷三十六，文渊阁四库全书本］

李觏《屈原》

秋来张翰偶思鲈，满箸鲜红食有余。何事灵均不知退，却将闲肉付江鱼。
［（宋）李觏《盱江集》卷三十六，文渊阁四库全书本］

祖无择《萧五监丞新作堂成名曰知雄且赋雕章题之屋壁勉率芜恶以继高韵》

祖无择（1010—1085），上蔡（今属河南）人。
况堂佳号尘游外，题壁新吟藻思春。朴素自持师老氏，清醒常戒鉴灵均。穷通一致由知命，恬智相须合入神。因览君诗我颜厚，不能假日乐天真。
［（宋）祖无择撰《龙学文集》卷二，文渊阁四库全书本］

蔡襄《读离骚经》

蔡襄（1012—1067），福建仙游人。

莫怪灵均恋楚滨，可能臣子外君亲。精心独去珠无纇，飞语潜来箭有神。

宋玉招魂推意远，扬雄流涕掩书频。江边自是修门路，嗟苦先生陨此身。

［（宋）蔡襄《端明集》卷四，文渊阁四库全书本］

文同《夏秀才江居五题》其一《枕流亭》

文同（1018—1079），梓州永泰（今四川盐亭）人。

爱此烟景佳，开轩故临水。晴晖照寒浪，飞影动窗纸。

倚槛见鱼游，卷帘知雁起。憔悴笑湘累，区区咏兰芷。

［（宋）文同《丹渊集》卷十，文渊阁四库全书本］

文同《山城秋日野望感事书怀诗五章呈吴龙图》其三

才力虽难敌楚骚，赋诗常亦在秋多。自然野思元无限，不尔闲愁可奈何。

要路故人皆废忘，偏州佳客少经过。明时且为贪荣禄，岂学湘累便九歌。

［（宋）文同《丹渊集》卷十二，文渊阁四库全书本］

刘敞《读离骚》

刘敞（1019—1068），庐江新喻（今江西新余）人。

空庭众嚣息，风叶独纷纷。秋期此时改，感叹坐黄昏。远怀灵均子，著书为平分。念尔刚直心，吐兹清丽文。上嘉唐虞世，下悼商周君。能与日月争，不能却浮云。浮云蔽日月，岁暮奈忧勤。精诚谁谓远，恍惚若相闻。

［（宋）刘敞《公是集》卷八，文渊阁四库全书本］

刘敞《奉和永叔夜闻风声有感用其韵》

往为名山客，浩荡多奇观。六月湖海卧，飘飘生羽翰。误升紫垣籍，草野非所安。金火三伏交，束带愁衣冠。飞尘变形骸，内热焦肺肝。岂惟天有时，人事亦可叹。适有凉风来，萧骚庭叶干。感之意飞动，忽若骖龙鸾。银汉水可涉，枯槎去无难。洞庭鱼正肥，游子行足欢。饮酒读离骚，睥睨天壤宽。要当以乐死，日月谁控抟。夫子文章伯，已在青云端。且方济一世，讵肯哀盘桓。作诗破冥烦，磊落冰雪颜。懔懔屈宋词，千秋剧椒兰。

[（宋）刘敞《公是集》卷九，文渊阁四库全书本]

刘敞《和杨备国博吊屈原》①

知音不恨远，异代或同声。灵魂自识路，幽遇亦含情。
涖记属扬子，临渊悲贾生。高文激颓俗，会使众人清。

[（宋）刘敞《公是集》卷十九，文渊阁四库全书本]

刘敞《雨中醉归》

楚山终日雨霏霏，寥落村花入眼稀。可惜东风变酒味，无端宿霭破春晖。
屈平渔父谁清浊，御叔臧孙交是非。倒著接䍦惊道路，悠悠判与世相违。

[（宋）刘敞《公是集》卷二十三，文渊阁四库全书本]

刘敞《闻江十吴九得洛相酒戏呈二首》其二

众人皆醉屈原醒，天禄寥寥白发生。束缊君当游相国，那能我自胜公荣。

[（宋）刘敞《公是集》卷二十八，文渊阁四库全书本]

曾巩《答裴煜二首》其二

曾巩（1019—1083），建昌军南丰（今江西南丰）人。

寥寥今非古，感激事真妄。曾谁省孤心，只以饵群谤。参差势已甚，决起意犹强。亲朋为忧危，议语数镌荡。久之等聋眊，兀矣坐闾巷。长嗟贫累心，更苦病摧壮。微诚岂天与，今晨子来贶。顾惭小人愚，未出众夫上。狂言屈子吟，浩歌仍子倡。相欢匪貌济，所得实心尚。时节虽已晏，梅柳幸欲放。过从勿厌倦，相迟非郁盎。

[（宋）曾巩《元丰类稿》卷二，文渊阁四库全书本]

① 自注：杨前岁梦中作诗，后数月，招除归守。既署事，过谒屈平祠，相见物色如梦中所睹，作文祭之，刻之于石。

曾巩《答葛蕴》

我初未识子，已知子能文。春风吹我衣，暮召入九阍。众中得子辞，默许非他人。方将引飞黄，使出万马群。差之在须臾，气沮不复论。大明临万物，我亦傍车尘。相逢扶桑侧，一揖意自亲。屈子果由我，相示以无言。同行千步廊，揽辔金马门。归来客舍中，未及还往频。东舟载子去，千里不逡巡。今者坐瓯越，相望若参辰。忽有海上使，问我及墙藩。得子百篇作，读之为忻忻。大章已逸发，小章更清新。远去笔墨畦，徒识斧凿痕。想当经营初，落纸有如神。勉哉不自止，直可窥灵均。我老未厌此，持夸希代珍。朝吟忘日昃，暮吟忘日曛。发声欲荐子，自笑不足云。

[（宋）曾巩《元丰类稿》卷五，文渊阁四库全书本]

曾巩《晚望》

蛮荆人事几推移，旧国兴亡欲问谁？郑袖风流今已尽，屈原辞赋世空悲。
深山大泽成千古，暮雨朝云又一时。落日西楼凭槛久，闲愁唯有此心知。

[（宋）曾巩《元丰类稿》卷六，文渊阁四库全书本]

司马光《醉》

司马光（1019—1086），陕州夏县（今山西夏县）人。

厚于太古暖于春，耳目无营见道真。果使屈原知醉趣，当年不作独醒人。

[（宋）司马光《温国文正公文集》卷七，四部丛刊本]

周式《庭松》（句）

周式，生卒年不详，庆历二年（1042）试国子四门助教，成都（今属四川）人。

花前嫫母丑，雪里屈原醒。

[（清）厉鹗《宋诗纪事》卷三十一引《历代吟谱》]

苏颂《和北轩薜荔》

苏颂（1020—1101），泉州同安（今属福建）人。

分得岩枝带薜文，壁间延蔓密含春（自注：元韵私称不便，借上字用。）。摇风似展垂云翼，和雨疑骞化浪鳞。寒对竹轩陵霰雪，静陪犀柄辟埃尘。省闱不比山河远，休拟灵均咏若人。

［（宋）苏颂《苏魏公文集》卷八，文渊阁四库全书本］

王安石《次韵致远木人洲二首》其一

王安石（1021—1086），抚州临川（今江西抚州）人。

迷子山前涨一洲，木人图志失编收。年多但有柳生肘，地僻独无茅盖头。河侧鲍生乾尚立，江边屈子槁将投。未妨他日称居士，能使君疑福可求。

［（宋）王安石《临川集》卷十七，文渊阁四库全书本］

王安石《和平甫寄陈正叔》

强行南仕莫辞勤，闻说田园已旷耘。纵使一区犹有宅，可能三月尚无君。且同元亮倾樽酒，更与灵均续旧文。此道废兴吾命在，世间滕口任云云。

［（宋）王安石《临川集》卷二十四，文渊阁四库全书本］

刘攽《题常宁黄令洒然堂》

刘攽（1023—1089），临江新喻（今江西新余）人。

叔度万顷陂，清浊谁能料。割鸡用牛刀，吾亦寄一笑。示我林下诗，笔力勇奔峭。故知才者心，玩好必同调。岑岑青玉竿，千百壮非少。清风扫埃尘，日影金色照。环墀发寒泉，霜剑初脱鞘。枕流不枕石，俯仰穷听眺。上堂梵呗声，空寂总众妙。兹亦忘言徒，领理会其要。翔禽竟来集，狐猿远相啸。不作问鹏翁，刻意湘累吊。

［（宋）刘攽《彭城集》卷三，文渊阁四库全书本］

刘攽《薄后庙》

驷家冠虎久腾声，龙跃中都汉道兴。人事能无输织室，母仪终见葬南陵。苍苔复阁连荒草，乔木参云挂老藤。欲学灵均纪天问，古堂丹碧正严凝。

［（宋）刘攽《彭城集》卷十四，文渊阁四库全书本］

刘攽《见苏子瞻所作小诗因寄》

千里相思无见期，喜闻乐府短长诗。灵均此秘未曾睹，郢客探高空自知。不怪少年为狡狯，定应师法授微辞。吴娃齐女声如玉，遥想明眸颦黛时。

［（宋）刘攽《彭城集》卷十五，文渊阁四库全书本］

刘攽《橄榄》

南珍富奇异，畴昔颇穷览。夷荒无书传，从古陋铅椠。苞封走中土，天序异离坎。有香已变衰，有色多黯谫。今君此堂上，珍物惟橄榄。青肤镂琼莹，翠颗森菡萏。若为幽人贞，久见君子淡。甘怀彼包羞，日新此刚敢。清泉荐芳茗，臭味独潜感。澡雪清烦酲，涤除莹玄览。灵均采时菊，西伯嗜昌歜。庙鼎实调梅，壮士仍尝胆。由来超俗好，诸绝不言惨。殷勤谢凡口，薤白空三啖。

［（宋）祝穆《古今事文类聚后集》卷二十七，文渊阁四库全书本］

王无咎《劝岩师酒》

王无咎（1024—1069），建昌军南城（今属江西）人。

腊去东风渐破春，凭轩怅望倍凝神。鸟鸣晓霁声音乐，物被阳和气候新。佳景牵怀吟稍遍，芳杯到手举宜频。灵均空诧离骚好，憔悴终为独醒人。

（《永乐大典》卷三，内蒙古大学出版社1998年，原藏美国国会图书馆）

杨绘《劝酒》（残句）

杨绘（1027—1088），汉州绵竹（今属四川）人。

何必口辞山简醉，但教心似屈原醒。

［（宋）吴聿《观林诗话》，文渊阁四库全书本］

徐积《送陈长官赴衡阳》

徐积（1028—1090），楚州山阳（今江苏淮安）人。

楚天摇落霜风早，山色依依江渺渺。洞庭水寒帆影孤，雁声正在衡阳道。

君不见，屈原憔悴贾生夭，遗恨至今犹未了。日晚江头船住时，行人莫望江边草。

［（宋）徐积《节孝集》卷十，文渊阁四库全书本］

徐积《又水仙》其四

伍子波涛空淼然，至今犹有不平言。屈原褊浅尤多忿，但恐有时来诉冤。

［（宋）徐积《节孝集》卷二十四，文渊阁四库全书本］

刘挚《御史台柏下有丛竹久荒杂殿中刘中叟洗之监察孙君孚有诗知杂事刘某次韵》

刘挚（1030—1098），永静东光（今属河北）人。

老柏寒昂藏，丛筱下纷列。未须论晦明，均敢犯霜雪。尘埃深蔽埋，芜蔓困笼结。槁悴屈子容，饥瓙伯夷节。殿中秉高义，利刃勇分别。病谷除蒿稂，蚀月救吞啮。还君岁寒姿，清风自交彻。念昔绕荒栏，三叹生慕悦。重来十五年，笑我壮心折。幽怀耿相对，欲语不得说。

［（宋）刘挚《忠肃集》卷十五，文渊阁四库全书本］

刘挚《留符离待乡信未至》

先陇封楸后，羁臣赐玦时。放舟初草草，去国合迟迟。

珠滑新粳粒，金酣早蟹脂。南迁真不负，屈子独何知。

［（宋）刘挚《刘忠肃集》卷十六，文渊阁四库全书本］

刘挚《寄邹泽民秘校》

去年樽酒共论文，一别西园迹已陈。终日城头忆王粲，清吟泽畔似灵均。

懒书已负交朋责，满秩初湔耳目尘。万里江风秋思近，归心聊复借鲈莼。

［（宋）刘挚《忠肃集》卷十七，文渊阁四库全书本］

刘挚《又次韵四首》其二

缥缈飞亭倚半空，景来酬对不知穷。天开云嶂轮环外，地蹙林丘尺寸中。

时有桂花飘馥烈，恨无泉玉泻玲珑。楚人不识灵均意，江上年年费粽筒。

［（宋）刘挚《忠肃集》卷十八，文渊阁四库全书本］

杨杰《酒隐园》

杨杰，1094 前后在世，无为军（今安徽无为）人。

小隐隐山林，大隐隐城郭。城郭多纷嚣，山林苦淡漠。不如隐于酒，适意自斟酌。屈原不能饮，独醒较清浊。杨雄虽愿隐，载醪无适莫。吏部瓮下卧，其隐可愧怍。翰林市上眠，其隐太落拓。孰若畸翁园，醺酣得天乐。风暖凤凰集，霜重梧桐落。长啸待明月，明月出林薄。倚杖傲浮云，浮云度寥廓。虽近市朝路，不为名利缚。知我尚幽胜，赋诗豫期约。愿言醉乡游，一驾东飞鹤。上池沃瑶浆，冲气溢金杓。当知隐君子，志不在糟粕。

［（宋）杨杰《无为集》卷四，文渊阁四库全书本］

吕陶《和孔毅甫州名五首》其一

吕陶（1031—1107），眉州彭山（今属四川）人。

毅甫生江南，蕴有洙泗质。雄文极古今，通鉴尽疏密。瀛山绣衣使，高步尚云屈。河水润畎亩，随珠照圭荜。仁风信乐易，治体本诚一。昌时政多暇，丰岁民甚佚。抚琴得遗音，开卷终旧帙。天和内自保，万事皆外物。我生本蒿莱，岂合顾簪绂。南迁至此处，惠养殊不失。伤心屈原棹，掩耳湘灵瑟。罪大敢放怀，恩深已沦骨。辛常从公游，谈笑度永日。我吟续郢唱，缄封弥战栗。

［（宋）吕陶《净德集》卷三十，文渊阁四库全书本］

沈辽《寒山》

沈辽（1032—1085），钱塘（今浙江杭州）人。

黄牛岩下水弯弯，葛帔篮舆自往还。不是湘累莫相问，只应枯瘁似寒山。

［（宋）沈辽《云巢编》卷四，文渊阁四库全书本］

马存《浩浩歌》

马存（？—1096），饶州乐平（今江西德兴）人。

浩浩歌，天地万物如吾何。用之解带食太仓，不用拂枕归山阿。君不见渭川渔父一竿竹，莘野耕叟数亩禾。喜来起作商家霖，怒后便把周王戈。又不见子陵横足加帝腹，帝不敢动岂敢诃。皇天为忙逼，星辰相系摩。可怜相府痴，邀请先经过。浩浩歌，天地万物如吾何。屈原枉死汨罗水，夷齐空卧西山坡。丈夫荦荦不可羁，有身何用自灭磨。吾观圣贤心，自乐岂有他。苍生如命穷，吾道成蹉跎。直须为吊天下人，何必嫌恨伤邱阿。浩浩歌，天地万物如吾何。玉堂金马在何处，云山石室高嵯峨。低头欲耕地虽少，仰面长笑天何多。请君醉我一斗酒，红光一面春风和。

［（清）梅毓翰《乐平县志》卷八，同治续修版］

郭祥正《留别宣城李节推（献父）》

郭祥正（1035—1113），太平州当涂（今属安徽）人。

君作宣城幕下吏，我尝筑室青山址。三四相逢五六年，交情淡若秋江水。水流到海无穷时，吾辈论交无衰期。明主可结亦未晚，谢安四十功非迟。低头感事复太息，汲汲功名亦何益。君不见屈原言直沉湘水，韩信功高亦诛死。穷达无过七[①]十年，事业空存一张纸。不如饮酒临春风，溪水绿净山花红。金丝玉管乱两耳，一醉三百琉璃钟。醉来辞君登海槎，四方上下皆吾家。

［（宋）郭祥正《青山集》卷八，文渊阁四库全书本］

郭祥正《游道林寺呈运判蔡中允昆仲如晦用杜甫原韵》

长沙城西湘水隅，道林古寺松门纡。尝闻秀绝超五岳，果见气象吞重湖。殿前衔花走白鹿，殿里沈烟焚玉炉。何人塑出慈氏象，冠缨动活摇明珠。高僧处处有遗迹，盘石坐禅龙虎俱。唐人妙笔数欧沈，至今板上栖群乌。五言七字又奇绝，此寺此堂天下无。不缘薄宦岂能赏，勇往兼有儿孙扶。贾生前席竟忧死，屈原怀沙终自诛。投身及早卜幽隐，淡泊久乃胜甘腴。云生岳峤月晦影，雨过橘洲猿夜呼。细吟静境足自适，忠愤未合思捐躯。趋玄饱读长者论，养真默合烟萝图。千篇愧比老杜老，一节愿随孤竹孤。况陪使者共游览，二谢弟弟真友于。不知昔日杨常侍，何似今朝蔡大夫。

［（宋）郭祥正《青山集》卷九，文渊阁四库全书本］

郭祥正《仲春樱桃下同许损之小饮因以赠之》

君不见古人悲歌愁杀人，一片花飞减却春。径须沽取就花饮，暂时烂醉陶

① 道光本作“四”。

天真。借令黄金大于斗，岂买人间百年寿。但愿青春永不归，更得沧溟化浓酒。朝酌弗干，暮倾弗竭。东向浮桑采日枝，西入瑶池浴明月。枯桐三尺安足弹，重华去矣薰风寒。夷齐耻食首阳粟，屈子徒佩潇湘兰。噫吁嚱哉贤与愚，同归一死胡为乎。共君极饮且烂醉，指点世路皆虚无。许损之，尔为我满斟，我为尔高吟。相逢莫恨晚，结交贵知心。坐看南山一片雾，忽成千里万里之春阴。

［（宋）郭祥正《青山集》卷十，文渊阁四库全书本］

郭祥正《上赵司谏》

弹剑思经纶，悲歌负阳春。逢时不自结明主，空文亦是寻常人。君不见太公辞渭水，谢安起东山。日月再开天地正，龙虎感会风云闲。又不见屈原泽畔吟离骚，渔翁大笑弗餔糟。可行则行止则止，胡为憔悴言空劳。夫君之名振朝野，道行谏听逢时者。南州岂足舒君才，天门夜诏星车回。紫皇之真人，造化无嫌猜。往将和气辅舒惨，不令地下万物同寒灰。功成收身彩云里，坐酌千觞浮玉蕊。麻姑王母相经过，醉来共泛瑶池水。乐亦不可尽，名亦不可穷。愿学李贺逢韩公，他日不羞蛇作龙。

［（宋）郭祥正《青山集》卷十，文渊阁四库全书本］

郭祥正《忆五松山》

江南富山水，忽忆五松山。梁僧种松夺造物，至今千丈凌云间。上有寒蟾吐魄凝冰雪，下有铜陵碧涧倾潺潺。雷公睥睨不可以挥斧，老鹤飞来势欲止而复还，猿猱侧望何由攀。琉璃殿阁若化出，四天之众说法鸣金镮。我尝脱屣往栖息，六月清风无汗颜。浓阴可爱坐盘石，绿酒酌尽横琴弹。命宫叩徵天地变，听之以气往往生羽翰。纷埃不到佛净国，岂识人间行路难。尘劳忽起旧缘想，倒骑匹马来长安。修鳞掉尾业已困，涸辙孰与西江澜。发疏齿缺形将残，畏涂足蹑心胆寒。屈原怀沙贾谊贬，身后忠名何足观。不如晏坐碧山里，笑傲每携云月欢。明朝却欲渡江去，五松岩户无人关。方壶员峤太殊绝，幸有此山容我闲。

［（宋）郭祥正《青山集》卷十二，文渊阁四库全书本］

郭祥正《送耿少府（天骘）》

白沙岸上相逢时，困倚栏干醉似泥。忽然听君诵新作，酒肉顿觉寒风吹。今朝邂逅芜江涘，大轴蒙贶东城诗。雷惊电掣露怪变，山崩海泻能扶持。令人壮观不知己，倦翼欲接青云飞。逸驾固当出尘滓，胡为一命东南驰。洞庭波澜洗天吼，衡岳葱苍挂南斗。穷幽历险诗魂醒，不倦青衫困趋走。屈原贾谊杜子美，白骨荒丘今在否。款骑瘦马一吊之，满眼斜阳入踈柳。诗成寄我慎勿迟，侧望阳春活残朽。暂时离异何足论，酩酊江楼一樽酒。

［（宋）郭祥正《青山集》卷十二，文渊阁四库全书本］

郭祥正《左蠡亭重九夕同东美玩月劝酒》

平生看月无今宵，一亭危在山之椒。下瞰扬澜连左蠡，白琉璃地覆鲛绡。欲披锦袍挝鼓过，世无贺老谁相和。屈原憔悴湘水滨，夷齐自守西山饿。且来登高望明月，拂拂霜风濯烦热。身心都在清凉宫，一点无尘光皎洁。与君同游执君手，况逢令节当重九。不忧短发还吹帽，头上有巾先漉酒。

饮醇酒，望明月。我归姑孰溪，君赴黄金阙。明年此会知谁健，细看茱萸莫轻别。

［（宋）郭祥正《青山集》卷十三，文渊阁四库全书本］

郭祥正《赠桐城青山隐者裴材》

青山为主身为客，主人借客青山宅。白云自在千里飞，长松不换三冬碧。藤枯谁与写作龙，龟老何年化为石。落花随水眷深源，鸣雁过江悲晚色。家无妻子心无累，项冒寒霜踵藏息。月明舞影聊尽欢，一点尘寰不留迹。傥来轩冕真可嗟，朝为公卿暮遭谪。屈原贾谊尔为谁，问君何似青山客。

［（宋）郭祥正《青山集》卷十四，文渊阁四库全书本］

郭祥正《瑞昌双溪堂夜饮呈吴令（子正）》

星斗阑干月未吐，但爱溪声似山雨。青灯照室并银花，白酒倾来不知数。子善评文我不如，我亦谈诗子深许。酒酣索我须论兵，拔剑画地军阵成。十万强兵指掌取，五方应敌旋风生。文武道判惜已久，圣贤相遇犹难并。

相如谩作长门赋，屈原虚著离骚经。不知于世竟何补，可怜博得千年名。
韩信收身苦不早，功成伏剑真草草。始终最爱严子陵，坐视乾坤任倾倒。
咄嗟语险气已伤，况复赋诗声调长。卷纸连书不磨琢，子锋大峻非我当。
拨置万虑付江海，收拾寸心归老庄。天地得一马喻马，谓思前事皆佯狂。
［（宋）郭祥正《青山集》卷十五，文渊阁四库全书本］

苏轼《屈原塔》

苏轼（1037—1101），眉州眉山（今属四川）人。

在忠州，原不当有碑、塔于此。意者，后人追思，故为作之。

楚人悲屈原，千岁意未歇。精魂飘何处，父老空哽咽。至今沧江上，投饭救饥渴。遗风成竞渡，猿叫楚山裂。屈原古壮士，就死意甚烈。世俗安得知，眷眷不忍决。南宾旧属楚，山上有遗塔。应是奉佛人，恐子就沦灭。此事虽无凭，此意固已切。古人谁不死，何必较考折。名声实无穷，富贵亦暂热。大夫知此理，所以持死节。

［（宋）苏轼撰；（清）王文诰辑注，孔凡礼点校《苏轼诗集》中华书局1982年，第22页］

苏轼《竹枝歌并引》

《竹枝歌》本楚声，幽怨恻怛，若有所深悲者。岂亦往者之所见有足怨者与？夫伤二妃而哀屈原，思怀王而怜项羽，此亦楚人之意相传而然者。且其山川风俗鄙野勤苦之态，固已见于前人之作与今子由之诗。故特缘楚人畴昔之意，为一篇九章，以补其所未道者。

苍梧山高湘水深，中原北望度千岑。帝子南游飘不返，惟有苍苍枫桂林。
枫叶萧萧桂叶碧，万里远来超莫及。乘龙上天去无踪，草木无情空寄泣。
水滨击鼓何喧阗，相将扣水求屈原。屈原已死今千载，满船哀唱似当年。
海滨长鲸径千尺，食人为粮安可入？招君不归海水深，海鱼岂解哀忠直？
吁嗟忠直死无人，可怜怀王西入秦。秦关已闭无归日，章华不复见车轮。
君王去时箫鼓咽，父老送君车轴折。千里逃归迷故乡，南公哀痛弹长铗。
三户亡秦信不虚，一朝兵起尽欢呼。当时项羽年最少，提剑本是耕田夫。
横行天下竟何事，弃马乌江马垂涕。项王已死无故人，首入汉庭身委地。

富贵荣华岂足多，至今惟有冢嵯峨。故国凄凉人事改，楚乡千古为悲歌。

［（宋）苏轼撰；（清）王文诰辑注，孔凡礼点校《苏轼诗集》中华书局1982年，第24页］

苏轼《荆州十首》其二

南方旧战国，惨澹意犹存。慷慨因刘表，凄凉为屈原。

废城犹带井，古姓聚成村。亦解观形胜，升平不敢论。

［（宋）苏轼撰；（清）王文诰辑注，孔凡礼点校《苏轼诗集》中华书局1982年，第62页］

苏轼《广陵会三同舍，各以其字为韵，仍邀同赋》其三《刘莘老》

江陵昔相遇，幕府称上宾。再见明光宫，峨冠挹搢绅。如今三见子，坎坷为逐臣。朝游云霄间，欲分丞相茵。暮落江湖上，遂与屈子邻。了不见愠喜，子岂真可人。邂逅成一欢，醉语出天真。士方在田里，自比渭与莘。出试乃大谬，刍狗难重陈。岁晚多霜露，归耕当及辰。

［（宋）苏轼撰；（清）王文诰辑注，孔凡礼点校《苏轼诗集》中华书局1982年，第294页］

苏轼《次韵张舜民自御史出倅虢州留别》

玉堂给札气如云，初喜湘累复佩银。樊口凄凉已陈迹，班心突兀见长身。

江湖前日真成梦，鄠杜他年恐卜邻。此去若容陪坐啸，故应客主尽诗人。

［（宋）苏轼撰；（清）王文诰辑注，孔凡礼点校《苏轼诗集》中华书局1982年，第1534页］

苏轼《题杨次公春兰》

春兰如美人，不采羞自献。时闻风露香，蓬艾深不见。

丹青写真色，欲补《离骚传》。对之如灵均，冠佩不敢燕。

［（宋）苏轼撰；（清）王文诰辑注，孔凡礼点校《苏轼诗集》中华书局1982年，第1694页］

苏轼《次韵子由使契丹至涿州见寄四首》其四

始忆庚寅降屈原，旋看蜡凤戏僧虔。随翁万里心如铁，此子何劳为买田。

［（宋）苏轼撰；（清）王文诰辑注，孔凡礼点校《苏轼诗集》中华书局1982年，第1669页］

李之仪《堤上闲步二首》其二

李之仪，生卒年不详，熙宁六年进士，沧州无棣（今山东无棣）人。

暖风轻蹙浪花浮，留滞江城愧谢悠。吟苦空多屈原恨，赋残犹剩庾郎愁。

渐因卜筑投归鹭，聊托潺湲习戏鸥。可笑粗官杀风景，满船丝管载凉州。

［（宋）李之仪《姑溪居士前集》卷五，文渊阁四库全书本］

苏辙《屈原塔》

注：在忠州。

苏辙（1039—1112），眉州眉山（今属四川）人。

屈原遗宅秭归山，南宾古者巴子国。山中遗塔知几年，过者迟疑不能识。

浮图高绝谁所为，原死岂复待汝力。临江慷慨心自明，南访重华讼孤直。

世人不知徒悲伤，强为筑土高岌岌。

［（宋）苏辙著；陈宏天，高秀芳点校《苏辙集》，中华书局1999年，第5页］

苏辙《再次前韵[①]四首》其一

城头栋宇恰三间，楚望凄凉吊屈原。雨洗山川百里净，风吹语笑一城喧。

乡书莫问经时绝，岁事初惊片叶翻。南近清淮鲈鳜好，钓筒时问有潜吞。

［（宋）苏辙著；陈宏天，高秀芳点校《苏辙集》，中华书局1999年，第124页］

---

① 前为《邦直见答二首》："真能一醉逃烦暑，定胜三杯御腊寒。自有诗书供永日，莫将丝竹乱风滩。舞雩何处归春莫，叩角谁人怨夜漫。闻道丹砂近有术，锱铢称火共君看。""五斗尘劳尚足留，闭门聊欲治幽忧。羞为毛遂囊中颖，未许朱云地下游。无事会须成好饮。思归时亦赋登楼。羡君幕府如僧舍，日向城隅看浴鸥。"

苏辙《次烟字韵答黄庭坚》

病卧江干须带雪，老捡书卷眼生烟。贫如陶令仍耽酒，穷似湘累不问天。令弟近应怜废学，大兄昔许叩延年。比闻蔬茹随僧供，相见能容醉后颠。（鲁直见旧于齐州以养生见教）

［（宋）苏辙著；陈宏天，高秀芳点校《苏辙集》，中华书局 1999 年，第 223 页］

孔武仲《题介之小阁》

孔武仲（1041—1097），临江新喻（今江西新余）人。

画帘初卷碧山低，面面青蓝翠拂衣。秋水暮天长一色，渚鸥沙雁或双飞。烟霞逗眼光相乱，松竹敲风韵更微。却笑屈原憔悴甚，渔歌何苦泪交挥。

［（宋）孔武仲《清江三孔集》卷十，文渊阁四库全书本］

释道潜《春日》其一

释道潜（1043—1102），杭州于潜（今浙江杭州）人。

兰英蕙萼竞芳新，左右吹香暗袭人。江海久无骚客赋，一枝唯可荐灵均。

［（宋）释道潜《参寥子集》卷五，文渊阁四库全书本］

释道潜《送兰花与毛正仲运使》其一

幽姿冷艳匪夭娆，曾伴灵均赋楚骚。今日移根庭下植，可无佳句与挥毫。

［（宋）释道潜《参寥子集》卷七，文渊阁四库全书本］

张商英《归州》

张商英（1043—1121），蜀州新津县（今四川成都）人。

归州男子屈灵均，归乡女儿王昭君。山穷林薄不肥沃，生尔才貌空绝群。男为逐臣沉湘水，女嫁穹庐夫万里。汉宫无色楚无人，丑陋险邪君自喜。

［（清）陆心源《宋诗纪事补遗》卷二十七，光绪刻本］

黄庭坚《送王郎》

黄庭坚（1045—1105），洪州分宁（今江西修水）人。

酌君以蒲城桑落之酒，泛君以湘累秋菊之英。赠君以黟川点漆之墨，送君以阳关堕泪之声。酒浇胸次之磊隗，菊制短世之颓龄。墨以传万古文章之印，歌以写一家兄弟之情。江山千里俱头白，骨肉十年终眼青。连床夜语鸡戒晓，书囊无底谈未了。有功翰墨乃如此，何恨远别音书少。炊沙作糜终不饱，镂冰文章费工巧。要须心地收汗马，孔孟行世日杲杲。有弟有弟力持家，妇能养姑供珍鲑。儿大诗书女丝麻，公但读书煮春茶。

［（宋）黄庭坚《山谷集》卷二，文渊阁四库全书本］

黄庭坚《次韵答张沙河》

张侯堂堂身八尺，老大无机如汉阴。猛摩虎牙取吞噬，自叹日月不照临。
策名日已污轩冕，逃去未必焚山林。我评君才甚高妙，孤竹截管空桑琴。
四十未曾成老翁，紫髯垂颐郁森森。眉宇之间见风雅，蓝田烟雾生球琳。
胸中磈磊政须酒，东观可揽北斗斟。古人已悲铜雀上，不闻向时清吹音。
百年毁誉付谁定，取醉自可结舌瘖。使公系腰印如斗，驷马高盖驱骎骎。
亲朋改观婢仆敬，成都男子宁异今。又言屋底甚悬磬，儿婚女嫁取千金。
古来圣贤多不饱，谁能独无父母心。众雏堕地各有命，强为百草忧春霖。
艾封人子暗目睫，与王同床悔沾襟。陇鸟入笼左右啄，终日思归碧山岑。
一生能几开口笑，何忍更遣百虑侵。忽投雄篇写逸兴，仰占乾文动奎参。
自陈使酒尝骂坐，惜予不与朋合簪。君材蜀锦三千丈，要在刀尺成衣衾。
南朝例有风流癖，楚地俗多词赋淫。屈原离骚岂不好，只今漂骨沧江浔。
政令夷甫开三窟，猎以我道皆成禽。温恭忠厚神所劳，于鱼得计岂厌深。
丈夫身在要勉力，岂有吾子终陆沈。鄙人相士盖多矣，勿作蔡泽笑噤吟。

［（宋）黄庭坚《山谷外集》卷一，文渊阁四库全书本］

黄庭坚《圣柬将寓于卫行乞食于齐有可怜之色再次韵感春五首赠之》其三

春风鸣布谷，天道似劝分。持饥望路人，谁能颜色温。笑忆枯鱼说，诙谐老漆园。湘累不得禄，哀怨写荃荪。千年涧谷松，惭愧雨露恩。思为万乘器，顾掩斧凿痕。

［（宋）黄庭坚《山谷外集》卷五，文渊阁四库全书本］

黄庭坚《次韵答宗汝为初夏见寄》

原注：元丰六年太和作。

官蛙无时休，不知忧复乐。夕晖半规黄，冉冉纳暮壑。鸟栖松陨花，风下竹解箨。南箕与北斗，磊磊贯缨络。怀我邻邦友，贤义本不薄。箕斗常相望，江含雾冥漠。忽烹双鲤鱼，中有初夏作。诗词清照眼，明月丽珠箔。闲出句崛奇，芙蕖依绿蒻。雄辨简色空，韩卢逐东郭。终篇谈不二，自脱世缠缚。此道久陆沉，喜公勤博约。盈笼惠石芝，乌皮剥猿玃。野人烹嘉蔬，回首葵苋恶。劝盐殊未工，追呼联缧索。闻君欲课最，岂有不龟药。我民六万户，过半客栖泊。棘端可沐猴，且愿观其削。官符昼夜下，朝播责暮获。射利者谁其，登陇弯繁弱。昨闻数邦贡，曲礼赋三错。恭惟廊庙上，献纳及新瘼。绣衣城南来，免冠谢公作。归乘下泽车，绝意麒麟阁。田园蒙帝力，仰以万寿酢。公材横太阿，越砥敛霜锷。智囊无遗漏，胆量包空廓。行当治状闻，雄飞上碧落。我材甚不长，有地愧桀礴。平陆非距心，滕薛困公绰。看人取卿相，妄意亦馋嚼。终不作湘累，憔悴吟杜若。一心思倾写，何时叩扃钥。

［（宋）黄庭坚《山谷外集》卷十二，文渊阁四库全书本］

黄庭坚《长短星歌》

正月虎，七泽阴风无避处。少年射杀白额归，二十一岁赐旗鼓。

二月兔，翰墨功名归四杜。中山毛遂定从还，十九上客谁复数。

三月龙，定力降来一钵中。升腾便欲致云雨，十六开士观云风。

四月蛇，九蛇相辅成晋家。屈原离骚二十五，不及之推死怨嗟。

五月马，十五国风多咏写。汉将西极天马来，二十五城不当价。

六月羊，十岁小儿牧道傍。他年叱石金华路，二十年前身姓黄。

七月猴，恒山八命列封侯。当年传国一十二，想是衣冠骑土牛。

八月鸡，二妙灵台向晓啼。五更风雨十八九，残月昏昏信可期。

九月狗，三窟深坑四荒走。暮归得兔十六七，黄卢朱雀皆在后。

十月猪，白头一笑献士夫。杀身愿为鲁津伯，申封兰王十四都。

十一月鼠，列十二辰配龙虎。二十二年看仙飞，一朝化作蝙蝠去。

十二月牛，百户椎肥醉九州。角端围寸二十五，良弓之材牛带牛。

［（宋）黄庭坚《山谷别集》卷六，文渊阁四库全书本］

毕仲游《送交代杨应之判官归洛》

毕仲游（1047—1121），郑州管城（今河南郑州）人。

借问杨夫子，还家洛浦春。两为黄绶吏，双健白头亲。乌帽斜攲面，斑衣稳称身。鹊灵方报喜，龟梦久方神。高卧今贤相，居闲旧老臣。上堂从隐几，侍坐好书绅。存没空怀感，交游素耐贫。先生坟上泪，御史甑中尘。嵩顶饶穿屐，伊流惯幅巾。直弦歌太尉，曲学笑平津。自滞心元懒，偷闲味却真。折腰陶靖节，散发屈灵均。王屋风鸣籁，龙门月漾银。白芽烹涧水，绿笋当江莼。折鹿诸儒喜，骑驴大尹嗔。赠人袍已弊，赊酒券常新。小子元疏放，忘归任屈伸。马肝嗟屡食，犬吠脱无因。文史惭方朔，形骸谢伯伦。耻同珠履客，宁作醉乡人。瓜熟叨为代，情亲愿卜邻。乞笺金踯躅，试研玉麒麟。祖道无供帐，停车有吐茵。心胸两倾倒，镠辖动星辰。

［（宋）毕仲游《西台集》卷十九，文渊阁四库全书本］

毕仲游《挽晁端友著作二首》其一

注：其子补之来求。

好学五车富，轻财四壁贫。风流汉家令，文物晋诗人。
门户青毡旧，穷途白发新。招魂谁解意，惭愧屈灵均。

［（宋）毕仲游《西台集》卷十九，文渊阁四库全书本］

毕仲游《挽李成之待制六丈三首》其一

高论嵇中散，行吟楚大夫。笑谈虽自若，放逐竟何辜。
浮世终难料，苍天不可呼。莫论身后事，忠义付诸孤。

［（宋）毕仲游《西台集》卷十九，文渊阁四库全书本］

刘弇《题屈原》

刘弇（1048—1102），吉州安福（今属江西）人。

直魄忠魂不复生，后来谁与继英声。只因一派潇湘水，千古澄波伴独清。

［（宋）刘弇《龙云集》卷九，文渊阁四库全书本］

李复《屈原庙》

李复（1052—?），京兆府长安（今陕西西安）人。

古庙荒山暗水云，岁时歌舞感乡民。几伤谗口方离国，欲悟君心岂爱身。惨惨飞魂号帝阙，冥冥赍志托江神。千年自有遗文在，光焰长如日月新。

［（宋）李复《潏水集》卷十四，文渊阁四库全书本］

晁补之《桂浆》

晁补之（1053—1110），济州钜野（今山东巨野）人。

暑卧午呀呷，蠲烦何所投。岩桂割辛芳，石蜜滋甘柔。沃以火鼎沸，闷之冰井幽。三日出深幂，明琼盎黄流。冰火离坎类，意比秫麦缪。辛甘既两适，不湎亦销忧。中年苦内热，岁愿西风秋。寒凉犯所畏，发散资尔谋。时时以觞客，三献不一酬。缅思湘累语，啜醨终所羞。北斗酌此浆，违世聊远游。恐复迷吾往，仆悲道阻修。淮南归来些，憭栗令人愁。百壶无此饯，夙志慕林丘。宁怀小山感，不为桂枝留。

［（宋）晁补之《鸡肋集》卷六，文渊阁四库全书本］

晁补之《约李令》

茅檐明月夜萧萧，残雪晶荧在柳条。独约城隅闲李令，一杯山芋校离骚。

［（宋）晁补之《鸡肋集》卷六，文渊阁四库全书本］

晁补之《依韵和子充杂言》

君不见东方朔，避世金马门，侏儒倡郭同陆沉。滑稽突梯意已深，不如孙登闭口逃苏门。身犹孤凤无与邻，心知嵇生未识真。儿童读书闻入孝，遭时有用可以移于君。孔子系易辞，尊乾而卑坤。耦耕未足问礼则，鸟兽固自群荆榛。孟尝声势，一旦消歇，冢上之牧良可悲。苟为贫贱不济物，身死泯然俱若兹。闻君早慕栖竹林，何忽作此悲来吟。严君肥遁业讨论，少年宜自有异闻。穷达俱性外，学者所不陈，惟勿枉道宁屈身。岂欲行不由径如灭明，不然不欲乞醯于邻同微生。白驹虽洁，空谷难久将谁亲，当诗一篇差可人。秋兰蘼芜亭下生亦蕃，夫人自有美子何足言，采撷但慰吾愁魂。吟诗作赋北窗词更妍，万言不直一杯何足怜，咿呦聊用穷吾年。能来西畴清坐一榻横，长饥亦不轑釜云无羹。荀卿论义荣，径庭大不近人情。是非亦置之，古人踽踽凉凉生何为。扬雄择中庸，反骚痛湘累。我今不见雄，此心犹为君子夷。世间趣舍不同，岂但羊枣脍。陶潜自谓，结庐人世。无车马喧，心远能尔。安有郑君，其门如市。亦能自谓，我心如水。

［（宋）晁补之《鸡肋集》卷十一，文渊阁四库全书本］

晁补之《鲁直复以诗送茶云愿君饮此勿饮酒次韵》

相茶真似石韫璧，至精那可皮肤识。溪芽不给万口须，往往山毛俱入食。
云龙正用饷近班，乞与粗官诚觋颜。崇朝一碗坐官局，申旦形清不成宿。
平生乐此臭味同，故人贻我情相烛。黄侯发轫日千里，天育收驹自汧渭。
车声出鼎细九盘，如此佳句谁能似。遣试齐民蟹眼汤，扶起醉头湔腐肠。
颇类它时玉川子，破鼻竹林风送香。吾侪幽事动不朽，但读离骚可无酒。

［（宋）晁补之《鸡肋集》卷十二，文渊阁四库全书本］

晁补之《初与文潜入馆鲁直贻诗并茶砚次韵》

黄侯阅世如传邮，自言何预风马牛。草经不下天禄阁，诗入鸡林海上州。
兼陈九鼎灿玉铉，并缀五冕森珠旒。后来傀磊有张子，姓名并向紫府收。
青春一篇更奇丽，势到屈宋何秋秋。洮州石贵双赵璧，汉水鸭头如此色。
赠酬不鄙亦及我，刻画无盐誉倾国。月团聊试金井漪，排遣滞思无立锥。
乘风良自兴不浅，愁报孟侯无好诗。

［（宋）晁补之《鸡肋集》卷十二，文渊阁四库全书本］

晁补之《复用前韵答鲁直并呈明略》

黄子人谈不容口，岂与常人计升斗。文章屈宋中阻艰，子欲一身追使还。
离骚憭慄悲草木，幽音细出芒丝间。阳春绝句自云上，折杨何烦嗑然赏。
横经高辩一室惊，乍似远人迷广城。隔河相和独许我，枯蘖亦有条之荣。
廖君不但西南美，谁见今人如是子。多髯府掾正可谑，蛮语参军宁素喜。
君不见古来皆醉铺糟难，沐浴何须仍振弹。斫冰无处用兰拽，芙蓉木末安能攀。只无相报青玉案，自有平子愁关山。

［（宋）晁补之《鸡肋集》卷十四，文渊阁四库全书本］

晁补之《呈毅父提刑》

不酌公荣有意哉，可能元亮此公侪。但读离骚政须酒，不应须为菊花来。

［（宋）晁补之《鸡肋集》卷二十二，文渊阁四库全书本］

晁冲之《与秦少章题汉江远帆五首》其二

晁冲之，生卒年不详，济州钜野（今山东巨野）人。

江山起暮色，草木敛余昏。谁感离骚赋，丹青吊屈原。

［（清）吴之振　编《宋诗钞》卷三十二《晁冲之具茨集钞》，文渊阁四库全书本］

张耒《从黄仲闵求友于泉》

张耒（1054—1114），楚州淮阴（今江苏淮阴）人。

炎暑战已定，清秋当抗衡。碧云生雁思，幽草见蛩情。

晒麦村墟静，观书枕簟清。谁能酌玄酒，来破屈原醒。

［（宋）张耒《柯山集》卷十四，文渊阁四库全书本］

张耒《屈原》

楚国茫茫尽醉人，独醒惟有一灵均。铺糟更遣从流俗，渔父由来亦不仁。

［（宋）张耒《柯山集》卷二十三，文渊阁四库全书本］

张耒《感遇二十五首》其二十一

怀王弃屈子，憔悴楚江湄。终然葬鱼腹，终古耀文词。千年洛阳客，作赋不无讥。谓当弃之去，览德乃下之。君臣本大伦，当以恩义持。如皆轻合散，是与涂人夷。灵均岂愿沉，深意实在兹。傅怀终泣死，何亦拳拳为。

（（宋）张耒《柯山集拾遗》卷一，丛书集成初编本）

张耒《文周翰惠酒以诗谢之》

时周翰自汉阳移陕，与师是为代。予亦自复移倅齐安。黄多髯，故云。

一梦东都白发新，天涯同是吊灵均。读书久误平生事，饮酒聊娱现在身。汉上卧龙新得雨，江边饥雁晚知春。黄髯相见应相问，为道真成泽畔人。

（（宋）张耒《柯山集拾遗》卷十七，丛书集成初编本）

张耒《次韵苏公武昌西山》

灵均不醉楚人醅，秋兰蘼芜堂下栽。九江仙人弃家去，吴市不知身姓梅。东坡先生送二子，一丘便欲藏崔嵬。脱遗簪笏玩杖屦，招揖鱼鸟营池台。西山寂寥旧风月，百年石樽埋古埃。洗樽致酒招浪士，荒坟空余黄土堆。但传言语古味在，一勺玄酒藏山罍。邓公叹息为摩抚，重刻文字苍崖隈。五年见尽江上客，两屐踏遍空山苔。谢公富贵知不免，醉眼来为苍生开。长虹一吐谁得掩，六翮故在何人摧。横翔相与顾鸿雁，宝剑再合张与雷。山猿涧鸟汝勿怨，天遣两公聊一来。岂如屈贾终不遇，诗赋长遗后人哀。

（见（宋）邵浩《坡门酬唱集》卷九，文渊阁四库全书本）

刘跂《滑家桥逢坏舟者有感而作》

刘跂（？—1118），北东光县（一说山东东平）人。

桥倾若车翻，舟破如瓦解。二祸适相触，生此大狼狈。齐生海边人，试吏今得代。乡闾恍在望，舟楫信所快。颇知大道夷，不避小物碍。撑夫虎豹健，力出驰突外。何其一跌伤，脱若葱与薤。疾雷不及听，生理欻焉坏。瓦飞昆阳战，鹤唳淝水败。身非吕梁叟，沈没岂不殆。娇儿年十五，八岁又其妹。岂伊瞬息间，生死不相赖。死者长已矣，生者心破碎。泣尽继以血，耳目坐盲聩。哀哀天无情，曒日为昏愦。徐观水中意，波浪自澎湃。我来独心恻，涕出增感慨。顷年岳阳下，忧患亦颠沛。蹙頞万死中，血肉偶俱在。今此沟浍狭，岂复江湖大。咄汝岂不仁，曾独与祸会。冥冥倘有主，焚溺甚菹醢。不然遭无辜，神理良汝绐。从今十手指，永是后车戒。灵均苦谗舌，颍士厌沈瘵。良时不似昔，努力善自爱。我亦乘小艇，兀兀信所届。搜求得余尊，聊以劳疲惫。虽微西江阔，勿厌升斗隘。歌阕从此辞，人生慎行迈。

［（宋）刘跂《学易集》卷二，文渊阁四库全书本］

刘跂《玉簪花和希纯》其四

凤尾成阴蕉叶重，金钿相对菊花繁。莫悲举世无相识，佩蕙纫兰有屈原。

［（宋）刘跂《学易集》卷四，文渊阁四库全书本］

王铚《向伯恭芗林诗》

王铚，生卒年不详，尝从欧阳修学。高宗建炎四年（1130），权枢密院编修官。颍州汝阴（今安徽阜阳）人。

楚人喻芗草，可佩复可食。灵均楚同姓，放逐去其国。皎皎忠良心，惕惕惧谗贼。扁舟下沧浪，魂迷招不得。至今芳洲上，寂寞少春色。我公异于是，声誉超八极。挽公青霞裾，接武紫鸾翼。直契慕湘累，论心不论迹。我是众芗林，澡身而浴德。同心等崇兰，直节逾苍柏。登善味芝术，去恶锄枳棘。荀令十里香，扬雄一区宅。君臣相唯诺，品（1）题来藻饰。日光万丈长，众芗馥芳泽。况了大因缘，功名皆戏剧。手擎妙喜国，心湛水精域。诸天众芗云，旃檀杂薝卜。登门三十年，岁晚仍作客。诵公芗林诗，心境为澄澈。虽非歌商颂，声亦出金石。

［（宋）王铚《雪溪集》卷二，文渊阁四库全书本］

邵伯温（残句）

邵伯温（1057—1134），共城（今河南辉县）人。

屈原宅畔蕙兰怨，神女祠边云雨愁。（《舆地纪胜》）

［（清）陆心源《宋诗纪事补遗》卷之三十八，清光绪刻本］

晁说之《欲自邯郸趋府复从中山行觉风异常马上作》

晁说之（1059—1129），济州钜野（今山东巨野）人。

山行岂不恶，清音兴自长。风从巀嵲来，不比人间凉。浮凉夸湛露，屈子自悲伤。披襟青蘋末，玉也媚君王。欢见西王母，笑酌白玉浆。当今第几人，此乐可共尝。车马邯郸道，侧身一相望。为谢南亭女，万里贱铅黄。

［（宋）晁说之《景迂生集》卷四，文渊阁四库全书本］

晁说之《屈原石板上见圆机题诗因和之》其一

门掩自闲闲，樽空宁薄薄。妙语知杜美，刚肠识雷恶。

［（宋）晁说之《景迂生集》卷五，文渊阁四库全书本］

晁说之《屈原石板上见圆机题诗因和之》其二

饶花人岂贫，多竹地不薄。最道长官难，只愁里胥恶。

［（宋）晁说之《景迂生集》卷五，文渊阁四库全书本］

晁说之《谢圆机除祟赋》

祟鬼当年曾暂解[①]，赋成今日永嘉祥。无烦铸鼎图群象，可笑时傩逐毕方。荡涤辞源能澎濞，诛锄笔阵更光芒。此身强健余何事，枉是灵均叹国殇。

［（宋）晁说之《景迂生集》卷八，文渊阁四库全书本］

晁说之《予既和圆机绅字长句复作寄孙显夫是初考之最高等也》

鱼龙起伏初无度，下品曾为第一人。鸿藻自甘戎幕掾，青云谁委玉阶绅。

命微夫子徒哀剧[②]，天远灵均枉问因。触事思君成苦调，遥怜烂醉剩阳春。

［（宋）晁说之《景迂生集》卷八，文渊阁四库全书本］

晁说之《夜雨不少住枕上作》

几年飘泊敢何求，甘作伧公对楚囚。风转荣光新辇道，雨无时节旧扬州。

陆公奏议同谁恨，屈子离骚亦独愁。岁暮长江瘴病客，飘飘荆渚觅同游。

［（宋）晁说之《景迂生集》卷九，文渊阁四库全书本］

李新《江道中》

李新（1062—?），仁寿（今属四川）人。

项没黄茆疑虎蹲，风摇脱木本浮云。忘机沙溆双鸥远，小景人家一水分。

野寺钟声昏后寂，寒衣砧子夜深闻。急求贾傅今宣室，谁赋伤谗屈子文。

［（宋）李新《跨鳌集》卷六，文渊阁四库全书本］

---

① 自注：柳子惠作《解祟赋》。

② 自注：严夫子。

洪朋《樊上丈人歌》

洪朋（1065—1109），南昌（今属江西）人。

广文诸生如乱麻，十有八九或起家。幅巾藜杖最困者，樊上丈人须鬓华。丈人闻道羲皇上，屈原庄周丈人行。声名籍甚徒为耳，四海八荒莽跌宕。扁舟布帆下赤壁，扬澜左蠡随所历。颠风狂雨向昏黑，怒涛掀天奇兀硉，馋蛟驳兽纷腾突。一苇无处所，数口仅生活。行路难如此，一一为我说。匡山野老坎壈人，读书空山三十春。下泽款段何逡巡，丈夫穷达付造物，委琐龌龊不足论。臭味略相似，邂逅即情亲。江头一樽前，执手鼻酸辛。秋风吹君唾珠玉，发函伸纸三过读，惜哉意气何刺促。丈人行李何当来，得意江山醉金罍，富贵峥嵘亦悠哉。君不见博陵马周新丰客，时无贞观老死无人识。

［（宋）洪朋《洪龟父集》卷上，文渊阁四库全书本］

饶节《送故人》

饶节（1065—1129），抚州临川（今属江西）人。

秋风夜作万马声，草木自有离别情。君行胡不卜春夏，况我抱病方竛竮。
我生不祥忧患并，行李四方影随形。少年之气追琢尽，胸中独抱渭与泾。
世人纷纷水火争，我欲从之惫不能。骑马时寻故人舍，掀髯抵掌意自倾。
图书万卷相将迎，座无凡儿眼更明。惟酒无量与兴会，我醉未去君经营。
不用赐金为解酲，一月何必一日醒。此中万事气自宁，勿语世人人不听。
君今胡为忽戒行，使我此计堕杳冥。君行潇湘绝洞庭，沙头水落鼍夜鸣。
想君抱恨寐辄惊，起吊湘累涕泪横。顾我胡为世网婴，前行霜露后榛荆。
谁为传之凤凰翎，与君方驾寻此盟。

［（宋）饶节《倚松诗集》卷一，文渊阁四库全书本］

释智才《颂古二首》其一

释智才（1067—1138），舒州（今安徽潜山）人。

翻手书空字已成，忙忙人向两头争。屈原不是寻渔父，千古谁人论独醒。

［（宋）正受辑《嘉泰普灯录》卷第二十七，海南出版社2011年］

谢逸《就陈仲邦乞菊》

谢逸（1068—1112），抚州临川（今属江西）人。

芙蓉狼藉拒霜残，只有黄花巧耐寒。盈把已供陶令醉，落英分与屈原餐。

［（明）《诗渊》册四，书目文献出版社1980年］

唐庚《明妃曲》

唐庚（1070—1120），眉州丹棱（今四川丹棱）人。

生男禁多才，长沙伴湘累。生女禁太美，阴山嫁胡儿。长沙虽归如不归，阴山亦复归无期。绛灌通侯延寿死，琵琶休怨汉天子。

［（宋）唐庚《眉山诗集》卷三，文渊阁四库全书本］

释德洪《寄楷禅师》

释德洪（1071—1128），筠州新昌（今江西宜丰）人。

龙蛇头角混埃尘，临死方知老净因。三度傲辞天子敕，一生甘作净名身。

虎皮羊质成何事，牛马襟裾亦谩陈。须信屈原千载后，空门犹有独醒人。

［（宋）释觉范《石门文字禅》卷十，文渊阁四库全书本］

许景衡《端午》

许景衡（1072—1128），温州瑞安（今属浙江）人。

节序重重过，京华物物新。安排黍生角，妆点艾为神。

穷巷无来客，他乡有故人。挥毫非楚些，谁与吊灵均。

［（宋）许景衡《横塘集》卷三，文渊阁四库全书本］

罗从彦《濯缨亭用陈默堂韵》

罗从彦（1072—1135），南剑州剑浦（今福建罗源）人。

十载犹缁京洛尘，归欤那复厕朝绅。君今谈笑青油幕，我但巍峨乌角巾。

江汉更从尼父濯，衣冠宁羡屈原新。欲赓孺子沧浪咏，会意须还舍瑟人。

［（宋）陈思编，（元）陈世隆补《两宋名贤小集》卷二百十二《豫章先生诗集》，文渊阁四库全书本］

谢薖《午日》

谢薖（1074—1116），抚州临川（今属江西）人。

今晨定何祥，桃柳各映户。粉团高气薰，鹅脔椒菜覆。朝餐随土风，杯酒晚来具。彩丝缠祭筒，画楫夸竞渡。楚人哀怨情，正以屈子故。当年葬鱼腹，盖坐入宫妒。荣华一时好，放逐千载慕。得失吾不知，持杯自欣豫。

［（宋）谢薖《竹友集》卷三，文渊阁四库全书本］

谢薖《植菊》

憔悴灵均老，萧条子美醒。餐英谋自洁，摘蕊恨犹青。

事往成今古，人亡尚典刑。鄙夫今白发，赖汝制颓龄。

［（宋）谢薖《竹友集》卷六，文渊阁四库全书本］

谢薖《赠别董彦速四首》其四

机事都捐忆大庭，茅檐相对眼俱青。期君别后文章健，往吊沅湘屈子醒。

［（宋）谢薖《竹友集》卷六，文渊阁四库全书本］

郭印《兰坡》

郭印，约1126年前后在世，成都（今属四川）人。

梅花扫迹春无光，继踵惟有幽兰香。天姿冲澹谢朱粉，睥睨百卉皆优倡。

高人采撷纫为佩，养之盆盎移中堂。微风馥馥来何所，一干鼻观尤非常。

年来屡遭白眼笑，过而不顾夫何伤。深山穷谷遂真性，寂寞无人亦自芳。

忆昔灵均滋九畹，贞洁内守甘退藏。众醉独醒隘八表，回视俗物都茫茫。

我今日暮前途窄，握香不羡尚书郎。荒坡满植作知己，从兹身世两相忘。

［（宋）郭印《云溪集》卷六，文渊阁四库全书本］

郭印《次韵蒲大受书怀十首》其四

物齐人即我，天运古犹今。但得丹田固，宁忧白发侵。

情忘心坦坦，神定息深深。却笑灵均辈，悲哀泽畔吟。

［（宋）郭印《云溪集》卷七，文渊阁四库全书本］

郭印《云溪杂咏》其十五

生植依山谷，移根伴此君。丛中抽紫干，幽处吐清芬。
入室能俱化，同心自远闻。灵均元不试，委佩楚江渍。
［（宋）郭印《云溪集》卷八，文渊阁四库全书本］

陈棣《客舍春晚》

陈棣，约 1140 年前后在世，处州青田（今属浙江）人。
畹晚春归婺女城，轻阴浅绿绕长亭。禽声劝客年年恨，草色随人处处青。
为米未容陶令去，餔糟敢笑屈原醒。诗成错莫浑无事，满院杨花昼掩扃。
［（宋）陈棣《蒙隐集》卷二，文渊阁四库全书本］

陈棣《次韵梅花四首》其三

镂玉凝酥若未匀，南枝仿佛露天真。横陈月下无双影，占断人间第一春。
屈子浪吟兰畹佩，韩公羞卜杏花邻。广平见谓心如铁，翻学高唐草赋人。
［（宋）陈棣《蒙隐集》卷二，文渊阁四库全书本］

李处权《岁晚诸君送酒赋长歌以谢之》

李处权（？—1155），徐州丰县（今江苏丰县）人。

我有经纶天下之大志，陶冶万物之雄心。上书几欲自荐达，君门无籍不可寻。归来抚剑星斗近，老去援琴山水深。混迹渔樵友麋鹿，兴发时为梁父吟。雾雨方寒蔽林薮，黄狐跳梁苍兕吼。岁云暮矣人白头，纳履踵决衣见肘。茫茫大块宁终久，青史功名谁不朽。昔贤达观有至言，破除万事无过酒。朝来叩关闻剥啄，长须致简喜且愕。满壶倾写清若空，一釂衰颜返丹渥。此物难从俗士论，古今与世收奇勋。寒谷可以回阳春，浇风亦使还其淳。书生分量当饮温，圣清贤浊何用分。浊醪有妙理，引人著胜地。乘坠且不知，焉知物为贵。扬雄嗜饮而家贫，玄嘲尚白费解纷。屈原独醒良自苦，湘累空有些招魂。一石亦醉淳于髡，五斗解酲刘伯伦。卧舆当道陶渊明，骑马似船贺季真。吏部有时甘盗瓮，丞相他年容吐茵。古人已往不复见，忽然举觞如对面。穷通得丧寓于此，旦暮方齐死生变。拍浮池中固不恶，曲垒糟丘仍不薄。一杯一杯复一杯，身世兼忘乃真乐。不可一日无此君，今吾于酒而亦云。安得四海尽种秫，春台寿域长醺醺。

［（宋）李处权《崧庵集》卷三，文渊阁四库全书本］

李光《寄内》

李光（1078—1159），越州上虞（今浙江上虞）人。

学道参禅久不成，惟将曲蘖破愁城。三杯径醉客已去，一枕未回天欲明。长羡篱边元亮醉，谁怜泽畔屈原醒。瓮头浊酒须多酿，准拟归来细细倾。

［（宋）李光《庄简集》卷五，文渊阁四库全书本］

汪藻《奉送张彦良司理》

汪藻（1079—1154），饶州德兴（今属江西）人。

病来谁复顾湘累，君独无忘宿昔时。人物喜逢三语掾，风骚远过四愁诗。尊前破涕方成笑，人事多乖又语离。莫道天涯无雁到，好风宁不寄相思。

［（宋）汪藻《浮溪集》卷三十一，文渊阁四库全书本］

汪藻《次韵何子应七月十八日书事二首》其一

寄语江鸥莫浪猜，先生爱汝水潆洄。自从楚国灵均后，几个骚人到此来。

［（宋）汪藻《浮溪集》卷三十二，文渊阁四库全书本］

韩驹《题梅兰图二首》其二

韩驹（1080—1135），陵阳仙井（今四川仁寿）人。

幽兰不可见，罗生杂榛菅。微风一披拂，余香被空山。凡卉与春竞，念尔意独闲。弱质虽自保，孤芳谅难攀。高标如湘累，岁晚投澄湾。不须羡寒梅，粉骨鼎鼐间。

［（宋）韩驹《陵阳集》卷二，文渊阁四库全书本］

孙觌《回雁峰》

孙觌（1081—1169），常州晋陵（今江苏武进）人。

三年践蛇虺，一命抵豺虎。悠悠故园心，万里崖峤阻。祝融方司南，巨岳镇全楚。沧波喷石壁，白日洒飞雨。寥寥苍梧帝，髯断泣二女。斓斑竹上泪，溅血今如许。

沉文吊湘累，鱼葬得死所。寂寞千载魂，故物但角黍。吾生将安归，堕此瘴江浦。逐臣正南游，倦鸟已北翥。放身秋崖上，万壑赴一睹。干戈浩茫茫，安得两翅羽。

［（宋）孙觌《鸿庆居士集》卷三，文渊阁四库全书本］

孙觌《愚溪》

群休眩鹿马，独觉[①]辨渑淄。虫鸟岂知道，断尾畏为牺。草木讵有灵，卫足不如葵。智囊樗里子，痴绝顾恺之。成坏系所遭，何必陋昨非。仪曹天下士，失身蹈危机。一斥卧江海，南冠系湘累。不思蛇起陆，便作鸟择栖。匿智以为愚，更欲名其溪。溪山清可厉，溪上碧相围。石底行翠虬，烟中抹修眉。一朝纩息定，白日断履綦。丛祠翳篁竹，秋风生网丝。凛凛望千载，避世真吾师。故物不可寻，山川尚华滋。永怀西州动，兴言北山移。欣然解其会，了了不复疑。独醒亦何事，誓将铺糟醨。举酒酹一觞，宛宛度两旗。蕉黄配丹荔，歌此迎神诗。[②]

［（宋）孙觌《鸿庆居士集》卷三，文渊阁四库全书本］

周紫芝《雨晴望青山》[③]

周紫芝（1082—1155?），宣州宣城（今属安徽）人。

世间尤物如异人，青山不入诸山群。晚来浓翠欲成滴，雨后数鬟高切云。
人言兹山下埋玉，太白祠扉落岩谷。至今樵牧无斧斤，余润油然归草木。
往岁小生来酹公，秋山未霜叶尚绿。是时落日在屋梁，彷佛如照公眉目。
今我不乐湖水滨，青山到眼无朝昏。更欲再拜望拱木，公已乘鸾上天门。
帝乡渺渺不知处，谁能为我招清魂。死生夜旦何足道，不敢复作湘累文。

［（宋）周紫芝《太仓稊米集》卷二十，文渊阁四库全书本］

---

① 自注：去。
② 自注：北山，谓愚公也。
③ 原注：太白墓在其下。

周紫芝《读楚词三首》

借令无策拒强秦，何至甘心受虎吞。楚国已墟三十载，区区犹念尔东门。

方从黄棘望回骖，可笑襄王又信谗。已分世间无鲍叔，便须水底觅彭咸。

人生长策是同流，却遣何人为国忧。鼎镬轩裳俱一死，屈原何得畏阳侯。

［（宋）周紫芝《太仓稊米集》卷二十三，文渊阁四库全书本］

周紫芝《次韵相之木犀三首》其三

兰芳九畹是同流，薜荔江蓠格未优。不为岩花作佳传，灵均空说楚江秋。

［（宋）周紫芝《太仓稊米集》卷二十七，文渊阁四库全书本］

周紫芝《刘德秀县丞凡五和前篇仆亦五次其韵》其二

楚泽是鱼稻，不论斗与斤。老守睡足处，饱饫闻余薰。时歌郢人曲，细和湘累文。天风一披拂，花砌飞缤纷。乐此尽日静，颇无终岁勤。刘侯过我数，坐久衣成纹。时惊燕梁句，有似春空云。千年论往事，一炷同清芬。有客乃如此，我意岂不欣。人生如草木，鼻味殊芗荤。海天得彼趣，妙香吾所闻。庶希清净化，上答明圣恩。从今世外乐，可比洪崖氲。

［（宋）周紫芝《太仓稊米集》卷三十五，文渊阁四库全书本］

李纲《次韵陈介然幽兰翠柏之作》其一《幽兰》

李纲（1083—1140），邵武（今属福建）人。

幽兰出深林，得上君子堂。置之顾盼地，蔼蔼振余光。春风茁其芽，暗淡飘天香。刈防岂无用，授梦方荐祥。纫佩美屈子，披风快襄王。秋高白露下，摧折增感伤。愿与菊同瘁，羞随菼并长。收根归旧林，肯改无人芳。

［（宋）李纲《梁谿集》卷七，文渊阁四库全书本］

李纲《五哀诗　楚三闾大夫屈原》

楚怀听秦诳，身作咸阳鬼。当时屈原争，坐困椒兰毁。襄王复不悟，远作江南徙。行吟沅湘间，形槁颜色悴。著书称离骚，风雅齐厥理。鸱鸮况小人，鸾凤喻君子。眷眷不忘君，一篇三致意。纫兰采杜若，冠佩空自伟。举世混浊中，谁与同乐此。忠臣会遇难，千古共一轨。人情疏鲠亮，物能使软美。存亡反覆间，悔及良晚矣。嗟嗟屈子心，芳洁畴与比。日月可争光，尘垢安能滓。聊从太史卜，肯逐渔父醉。甘葬鱼腹中，怀沙汨罗水。千秋身后名，芬馥同茝芷。夫岂椒兰徒，据势长不死。

［（宋）李纲《梁谿集》卷十九，文渊阁四库全书本］

李纲《著迂论有感》

长笑梁溪翁，平生有余拙。于今欲行古，无乃亦痴绝。施之廊庙间，放步足已跌。下帷更潜思，又复广陈说。从来坐言语，得谤今未歇。曾不少创惩，譊譊祇强聒。惟堪覆酱瓿，讵足议往辙。掉头谓不然，此理君未察。立言与行事，垂世初不别。身穷言乃彰，贻范有前哲。周文拘羑里，易象乃成列。仲尼道不行，褒贬代赏罚。屈原困椒兰，泽畔采薇蕨。离骚体风雅，光可争日月。虞卿罢赵相，梁魏颇屑屑。世亦传春秋，端为穷愁设。圣贤垂简编，往往因愤发。避谤不著书，陆子良已黠。区区祸福间，何足议宏达。泛览古人心，一一可坐阅。大略观规模，微情析毫发。幽光发干将，潜慝戮饕餮。会有知我人，玩味为击节。安知千载后，观乐无季札。岂能继潜夫，粗可仿荀悦。子云方草玄，解嘲何可缺。

［（宋）李纲《梁谿集》卷十九，文渊阁四库全书本］

李纲《自蒲圻临湘趋岳阳道中作十首》其三

岁寒又复事南征，桂楫兰舟过洞庭。水入重湖千里白，山连平楚数峰青。云鸿杳杳飞何远，汀芷微微气自馨。千古灵均英爽在，固应笑我学余醒。

［（宋）李纲《梁谿集》卷二十三，文渊阁四库全书本］

李纲《端午日次郁林州》

久谪沅湘习楚风，灵均千载此心同。岂知角黍萦丝日，却堕蛮烟瘴雨中。榕树间关鹦鹉语，藤盘磊砢荔枝红。殊方令节多凄感，家在东吴东复东。

［（宋）李纲《梁谿集》卷二十四，文渊阁四库全书本］

吕本中《奉怀张公文潜舍人二首》其一

吕本中（1084—1145），开封（今属河南）人。

颜子置身陋巷，屈原放迹江湖。何似我公归去，马羸不厌长途。

［（宋）吕本中《东莱诗集》卷二，文渊阁四库全书本］

赵鼎《九日晚坐独酌一杯》

赵鼎（1085—1147），解州闻喜（今属山西）人。

木落江城风露寒，坐惊芳岁逼凋残。晚来自爱一杯暖，老去元无九日欢。

拟借灵均兰作佩，尚余陶令菊堪餐。平生遍插茱萸处，短梦悠悠行路难。

［（宋）赵鼎《忠正德文集》卷五，文渊阁四库全书本］

陆佃《依韵和双头芍药十六首》其七

陆佃（1086—1100），越州山阴（今浙江绍兴）人。

并骖鸾鹤下珍群，为爱诗人不避人。半醉奈何非李白，独醒愁杀是灵均。

空花在处黏成妄，草木何时炼得真。顾我无心争彼此，即今开落任青春。

［（宋）陆佃《陶山集》卷二，文渊阁四库全书本］

沈与求《单颜徒以盗失邑被谴赦令复官喜而有诗次其韵》

沈与求（1086—1137），湖州德清（今属浙江）人。

千里风雷起放臣，反骚端欲陋灵均。宦情遽逐鹏程远，喜气犹惊鹊语新。

它日钟鱼应落梦[①]，半生尘土未酬身。会须更整青云步，往事当令问水滨。

［（宋）沈与求《龟谿集》卷二，文渊阁四库全书本］

刘才邵《题从兄和仲国香轩》

刘才邵（1086—1157），吉州庐陵（今江西吉安）人。

灵均志与日争光，收拾香草供篇章。高冠奇服事修洁，辛夷为楣药为房。

滋兰九畹多不厌，似更有意怜幽香。当时楚俗宝萧艾，谁知纫佩芙蓉裳。

高情如兄能有几，封植灵根当砌傍。芝英玉树宜相映，清芬宛转随风长。

结根得所异晚菊，不向篱边混众芳。早晚知音垂采摘，玉盘霞绮升中堂。

① 自注：颜徒寓僧舍。

［（宋）刘才邵《檆溪居士集》卷二，文渊阁四库全书本］

郑刚中《梅花三绝》其三

郑刚中（1088—1154），婺州金华（今属浙江）人。

水边寂寞一枝梅，君谓高标好似谁。洁白不甘芜秽没，屈原孤立佩兰时。

［（宋）郑刚中《北山集》卷十一，文渊阁四库全书本］

郑刚中《再和》

我赋蜡梅什，吁嗟何独梅。天衢谁谓高，富贵容奸回。世路可怜窄，岩穴定奇瑰。刘蕡策如虹，李郃方为魁。汉帝称盛礼，太史不得陪。楚亦多大夫，灵均葬江隈。天马絷四足，悲鸣谩徘徊。楩楠遇拙匠，血指成弃材。高冈凤鸣姿，灶下随烟埃。泛观无不尔，可叹化为灰。我欲劝处子，无庸画红腮。我欲劝朝士，无庸巧相媒。时来鸡犬仙，势去金石摧。置器戒如斗，酌酒当如淮。陶陶醉乡中，壮心休自颓。小视造物者，令与儿辈偕。浩气塞天地，容易毋悲哀。

［（宋）郑刚中《北山集》卷十二，文渊阁四库全书本］

郑刚中《茉莉》

岭上老梅树，岁晚等凡木。霜风吹枯枝，曾有花如玉。茉莉抱何性，犯此炎暑酷。琢玉再为花，承以敷腴绿。怜渠一种香，遍历寒与燠。空庭三更月，酒醒人幽独。有如高世士，含情不虚辱。时于寂默中，至意微相属。鼻观既得趣，就枕便清熟。梦中见灵均，九畹皆芬馥。

［（宋）郑刚中《北山集》卷二十一，文渊阁四库全书本］

李弥逊《饮酒》

李弥逊（1089—1153），吴县（今江苏苏州）人。

渊明不止酒，屈原长独醒。一樽有妙理，二子未忘形。

车上无垂坠，眼中谁白青。陶然醒醉外，物我两冥冥。

［（宋）李弥逊《筠溪集》卷十四，文渊阁四库全书本］

李弥逊《和学士秋怀》其九

灵均投老寄潇湘，身后声名日月光。被谤早知缘薏苡，引年谁复念菖阳。

［（宋）李弥逊《筠溪集》卷十九，文渊阁四库全书本］

陈与义《晚步湖边》

陈与义（1090—1138），洛阳（今属河南）人。

客间无胜日，世故可暂逃。杖藜迎落照，寒彩遍平皋。夕湖光景丽，晴鹳声音豪。天长蒹葭响，水落城堞高。万象各摇动，慰此老不遭。楚累经行地，处处余离骚。幸无大夫责，得伴诸子遨。终然动怀抱，白发风中搔。

［（宋）陈与义《简斋集》卷四，文渊阁四库全书本］

陈与义《谨次十七叔去郑诗韵二章以寄家叔一章以自咏》 其一

乡里小儿真可怜，市朝大隐正陶然。固应聊颂屈原橘，底事便歌杨恽田。

广陌遥知驹款段，曲池犹记鹭联拳。[①] 对床夜雨平生约，话旧应惊岁月迁。[②]

［（宋）陈与义《简斋集》卷十，文渊阁四库全书本］

张致远《观陈谏议祠有感》

张致远（1090—1147），剑州沙县（今属福建）人。

权门车马日骈骈，独犯天颜咫尺威。愿借君王斩马剑，何惭妻子泣牛衣。

丹书到死成罗织，青史平生赖发挥。遥望湘滨成楚些，英魂应逐屈原归。

［（明）郑庆云《（嘉靖）延平府志》卷二〇］

张元幹《陪李仲辅昆仲宿惠山寺》

张元幹（1091—1161），福州永福（福建永泰）人。

苍山峭崒中，殿古起野色。仰空象纬高，抚事戎马隔。三子俱人豪，语默有典则。安知今夕游，值此老宾客。危言惊鬼神，怀旧痛京国。寄书白帝城，

① 自注：郑州官舍有池。

② 自注：家叔书来，喜与家伯大人相会。

问道屈原宅。三春闻竹枝，万里共凄恻。风来松柏悲，月落世界黑。相看炯不寐，袖手了无策。去去更酌泉，吾生易南北。

［（宋）张元幹《芦川归来集》卷一，文渊阁四库全书本］

张元幹《送舒希古》

老舒古君子，送客皆善类。觞行颇轩渠，一斗辄径醉。
凉飔生白蘋，落日照紫翠。骊驹虽在门，不下儿女泪。
傥复逢湘累，更与问憔悴①。

［（宋）张元幹《芦川归来集》卷一，文渊阁四库全书本］

苏籀《次韵答晁以道见赠二首》其一

苏籀（1091—1164），眉州眉山（今四川眉山）人。

骨髓缄藏万古谋，畔牢愁思不禁秋。常怜屈宋鸣中古，不遇丘轲放一头。
文赋东坡推典丽，简书西路失归休。看公议论方游夏，岂数苏州与柳州。

［（宋）苏籀《双溪集》卷一，文渊阁四库全书本］

苏籀《赋丛兰》

楚郢都梁奇韵佚，岚溪云壑初何僻。根蒂条荂玩九春，葩叶尖萌碧逾尺。
蕙转东君溢宠光，露浥清华烟染色。翁勃天芬透绮疏，英蕤绿艳撩诗客。
滋荣九畹不因人，无际幽深来响屐。三嗅书帷尝涉猎，满把骚人安忍释。
映俎垂筵纫委佩，劚苔徙槛芳盈室。燥虚黏腻俗尘清，祛病析酲驱抑郁。
猗猗不采亦奚伤，雍容屈宋无伦匹。赏慨年芳次第菲，轻重憎怜从结习。
辛夷为坞薜萝门，莎茭蒲芦类非一。庭中绝出忘忧右，差等水仙诚莫逆。
遥知最妙岭头梅，适口和羹似难及。更与丘明评国艺，后皇媚之殊赫奕。

［（宋）苏籀《双溪集》卷四，文渊阁四库全书本］

苏籀《莳兰》

湘累鞱佩南邦媚，天女襟期绝世芗。艺植便应弥九畹，孰知苓藿与詹糖。

① 自注：谓胡邦衡。

［（宋）苏籀《双溪集》卷五，文渊阁四库全书本］

张九成《十二月二十四夜赋梅花》

张九成（1092—1159），钱塘（今浙江杭州）人。

我来岭下已七年，梅花日日斗清妍。诗才有限思无尽，空把花枝叹晚烟。
颇怪此花岚瘴里，独抱高洁何娟娟。苦如灵均佩兰芷，远如元亮当醉眠。
真香秀色看不足，雪花冰霰相后先。平生明明复皦皦，一嗅霜蕊知其天。
固安冷落甘蛮蜑，不务轻举巢神仙。他年若许中原去，携汝同住西湖边。
更寻和靖庙何许，相与澹泊春风前。

［（宋）张九成《横浦集》卷二，文渊阁四库全书本］

张九成《拟古》其五

余生本无用，颓然落涧阿。饥食山顶薇，寒编松上萝。岂敢怨明时，贫贱固其宜。原宪乐穷巷，屈平愁深陂。度量何相越，道在胡速迟。屈子则已矣，原子有余辉。

［（宋）张九成《横浦集》卷二，文渊阁四库全书本］

张九成《夜雨》

春阴正愁绝，夜雨复淋漓。楚客南冠日，湘累去国时。
千山花尽落，万壑水东之。脉脉灯前意，夫君知不知。

［（宋）张九成《横浦集》卷四，文渊阁四库全书本］

张九成《见菊花呈诸名士》

勿谓重阳把一枝，嗟予何限古人思。灵均自著离骚日，元亮长歌归去时。
未晓只疑犹泫露，开门忽见满疏篱。要呼四海平生友，来醉花前金屈卮。

［（宋）张九成《横浦集》卷四，文渊阁四库全书本］

张九成《咏梅》其一

策马寻梅过小桥，江边驿路正迢迢。灵均清劲余骚雅，夷甫风姿堕寂寥。
半吐暗惊云插月，横枝忽见雪封条。徘徊未忍轻归去，楼上何人调玉箫。

［（宋）张九成《横浦集》卷四，文渊阁四库全书本］

李彭《读扬雄法言》

李彭（1094 前后在世），南康军建昌（今江西永修）人。

子云老暗事，晚乃著一书。经营极浅易，艰深聊塈涂。终身作雕虫，出语嗟壮夫。苦笑屈原智，颇怜晁错愚。丹青果变玉，美新孰非谀。我麟不可羁，投阁将焉如。侯芭痛领略，见谓老易徒。小儿杨德祖，鉴裁自不虚。

［（宋）李彭《日涉园集》卷三，文渊阁四库全书本］

李彭《重游草堂》

德人昔游居寝处，一草一木可敬之。涪翁初释僰道缚，枉道过我临水湄。
梵宫三托吉祥卧，悠悠东泛长淮涯。牵丝姑孰席未暖，鬼瞰高明俄解龟。
鹦鹉洲前弄晴泚，祠宫寄食长江西。黄绢碑中发奇祸，播迁瘴海如湘累。
天生斯人意有在，世或不用将何疑。巫阳下招化黄鹄，不遣啄腐随家鸡。
前年岁晏到萧寺，开眼适见邹松滋。涪翁故时得此客，今已改色嗟流离。
大招泪湿缘坡竹，神观凛凛疑来归。今年森木挂秋暑，鹧鸪钩辀向我啼。
重来野僧零落尽，坏帐鼠啮非当时。过眉拄杖为小立，将暝西山含夕霏。

［（宋）李彭《日涉园集》卷五，文渊阁四库全书本］

李彭《蝴蝶诗》

碧梧翠竹名家儿，今作栩栩蝴蝶飞。山川阻深网罗密，君从何处能来归。疑君枕肱作庄梦，误随秋风访天涯。大儿稍黠儿中虎，小儿初学绣帐语。青娥皓齿越中女，夜挑锦字停机杼。可叹不可思，可思不可见。君来翻作昧平生，看朱成碧非君面。耿兰作报断人肠，况复雀声哦洞房。不知真是玉人否，大钧刻凋不可量。君不闻蜀天子，化为杜鹃似老乌。悲啼清血百花尽，有恨不吐归黄垆。又不见湘累平生女媭骂，空遗离骚万钧价。楚些许时招不来，亦复穿花绕寒夜。愿君莫飞入兔园，青春粲粲花叶繁。雄蜂雌蝶闹如雨，于君一脚不可安。

［（宋）李彭《日涉园集》卷六，文渊阁四库全书本］

李彭《得了翁书》

都司宁拂御炉香，严遣归来鬓未霜。麟阁他年看赫弈，兽樽今日久凄凉。楚氛闻说行将弭，汉道真成喜再昌。莫作湘累吟泽畔，锋车促召据南床。

［（宋）李彭《日涉园集》卷八，文渊阁四库全书本］

李彭《即事》其四

我觏之子秉周礼，要使诸儒识汉仪。侧席求贤天子圣，未容泽畔吊湘累。

［（宋）李彭《日涉园集》卷十，文渊阁四库全书本］

张嵲《题曾口县江月亭二首》其一

张嵲（1096—1148），襄州襄阳（今属湖北）人。

庾亮楼前唯皎月，屈原祠下只沧波。北人每到犹肠断，江月涵辉更若何。

［（宋）张嵲《紫微集》卷十，文渊阁四库全书本］

李贯《吴江县》

李贯，1128 年进士，上虞（今浙江上虞）人。

四面渔家绕县城，古今名手谩丹青。菰蒲水浅连江寺，橘柚烟深隔洞庭。幽鹭下时分野色，远帆归处印天形。谁知张翰思鲈意，犹胜灵均醉独醒。

（《全宋诗》第 33 册，北京大学出版社 1998 年，第 21245 页）

盖谅《次郑大资竞渡诗韵》

盖谅，1143 年前后在世。

昔年冶游浚都城，溶溶春水涨金明。龙舟鳞次鼓兰桨，胜日讲武风波平。沸地笑歌混箫笛，轰天金鼓惊鹭鹚。当年冠盖尽英游，飞鞚联翩迅翔翼。只今潜盘向荒陂，畴囊伟观那再期。熙熙王化及远近，春来胜事还相随。十百分朋同川济，咸欲得枭无异意。屈原死向千载余，今不敬吊翻成戏。敬吊赋就独贾生，可见君子异小人。公诗贾赋独追伤，忍以为戏向芳春。企听赐环在朝暮，衮绣遄归庙堂去。故先濯我尘土心，琅琅哦公七字句。

（《全宋诗》第 34 册，北京大学出版社 1998 年，第 21471-21472 页）

葛立方《题卧屏十八花　黄菊》

葛立方（？—1164），江阴（今属江苏）人。

秋入重阳气倍清，东篱采菊眼偏明。杯中要作茱萸伴，不是湘累餐落英。

［（宋）陈思编，（元）陈世隆补《两宋名贤小集》卷八十二《归愚集》，文渊阁四库全书本］

朱翌《端午观竞渡曲江》

朱翌（1097—1167），舒州怀宁（今安徽潜山）人。

楝花角黍五色缕，一吊湘累作端午。越人哀君楫迎汝，呼声动地汗流雨。
鱼虾走避无处所，小试勒兵吾有取。楼船将军下潢浦，佽飞射士彍强弩。
大堤士女立如堵，乐事年年动荆楚。却忆金明三月天，春风引出大龙船。
二十余年成一梦，梦中犹记水秋千。三军罢休各就舍，一江烟雨朱帘夜。
隐隐滩声细卷沙，沙浅滩平双鹭下。

［（宋）朱翌《灊山集》卷一，文渊阁四库全书本］

朱翌《素馨》

众香发越充南溟，梅花脑飞水弄沉。露积旃檀薪降真，薰陆光射琉璃瓶。
山川草木一天芬，素质如玉备众馨。乌髻粤女娇满簪，上官置酒结盖缨。
余波润泽龙涎春，北走万里燕赵秦。骚人尚尤楚灵均，何为不入离骚经。
（《永乐大典》卷七九六〇引《潜山集》，今《潜山集》三卷本未收录）

曹勋《沐浴子》

曹勋（1098—1174），阳翟（今河南禹州）人。

新沐莫弹冠，新浴莫振衣。圣人贵同尘，贤者汩其泥。夷齐立峻节，感激歌采薇。子真老谷口，岁晏无苦饥。屈原怀独醒，沉湘谁与悲。渔父随其波，所适安所宜。君看侯门客，饥于纨裤儿。

［（宋）曹勋《松隐集》卷五，文渊阁四库全书本］

曹勋《荆门道》

荆门道，在何许，万里迢迢入南楚。故人何事未归来，满目豺狼路多阻。
路多阻兮可奈何，矍铄廉公亦奚取。期君终日醉如泥，贤似灵均醒时语。
［（宋）曹勋《松隐集》卷五，文渊阁四库全书本］

曹勋《题俞揰画八景》其八《潇湘雨过》

清湘列岫拥烟霏，不见灵均吊楚妃。一带僧园入修绿，待看岳麓雨晴时。
［（宋）曹勋《松隐集》卷十九，文渊阁四库全书本］

曹勋《山居杂诗九十首》其四十五

调羹商相业，粉额汉宫妆。寄远与却月，六朝用弥彰。
犯寒清而洁，骚经何独忘。抚卷怀灵均，灵均亦沉湘。
［（宋）曹勋《松隐集》卷二十一，文渊阁四库全书本］

胡寅《古今豪逸自放之士鲜不嗜酒以其类也虽以此致失者不少而清坐不饮醒眼看醉人亦未必尽得盖可考矣予好饮而尝患不给二顷种秫之念往来于怀世网婴之未有其会因作五言酒诗一百韵以寄吾意虽寄古人陈迹并及酒德之大概以为开辟醉乡之羽檄参差反复不能论次也同年兄唐仲章闻而悦之因录以寄庶几兹乡他日不乏宝邻尔辛亥》

胡寅（1098—1156），建州崇安（今福建武夷山）人。

美禄无过酒，星泉奠两仪。端由皆作圣，意趣少人知。肇命惟元祀，迎春祝寿祺。功深资药石，力厚起疲羸。若羡千钟美，休嫌九酝迟。忘情惟大禹，无量乃宣尼。抔饮觞初滥，留连祸始基。先王防以礼，后世利其资。默识人情异，参稽俗习移。放怀无事矣，问口纵言之。惑溺终长夜，奢残竟作池。包茅齐服楚，奏鼓胤征羲。大泽斩蛇后，当炉折券时。彭城正高会，睢水已填尸。谪去忧占鹏，归来喜受厘。瓶盆感田父，铺啜念湘累。壑谷中宵问，糟丘一篑亏。怒排樊哙盾，吐卧允之颐。击帻笼钱凤，争权杀魏其。脱靴惭力士，飞燕忤杨妃。司隶要殊切，虞人猎已驰。魏文敦信义，王猛用钤锤。有客言虽吃，何人字识奇。裸身荒已甚，涤器事还卑。软饱深形颂，醒狂屈受讥。虽将齐物我，亦合悼功缌。渭水歌初阕，高阳伴蚤稀。湖船回太白，水殿燕西施。薤露停杯唱，鲸鱼入海骑。缅怀七子会，怅望八仙期。潇洒斜川影，风流曲水湄。日斜休百拜，罍耻便三辞。头上巾频漉，腰间锸自随。谅难操北斗，且复坐东篱。西海桃垂实，南山豆落萁。无违商士诰，宜葺杜康祠。李脱朱温阱，刘为石勒縻。死生当有在，王伯岂由斯。五斗酲方解，三人影对嬉。高谈倾坐听，痛饮亦吾师。责味曾围鲁，提筒更忆郫。安能洗晏粉，聊复涨黄陂。章子以孝显，酆舒因俊危。夫妻不成属，父母或贻罹。讵比华茵污，宁虞窟室隳。壁悬疑角影，车载号鸱夷。口不挂臧否，醯犹和薄醨。立苗讽锄恶，种秫待充饥。雨落香檀注，春融绿髓脂。云轻浮蚁子，金嫩写鹅儿。滴滴葡萄颗，涵涵鹦鹉卮。胸吞九云梦，笔走万蛟螭。风月江山好，宾朋笑语宜。绣帘初静卷，银烛已高垂。俨雅神仙坐，纷罗水陆奇。色深迷琥珀，光溢艳琉璃。绿笛翻罗袖，红潮上玉肌。献酬俱缱绻，沾洽尽融怡。不问檐花落，惟愁画角吹。初筵何抑抑，屡舞忽傲傲。寒食梨花发，重阳菊蕊披。龙山犹可想，洛浦尚能追。月满倚琼树，雨余攀柳枝。高飞鸿鹄远，左手蟹螯持。贤圣分清浊，青齐辨等衰。市沽难共食，家酿恐成私。算爵商壶矢，忘杯泥夹棋。资深酣道韵，端的露天倪。翠竹沉云色，酴醾浸玉蕤。过咽输浩渺，赴吻重涟漪。卷尽青荷叶，颠飘白接篱。野畦供鼓吹，幽鸟奏埙篪。但看朱成碧，那知玉作瓷。长瓶卧荒草，山郭飐青旗。目井欣投辖，窥门怅綮骊。提壶留客住，杜宇劝人归。碧嶂下红日，飞霜点黑髭。邴原良自苦，毕卓未为痴。处士林泉适，骚人景物悲。放臣离国恨，迁客去乡思。须藉杯中物，聊舒镜里眉。暂时浇磊磈，到处吐虹霓。但戒零霜露，无劳洒涕洟。从教禁网密，莫遣醉乡迷。为沃尘生肺，应防水尅脾。破除闲病恼，断送老头皮。埋玉空烦爵，挥金莫计赀。三行何法制，五齐孰官司。喜怒或交作，阴阳因并毗。达人眇天地，曲士谨毫厘。夜汲文园井，朝餐大谷梨。渴心便渌醑，大户怕甘酏。滋味将何比，经纶倘在兹。一尊常准拟，三顷要耘治。吾道久榛莽，世途多虎貔。黄封忆内酝，绨绣念宗彝。傅说膺新命，曹参守旧规。群生思覆护，寰海厌浇漓。倘负膏肓疾，须凭国手医。欲传方法者，把盏咏吾诗。

［（宋）胡寅《斐然集》卷三，文渊阁四库全书本］

胡铨《公冶携酒见过与者温元素康致美赋诗投壶再用前韵》

胡铨（1102—1180），吉州庐陵（今江西吉安）人。

澹叟意简古，终日巾不屋。彼美德星崔，怜我味蠹竹。挈榼破孤闷，聊欲观醉玉。情殊馈盘餐，事等遗潘沐。古人感意重，饮水亦沙酥。一觞万虑空，天宇觉隘促。自非薪突者，上客怕徐福。主人起扬觯，百岁风雹速。莫献野人芹，但饱先生蓿。我亦起膝席，卒爵更三肃。温伯况可人，康謍亦脱俗。共赋饤坐梅，句压诗人谷。浩浩气吐虹，盎盎春生腹。湘累彼狷者，底事醒乃独。日游无功乡，生计岂不足。壶歌发笑电，雅剧不言肉。夜久拔银烛，幽烬飘蔌蔌。我于腹无负，正恐腹自恧。姑置勿复科，茗碗瀹寒渌。舌出醉言归，况我舌已木。

（《永乐大典》卷之二千二百五十七）

郑樵《家园示弟槱》其八

郑樵（1104—1162），兴化军莆田（今属福建）人。

只身空后死，千卷未酬恩。不辱看来世，贪生托立言。

无家称马粪，何史世龙门。负石今愁晚，中宵吊屈原。

［（宋）郑樵《夹漈遗稿》卷一，文渊阁四库全书本］

吴芾《和陶命子韵示津调官》其四

吴芾（1104—1183），台州仙居（今属浙江）人。

乔木千寻，竟困斧柯。屈原特立，终陨汨罗。

水行地中，尚值坳窊。纵如贾谊，犹滞长沙。

［（宋）吴芾《湖山集》卷一，文渊阁四库全书本］

胡宏《和伯氏》

胡宏（1105—1161），建宁崇安（今福建武夷山）人。

风高吹散日边云，绿水初回沙际春。逝者如斯长不住，汨罗愁绝笑灵均。

［（宋）胡宏《五峰集》卷一，文渊阁四库全书本］

胡宏《和王师中》其二

衡阳一带飞清霜，梅李争春开出墙。萱草乱生封远岸，柳梢摇影澹回塘。午从三径春光动，晚看千峰冥色苍。一止一行皆自得，愤时堪笑屈沉湘。

［（宋）胡宏《五峰集》卷一，文渊阁四库全书本］

晁公溯《师袭卿来权摄峨眉县禄东之来乃去送以诗乃元日也》

晁公溯（1105后？—？），1138进士，济州巨野（今属山东）人。

白水诸山翠作堆，岂令飞舄着尘埃。勿嫌屈子峨眉县，正得同吾婪尾杯。淑日升堂迎昼永，和风排闼送春来。还家尚可为亲寿，柏叶清尊手自开。

［（宋）晁公溯《嵩山集》卷十，文渊阁四库全书本］

黄熙《吊屈原》

黄熙，1135年进士，南海（今广东广州）人。

放逐臣之常，胡为乎汨江。不先于楚死，未免作秦降。

［（宋）王象之编著；赵一生点校《舆地纪胜　第6册》卷七四《荆湖北路·归州》，浙江古籍出版社2012年］

李处权《次韵德孺晚菊》

李处权（？—1155），洛（今河南洛阳）人。

屈原作离骚，采菊飧其英。渊明赋归来，径荒菊犹荣。此物有至性，名因君子成。岂知时节过，不顾霜露凝。岁华易畹晚，芳物随凋零。艳色始独秀，馨香自孤清。花似时美女，俗恶空娉婷。由来品次定，横议那得争。公如醉翁贤，雅好违世情。三嗅复三绕，莫逆如友生。泛之黄金杯，愿言制颓龄。更呼门下士，哦诗同倒倾。

［（宋）李处权《崧庵集》卷一，文渊阁四库全书本］

李处权《岁晚诸君送酒赋长歌以谢之》

我有经纶天下之大志，陶冶万物之雄心。上书几欲自荐达，君门无籍不可寻。归来抚剑星斗近，老去援琴山水深。混迹渔樵友麋鹿，兴发时为梁父吟。

雾雨方寒蔽林薮，黄狐跳梁苍兕吼。岁云暮矣人白头，纳履踵决衣见肘。茫茫大块宁终久，青史功名谁不朽。昔贤达观有至言，破除万事无过酒。朝来叩关闻剥啄，长须致简喜且愕。满壶倾写清若空，一酾衰颜返丹渥。此物难从俗士论，古今与世收奇勋。寒谷可以回阳春，浇风亦使还其淳。书生分量当饮温，圣清贤浊何用分。浊醪有妙理，引人著胜地。乘坠且不知，焉知物为贵。扬雄嗜饮而家贫，玄嘲尚白费解纷。屈原独醒良自苦，湘累空有些招魂。一石亦醉淳于髡，五斗解酲刘伯伦。卧舆当道陶渊明，骑马似船贺季真。吏部有时甘盗甕，丞相他年容吐茵。古人已往不复见，忽然举觞如对面。穷通得丧寓于此，旦暮方齐死生变。拍浮池中固不恶，麴垒糟丘仍不薄。一杯一杯复一杯，身世兼忘乃真乐。不可一日无此君，今吾于酒而亦云。安得四海尽种秫，春台寿域长醺醺。

［（宋）李处权《崧庵集》卷三，文渊阁四库全书本］

王十朋《题屈原庙》

王十朋（1112—1171），温州乐清（今浙江乐清）人。

自古皆有死，先生死忠清。故宅秭归江，前山熊绎城。

眷言怀此都，不比异姓卿。六经变离骚，日月争光明。

［（宋）王十朋《梅溪后集》卷十一，文渊阁四库全书本］

王十朋《故参政李公挽诗三首》其一

一代高明学，三朝骨鲠臣。淮南惮长孺，楚国忌灵均。

死尚忧王室，生宁问大钧。姜山同岘首，千古泪行人。[①]

［（宋）王十朋《梅溪后集》卷十一，文渊阁四库全书本］

王十朋《自鄂渚至夔府途中记所见一百十韵》

流火郡离饶，悠悠驿路迢。黄华舟解鄂，渺渺大江遥。[②] 肩弛郡人檐[③]，身随楚客桡。东瓯乡梦远，南浦别魂销。不过汉阳垒，犹劳郡守轺。远山看八

---

① 自注：某比见潘抚干言公在谪所，及垂死之际，所言皆天下大事，潘乃公之婿也。

② 自注：七月九日离鄱阳，九月十日自鄂渚易舟。

③ 自注：是日遣送还人回。

字，古国避三苗。别水由通济，羁帆渡沆漻。方随鸥浩荡，俄值雨飘摇。夹岸华疑雪，春天浪似潮。枝栖并乌鹊，苕宿伴鷦鷯。旅思凭诗遣，愁肠赖酒浇。无鱼不弹铗，忘味若闻韶。孺子沧浪曲，渔人欸乃谣。逃虚音可喜，得隽语同嚣。秋老江经夏，湖平境过宵。夜鸣疑有虎，昏吠喜闻猺。遗俗怀吴主，荒祠类楚昭。巨鳞烹缩项，白粲籴长腰。茅舍橘初熟，江村枫未凋。柳枝犹忆楚，竹泪尚思姚。雨后禾收晚，霜前麦见荞。风清玉沙界，月吐紫微霄。一瓣香闻佛，千龄寿祝尧。沱潜终共道，江汉讫同朝。渡口听鸡唱，洲边记鹭翘。地名思故里，诗句忆同僚。塔子瞻山色，天门认斗杓。航便河广苇，风顺若邪樵。石首欣相问，刘郎似见招。双帆方快意，五两忽狂飙。谁弄黄昏笛，如闻赤壁箫。孤烟为藕市，一叶是渔舠。江水澄泥煮，芦薪带湿烧。梦回惊枕撼，晓起觉风调。蔬撷才盈握，鱼牖莫计艘。横波沉密网，巨浪脱高跳。红想乡醪滑，黄看野菊娇。左公城穴兔，油口树喑蜩。水是蛟龙地，桑余羽葆条。竹由忠悯插，木自洞庭漂。大士精蓝壮，将军画像骁。江空无战舰，水落有乘橇。促织虫知备，淘河鸟受徭。风高鸣过雁，天阔戾飞雕。云梦封疆远，荆衡气象辽。建都曾王楚，为郡自平萧。息壤那容盗，章台可戒骄。韩诗夸府大，汉史志民僄。燕集堂开杞，笙歌乐舞道。楼登一日暇，赋就百忧消。落帽观成阻，游山兴谩飘。书随鳞出峡，诗附翼还鄢。离岸忽鸣橹，满艘仍竖幖。栖窗回蜥蜴，扑面集蟏蛸。沙市人家远，方城草色蒌。食梨苏肺渴，啜茗愈头痟。覆屋曾非瓦，名村浪有窑。枝江县罗国，凫舄扬王乔。百里环洲渚，千家在苇苕。津卿谁复御，松邑已非侨。汉景余清爽，临江尚庙祧。转滩惊见石，挽繂眩飞苕。澎湃声如击，玲珑状似雕。松楸悲相冢，香火静僧寮。转盼宜都过，横云楚塞峤。虎牙端欲噬，铜柱为谁标。月向夷陵看，杯思太白邀。文忠遗劲节，精采凛生绡。岩白形如鹞，鱼黄状类鲨。邦人祀神禹，郭璞当皋陶。舟退风飞鹢，生浮旅泛藻。鲤溪穿荦确，牛峡隔岧峣。孝起姜村感，音传进足趫。山家收芋栗，土物贡姜椒。涧水何曾歇，桃花未肯夭。覆盆鸣鹿友，绝壁聚狐妖。野媪头缠白，行人背负镣。回看一州峡，下视众山么。障日峰衔豆，钻天石碍轿。道逢怀刺袮，卧听诵书晁。被冷公孙布，裘寒季子貂。犹堪耐冰雪，未暇忆炎歊。倦上九盘岭，重观三峡桥。好峰名佛顶，欲画少僧繇。照黑纷持火，愁荒猛击刀。流虹瞻魏阙，瑞白庆清朝。国寿绵箕翼，皇图奕诵钊。欢声形戴白，环视舞垂髫。避涉忧如马，观形怯类猫。眼经巫峡险，心过秭归焦。熊绎山城古，灵均庙貌憔。离情随梗断，乡思为梅撩。境始临夔府，魂频梦象简。轻生甘叱驭，爱物戒扬镳。帅阃分诚滥，州麾把更侥。拜恩罗吏卒，列炬散鸢鸮。野渡水清浅，孤舟人寂寥。影防沙有蜮，音骇昼闻枭。圣洞云深锁，天池浪不摇。林梢鸣烈烈，峰顶洒瀌瀌。快睹天披雾，愁听夜滴蕉。阳台开爱日，阴气廓玄枵。六六盘初过，三三界已超。生朝念弧失，旅食分箪瓢。遐想赋风玉，敬瞻行雨瑶。过关宁有鬼，及郭免逢魈。访古寻诗史，观风入郡谯。路难端可畏，形役尚奚劳。行也知谁使，官乎我亦聊。欲赓刘与杜，辞鄙甚刍荛。

［（宋）王十朋《梅溪后集》卷十一，文渊阁四库全书本］

王十朋《至归州宿报恩寺》

终夜江声枕上喧，子规未叫已销魂。身乘筚路思熊绎，词诵离骚吊屈原。
城邑旧为夔子国，民人多是楚王孙。误恩分阃方图报，宿处那堪是报恩。

［（宋）王十朋《梅溪后集》卷十一，文渊阁四库全书本］

王十朋《五月四日与同僚南楼观竞渡因成小诗四首明日同行可元章登楼又成五首》其三

鄱阳夔子两端午，去岁人如今岁人[①]。直是吴头来蜀尾，子规声里吊灵均。

［（宋）王十朋《梅溪后集》卷十二，文渊阁四库全书本］

王十朋《南津淑济庙》

越国曹娥孝可书，惜无同气与之俱。武陵今有贤儿女，弟似灵均娣女须。

［（宋）王十朋《梅溪后集》卷十五，文渊阁四库全书本］

王十朋《兴化簿叶思文吾乡老先生也比沿檄见访既别寄诗二十八韵次韵以酬》

暮年初仕涂，暇日但书策。儒生余气习，笔端事挥斥。政学两疏缪，篇章

① 自注：两年皆十六人。

稍沉溺。楚东会诗豪，酬唱奏金石。逢场争出奇，遇险或遭厄。忽溯三峡流，遥经数州驿。庐山看未足，巫峰过尤惜。西郊祠卧龙，东屯吊诗伯。飞飞犹倦鸟，秋风送归翮。同行得嘉友，鏖战交锋镝。弛檐白蘋洲，天日去咫尺。忠谊怀鲁公，霸业悲项籍[①]奉诏还故乡，齿落肌瘦瘠。涕泗拜松楸，荒芜剪荆棘。心期乐田里，誓不绾铜墨。橐虽无陆金，归幸全赵璧。陛下忽误恩，泉南又分职。入闽如入蜀，枯肠复冥索。腰缘病减围，发为悲添白。风仰秦君高，节慕姜相直。恶语谁流传，同僚误刊刻。吾乡老先生，吏事以儒饰。新篇似庭燎，远寄箴我癖。把酒欲细论，何时再沿檄。阳春七十首，老艳万丈射。招邀屈原魂，收召子厚魄。惊开老病眼，喜见墨妙迹。愿公倡斯文，用夏变蛮貊[②]。

［（宋）王十朋《梅溪后集》卷十八，文渊阁四库全书本］

虞俦《舟中重午绝句》

虞俦，约1183年前后在世，宣州宁国（今安徽宁国）人。

筠筒角黍楚人悲，节物惊心此一时。不作板舆迎侍计，被谗真欲吊湘累。

［（宋）虞俦《尊白堂集》卷四，文渊阁四库全书本］

洪适《杂咏·芷》

洪适（1117—1184），饶州鄱阳（今江西鄱阳）人。

为爱草中香，灵均咏药房。行山踏蛇虺，系肘有名方。

［（宋）洪适《盘洲文集》卷九，文渊阁四库全书本］

汪应辰《太上皇后阁端午帖子词》其十二

汪应辰（1118—1176），信州玉山（今江西玉山）人。

晋国燔山求介子，荆人角黍祀灵均。圣君念旧仍从谏，千古忠贤气亦伸。

［（宋）汪应辰《文定集》卷二十三，文渊阁四库全书本］

---

① 自注：湖州设厅旧祠项羽。

② 自注：近世作诗文者，多溺于异端之学，正赖乡先生痛革其弊。

韩元吉《送苏季真赴湖北宪司属官》

韩元吉（1118—1187），祖籍开封雍丘（今河南杞县），居信州上饶（今属江西）。

忆昔闻君未相识，春雨系船吴市侧。逆风白浪不成行，坐听亲朋谈历历。
岂意飘零晚相见，俱捧江东从事檄。拙鸠未省厌榆枌，威凤谁令安枳棘。
今年喜君若有遇，去我还为远行役。一樽忍话故园事，童稚吁嗟发今白。
君家声名塞宇宙，翰墨纵横富奇策。未容世职践明光，聊佐輶车司郡国。
衡山洞庭忽在眼，禹牒黄车有遗迹。诗成不用吊灵均，为访桃花招隐客。

［（宋）韩元吉《南涧甲乙稿》卷二，文渊阁四库全书本］

韩元吉《次韵少稷梅花》

君不见江城梅花春欲动，剪冰仙人作花供。客来酒尽甘啜醨，常恨公田无秫种。雪晴梅蕊更可爱，百匝来看地犹冻。杖藜一笑答春风，岂必鸣鸾与歌凤。幽香要自己心清，冷艳不禁还目送。兴来往往得佳句，落纸挥毫字尤纵。却惊车阵有勍敌，旋结赵叟盟衡雍。孤芳未省须刻画，百卉应先厌嘲弄。我如蟋蟀鸣苦迟，君似骅骝骤难控。相如上林晚奏雅，灵均喜橘工记讽。不妨聊继广平公，东阁疏枝与君共。

［（宋）韩元吉《南涧甲乙稿》卷二，文渊阁四库全书本］

韩元吉《过庞祐甫》

半亩方园水到门，地偏人静恰如村。声名不用卿王衍，文字真能仆屈原。
举世知君如我少，平生学道欲谁论。何时共结柴桑社，篱下秋来菊正繁。

［（宋）韩元吉《南涧甲乙稿》卷四，文渊阁四库全书本］

喻良能《题叶省干见示诗卷次韵一篇》

喻良能（1120—?）婺州义乌（今属浙江）人。

微官讵足施才具，每向闲中有佳句。要同秦系下长城，却笑屈原无圣处。
穿天出月摘清芬，煎胶续弦唯有君。命题探韵侪辈分，昂昂野鹤在鸡群。

绿发才名今白首，未数凭虚与乌有。会当载酒擘鸾笺，共试吟边三昧手。

［（宋）喻良能《香山集》卷三，文渊阁四库全书本］

李流谦《数醉》

李流谦（1123—1176），汉州德阳（今属四川）人。

清秋无所为，遇酒时一醉。醉则遗形骸，兀然外天地。尘世多得失，古事有兴废。更复不快饮，徒为乱人意。屈原贵独醒，贾谊每流涕。二子竟中夭，惜哉且自弃。苍苔晚雨湿，红叶北风厉。乐乡聊可谋，悲秋岂吾志。

［（宋）李流谦《澹斋集》卷一，文渊阁四库全书本］

李流谦《信口十绝》其八

早眠晏起从疏懒，醉舞狂歌任性灵。丈八蛇矛胸次著，人言屈子愧刘伶。

［（宋）李流谦《澹斋集》卷八，文渊阁四库全书本］

李流谦《新滩三首》其二

渔父长歌招屈子，女儿高髻学昭君。虽存九辩欲谁继，便有琵琶那忍闻。

［（宋）李流谦《澹斋集》卷八，文渊阁四库全书本］

郭舆《赠王元之出知黄州》

郭舆，宋庆元二年（1196）前后在世。

杨花飞雪奈愁何，且为湘累赋九歌。芳草不堪春鴂早，荒林况复夜猿多。风烟经眼怜新隔，魑魅窥人喜乍过。月落横江天柱杳，云山寥寂想鸣珂。

［（清）陆心源《宋诗纪事补遗》卷七，光绪刻本］

史弥宁《吊湘累》

史弥宁，1215年前后在世，庆元府鄞县（今浙江宁波）人。

莫讶灵均苦费词，骚章炳炳日星垂。身虽楚泽有遗恨，名与湘流无尽期。一笑底关渔父事，此心惟有洛阳知。是非付与群鸥判，不上先生吊古诗。

［（宋）史弥宁《友林乙稿》，文渊阁四库全书本］

史弥宁《寄屈英发》

好在灵均几叶孙，栖迟何事尚衡门。骚章愤世今谁嗣，忠概传家君独存。夜雨短檠能搰搰，春风逸翮定轩轩。有书难倩南征雁，巫水黔山劳梦魂。
［（宋）史弥宁《友林乙稿》，文渊阁四库全书本］

史弥宁《萸》

不入湘累俎豆间，也分半席缀诗坛。杜陵老眼明于镜，醉撚西风子细看。
［（宋）史弥宁《友林乙稿》，文渊阁四库全书本］

姜特立《和徐判院见惠诗篇》其三

姜特立（1125—?），丽水（今属浙江）人。
新诗赠我绕朝鞭，敌手相逢一怃然。迦叶见花吾未解，灵均此秘子能传。
［（宋）姜特立《梅山续稿》卷一，文渊阁四库全书本］

姜特立《重午和巩教授韵》

屈子沈渊日，年年旧俗忙。佳人夸彩缕，稚子竞新裳。
铙鼓喧渔步，杯盘列象床。山翁独无事，燕坐只焚香。
［（宋）姜特立《梅山续稿》卷三，文渊阁四库全书本］

姜特立《戏呈赵舜臣觅酒二首》其一

毕君瓮下几成缚，屈子江边又独醒。赖有东阳贤府主，不嫌驰骑送寒厅。
［（宋）姜特立《梅山续稿》卷四，文渊阁四库全书本］

姜特立《糟蟹呈虞察院》其一

星分井鬼占高躔，琐细还书食馔编。不作屈原醒到死，却同李白醉登仙。濡涎唧唧生泉眼，闳息陶陶乐瓮天。口腹固知能累德，为渠风味一轩然。
［（宋）姜特立《梅山续稿》卷七，文渊阁四库全书本］

姜特立《湖光为刘庆远作也》

湖水浸坤轴，湖光混太清。风来縠纹起，夜静镜奁平。初讶琉璃软，还疑组练横。微茫连泽国，潋滟蹙寒汀。破碎翻千月，泓澄印万星。雨来添点缀，日射斗晶荧。桥影虹垂涧，杉阴幕覆亭。鱼跳全荐玉，山卧半沈青。小泛依吴榜，长谣任楚萍。挤排李白醉，勾引屈原醒。暇日宜呼客，平时好濯缨。吟哦万景集，未足称诗情。

［（宋）姜特立《梅山续稿》卷十一，文渊阁四库全书本］

陆游《哀郢二首》其一

陆游（1125—1210），越州山阴（今浙江绍兴）人。

远接商周祚最长，北盟齐晋势争强。章华歌舞终萧瑟，云梦风烟旧莽苍。

草合故宫惟雁起，盗穿荒冢有狐藏。离骚未尽灵均恨，志士千秋泪满裳。

［（宋）陆游《陆游集》第1册，中华书局1976年，第42页］

陆游《平云亭》

满榼芳醪何处倾，金鳌背上得同行。天垂绿野三边尽，云与朱阑一样平。

烟树微茫疑误墨，风松萧瑟有新声。黄花未吐无多恨，也胜湘累拾落英。

［（宋）陆游《陆游集》第1册，中华书局1976年，第151页］

陆游《病酒新愈独卧蘋风阁戏书》

用酒驱愁如伐国，敌虽摧破吾亦病。狂呼起舞先自困，闭户垂帷真庙胜。

今朝屏事卧湖边，不但心空兼耳静。自烧沉水瀹紫笋，聊遣森严配坚正①。

追思昨日乃可笑，倚醉题诗恣豪横。逝从屈子学独醒，免使曹公怪中圣。

［（宋）陆游《陆游集》第1册，中华书局1976年，第132页］

① 自注：紫笋蒙顶之上者其味尤重。

陆游《芳华楼夜宴》

射虎将军老不侯，尚能豪纵醉江楼。笙歌杂沓娱清夜，风露高寒接素秋。少日壮心轻玉塞，暮年幽梦堕沧洲。人间清绝沅湘路，常笑灵均作许愁。

［（宋）陆游《陆游集》第 1 册，中华书局 1976 年，第 203 页］

陆游《涟漪亭赏梅》

判为梅花倒玉卮，故山幽梦忆疏篱。写真妙绝横窗影，彻骨清寒蘸水枝。苦节雪中逢汉使，高标泽畔见湘累。诗成怯为花拈出，万斛尘襟我自知。

［（宋）陆游《陆游集》第 1 册，中华书局 1976 年，第 254 页］

陆游《屈平庙》

委命仇雠事可知，章华荆棘国人悲。恨公无寿如金石，不见秦婴系颈时。

［（宋）陆游《陆游集》第 1 册，中华书局 1976 年，第 272 页］

陆游《楚城》

江上荒城猿鸟悲，隔江便是屈原祠。一千五百年间事，只有滩声似旧时。

［（宋）陆游《陆游集》第 1 册，中华书局 1976 年，第 272 页］

陆游《冬晚山房书事二首》其一

山泽何妨老太平，巉巉骨相本来清。月明满地看梅影，露下隔溪闻鹤声。未辨药苗逢客问，欲酬琴价约僧评。胡奴仁祖今俱绝，且学湘累拾菊英。

［（宋）陆游《陆游集》第 1 册，中华书局 1976 年，第 621 页］

陆游《晚兴》

白布裙襦退士装，短篱幽径独相羊。莎根蟋蟀催秋候，稗穗蜻蜓立晚凉。屈子所悲人尽醉，郦生常谓我非狂。知心赖有青天在，又炷中庭一夕香。

［（宋）陆游《陆游集》第 1 册，中华书局 1976 年，第 643 页］

陆游《次韵陈机宜见赠》

邂逅今年得若人，翛然不染庾公尘。思幽屈子歌山鬼，语妙陈王赋洛神。初接笑谈忘老惫，熟观风度爱清真。花时飞尽频行乐，莫学衰翁睡过春。
[（宋）陆游《陆游集》第 2 册，中华书局 1976 年，第 735 页]

陆游《三峡歌九首》其九

我游南宾春暮时，蜀船曾系挂猿枝。云迷江岸屈原塔，花落空山夏禹祠。
[（宋）陆游《陆游集》第 2 册，中华书局 1976 年，第 814 页]

陆游《送王季嘉赴湖南漕司主管官》

它人作陵邑，榜笞朝暮急。王子乃不然，袖手万事集。它人西入都，竞裁丞相书。王子掉头去，长沙万里余。问子谋身无乃左，凛如霜松姿磊砢。屈原贾谊死有灵，计此两人心独可。
[（宋）陆游《陆游集》第 2 册，中华书局 1976 年，第 937 页]

陆游《贫居即事六首》其一

筮易常逢坎，推星但值箕。老虽齐渭叟，穷不减湘累。
巷月鸣衣杵，庖烟爨豆萁。秋深病良已，且复强伸眉。
[（宋）陆游《陆游集》第 4 册，中华书局 1976 年，第 1516 页]

陆游《简邢德允》

邢子襟灵旧绝尘，尔来句法更清新。淡交喜得山栖友，杰作疑非火食人。岂但仆奴看屈子，直须涂改到生民。与君两世交情厚，剩欲灯前对角巾。
[（宋）陆游《陆游集》第 4 册，中华书局 1976 年，第 1558 页]

陆游《梦中江行过乡豪家赋诗二首既觉犹历历能记也》其二

蒲席乘风健，江潮带雨浑。树余梢缆迹，崖有刺篙痕。
酒酹湘君庙，歌招屈子魂。客途嗟草草，无处采芳荪。
[（宋）陆游《陆游集》第 4 册，中华书局 1976 年，第 1847 页]

陆游《读唐人愁诗戏作五首》其三

天恐文人未尽才，常教零落在蒿莱。不为千载离骚计，屈子何由泽畔来。

［（宋）陆游《陆游集》第4册，中华书局1976年，第1857页］

范成大《次韵温伯种兰》

范成大（1126—1193），平江吴郡（今江苏苏州）人。

灵均堕荒寒，采采纫兰手。九畹不留客，高丘一回首。峥嵘路孔棘，凄怆肘生柳。遂令此粲者，永与穷愁友。不如汤子远，情事只诗酒。但知爱国香，此外付乌有。栽培带苔藓，披拂护尘垢。孤芳亦有遇，洒濯居座右。君看深林下，埋没随藜莠。

［（宋）范成大《石湖诗集》卷六，文渊阁四库全书本］

范成大《蚤发周平驿过清烈祠下》

屈平祠也，祠前有独醒亭。

物色近人境，喜欢严晓装。山月鸡犬声，野风麻麦香。

登岭既开豁，入林更清凉。三呼独醒士，倘肯酾我觞。

［（宋）范成大《石湖诗集》卷十六，文渊阁四库全书本］

范成大《嘲峡石》

峡山狠无情，其下多丑石。顽质贾憎垂，傀状发笑哑。粗类坟壤黄，沉渍铁矢黑。或如沟泥涴，或似冻壁坼。堆疑聚廪粟，陊若坏城甓。槎牙锼朽木，狼籍委枯骼。礌砢包嬴蚌，淋漓锢铅锡。纵文瓦沟垄，横叠衣摺襞。鳞皴斧凿余，坎窞蹴踏力。云何清淑气，孕此诡谲迹。我本一丘壑，嗜石旧成癖。端溪紫琳腴，洮河绿沉色。阶册截肪腻，泗磬鸣球击。嵌空太湖底，偶立韶江侧。真阳劖千岩，营道铲寸碧。倦游所阅多，未易一二籍。朅来兹山下，刺眼昔未觌。或云峡多材，奇秀郁以积。绝代昭君村，惊世屈原宅。东家两儿女，气足豪万国。山石何重轻，奚暇更融液。我亦味其言，作诗晓行客。

［（宋）范成大《石湖诗集》卷十六，文渊阁四库全书本］

范成大《归州竹枝歌二首》其一

东邻男儿得湘累，西舍女儿生汉妃。城郭如村莫相笑，人家伐阅似渠稀。

[（宋）范成大《石湖诗集》卷十六，文渊阁四库全书本]

杨万里《跋陆务观剑南诗稿二首》其一

杨万里（1127—1206），吉州吉水（今江西吉水）人。

今代诗人后陆云，天将诗本借诗人。重寻子美行程旧，尽拾灵均怨句新。鬼啸狨啼巴峡雨，花红玉白剑南春。锦囊翻罢清风起，吹仄西窗月半轮。

[（宋）杨万里《诚斋集》卷二十，文渊阁四库全书本]

杨万里《买菊》

老夫山居花绕屋，南斋杏花北斋菊。青春二月杏花开，抱瓶醉卧锦绣堆。凉秋九月菊花发，自折寒枝插华发。湘累落英曾几何，陶令东篱未是多。吾家满山种秋色，黄金为地香为国。就中更有一丈黄，霜葩月蕊耿出墙。饮徒亡酒寻不得，寻得一身花露香。如今小寓咸阳市，有口何曾问花事。百钱担上买一株，聊伴诗人发幽意。

[（宋）杨万里《诚斋集》卷二十三，文渊阁四库全书本]

杨万里《寄题儋耳东坡故居尊贤堂太守谭景先所作二首》其一

东坡无地顿危身，天赐黎山活逐臣。万里鲸波隔希奭，千年桂酒吊灵均。精忠塞得乾坤破，日月伴渠文字新。祇个短檐高屋帽，青莲未是谪仙人。

[（宋）杨万里《诚斋集》卷三十七，文渊阁四库全书本]

杨万里《寄题吴仁杰架阁玩芳亭》

洞庭波上木叶脱，巫山宅前野花发。子规啼杀不见人，空令千载忆灵均。春兰九畹百亩蕙，自荣自落谁能佩。泽国东山最上头，有客玩芳杜若洲。扁舟夜上人鲊瓮，手掇骚人众芳种。归来梦到阆风台，灵均花草和露栽。寄言众芳未要开，更待诚斋老子来。

[（宋）杨万里《诚斋集》卷三十七，文渊阁四库全书本]

杨万里《戏跋朱元晦楚辞解二首》其一

注易笺诗解鲁论，一帆径度浴沂天。无端又被湘累唤，去看西川竞渡船。

［（宋）杨万里《诚斋集》卷三十八，文渊阁四库全书本］

杨万里《食菱》

鸡头吾弟藕吾兄，头角崭然也不争。白璧中藏烟水晦，红裳左袒雪花明。

一生子木非知己，千载灵均是主盟。每到炎官张火伞，西山未当圣之清。

［（宋）杨万里《诚斋集》卷四十二，文渊阁四库全书本］

赵伯琳《五月菊》句

赵伯琳（约 1128—?），开封（今属河南）人。

予曾伯祖（伯琳）官至右选，平生喜为诗，尝赋五月菊云："为嫌陶令醉，来伴屈原醒。"之句，时人为之传诵。

为嫌陶令醉，来伴屈原醒。

［（宋）赵与虤《娱书堂诗话》卷下，丛书集成初编本］

项安世《夜泛湘江》

项安世（1129—1208）其先括苍（今浙江丽水）人，后家江陵（今属湖北）。

窈窈崖头黑，沉沉水面青。枫林啸山鬼，竹月下湘灵。

欸乃元郎曲，离骚屈子经。欲知当日意，须向此中听。

（黄仁生，罗建伦校点《唐宋人寓湘诗文集第 2 册》，岳麓书社 2013 年，第 1501 页）

项安世《再送陈沅江》

三年食茹厌冰厅，一日栽桃绕带城。水入洞庭天正阔，山连黔徼地偏清。

醉歌屈子醒时赋，琴和湘娥瑟外声。若到江滨逢九肋，为言稀有是轻生。

（黄仁生，罗建伦校点《唐宋人寓湘诗文集第 2 册》，岳麓书社 2013 年，第 1505 页）

项安世《落帽台》

分明屈子独醒愁，故作南华醉梦游。岂是晋人真爱酒，渠侬心事更悲秋。

（钱锺书《宋诗纪事补正》第8册，辽宁人民出版社；辽海出版社2003年，第3866页）

项安世《重午记俗八韵》

菰饭沾花蜜，冰团裹蔗腴。油淹枯茹滑，糟闷活鳞濡。饷篚争门入，瘟船出市驱。屑蒲形武兽，编艾写髯巫。朱揭横楣榜，黄书闯户符。辟邪钗篆蹙，解厄腕丝纡。恶月多忧畏，阴爻足备虞。更闻因屈子，深动楚人吁。

（傅璇琮等主编《全宋诗》第44册，北京大学出版社1998年，第27252页）

项安世《纱诗》

芙蕖供色更供丝，缉就沙溪水面漪。疏密整斜于雪似，香轻软细与风宜。集裳妙得灵均意，织藕新翻蜀客词。唤作似花还得否，只应花却似渠伊。

（傅璇琮等主编《全宋诗》第44册，北京大学出版社1998年，第27344页）

项安世《次韵谢王粟秀才》其四

一万里江天，供君作诗用。灵均泛沅澧，子美去梁宋。
两公取不竭，留与我辈共。莫歌白云词，便作清庙颂。

（傅璇琮等主编《全宋诗》第44册，北京大学出版社1998年，第27216页）

项安世《贺杨枢密新建贡院三十韵》

楚囿七泽荒南云，三江五湖同吐吞。杞梓橘柚杶干柏，芷蔿椒桂蘼兰荪。
天英地灵聚为人，魁垒诡异难具论。屈原离骚二十五，句句字字皆瑶琨。
六朝弼亮胡伯始，学士登瀛刘季孙。恭惟火德据天统，翼轸正值鹑贲贲。
质肃声名海山动，谏议才气淮湖奔。日中则昃固其理，城复于隍吁忍言。
生聚教训五十载，昔无萌孽今轮辕。尧汤立贤遍天下，九重科诏如春温。
州家不办一椽屋，往往盛之给孤园。鹄袍竹笥合羞死，况欲开口人其髡。
关西夫子杨伯起，后身把钺来西门。荆棘之薮瓦砾场，一日汗础千猊蹲。
翼飞革棘不可状，铁画怒起翔鸾鹓。日者稽山始开辟，已有大策当临轩。

吾州故事有元祐，追配讵肯惭东藩。晚生科第愧前辙，考室误使当罍樽。
向来气习今未已，犹梦裹饭趋晨阍。一官却恨大早计，不得掉鞅骖鹏鹍。
明年珍产入包贡，琳琅璀磊堆金盆。蓬莱弱水三十万，借以鼓吹看横骞。
吾侪小人科举士，一朝出守忘其源。台池崇深学校废，况此骉屃楹梁尊。
第言三岁始一用，缓而不切非所敦。偷安幸不目前急，事至踧躩如惊猿。
先生闲暇窥远略，如以大手开中原。先为之地待其至，虽有万事无由繁。
绣裳天上傥归去，愿广此意扶乾坤。诸生脚迹不足道，大庇四海安元元。
（傅璇琮等主编《全宋诗》第44册，北京大学出版社1998年，第27356页）

朱熹《拟古八首》其六

朱熹（1130—1200），徽州婺源（今属江西）人。

高楼一何高，俯瞰穷山河。秋风一夕至，憔悴已复多。寒暑递推迁，岁月如颓波。离骚感迟暮，惜誓闵蹉跎。放意极欢虞，咄此可奈何。邯郸多名姬，素艳凌朝华。妖歌掩齐右，缓舞倾阳阿。徘徊起梁尘，綷縩纷衣罗。丽服秉奇芬，顾我长咨嗟。愿生乔木阴，寅缘若丝萝。

［（宋）朱子《晦庵集》卷一，文渊阁四库全书本］

朱熹《柚花》

春融百卉茂，素荣敷绿枝。淑郁丽芳远，悠飏风日迟。
南国富嘉树，骚人留恨词。空斋对日夕，愁绝鬓成丝。
［（宋）朱子《晦庵集》卷一，文渊阁四库全书本］

朱熹《夜闻择之诵师曾题画绝句遐想高致偶成小诗》

一幅潇湘不易求，新诗谁遣送闲愁。遥知水远天长外，更有离骚极目秋。
［（宋）朱子《晦庵集》卷六，文渊阁四库全书本］

朱熹《戏答杨廷秀问讯离骚之句二首》

昔诵离骚夜扣舷，江湖两地水浮天。只今拥鼻寒窗底，烂却沙头月一船。
春到寒汀百草生，马蹄香动楚江声。不甘强借三峰面，且为灵均作杜蘅。
［（宋）朱子《晦庵集》卷九，文渊阁四库全书本］

朱熹《题刘志夫严居厚潇湘诗卷后》

余南游不能过衡山，但见人说衡州门外泊船处风物令人愁，未知信否？因览此卷，书以讯之。

潇湘门外水如天，说著令人意惨然。试问登高能赋客，个中何似汨罗渊。

［（宋）朱子《晦庵集》卷九，文渊阁四库全书本］

朱熹《奉题李彦中所藏俞侯墨戏》

不是胸中饱丘壑，谁能笔下吐云烟。故应只有王摩诘，解写离骚极目天。

［（宋）朱子《晦庵集》卷九，文渊阁四库全书本］

张孝祥《金沙堆庙有曰忠洁侯者，屈大夫也。感之赋诗》

张孝祥（1132—1170），和州江县（今安徽和县）人。

伍君为涛头，妒妇名河津。那知屈大夫，亦作主水神。我识大夫公，自托腑肺亲。独醒梗群昏，聚臭丑一薰。沥血摧心肝，怀襄如不闻，已矣无奈何，质之云中君。天门开九重，帝日哀汝勤。狭世非汝留，赐汝班列真。司命驰先驱，太一诹吉辰。翩然乘回风，脱迹此水滨。朱宫紫贝阙，冠佩俨以珍。宓妃与娥女，修洁充下陈。至今几千年，玉颜凛如新，楚人殊不知，谓公果沉沦。年年作端午，儿戏公应嗔。

［（宋）张孝祥《于湖集》卷三，文渊阁四库全书本］

陈造《赠送行六子》其二

陈造（1133—1203），字唐卿，高邮（今属江苏）人。

予之官，严文炳、傅商卿、张公辅、臧子与、子仪、汝舟送。

此身漂然不系舟，吕梁滟滪皆安流。江湖万顷浮一鸥，此心玩世常休休。
吴山楚水纪所由，湘累老枚宁匹俦。琢句亦复忘晨羞，掐抉肝肾掉白头。
岁六十四方佐州，计原夫日无乃优。客路日月迅且遒，朱颜壮志逝莫留。
吾聊尔尔赋远游，山川自可卷轴收。老怀槁暴今膏油，访岘山石吊莫愁。
庸随大楚皆萍浮，顾我不乐夫何求。缅思六客同献酬，如挹韩众追浮丘。

［（宋）陈造《江湖长翁集》卷八，文渊阁四库全书本］

薛季宣《二女篇》

薛季宣（1134—1173），永嘉（今浙江温州）人。

姈娉二美人，幽闲真种性。色秀雪窗梅，衣冠丽修正。岩岩韩稚圭，寂寞自清静。虚室扫斋居，展禽当季孟。神游问寒暄，不得窥信行。怪力视茫茫，久要交善敬。语之非异类，安民公有命。盖闻楚灵均，汨罗陈死证。二子终孝慈，双玉澄江映。当初黄鄂人，荡桨追游泳。端午化成俗，龙舸长奔竞。事神微有道，角黍劳将迎。非鬼且非仙，世士凭谁侦。

［（宋）薛季宣《浪语集》卷十一，文渊阁四库全书本］

薛季宣《九奋》其八《行吟》

行吟兮大泽，邈无人兮临水石。被发兮徙倚彷徨，遇隐沦兮嘉客。舣渔舟而前致恭兮，问余以名何。徒摇尔精兮，燋然尔形。曰原楚卿之贵戚兮，三闾次也。同王姓而氏惟屈兮，灵均先人之字也。世滔淫而混浊兮，我惟洁清。彼醉者之纷拏兮，同怒余之独醒。渔父愀然而教之兮，曰圣人之致一。不必动而营皇兮，卓时中之变物。贵莫贵于和光兮，太洁在情之甚嫉。混浊世兮胡不扬波而泥淈，众皆醉兮尚可餔糟而醨歠。不同人而求自异兮，宜一朝之见绌。指清流之灏灏兮，余将以逝。方浴茝而沐芳兮，振衣冠而卒岁。不自尘其皓皓兮，受汶汶而蒙世。父行歌而鼓枻兮，舟飘飘然无凝滞。歌沧浪之水兮时乎清浊，斯濯缨兮斯濯足。望斯人兮摇摇，欲从之兮无由。烟云邈兮不可见，嗟斯人兮已远。

［（宋）薛季宣《浪语集》卷十四，文渊阁四库全书本］

周孚《次韵赠林义之》其二

周孚（1135—1177），济南（今属山东）人，寓居丹徒。

我已刘桢病，君仍屈子醒。俱为石碌碌，不改柏青青。

吉语时占鹊，穷途耻聚萤。何时一杯酒，相对话飘零。

［（宋）周孚《蠹斋铅刀编》卷二，文渊阁四库全书本］

赵公豫《小孤山》

赵公豫（1135—1212），常熟（今属江苏）人。

一柱巍然秀不顽，近邻彭泽达沙湾。吴花带雨参差媚，楚柳迎风次第班。
屈子行吟伤放废，渊明归赋爱投闲。劳身未赴安恬计，且向名山几度攀。
［（宋）赵公豫《燕堂诗稿》，文渊阁四库全书本］

楼钥《寄题吴汉英玩芳亭》

楼钥（1137—1213），庆元府鄞县（今浙江宁波）人。

诗文皆以屈平异同为言。

吴侯奕奕天分高，历记万卷无差毫。青云垂上忽归去，年来益收湖海豪。
志同三间时则异，玩此芳物亭之皋。视彼憔悴亦何苦，鼻间栩栩忘郁陶。
诗文满轴寄海峤，灵均细论无乃劳。与君齐年况同袍，只今衡门没蓬蒿。
有芳可玩便自适，草间野卉时一遭。蓠芷辛夷兰杜若，未暇一一追离骚。
［（宋）楼钥《攻愧集》卷四，文渊阁四库全书本］

楼钥《林德久秘书寄楚辞故训传及叶音草木疏求序于余病中未暇因以诗寄谢》

平时感叹屈灵均，离骚三诵涕欲零。向来传注赖王逸，尚以舛陋遭讥评。
河东天对最杰作，释问多本山海经。练塘后出号详备，晦翁集注尤精明。
比逢善本穷日诵，章分句析无遁情。林侯忽又示此帙，正欲参考搴华英。
属余近岁方苦疾，笔砚废堕几尘生。尝鼎一脔已知味，始知用工久已成。
况复身到荆楚地，详究兰芷闻芳馨。前此同朝幸相与，锦囊诗文为我倾。
惜哉不早见此书，病中欲续神不宁。年老耄及屡求去，倘得挂冠早归耕。
尚当一一为寻绎，期以爝火裨明星。谩挥斐语塞厚意，深愧所报非琼莹。
［（宋）楼钥《攻愧集》卷四，文渊阁四库全书本］

楼钥《题桃源王少卿占山亭》

纳纳乾坤一草亭，西山尽见若秋屏。霜余远水呈天碧，雨过遥空现帝青。
逸叟真成陶令隐，高怀长似屈原醒。肯堂固赖贤孙子，精爽犹疑尚有灵。

［（宋）楼钥《攻愧集》卷十一，文渊阁四库全书本］

王炎《和谢安国求砚》

王炎（1138—1218）婺源（今属江西）人。

灵均葬鱼腹，贾傅问服臆。挽我来访古，穷鬼信有力。敢恨客毡寒，私喜无吏责。稍稍集韦布，时时论文墨。濯缨湘水清，拄笏湘山碧。陶泓耐久朋，笑我玄尚白。今代谢叔源，人物居第一。诗来招石友，愿费黄金镒。冰丝固希有，雾縠亦罕得。何以报明珠，更觉意羞涩。回首歙溪上，寂寞子云宅。当求玉堂样，特来献词伯。胸中五色丝，一用可华国。视草须若人，携之上文石。

［（宋）王炎《双溪类稿》卷四，文渊阁四库全书本］

辛弃疾《和傅岩叟梅花二首》其二

辛弃疾（1140—1207），齐州历城（今山东济南）人。

灵均恨不与同时，欲把幽香赠一枝。堪入离骚文字不，当年何事未相知。

（傅璇琮等主编《全宋诗》第48册，北京大学出版社1998年，第30001页）

辛弃疾《和赵国兴知录赠琴》

赵君胸中何瑰奇，白日照耀珊瑚枝。新诗哦成七字句，孤桐赠我千金资。人间皓齿蛾眉斧，筝笛纷纷君未许。自言工作古离骚，十指黄钟挟大吕。芙蓉清江薜荔塘，灵均一去乘⑴鸾凰。君试一弹来故乡，荷衣蕙带芳椒堂。往时嵇阮二三子，能以遗音还正始。谁令窈窕从户窥，曾闻长卿心好之。低头儿女调音节，此器岂因渠辈设。劝君往和薰风弦，明光佩玉声璆然。此时高山与流水，应有钟期知妙旨。只今欲解无弦嘲，听取长松万壑风萧骚。

（傅璇琮等主编《全宋诗》第48册，北京大学出版社1998年，第30012页）

辛弃疾《忆李白》

当年宫殿赋昭阳，岂信人间过夜郎。明月入江依旧好，青山埋骨至今香。不寻饭颗山头伴，却趁汨罗江上狂。定要骑鲸归汗漫，故来濯足戏沧浪。

（傅璇琮等主编《全宋诗》第48册，北京大学出版社1998年，第30013页）

彭龟年《登上封半山而雾大起叹而有作》

彭龟年（1142—1206），临江军清江（今江西樟树）人。

忆昨雨霁投招提，五峰幻出如新沐。僧言一月无此奇，正直由公感通速。
倾曦已没暝霭生，伫立危亭看不足。遂扶晨策陵岖嵚，要识祝融真面目。
轻阴阁雨日将升，浅雾喷云生半腹。晦明变化在俄顷，山鬼无端太翻覆。
东西南北杳不知，天柱诸峰固难瞩。因思世事无不然，氛垢时多少清淑。
良辰一遇信可欣，浊世相遭匪予辱。湘累为此赋远游，要待棋终看结局。
嗟我宁能待汝清，原隰征夫驾方趣。安得韩公剑倚天，决断浮云取新旭。

［（宋）彭龟年《止堂集》卷十七，文渊阁四库全书本］

曾丰《过湘吊屈》

曾丰（1142—?），乐安（今属江西）人。

彭蠡泽南地，祝融峰上天。其洪无择物，所褊不容贤。
湘水恨归处，衡云愁到边。勇哉输一死，死日胜生年。

［（宋）曾丰《撙斋先生缘督集》卷八，《宋集珍本丛刊》本］

曾丰《沿衡阳而下触目抚怀》

湖深无敌岳无伦，流峙云胡各骏奔。水守以兼常下下，山□□分固尊尊。
苍梧蝼蚁慕虞舜，彭蠡鳣鲸切屈原。吾与大通合为一，有怀何必问乾坤。

［（宋）曾丰《撙斋先生缘督集》卷十一，《宋集珍本丛刊》本］

钟明《书义倡传[1]后》

钟明，1165年左右在世，京口（今江苏镇江）人。

洞庭之南潇湘浦，佳人娟娟隔秋渚。门前冠盖但如云，玉貌当年谁为主。
风流学士淮海英，解作多情断肠句。流传往往过湖岭，未见谁知心已赴。
举首却在天一方，直北中原数千里。自怜容华能几时，相见河清不可俟。
北来迁客古藤州，度湘独吊长沙傅。天涯流落行路难，暂解征鞍聊一顾。

---

① 宋洪迈《夷坚志补》卷二《义倡传》。

横波不作常人看，邂逅乃慰平生慕。兰堂置酒罗馐珍，明烛烧膏为延伫。清歌宛转绕梁尘，博山空蒙散烟雾。雕床斗帐芙蓉褥，上有鸳鸯合欢被。红颜深夜承燕娱，玉笋清晨奉巾屦。匆匆不尽新知乐，惟有此身为君许。但说恩情有重来，何期一别岁将暮。午枕孤眠魂梦惊，梦君来别如平生。与君已别复何别，此别无乃非吉征。万里海风掀雪浪，魂招不归竟长往。效死君前君不知，向来宿约无期爽。君不见二妃追舜号苍梧，恨染湘竹终不枯。无情湘水自东注，至今斑笋盈江隅。屈原九歌岂不好，煎胶续弦千古无。我今试作义倡传，尚使风期后来见。

［（宋）洪迈《夷坚志补》卷二，涵芬楼排印本］

华岳《谢二刘》

华岳（？—1221），池州贵池（今属安徽）人。

文卿、挺卿惠然见慰，且有米黍之辱。时端节前一日。

雁行临慰暖如春，玉粒金包即拜恩。周粟不肥清圣肉，楚丝难系直臣魂。二生在昔闻孤竹，一死于今愧屈原。圆篚下颁诚有谓，此情兄外更谁论。

［（宋）华岳《翠微南征录》卷五，文渊阁四库全书本］

华岳《寄王五四将仕》其一

将仕乃清之弟，寓广信，岁在戊辰，以其兄之事来告。徘徊久之，临别以二绝饯行。

季叔青天轰霹雳，屈原平地溺波涛。从教晋楚多戕贼，二子何曾损一毫。

［（宋）华岳《翠微南征录》卷九，文渊阁四库全书本］

赵汝谠《屈原祠》

赵汝谠（？—1223），祖籍大梁（今河南开封），迁居余杭（今浙江余杭）。

忠深独逢尤，怨极翻作歌。岂云嗜好异，奈此芳洁何。郢都值末造，听惑贤佞讹。令尹专国事，君王信秦和。内思谋谏尽，旁困谗嫉多。秉道身必斥，徇时则同波。我生帝降直，臣节安敢颇。痛心易激烈，危步难逶迤。忍观宗绪坠，去复念本柯。采藻或涧滨，茹芝亦岩阿。下将从彭咸，终已投汨罗。湘水碧湛湛，湘山郁峨峨。昔存怀沙恨，今见垂纶过。仲夏草树蕃，初华粲莲荷。禅栖寄幽祀，羁思发长哦。风雅尚遗音，景宋浸殊科。远游一感叹，白首留江沱。

（傅璇琮等主编《全宋诗》第53册，北京大学出版社1998年，第32987页）

赵汝谠《直州》

时潦汇众川，朝暾耀中洲。岸回挐音急，水抱禅宇幽。竹树相覆带，云沙更荡浮。估船乘波发，渔艇沿潭游。他屿亦可登，爱此所览周。东轩既延伫，西阁复夷犹。归求种嘉橘，老欲守故丘。贾谊何远去，屈原竟深投。俗卑忌才高，世浊憎多修。请将招隐作，往和沧浪讴。

（傅璇琮等主编《全宋诗》第53册，北京大学出版社1998年，第32988页）

赵蕃《南风行十八日早作》

赵蕃（1143—1229），原籍郑州，南渡后侨居信州玉山（今属江西）。

吾闻黄帝张乐洞庭野，始意庄生言故假。又闻湘灵鼓瑟进玄螭，亦意屈子夸厥辞。属行洞庭四月半，南风三日吹不断。黄昏犹是天陆离，午夜忽成云片段。病夫数起不知睡，数起侧听仍熟视。恍疑帝乐尚铿鎗，又谓湘弦发幽闷。乃知二子元非虚，吾闻自用耳目拘。须臾月落天向晓，依旧南风波浩渺。

［（宋）赵蕃《淳熙稿》卷五，文渊阁四库全书本］

赵蕃《偶得牡丹之白者赋之》

梅花当冬吐冰雪，古今已复称高洁。春风草木争宠光，尔乃白乎无得涅。
屈原放逐楚江滨，山高水疾谁与邻。商山山中四老人，汉且终辞肯事秦。
白山茶有涪翁赋，莲自远公仍白傅。数公已矣不可作，风雨明朝埋玉树。

［（宋）赵蕃《淳熙稿》卷六，文渊阁四库全书本］

赵蕃《复次韵呈沅陵诸丈并怀在伯二首》其二

佳诗如隽永，余论敢雌黄。幸甚官同府，怀哉居择乡。
江湖身固远，风月兴何长。勿作湘累吊，行赓殿阁凉。

［（宋）赵蕃《淳熙稿》卷九，文渊阁四库全书本］

赵蕃《寄李处州》

自入湖南路，驱车得屡停。流传虽有句，次舍或无亭。崄绝犹云未，艰危不易听。真宜太白醉，未信屈原醒。我去方蛮府，公归合汉庭。愿言均沛雨，尚想独当霆。白雪故寡和，黄麻须六经。诏除期不晚，得以慰飘零。

［（宋）赵蕃《淳熙稿》卷十二，文渊阁四库全书本］

赵蕃《寄克斋舅氏》

不奉书题遂一年，书犹断绝况诗传。兴来亦复吟哦否，读罢何当疾痌痊。

慷慨初无伏波志，忧愁枉类屈原迁。使来觅我当何处，水出牂牁若个边。

［（宋）赵蕃《淳熙稿》卷十四，文渊阁四库全书本］

赵蕃《端午三首》其二

年年端午风兼雨，似为屈原陈昔冤。我欲于谁论许事，舍南舍北鹁鸠喧。

［（宋）赵蕃《淳熙稿》卷十八，文渊阁四库全书本］

赵蕃《在伯沅陵俱和前诗复次韵五首》其二

梅兮何等花，意似幽人作。芳不待三熏，胜自专一壑。

屈原语醉醒，孺子歌清浊。醉如糟可餔，清亦足可濯。

［（宋）赵蕃《章泉稿》卷一，文渊阁四库全书本］

赵蕃《挽赵丞相汝愚》

吾王不解去三思，石显端能杀望之。未到浯溪读唐颂，已留衡岳伴湘累。

生前免见焚书祸，死后重刊党籍碑。满地蒺藜谁敢哭，漫留楚些作哀辞。

［（宋）赵蕃《章泉稿》卷三，文渊阁四库全书本］

赵蕃《送王赞子襄》

倦能听雨眠窗底，忽起看山到水边。遂性不如冲露鸟，流行何况下江船。

不臻屈子南征地，宁识秦人避世仙。邂逅相逢又相别，一杯重把定何年。

［（宋）赵蕃《章泉稿》卷三，文渊阁四库全书本］

赵蕃《菊》

蔓菊伶俜不自持，细香仍着野风吹。少年踊跃岂复梦，明日萧条休更悲。
潭水解令胡广寿，夕英何补屈原饥。我今漫学浔阳隐，晚立寄怀空有诗。
［（宋）赵蕃《章泉稿》卷三，文渊阁四库全书本］

叶适《施翔公掌教长沙》

叶适（1150—1223），温州永嘉（今浙江温州）人。
蓍蔡羲前识，箫韶舜后音。追回贾谊贬，唤起屈原沈。
湘水汀烟阔，梅花署雪深。余行陈迹久，因子一微吟。
［（宋）叶适《水心集》卷七，文渊阁四库全书本］

叶适《对读文选杜诗成四绝句》其一

一从屈原离骚赋，便至杜甫短长吟。千载中间多作者，谁于海岳算高深。
［（宋）叶适《水心集》卷八，文渊阁四库全书本］

敖陶孙《悼赵忠定》

敖陶孙（1154—1227），长乐（今属福建）人。
左手旋乾右转坤，群公相扇动流言。狼胡无地归姬旦，鱼腹终天痛屈原。
一死固知公所欠，孤忠赖有史长存。九原若遇韩忠献，休说渠家末代孙。
［（宋）岳珂《桯史》卷十五引，学津讨原本］

戴炳《腊前见兰花》

戴炳，（1219）进士，天台（今属浙江）人。
兰丛才一干，独向腊前开。托荫偏宜竹，先春不让梅。
韵从幽处见，香自静中来。便欲纫芳佩，灵均唤不回。
［（宋）陈思编（元）陈世隆《补两宋名贤小集》卷三百七十，文渊阁四库全书本］

赵彦政《汨罗庙》

赵彦政，1214年前后在世，曾任湘阴县（今湖南湘阴）丞。

所历登临尽，愁新屈子居。青修一嶂远，红蓼几花疏。
直节乾坤外，骚文雅颂余。殷勤酹江月，生气凛如初。
（《永乐大典》卷之五千七百六十九）

周文璞《晚菊》

周文璞，约1216前后在世，阳谷（今属山东）人。
亭亭砌下黄金花，霜后颜色如矜夸。玄英摧挫百卉尽，独自照耀山人家。
湘累晨餐不论数，千岁高丘恐无女。君不见天宝杜陵翁，晚节尝为少年侮。
［（宋）周文璞《方泉诗集》卷三，文渊阁四库全书本］

葛天民《梅花》

葛天民，与姜夔（约1155—约1221）唱和，越州山阴（今浙江绍兴）人。
桃李粗疏合负荆，岁寒标格许谁并。花中有道须称最，天下无香可斗清。
倚竹向人如少诉，临流窥影更多情。何当唤取湘累起，伴我空山茹落英。
［（宋）陈起编《江湖小集》卷六十七《葛天民小集》］

刘学箕《赋祝次仲八景　其一　潇湘夜雨》

刘学箕（约1155—?）崇安（今福建武夷山）人。
移艘系湾浦，倾篷声更豪。谩起湘妃恨，长歌灵均骚。晓汐涨何许，微茫泛江皋。
［（宋）刘学箕《方是闲居士小稿》卷上，文渊阁四库全书本］

罗閅《挽胡季昭用王卢溪韵》其二

罗閅，1225年前后在世。
百世期令固本支，一身宁复许安危。前瞻象郡贤方去，后有鹤山人效奇。
地接宜阳山谷笑，舟回湘水屈原知。椟中龟玉而轻毁，禄位何妨善保持。
［（宋）胡知柔编《象台首末》卷三，文渊阁四库全书本］

杨长孺《兰花》句

杨长孺（1156？—1236？），吉州吉水（今属江西）人。

灵均九畹应无此，福地三茅浪自夸。

［（宋）陈景沂《全芳备祖前集》卷二十三，文渊阁四库全书本］

赵秉文《伯时画九歌》

赵秉文（1159—1232），磁州滏阳（今河北磁县）人。

楚乡桂子落纷纷，江头日暮天无云。烟浓草远望不尽，翩翩吹下云中君。

九歌九曲送迎神，还将歌曲事灵均。一声吹入汨罗去，千古秋风愁杀人。

［（金）赵秉文《滏水集》卷三，文渊阁四库全书本］

度正《和制置喜雨之什》

度正（1166—1235），合州铜梁（今重庆市）人。

灵均一寸了纤埃，坐看云根万仞开。不用挥戈方扫去，等闲馔酒便呼来。

清风濯我知何限，霖雨思贤想几回。更向日边勤一溉，尽苏海宇亦奇哉。

［（宋）度正《性善堂稿》卷三，文渊阁四库全书本］

度正《送张季修归简州兼简伯修》

屈子文章似六经，缙云重与振遗音。一门秀出金闺彦，三峡光摇玉宇参。

挟册夙潜心学海，挥毫今独步儒林。横飞脱去科场累，更去骚人向上寻。

［（宋）度正《性善堂稿》卷四，文渊阁四库全书本］

郑瀛《官塘竞渡》

郑瀛，1190 年进士，黄岩（今属浙江）人。

长江百里浓于醅，天风吹作云涛堆。吾乡好事重佳节，龙舟两两争喧豗。

今人不识灵均意，只作龙舟多竞渡。汨罗旧事付苍烟，空有遗歌写哀些。

（傅璇琮等主编《全宋诗》第 53 册，北京大学出版社 1998 年）

高斯得《次韵刘友鹤端午三首》其一

高斯得，1229 年进士，邛州蒲江（今属四川）人。

昔经屈原坂，寒湍下悲鸣。又渡汨罗江，洐记曾输诚。慨彼幽乱国，成此湘累名。雕胡不受腻，淯予膳膏腥。离骚二十五，往往言其清。招汝千载后，来乎不来灵。

［（宋）高斯得《耻堂存稿》卷六，文渊阁四库全书本］

詹初《有怀》

詹初，约1231年前后在世，徽州休宁（今属安徽）人。

闲居忽有怀，怅然令心恫。世人尚浮沉，君子难苟同。是以盖世贤，飘然返山中。栖迟竹林下，明道善其躬。如何彼之子，居常起波风。屈原泣泽畔，仲尼悲道穷。贤圣尚如此，吾身那可容。

［（宋）詹初《寒松阁集》卷三，文渊阁四库全书本］

释居简《为老僧化衣褐》

释居简（1164—1246），潼川（今四川三台）人。

淅沥寒生菡萏池，雪残老藕不成丝。老僧岁晚无衣褐，却遣灵均去问谁。

（傅璇琮等主编《全宋诗》第53册，北京大学出版社1998年，第33222页）

释居简《书菊硐屏兰》

欲酬天问些灵均，九畹归来活写真。采笔不知春去后，自芳元不为无人。

（傅璇琮等主编《全宋诗》第53册，北京大学出版社1998年，第33224页）

赵汝回《咏水仙》句

赵汝回，1237年前后在世，永嘉（今浙江温州）人。

屈原一点沉湘恨，李白三生捉月身。

［（清）厉鹗《宋诗纪事》卷八十五，文渊阁四库全书本］

赵汝绩《溪翁惠秋兰》

赵汝绩，与戴复古（1167—约1248）多唱和。浚仪（今河南开封）人。

不梦灵均久，西风为返魂。顿忘千载远，但喜一香存。

劲叶牵湘色，疏花洗露痕。勿嫌盆盎小，能贮雪霜根。

［（宋）陈起编《江湖后集》卷七“赵汝绩”，文渊阁四库全书本］

苏泂《奉寄子高卢兄五十韵》

苏泂（1170—?），山阴（今浙江绍兴）人。

君才如骕骦，道里未可量。读书串脉络，如海东赴洋。五年隔异县，信若参与商。昨者戒车马，故意改未尝。我家小于斗，下榻出仓黄。绳枢三椽共，君视犹雕梁。贫又少甘脆，而君甘秕糠。晨兴乌鹊先，夕憩星宿张。上言体金玉，时节登虞唐。下言复家世，努力事文章。琐细及儿女，骨肉谊莫当。君来历州府，所在诸侯良。肝胆皆善子，子去锥脱囊。问胡独善我，风雨度钱唐。我时熟君指，又不罗酒浆。何况动邻里，磨刀向猪羊。青灯两夫影，陈义劝交相。谓言经时留，十日又理装。但携本经册，沃州山水乡。子宁舍我去，我意未子忘。相逢一岁短，相别一日长。何缘子吾所，不然我君傍。君虽老马姿，今乃骥服箱。刷燕日千里，阔步徐康庄。江水有时西，东下斯滥觞。奃（大/沦）至澎湃，穿溜极怀襄。死生渠有命，贫贱士之常。孔融委曹操，汲黯卑张汤。人生出处分，荣谢均阴阳。念我懒拙病，久已在膏肓。此方困忧患，惩艾百战创。安时而处顺，天道不可详。鲁连蹈东海，屈原赋沅湘。此志竟未遂，眼看都茫茫。君怀万金产，待价空四方。古闻韫椟贵，世有刖足伤。蓝田种洵美，死鼠名须防。鲁方秉周礼，汉亦绝楚粮。易求哥舒翰，难觅张子房。英雄出儒素，金印垂襕裳。吾祖元祐末，奉使詟戎羌。子孙失遗武，史册无晶光。君家著胆略，并驱从两狼。弯弓射敌首，灭敌使走藏。此事属乃翁，翁今膂力强。问翁来何时，九月天雨霜。此时君适我，促膝话绳床。作诗致近讯，愿子益自将。君看绕指柔，会作百炼刚。岂云建厦缺，期子柱明堂。

［（宋）苏泂《泠然斋诗集》卷一，文渊阁四库全书本］

苏泂《次韵刍父上巳日同游朱园四首》其二

野水青山非昔祠，奠觞那复计醇醨。抛梁有咏谁其续，除却灵均世不知。

［（宋）苏泂《泠然斋诗集》卷七，文渊阁四库全书本］

苏泂《次韵知县兄秋怀三首》其三

灵均心事少陵诗，青竹林边白竹篱。自把寒花看新雁，今年强似去年衰。

［（宋）苏泂《泠然斋诗集》卷八，文渊阁四库全书本］

李俊民《昨晚蒙降临无以为待早赴院谢闻已长往何行之速也因去人寄达少尉客中未伸之志耳》其一

李俊民（1176—1260），泽州晋城（今属山西）人。

纵横人市尽裘毡，一旦衣冠气索然。岂信鲁连归海上，颇哀屈子老江边。汗流石马谁堪恨，草没铜驼世所怜。莫惮区区困刀笔，论功终让指踪先。

［（金）李俊民《庄靖集》卷二，文渊阁四库全书本］

郑清之《谢郑广文和韵》

郑清之（1176—1252），庆元府鄞县（今浙江宁波）人。

鳣堂心醉经，精神应满腹。温饱非所志，饮食不以目（自注：温公谓今人以耳而衣，以目而食）。说诗称解颐，善问待攻木。颇愁百斛量，孔庭惟立独。俎豆答卫问，筐瓷欠邹漉（自注：见邹阳《酒赋》）。曾子非养口，漆园且尊足。时于清夜分，酌以翠勺绿（自注：绿尊翠勺，为君斟酌）。聊浇磊磈胸，不废吾伊读。每篇亦作句（自注：来诗每篇必有亦作语），如对纪书竹。相逢盖初倾，一别桑重沃。融尊惭坐满，鲁馈疏拜仆。卫生不自宝，抑首亲患玉。囊无谀墓金，米乏佳传斛。厨烟爨人清，蔬课园夫督。粟瓶收秫田，黍酿用阴曲。解同杜陵襟，期醉昌黎菊。赤手当缚菟（自注：来诗有白战之语），白眼谩嗔俗。庄虚左氏宴，觞肯西子属（自注：坡赋属此觞于西子）。酒债负寻常，会期遭百六。要须中圣贤，庶以展伯叔（自注：谓宗盟也）。醉入无功乡，醒岂屈原族（自注：汉徙屈昭景大族）。岸帻一笑粲，共赋醽酒醁（自注：晋张载有《醽酒赋》）。

［（宋）郑清之《安晚堂集》卷八，文渊阁四库全书本］

郑清之《昨虽移韵于兰然石鼎联章不可以不成也再赋一则语以殿众作亦骚之乱词云》其一

好恶移人信有力，宫姬尚取昆仑织[①]。刚姿未必广平爱，皓首谁怜赵岐

① 自注：《晋书》织室昆仑奴事。

息。夷车衡茝荪芷荃，富矣离骚夸博识。灵均颂橘不及梅，内白孰为有精色。夫何卞玉楚见弃，素莹无乃珷玞石。梅古贤人又何怨，伯夷正自求仁得。氏以墨胎端自污，请效公输为削墨。

［（宋）郑清之《安晚堂集》卷八，文渊阁四库全书本］

郑清之《谢玉泉君黄伯厚和韵》

卯饮贪引卮，夕食不厌腹。松醪滟玉池，郁尊傲黄目。归闲喜携幼，欣荣对夏木。颇笑屈原醒，宁甘马周独。诗筒发豪思，江月欲戏漉。每赓北海咏，未羡西邻足。槽规长吉红，蚁玩杜陵绿。醉乡拟续记，书眼瞭可读。时康万户春，兴到七贤竹。筵虚艳姬舞，面想宫嫔沃。别肠驱药使，健笔命骚仆。居然得良朋，清辞泻壶玉。习池可联乘，步兵有余斛（自注：步兵厨有酒三百斛。）谁能酒限拘，强效八州督。今年小麦好，岂屑官麖曲。嘉节迫蒲艾，早计数萸菊。客中真有佳，眼前喜无俗。赋殷金石声，光粲牛斗属。句到后三三，人谁赛六六。试编诸贤诗，第以伯仲叔。共成杜康传，更聚山中族。万事付亡何，乾坤一杯醁。

［（宋）郑清之《安晚堂集》卷九，文渊阁四库全书本］

郑清之《再和戏黄玉泉》

黄公辞酒垆，经笥捧便腹。读书饥鸢声，了了崇文目。陂澄万顷波，巢寄一枝木。戏题百姓眼，自笑孤馆独。辙涸聊相濡，神液未容漉。啸歌匪弹剑，悁隘殊躄足。文织牺尊黄，句弦绮琴绿。不见蟹杯持，徒费尔雅读。坐对罂卧墙，空有叶映竹。枯肠但茶搜，燥吻迟（自注：去声）膏沃。主人如马瘦，酒使欠猩仆（自注：封溪令事。）。思折酤媪券，欲访义浆玉。喟兹鲸吸量，眇矣龙瓖斛。灵根日灌溉，诗课自程督。试当阅医经，薄酿借神曲。共醉灵均丝，未问长房菊。饮兴非有期，衣晒宁免俗。杯勺虽不胜，呕泄听随属。懒叠阳关三，肯竞枭博六。不饮但麦豆，颇胜刘文叔。醉骑黄犊孙，归玩墨君族。子为评酒名，拟号安晚醁。

［（宋）郑清之《安晚堂集》卷九，文渊阁四库全书本］

魏了翁《和虞永康美功堂诗》

魏了翁（1178—1237），邛州蒲江（今属四川）人。

我曾寄径城南州，果杏纂纂香浮浮。云开千仞雪山白，月照万古沧江流。
我时未得江山意，但爱高明甲西州。十年重来是邪非，独觉真意烂不收。
虞侯着堂发幽闷，岂但清与耳目谋。川流衮衮来不断，云物亹亹生无休。
既从静寿识至乐，复于叹逝希前修。游人翕翕满江头，随所适处心悠悠。
童子长佩搴江蓠，女儿缝裙学石榴。没人扬波白鱼跃，舟子竞渡苍龙摎。
田翁野妇看儿戏，咏归山暝风作秋。固亦有志感时节，欲起湘累问灵修。
人人得处自深浅，江山于尔无显幽。堂上主宾亦复尔，各各会意风泠飕。
宇宙无穷本如此，我亦皓然希天游。

［（宋）魏了翁《鹤山全集》卷一，文渊阁四库全书本］

魏了翁《题大安军杨宝谟旌忠庙》

范阳一夕鼙鼓鸣，莽然河朔惟孤城。姓名彻闻帝犹谓，我乃不识颜真卿。
人才所用非所养，自昔然矣奚独神。肘间银黄挂三组，腰间犀玉围万钉。
养痈护疾皆此辈，事危先及城郭臣。求仁得仁性情正，可死无死分义明。
岂徒一时折群丑，将与万世开太平。我尝辱交于神者，寤寐精爽如平生。
过祠解后日端午，昌歜之酒芬兮清。要呼湘累径同醉，毋使二子称独醒。

［（宋）魏了翁《鹤山全集》卷二，文渊阁四库全书本］

魏了翁《再和浣花韵呈李彭州塈李参政壁》

輾然一开口，天也非人谋。江山自旧管，风景仍新收。一门令兄弟，而我从之游。卫玠珠玉侧，李膺神仙舟。主宾有良晤，兄弟无相犹。雨余白日静，江远青天浮。相彼宇宙广，觉我心休休。世传浣溪女，声迹疑谬悠。灵均亦已远，英烈今在不。又怀唐拾遗，泯然哀江头。陵谷几变迁，屈孟独长留。于此本何负，而以德为雠。因时慨前哲，坐久风飂飕。良会惜难再，作诗以相酬。

［（宋）魏了翁《鹤山全集》卷二，文渊阁四库全书本］

魏了翁《张永平辖作亭于渠河之右予请名以观而通守江君埙赋古诗二十有二韵以落之用韵和答》

渠河有水清且涟，弄丸之暇游其间。风轻沙暖鸥忘机，天开日烜鱼逃筌。
山中不知岁月改，春洲六度听绵蛮。闻人昔游不到此，岸容山色如有冤。

永平教孚讼亦简，为我卜筑河之干。临流兴怀叹不足，因思孔圣感逝川。岂无日景自北起，亦有天运从东旋。风霆流形草木贲，星辰垂象郊原宽。乾坤坎离更见伏，春秋代谢相回环。虽将此理醒群聩，更向川上观微澜。存神过化义亹亹，行着习察心间间。子思渊渊达天德，子车混混穷原泉。东流不休发吕氏[①]，潺湲远望悲屈原[②]。圣贤分量已差等，后来承误滋可叹。或嗟年衰劝努力，或谓时逝宜游盘。须看龙见水归壑，又识雨降云蒸山。阴阳翕辟本无间，俗儒但作死生观。河南挺生二程子，指示道体镌冥顽。人能于此发深省，致知格物兹其端。神徂圣伏二千载，是心长与江弥漫。文通为挥五色笔，大篇长句垂不刊。春风沂泗俨在此，居人莫作渠阳看。

［（宋）魏了翁《鹤山全集》卷五，文渊阁四库全书本］

魏了翁《尝为赵太社蕃作章泉二字及匹纸写诗二十二首赵一再有诗因次韵》其二

几度诗来儆谬悠，怀人应念水三州。宁睎太白怀金马，忍效灵均驷玉虬。
上帝汝临毋敢贰，中心如噎本何求。狂言又被公挑拨，知我惟公不我邮。

［（宋）魏了翁《鹤山全集》卷十一，文渊阁四库全书本］

王迈《和赵簿题席麻林居士小隐四韵》其四

王迈（1184—1248），兴化军仙游（今属福建）人。

笙簧岂不韵，雅景受风松。纨绮可为裳，灵均采芙蓉。
古来旷达士，世腻亦太慵。可望不可押[③]，人如云外峰。

（傅璇琮等主编《全宋诗》第 57 册，北京大学出版社 1998 年，第 35710 页）

刘克庄《湘潭道中即事二首》其二

刘克庄（1187—1269），兴化军莆田（今属福建）人。

傩鼓冬冬匝庙门，可怜楚俗至今存。屈原章句无人诵，别有山歌侑桂尊。

---

① 自注：吕不韦以水泉东流日夜不休，为天道之图。

② 自注：《九歌》荒忽兮远望，观流水兮潺湲。

③ 《全宋诗》编者注：疑当作狎。

［（宋）刘克庄《后村先生大全集》卷五，四部丛刊集初编本］

刘克庄《秋日会远华馆呈胡仲威》

岭表岂必热，庚伏频滂沱。薄暮辱招要，盆李参瓶荷。君侯如长松，折节交藤萝。奇字识夏鼎，古音弹云和。今日素商至，高屋凉意多。夜清群籁息，已有蛩鸣莎。人生不饮酒，贤愚同销磨。拍手问湘累，独醒欲如何。谬承青眼顾，讵惜苍颜酡。客散我亦归，耿耿看斜河。

［（宋）刘克庄《后村先生大全集》卷六，四部丛刊集初编本］

刘克庄《次韵王元度二诗（袁倅之子）》其二

向来绮语祸机深，几效灵均欲自沉。周庙人曾铭在背，管城子已秃无心。今谁伯乐能酬价，后有钟期必赏音。老矣尚须君警策，昔人一字答千金。

［（宋）刘克庄《后村先生大全集》卷十，四部丛刊集初编本］

刘克庄《杂咏一百首》其四《屈原》

芈姓且为虏，累臣安所逃。不能抱祭器，聊复著离骚。

［（宋）刘克庄《后村先生大全集》卷十四，四部丛刊集初编本］

刘克庄《杂咏一百首》其七十三《詹尹》

鱼腹累臣诀，蛾眉众女仇。灵均空发问，詹尹若为酬。

［（宋）刘克庄《后村先生大全集》卷十五，四部丛刊集初编本］

刘克庄《杂咏一百首》其七十一《巫咸》

列书诧知死，楚些说招魂。尚莫窥壶子，安能返屈原。

［（宋）刘克庄《后村先生大全集》卷十五，四部丛刊集初编本］

刘克庄《五和》其一

出门机阱已相随，竟放灵均逐伯奇。始者啮肤微似蚋，俄然择肉及于罴。不言快箭穿杨叶，却讶长松托兔丝。败坏人材由利禄，乃知曾点胜颛师。

［（宋）刘克庄《后村先生大全集》卷十六，四部丛刊集初编本］

刘克庄《题罗亨祖丛菊隐居》

令君抱送当秋晚，手种寒葩占断清。伯始厚颜贪饮水，灵均满腹饱餐英。要须晚节分香臭，宁与朝华角悴荣。父老方夸琴调古，未应高兴慕渊明。

［（宋）刘克庄《后村先生大全集》卷十六，四部丛刊集初编本］

刘克庄《无题》

主圣如天忍弃遗，臣愚何地着孤危。白虹贯日殆虚语，中野履霜无怨词。宝玦已随尸血浸，铁鞭未必鬼臀知。暮年一寸丹心在，却怪湘累有许悲。

［（宋）刘克庄《后村先生大全集》卷十六，四部丛刊集初编本］

刘克庄《九叠》其七

名见商书又见诗，畹兰难拟况江蓠。灵均苦要群芳聚，却怪骚中偶见遗。

［（宋）刘克庄《后村先生大全集》卷十七，四部丛刊集初编本］

刘克庄《和季弟韵二十首》其六

梦事回头堕渺茫，松间梅畔放清狂。直须添竹成三友，不必栽槐待二郎。老爱家山安畏垒，早知世路险瞿唐。人间腥腐如何向，莫怪灵均葺药房。

［（宋）刘克庄《后村先生大全集》卷十九，四部丛刊集初编本］

刘克庄《和季弟韵二十首》其十八

倘来事已付茫茫，朝野皆知故态狂。视草偶曾称学士，看花未了失台郎。贾生作赋先扬马，屈子分骚与景唐。绝笔且宜高束起，要赓黄鹄和芝房。

［（宋）刘克庄《后村先生大全集》卷十九，四部丛刊集初编本］

刘克庄《立春一首》

又见城门出土牛，鸡肤龟手稍和柔。懒陪内史吟人日，不记灵均降孟陬。病与风光犹未隔，老逢节序只添愁。可怜满镜星星发，欲戴春幡却自羞。

［（宋）刘克庄《后村先生大全集》卷二十，四部丛刊集初编本］

刘克庄《即事三首》其一

抽簪脱裤满城忙，大半人多在戏场。膈膊鸡犹金爪距，勃跳狙亦衮衣裳。
湘累无奈众人醉，鲁蜡曾令一国狂。空巷冶游惟病叟，半窗淡月伴昏黄。
［（宋）刘克庄《后村先生大全集》卷二十一，四部丛刊集初编本］

刘克庄《乙卯端午十绝》其三

餐菊饮朝露，平生不歠醨。与龙争角黍，无乃谤湘累。
［（宋）刘克庄《后村先生大全集》卷二十二，四部丛刊集初编本］

刘克庄《寄题赵尉若钰兰所六言四首》其二

屈子平章荃蕙，荀卿区别芷槐。志洁真饮露者，性恶似渐滫来。
［（宋）刘克庄《后村先生大全集》卷二十六，四部丛刊集初编本］

刘克庄《挽林法曹实甫二首》其二

昔我叨驰驲，惟君伴聚萤。病翁尚佔毕，良友忽幽冥。
古有东方赞，今无贞曜铭。不知吟几些，叫得屈原醒。
［（宋）刘克庄《后村先生大全集》卷三十，四部丛刊集初编本］

刘克庄《老病六言十首呈竹溪》其十

假合幻躯难靠，夭寿定数孰逃。屈子大招奚益，渊明自挽最高。
［（宋）刘克庄《后村先生大全集》卷三十三，四部丛刊集初编本］

刘克庄《寄汤伯纪侍郎二首》其二

仗下鸣曾惊众听，省中语不愿人传。骚留屈子芳菲在，史视胡公粪土然。
士到后凋方见节，世除勇退别无仙。遥知洛下诸君子，应笑侬诗老放颠。
［（宋）刘克庄《后村先生大全集》卷三十八，四部丛刊集初编本］

刘克庄《生日和竹溪二首》其一

宿昔银鞍狨覆羁，今骑秧马垦荒田。学神仙者丹多坏，立事功人传少全。

谁管灵均初度日，都忘弥勒下生年。新皇早晚开宣室，定有英才对席前。

［（宋）刘克庄《后村先生大全集》卷三十九，四部丛刊集初编本］

刘克庄《丁采杰挽诗》

文字蜚声早，功名入手迟。晚知书误我，时以酒浇之。

旷野灵均些，新坟真曜碑。两翁不在子，其必在孙枝。

［（宋）刘克庄《后村先生大全集》卷四十，四部丛刊集初编本］

黄顺之《听悟师弹招隐》

黄顺之，1205 年进士，邵武（今属福建）人。

悟师手携清风琴，为我再奏招隐吟。九原灵均不可作，后人遗恨空沈沈，令我听之泪沾襟。楚山日落秋声起，古猿啼月空山里。千年愁气上青枫，幽兰无香桂华死，吾道非耶何至此。曲中历历分明道，苦怨王孙负春草。岁晚山中难久留，忆君一夕令人老。王孙王孙知不知，琴心招君胡不归。下沿湘江之水流，上逐湘山之云飞。一弹一招一太息，水流云飞朝复夕。

［（清）厉鹗《宋诗纪事》卷六十，文渊阁四库全书本］

吴泳《桂》

吴泳，1208 年进士，潼川（今四川三台）人。

南之山丛丛，桂树生也直。朱华自成林，不杂众芳植。上有青鸾栖，因之为羽翼。移根上林苑，零露滋晓色。岂不罹凝寒，高标竦孤特。丹心能自渥，身性不加饰。所以离骚词，嘉其秉炎德。相观穹壤间，人统形气识。阳根为刚明，阴质为暗塞。灵均莫能招，聊与花辩惑。

［（宋）吴泳《鹤林集》卷一，文渊阁四库全书本］

吴泳《送鲜于漕》其一

文字微妙诀，到底元平夷。词人不能工，变怪生崛奇。汶上大夫者，得法灵均师。修辞滋其平，不以怒出之。白云自多态，流水长清漪。作者云已往，知者其为谁。九诵的子孙，八鸾行康逵。天将和其声，复见风骚遗。

［（宋）吴泳《鹤林集》卷一，文渊阁四库全书本］

姚镛《离衡》

姚镛（1191—?），剡溪（今浙江嵊州）人

天恩下释湘累客，心事悠悠月满船。种药已收思病日，著书不就负残年。杂花怪石分人去，老竹荒亭入画传。归梦鉴湖三百里，白鸥相候亦欣然。

［（清）厉鹗《宋诗纪事》卷六十二，文渊阁四库全书本］

林希逸《题梅花帖》

林希逸（1193—1271），福清（今属福建）人。

梅经和靖诗堪画，兰识灵均赋是经。两得清名还此卷，梅花石上古兰亭。

［（宋）林希逸《竹溪鬳斋十一稿续集》卷四，文渊阁四库全书本］

白玉蟾《有怀聂尉》其五

白玉蟾（1194—1229），祖籍福建闽清，生于琼州（今海南）。

剑浦犹残堠，螺江始问津。向来风浪恶，回首谢灵均。

［（宋）白玉蟾《琼琯真人集》卷二，文渊阁四库全书本］

白玉蟾《端午述怀》

方瀛山上风飕飕，五月六月常如秋。松花落地鹤飞去，万顷白云空翠浮。夜半蟾蜍落丹井，琪林深锁寒叶暝。满天白露点苍苔，蛙市一散万籁静。三树两树啼断猿，树冷栖禽夜不眠。数点飞萤恋沙径，山腰石润悲寒泉。钟声隔断华胥路，不知蝴蝶蜚何处。摩挲两眼折纸衾，人道今辰正端午。晓雨初霁梅子肥，龙孙脱箨新燕飞。山居萧然无一物，摘荠捣麦充晨炊。忆着往年五月四，葛巾羽扇莺溪市。龙艘破浪桨万枝，钲鼓聒天旗掣水。纸钱飞起屈原祠，行人往来如蚁移。桐花入鬓彩系臂，家家御疫折桃枝。庭前绿艾制绿虎，细切菖蒲斟绿醑。羹鹅鲙鲤办华筵，冷浸水团包角黍。今年寂寞坐空山，山雨山风生晓寒。默庵令我休噫气，作诗略述山居意。安得两腋生飞翰，与君飞上泬寥间，免使在世赋辛酸。

［（宋）白玉蟾《琼琯真人集》卷二，文渊阁四库全书本］

白玉蟾《吊刘心月》

汨罗江山水呜咆，鱼鳖不知老龙泣。徒棹龙舟何处寻，何不办取屈原生前一枝楫。大吴江头伍侯庙，夕阳满树闻啼鸟。行人过此焚纸钱，何不办取子胥生前一杯酒。屈伍死后今寥寥，其名千古如一朝。江边垂泪知几人，冰魂雪魄不可招。哀哉道人刘心月，其身贫甚其性烈。少年虽落风尘中，末后猛省自摆脱。其心虽美其名腥，一旦死于武夷溪之滨。却将九曲溪中水，洗却千愁万恨身。曹娥寻父尺赴水，死作妇女英灵鬼。柳翠萧璃俱水亡，但见渺渺一溪水。汝何不自忍些忧，又却结愤满心头。冰肌玉肤落潭碧，黄昏风惨水空流。武夷溪九曲，无人垂钓水空绿。武夷三十六峰峦，无人结草惟空山。月明寻之不知处，尚自哀猿声不住。那堪一夜潇潇雨，使人吟尽哀惨句。休休心月君亦贤，人生不死空百年。掀翻四大惊鱼龙，踏破碧潭深处天。李白骑鲸去捉月，知章水底眠霜雪。古人犹自水中逝，皆得水化超生诀。吾与心月系渠师，来此惨惨烟正飞。天空水寒千山暗，酌水一酹心含悲。西风吹此两行生铁汁，去作笛中声又急。

［（宋）白玉蟾《修真十书武夷集》卷五十一，道藏本］

俞桂《采莲曲》

俞桂，1232 年进士，临安府仁和（今浙江杭州）人。

西风引袂凉云起，鸳桨扶船浮绿水。露沁花脂茜粉香，满柄蜂芒刺葱指。
红绡半妥金钏明，堤上玉郎窥唱声。湘中暮雨欢期失，各自东西空目成。
船荡波心烟漠漠，归路花从唱边落。绿艳红妖江水深，水底灵均应不觉。

［（宋）陈起《江湖后集》卷二十二，文渊阁四库全书本］

释善珍《贺赵礼部得祠二首》其一

释善珍（1194—1277），泉州南安（今福建南安）人。

曩岁巍冠接俊髦，玄都又种几番桃。山中供奉犹遭谤，泽畔灵均盍赋骚。
世事万端常倚伏，丈夫百挫见雄豪。旁人妄指笼中翮，不识冥鸿天宇高。

［（宋）释善珍《藏叟摘稿》日本内冈文庫藏宽文十二年（1672）藤田六兵衔刻本］

李龏《梅花集句》其一百十八

李龏（1194—?），祖籍菏泽（今属山东），平江府吴江（今江苏苏州）。

蜂撩蝶翾不相饶，二月春风似剪刀。可惜屈原吟泽日，不并香草入离骚（李缜、贺知章、晏殊、林君复）。

［（宋）陈起编《江湖小集》卷二十，文渊阁四库全书本］

赵汝腾《遗徐端友寿母夫人》

赵汝腾（？—1261），福州（今属福建）人。

望东云兮怀玉，产二英兮鸑鷟。持荣名兮寿亲，颂大椿兮对菊。餐初英兮慕屈子之菲菲，饮寒潭兮陋胡广之碌碌。我敬爱之，勉以猗绿。垂芳兮无穷，介母兮多福。

［（宋）赵汝腾《庸斋集》卷一，文渊阁四库全书本］

方岳《道中即事》其四

方岳（1199—1262），祁门（今属安徽）人。

梅已飘零尚典刑，断魂篱落野烟青。灵均憔悴乃知此，到老可人宁独醒。

［（宋）方岳《秋崖集》卷二，文渊阁四库全书本］

方岳《次韵叶宗丞湘梅》其二

庾岭以南非楚产，离骚不载亦堪嗟。行吟傥见灵均否，且与辛夷定等差。

［（宋）方岳《秋崖集》卷四，文渊阁四库全书本］

方岳《次韵王尉贺雨》

老天自不负吾君，谁向灵均三沐熏。鹤立待收连夜雨，龙归看带入山云。摩挲一饱岂易得，愁叹多年不忍闻。亦欲买牛横短笛，华山一半倘容分。

［（宋）方岳《秋崖集》卷六，文渊阁四库全书本］

方岳《次韵吴殿撰多景楼见寄》

多情王粲怕登楼，谁遣人间汗漫游。莼菜梦回千里月，蘋花老却一江秋。

人如沙燕年年别，骚到湘累字字愁。正尔相观衣带水，角声孤起暮云稠。

［（宋）方岳《秋崖集》卷十，文渊阁四库全书本］

方岳《艺兰》

猗兰杳幽茂，深林自吹香。何必九畹滋，一枝有余芳。
春锄劚寒烟，渺渺怀江湘。灵均悯未死，憔悴歌沧浪。

［（宋）方岳《秋崖集》卷十二，文渊阁四库全书本］

方岳《题司理采芙蓉图》

纫之以湘累秋兰之佩，载之以剡溪夜雪之舟。漱之以清冰寒露之壶，浇之以碧玉晴云之瓯。着童船尾书船头，荷花浦溆双飞鸥。新红如洗云锦稠，停桡伫棹香浮浮。薰风满座凉飕飕，醉面欲醒谁相酬。若有人兮眇中洲，把住月老叫不休。花亦问月愁不愁，何以了此蒹葭秋。蛟宫蛟宫夜泣悲灵修，鳞幢欲湿行云留。楚骚如水不可作，此意难以笔墨求，荡予桨兮涯之幽。

［（宋）方岳《秋崖集》卷十四，文渊阁四库全书本］

萧立之《和本县黎月罔劝农韵》

萧立之（1203—?），宁都（今属江西）人。

白发衰翁且翠颠，伤心难问屈原天。当时一聚如金谷，此日数间惟玉川。
劝谏只今犹乐土，耕犁何地不炊烟。欲亲偃室无公事，一段阻心似蹇泉。

［（宋）萧立之《萧冰厓诗集拾遗》卷三，九世从孙萧毓谨编，敏拜刊］

萧立之《再为梅赋》

谁遣巫阳招尔魂，春从九地到孤根。灵均清节离骚困，司马深衣独乐园。
吟客谩能工水月，先儒曾此识乾坤。雁行却以山矾进，未许涪翁谓至言。

［（宋）萧立之《萧冰厓诗集拾遗》卷三，九世从孙萧毓谨编，敏拜刊］

潘牥《十月菊》其一

潘牥（1205—1246），福州闽县（今福建福州）人。

香名不枉入骚坛，最爱霜枝傲岁寒。切莫逢人叹迟暮，何曾委地有凋残。

人如靖节方堪采，世欠灵均少得餐。甚矣吾衰闭门坐，篱边自折一枝看。

［（宋）陈景沂《全芳备祖前集》卷十二，文渊阁四库全书本］

释文珦《墨菊》

释文珦（1210—?），于潜（今浙江临安西南）人。

渊明爱佳色，灵均餐落英。墨衣林下去，标致更凄清。

［（宋）释文珦《潜山集》卷十一，文渊阁四库全书本］

释文珦《江楼写望》其二

晨登江上楼，周览竟遐目。江天渺无际，清致如可掬。初日明远峰，微烟消广麓。平波净如镜，群象印寒渌。浦溆集帆樯，长空来鹳鹙。凉风天末起，散入檐前竹。旷然适野情，谁能念幽独。手把离骚经，闲倚阑干读。灵均邈千载，遗音谅难续。沧浪在何处，思以濯吾足。

［（宋）释文珦《潜山集》卷十一，文渊阁四库全书本］

谌祜《茂陵钱歌》句

谌祜（1213—1298），建昌军南丰（今属江西）人。

屈原离骚芳草遍，召南治世梅先见。皎如佩玉上清来，不敢班渠国风变。

［（元）刘埙《隐居通议》卷八“七言古撷”，文渊阁四库全书本］

方蒙仲《隔溪梅》

方蒙仲（1214—1261），兴化军侯官（今福建福州）人。

美人隔秋水，伫立奈愁何。剪取灵均语，临风恍浩歌。

（傅璇琮等主编《全宋诗》第64册，北京大学出版社1998年，第40064页）

王义山《感兴》

王义山（1214—1287），富州丰城（今属江西）人。

灵均作天问，子厚为之对。玄冥莫可诘，幻说多诡怪。苍苍特其形，厥义了难解。尼山自绝笔，人文已久坏。果有司造者，应不终泯晦。吾欲灰吾心，纳世于聋聩。复为崆峒民，穴野奚土蒉。

［（元）王义山《稼村类稿》卷二，文渊阁四库全书本］

陈著《次韵戴帅初以水涨不及赴茂林醵饮重午》

陈著（1214—1297），庆元路鄞县（今浙江宁波）人。

回头林谷已云迟，心不怀疑遁自肥。有菊可寻方觉是，无根自药岂吾非。危时一醉便为福，好客相过莫放归。欲吊湘累波浩渺，但须珍重芰荷衣。

［（宋）陈著《本堂集》卷十七，文渊阁四库全书本］

陈著《和单君范古意六首》其五《獻》

庄叟非观鱼，游戏何有乡。灵均岂渔者，聊以歌沧浪。超然网罟外，千载名字香。今人志多取，曲钩有余殃。鱼死心亦死，胡为不自伤。勿谓得忘筌，未得筌以忘。

［（宋）陈著《本堂集》卷二十五，文渊阁四库全书本］

吴锡畴《兰》

吴锡畴（1215—1276），徽州休宁（今属安徽）人。

石畔棱棱翠叶长，葳蕤紫蕊吐幽芳。灵均去后无人问，林密山深只自香。

［（宋）吴锡畴《兰皋集》卷一，文渊阁四库全书本］

戴栩《次韵水心端午思远楼小集》

戴栩，1244年前后在世，永嘉（今浙江温州）人。

众嫭容独丑，孤正轧群倾。何必远者思，今古同一情。士方慕洁修，各以好自萦。一旦履华膴，争夺遗世名。枭獍随诋凤，蝼蚁起困鲸。醉中触灵均，到今唤不醒。朋社角曼衍，冶游眩轻盈。无情湘水窟，有恨郢山棱。

［（宋）戴栩《浣川集》卷一，文渊阁四库全书本］

李曾伯《赠黄虚舟》

李曾伯（？—1265），祖籍覃怀（今河南沁阳），侨居嘉兴（今属浙江）。

君不见君家知命今师日，白衫骑驴人不识。当时画作梁园图，惟有龙眠老仙笔。又不见异时知命离戎州，终身愿学陶朱游。能令太史为著语，此比西子同扁舟。君今名在嫡孙行，数载浮家渚宫上。秋风细起鲈鱼钓，落日驮成院花样。孤篷短辔成两奇，一朝复见江南诗。风流信是古难继，亦有轩轾谁为之。我知长耳困皂枥，突市冲篱久狂蹶。逢京兆节仅免辱，入华阴门几遭诘。不如小艇枫荻洲，水天碧处盟沙鸥。凌波三叹洛妃恨，招魂一洗湘累愁。骑驴不下竟为惑，纵苇所之乐何极。与今坐上嘲子瑜，争似舟中怀李白。奚庸二亩藜苋图，足归一枕黄粱娱。持竿鼓枻贵适我，解鞍截镫无从渠。厥今龙眠麟笔不可复，太史鸾胶尚堪续。我亦苕溪渔隐徒，亦有水调遗子以一曲。

［（宋）李曾伯《可斋杂稿》卷二十五，文渊阁四库全书本］

胡仲弓《春晴》

胡仲弓，1266 年前后在世，清源军（今福建仙游）人。

寒斋浅酌喜新晴，绝倒湘累赋独醒。清坐苦无佳客话，朗吟生怕俗人听。五湖四海双尘屐，万壑千岩一画屏。云雨从来翻覆手，黄昏更看照泥星。

［（宋）陈起《江湖后集》卷十二《胡仲弓》，文渊阁四库全书本］

蒲寿宬《与小儿助子游江横作》

蒲寿宬，1272 年前后在世，泉州（今属福建）人。

葺荷偶忆湘累句，筑屋还寻杜若汀。孤树每留残日白，片帆徐度远山青。海鸥知我断机虑，渔父与谁分醉醒。何处扁舟横短笛，月明风袅不堪听。

［（宋）蒲寿宬《心泉学诗稿》卷五，文渊阁四库全书本］

董嗣杲《甲戌重午留越寄武康同官》

董嗣杲，生卒年不详，约公元 1279 年前后在世，杭州（今属浙江）人

湘累莫吊楚云迷，力疾喑喑客会稽。心想同寅分席醉，身逢重午借楼栖。今朝气象悲欢异，几种葵榴色泽齐。水际晚凉应有赋，藕花多处想供题。

（《全宋诗》第 68 册，北京大学出版社 1998 年，第 42685 页）

董嗣杲《兰花》

芳友幽栖九畹阴，花柔叶劲怯深寻。谢家毓取阶庭秀，屈子纫归泽国吟。百卉混林尊异种，一清传世绝同心。身悭风露甘修洁，谁托斯馨欲援琴。

（傅璇琮等主编《全宋诗》第10册，北京大学出版社1998年，第42718页）

王舫《春日郊行次平野韵》

王舫，生卒年不详，籍贯不详。

楚泽凄凉笑屈原，行吟如在浣花川。风回别墅闻桐角，烟冷荒郊挂纸钱。
辫麦正香田舍乐，茅柴初熟酒家连。锦囊收拾归来晚，踏月闲敲款段鞭。
（《全宋诗》第72册，北京大学出版社1998年，第45676页）

罗公升《谢松野叔赠诗用首句惊舟出瞿塘还有平流安十字为韵》其一

罗公升，1279年前后在世，吉州永丰（今属江西）人。

庭中乌鹊噪，门外鸡犬惊。知有锦绣章，来作金石声。
松因屈子耻，菊为渊明清。今我独何者，照几新诗明。
［（清）曹庭栋编《宋百家诗存》卷四十《沧洲集》，文渊阁四库全书本］

方夔《菊》

方夔，1279年前后在世，淳安（今属浙江）人。

矫首春风独后时，冰霜自厉占东篱。悲如屈子凄凉意，清似陶翁平澹诗。
寂寞秋香怜向晚，徘徊寒蝶笑生迟。蹇予气味差相似，采采金英尽一卮。
［（宋）方夔《富山遗稿》卷七，文渊阁四库全书本］

方夔《杂兴》其二

不露文章世不惊，由来天亦厌虚名。弦歌夫子穷将圣，风雅灵均死独清。
其道卷怀何足恨，斯文得与岂无情。长歌独坐沧浪水，休说他年起濯缨。
［（宋）方夔《富山遗稿》卷七，文渊阁四库全书本］

艾性夫《谢惠楮衾》

艾性夫，1279年前后在世，临川（今江西抚州）人。

厚于布被拥公孙，清似荷衣伴屈原。卷送春云香入梦，剪成秋水淡无痕。
五更葭琯嘘寒谷，一榻梅花近雪村。直作黄䌷纹锦看，日高睡稳不开门。
［（宋）艾性《剩语》卷下，文渊阁四库全书本］

艾性夫《木芙蓉》

露冷红酥不带愁，湘兰楚菊共清修。灵均死去无人问，闲却沧江一片秋。
［（宋）艾性《剩语》卷下，文渊阁四库全书本］

汪梦斗《端午》

汪梦斗（生卒年不详），1285 年前后在世，绩溪（今属安徽）人。
辜负昌阳酒一杯，异乡节物苦相催。榴花未见已夏半，梅子空黄无雨来。下士蜀皇不复产，爱君屈子有余哀。江南尽自多鱼米，好趁凉风及早回。
［（宋）汪梦斗《北游集》卷上，文渊阁四库全书本］

舒岳祥《九日敏求与侄璋九万载酒荪墅邀予与胡山甫潘少白及华顶周服之道士周若晦作客欲摘蕊浮杯从委草间未有消息悯然赋之》

舒岳祥（1219—1298），宁海（今属浙江）人。
五柳先生贫欠酒，不说无花过重九。杜陵野客酒可赊，只恨青蕊成蹉跎。如今风物尤凄恻，绕丛觅蕊无消息。寒蛰相吊野水流，病蝶来偎寒日夕。不见金钱将翠羽，惟有悲风吹蔓棘。古人爱汝非无意，志士仁人例憔悴。楚国无人屈子伤，陶杜凄凉唐晋季。此日何日悲更悲，聊嗅青枝记一时。往时好事环辙迹，建业钱塘华尽识。就中内本碧玉杯，欲买黄金惜不得。两都风景今何如，泪堕丛边和露滴。
［（宋）舒岳祥《阆风集》卷二，文渊阁四库全书本］

舒岳祥《兼静黄坛杨君书室也取钱起柴门兼竹静之句名之邑里吟人题咏殆遍矣予为友作反骚不知者便谓子云与屈子异意非也》

本自柴门静，谁令种竹喧。月来将画写，风过引书翻。
默坐雨偏响，闲眠雪易繁。动中还有静，此意互为根。
［（宋）舒岳祥《阆风集》卷三，文渊阁四库全书本］

舒岳祥《枫树》

屈原庙外千株碧，高帝祠前万叶红。楚尾吴头风景在，片帆不复更西东。

［（宋）舒岳祥《阆风集》卷八，文渊阁四库全书本］

柴元彪《和僧彰无文送兰花韵（时寓法藏寺）》

柴元彪，（1268）进士，衢州江山（今属浙江）人。

脱簪归隐白云深，不逐时芳事枉寻。闲向草亭图太极，重盟莲社续东林。

春风分到灵均种，臭味如同惠远心。一卷离骚清彻骨，跫然空谷足徽音。

［（宋）柴元彪《柴氏四隐集》卷三，文渊阁四库全书本］

柴元彪《击壤歌》

击壤歌，击壤歌，仰观俯察如吾何。西海摩月镜，东海弄日珠。一声长啸天地老，请君听我歌何如。君不见丹溪牧羊儿，服苓餐松入金华。又不见武陵捕鱼者，舣舟绿岸访桃花。高人一去世运倾，或者附势类饥鹰。况是东方天未白，非鸡之鸣苍蝇声。朝集金张暮许史，蠛蠓镜里寄死生。犀渠象弧谐时好，干将镆铘埋丰城。失固不足悲，得亦不足惊。秋花落后春花发，世间何物无枯荣。十年漂泊到如今，一穷殆尽猿投林。平生舒卷云无心，仪舌纵存甘喑喑。噫吁嘻！豪猪靴，青兕裘，一谈笑顷即封侯。后鱼才得泣前鱼，予之非恩夺非雠。眼前富贵须年少，吾将老矣行且休。休休休，俯视八尺躯，沧海渺一粟。忆昔垂九龄，牵衣觅李栗。回头华发何萧萧，百年光阴如转烛。乃歌曰：不编茅兮住白云，不脱蓑兮卧黄犊。仰天拊缶兮呼乌乌，手持鸱夷兮荐醽醁。乃赓载歌曰：招夷齐兮采薇，拉园绮兮茹芝。折简子陵兮羊裘披，移文灵均兮佩琼枝。敢问诸君若处庙廊时，食前方丈、侍妾数百得志为之而弗为。

［（宋）柴元彪《柴氏四隐集》卷三，文渊阁四库全书本］

马廷鸾《拜屺瞻墓有感》

马廷鸾（1222—1298），饶州乐平（今属江西）人。

香罗细葛端阳节，绛帐青衿少小时。曩以弹丸俘晋孽，今于筒黍吊湘累。

千年感旧慵开卷，一酌销忧强把卮。蒲酒少年供母后，村南村北恣游嬉。

［（宋）马廷鸾《碧梧玩芳集》卷二十三，文渊阁四库全书本］

马廷鸾《寄题程氏菊庄》其一《屈平》

白贲黄中自不群，冷霜凉露伴灵均。集芳尚恨椒兰变，何况夭桃俗李春。

［（宋）马廷鸾《碧梧玩芳集》卷二十四，文渊阁四库全书本］

释行海《梅》其一

释行海（1224—?），剡（今浙江嵊县）人。

玉神何事带红绡，未让胭脂与杏桃。天下更无清可比，湘累不敢入离骚。

（《雪岑和尚续集》抄本，藏中国科学院图书馆）

谢枋得《昌蒲歌》

谢枋得（1226—1289），信州弋阳（今属江西）人。

有石奇峭天琢成，有草夭夭冬夏青。人言昌蒲非一种，上品九节通仙灵。异根不带尘埃气，孤操爱结泉石盟。明窗净几有宿契，花林草砌无交情。夜深不嫌青露重，晨光疑有白云生。嫩如秦时童女登蓬瀛，手携绿玉杖徐行。瘦如天台山上圣贤僧，休粮绝粒孤鹤形。劲如五百义士从田横，英气凛凛磨青冥。清如三千弟子立孔庭，回琴点瑟天机鸣。堂前不入红粉意，席上常听诗书声。怪石筱簜皆充贡，此物舜庙当共登。神农知已入本草，灵均蔽贤遗骚经。幽人耽玩发仙兴，方士服饵延修龄。彩鸾紫凤琪花苑，赤虬玉麟芙蓉城。上界真人好清净，见此灵苗当大惊。我欲携之朝太清，瑶草不敢专芳馨。玉皇一笑留香案，锡与有道者长生。人闲千花万草尽荣艳，未必敢与此草争高名。

［（宋）谢枋得《叠山集》卷一，文渊阁四库全书本］

陈杰《得菊花绝黄》

陈杰，1250年进士，洪州丰城（今属江西）人。

谁与凛秋料理悲，木樨香冷未梅时。直疑天上金茎露，全付篱间黄菊枝。佳色足陪陶令醉，落英还慰屈原饥。东风试问千红紫，曾有西风此段奇。

［（宋）陈杰《自堂存稿》卷三，文渊阁四库全书本］

方回《秋晚杂书三十首》其二

方回（1227—1307），徽州歙县（今属安徽）人。

屈子悼芙蓉，胡于木末采。谁欤变秋树，水花俨高垲。本非莲藕类，稍稍具姿彩。厥植亦匪贞，朝泽暮已痗。叔世尚浮卉，貌取实故萎。吾庐百昌戕，一二此根在。无奈儿女曹，爱之若芳茝。曾不如荞穄，足用拯疲馁。

［（元）方回《桐江续集》卷二，文渊阁四库全书本］

方回《次韵宾旸张氏山园红菊》

惟菊可配松，受命天地正。吾家植千本，朝耘暮灌润。未言制颓龄，且用乐野性。严霜百草死，后皇布肃令。始知贞劲节，老硬异脆嫩。俗圃莳红卉，赖君古道振。斥谓非其类，一洗灵均恨。骚人昔所餐，此辈何敢竞。恶紫如恶莠，鲁叟遁无闷。世眼重脂粉，君子故安命。

［（元）方回《桐江续集》卷五，文渊阁四库全书本］

方回《读宣枢南山朱公遗集二首》其二

廿年前一见，池口卸帆亭。老子髯初雪，门生鬓未星。

汉衰诸葛死，楚恨屈原醒。恻怆观遗集，犹欣有宁馨。

［（元）方回《桐江续集》卷十一，文渊阁四库全书本］

方回《次韵宾旸斋中独坐五首》其二

诗来似诉屈原醒，阿堵于公颇不庭。白水真人从断绝，丹元童子尚神灵。

秋眠簟未捐桃竹，晚食齑应胜韭萍。肯美张苍肥若瓠，从来吟影只伶俜。

［（元）方回《桐江续集》卷十一，文渊阁四库全书本］

方回《次韵伯田见酬四首》其四

六桥久客旧湖滨，春日花开不似春。游学顿无福建子，科名更说梓潼神。

暗惊渊实丘夷事，枉作书痴传癖人。辛苦湘累辨兰艾，庄生齐物等埃尘。

［（元）方回《桐江续集》卷十六，文渊阁四库全书本］

方回《次韵仇仁近有怀见寄十首》其六

少年忽作白头人，慷慨悲歌岂为身。屈子独醒天可问，重华久去士常贫。瓶无储粟陶元亮，马似乘船贺季真。此味孰能相识察，陨霜硕果有余春。

［（元）方回《桐江续集》卷十六，文渊阁四库全书本］

方回《八月二十九日雨霁玩古兰》

积雨不可出，五日无盐醯。纵复有雨具，出门将告谁。兹辰复何辰，明窗漏晴曦。我有古猗兰，瓦斛以莳之。举世无识者，惟有秋蝶知。紫穗密匼匝，雪茸纷葳蕤。国香袭衣袖，坚坐神自怡。微咏韩子操，长歌湘累词。空庖不遑省，聊足忘调饥。

［（元）方回《桐江续集》卷十八，文渊阁四库全书本］

方回《孟君复仲春来杭相聚三月余一日必三胥会忽焉告去直叙离怀为四言一首》

九年三见，昔疏未亲。一日三见，今也何频。有来者马，于雪之滨。有柳未絮，时维仲春。岂无可交，华屋朱轮。接膝握手，岂无他人。眷焉陋巷，总是累臣。孟献忘势，王翰愿邻。嗟子之意，孔厚且真。揣我所有，阒无一珍。英英令节，穆穆良辰。泛彼清涟，出其阇闉。和风吹衣，芳露滴巾。载听其嘤，载采其辛。乃馔我鲜，乃酌我醇。我酣子謔，子吟我呻。我无子阅，子无我颦。厥月三团，百笑弗嗔。积潦满道，朝炊无薪。系鞍于门，致此嘉宾。我窥子胸，万卷横陈。目电舌雷，笔圣诗神。锻以一字，衡之千钧。吉甫史克，蒙庄灵均。出其下者，诅楚过秦。等而上之，清庙生民。子逾立年，我登七旬。顾影自怜，发秃肤皴。衰颜槁悴，老语谆谆。送子此谣，肝胆轮囷。子之家世，凌烟麒麟。子之爵位，曲逆平津。我幸未死，山林食贫。两不相忘，云鸿水鳞。

［（元）方回《桐江续集》卷二十一，文渊阁四库全书本］

方回《送常德教赵君》

岳阳州城危楼前，无地但有水与天。一点之青惟君山，四顾汹涌心茫然。

吾尝北风吹湖船，飞过洞庭一日间。高桅一昂摩日边，及其一低如沉渊。
灶不可炊薪不燃，跃出釜水如盆翻。神惊魄褫乾坤颠，江豚出没蛟鼍掀。
小儿号啼大人眠，猫呕狗吐流腥涎。饥僵渴仆三不餐，自晓至昏缩若拳。
始从武口入武川，然后相贺性命完。龙阳县西百丈牵，古鼎大镇控群蛮。
丹砂水银充市廛，千机织锦绿红鲜。北上江陵通襄樊，南接长沙衡岳连。
陶渊明记桃花源，访寻遗迹扬吾鞭。长松巨柏万且千，近人不畏猿猱悬。
琴床药炉溅瀑泉，白发道士如神仙。尺许大字铁屈盘，吾诗颇奇留刊镌。
此事一往四十年，至今夜犹梦湘沅。隆准云孙腹便便，昔者金门班鹭鸳。
胡为近亦寒无毡，屑往芹宫专冷官。略有廪粟有俸钱，饭虽不足聊粥饘。
风雅之后闻屈原，千古哀怨离骚传。惟楚有材实多贤，幸为人师何憾旃。
坎流叵测行止难，或逆而溯顺而沿。可不随机信天缘，竹枝歌声宫商宣。
木奴洲畔饶风烟，三年当有诗千篇。

［（元）方回《桐江续集》卷二十一，文渊阁四库全书本］

方回《题东坡先生惠州定惠院海棠诗后（赵子昂画像并书）》

东坡先生《惠州海棠诗十四韵》，赵君子昂所书，仍画东坡像于后，以归竹轩盛君。紫阳方回获观，题诗十四韵识之。

五季乾坤混为一，艰难得之容易失。一拳槌碎四百州，新法宰相王安石。
二苏中尤恶大苏，周二程张俱不识。绍圣奸臣讲绍述，元祐诸贤纷窜斥。
东坡饱吃惠州饭，心知惇卞乃国贼。恍惚他乡见似人，海棠一株困荆棘。
海内文章蜀党魁，蜀第一花世无匹。邂逅相逢心相怜，瘴雨蛮烟污玉质。
忆昔蒟酱筇竹枝，适与张骞遇西域。彼徒生事劳远人，此感与国同休戚。
屈原放废郢都丧，箕子囚奴殷录讫。惠州未已更儋州，必欲杀之至此极。
立党籍碑封舒王，竟使大梁无社稷。此诗此画系兴亡，可忍细看泪横臆。

［（元）方回《桐江续集》卷二十四，文渊阁四库全书本］

方回《离骚九歌图》

正则灵均皇揆余，屈子文章古所无。我尝痛饮读□□，□乃复览九歌图。
九歌根源何所自，羲文周孔易□□。□□坤马中孚鹤，鼎虎革豹未济狐。
载鬼一车豕负涂，先张之弧后说弧。奇奇怪怪浩以博，湘累取以为范模。

东皇太一九霄下，百灵护驾飞龙趋。云中之君俨帝服，眇视四海翔天衢。
尧女舜妃两婵娟，想见当年泣苍梧。大少司命尾东君，倏来忽逝纷驰驱。
河伯白鼋弭英辅，山鬼赤□□□□。桂酒椒浆奠瑶玉，鼓迎箫送鸾凤舆。
佳人在望□□□，□君不见心踌躇。采芳馨兮日将暮，有所思兮甘糜躯。
吾王不寤蛾眉嫉，知心惟有寡女媭。一士葬鱼亡楚国，而况他日秦坑儒。
我诗颇似贾谊赋，敬吊先生空嗟吁。

［（元）方回《桐江续集》卷二十六，文渊阁四库全书本］

方回《题叶兰坡居士兰》

一花一干秀春风，此论黄家太史公。若问灵均旧纫佩，零陵香出古湘中。

［（元）方回《桐江续集》卷二十八，文渊阁四库全书本］

牟巘《挽赵春谷》其二

牟巘（1227—1311），隆州井研（今属四川）人。

子美转同谷，灵均怀此都。修名千载短，多难一臣孤。
天意终难料，心期自不渝。西风吹更急，萧索间泉途。

［（宋）牟巘《牟氏陵阳集》卷六，文渊阁四库全书本］

杨公远《借汪路教韵题赵东麓判丞临清堂》

杨公远（1228—?），徽州歙县（今属安徽）人。

结屋俯清溪，萧然迥出奇。书藏千万卷，梅浸两三枝。入竹风声细，移花日影迟。乐山仍乐水，何虑复何思。菊有陶潜逸，兰无屈子悲。娱情琴上操，遣兴局间棋。对客频倾酒，临流剩赋诗。要将闲度日，只恐道关时。触目多幽致，留题总色丝。细吟增敬羡，貂续匪佳辞。

［（元）杨公远《野趣有声画》卷上，文渊阁四库全书本］

杨公远《重阳已过半月菊花方开》其二

西风转北又旬余，才见黄花粲短篱。底事不开重九日，何心却趁小春时。
芳传栗里陶潜径，香入离骚屈子辞。不肯趋时真隐逸，岂教尘世俗人知。

［（元）杨公远《野趣有声画》卷下，文渊阁四库全书本］

俞德邻《初度留山阳》

俞德邻（1232—1293），原籍永嘉平阳（今属浙江），侨居京口（今江苏镇江）。

茫茫南国遍旌旗，九日明朝有所思。元亮暮年书甲子，灵均初度忆庚寅。鱼龙寂寞秋江阔，豺虎从衡客路危。归去白云堪共卧，万山深处结茅茨。

［（宋）俞德邻《佩韦斋集》卷五，文渊阁四库全书本］

周密《赋菊次吴竹窗韵》

周密（1232—1298），祖籍济南（今属山东），南渡后居湖州（今属浙江）。

西风入东篱，花事殊草草。幽葩发孤丛，未觉芳意少。谁云九秋冷，孰谓三径小。粲粲黄金英，采采不盈抱。幽深秀霜杰，不许蜂蝶到。正色知者谁，尚䌹无外襮。寒香正宜晚，何事叹秋杪。不逐雨余荒，但觉霜后好。一见爽入脾，三嗅清彻脑。细参花中禅，可以入道奥。人生百年内，能几花前笑。昌黎似未悟，颇恨生不早。岂无春风妍，羞与红紫校。万物各有待，此理须自了。不作时世妆，不顾流俗诮。居然处于独，耿介类有道。信乎抱修洁，终胜自炫耀。虽云得时晚，未肯随秋老。呼童谨培溉，勿使蓬藋挠。泛之亦堪醉，餐之亦堪饱。莫赋湘累吟，泽畔颜色槁。持似斜川翁，闻此当绝倒。

（傅璇琮等主编《全宋诗》第67册，北京大学出版社1998年，第42563页）

文天祥《湘潭道中赠丁碧眼相士》其二

文天祥（1236—1282），吉州庐陵（今江西吉安）人。

收拾衡云作羽衣，便如屈子远游归。离骚忘却题天柱，为立斜阳问翠微。

［（宋）文天祥《文山集》卷二，文渊阁四库全书本］

文天祥《端午》

五月五日午，薰风自南至。试为问大钧，举杯三酹地。田文当日生，屈原当日死。生为薛城君，死作汨罗鬼。高堂狐兔游，雍门发悲涕。人命草头露，荣华风过耳。唯有烈士心，不随水俱逝。至今荆楚人，江上年年祭。不知生者荣，但知死者贵。勿谓死可憎，勿谓生可喜。万物皆有尽，不灭唯天理。百年如一日，一日或千岁。秋风汾水辞，春暮兰亭记。莫作留连悲，高歌舞槐翠。

［（宋）文天祥《文山集》卷二十，文渊阁四库全书本］

文天祥《端午即事》

五月五日午，赠我一枝艾。故人不可见，新知万里外。

丹心照夙昔，鬓发日已改。我欲从灵均，三湘隔辽海。

［（宋）文天祥《文山集》卷二十，文渊阁四库全书本］

孙嵩《和谢虚谷》其一

孙嵩（1238—1292），徽州休宁（今屬安徽）人。

文章琬琰盛镌磨，乞与丹青侈若何。已是追随名世晚，敢言步骤古人多。

未同子美投三赋，且为灵均释九歌。怎有农谣又渔曲，稍谈钓笠与耕蓑。

（傅璇琮等主编《全宋诗》第68册，北京大学出版社1998年，第43156页）

刘埙《补史十忠诗》其五《前左丞相江文忠公万里弟》

刘埙（1240—1319），南丰（今属江西）人。

匡庐云锦屏，鸿儒产其下。风神俨如龙，夭矫莫可驾。卷怀经济具，婆娑洛中社。怪事玉床摇，清昼天忽夜。突骑从何来，阴风飘屋瓦。大臣义有死，欲避吾不暇。庭前环止水，万事付一舍。从容友灵均，朝野动悲咤。愍章极哀荣，汗简谁记者？倘有南熏书，季方足堪亚。

［（清）《御选元诗》卷十四，文渊阁四库全书本］

郑思肖《屈原九歌图》

郑思肖（1241—1318），连江（今属福建）人。

楚人念念爱清湘，苦忆九歌频断肠。只道此中皆楚国，还于何处拜东皇。

［（宋）陈思编，（元）陈世隆补《两宋名贤小集》卷三百七十一，文渊阁四库全书本］

郑思肖《屈原餐菊图》

谁念三闾久陆沉，饱霜犹自傲秋深。年年吞吐说不得，一见黄花一苦心。

［（宋）陈思编，（元）陈世隆补《两宋名贤小集》卷三百七十一，文渊阁四库全书本］

郑思肖《即事》

河朔杯多席莫逃，碧筒制酒饮儿曹。雨余地润南风爽，秋近宵凉北斗高。月下梦归吴苑路，天涯心绕浙江皋。灵均仙后无人怨，谁肯明时赋续骚。

［（清）《御定四朝诗　御选宋诗》卷五十六，文渊阁四库全书本］

汪元量《长沙》

汪元量（约 1241—约 1317），钱塘（今浙江杭州）人。

洞庭过了浪犹高，河伯欣然止怒涛。傍岸买鱼仍问米，登楼呼酒更持螯。湘汀暮雨幽兰湿，野渡寒风古树号。诗到巴陵吟不得，屈原千古有离骚。

（傅璇琮等主编《全宋诗》第 70 册，北京大学出版社 1998 年，第 44036 页）

汪元量《竹枝歌》其二

贾谊祠前酹酒尊，汨罗江上吊骚魂。耒阳更有一抔土，行路人传是假坟。

（傅璇琮等主编《全宋诗》第 70 册，北京大学出版社 1998 年，第 44056 页）

林景熙《赠兰坡星翁》

林景熙（1242—1310），温州平阳（今属浙江）人。

深林澹孤芳，一洗桃李姿。采采坡云暮，持之欲遗谁。故人青云端，或在江海涯。青云达者路，江海幽人期。有如一种兰，升沈亦殊歧。南宫香满握，谁使纫湘累。客笑试问君，君曰数所为。嗟余偶阅理，焚膏自童时。功名千载芬，白首心已违。富贵倘贻臭，不如贫贱怡。吾生吾自断，为谢君平帷。

［（宋）林景熙《霁山文集》卷三，文渊阁四库全书本］

林景熙《端午次韵怀古或疑屈原曹娥死非正命是不知杀身成仁者也并为发之》

葵榴入眼明，得酒慰衰齿。胡为浪自悲，怀古泪纷委。湘江沈忠臣，越江沈孝子。沈骨不沈名，清风两江水。或云非正命，是昧舍生理。归全岂发肤，所惧本心毁。哭父天为惊，忧君国将毁。于焉偷吾生，何以立戴履。修短在百年，芳秽垂千纪。之人死犹生，滔滔真死矣。

［（宋）林景熙《霁山文集》卷三，文渊阁四库全书本］

释云岫《寄兰屋府教》

释云岫（1242—1324），庆元府昌国（今浙江舟山）人。

入门便有湘江意，数米幽香见屈原。萧艾若教同一色，清标不在座中看。

（傅璇琮等主编《全宋诗》第69册，北京大学出版社1998年）

丘葵《和所盘端午韵》

丘葵（1244—1333），泉州同安（今属福建）人。

槐夏阴中鬓已秋，天风吹梦堕江头。水应难洗湘累恨，山岂能为柳子囚。尘世不知几端午，人生大抵一虚舟。愁来细把君诗看，压倒当时赵倚楼。

（《钓矶诗集》，清道光二十六年汲古书屋刻本）

丘葵《吕所盘以诗送茅柴酒与红螺用韵以谢》

玉液新篘彻底清，琼肌脱壳有余馨。嗜茶枉自为搜搅，食蛤空怜有典刑。脉脉客愁闲白昼，纷纷雨脚下青冥。此时一领仙家味，应使灵均悔独醒。

（《钓矶诗集》，清道光二十六年汲古书屋刻本）

陈普《咏史　屈原》

陈普（1244—1315），福州宁德（今属福建）人。

仲尼死后百年期，定把离骚继四诗。占断江南烟雨绿，历山穷子与湘累。

（《全宋诗》第69册，北京大学出版社1998年，第43792页）

赵必瑑《和黄秋韵》

赵必瑑（1245—1294），东莞（今属广东）人。

骚坛分戍打愁城，奏凯梅边缓辔行。诗债填偿难一顿，酒缘结习是三生。未能范蠡浮轻舸，且学灵均赋落英。落魄半生成底事，沙汀月冷负鸥盟。

［（宋）赵必瑑《覆瓿集》卷一，文渊阁四库全书本］

赵必瑑《和李梅南对梅韵》

三花两花疏篱东，玉堂何似茅舍中。孤芳不受春风涴，千红万紫俱下风。罗浮梦断孤山杳，寂寂谁蹑二子踪。谪仙天人霸梅国，骚坛万仞奴群雄。我交梅花二十冬，梅工于诗例合穷。我穷于梅诗更拙，岂无膏沐谁为容。湘累醒眼不相识，兰芷未必臭味同。何时典衣买酒醉梅下，浇我磊落写我悰。诗成阁笔对梅笑，此一瓣香为梅翁。

［（宋）赵必瑑《覆瓿集》卷二，文渊阁四库全书本］

谢翱《芳草怨》

谢翱（1249—1295），原籍长溪（今福建霞浦）人，徙建宁浦城（今属福建）。

湘云离离沉晓月，疏麻夏死白水发。传芭楚女辞帐中，夜逐霓旌南过越。
荆岑越峤殊百草，恨结柔丝香不老。红英捣盐实斧创，青子满地枝如扫。
刺桐树朽猩猩在，佩杂芳蘼散秋海。乡来青风食花去，瞻望灵均涕零雨。
［（宋）谢翱《晞发集》卷三，文渊阁四库全书本］

释绍昙《题秋堂四兰》其一《风》

释绍昙（？—1297），住庆元府，迁平江府（今江苏苏州）法华禅寺。

灵均侈山林之乐，薄笼绡裤，幽放檀心。娇舞春风身醉香，力难扶也。
（了舜等编《希叟和尚广录》卷第七，《续藏经》本）

白珽《春日重过如镜上人房》

白珽（1248—1328），钱塘（今浙江杭州）人。

忆昔敲门赋瑞筠，鹿园佳话又重新。屋头能拓三三径，林下知非陆陆人。
凿沼何须晋康乐，种荪还忆楚灵均。老师炼得心如镜，更把高台比月轮。
［（元）白珽《湛渊集》，文渊阁四库全书本］

陆文圭《挽晋千户》

陆文圭（1252—1336），江阴（今属江苏）人。

磷草原头十七霜，宛丘改卜日辰良。可怜先轸如生面，疑住灵均不死乡。
抔土岂能埋宿愤，遗民聊与发幽光。护丧诸子皆称孝，万室他年置墓傍。
［（元）陆文圭《墙东类稿》卷十八，文渊阁四库全书本］

熊鉌《寄赵菊东山长三首》其二

熊鉌（1253—1312），建宁建阳（今属福建）人。
澹然幽贞姿，乃是夕英菊。托根九秋抄，霜露凄已肃。
我疑灵均伴，只有渊明独。采采黄金花，岂意杜陵曲。
［（宋）熊禾《勿轩集》卷七，文渊阁四库全书本］

罗与之《文到》

罗与之，螺川（今江西吉安）人。
简编香外雨瓢翻，翰墨场中春日暄。文到工时疑有助，道逢极处本无言。
当年谁可辈任昉，后世人方怪屈原。勿谓词章真小技，精粗徼妙岂殊根。
［（宋）陈起编《江湖小集》卷六十二《罗与之雪坡小稿》，文渊阁四库全书本］

陈必复《梅花》

陈必复，长乐（今属福建）人。
瘦得冰肌骨亦清，诗人于尔独关情。孤高不受尘埃涴，洁白犹嫌缟练轻。
天下有花皆北面，岁寒惟雪可同盟。当时只欠灵均识，不与离骚写姓名。
［（宋）陈起编《江湖小集》卷三十四《陈必复山居存稿》，文渊阁四库全书本］

徐钧《屈原》

徐钧，约1274年前后在世，兰溪（今属浙江）人。
托兴妃嫔疑亵嫚，幻言神怪似荒唐。若无一点精忠节，未必文争日月光。
［（宋）徐钧《史咏诗集》卷上，续金华丛书本］

王奕《送谢叠山先生北行》

王奕，1275年前后在世，玉山（今属江西）人。

皇天久矣眼垂青，盼盼先生此一行。遗表不随诸葛死，离骚长伴屈原清。两生无补秦兴废，一出诚关鲁重轻。白骨青山如得所，何消儿女哭清明。

［（清）厉鹗《宋诗纪事》卷七十九，文渊阁四库全书本］

释行肇《湘江有感上王内翰》

释行肇，天台（今属浙江）人。

达士弦性直，佞人胶辞柔。靳尚一言巧，灵均千古愁。

孤蟾魄长在，寒云恨难收。空使湘江水，至今无浊流。

（李之鼎辑《宋人集　丙编　宋九僧诗》，南城李氏宜秋馆本）

邓林《兰》

邓林，1256 年进士，新淦（今江西新干）人。

野客过门叫卖兰，清风便自逼人寒。孤根未必灵均种，推作离骚辈行看。

［（宋）陈起编《江湖小集》卷十三《邓林皇荂曲》，文渊阁四库全书本］

程垣《探赜》其二

程垣，龙岩（今属福建）人。

庄周一妄诞，丘明一浮夸。两都绣春英，三京组朝霞。

楚骚哀灵均，鹏赋凄长沙。律以素王经，春蛙与寒鸦。

［（宋）陈起编《江湖小集》卷十四《程炎子》，文渊阁四库全书本］

赵崇鉘《梅》

赵崇鉘，南丰（今属江西）人。

新阳斡坤轴，枯朽皆光荣。棱层冰雪中，复见天地精。姑射神所为，伯夷圣之清。太白抱辘轲，灵均拥芳馨。是子心魂间，不受纤芥萦。独立万化先，皎皎非近名。溪流鉴寒柯，游风吹落英。山明雾气湿，月落参旗横。群虚妙香发，一洗万虑轻。纷纷儿女姿，惭愧东风情。

［（宋）陈起编《江湖小集》卷六十六《鸥渚微吟》，文渊阁四库全书本］

杨备《楚靳尚庙》

杨备，建平（今安徽郎溪）人。

《摄山记》云：楚尚以谗杀屈原，为天所谴作一大蟒，穴在山。后人为之立庙。杨修（备）有诗云：

汨罗鱼腹葬灵均，竞渡如飞不救人。天意明知谗口毒，果遭天谴作蛇身。

（《笔记小说大观》十八编《芝庵杂记》卷四）

崔璆《咄咄》

崔璆，宋末元初，京口（今江苏镇江）人。

咄咄复咄咄，小儿成老翁。幺微各形色，追琢元化工。不知春风去，又见千绿丛。主人美客怀，载酒行溪东。一步一回首，十步尊已空。灵均与太白，醒醉同所终。愿见化蠛蠓，生死托壶中。

［（元）杜本辑《谷音》卷二，文渊阁四库全书本］

释文兆《吊屈原呈王内翰》

释文兆，生卒年不详，闽（今福建）人。

抱清谁可群，委质在湘濆。今日不同楚，无人更似君。

沧波沈夜魄，古庙聚寒云。吊罢踟蹰处，渔歌忍独闻。

［（明）正勉释性通同辑《古今禅藻集》卷十，文渊阁四库全书本］

张玉娘《香闺十咏　其七　紫香囊》

张玉娘，处州松阳（今属浙江）人。

珍重天孙剪紫霞，沉香羞认旧繁华。纫兰独抱灵均操，不带春风儿女花。

（傅璇琮等主编《全宋诗》第71册，北京大学出版社1998年，第44631页）

金元

王寂《丁未肆眚》

王寂，1150年进士，蓟州玉田（今属河北）人。

平生自信不谋伸，媒孽那知巧乱真。暗有鬼神应可鉴，远投魑魅若为邻。九天汉诏与更始，万里湘累得自新。天地生成知莫报，一杯何日与封人。

［（金）王寂《拙轩集》卷二，文渊阁四库全书本］

耶律楚材《再赓仲祥韵寄之》

耶律楚材（1190—1244），辽东（今辽宁省）人。

金城薛玄之用李世荣旧韵寄诗于予，索拙语已和寄，忽思冰岩，再赓仲祥元韵以寄之。

能谈仁义兵，经传宗素臣。字画如闲闲，句法如之纯。淡然与世疏，渭水独垂纶。蒿莱塞庭除，尘土沾衣绅。归我夫子门，三月无违仁。后生来从学，善诱能循循。颜巷不改乐，范甑长生尘。仰不愧于天，俯不怍于人。进德方乾乾，慎行而修身。旅食秦晋间，骑驴三十春。珠玉炙人口，丽藻嘉彬彬。今年又绝粮，生涯如在陈。歌咏犹不辍，真为葛天民。新诗过子卿，离骚齐灵均。亡机天壤间，举措皆天真。濯足沧浪中，鸥鹭来相亲。胸中万卷书，下笔端如神。素负经济才，人品伊皋伦。桂林祇一枝，亦何惭郗诜。

［（元）耶律楚材《湛然居士集》卷十二，文渊阁四库全书本］

耶律楚材《德新先生惠然见寄佳制二十韵和而谢之》

当年职都水，曾不入其门。德重文章杰，年高道义尊。虽闻传国士，恨不识王孙。韵语如苏武，离骚类屈原。烟霞供好句，江海入雄吞。意气轻三杰，才名冠八元。著述归至赜，议论探深源。藉藉名虽重，区区席不温。家贫谒鲁肃，国难避王敦。北鄙来云内，西边退吐蕃。勉将严韵继，不得细论文。远害虽君智，全身亦圣恩。大才宜应诏，豪气傲司阍。学识光先哲，风流遗后昆。莫寻三岛客，好谒万松轩。六度真光发，三毒妄影奔。素丝忘染习，古镜去尘昏。炉上飞寒雪，胸中洗热烦。到家浑不识，得象固忘言。心月孤圆处，澄澄泯六根。

［（元）耶律楚材《湛然居士集》卷十四，文渊阁四库全书本］

元好问《放言》

元好问（1190—1257），忻州秀容（今山西忻州）人。

韩非死孤愤，虞卿著穷愁。长沙一湘累，郊岛两诗囚。人生定能几，肺肝日相雠。井蛙奚足论，裈虱良足羞。正有一朝乐，不偿百年忧。古来帝王师，或从赤松游。大笑人间世，起灭真浮沤。曾是万户封，不博一掉头。有来且当避，未至吾何求。悠悠复悠悠，大川日东流。红颜不暇惜，素发忽已稠。我欲升嵩高，挥杯劝浮丘。因之两黄鹄，浩荡观齐州。

[（金）元好问《遗山集》卷二，文渊阁四库全书本]

元好问《卫州感事二首》其二

白塔亭亭古佛祠，往年曾此走京师。不知江令还家日，何似湘累去国时。离合兴亡遽如此，栖迟零落竟安之！太行千里青如染，落日栏干有所思。

[（金）元好问《遗山集》卷八，文渊阁四库全书本]

元好问《五月十一日樗轩老忌辰追怀》

遗后交情老更伤，每逢哀日倍难忘。神光何处埋泉壤，落月无言满屋梁。秘阁图书疑外府，谢家兰玉记诸郎。灵均谩倚骚经在，宗国河山半夕阳。

[（金）元好问《遗山集》卷九，文渊阁四库全书本]

黄庚《对菊》

黄庚，约1302年前后在世，天台（今属浙江）人。

菊似灵均带楚愁，餐英人去思悠悠。西风篱落甘清苦，不爱春光只爱秋。

[（元）黄庚《月屋漫稿》，文渊阁四库全书本]

黄庚《酒趣》

浊醪妙理契心期，小瓮新笃香满卮。闲里一生长是醉，饮中三昧有谁知。幕天席地忘形处，枕曲眠糟得意时。此味灵均应未解，独醒到死欲何为。

[（元）黄庚《月屋漫稿》，文渊阁四库全书本]

黄庚《墨兰》

一幅幽花倚客窗，离骚读罢意凄凉。笔头唤醒灵均梦，犹忆当时楚畹香。

[（元）黄庚《月屋漫稿》，文渊阁四库全书本]

黄庚《端午月山主人酒边即事》其二

时序催人易白头，端阳怀古客添愁。朱符不写湘累恨，角黍难包楚国羞。

记节何妨斟蚁酒，夺标无复见龙舟。高歌思远楼前路，掩雨珠帘今在不。
［（元）黄庚《月屋漫稿》，文渊阁四库全书本］

耶律铸《饮凤凰山醉仙洞有歌稼轩郑国正应来死鼠叶公原不好真龙瑞鹧鸪者因为赋此》

耶律铸（1221—1285），义州弘政（今锦州义县）人。
凤凰山色媚芳尘，不著诗仙写不真。灵境爱饶花气味，老怀欣办酒精神。烟霞里面长春洞，天地中间独醉人。未续离骚唯痛饮，可凭谁说与灵均。
［（元）耶律铸《双溪醉隐集》卷三，文渊阁四库全书本］

耶律铸《五禽咏》其三

黄垆邈若山与河，人生安乐孰如他。为提葫芦沽美酒，快唤灵均听浩歌。
［（元）耶律铸《双溪醉隐集》卷五，文渊阁四库全书本］

耶律铸《西斋述事奉寄东都故人》

酣觞始得离骚味，恨杀灵均说独醒。待与解嘲还自笑，默然翻守太元经。
［（元）耶律铸《双溪醉隐集》卷六，文渊阁四库全书本］

郝经《橄榄》

郝经（1223—1275），泽州陵川（今山西陵川）人。

南果足韵胜，北人罕为奇。银盘献青子，爱玩惊见之。莲房饱出踊，枣滑生下枝。翠粉苔埻□，新烈凝松脂。齿牙喷艰涩，苦硬不可持。气韵久始来，灵根瀹天池。洒然凌青飙，甘露濡仙芝。有如宿瘤妻，苦节真可期。亦如相韩休，朕瘠天下肥。危辞遽逆耳，终自为良规。先难阻欲速，后得卒莫违。默默心语口，此乐夫谁知？始觉众果俗，橘奴复梨儿。海岭瘴天黑，异味翻荼饴。雨露存天真，飓雾不可滋。岛屿出乳泉，造化亦若兹。元气舌本甜，酸苦归涕洟。本来甘受和，众味相假移。居然复其源，伪妄焉能欺。何当谢世网，兀坐忘奔追。深山石室空，煮石疗调饥。破鼎煎春芽，嚼此吟湘累。翛然沃肺肝，看山坐支颐。物表有真味，载歌采薇诗。

［（元）郝经《陵川集》卷四，文渊阁四库全书本］

郝经《江声行》

雁啼月落扬子城，东风送潮江有声。乾坤汹汹欲浮动，窗户凛凛阴寒生。
昆阳百万力一蹴，齐呼合噪接短兵。铁骑突起触不周，金山无根小孤倾。
起来看雨天星稀，疑有万壑霜松鸣。又如暴雷郁未发，喑呜水底号鲲鲸。
祇应灵均与子胥，沈恨郁怒犹难平。更有万古战死骨，衔冤饮泣秋涛惊。
虚庭徙倚夜向晨，重门击柝无人行。三年江边不见江，听此感激尤伤情。
须臾上江帆欲举，舟子喧豗闹挝鼓。江声渐小听鸡声，惨淡芙蓉落疏雨。
［（元）郝经《陵川集》卷十二，文渊阁四库全书本］

王恽《李夫人画兰歌》

王恽（1227—1304），卫州汲县（今属河南）人。

清闷堂深不知暑，瑶草佳期梦玄圃。孙郎笑折紫兰来，素影盈盈映修渚。李夫人，澹丰容，天然与兰相始终。剡藤一笔作九畹，落墨不减江南工。芳姿元与凡卉异，晔晔况是湘累丛。离骚不复作，遗恨千古沈幽宫。君看此花有深意，似写灵均幽思悲回风。君家大雅堂，文采东野翁，并入惨淡经营中。秋风拂帘秋日长，芳霏霏兮汜崇光。淡妆相对有余韵，画栏桂子空秋香。淡轩托物明孤洁，五十年来抱霜节。固知色相皆空寂，妙得于心聊自适。仿像湘娥倚暮花，黄陵庙前江水碧。生平佩服真赏音，升闻紫庭非素心。唤起谪仙摇醉笔，为翻新曲泻瑶琴。

夫人名至规，号澹轩，亡宋状元黄朴之女，长适尚书李珏子，早寡。今年七十有二，善画兰抚琴。近为郎中孙荣父作《九畹图》，若与兰为知闻也。且自叙其后云：予家双井公以兰比君子，父东野翁甚爱之，子亦爱之，每女红之暇，尝写其真，聊以备闺房之玩，初非以此而求闻于人也。郎中以兰省之彦，一日来征予笔，遂诵“点污亦何忍，但觉难为辞”之诗以应之，孙求歌诗于予，因乐为赋此者，正取其节而不以其艺故也。秋七月初吉，秋涧老人题。

［（元）王恽《秋涧集》卷十一，文渊阁四库全书本］

魏初《适安堂》

魏初（1232—1292），弘州顺圣（今河北阳原）人。

穷通有定分，流坎无庸悲。湘累自苦亦太隘，韩子孤愤将奚为。人生百年浑几时，鼠窥鬼瞰徒成私。何如樊川一樽酒，往者莫究今已而。秦川如画渭如丝，韦曲杜曲无声诗。高堂驾空竹树里，觚棱潇洒含幽姿。起居饮食颇自适，不矫不饰随所施。举手为谢昌黎师，乃今平原能得之。有时高咏归来辞，有时独酌芙蓉卮。人间所得容力取，委之顺之夫何思。

［（元）魏初《青崖集》卷一，文渊阁四库全书本］

马臻《移兰》

马臻（1254—?），钱塘（今属浙江）人。

幽兰杂桃李，开花无清香。本具岩壑姿，庶得韬耿光。误入芳园中，乃觉气不扬。少年不我顾，志士徒见伤。偶值朝雨余，日吉复时良。呼童劚春泥，移根上高冈。为尔去萧艾，晓露滋瀼瀼。永托松竹阴，尔生岂不昌。细叶舒冷翠，贞葩结青阳。缓缓趋土脉，慎勿近路傍。路傍多辙迹，曲曲如羊肠。恐尔遭采掇，委质儿女将。哀哉楚灵均，细佩荷为裳。斯人不可见，谁能复其常。遂令蘼芜辈，各自争芬芳。回看桃李花，零落空啼妆。

［（清）《御选元诗》卷二十四，文渊阁四库全书本］

曹伯启《寄胡教谕六首》其六

曹伯启（1255—1333），济宁砀山（今属山东）人。

风雨愁城楚江暮，前人岂尽非常遇。怀材抱艺储琅玕，击柝守阍司庾库。
襄王抵死负灵均，子敬无心事公路。我曹奔走谩趑趄，钻纸篆科蝇友蠹。

［（元）曹伯启《曹文贞公诗集》卷二，文渊阁四库全书本］

袁易《重午客中三首》其一

袁易（1262—1306），平江长洲（今江苏苏州）人。

往恨湘累远，他乡楚俗同。流传存吊祭，汩没见英雄。
竹叶于人绿，榴花此日红。未须嗟旅泊，吾道岂终穷。

［（元）袁易《静春堂诗集》卷二，文渊阁四库全书本］

龚璛《赋圆荷分韵得细字》

龚璛（1266—1331），高邮（今属江苏）人。

幽人岂无衣，遇物思芰制。甘脆相本根，帖妥谁点缀。池光展更开，雨声打还细。坐看青春改，不叹绿波逝。葺之湘累盖，抗之洛神珶。泥涂久甲子，铅汞方既济。世纷晚若遗，水中采薜荔。

［（元）龚璛《存悔斋稿》，文渊阁四库全书本］

唐泾《江南西迁国之亡天也歌以纪之》

唐泾，道州（今湖南道县）人。

吴峰一发暮云孤，愁向湘累讯故都。凤去只余韶乐在，雁来还有帛书无。

杏坛有客陈孤注，平陇何人复五铢。歌彻黍离风雨恶，南山深处叫乌乌。

（杨镰主编《全元诗》第八册，中华书局2013年，第270页）

王沂《送赵德翁教授常德州》

王沂（？—1362?），祖籍云中，徙于真定（今河北正定）。

伏波祠畔青枫晚，招屈亭前白芷春。莫把新诗教楚女，竹枝歌罢恐伤神。

［（元）王沂《伊滨集》卷九，文渊阁四库全书本］

袁桷《次韵伯庸画松十韵》

袁桷（1266—1327），庆元路鄞县（今浙江宁波）人。

妙思通灵素，玄阴接帝青。抗颜躬蹇蹇，蒙顶发星星。飒爽龙羞豢，萧疏鹤炼形。壁虚生地籁，斗近界天经。蝶梦春涛涌，虫疑晓日冥。云生停罦候，风入倚窗听。屈曲车连轸，腾挐虡列庭。恋乡思海岱，封爵鄙云亭。月落孙生啸，天寒屈子醒。雄姿轻虎豹，浮迹陋鸥鸰。

［（元）袁桷《清容居士集》卷九，文渊阁四库全书本］

袁桷《挽王尚书四首》其二

晚岁艰难意，衡门老病身。蜀山迷望帝，楚泽痛灵均。

皮弁终辞召，深衣晚任真。盖棺今已定，千载有遗民。

［（元）袁桷《清容居士集》卷十四，文渊阁四库全书本］

袁桷《重午日宿南口小店》

寒雨鸣石峡，萧萧五月秋。道逢采药人，不识葵与榴。气清谐令节，暑溽想南州。凉飔木末来，动色思重裘。犹持一卮酒，慰彼湘累愁。

［（元）袁桷《清容居士集》卷十五，文渊阁四库全书本］

范梈《止酒》

范梈（1272—1330），樟树（今属江西）人。

大钧播群物，壤壤劳吾生。得酒足痛饮，何用身后名？所以戒饮酒，岂矫世俗情？昨日足欢笑，今日愁思盈。多见桃李花，语乱作棘荆。反以饮召欢，何以忘亏成？靡谷汉诏切，丧邦周诰明。奚必宇宙内，独有屈子平。

［（元）范梈《范德机诗集》卷二，四部丛刊集部初编本］

范梈《屈原庙前观雨雨止渡口观鱼》

乍来倏去峰前雨，半落未开沙际花。春远客怀淹燕雀，年荒民命假鱼虾。

徒闻黄霸能为郡，岂识张骞苦泛槎。早谓仙人无世虑，山深往往饭胡麻。

［（元）范梈《范德机诗集》卷七，四部丛刊集部初编本］

成廷圭《题贺耕叟晚香亭》

成廷圭，约1338年前后在世，芜城（今江苏扬州）人。

陶翁本爱菊，屈子亦餐英。两贤天壤间，千古清风清。翁乎饮辄醉，子也空独醒。何如贺狂客，不羡身后名。中州有沃壤，丧乱不得耕。种菊数十本，得酒还自倾。自歌仍自和，乌乌作商声。陶然有余乐，聊复全此生。

［（元）成廷珪《居竹轩诗集》卷一，文渊阁四库全书本］

陈镒《次韵白莲》

陈镒，1368年前后在世，丽水（今属浙江）人。

素质天然不假妆，盈盈步入水云乡。前身曾结远公社，古制犹存屈子裳。

月佩有声沈水玉，冰肌无汗惬龙堂。夜深偏称清闲客，来共西池一味凉。

［（元）陈镒《午溪集》卷六，文渊阁四库全书本］

吴全节《题叶氏四爱堂》

吴全节（1269—1350），饶州安仁（今江西余江）人。

方今文采重奎章，光照芝山四爱堂。梅蕊春融冰雪界，莲花晚静水云乡。湘累往矣兰为佩，陶令悠然菊泛觞。千古高风犹一日，迢迢归梦楚江长。

［（元）孙存吾编《元风雅后集》卷七，文渊阁四库全书本］

明善《题息斋墨竹图并序》

明善（1269—1322），大名清河（今河北邢台）人。

已酉秋，玄卿道提举求赋墨竹诗。走笔快书，子昂、仲宾见之，当大笑其狂也。

玄卿口哦子昂诗，手持仲宾墨竹枝。此诗此画真两奇，似为玄卿写幽姿。日光不下云扃暗，元气欻忽寒人肌。枫林青青少陵梦，无乃泽畔逢湘累。楚江小月晃初夜，淇园苦雨秋竹迷。二妃弹瑟泪如雨，幽壑龙潜春欲飞。天路迢遥独后来，黑雨挟风山鬼啼。老气盘空根彻泉，地灵上诉玄冥悲。摩挲老眼久知画，恍然吾与□物移。挥杯三叫我非狂，墨沈翻江江竹辞。

［（清）顾嗣立《元诗选二集》卷七《元学士明善》，中华书局1987年，第305页］

欧阳玄《昌山》

欧阳玄（1273—1357），潭州浏阳（今属湖南）人。

昌山峡口日西斜，兰渚维舟近酒家。水漱树根龙露爪，石排江岸虎交牙。路回佛寺藏深坞，风动渔舟扫落花。再拜灵均献蘋藻，月明环佩下汀沙。

［（元）欧阳玄《圭斋文集》卷二，文渊阁四库全书本］

周权《读骚》

周权（1275—1343），处州（今浙江丽水）人。

灵均忠愤不能平，写尽芳兰杜若情。底事楚烟湘雨外，梅花不肯与骚盟。

［（元）周权《此山诗集》卷十，文渊阁四库全书本］

黄溍《龙潭山》

黄溍（1277—1357），婺州义乌（今属浙江）人。

二月清江照眼明，避风舟楫满回汀。断云挟雨时时黑，密叶藏花树树青。

习隐未成陶令赋，行歌聊共屈原醒。碧潭光景无消息，坐看鱼儿点翠萍。

［（元）黄溍《文献集》卷二，文渊阁四库全书本］

黄溍《送徐志尹赴安乡县尹》

自为从史直銮坡，几见乡山烂斧柯。能事正宜参笔削，借才聊复试弦歌。
屈原故国兰都长，陶令公田秫最多。应笑衰翁苦留滞，汗青无日欲如何。

［（元）黄溍《文献集》卷二，文渊阁四库全书本］

陈泰《留别欧阳玄鲁伯昭二同年》

陈泰（约 1279—1320），长沙茶陵（今属湖南）人。

麒麟骨骼虎豹文，当年湖湘谈两君。胸中磊落当经史，岂独下笔空凡群。
贵戚权门皆倒屣，南北风云会于此。谈笑真堪鲁仲连，风流亦到欧阳子。
玉堂万卷图书新，冉冉翳凤骖星辰。天孙云锦不浪织，帝旁已染红薇春。
我身亦生大国楚，尊前作歌能楚舞。屈原贾谊今已矣，世间人才吁可数。

［（元）陈泰《所安遗集》，文渊阁四库全书本］

马祖常《端午效六朝体》

马祖常（1279—1338），光州（今河南潢川）人。

修篁发秀林，新荷叠芳池。采丝撷雾缕，纱縠含风漪。蕤宾应乐律，端阳正岁时。馥馥兰汤浴，滟滟蒲酒持。汉宫斗草戏，楚船张水嬉。江心铸龙镜，好用照湘累。

［（元）马祖常《石田文集》卷一，文渊阁四库全书本］

马祖常《读陶潜诗》

伯夷耻粟饿，屈原避谗死。独有柴桑翁，一不失张弛。所以百世下，风流激颓靡。遐观八极表，衰荣何足数。

［（元）马祖常《石田文集》卷一，文渊阁四库全书本］

马祖常《田间》

中田莳柔桑，周垣列莞柳。居然成农耕，林庐颇完好。朋从时往过，林头出尊酒。意气每酣适，仰视北有斗。岂知念湘累，那复叹嗟叟。丈夫贵立志，文字托永久。

［（元）马祖常《石田文集》卷一，文渊阁四库全书本］

马祖常《四爱图》其一

湘累能楚辞，猗兰为之佩。千载得涪翁，幽姿未憔悴。

［（元）马祖常《石田文集》卷四，文渊阁四库全书本］

周霆震《还乡初度辱亲友刘卢南惠诗依韵答之》

周霆震（1282—1379），安福（今属江西）人。

憔悴还乡一病翁，雪窗晴透校参同。庚寅俛诵湘累语，甲子长怀晋士风。

尘暗衣冠情索莫，眼青骨肉谊深崇。新吟多谢耆年颂，晚节终惭老圃容。

［（元）周霆震《石初集》卷四，文渊阁四库全书本］

王冕《古时叹》

王冕（1287—1359），诸暨（今属浙江）人。

箕子奴而比干死，屈原以葬湘江水。痛哭书生不见归，朱董何人呼得起？深衣大老为腐儒，纨袴小儿称丈夫。学士时为八风舞，将军日醉千金壶。人间赤子苦钳釱，抱麟反袂空流涕。呜呼噫嘻，不有祝鮀之佞，宋朝之美，难乎免于今世矣。

［（元）王冕《竹斋集》卷下，文渊阁四库全书本］

王冕《船上歌》

草衣老子双鬓皤，拍手夜唱沧浪歌。浮生不信巢穴好，卖屋买船船作家。明月满天天在水，别调新歌水中起。萧散可同甫里翁，逃名不比鸱夷子。大儿船头学读书，小儿船尾学钓鱼。病妻未脱乡井梦，梦中犹虑输官租。前年扬帆箕子国，矫首扶桑看日浴。蓬莱可望不可到，海浪翻空倒银屋。去年鼓枻游潇湘，湘南云尽山苍苍。灵均死处今尚在，使我吊问空凄怆。今年来往太湖曲，三万顷波供濯足。玉箫吹散鱼龙腥，七十二峰青入目。脱巾袒裸呼巨觥，旁人睥睨笑我狂。我狂忘势亦忘利，坐视宇宙卑诸郎。君不见江西年少习商贾，能道国朝蒙古语。黄金散尽博大官，骑马归来傲乡故，今日消磨等尘雾。又不见江南富翁多田园，堆积米谷如丘山。粉白黛绿列间屋，竞习奢侈俱凋残，今日子女悲饥寒。呜呼噫嘻，何如尚志富，曷足求贵曷足恃。秦时李斯丞相位，汉家韩信封侯贵。堂堂勋业亘乾坤，赤族须臾无噍类。何如老子船上闲，朝看白水暮青山。艰险机忘随处乐，顾盼老小皆团圆。且愿残年饱吃饭，眼底是非都不管。兴来移棹过前汀，满船白雪芦花暖。

［（元）王冕《竹斋集》卷下，文渊阁四库全书本］

张翥《初度日病起不能饮诸友载酒集书楼偶赋见意》

张翥（1287—1368），晋宁（今山西临汾）人。

细雨东风泛晓烟，草痕青过竹篱边。春当揆度灵均日，老及知非伯玉年。

病眼纷纭花似雾，吟怀跌宕酒如泉。诸君有意留迂叟，拟买雷塘百亩田。

［（元）张翥《蜕庵集》卷五，文渊阁四库全书本］

柯九思《题赵子固画墨兰》

柯九思（1290—1343），台州（今浙江仙居）人。

王子当时倚玉楼，飘萧翰墨足风流。人间自有清香种，不逐湘累一样愁。

［（清）顾嗣立《元诗选》三集　卷五《柯九思丹丘生稿》，文渊阁四库全书本］

柯九思《将进酒送九江方叔高南还》（一作《之郛子洲巡检》）

君不见潇湘之浦苍梧山，虞舜南巡去不还。当时揖让称大圣，但余湘竹秋痕斑。又不见汨罗江水杯碧玉，屈原憔悴江头哭。皇天何高地何厚，忠而被谗空放逐。将进酒，君莫辞。圣贤亦尘土，不饮当何为？桃华水暖歌声度，杨柳风轻舞袖垂。况是骊驹促行役，美人惜别低蛾眉。有肉如陵，有酒如海。今朝尽醉极欢娱，莫待重来鬓丝改。黄金装宝剑，白玉饰雕弓。将军上马意气雄，赋诗横槊逾江东。

［（清）顾嗣立《元诗选》三集　卷五《柯九思丹丘生稿》，文渊阁四库全书本］

张仲深《次乌继善城南三首》其二

张仲深，1340年前後在世，庆元路鄞（今属浙江宁波）人。

故朝城郭尽空基，今日增修又一时。于越谁人追范蠡，句吴有客似湘累。杏林煮酒心先醉，草阁看山手自支。无限闲情动吟思，绿杨为我一颦眉。

［（元）张仲深《子渊诗集》卷四，文渊阁四库全书本］

张仲深《张正卿芷石图》

荪兰蕙茝元同谱，零落湘累杂烟雨。香联老树冰霜姿，静倚云根斗清苦。绀葩同干晴县县，崭崭玄璧大比拳。根通九畹自彷佛，翠结五岳同连卷。四明张君好事者，求得仙毫一挥写。至今清思满沅湘，梦拾骊珠月中把。芳声从此如芷香，贞心从此如石刚。愿挹高标脱凡俗，僦结金兰共徜徉。

［（元）张仲深《子渊诗集》卷二，文渊阁四库全书本］

谢宗可《并蒂兰》

谢宗可，约1330年前后在世，金陵（今江苏南京）人。

碧蕊连芳并萼擎，春风江浦对含情。不妨燕姞重占梦，应愧湘累独解清。霜节百年期共老，国香一点为谁争。诗人莫比双渠怨，幸有离骚日月明。

［（元）谢宗可《咏物诗》，文渊阁四库全书本］

谢宗可《挂兰》

江浦烟丛困草莱，灵根从此谢栽培。移将楚畹千年恨，付与东君一缕开。湘女久无尘土梦，灵均元是栋梁材。午窗试读离骚罢，却怪幽香天上来。

［（元）谢宗可《咏物诗》，文渊阁四库全书本］

谢宗可《藕丝》

绊玉缠香吐未齐，莲房缫出蛹初肥。纤毫何补寸心苦，几缕空萦七窍飞。园客可能抽翠茧，灵均难为制荷衣。年年五月无人买，欲织鲛绡不上机。

［（元）谢宗可《咏物诗》，文渊阁四库全书本］

谢宗可《梅魂》

枝南枝北路迢遥，飞入孤山夜寂寥。水月浮香应自返，溪风弄影为谁招？缟衣梦里和愁断，玉笛声中逐恨消。似欠灵均歌楚些，逋仙坟冷草萧萧。

［（元）谢宗可《咏物诗》，文渊阁四库全书本］

刘汶《赠刘禹玉》

刘汶，1363 年前后在世，鄜州（今陕西富县）人。

刘郎方朔徒，游戏紫泥海。千年华表非，唯有寸心在。向来浙河西，雄辩吞虹霓。手携九节杖，东入蓬莱栖。我时探禹穴，同看山阴雪。千人万人中，怪子独超越。朝骑白鼻騧，暮逐油壁车。得钱即付酒，携妓颜如花。踏翻豪侠窟，醉狎山人家。或嘲狂处士，或诮报恩子。从渠立名多，讵识子奇伟。一朝去乡国，北上争吹嘘。家无十金产，袖有万言书。所陈果何事，为国非自计。宁遭丞相嗔，肯负丈夫志。蹉跎十数秋，甘与黄冠俦。善藏倚天剑，未暇磨斗牛。皤然走山东，隐迹随壶公。还寻岱宗去，绝壑凌天风。鸡鸣上日观，眼乱扶桑红。窥临事未已，逸气横万里。行歌齐鲁间，兴为庐山起。庐山秀可餐，怡此冰雪颜。挥毫洒瀑布，五老开云关。远公拍手笑，喜见遗民还。乃知士不偶，正可游名山。去年卧衡岳，聊憩四海脚。厌垂君平帘，懒卖伯休药。却呼魏夫人，共把流霞酌。今年与山辞，下走湘水湄。临风吊贾傅，酹月招湘累。文章本疏荡，强忍终技痒。光怪不可收，倏忽又千丈。有时遇知音，朗咏山中吟。复恐儿辈觉，不得容山林。兹辰忽聚首，慰我别来久。辛勤四十霜，所获竟何有。却怀居东时，勇以功名期。焉知尚漂泊，筋力供路歧。举杯置往念，此去安所之。南窥古云阳，更了山川奇。山川固娱目，慎勿过幽独。奈何白云歌，再送刘十六。乾坤渺苍茫，回首眷空谷。我将秣其驹，乃不受羁束。愿子无遐心，归哉返初服。

［（清）顾嗣立《元诗选》三集　卷九《刘汶师鲁集》，文渊阁四库全书本］

郑元祐《橘隐，为秦文仲赋》

郑元祐（1292—1364），处州遂昌（今属浙江）人。

橘熟曾登隐者堂，傲霜林薄斓青黄。花时吐蕊珠成斛，丛晚抽条绿阏房。

千树君封培植大，慈闱母老孝思长。疗疴欲得苏家井，受命难迁屈子乡。自以辟人甘濩落，谁令登俎荐芬芳？苞缄万里深随贡，御宴群臣手擘尝。霜落洞庭天窅窅，根盘林屋野苍苍。斋庐并海诗吟处，雾雨氤氲着纸香。

［（元）郑元祐《侨吴集》卷五，文渊阁四库全书本］

郑元祐《赠柯敬仲，次王止善韵》

楚天鸿雁白云秋，归卧沧江看水流。莫问湘累王子宿，且同新息贾胡留。山林不返趋朝梦，道路难为筑室谋。莫遣虹光贯明月，眠波帖下有沙鸥。

［（元）郑元祐《侨吴集》卷五，文渊阁四库全书本］

宋褧《别后寄友》

宋褧（1294—1346），元大都（今北京市）人。

兰舟三日屈原亭，醉出南门缓辔行。柳暗河街新月上，一场离恨不分明。

［（元）宋褧《燕石集》卷八，文渊阁四库全书本］

周巽《陪吴编修子高孔掾史澄道宴岳阳楼分韵得航字》

周巽，1376年前后在世，吉安（今属江西）人。

雁过巴陵晚，凭轩感兴长。天低入云梦，地迥接衡湘。青草迷空阔，苍梧隔杳茫。花飞天岳雨，木落洞庭霜。欲借仙槎去，犹怀广乐张。空山祠夏禹，孤屿拜英皇。迁客情无极，思君意不忘。汀兰春自绿，林橘晚初黄。风雪双蓬鬓，江湖一苇航。屈原初去国，王粲久思乡。竹简藏书壁，梅花冷玉堂。诗家传李杜，翰苑失班扬。自惜叨陪浅，深惭学识荒。登楼鸣绿绮，前席奉清觞。积雨湖光霁，微风秋气凉。罢琴吟眺处，云树暮苍苍。

［（元）周巽《性情集》卷五，文渊阁四库全书本］

荀原道《端午怀屈原曹娥》

荀原道，生卒籍贯不详。

端阳词客感遗踪，碧艾青蒲颤晓风。湘水越江风土异，忠臣孝女古今同。千年往事人何在，五月沧波恨不穷。汉史楚骚翻阅处，忍斟醽醁对榴红。

［（元）汪泽民，张师愚《宛陵群英集》卷九，文渊阁四库全书本］

杨维桢《商人妻（天福三年）》

杨维桢（1296—1370），会稽（今浙江诸暨）人。

楚顺贤夫人，貌陋而治家有法，楚王希范惮之。既卒，希范始纵声色，为长夜之饮，内外无别。有商人妻美色，希范杀其夫而夺之，妻矢不辱自经死。

商人妻，身栖栖，家住湘累湘水西。君王昨夜杀无罪，良人白日归黄泥。妾非野鸳鸯，生死双凤皇。书寄回文锦，臂缠红守宫（叶）。良人为我死，我为雌雉经（叶）。于乎司马后，真犬羊，甘奉巾栉穹庐王（晋后羊氏归刘曜事）。

［（元）杨维桢《铁崖古乐府补》卷三，文渊阁四库全书本］

叶颙《故圃梅花》

叶颙（1296—?），金华（今属浙江）人。

身世水云乡，冰肌玉色裳。灵均千载恨，和靖一生忙。南国遗高躅，东风递暗香。久同松柏操，肯学杏桃妆。冷淡孤山月，高寒半夜霜。鹤猿常款狎，蜂蝶任猖狂。

［（元）叶颙《樵云独唱》卷一，文渊阁四库全书本］

叶颙《月夜泛舟》

今夕何夕夜未终，长空月出光曈昽。乾坤一色净如镜，水天上下磨寒铜。晃如径寸珠，高耀冯夷宫。清寒泣神鬼，奇怪惊蛟龙。我乘万斛舟，直入玻璃中。双浆击空明，孤帆飏天风。狂吟发长啸，有似苏长公。湘水居其西，采石居其东。屈原与李白，此地遗高踪。我处二者间，拍手招两翁。独醒醉魄呼不返，扣舷大叫应耳聋。百年清赏谁与同，茫茫千载情何穷。采兰芷兮水冷，探明珠兮江空。诗成叹息无可语，因风寄与天地之内古今不朽之群雄。

［（元）叶颙《樵云独唱》卷二，文渊阁四库全书本］

谢应芳《绝句》

谢应芳（1296—1392），常州府武进（今属江苏）人。

屈原投江死，扬雄投阁生。一时生死计，千古是非名。

［（元）谢应芳《龟巢稿》卷三，文渊阁四库全书本］

汤弥昌《题赵子固兰蕙卷》

汤弥昌，1327年前后在世，吴县（今江苏苏州）人，祖籍浏阳。

泛兰转蕙光风春，灵均妙与花写神。胸中九畹无纤尘，摹写形容方逼真。彝斋作画诗兴寓，寄斋作诗知画趣。意匠经营托豪素，心手纵横生态度。紫茎绿叶墨淡浓，湘魂澧魄香融融。后来三绝松雪翁，心让此花能品中。

［（清）《御选元诗》卷二十五，文渊阁四库全书本］

唐桂芳《题李荣卿潇湘八景图》

唐桂芳（1308—1381），歙县（今属安徽）人。

老夫酷爱山水奇，十年闭户添白髭。李侯何从购此本，纸面拂拭含清漪。乃知鬼工凿浑沌，故设险阻东西陲。君山突兀高万仞，青草洞庭两接之。歌骚敬吊湘累者，贾谊继赋情尤悲。客有剧谈八景胜，我言景胜端何为。山市晴岚翠欲滴，行人早发饭已炊。泥深路滑行不得，鹧鸪渺渺啼雄雌。苍茫稍至渔村上，日脚倒射光如筛。青天无垠水作界，一株乌桕当疏篱。几回钟声出烟寺，每被风约来迟迟。焚香供佛上方事，岂料梦破愁先随。须臾平沙十数雁，嗷嗷祗为稻粱饥。不独江南羁旅恨，亦有人间兄弟思。远浦帆归就昏黑，傲兀喜脱风波危。滩头解缆系石角，舟藏夜壑人未知。尚忆潇湘听骤雨，斑斑染尽修篁枝。南巡不返二妃从，至今云锁认九疑。最是岳阳赊月朗，洞宾邀我鹤背骑。葫芦细泻银汞走，上下一色同琉璃。有时霏霏雪花集，雪花席大惨粟肌。冰澌寒鳞价烂贱，何用袅袅丝竿垂。

呜呼！乱离兵燹无，图本谁能下笔追。郭熙汪生摸搭入神品，重楼曲槛相蔽亏。嗟予遐陬生局促，空令想像神四驰。还公此画三太息，江长目断心力疲。

（杨镰主编《全元诗》第41册，中华书局2013年，第255页）

唐桂芳《题烈妇吴氏》

吴家有女逾十五，嫁得王纲作烈妇。两小无嫌意态娇，发结青丝表情素。劻勷淮西起战氛，白日杀人任喜怒。含山县小势难支，信宿梅山隐秋雾。

婉也勤事舅与姑，纲也十步一回顾。如何艰险各骏奔，舅姑不来夫亦去。形单影只逐强梁，手足胼胝困中路。寸心脉脉谁得知，笺愁欲向天公诉。天公杳冥耳不聪，骨肉睽离忍孤负。舅姑岂是钟爱疏，良人岂是佳期误。萍蓬难保此身存，恨不待年已婚娶。徘徊浦溆托波神，憔悴湘累同所苦。馋蛟嚼啮鱼为棺，誓肯坚贞遭秽污。短戈接引尔何痴，血浪翻河众惊呼。

呜呼！傥明生死识重轻，百岁光阴等朝露。下堂避火失待符，安得芳名刊典故。纷纷驻马再拜徒，敬吊香魂水仙墓。

（杨镰主编《全元诗》第 41 册，中华书局 2013 年，第 266 页）

唐桂芳《题陆孔昭菊逸斋》

莽莽天地间，万物争敷荣。如何秋节至，零落殊无情。乃知古达徒，爱菊良匪轻。柔条濯露洁，嫩蕊含霜清。渊明弃彭泽，屈原著骚经。得非贞淑魂，依彼草木英。陆子亶好古，高居澹无营。培植亦已勤，芳菲满前楹。花下时置酒，客来更共倾。伊余縻斗粟，触目尘土婴。惭愧黄金花，独以隐逸名。终南有捷径，勿使猿鹤鸣。

（杨镰主编《全元诗》第 41 册，中华书局 2013 年，第 254 页）

朱希晦《送王田著作归赤城》

朱希晦（1309—1386），温州乐清人。

江海飘飘万里身，醉游随处乐天真。地无王气非佳地，人有方瞳是异人。可恨龙盘遗建业，谁怜鱼腹葬灵均。明朝杯酒还相别，愁送骊驹又送春。

［（明）朱希晦《云松巢集》卷二，文渊阁四库全书本］

郑允端《兰》

郑允端（1327—1356），吴中平江（今江苏苏州）人。

并石疏花瘦，临风细叶长。灵均清梦远，遗佩满沅湘。

［（清）《御选元诗》卷六十七，文渊阁四库全书本］

黄玠《稚子子兰歌吊番禺君也》

黄玠，庆元定海（今属浙江）人。

月离于箕风扬沙，月离于毕雨滂沲。星有好风有好雨，嗟尔明月可柰何。抚灵均之遗曲，发浩浩之长歌。岂无椒浆与桂酒，庭前草生萧艾多。君不闻稚子子兰方得意，三闾大夫沉汨罗。怀王入秦竟作幽忧死，不睹郑袖双青蛾。读书千载有余愤，恨无匣中龙泉与太阿。朝朝暮暮阳台下，江水东流空逝波。

［（元）黄玠《弁山小隐吟录》卷二，文渊阁四库全书本］

陈高《丁酉岁述怀一百韵》

陈高（1315—1367），温州平阳（今属浙江）人。

屯蹇悲吾道，萧条客异乡。谋疏多迕俗，性直遂逢殃。鸷鸟缠罗网，翘材受斧斨。世无知己者，谁识此心臧。怅望天同远，忧来水共长。百年千变态，一日九回肠。忆昔年华壮，居贫学业荒。读书惭老大，操笔欲颠僵。发愤光阴逝，研思寝食忘。雨天灯火夜，冬晓鬓毛霜。书字蝇头缀，歌诗玉韵锵。心怀冰檗苦，佩结茝兰芳。兔笑株傍守，蛙怜井底藏。拂衣迷道路，仗剑远游方。景趣多佳丽，江湖信渺茫。吴瓯秋浪白，淮楚暮云黄。野寺金铺屋，楼船锦系樯。台荒麋引子，丘暝虎成行。瞻眺穷幽胜，交游得俊良。迹虽萍梗泛，名藉藻词扬。古道槐花发，清秋桂子香。梯高云路迥，殿广月华凉。追逐英髦后，跻攀翰墨场。偶然收鄙野，亦得步康庄。上国春光早，明时帝运昌。皇居城万雉，禁苑柳千章。对策披阊阖，陈忠补衮裳。胪传天咫尺，鹏化海汪洋。玉陛联班序，琼林被宠光。花簪红映帽，酒赐绿浮觞。草色沾零露，葵心映太阳。委身从此始，忧国未渠央。造化功深厚，云霄志激昂。初非縻好爵，亦足慰高堂。奉命为民牧，宣威到海旁。郯乡传载籍，藩阃重金汤。江抱孤城转，山含远树苍。天高连太白，日出上扶桑。土俗何多讼，编氓半是商。由来难抚字，况复际勗勷。早出星当户，宵回月满墙。勤劳非敢惮，倚仗最难量。僧舍屯戈甲，田家出糗粮。但闻施棰楚，不顾乏糟糠。南北修途梗，沧溟巨舰航。贵人纷往返，终岁费迎将。分省官曹盛，行台纪律张。联翩骢马至，络绎使车煌。孰问疮痍苦，惟耽燕乐抢。幽花笼绮席，疏柳媚红妆。下箸万钱费，挥金一笑偿。珍珠兼水陆，容冶陋姬姜。风靡瞻仪表，波颓缺礼防。近人跳鼠獭，当道舞豺狼。争诧堆金坞，宁闻返象床。纷纷慕膻蚁，衮衮转丸蜣。谗构蝇栖棘，吞图雀捕螂。负荆廉蔺远，刎颈耳余猖。清白甘饥饿，轻肥恣陆梁。滑稽吾独拙，枘凿众胥戕。鲸困遭蝼蚁，鸱翔逐凤皇。无聊悰戚戚，欲去瞽伥伥。公冶羁縻鲁，灵均放逐湘。一身奚足恤，万事总堪伤。粤自群凶起，于今七载强。衅端萌汝颍，滋蔓匝荆襄。处处蜂屯盛，时时豕突狂。食人肝作脯，掠野犬驱羊。雾翳车尘暗，雷轰炮石磅。绛巾明爝火，白骨积崇冈。天狗昏腾喙，搀抢晓吐芒。黍田荒出草，蒿树大如杨。天府惟吴会，王州说建康。粟储供海漕，柏列凛台纲。陷没俄相继，分崩遂莫当。重臣谁抗节，方伯罕勤王。将帅推门阀，谋谟出庙廊。捷音空陆续，贼势愈跳踉。夜静吹笳急，霜寒击鼓镗。徒羹黔首肉，讵斧赤眉吭。险叹连城失，全怜壮士亡。关河天漠漠，江汉水汤汤。海卒乘文鹢，苗军跨骕骦。立功期克复，畜锐尚彷徨。疾养终成痼，医招不疗疡。民生遂涂炭，泉冽浸苞稂。厄运丁阳九，何时见一匡。淳庞怀昊顼，揖让想虞唐。俯仰穷今昔，讴吟发慨慷。乾坤旋磨古，岁月逝波忙。露白寒蛩泣，秋高客雁翔。盛时愁易集，遁世困何妨。骏足悲槽枥，珍禽谢稻粱。塞翁徒失马，臧谷总亡羊。脱略千钧重，消磨百炼刚。闷凭诗暂遣，病倚药频尝。闲散思投绂，韬潜贵括囊。陶公能委运，梅尉早知彰。故土多薇蕨，春江有鲤鲂。归欤理蓑笠，从此钓沧浪。

［（元）陈高《不系舟渔集》卷六，文渊阁四库全书本］

蔡景傅《题赵子固墨兰》

蔡景傅，生卒籍贯不详。

灵均楚同姓，子固宋宗臣。秋色凄九畹，墨香垂百春。

萧闲入神品，烂漫见天真。此趣谁能会，烟霞物外人。

［（清）沈季友编《槜李诗系》卷五，文渊阁四库全书本］

许恕《竞渡曲》

许恕（1323—1374），江阴（今江苏）人。

小船凫雁翔，大船火龙骧。船头翠旓舞，船尾彩旗张。水师跳浪健如虎，彷佛冯夷来击鼓。奔走先后出复没，银涛蹴山洒飞雨。棹歌满江声入云，醉狂不畏河伯嗔。撇波急桨电光掣，夺得锦标如有神。灵均孤忠照今古，土俗犹能继端午。湘魂不来心独苦，归咏《离骚》酹蒲醑。

［（清）顾嗣立编《元诗选》三集卷十四，文渊阁四库全书本］

凌虚谷《行路难》

凌虚谷，生卒籍贯不详。

日月高悬天阙衷，何曾照着幽泉底。不见灵均伍子胥，忠臣翻作衔冤鬼。
自昔拙人遭谮谗，多因疏树簸唇齿。片舌钳如巨阙锋，寸心险似瞿塘水。
行路难，行路难。羊肠九盘那可攀，只愁平地生巑岏。

［（元）傅习《元风雅前集》卷十二，文渊阁四库全书本］

谢肃《听王郎弹琴》

谢肃，约 1375 年前后在世，上虞（今属浙江）人。

王郎十日不相见，今宵同宿流芳院。试临月沼坐弹琴，三四冰弦千万变。
澹如梦泽水涵虚，奋如昆阳兵接战。落如巨石堕层崖，泛如飞絮飘晴岸。
大江当春波浪阔，深谷向秋樵唱远。双雉和鸣野木高，孤猿独啸山月转。
古文盘诰有艰涩，治朝雅颂无俚谚。接舆狂歌感当世，屈子离骚赋幽怨。
安知虞帝鼓南薰，后来操变声徒存。凄凉凝响辍洙泗，激烈浩叹兴河汾。
河汾千载有贤孙，洙泗遗音宜久闻。犹将近调惊聋俗，白雪巴歌谁解分。
唾余岂是知音者，颇于律吕穷根源。大乐之和天地同，舍汝弹琴吾与论。

［（元）谢肃《密庵集》卷二，文渊阁四库全书本］

谢肃《荷伞》

癸亥夏六月八日，余自南原将还渔浦，道经皂李湖，命甥唐鋆折莲叶以障炎日而凉，飕飒然不知蕴隆之虫也，名之曰荷伞。既还草堂，所谓荷伞，叶则已痿，遂截筒以饮酒，存蒂以疗病，因作律诗一首，以示鋆云。

客行触暑向湖涯，拗得青荷作伞持。岛雨乍来珠乱走，浦风飒至扇同挥。
清香立鹭空思近，圆影游龟竟失依。正爱微凉消热恼，敢论高盖带倾危。
水中好葺湘累室，阵外何妨蜀客衣。谁谓脆柔难久恃，自怜芳洁少相知。
截筒拼饮匏尊尽，屑蒂须将肺病治。摧折敷荣吾庇赖，休歌柱镜不堪为。

［（元）谢肃《密庵集》卷四，文渊阁四库全书本］

刘绍《秋壁以诗答友人》

刘绍，生卒年不详，建昌新城（今江西黎川）人。

夙予尚交友，雅志思德馨。孱愉谢烦鄙，粤惟君子并。投分五十载，哲人慨晨星。念兹步前除，不见兰蕙青。卓彼傲霜露，岁寒挹孤荣。冲素谅有惬，老怀谁为倾。感之用投赠，举世无独醒。俛仰忆湘累，先猷孰为程。餐英愿同赋，庶以慰竛竮。嗟尔造化狭，壑舟岂吾情。无将陶公句，菊为制颓龄。

（杨镰主编《全元诗》第50册，中华书局2013年，第554页）

胡布《为刘俊民镇抚赋兰室诗》

胡布，生卒年不详，盱江（今江西南城）人。

志士确贞操，同心蔼芳言。灵均世已远，九畹秋霜繁。托根君子庭，联芳燠朝暾。气物以类感，薰莸齐化原。有德此有邻，天和煦春温。文修武亦备，仁至道弥敦。勖哉定王胄，余庆在贤门。奕叶表千祀，矢言并清芬。

［（元）胡布《元音遗响》卷一，文渊阁四库全书本］

胡布《濯足图为吴良材作》

灵均沧浪清，杜老八荒意。千古有奇怀，滔滔东流水。

长风鼓松籁，磐石净如洗。望眼际寥天，南图息千里。

［（元）胡布《元音遗响》卷五，文渊阁四库全书本］

贡性之《题梅四首》其三

贡性之，生卒年不详，宣城（今安徽宣州）人。

万里无云月正高，翠禽啼断酒初消。灵均自是非知己，不写芳魂入楚骚。

［（元）贡性之《南湖集》卷下，文渊阁四库全书本］

贡性之《画兰》

林下佳人迥不常，倚风无语淡生香。凭谁写作灵均赋，为尔招魂到楚湘。

［（元）贡性之《南湖集》卷下，文渊阁四库全书本］

明

慧秀《阻风华阳镇谒三闾庙》

慧秀，生卒年不详，常熟（今属江苏）人。

左徒忠愤见词章，风阻舲船拜庙旁。鱼腹吐云天半黑，龙门吹浪日俱黄。蕙肴桂酒乡人荐，修幕灵衣估客张。应念远游将托乘，涉余容与上涔阳。

［（清）钱谦益辑《列朝诗集·闰集第三·孤松秀上人》，汲古阁刻本］

黄哲《游黄陂五十韵》

黄哲（？—1375 左右），番禺（今属广东）人。

吾郡山川秀，黄陂亦有名。闻君谈胜概，邀我共游行。路指苍崖近，村临碧涧萦。尘嚣辞澒洞，丘壑愿经营。缭绕菱塘曲，潺湲水碓清。深泥缘狭径，积雨涨前坑。陟涉衣裳湿，扶携杖屦轻。阳云迷叆叇，敧石履峥嵘。俗讶精灵异，谁知唱和情。林僧来问讯，野老亦逢迎。注碗金芽茗，充庖玉笋羹。敲推篱犬吠，馈饷草鸡烹。少憩沾微醉，前趋若有程。土门斜束隘，坡岸敞连坪。石马眠荒垄，昭陵失废茔。腾蛟双踊跃，蹲豹互狰狞。迢递峰峦起，穹窿窟窦鸣。岭麋超险峻，潭鲔漾澄泓。漉漉泉分洁，欣欣卉并荣。奔流寒漱玉，磐石迥疑城。避地伤前事，穷途蹙远征。蚁柯尘业误，鱼木祸罗婴。岁月重登览，烟霞几变更。陈雷今合契，黄绮旧同声。招隐依松桂，寻芳拾杜蘅。逍遥吟伐木，谈笑坐班荆。凤涧葳蕤合，螺峰宛转明。田家深处乐，王政此时平。杂遝欢樵采，喧阗羡偶耕。丰年饶芋粟，膏壤足稌粳。鼓腹雍熙叟，居巢太古氓。幽怀真可豁，佳境实难并。白鹤鸣相狎，青猿戏不惊。静中无俗念，方外有贤英。蕙结灵均佩，松号子晋笙。仰窥悬瀑净，侧度小桥横。茅舍藤穿牖，柴窗竹覆楹。花檐蜂阵阵，桐巷鸟嘤嘤。席帽看云坐，匏尊倚树倾。凉飔驱溽暑，斜照弄新晴。倚石延诗思，临流破宿酲。疏慵聊翰墨，沈湎愧瓶罂。着屐随康乐，回车泣步兵。只应除世鞅，端可脱尘缨。趋走烦童御，徉狂托弟兄。橘中期四友，林下忆三生。绝德瓢须弃，忘形席任真。玄言超混沌，遐举问蓬瀛。瑶草行堪掇，丹砂炼欲成。他年求道侣，即此缔幽盟。

［（明）曹学佺《石仓历代诗选》卷三百三，文渊阁四库全书本］

王佑《湘阴刘皋独醒亭》

王佑，生平籍贯不详。

乘舟四月过湘阴，湘水沈沈湘树深。百里元非仇览志，独醒因续屈原吟。
清风洒落猗兰浦，细雨萧疏斑竹林。数载相逢重会面，洞庭无底是离心。

［（明）曹学佺《石仓历代诗选》卷三百四十四，文渊阁四库全书本］

陈谟《张思孟赏菊席上次葛诚夫韵》

陈谟（1305—1400），江西泰和（今属江西）人。

十月菊始繁，何殊艳阳花。众芳诚所存，独萃清河家。琴樽畅襟抱，金兰盛才华。煌煌锦绮云，承以朱翠霞。餐英想灵均，吹帽怀孟嘉。极兴从淋漓，笑谐绝疵瑕。晚节相与娱，吾生良有涯。

［（明）陈谟《海桑集》卷一，文渊阁四库全书本］

陈谟《次杨子良催菊韵》其二

楚楚临阶菊，金风护得迟。黄衣谁近侍，白璧贵逢时。
屈子餐宁饱，陶潜爱岂私。由来傲霜节，松柏共高姿。

［（明）陈谟《海桑集》卷一，文渊阁四库全书本］

胡奎《题李草堂墓志》

胡奎（约1309—1381），海宁（今浙江嘉兴）人。

螺川东去水冥冥，落日乌啼宰树青。三径就荒陶令老，众人皆醉屈原醒。
锦袍仙去空怀李，华表归来或姓丁。遗墨尚存封禅稿，高风谁筑聘君亭。
如公我亦悲先哲，有子天教得宁馨。百世幽光应不泯，草堂长近少微星。

［（明）胡奎《斗南老人集》卷三，文渊阁四库全书本］

胡奎《题渔樵问话图》

江可渔，山可樵，山头白云手可招。出门黄尘浩如海，胡不归来共逍遥。何人写此渔樵子，咫尺江山千万里。船系松根双石头，山人伐木来相求。相求未已还相问，问之不答心悠悠。子陵何为而辞汉，太公何为而归周。买臣何为而晚遇，屈原何为而远游。持我修月斧，操君济川舟。天子不知名，大臣不见收。渔翁向樵还大笑，今古同生不同调。富贵功名何足论，与君尽醉长倾倒。

[（明）胡奎《斗南老人集》卷四，文渊阁四库全书本]

滕毅《三闾大夫祠》

滕毅，洪武初，镇江（今属江苏）人。

襜帷褰薄暮，回飙吹白云。下有栖神宇，惨淡临江渍。行吟既不返，遗响宁再闻。绿荣并丹彩，婉尔含清芬。沐芳正冠佩，酌水炷夕熏。长歌灵谷应，春思何纷纷。愿言卜琼茅，巫咸不可群。渚宫望仪羽，再拜云中君。

[（清）《御选明诗》卷十七，文渊阁四库全书本]

宋濂《兰花篇》

宋濂（1310—1381），浦江（今浙江义乌）人。

延佑戊午年赋，时予始九岁，屡焚旧诗，而此特以幼作存，今复录之：

阳和煦九畹，晴芬溢青兰。潜姿发玄麝，幽花凝紫檀。绿萝托芳邻，白谷挹高寒。玄圣未成调，湘累久长叹。菉葹虽外蔽，贞洁终能完。岂知生平心，卒获君子观。杂以青瑶芝，承以白玉槃。灵风晓方荐，清露夜初洿。此时不见知，骈罗混荒菅。春风桃杏华，烂若霞绮攒。徒媚夸毗子，千金买歌欢。弃之不彼即，要使中心安。愿结孅人佩，把玩日忘餐。

[（清）《御选明诗》卷四，文渊阁四库全书本]

刘基《悼废圃残菊》

刘基（1311—1375），浙江青田（今浙江文成）人。

旧菊将芜尚有根，高秋相顾耿无言。芳心不共青莎死，生态犹欺白露繁。要待灵均餐落蕊，从教元亮耻空尊。何人解识凄凉意，分付寒螀仔细论。

[（明）刘基《诚意伯文集》卷十六《犁眉公集下》，文渊阁四库全书本]

刘基《梁甫吟》

谁谓秋月明，蔽之不必一尺翳。谁谓江水清，淆之不必一斗泥。人情旦暮有翻覆，平地倏忽成山溪。君不见桓公相仲父，竖刁终乱齐，秦穆信逢孙，遂违百里奚。赤符天子明见万里外，乃以薏苡为文犀。停婚仆碑何震怒，青天白日生虹蜺。明良际会有如此，而况童角不辨粟与稊。外间皇父中艳妻，马角突兀连牝鸡。以聪为聋狂作圣，颠倒衣裳行蒺藜。屈原怀沙子胥弃，魑魅叫啸风凄凄。梁甫吟，悲以凄。岐山竹实日稀少，凤皇憔悴将安栖？

［（明）刘基《诚意伯文集》卷一《覆瓿集一》，文渊阁四库全书本］

刘基《独漉篇》

独漉复独漉，月明江水浊。水浊迷龙鱼，月明复何如。楚国皆浊，屈原独清。行吟泽畔，哀哉不平。上山采荼，下山采蘖。心在腹中，何由可白？豺狼在后，虎豹在前。四顾无人，魂飞上天。珠玉委弃，不如泥沙。蹑冠戴履，万古悲嗟。

［（明）刘基《诚意伯文集》卷一《覆瓿集一》，文渊阁四库全书本］

刘基《怨诗》

屈原沉汨罗，不忍弃其宗。苌弘志存周，宁为一己容。申生顾父爱，杀身以为恭。子车守明信，殉死安所从。之人岂不贤，揆道犹过中。卞和独奚为，抱玉售瞽聋。则足实自取，怨泣情何钟。文狸处幽林，无人识其踪。谁令贪鸡鹜，以触弋与罿。麋身献厥皮，为人作妍容。娟娟芳兰花，托根千仞峰。下有孤飞泉，上有灌木丛。岁晏不改色，霜清香更浓。韬光远人祸，委命安夭穷。道得复何怨，老子其犹龙。

［（明）刘基《诚意伯文集》卷二《覆瓿集二》，文渊阁四库全书本］

刘基《招隐五首》其一

浮景无根株，逝川不可留。昨日瑶草春，今朝蓬梗秋。鼎食岂不美，鸩毒潜戈矛。华轩岂不贵，长路能摧辀。子胥弃吴江，屈原赴湘流。韩彭竟菹醢，萧樊亦累囚。何如张子房，脱屣万户侯。深韬黄石略，去从赤松游。

［（明）刘基《诚意伯文集》卷二《覆瓿集二》，文渊阁四库全书本］

刘基《竹枝歌》其四

潇湘江水接天河，第一伤心是汨罗。斑竹冈头兰蕙死，黄茅垄上艾蒿多。

［（明）刘基《诚意伯文集》卷五《覆瓿集二》，文渊阁四库全书本］

刘基《题墨菊》

粲粲金英美可餐，九秋风露与清寒。墨君莫妒天然色，终遣灵均怨子兰。
［（明）刘基《诚意伯文集》卷四《覆瓿集四》，文渊阁四库全书本］

刘基《次韵张德平见寄》

漠漠长烟野色昏，霏霏细雨湿衡门。乾坤象纬寻常转，江海波涛日夜翻。
贾谊奏书哀自哭，屈原心事苦谁论。近逢使者征遗逸，说道岩廊纳谠言。
［（明）刘基《诚意伯文集》卷五《覆瓿集五》，文渊阁四库全书本］

龚敩《兰室为隐君子题》

龚敩，生卒年不详，铅山（今属江西）人。
一别灵均九畹荒，高名千载为谁芳。秋花亚佩琼琚冷，晓气穿帘雨露香。
似有闲情依涧谷，那无清梦到沅湘。半年有个同心友，与尔同登鲁叟堂。
［（明）《鹅湖集》卷三，文渊阁四库全书本］

陶安《次韵刘彦炳典签感秋七首》其六

陶安（1315—1368），当涂（今属安徽）人。
切直慕汲黯，孤忠悯湘累。怀才若尽展，膏泽靡不滋。
每思汤武兴，能用伊吕为。君子处心正，何嫌迹逶迤。
［（明）陶安《陶学士集》卷一，文渊阁四库全书本］

蓝仁《对菊》

蓝仁，（1315—?）崇安（今属福建）人。
懒与时芳作并妍，西风篱落意萧然。自从屈子歌骚后，也共陶潜到酒边。
消瘦只宜秋色好，耐交唯有晚香传。南山长在幽人眼，开早开迟不必怜。
［（明）蓝仁《蓝山集》卷五，文渊阁四库全书本］

蓝仁《赋刘俊民镇抚兰室》

一室廛居不受喧，满前生意对兰孙。七弦漫倚宣尼操，九畹仍窥屈子园。

霁月光风浮户牖，清霜紫电绕辕门。十年来往惭交谊，襟袖余香想契言。
［（明）蓝仁《蓝山集》卷五，文渊阁四库全书本］

刘嵩《寄旷知事伯逵四首》其四

刘嵩（1321—1381），泰和（今属江西）人。

郡邑溪山在，风尘寇盗余。长怀管宁去，未卜屈原居。
计拙忧虞剧，闲多礼法疏。柴门春草满，惊捧故人书。
［（明）刘嵩《槎翁诗集》卷四，文渊阁四库全书本］

刘嵩《曾氏蕙花》

闻说新安处士家，萧萧兰蕙照晴沙。翠交庭户三千本，玉立风霜一万花。
帝子带攘承白露，仙人旌旆散晴霞。为君细读灵均赋，安得携壶载小车。
［（明）刘嵩《槎翁诗集》卷五，文渊阁四库全书本］

杨基《经汨罗庙》①

杨基（1326—1378），吴中（今属江苏）人。

三闾祠宇汨罗郫，重午年年一扫门。莫道独清当日事，至今湘水不曾浑。
［（明）杨基《眉庵集》卷十一，文渊阁四库全书本］

陶宗仪《五月菊》

陶宗仪（约1329—1412），台州黄岩（今属浙江）人。

老圃乘凉起叹嗟，孤标底事便开花。石榴明处朝同采，红藕香中酒漫赊。
画舫沅湘怀屈子，薰风庭馆属陶家。也知不为趋炎出，莫忘清秋兴绪嘉。
［（明）陶宗仪《南村诗集（南郜诗集）》卷二，文渊阁四库全书本］

黎光《过洸口吊邵廷琄》

黎光（1330—1403），东莞潢涌（今属广东）人。

宫使遭谗日，军中尽感伤。伍员宁负国，屈子竟沉湘。

① 自注："在湘阴县北六十里。"

身殒英灵在，名留史传香。遗祠今已废，无处奠椒浆。

（《东莞文史资料选辑》第17辑《黎光诗》，1990年）

甘瑾《植芳堂》

甘瑾，生卒年不详，江西临川（今江西抚州）人。

猗兰被九畹，佳蕙滋百畴。荃蘅与杜茝，罗生交绸缪。俟时苟不利，芜秽将谁尤？朝吾芟宿莽，夕吾溉清流。冀兹枝叶茂，充予杂佩酬。抚琴发清商，扬舲泛中洲。美人隔南浦，延伫增离忧。揽芳结缤纷，日暮聊夷犹。誓言寄所思，川路良邈悠。恒恐年不与，鶗鴂鸣先秋。阴风集中野，众芳委林丘。兰芷变不芳，菉葹漫道周。灵均去已久，千载谁与俦？英英云间彦，雅嗜取冥搜。蘼芜集远思，再感王孙游。何所无芳草，子独良好修。愿言闷英采，以俟知者求。

［（明）朱存理《珊瑚木难》卷四，文渊阁四库全书本］

林鸿《贾谊宅》

林鸿，1383年前后在世，福清（今属福建）人。

闻君放逐此淹留，献纳空悬汉室忧。旧宅独临湘水远，遗文曾吊屈原愁。青枫极浦烟光晚，白鸟空江树影秋。西望不堪怀古意，欲因归去卧沧洲。

［（明）林鸿《鸣盛集》卷三，文渊阁四库全书本］

林鸿《吊屈原》

汨罗东去水滔滔，吊古临流诵楚骚。千载独醒惟有子，古今醉死尽英豪。

［（明）林鸿《鸣盛集》卷四，文渊阁四库全书本］

张羽《秋兴同商进士景贞押韵作》其四

张羽（1333—1385），苏州府长洲（今江苏苏州）人。

花柳曾沾辇路春，登高谁赋黍离频。峡云虚绾巫蛾髻，湘水能传屈子神。万里九重天阙远，千金一笑主恩新。三郎亦自惭韦武，犹有傍人笑太真。

［（明）张羽《东田遗稿》卷上，文渊阁四库全书本］

张羽《午日偶题吊屈原》

沈湘何许太凄其，愁绝中流竞两旂。郢俗狂犹投角黍，骚魂醒欲扈江蓠。九歌天外忧空切，五日人间吊不知。贾谊少年徒解赋，霸陵无事漫兴悲。

［（明）张羽《东田遗稿》卷上，文渊阁四库全书本］

张羽《赏莲押韵同孙惟献诸公赋因呈》其四

秋水红莲入幕臣，重来风格认犹真。一尊海外酬佳节，千里花间见故人。吟送碧筒红烛晚，歌翻白苎锦筝春。长沙亦是悲秋客，犹惜湘累寄兴频。

［（明）张羽《东田遗稿》卷上，文渊阁四库全书本］

张羽《次韵秦人洞二首》其一

桑竹深村好自由，眼前赢得去秦州。云边野烧逢渠断，雪后春溪过驿流。问路偶随渔父入，寻真空忆洞仙留。湘累千古骚魂在，兰芷遥堪托荐羞。

［（明）张羽《东田遗稿》卷上，文渊阁四库全书本］

张羽《送周国英赴宁乡幕》

好道宁乡近，清秋楚望分。驿连黄蘖岭，舟过碧湘门。
县剧才还称，官廉势亦尊。长沙多古意，传语问灵均。

［（明）张羽《东田遗稿》卷上，文渊阁四库全书本］

吴伯宗《入京五首》其一

吴伯宗（1334—1384），金溪（今属江西）人。

虎踞龙蟠十二门，王侯第宅若云屯。百蛮入贡天威重，四海朝元国势尊。晓日旌旂明禁路，春风箫管沸名园。唐尧虞舜今皇是，未必江潭老屈原。

［（明）吴伯宗《荣进集》卷三，文渊阁四库全书本］

徐贲《菊竹梅竹》其一

徐贲（1335—1380），南直隶毗陵（今江苏常州）人。

绿竹黄花共一丛，楚江日照自西风。屈原放逐娥皇杳，千古离愁此日同。

［（明）徐贲《北郭集》卷六，文渊阁四库全书本］

孙蕡《发忠州》

孙蕡（1337—1393），广东顺德（今广东佛山）人。

颠风翻山云黑黑，星河无光江翕翕。摇船夜半发忠州，漩深浪紧船欲立。
宣公祠下滩嘈嘈，船头着水低复高。石棱割裂箕斗影，山鬼出杂鱼龙号。
亦知风水莽回互，王事有程那得顾。谁歌太白蜀道难，和我灵均远游赋。
［（明）孙蕡《西庵集》卷四，文渊阁四库全书本］

孙蕡《题孙典伏可居轩》

吾宗孙子云鹤仙，荷衣蕙带神飘然。朝吟屈子远游赋，夜诵庄生秋水篇。
五湖风月穷清赏，青雀为舻桂为舫。二女祠前听凤箫，小孤舟北闻渔榜。
归来匹马逐嫖姚，环佩锵锵近九霄。承恩日侍金銮殿，卜筑还依朱雀桥。
桥头流水清如玉，杨柳青青映书屋。照座虽无鄂渚花，当庭亦种沅湘竹。
沅湘竹色报春迟，文玉疏疏只数枝。客去每凭诗作伴，朝回偏与静相宜。
卜筑不雕亦不画，厅事门前仅旋马。高题汉篆名可居，君作其中可居者。
人生出处本无端，坎止流行信可安。君不见长安甲第连云起，赢得人间图画里。
［（明）孙蕡《西庵集》卷四，文渊阁四库全书本］

孙蕡《寄高彬四首》其二

与君夙有通家好，堂上严亲未白头。野寺花明春载酒，清溪月朗夜浮舟。
陶潜此日生归思，屈子长年赋远游。烟水五湖归棹早，为余开径碧林幽。
［（明）孙蕡《西庵集》卷六，文渊阁四库全书本］

孙蕡《怀朱备万修撰谪辽东二首》其一

垂老谪官瀛海上，惊闻呜咽泪沾巾。长怜偃蹇难堪俗，岂信文章解误身。
赋鹏几年留贾谊，怀沙此日吊灵均。无劳更用悲萍梗，见说皇家雨露均。
［（明）孙蕡《西庵集》卷六，文渊阁四库全书本］

孙蕡《红菊二首》其二

灵均且莫怨清醒，楚水朝云炫落英。宿酒未平佳节过，西风吹帽最多情。

［（明）孙蕡《西庵集》卷七，文渊阁四库全书本］

孙蕡《画梅四首》其三　雪

小国佳人窈窕娘，春风环佩素绡裳。千年独抱灵均怨，夜结明珰献楚王。

［（明）孙蕡《西庵集》卷七，文渊阁四库全书本］

孙蕡《幽居杂咏七十四首，自洪武十一年平原还家作也》其十四

醉里临风吊屈原，楚吟空赋远游篇。凌空语气谁能解，千古惟应待我传。

［（明）孙蕡《西庵集》卷七，文渊阁四库全书本］

张孟兼《义门郑仲舒先生得请归浦江余于先生同里且亲故赋是诗情见乎辞矣》

张孟兼（1338—1350），浦江（今属浙江）人。

郑公去年离北平，束书抱病来南京。城隅解后喜且惊，开颜握手言再生。自从南北屡构兵，日夜怅望乡关情。几回寄书雁南征，中心摇摇若悬旌。苦遭丧乱百病婴，客边囊橐一旦倾。此来四顾徒茕茕，岂料吾子与合并。我时闻之涕泗横，况公素有文章名。居官胜国职最清，经筵之擢转庠黉。及当玉署已宦成，又为奉常典粢盛。人生际此自足荣，但恨白发已数茎。怀哉屈子全忠贞，谊与日月同光晶。愿言夕餐秋菊英，佩明月珰纫茝蘅。悬河之论春雷轰，使旁睹者颜发赪。索居半载留帝城，坐听夜雨哦寒檠。眼前倏忽时变更，春风一见衰草萌。公家孝义好弟兄，遣儿千里来远迎。乃今得请荷圣明，身若插羽乘风轻。过门云别明遂行，开船要趁蒸雨晴。夜久不寐视长庚，长庚欲落钟鼓鸣。庭树喔喔闻鸡声，蒯缑起舞冠绝缨。公归我愁丝乱萦，亦有梦寐怀先茔。如过吾父款柴荆，为言恨不同趋程，终当早晚乞归耕。

［（清）《御选明诗》卷三十六，文渊阁四库全书本］

黎贞《谒三闾祠》

黎贞（1346—1405）新会（今广东江门）人。

几家茅屋楚江皋，遗庙丹青俯碧涛。惆怅独醒人已远，空余哀怨寄离骚。

［（清）屈大均辑《广东文选　下》卷三十八，广东人民出版社2008年，第659页］

刘璟《端午宣城有感》

刘璟（1350—1402），青田（今属浙江）人。

屈子思存楚，何心事佞臣。九歌长慷慨，千载愈悲辛。

抱石知无益，摅辞愿有陈。其人虽已矣，气与太初邻。

［（明）刘璟《易斋集》卷上，文渊阁四库全书本］

刘璟《娄氏萝石轩》

构得轩居一径幽，青萝白石倚高秋。松床月转琴声远，丝蔓风回树影稠。

屈子有时纫佩带，孙郎曾此漱琳球。时清不献和亲计，诗酒从容兴最优。

［（明）刘璟《易斋集》卷上，文渊阁四库全书本］

释妙声《和薛生早秋见寄》其一

释妙声，吴县（今江苏苏州）人。

雨洗秋容澹，江含雾气深。候虫依井径，归燕拂檐阴。

庾信江南赋，灵均泽畔吟。正愁闻古调，讽诵重兼金。

［（明）释妙声《东皋录》卷上，文渊阁四库全书本］

林右《题植芳堂》

林右（1356—1396），临海（今属浙江）人。

雅心慕幽洁，莳芳此堂阴。端居寡俗好，庶得观物心。菀彼径寸苗，弱质恐不任。灵雨及时降，春荣萋以森。晨兴荷吾锄，逍遥步前林。俟时冀采采，敢使芜秽侵。灵均世云远，高踪邈难寻。兴言遗远者，愧匪瑶华音。

［（明）朱存理《珊瑚木难》卷四，文渊阁四库全书本］

唐文凤《题梅兰竹石图》

唐文凤，约1414年前后在世，徽州歙县（今属安徽）人。

罗浮仙子骑白凤，翠禽啼破寒香梦。飞向淇园觅秋实，风触湘累佩声动。

同心比石坚不移，贞姿劲节相因依。平生四美托交契，岁寒盟好深天机。

砚池波翻月涵墨，写出清标素绡湿。广云湘雨路迢迢，沦落江南总尘迹。

［（明）唐文凤《梧冈集》卷二，文渊阁四库全书本］

胡俨《试问阶前菊五首》其五

胡俨（1361—1443），江西南昌人。

试问阶前菊，湘潭秋已残。灵均去不返，骚客竟谁餐。

花老青山暮，丛疏白露汚。传芭还代舞，姱女不胜寒。

［（明）胡俨《颐庵文选》卷下，文渊阁四库全本］

胡俨《述古》其三

屈子变风雅，骚经寓孤忠。光华并日月，耿耿垂无穷。后贤袭轨辙，长卿得其宗。招摇临邛市，放旷托丝桐。淳风日以靡，齐梁更纤秾。远游谢纷浊，超逸等冥鸿。

［（明）胡俨《颐庵文选》卷下，文渊阁四库全书本］

胡俨《杂诗》其七

屈子赋远游，一气中夜存。柱史妙观复，万物徒芸芸。澹泊宁心志，嗜欲憯棘矜。端居达遵养，自得多所欣。萋萋碧阶草，霭霭青空云。吁嗟燕雀侣，何如鸾鹤群。

［（明）胡俨《颐庵文选》卷下，文渊阁四库全书本］

王燧《会饮赋得酒字》

王燧（？—1415），苏州府长洲（今江苏苏州）人。

处世犹梦中，梦觉复安有。生前尚如此，何暇计身后。屈原称独醒，空葬江鱼口。古人不欲者，一一今在否。君看枝上花，荣悴若翻手。朱颜几何时，倏尔成皓首。画堂绮筵开，总是青云友。海风扫秋空，错落挂星斗。我将舞柘枝，君唱折杨柳。劝君当此欢，莫负杯中酒。

［（明）王燧《青城山人集》卷一，文渊阁四库全书本］

夏原吉《谒三闾祠》

夏原吉（1366—1430），长沙府湘阴（今湖南汨罗）人。

先生见放事何如，薪视椅桐梁栋樗。忍使清心蒙浊垢，宁将忠骨葬江鱼。西风楚国情无限，落日沧浪恨有余。我拜遗祠千古下，摩挲石刻倍欷歔。

［（明）夏原吉《忠靖集》卷四，文渊阁四库全书本］

解缙《题画梅》

解缙（1369—1415），吉安府吉水（今江西吉水）人。

我观白榆千万树，花绕天河看花去。仙人不识造化奇，种在江南更沮洳。蒸翻朔雪冻作香，唤回梦影凝新妆。梅仙梅仙谁所指，六籍已见数顷筐。堂堂傅相九天上，商家霖雨来苏望。化作盐梅鼎更深，从此功名几千丈。黄金铸鼎未论功，白玉开花鹘神旺。岳云绕空飞不去，瞥见西湖一千树。却同天上白榆花，大庾山头更相遇。诗人穷肩瘦于鹤，长篇短章岂仓卒。黄昏疏影弄横斜，赋得蓬莱建安骨。建安诸子昔未赋，北客哀吟楚三户。屈子无情不肯招，离骚读罢长歌些。月华辉辉大如斗，浸在寒潭落虚牖。倒源水冷起青冥，化作盘空好身手。我观画梅如画龙，变化岂与常流通。自从瑶台厌丹粉，独立阊阖歌清风。

［（明）解缙《文毅集》卷四，文渊阁四库全书本］

解缙《行路难》

倚剑且莫叹，听歌行路难。世途反覆多波澜，焦原九折未为艰。君不见，汉谣斗粟歌未阑，长门潇潇秋草残。骨肉之间尚如此，何况他人方寸间。又不见，绛侯身荣转系狱，贾生空对长沙哭。功成更觉小吏尊，才高宁避谗言逐。所以赤松子，远避中林期，谁能吴江上，见笑鸱夷皮。骊龙有珠在沧海，劝君逆鳞无浪批。子推介山下，屈原湘水湄。当时凿枘一不量，至今憔悴令人悲。行路难，难为言，沧浪一曲且归去，长安大道横青天。

［（明）解缙《文毅集》卷四，文渊阁四库全书本］

陈琏《五月五日至济宁河下王舜耕王庭学来访因赋七言近体二首以叙别》其一

陈琏（1370—1454），广州府东莞（今属广东）人。

昨承恩命出都城，偶遇端阳在济宁。老我投闲头已白，故人来见眼终青。

菖蒲泛酒清堪爱，角黍堆盆味更馨。寂寞屈原当日事，未须痛饮读骚经。

［（明）陈琏《琴轩集》卷三，《明别集丛刊　第1辑》第29册，黄山书社2013年，第57页］

杨荣《墨兰》其二

杨荣（1372—1440），福建建宁府建安（今福建建瓯）人。

空谷谁能问，幽芳独占春。不知湘水上，何处吊灵均。

［（明）杨荣《文敏集》卷三，文渊阁四库全书本］

李昌祺《兰秀轩》

李昌祺（1376—1452），庐陵（今江西吉安）人。

闻种幽兰在庭际，争秀竞芳如谢砌。客来谈诗坐高堂，入帘飘席但闻香。

宣尼绿猗寄三弄，屈子离骚歌九章。岁寒不凋复不悴，夏芷冬荪宁足贵。

此花芬馥淡且清，愿尔诸郎同德馨。善人比洁真无愧，燕姞为祥良有征。

风轻露冷美闲夜，更爱国香长绕舍。轩中有兰人好看，图上看兰空是画。

［（明）李昌祺《运甓漫稿》卷二，文渊阁四库全书本］

罗亨信《芸庵（为曾谦题）》

罗亨信（1377—1457），广州府东莞（今属广东）人人。

手植芸香满涧隈，结茅习静共徘徊。最宜辟蠹藏书帙，更喜清芬入酒杯。

兰草谩誇同气味，轩干端可作舆台。高人久秉灵均操，会有芳名彻上台。

［（明）罗亨信《觉非集》卷八，书目文献出版社2000年，第211页］

王洪《梅花吟》

王洪（1379—1420），浙江钱塘（今浙江杭州）人。

长年见梅花，每与梅花醉。今年见梅花，当为梅花泪。梅花自奇绝，人事如今别。花下一徘徊，若听梅花说："不愿傍官驿，驿外尘飞多马迹。几番驿使入南来，南枝折尽花狼藉。不愿在深宫，娥眉人去寿阳空。缤纷檐下花飞片，不上宫妆入草丛。不愿在西湖，旧日逋仙迹已芜。可惜暗香疏影处，新来多是拾樵苏。不愿近东阁，无人更管花开落。黄昏风雨锁朱门，和羹人半归沙漠。只愿开向千岩窟，饕虐凭陵任风雪。花香不掩战士魂，花飞不点流民骨。吟翁索笑痴更痴，岂识梅花欲避时。骚经一字不拈出，灵均与我深相知。

［（明）王洪《毅斋诗文集》卷四，文渊阁四库全书本］

杨光溥《自叹》

杨光溥，1469年进士，沂水（今属山东）人。

自到东山住，柴门尽日扃。三间悬罄室，一卷相牛经。

帐覆萝阴翠，茵铺草色青。只因多酒债，赢得屈原醒。

［（明）曹学佺《石仓历代诗选》卷四百一，文渊阁四库全书本］

龚诩《屈原图》

龚诩（1382—1469），苏州府昆山（今属江苏）人。

爱君惟欲悟君心，歌罢离骚抱石沈。忠义一心如许切，汨罗千丈不知深。

［（明）龚诩《野古集》卷下，文渊阁四库全书本］

薛瑄《拟古四十一首》其三十九

薛瑄（1389—1464）（一说生于1392），河津（今山西运城）人。

庭树微飘落，凉气始披拂。却忆少年时，泛舟湖湘曲。秋风起波澜，寒霜下林麓。日出江上枫，雾隐楚岸竹。兰芷亦萧条，芰荷不秋馥。灵均旧游处，骚思方满目。忽忽三十年，凉意复相触。九歌有遗辞，得意在云谷。

［（明）薛瑄《敬轩文集》卷二，文渊阁四库全书本］

薛瑄《乔口溯流往长沙》

楚岫无边翠，湘流不尽清。香兰屈子赋，苦竹鹧鸪声。

风景当年事，云霞万古情。沙头旧鸥鸟，谁肯与寻盟。

［（明）薛瑄《敬轩文集》卷六，文渊阁四库全书本］

薛瑄《洞庭湖阻风四首》其二

系舟无奈北风何，遣闷还应一放歌。日射湖心翻锦浪，烟收山顶露青螺。苍梧水阔秋天远，斑竹云深暮雨多。千载湘累无复见，欲从何处吊英娥。

［（明）薛瑄《敬轩文集》卷八，文渊阁四库全书本］

徐庸《雪窗兰竹石为怿上人题》

徐庸（1389—1473），吴县（今江苏苏州）人。

雪窗上人说空者，画墨经营趣潇洒。闲将兔颖试龙香，满袖清香动兰若。澧浦灵根雨露青，灵均载入离骚经。深林幽谷自萌茁，楚楚不惟生谢庭。淇园直节浮光彩，几历冰霜心不改。谁能斫取钓鳌竿，直拂珊瑚向东海。太湖老璞多嶙峋，渊宫采取多没人。青莲朵朵类奇宝，爱护只恐冯夷嗔。美人丈人伴君子，当时影落生绡里。西游只履未归来，月华冷浸秋潭水。

［（明）徐庸《南州诗集》，古代文献在线阅读转录傅斯年图书馆藏小辋川乌丝栏钞本］

李贤《和陶诗　还旧居》

李贤（1408—1466），南阳邓县（今属河南）人。

昔年离旧居，未卜何时归。回首又六载，归来情益悲。迷途尚未远，今是而昨非。永固林下盟，从兹与世遗。琴书聊自遣，鸥鸟还相依。怀沙慨屈子，捐躯悲介推。我怀寄云山，尘世任兴衰。毫端有新句，不妨时一挥。

［（明）李贤《古穰集》卷二十三，文渊阁四库全书本］

郑文康《为王同知题夏太卿万竿烟雨图》

郑文康（1413—1465），苏州府昆山（今属江苏）人。

容台仙老岁寒姿，惯写潇湘玉万枝。近水烟梢微有影，隔江雨叶远含滋。鸟声多在黄陵庙，草色遥连屈子祠。别驾退公来看画，为君重咏五纻诗。

［（明）郑文康《平桥稿》卷五，文渊阁四库全书本］

陈颀《题林君复二帖用坡韵》

陈颀（1414—1487），苏州府长洲（今江苏苏州）人。

我昔孤山访遗躅，春暖西湖泛晴渌。山头草树不荒凉，知是先生此埋玉。念初茅庐结构完，长吏频顾惊流俗。就中薛李最忘形，湖上夜归曾秉烛。先生自乐味道腴，此怀何尝忘不足。惟耽吟咏苦咿嗄，后扰心兵割肌肉。诗成又复恐惊世，辄毁不使相誊录。谁知造化难尽藏，千古骚坛传妙曲。亦有遗墨落人间，留在剡藤并楚竹。见其瘦硬想其人，似对灵均餐落菊。

［（清）钱谦益辑《列朝诗集》丙集第八《陈训导颀》，汲古阁刻本］

倪谦《金兰画为王司成题》

倪谦（1415—1479），应天府上元（今江苏南京）人。

幽独元无富贵心，谁将花叶染黄金。援琴试鼓宣尼操，惟有灵均最赏音。

［（明）倪谦《倪文僖集》卷十一，文渊阁四库全书本］

张弼《竹咏》

张弼（1425—1487），松江府华亭（今上海市）人。

击节歌离骚，湘灵招不得。开门看月明，幽篁倚苍石。

春风千万花，花落春无迹。此君冷淡姿，常有好颜色。

［（明）张弼《张东海先生集　诗集》卷一，明正德刻本］

张弼《题屈原图》

香消兰蕙暮云深，宿莽萧萧遍水浔。歌罢离骚见渔父，坐来聊话独醒心。

［（明）张弼《张东海先生集　诗集》卷一，明正德刻本］

童轩《雪窗上人兰蕙图》

童轩（1425—1498），鄱阳（今属江西）人。

西川上人号雪窗，丹青好手谁能双。时时泚笔写兰蕙，古厓阴涧如悬幢。何年貌此清无比，怪石疏篁映流水。翠带新翻凫渚烟，红芽乱吐鸥汀雨。我昔舟行湘水头，碧云两岸蘼芜秋。满林乌鹊自相语，不见王孙来此游。

此时欲把江蓠荐，彷佛灵均曾识面。西风帆急去如飞，歌断离骚并九辩。偶从滇南披此图，萋然丛棘相纷敷。援琴欲写意难尽，宛对江潭明月孤。滇南都阃好事者，臭味相看颇同价。高堂昼永篆烟轻，如坐光风与俱化。吁嗟兰为王者香，深林寂寞犹芬芳。采之我欲献天阙，肯使鹈鴂鸣秋霜。

［（明）童轩《清风亭稿》卷四，文渊阁四库全书本］

童轩《次韵沈石田见赠之作》

不逐夔龙到凤墀，诗名藉藉满天涯。鸡林有价时争售，狗监无人世谩知。春草池塘回谢梦，秋兰堂户思湘累。那堪别后同明月，千里关山不尽思。

［（明）童轩《清风亭稿》卷六，文渊阁四库全书本］

童轩《读史十首》其四《屈原》

贝锦生谗自古然，但将心事付苍天。何须葬入江鱼腹，湘水无情肯见怜。

［（明）童轩《清风亭稿》卷八，文渊阁四库全书本］

张宁《金兰竹石图为王廷光佥宪题》

张宁（1426—1498），海盐（今属浙江）人。

瑶砧玉杵镠霏皎，凤膏腻滑狸毫绕。都将丽水岸头沙，洒作湘皋畹中草。灵均佩重络索乾，湘妃菊衣秋染单。琅玕郁密错刀碎，鸾翎旖旎商飙寒。君不闻同心之利坚可断，请看南山黄石烂。

［（明）张宁《方洲集》卷六，文渊阁四库全书本］

张宁《廿六日复陪诸公游灵隐寺留题祥上人所十二韵》

峻拔天垂秀，盘回地拱灵。神峰腾北道，法界控南屏。龙雨周三竺，鹏风合四溟。楼台出霄汉，钟鼓隐雷霆。咒食猿窥洞，闻经鹤避汀。迷途登觉路，佳客借闲庭。风帽秋曾落，云车晚再停。黑头全变白，红树几还青。踪迹迷鸿雪，光阴换鸟星。谁知陶令醉，总是屈原醒。旧事惊还问，新词厌复听。凭吹剑头吷，题向冷泉亭。

［（明）张宁《方洲集》卷七，文渊阁四库全书本］

张宁《兰谷》

石屋幽深小径斜，繁芳删尽地清华。坛荒尚谱宣尼操，畹废犹存屈子家。霜净独余凋后叶，泉香时泛落来花。南州高士元萧散，入室无人亦自嘉。

［（明）张宁《方洲集》卷九，文渊阁四库全书本］

张宁《杂花卉图》

寒葩冷蕊索精神，一夜东风淑气匀。惆怅灵均幽谷伴，相随蕃卉竞先春。

［（明）张宁《方洲集》卷十一，文渊阁四库全书本］

何乔新《十楼怀古》其五《岳阳楼（在岳州）》

何乔新（1427—1502），广昌（今属江西）人。

飞楼百尺压城上，坐看长风掀巨浪。澄湖周回八百里，雨态烟姿千万状。倚阑一眺心茫然，三湘七泽来目前。欲呼湘女一鼓瑟，更起灵均细问天。我怀文正高平老，后乐先忧古今少。庙堂密勿能几时，遽遣行边迹如扫。又怀武穆岳将军，用兵决策如有神。楼船剪寇来此地，功成乃不保其身。英雄已矣不可问，斗酒那能散孤闷。欲乘玄凤上九嶷，还就重华诉忠愤。

［（明）何乔新《椒邱文集》卷二十三，文渊阁四库全书本］

何乔新《登岳阳楼作》其三

云窗月牖俯清流，满目山川快壮游。谁在江湖怀北阙，谩夸楼阁冠南州。朱弦夜鼓湘灵瑟，锦缆春回楚客舟。欲起灵均歌九辩，澧兰阮芷正飕飕。

［（明）何乔新《椒邱文集》卷二十四，文渊阁四库全书本］

何乔新《沅州》

潭阳远在夜郎西，石径萦纡路转迷。俗犷犹存盘瓠旧，树深惟听鹧鸪啼。茅檐凋弊哀三户，岚霭氤氲接五溪。欲吊灵均何处是，江头兰芷正凄凄。

［（明）何乔新《椒邱文集》卷二十四，文渊阁四库全书本］

何乔新《送张启昭》其二

乡邦交谊最相亲，忍向离筵劝酒频。抗疏但求裨圣治，论思端不忝儒臣。

自怜石介非狂士，任诋西山是小人。暂别銮坡非远谪，莫将辞赋吊灵均。
［（明）何乔新《椒邱文集》卷二十四，文渊阁四库全书本］

何乔新《出京偶成》

九重命下许归休，便向江头买去舟。客梦未离金阙树，乡心已逐楚江鸥。身同裴相投间乐，事异灵均去郢忧。圣德如天惭未报，回瞻紫禁思悠悠。
［（明）何乔新《椒邱文集》卷二十四，文渊阁四库全书本］

何乔新《都宪韩公贯道惠诗次韵答之》其一

疏庸久荷圣明知，却恨非才贸盛时。三晋云山应识我，两京议论竟归谁。闲寻平子归田赋，懒诵灵均问卜辞。渭树江云嗟契阔，何当一醉习家池。
［（明）何乔新《椒邱文集》卷二十四，文渊阁四库全书本］

何乔新《谒贾太傅祠作》其二

经国材猷迥绝伦，春秋以后见斯人。谁知一代兴王佐，遽作三湘放逐臣。斜日坐隅来怪鸟，寒烟江上吊灵均。须知穷达皆由命，何用悲伤自殒身。
［（明）何乔新《椒邱文集》卷二十四，文渊阁四库全书本］

沈周《读渔父辞饮酒诗有感》

沈周（1427—1509），苏州府长洲（今江苏苏州）人。
展书聊就纸窗明，楚晋亡机出一衡。大厦隳颓何力起，厉阶层沓几时平。灵均耿耿独醒死，陶令沈沈烂醉生。千载文章共肝胆，令人长叹莫收声。
［（明）沈周《石田诗选》卷五，文渊阁四库全书本］

沈周《屈原像》

逐迹遑遑楚水长，重华虽远未能忘。鲁无君子斯当取，殷有仁人莫救亡。鱼腹何胜载忧怨，凤箛终不蔽文章。忠贞那得消磨尽，兰芷千年只自芳。
［（明）沈周《石田诗选》卷八，文渊阁四库全书本］

徐溥《次同寅刘少师韵二首》其一

徐溥（1428—1499），宜兴（今属江苏）人。

为爱西湖近太清，玉池汲水浸琼英。为衣未解灵均意，观物元知邵子情。
开占朱明天与艳，种当紫禁地增荣。自从春去花应少，留与群芳作主盟。

［（明）徐溥《谦斋文录》卷一，文渊阁四库全书本］

陈献章《夜坐》其一

陈献章（1428—1500），新会（今属广东）人。

半属虚空半属身，絪缊一气似初春。仙家亦有调元手，屈子宁非具眼人。
莫遣尘埃封面目，试看金石贯精神。些儿欲问天根处，亥子中间得最真。

［（明）陈献章《陈白沙集》卷七，文渊阁四库全书本］

陈献章《雨中李世卿往还》

蹇蹇张兼素，从君致匪躬。天来今日定，书展故人封。
贾傅生还恸，湘累死亦忠。平生两行泪，万里寄秋风。

［（明）陈献章《陈白沙集》卷七，文渊阁四库全书本］

陈献章《行路难》

颍川水洗巢由耳，首阳薇实夷齐腹。世人不识将谓何，子独胡为异兹俗。
古来死者非一人，子胥屈子自殒身。生前杯酒不肯醉，何用虚誉垂千春。

［（明）陈献章《陈白沙集》卷八，文渊阁四库全书本］

王佐（汝学）《秋日病起即事》

王佐（1428—1512），临高（今属海南）人。

林下萧疏秋气清，物华人意两难平。空庭霜扫桐千叶，远浦风飘雁一声。
老去悲秋偏作恶，病来对酒似无情。渊明已矣灵均远，坐看黄花忆友生。

［（明）王佐《鸡肋集》，海南出版社 2004 年］

罗伦《兰》其一

罗伦（1431—1478），吉安府永丰（今属江西）人。

春意自天来，灵均气未回。山童呼不醒，飞上楚王台。

［（明）罗伦《一峰文集》卷十一，文渊阁四库全书本］

罗伦《古潭为刘礼作赋》

秋江有古潭，开自无极先。飞流挂北斗，灵源通上天。阳潜含浑浑，阴闭入玄玄。深浅沧桑外，浮沈宇宙边。洞明空地底，虚大贮天圆。日月含黄道，星辰泳紫躔。脉通青嶂骨，文烂玉霄笺。河汉清无敌，沧溟势欲连。镜平飞组练，珠抱睡蜿蜒。马饮河图出，龟呈洛数全。嫁蟾桥度鹊，入鸟镜窥鸾。河伯羞夸大，秦鞭浪欲填。寿筹逢海屋，仙乐洞庭弦。雪艇寒无恙，星槎夜欲编。一虚空碍滞，万象讶森骈。孕秀生豪杰，高门得世贤。忽逢江上老，疑是水中仙。湛一心源寂，澜翻舌本悬。诗怀倾浩荡，道体见渊泉。浊激尘滓散，冥窥混沌穿。暮春陪点浴，清夜共熹沿。淡薄交情古，光明夜气鲜。灵均曾种芷，茂叔为栽莲。白发欺明月，愁心散紫烟。羊裘霞外钓，渔笛月中舷。严濑名高斗，愚溪唾积渊。随波岂吾事，浮海竟谁缘。机外鸥三点，间中鹭一拳。榻篷来鹤梦，歌棹动龙眠。世态随阳雁，尘根脱壳蝉。濯缨呼孺子，鼓枻斗婵娟。海若低偷眼，冯夷醉拍肩。谈玄惊鬼胆，话妙破天权。夙好罗浮客，呼来不上船。菜园宽似海，醉笔大于掾。运泰肥三极，歌传满大千。傍花眉展秀，见酒口流涎。乐水心元癖，寻山意亦便。正冠来入社，润笔不须钱。治世三生佛，闲官一味禅。著书深闭户，共尔磨兜坚。

［（明）罗伦《一峰文集》卷十一，文渊阁四库全书本］

罗伦《张元惠药酒》

药和云液效方神，日日山妻泣四邻。食旨自知非宰我，独醒谁信是灵均。

谁将鹚杓分余滴，欲脱鹴裘换一巡。忽报白衣人送至，玉壶持送曲江春。

［（明）罗伦《一峰文集》卷十三，文渊阁四库全书本］

罗伦《集成兰》

众当路，我空谷。无人而自芳，无风而自馥。上师鲁叟，下友灵均，随分山林吾亦足。萧艾如不知，栽倾自培覆。

［（明）罗伦《一峰文集》卷十四，文渊阁四库全书本］

祁顺《金水画梅为赵希成春官题》

祁顺（1434—1497），广州府东莞（今属广东）人。

天孙细剪银河冰，散入千点寒梅英。洒然标格出尘俗，世上更无花与清。离骚耻作兰荃侣，为压灵均抱幽苦。阴何知己复林逋，多少风流托佳句。我家占断罗浮春，爱梅得与梅花亲。月寒霜淡暗香动，人在野桥清浅滨。此时相对夸奇绝，放歌欲补离骚阙。更呼梁宋老诗仙，共把衷情较优劣。迩来怅别增遐思，开图一见还相知。纵道黄金换颜色，岁寒心事终如昔。

［（明）祁顺《巽川祁先生文集》卷三，齐鲁书社 1997 年，第 434 页］

吴宽《远游》

吴宽（1435—1504），苏州府长洲（今江苏苏州）人。

嗟彼城市人，而有江湖想。如何屋下身，忽在扁舟上。远游无定踪，日日凭五两。南风舟尾发，千里落吾掌。如观山海图，瞬息历九壤。扣舷歌离骚，八极愿长往。旁人发大笑，此语意何广。屈子百世师，未许后人仿。

［（明）吴宽《家藏集》卷六，文渊阁四库全书本］

吴宽《郭佥事挽章》

自古皆有死，何人能免之。病来仍服药，尚冀延少时。病甚不能起，犹遗生者悲。何况不以病，悲亦从可知。郭公官外台，精勤多设施。风采振列郡，声名出分司。往来江湖上，官事有程期。岂是冯河者，轻身忘险危。伤哉俄须间，遂与此世辞。楚水向东去，千古从湘累。湘累乃自沉，试诵怀沙词。惟昔识公面，尚记来京师。骨气颇亦寒，或云数宜奇。斯言遂偶中，相术能无疑。不吊乃于彼，托音聊在兹。

［（明）吴宽《家藏集》卷十四，文渊阁四库全书本］

吴宽《送杨君谦致仕》

公署席未暖，求去何嗷嗷。济河先焚舟，预卖冠与袍。我不更劝子，知子意殊牢。昨者见章疏，陈情欲长号。谓臣心腹间，有疾刺如刀。自宜针石恶，不任簿书劳。蒙恩锡封典，父母喜俱叨。雨露不知感，臣岂如蓬蒿。壮年可驱策，正合从时髦。臣实自知愧，奈缘病相遭。当道奖恬退，幸尔遇山涛。九重遂俯从，孰谓天居高。郎官信美秩，视之等秋毫。未论子所能，此足称贤豪。纷纷投牒者，群然赴仪曹。其间或衰迈，虚名尚贪饕。如子真难得，识者争嘉褒。而我复增愧，头颅已霜毛。归心觉愈急，如索更加绹。子归免羁绊，槛兽初奔逃。印首不回顾，跳舞向林皋。岁暮多冰雪，长河阻轻舠。河神不世情，助子水滔滔。旧宅傍吴市，门前是南濠。性不耐居处，志惟嗜游遨。南指天目山，誓将友猿猱。归来必自得，有乐斯陶陶。发泄胸中奇，文场战当鏖。多事反自今，笔墨肯停操。已忘虞卿愁，且著屈子骚。

［（明）吴宽《家藏集》卷十八，文渊阁四库全书本］

吴宽《哀陈一夔》

谪官已半刺，出守仍一麾。远州久未到，岂是行迟迟。此地少文物，蛮夷窃相窥。无由劳抚字，劫掠以为嬉。置君于其地，常恨非所宜。一朝下恩旨，稍幸得量移。齐安佳山水，足以为诗资。如何始闻命，已与人世辞。哀哉生何蹇，天道令人疑。怀沙自求死，泽畔非湘累。君容不憔悴，君性尤坦夷。平生无所好，所好止于诗。每当尊俎间，宾朋争笑嬉。耳独若不闻，凝然方有思。积成西潭稿，千首尚多遗。往岁过吾家，首简乞题词。雅意久未复，见面遂无期。遥遥度岭峤，孤榇谁扶持。想应只僮仆，返舍当何时。妻子相向哭，悔不惜相随。薄暮寒窗下，思君交涕洟。诗人例多穷，身穷名不衰。聊将此自慰，亦以示所知。

［（明）吴宽《家藏集》卷二十三，文渊阁四库全书本］

黄仲昭《题屈原渔父问答图》

黄仲昭（1435—1508），莆田（今属福建）人。

放逐江潭恨不平，偶逢渔父话衷情。可怜狂楚无情甚，竟使忠臣殒此生。

［（明）黄仲昭《未轩文集》卷十一，文渊阁四库全书本］

沈钟《黄鹤楼感兴四首》其三

沈钟（1436—1518），应天（今江苏南京）人。

峻嶒千仞叠层楼，管领江山亿万秋。草树参差横断野，帆樯上下乱行舟。

乘云尚忆仙人去，怀国谁甘屈子忧。拟为黄花酬令节，霜空萧瑟且归休。

［（明）孙承荣纂辑；王启兴等校注《明刻黄鹤楼集校注》，湖北人民出版社 1992 年，第 166 页］

庄昶《岳阳楼》

庄昶（1437—1499），江浦（今属江苏）人。

九江有水来天地，三楚兹楼冠古今。日月宏开双照耀，行藏偶此一登临。

霓裳无复君山奏，兰茝空悲屈子心。了了世情归涬溟，巴陵小放酒杯深。

［（明）庄昶《定山集》卷五，文渊阁四库全书本］

庄昶《沈公见寄次韵奉答》其二

一回人物如公少，三楚姓名从古喧。沧海会同都活水，芳菲次第各名园。

藜羹莫道无莱妇，兰畹应谁负屈原。自古是非看汗简，一番披抹一番掀。

［（明）庄昶《定山集》卷五，文渊阁四库全书本］

林玠《赋得落花自述歌》

林玠，1462 年举人，侯官（今福建福州）人。

花落柯，花落柯，飘飘飏舞因为何。武陵一夜东风起，落此花英满径坡。花落柯，花落柯，青春游子勿复歌。花陨暮眷春又发，人衰复壮世无多。君不见邻叟墙头过浊醪，此花正满东平皋。又不见春从绿树阴中老，惜花士女空蹉跎。吾生志与秋天高，天乎不佑可奈何。呜呼噫嘻兮更勿道，屈原岂甘沉汨罗，夷齐空守西山饿。人生有死固莫逃，少年而死实可悼。花褪残红心懊恼，惜此落花谁可报。非是人老不如花，只恐看花时复过。呜呼噫嘻兮复何道，长叹一声天地老。

［（明）曹学佺《石仓历代诗选》卷四百四十，文渊阁四库全书本］

吴琏《和戴伯元李席珍菊会诗二首》其一

吴琏，1484 年进士，广东南海（今属广州市白云区）人。

老圃秋容次第开，晚山清节可谁陪。日高重影参差见，风细微香远近来。

盈把采余陶令手，落英飧老屈原杯。枝枝朵朵重重瓣，真费天工细剪裁。

（中山大学中国古代文献研究所《全粤诗》第 5 册，岭南美术出版社 2009 年，第 689 页）

张澜《晋康八景（存三首）》其二《西湾渔唱》

张澜，1487 年进士，泷水（今广东罗定）人。

游上西湾杂蛋船，蛋家齐唱濯缨篇。一声榔鼓来鱼听，几阵榔鸣起鹭眠。

杨柳隔洲枝袅袅，桃花泛水色鲜妍。屈原已往成终古，剩有遗音四海传。

（中山大学中国古代文献研究所编《全粤诗》第 5 册，岭南美术出版社 2009 年，第 915 页）

徐威《兰室歌》

徐威，1488—1505 年举人，泰和（今属江西）人。

我闻有客来瀛岛，赠君一本无名草。九天沆瀣洗逾香，万里扶摇吹不老。

奴薜荔兮婢女萝，甲马营中无襁褓。试向屈原骚里寻，又对文王琴中讨。

始知此草有芳名，古来君子同生道。馡馡新茁马氏儿，穆穆还为谢家宝。

君今移种读书堂，春风秋露长相保。声名都在此中传，不必区区问商皓。

［（明）曹学佺《石仓历代诗选》卷四百八十六，文渊阁四库全书本］

林廷棉《闰五月五日过湘江观竞渡有作》

林廷棉，1499 年进士，闽县（今属福建）人。

江云倚棹渡三湘，水陆兼程尽日忙。茅屋乱烟经雨湿，竹林清露带风香。

屈原舟上江花白，贾谊祠前树色苍。吊古怀乡倍惆怅，一年孤负两端阳。

［（明）曹学佺《石仓历代诗选》卷四百六十三，文渊阁四库全书本］

戴冠《竞渡曲》

戴冠（1442—1512），信阳（今属河南）人。

五月五日楚江晴，菖蒲叶绿江水清。楚人乘舟荡双桨，鸣金椎鼓鱼龙惊。

屈原死去不复作，魂兮千古何萧索。年年空向江中招，薄暮归来风浪恶。

君不见去年今日海子头，花帆锦缆黄龙舟。中流不戒成仓卒，万岁君王却悔游。

［（清）钱谦益辑《列朝诗集　丙集第十二　戴副使冠》，汲古阁刻本］

倪岳《题兰四首寄浦城故人潘医学廷瑞》其二

倪岳（1444—1501），上元（今江苏南京）人。

猗兰在空谷，幽人时采之。采之结为佩，将以遗所思。

楚水有余波，湘累有深辞。孤贞谅自保，白首以为期。

［（明）倪岳《青谿漫稿》卷一，武林往哲遗著本］

程敏政《题黄帝广成子问道图》

程敏政（1445—1499），徽州府休宁（今属安徽）人。

忆昔广成子，讲道崆峒山。抗颜为帝师，相与炼九还。坐令千岁人，绿发而朱颜。一朝乘龙去，下顾悲尘寰。药垆莽犹存，逸驾不可扳。兹事传已久，无乃空投难。灵均赋远游，魂销汨罗湾。邹䜣注参同，寂寞蓬莱班。我读古仙经，一一廋且悭。或恐妙契者，不在文词间。灵洞何幽幽，鼎湖亦潺潺。胜境虽足爱，赋予诚疏顽。

［（明）程敏政《篁墩文集》卷六十六，文渊阁四库全书本］

罗玘《戏赠杨蕲邵三君子》[①]

罗玘（1447—1519），南城（今属江西）人。

蜾蠃螟蛉侍侧豪，江汉浮萍刺眼毫。酒狂自大心陶陶。曾同灵均怨作骚，一腹奚足吞江涛。古言聚灰曾止滔，此事何异海可舠。四夔标榜不与皋，直追那颂置我嶅。冥搜罔象归笼牢，火炮铁柱沃以膏。灼肤燔骨焦皮毛，镘天大斧斩鬼刀。支祈可系百丈绦，荼垒畏避潜栖桃。叱穆借骏手指驹，掷下辔把造父操。昆仑险幽龙鬼韬，命赤郭食日几遭。入幽探怪气愈骄，陋彼嗜琐溲溺槽。归来疑仙或疑妖，女妻惊怕仆妾逃。词源如井引桔槔，倚马可待书者劳。调高和寡中路号，曳我鹔鹴出蓬蒿。关西夫子披锦袍，鹿鸣初歌髹中髦。大弓水犀铁瓮韬，许昌使君秉干旄。灯前促膝吞醇醪，狂夫大叫仍嗷嘈。载鬣以车向我嘲，岱宗为卑此会高。

① 原注：杨，十二岁中举。蕲，丹徒人。邵，许州守。

［（明）罗玘《圭峰集》卷二十七，文渊阁四库全书本］

朱朴《西湖竹枝词五首》其三

朱朴，生卒年不详，海盐（今属浙江）人。

麦岭风吹小麦花，古藤乔木路三叉。千年玉骨湘累墓，万里坚城少保家。

［（明）朱朴《西村诗集》卷上，文渊阁四库全书本］

李东阳《春草图为黎本端作》

李东阳（1447—1516），长沙府茶陵州（今湖南茶陵）人。

出郭登平冈，东原土新沃。浓烟开萋迷，见此千里绿。萦纡绿长堤，葱旧满幽谷。芳情竞为荣，远意如有属。时光迭代谢，物理相剥复。屈子骚莫陈，江淹赋谁续。吾人荆楚秀，旧住东山麓。娟娟名家子，被服兰与玉。君无植桃李，桃李眩我目。君无践荆棘，荆棘伤我足。眷兹君子心，风薰雨为沐。培根去芜秽，及此继芳躅。

［（明）李东阳《怀麓堂集》卷五，文渊阁四库全书本］

李东阳《江风图为刘太仆二丈题》

寒空木落江呼汹，叠浪如山乱堆垄。云拖雨脚随长流，万里蛟龙作人踊。
独有一叶之扁舟，舵侧帆欹未肯休。颓洲断岸地尪軃，远树绝岛天沈浮。
眼前万象错慌惚，仓卒遇之宁暇求。由来适意在顷刻，此外岂复千金谋。
南人使船如使马，梦落江湖若飘瓦。君看白首波涛中，笑杀矶头钓鱼者。
高堂惨澹开丹青，坐见四壁皆沧溟。酒酣击节歌不成，感慨忽与欢娱并。
昔公江汉初扬舲，亦如湘累浮洞庭。一朝奋起在平地，健翮上可凌高冥。
谢安尚忆中流坐，师德何妨逆浪行。向来夷险竟何物，世间万事如浮萍。

［（明）李东阳《怀麓堂集》卷七，文渊阁四库全书本］

李东阳《王祠祭希曾所藏汝和红菊歌》

世人作画皆论派，汝和画菊乃天解。直将书法写此花，宛转金枝总垂薤。
初为水墨后红紫，几向清纤发狂怪。桃羞杏涩宁比妍，蚁恨蜂愁未堪嘬。
幽兰堪供屈子佩，奇石当邀米公拜。当时落笔亦偶然，忽有声名起砰湃。

僮奴塞户卷委山，不独文逋与诗债。有时偃蹇不受促，怒目看人两睚眦。酒酣兴发谁使颠，迅扫但觉吴缣隘。个中三昧我独知，每见渠挥为渠快。最是平生跌宕心，病卧穷山老何惫。南宫王君得此图，旧索遗红未凋败。岂知一见已陈迹，江水东流日西迈。摩挲两眼三叹息，悔却从前比菅芥。长安贾客君不闻，已索黄金市中卖。

［（明）李东阳《怀麓堂集》卷七，文渊阁四库全书本］

李东阳《禫后述哀用祥韵四首》其四

庭花向晚寂无邻，槁木经年犹有新。屈子徒令惜往日，谪仙别自悲余春。烹鱼馔笋竟谁事，骑马看花非我辰。故旧相逢莫趣驾，闲居亦是素餐人。

［（明）李东阳《怀麓堂集》卷十六，文渊阁四库全书本］

李东阳《谢宝庆洞庭图湖中作》

湖南钜郡称岳阳，楼前大湖春水长。周回九江带七泽，颠倒万象随山光。洪涛巨浪拍山动，风雨却洒炎天凉。君山远在湖中央，苍梧不来断人肠。南寻汨罗不知处，屈子随地魂茫茫。谢公吊古心慷慨，予亦从之渡沅湘。平生壮游天地间，老大不觉鬓眉苍。商飙南来振南岳，孤棹未许还沧浪。画图仿佛今皆足，江海风期殊未忘。挥毫赋者谁最强，前有引魁后孔旸。二子之名满天下，豪气直欲隘八荒。嗟予有辞不敢吐，人今尽笑二子狂。眼中同调似公少，且复尽醉君山傍。

［（明）李东阳《怀麓堂集》卷九十一，文渊阁四库全书本］

李东阳《长沙竹枝歌十首》其三

汨罗江头春水生，汨罗江上楚歌声。人间若解三闾苦，水底鱼龙亦有情。

李东阳《观画兰有感作》[①]

春风吹香出芳林，丛兰开傍西岩阴。几回欲采意不适，路转溪回山更深。虚堂披图对幽襟，忽如揽衣度崎嵚。杏坛尼父去已远，湘江屈原空独沈。

① 原注：时，林主事俊，张经历黻，相继谪官。

我方挥弦坐微吟，微吟未成日将晚。冰霜欲来侵九畹，兰兮兰兮竟谁管。
［（明）李东阳《怀麓堂集》卷九，文渊阁四库全书本］

林俊《山庄次山斋韵》

林俊（1447—1523），莆田（今属福建）人。
小亭孤坐欲黄昏，门外双溪带雨浑。白转画帘微月色，绿回荒径重苔痕。
别来仙子元无梦，招到湘累尚有魂。引犊断桥归却晚，数声芦竹正江村。
［（明）林俊《见素续集》卷三，文渊阁四库全书本］

王鏊《送高良新知归州》

王鏊（1450—1524），吴县（今江苏苏州）人。
江上青山识秭归，江边吊古驻岩骓。梦中马耳先曾到，行处人烟亦已稀。
屈子宅空江渺渺，昭君村在雨霏霏。使君抚字知多术，夔府如今正阻饥。
［（明）王鏊《震泽集》卷二，文渊阁四库全书本］

王鏊《九月晦日玉延亭看菊》

秋尽燕南菊有华，品题犹自待诗家。酒浇屈子醒魂杳，灯晃西施醉影斜。
九日风光今已负，百年世事亦无涯。升堂细碎还堪撷，杜老无庸晚见嗟。
［（明）王鏊《震泽集》卷二，文渊阁四库全书本］

王鏊《石湖阻冰联句》

西首恋松楸，扁舟乘晓发。行行抵斯湖（铨）①，望望指巨缺。曾水塞长河，流澌截轻筏（鏊）②。大块噫余威，玄冥令仍冽。帆集比鱼鳞，岸妥蜕龙骨（铨）。人断越城桥，雁杳尧峰巘（鏊）。嵯峨峙玉山，璀璨恍银阙。或碎若凋镂（铨），或铦如斧钺。或垂如玉钗，或拄若象笏（鏊）。鳌足歆莫支，鹏背负如阏（铨）。造烦鲁遽工，解倩师襄掣。夏虫语应疑（鏊），宵狐涉还歇。戒自履霜初（铨），藏岂凌阴节。山腰助谽谺，泽腹增嵽嵲（鏊）。上下眩坤乾，东西混吴粤。王祥鲤莫持（铨），孟宗笋堪掘。国忠信难倚，灵均未

① 联句作者王铨，下文同。
② 联句作者王鏊，下文同。

须淈（鏊）。进如狼跋胡，行乃车无轨。舟子立招招（铨），行人忧忽忽。一苇那能航，五丁未渠伐（鏊）。飞渡谅斯难，来归怪时咄。况当阳生辰，正值春王月。谁乘浮海桴（鏊），莫借凌波袜。行止岂偶然，聊歌记颠蹶（铨）。

［（明）王鏊《震泽集》卷九，文渊阁四库全书本］

王鏊《舟次直沽别沈方伯次其韵》

好水好山吾已渎，况值秋风橘林绿。南来十日谋北辕，不语岑岑怨林木。
使人行处何所为，廪人继粟庖人肉。蓬窗阒寂却成愁，恰似苏子居无竹。
其间文史岂不翻，无味纷纷成故牍。家山回首频入梦，欲去未能惭薄禄。
德州城下斜月昏，万里河来失平陆。舟中夜静闻吴音，惊问谁欤曰南牧。
心期乃是夙所亲，倒屣过从忘仆仆。联舟会晤迭主宾，百里风帆岸相逐。
自移画省大江西，恺悌民间歌旱麓。公余亦不废吟哦，历历诗书载其腹。
高词往往逼古人，叉手而成如构宿。往年赠我石兰篇，每向荆溪望林屋。
谓言他日片帆过，便风径访愚公谷。世情多厌屈原醒，宦路尤欺魏其秃。
多君佳句屡见投，过望平生非所卜。天津桥下水留人，去住人生有迟速。
回思联舰那可再，食野呦呦怨鸣鹿。夕阳沽水丁字流，白草茫茫人去独。

［（明）王鏊《震泽集》卷三，文渊阁四库全书本］

张吉《和李茂卿大理见寄》

张吉（1451—1518），饶州余干（今属江西）人。

湘累掩袂悲宗国，白日无辉天改色。幽辞几曲绪愁心，兰茝千年馨九域。
诸家步骤必累君，一鹤千鸡终不群。夜窗罢诵掩松月，半榻齁齁梦楚云。
疑累不死犹声响，叩玉锵金入吾掌。孔鸾互集眩西东，神鬼哀吟惊下上。
纷纷得丧已茫然，古人孰与今人贤。不扃破屋贫仍住，折足方床病且眠。
不愿封醉乡侯，傲睨万物意悠悠。糟床枕籍迷昏晓，颠倒乾坤象罔流。
不愿学海上翁，南山北斗絜其终。飘然一举超人世，出入鞭霆与驾风。
得仙得酒诧臻此，薄说江乡贫病士。大非贫病宁彼知，色相声音咸脱矣。
荷锄日日独出门，遇馌相呼田父恩。得诗辄引焚其稿，心与长江泯泯论。

［（明）张吉《古城集》卷五，文渊阁四库全书本］

苏仲《次日复登岳阳楼》

苏仲（1456—1519），顺德（今属广东）人。

乾坤从古重斯楼，占尽湖湘景物幽。北望几行吴树渺，南来一片楚天浮。湘君庙古风烟冷，屈子坟荒草木愁。迁客偶因怀往事，不胜清泪洒江流。

［（明）苏仲《古愚集》，清光绪七年顺德苏仲德堂藏板重刻本］

朱诚泳《丘仲玉少参晚香亭》

朱诚泳（1458—1498），凤阳（今属安徽）人。

小结幽亭用意深，西风开遍满篱金。餐英自得灵均味，把酒谁探靖节心。冷艳不嫌秋色淡，残枝偏耐晓霜侵。主人剩有新裁句，日对南山取次吟。

［（明）朱诚泳《小鸣稿》卷五，文渊阁四库全书本］

朱诚泳《饮酒》

古今多爱酒，爱酒必伤神。为问灵均溺，醒醒有几人。

［（明）朱诚泳《小鸣稿》卷六，文渊阁四库全书本］

祝允明《沈愤》

祝允明（1460—1526），苏州府长洲（今江苏苏州）人。

烛龙奔天衢，不照云下人。阳货盗玉弓，仲尼粮绝陈。笔绝春秋成，乘桴泛洪渊。莫食汨罗鱼，肠中有灵均。青天上无路，黄泉下无门。漫漫长夜中，万古齐一尘。

［（明）祝允明《怀星堂集》卷三，文渊阁四库全书本］

邵宝《寄夏参议如山》

邵宝（1460—1527），常州府无锡（今属江苏）人。

书破来鸿在，情深奈鼠何。黄花十月雨，白草九江波。云梦荆人猎，潇湘屈子歌。淹留君太久，吾道竟蹉跎。

［（明）邵宝《容春堂续集》卷二，文渊阁四库全书本］

顾清《村居杂兴六首》其六

顾清（1460—1528），松江府华亭（今上海市）人。

灵均沈湘陶令死，篱下寒香久无主。江边一笑倚清秋，烂漫西风几今古。

［（明）顾清《东江家藏集》卷二，文渊阁四库全书本］

顾清《题陆文质云槎卷》

此卷留子斋中久矣。北上倥偬，携之以行，夜泊赵家村，梦云槎督趣甚急，书数行而寤。仿佛可想，遂足成之。而关河羁旅、行云倦鸟之怀，略于此具矣。先生览之，宁无亦怅然矣乎？四月十五日。

仙人乘槎真有无，晴窗拭眼开新图。新图只尺意万里，云涛烟浪相萦纡。

烟云萦纡望不极，中有兰舟一叶荡漾疑凭虚。仙翁长髯紫霞裾，少年早侍红云居。红云晓趋误一蹶，三年谪诵轩农书。下方夭札帝所闵，翩然复此来清都。东浮玄洲掠蓬壶，西历翠水经天衢。背挽北斗招黄姑，银潢俯弄明月珠。青烟九点嗟尘区，梅花烂漫三江隅。平生缪识兰台儒，结习未断蚩泠符。官舟风雨夜深卧，犹有远梦来催逋。数行一笔尚可想，银钩间错珊瑚株。张骞浪语空片石，屈子远游终旧闾。君才岂必谢时辈，十年早已歌归欤。向来汗漫等鸿迹，此日逍遥同泽车。升天入地岂异路，流行坎止真吾徒。君不见行人倚棹汶河上，回首烟江思钓鱼。

［（明）顾清《东江家藏集》卷十一，文渊阁四库全书本］

顾清《有菊为盛德彰赋》

江南人家夸有竹，君家有竹还有菊。延年一脉是仙传，不数江头千亩绿。茅檐萧洒纸窗净，竹阑宛转苔阶曲。畦分种别人事尽，雨沐风晞生意足。八月欲尽九月初，霜风渐高木叶枯。邻家萧条我富贵，金钗玉佩罗庭除。湘累放逐怨枯槁，渊明亦为五斗驱。南阳老人空寿考，食粟饮水终痴愚。不如先生生长太平世，读书卖药至老不受樊笼拘。菊花本是萧散物，亦自乐与君为徒。自从入京师，十年无地容挥锄。盆栽担买不快意，梦中往往寻郊居。老去君方厌尘土，病来我正思江湖。青山何日遂东去，一舟定与鸱夷俱。疏篱矮屋时入眼，枫叶芦花堪画图。此时我家菊亦盛，亭馆亦可罗尊壶。君来不惮百里远，我能无酒为君沽。长安在西向东笑，只恐春风桃李背面偷揶揄。

［（明）顾清《东江家藏集》卷十三，文渊阁四库全书本］

顾清《旧有诵十二月吴江竹枝歌者戏效之得三首而止十一月廿三夜不寐因足成之诗成梦乘马上曲磴地名湖塘遇小儿杜姓者同行论处世之道甚悉》其五

五月吴江赛屈原，红旗画楫满晴川。鸱夷漂泊谁家事，寂寞胥门一炷烟。

［（明）顾清《东江家藏集》卷十三，文渊阁四库全书本］

顾清《对菊用秉之韵》其二

竹格绳床间采楹，野亭新立自题名。晚来一枕西风里，欲起湘累问独醒。

［（明）顾清《东江家藏集》卷三十四，文渊阁四库全书本］

顾清《和杨时望新居杂咏》其三

卜居须仁里，结友须良契。湘累江潭行，纫佩必兰蕙。蓬麻两因依，腐蠸终螿蚋。君看稷下生，肯乞墦间祭。吾徒幸闲居，尘境息啁嘈。玄文倘许窥，乌藤尚堪曳。

［（明）顾清《东江家藏集》卷三十五，文渊阁四库全书本］

顾清《秀州塘过庆云桥南派为小溪山人李公玉家其上公玉善谈星数星之著者为斗人呼其地为斗溪君遂因以自号》

秀塘东分一支曲，溪上幽人数间屋。夜深星斗转遥空，绕屋明珠湛寒渌。
幽人说天三十年，三光磊落胸中悬。胸中溪底交映澈，上与元化同回旋。
湘累卜居问詹尹，支矶亦访成都隐。洛阳车骑尘染衣，堙浪五湖声迹泯。
茫茫大运谁主持，悬生列象古犹斯。荣光德耀空载籍，飞流彗孛交梭驰。
扁舟何日溪上路，为我一洗平生疑。

［（明）顾清《东江家藏集》卷三十五，文渊阁四库全书本］

王缜《经长沙》

王缜（1462—1523），广州府东莞（今属广东）人片帆东下过长沙，湘水平铺入望赊。岳麓树园书院静，洞庭波溢石门斜。

贾生作傅常忧国，屈子离骚不顾家。南去北来琴鹤厌，年年孤客在天涯。

（中山大学中国古代文献研究所编《全粤诗》第5册，岭南美术出版社2009年，第160页）

石珤《竞渡辞》

石珤（1464—1528），直隶藁城（今属河北）人。

竞渡复竞渡，波光浩渺渺。潮头如马来，舟子疾于鸟。轻舠迅楫斗缤纷，伊谁从之楚灵均。江深海阔安得济，鼍抃鲸吞愁杀人。苍天不照烈士苦，日暮洞庭闻击鼓。九辨谁招梦泽魂，一杯枉酹荆南土。竞渡兮来归，湖上兮依依。棹歌齐发泪沾衣，宝笙瑶瑟清且哀。四望踯躅悲又悲，安能遇君与君携。

［（明）石珤《熊峰集》卷二，文渊阁四库全书本］

石珤《九日陈秋官明之邀赏菊》

清霄对菊酒肠宽，拂拭西风子细看。彭泽衙中谁速客，灵均老去漫加餐。

冠当霄汉危疑堕，醉倚冰霜梦亦寒。便合移根松竹里，相期岁晚未凋残。

［（明）石珤《熊峰集》卷四，文渊阁四库全书本］

湛若水《怀古三叹　其一　吊屈原》

湛若水（1466—1560），增城（今属广东）人。

龙舟与角黍，天下吊屈原。不知自沉后，能使君心悛。徒以扬之过，离骚为世传。宣圣昔去鲁，微罪兆其端。贵戚不易位，龙蛇洞庭渊。老死需追召，仁义为两全。

（中山大学中国古代文献研究所《全粤诗》第5册，岭南美术出版社2009年，第92页）

费宏《得邸报有异闻感而有作》

费宏（1468—1535），铅山（今属江西）人。

百年异事骇初闻，反袂开缄老眼昏。太史岂应侵谏职，寒儒自欲报君恩。

骊龙颔逆难遭睡，虎豹关严枉叫阍。但使有光争日月，不惭无力正乾坤。

妖蟆寸铁心何苦，骏马千金骨仅存。烈士殉名元可丧，佞人多巧舌空扪。
唐科讵愧刘蕡策，楚些须招屈子魂。事定盖棺真不朽，声缘忧国竟须吞。
干将在狱犹冲斗，砥柱当流少遏奔。文运盛衰关世运，长歌写罢不堪论。
［（明）曹学佺《石仓历代诗选》卷四百三十，文渊阁四库全书本］

郑岳《楚城端午吊古》

郑岳（1468—1539），莆田（今属福建）人。
屈子力扶楚，怀王误信秦。浴兰传旧俗，包黍荐明神。
奇字终投阁，谀文独美新。反骚空有赋，千古愧累臣。
［（明）郑岳《山斋文集》卷四，文渊阁四库全书本］

苏葵《春日北还鄱阳湖即事》

苏葵，1487 年进士，顺德（今广东佛山）人。
锦帆春晓漾湖光，岸芷江蓠十里香。云气北来经华岳，雨声西去过浔阳。
前追高士洪州近，回吊灵均楚泽长。清啸数声山谷应，睡龙惊起浪花强。
（中山大学中国古文献研究所编《全粤诗》第 5 册，岭南美术出版社 2009 年，第 689 页）

苏葵《与冯兵备宪副游衡州石鼓书院》

石鼓无声院宇清，木犀花拂豸衣馨。星回翼轸连衡岳，水合蒸湘入洞庭。
人有天游聊纵酒，地多贤迹怯题铭。醉来敢辍忧时念，三诵灵均旧著经。
（中山大学中国古文献研究所编《全粤诗》第 5 册，岭南美术出版社 2009 年，第 742 页）

王守仁《游九华》

王守仁（1472—1529），绍兴府余姚（今浙江余姚）人。
九华原亦是移文，错怪山头日日云。乘兴未甘回俗驾，初心终不负灵均。
紫芝香暖春堪茹，青竹泉高晚更分。幽梦已分尘土累，清猿正好月中闻。
［（明）王守仁《王阳明全集》卷二十，文渊阁四库全书本］

王守仁《过鞋山戏题》

曾驾双虬渡海东，青鞋失脚堕天风。经过已是千年后，踪迹依然一梦中。屈子漫劳伤世隘，杨朱空自泣途穷。正须坐我匡庐顶，濯足寒涛步晓空。

［（明）王守仁《王阳明全集》卷二十，文渊阁四库全书本］

张凤翔《兰竹》

张凤翔，1499 年进士，陕西洵阳人。

楚皋烟雨逗寒绿，秋水并刀剪一幅。龙雏逐节脱锦绷，蛇老退皮拥青玉。碧花浅淡香一丛，绿叶芬芬清满屋。袭人堂下蘼芜秋，忆我山中筼筜谷。裁皮可制高祖冠，纫叶宜为灵均服。玉山只欲洗尘氛，糠窍惟知厌粱肉。岂知益友能化人，更着此君可医俗。风霜抱节听孤高，日暮凌寒习幽独。君家有圃如潇湘，休种繁花种兰竹。

［（明）曹学佺编《石仓历代诗选》卷四百七十一，文渊阁四库全书本］

陈缉《海上述事》其二

陈缉，嘉兴（今浙江嘉兴）人。

野径荒凉日欲晡，林栖水宿递相呼。汀洲霜冷蒹葭老，山路秋高苜蓿枯。屈子壮心能忘楚，武侯遗恨在吞吴。便从海岛寻蓬岛，先向鹅湖下鹉湖。

［（明）曹学佺《石仓历代诗选》卷三百四十三，文渊阁四库全书本］

贺奇《崔婆井》

贺奇，生活于明末清初，武陵（今湖南常德）人。

过馋每怪张虚白，巧赚无如崔阿婆。赊取武陵溪口醉，换来河洑酒泉多。千年有迹劳碑碣，古井无波长薜萝。若使行吟屈子在，应称独醒不相过。

［（清）陈梦雷等编《坤舆典》第四十二卷，古今图书集成本］

张元秩《西湖放歌行》

张元秩，1525 年举人。宁波府（今浙江宁波）通判。

西湖水清清见底，浪暖沙暄雁双起。雁飞不落稻粱田，弋人慕尔徒纷然。

贾生磊落美少年，才如羽箭乘风前。长沙宣室泪溅溅，何如乐圣称世贤。祢衡之才能击鼓，屈子思归作渔父。虔州酒税名不虚，至今文彩生图书。深渊大泽藏龙鱼，西郊云密将何如。西湖水清芦叶疏，胡不浚此芙蓉渠。玭珠或有当前车，夜光不发空尔思。

[（明）曹学佺《石仓历代诗选》卷四百四十二，文渊阁四库全书本]

陈潾《和知州问菊二首》其一

陈潾，1493 年进士，琼山（今属海南）人。

早向西风课植篱，满篱生意为谁迟。眼前又欲荒三径，雨后何曾见一枝。晚节频添忠献兴，夕飧恐负屈原思。三分秋色今无二，到得黄花有几时。

（中山大学中国古文献研究所编《全粤诗》第 6 册，岭南美术出版社 2009 年）

李梦阳《徐子将适湖湘余实恋恋难别走笔长句述一代人文之盛兼寓祝望焉耳》

李梦阳（1473—1530），庆阳府安化（今甘肃庆城）人。

峥嵘百年会，浩荡观人文。建安与黄初，叱咤皆风云。大历熙宁各有人，戛金敲玉何缤纷。高皇挥戈造日月，草昧之际崇儒绅。英雄杖策集军门，金华数子真绝伦。宣德文体多浑沦，伟哉东里廊庙珍。我师崛起杨与李，力挽一发回千钧。天球银瓮世希绝，鳌掣鲸翻难具陈。洪川无梁不可越，日暮怅望劳余神。徐郎生长苏台阴，二十作贼雄海滨。猲来抱玉叩阊阖，长安绣陌行麒麟。是时少年谁最文，太常边丞何舍人。舍人飘飖使南极，直穷金马探泸津。尔虽不即见颜色，梦中彷佛形貌真。余也潦倒簿书客，诸公磊落清妙身。大贤衣钵岂虚掷，应须尔辈杨其尘。休令黼黻怨岑寂，要与琬琰增嶙峋。海陵先生雅爱士，晚得徐郎道气伸。乔王款接虽不数，迩闻亦欲来卜邻。骅骝造父两相值，一瞬万里谁能驯。都门二月芳草发，御沟杨柳垂条新。徐郎绾牒将远适，使我旦夕生悲辛。为君沽酒上高楼，月前醉舞梨花春。天明挂帆向何处，鸿雁哀鸣求故群。南登会稽探禹穴，西浮湘水吊灵均。洞庭波寒木叶下，峡口风急猿啸闻。司马太史有遗躅，归来著书追获麟。

[（明）李梦阳《空同集》卷二十，文渊阁四库全书本]

李梦阳《秋望》

蝶戏犹余蕊，蝉吟已怯枝。乾坤入汉日，霜露望乡时。
屈子偏生楚，王通不负隋。晚风江更苦，莫上岘山祠。

［（明）李梦阳《空同集》卷二十三，文渊阁四库全书本］

李梦阳《寄赠佘子》

佘子去吾久，行藏今若何。黄山住实近，白发尔应多。身以烟霞癖，心通日月和。龟蒙元倚钓，康节竟成窝。林壑潜虬日，江湖放鹢过。乡人钦杖屦，世路笑风波。初度临萸菊，高筵敞薜萝。橘陈屈子颂，鹤拟李生歌。日落峰回色，云香客半酡。寿杯思欲把，惆怅隔三河。

［（明）李梦阳《空同集》卷二十八，文渊阁四库全书本］

黄衷《杨汉中画菊歌》

黄衷（1474—1553），广东南海（今属广州市白云区）人。

今世画工信如市，下笔纷纷桃与李。何人却负高秋姿，毫端萧瑟金飙起。
金飙起时百草干，西园丛菊露漙漙。苦心只答天地肃，劲气宁知霜霰寒。
万铃浅间邓州白，闲堂粲粲悬佳色。异种还闻是日精，孤根祗见依崖石。
蝶怨蜂愁殿众芳，繁枝肯为覆银床。坐令几案并五美，休夸粉绘空文章。
自古高人非寂寞，陶家不是闲篱落。未见南山一片心，谩道元公品题错。
君不见落英之效秘以神，年华冉冉悲灵均。凭将妙用寿区宇，何但南阳百岁人。

［（明）黄衷《矩洲诗集》，四库存目丛刊影印明嘉靖刻本］

黄衷《邓侍御洞庭金鲤图歌》

洞庭之潴八百里，摇星簸日无时已。蛟妖蜃怪族各殊，琐碎讵敢窥神鲤。
曲陵贔贔巨背高，大帜炜炜朱鬐骚。金鳞六六足百劫，珍目两两横波涛。
负舟一听轩辕乐，再驾湘妃返南国。还从汨水葬灵均，自是悠然无底壑。
此物神奇亦相世，得符麟凤称嘉瑞。楼船绣斧撼天来，瞥见乃在春湖澨。
丹青鲅鲅光芒动，画工那许知神用。满堂宾客但咄嗟，衰予感旧堪长恸。

伊昔毅皇岁丁卯，秋旦拿舟发江表。正书玄龙矫矫飞，壮观自诧平生少。光阴流转如振埃，谛视赤鲤□龙材。龙材龙材，慎尔变化谁能猜，江南无处无风雷。

［（明）黄衷《矩洲诗集》，四库存目丛刊影印明嘉靖刻本］

黄衷《和张太仆对菊感怀》

琅琊秋兴早，吏功复休沐。骑曹大雅资，芳玩信所独。嘉树隐逸丛，清尘洒微霂。床敷共语默，幽诺良已宿。两曜逆旅期，宾赏须继烛。高花方德人，整整巾履肃。低枝敌兰茎，初服佩芬馥。碎琐黄金钿，亦掩红踯躅。湘累泛英客，薪桂不炊粟。闻制短世龄，惠贶勤一掬。犹得对何充，瓮蚁泼新醁。鄙人社前栎，当就阁上束。迩来或天幸，数面亲海陆。况谢枉见临，徽音嗣空谷。何日东篱边，跫然听马足。

［（明）黄衷《矩洲诗集》，四库存目丛刊影印明嘉靖刻本］

顾彦夫《和咏梅》

顾彦夫，生卒年不详，无锡（今属江苏）人。

官阁梅花冷亦开，主家故暖赏春杯。凭谁寄与人千里，许我来看日几回。竹外一枝风洒落，琴中三弄思徘徊。如何不入灵均赋，自古山林有逸材。

［（清）《御选明诗》卷八十，文渊阁四库全书本］

潘希曾《长沙秋日》

潘希曾（1475—1532），金华（今属浙江）人。

六月长沙早见秋，凉风吹雨暮飕飕。不忧卑湿能为患，稍喜炎蒸欲解雠。贾傅庙荒侵薜荔，屈原沙冷叫钩辀。南来未觉江湖远，对此令人动别愁。

［（明）潘希曾《竹涧集》卷一，文渊阁四库全书本］

边贡《午日观竞渡》

边贡（1476—1532），历城（今山东济南）人。

共骇群龙水上游，不知元是木兰舟。云旗猎猎翻青汉，雷鼓嘈嘈殷碧流。屈子怨魂终古在，楚乡遗俗至今留。江亭暇日堪高会，醉讽离骚不解愁。

［（明）边贡《华泉集》卷五，文渊阁四库全书本］

边贡《同年范君山绝笔之作次韵》

采芳南国早应休，魂梦犹寻杜若洲。不见旅旌天外返，空余诗草世间收。
灵均实抱湘流恨，子美虚怀蜀道游。惆怅桂阳山下冢，断猿哀鹤领春秋。
［（明）边贡《华泉集》卷六，文渊阁四库全书本］

顾璘《靖州吊宋义卿》

顾璘（1476—1545），苏州府长洲（今江苏苏州）人。
皇天不吊颜公死，湘水无情屈子沈。强圉一身关国体，忠贞千古动人心。
精魂白日涛犹怒，祠庙空山柏已森。宿草孤坟何处奠，只余清泪洒衣襟。
［（明）顾璘《顾华玉集》卷二，文渊阁四库全书本］

顾璘《咏幻住庵辛夷花寄袁尚之》

野寺春风二月余，辛夷着花红锦舒。诗人梦把一采笔，佛海幻出秋芙蕖。
芳菲宛入右丞坞，馨香儗载灵均车。明年欲棹酒船去，袁宏雅兴终何如。
［（明）顾璘《顾华玉集》卷四，文渊阁四库全书本］

潘希曾《舟行》

潘希曾（1476—1532），金华（今属浙江）人。
野旷晚风徐，孤帆信所如。贾生流涕后，屈子卜居初。
天地身差健，诗书计未疏。萧然岁将暮，松竹忆吾庐。
［（明）潘希曾《竹涧集》卷一，文渊阁四库全书本］

陆深《俨山精舍晚意》

陆深（1477—1544），松江府（今上海市）人。
林深暮烟紫，海近秋月白。稍稍神虑淡，悠悠寺喧隔。乾坤等逆旅，谁非远行客。遣此百忧端，栖我一亩宅。楚狂虽忘世，湘累竟何益。寄情混渔樵，托契友金石。
［（明）陆深《俨山集》卷五，文渊阁四库全书本］

陆深《理园》

庭下石齿齿，水际花冥冥。宿痾霁暑雨，时还枕孤亭。百虑静以遣，世纷老旋经。所存复余几，兀然顾兹形。呼童理荒秽，森爽出众青。宣父叹后凋，湘累眷芳馨。孰云草木姿，奄忽随飘零。持此遂久要，庶以娱暮龄。

［（明）陆深《俨山集》卷五，文渊阁四库全书本］

徐祯卿《将进酒》

徐祯卿（1479—1511），吴县（今江苏苏州）人。

将进酒，乘大白。砗磲为罍锦作幂，燕京杜康字琥珀。朱缗三千酒一石，君呼六博我当掷。盘中好采颜如花，鸳鸯分翅真可夸。壶边小姬拔汉帜，壮士失色从喧哗。拉君髯，劝君酒，人间得失那复有。男儿运命未亨嘉，张良空椎博浪沙。秦皇按剑搜草泽，竖子来为下邳客。一朝崛起佐沛公，身骑苍龙被赤舄。灭秦蹙项在掌间，始知桥边老人是黄石。狂风吹沙黑涨天，天山雪片落酒筵。锦屏绣幕不觉煖，齐讴赵舞绕膝前。人生遇酒且快饮，当场为乐须少年，何用窘束坐自煎。阳春岂发断蓬草，白日不照黄垆泉。君不见刘伶好酒无日醒，幕天席地身冥冥。其妻劝止之，举觞向天白，妇人之言不足听。又不见汉朝公孙称钜公，脱粟不舂为固穷。规行矩步自炫世，不若为虱处裈中。丈夫所贵岂穷苦，千载倜傥流英风。人言徐卿是痴儿，袖中吴钩何用为。长安市上歌击筑，坐客知谁高渐离。我醉且倒黄金罍，世人笑我餔糟而扬醨。吁嗟屈原何清，渔父何卑，鲁连乃蹈东海死。梅福脱帽青门枝，明朝走马报雠去，襄子桥边人岂知。

［（明）徐祯卿《迪功集》卷一，文渊阁四库全书本］

徐祯卿《送王诞敷之官长沙》

美人南往云阳墟，我欲从之道郁纡。昼梦衡峰半空紫，觉来失却巴陵湖。
对君把酒心茫然，七十二峰犹眼前。玄猿攀萝石壁仄，黄鹤空洲芳草连。
春寒风多太阴黑，潇湘淋漓湿云色。楚宫花木啼杜鹃，舟子商人泪横臆。
君欲去兮可奈何，侧知王事难蹉跎。离心不惜瑶华赠，聊为湘累诵九歌。

［（明）徐祯卿《迪功集》卷三，文渊阁四库全书本］

冯裕《怨歌行》

冯裕（1479—1545），临朐（今属山东）人。

巴江浮月色，巫山横露光。孤鸟鸣如诉，啼猿声更长。远客抚七弦，欲调不成章。臣有逐万里，子有朝履霜。桑梓空怅望，江汉浩无梁。巧言灭烈火，浸润倾高堂。楚士多幽恨，屈子摧肝肠。汉武诛江充，后时良可伤。虞舜放共欢，颂声流无疆。

［（明）石存礼《海岱会集》卷一，文渊阁四库全书本］

冯裕《九日对雨歌》

秋来日日望重阳，重阳正遇风雨狂。欲登云门川无梁，欲登尧山隔两洋。
山翁何处消愁肠，蓑笠且访山泉庄。清风逼人转觉凉，菊花欹斜片片黄。
风飘滴滴来清香，东篱共对飞霞觞。昨夜阶下闻鸣蛩，今朝秋光遍八荒。
漉酒高歌兴初狂，利名视之如秕糠。餐英饮露聊徜徉，恍如屈子游潇湘。

［（明）石存礼《海岱会集》卷五，文渊阁四库全书本］

严嵩《侍御唐子荐谪判沧洲作此慰之》

严嵩（1480—1567），分宜（今属江西）人。

君为怀远吏，我美怀远政。剖判若神明，百姓称衡镜。井税均以完，比屋无喧竞。刻石纪去思，至今留颂咏。一为柱下史，持节按三秦。澄清歌揽辔，弹击见埋轮。世途多险难，大行在平陆。屈子畏讥谗，贾生遭放逐。朝游金门署，暮向沧洲宿。君今沧洲去，不用叹飘蓬。庄生齐宠辱，老氏一穷通。翻飞自有日，加饭保珍躬。

［（明）严嵩《钤山堂集》卷十七，明嘉靖二十四年刻增修本］

殷云霄《魏丞莲花开》

殷云霄（1480—1516），寿张（今山东阳谷）人。

列馆招远风，疏渠引江水。朱华冒清涟，静色媚芳芷。宓妃袜生尘，灵均泥不滓。曰余劳簿领，暂此恊芳醴。观物心自怡，感时情靡已。处烦常希寂，居安故难恃。河洛剧虎狼，荆棘暗桑梓。推迁何宁期，委顺资神理。

［（明）曹学佺《石仓历代诗选》卷四百八十四，文渊阁四库全书本］

夏良胜《过范光湖遇变自慰》

夏良胜（1480—1538），南城（今属江西）人。

岸圻湖光恶，天翻万叠云。真于百死地，扶出再生人。

未构唐公稿，几随屈子沦。冯夷应有意，留我献明君。

［（明）夏良胜《东洲初稿》卷八，文渊阁四库全书本］

夏良胜《午日观舟》

处处溪边鼓杂钲，木龙吹浪夺龙精。汨罗有策追诗债，屈子无心作怨声。

汉武瓶砂还捕蝎，淮南拌豆欲驱蝇。剪蒲骨肉频斟酒，江上寒峰为送青。

［（明）夏良胜《东洲初稿》卷八，文渊阁四库全书本］

刘澄甫《古意》[①]

刘澄甫（1482—1542），山东寿光（今山东青州）人。

穆满驭八骏，瑶池宴万里。神禹坐卑宫，光阴惜分晷。奢俭肇兴亡，由来多伏倚。镐京天子游，细柳将军垒。寒暑困征役，日夜苦疮痏。居者忆翠华，国士让黄绮。悬思千载前，圣贤道或否。龙逢何剖心，屈原竟投水。尧舜倘在上，巢由甘洗耳。感遇卧幽壑，叹息吾老矣。

（《海岱会集》卷四，文渊阁四库全书本）

黎贯《归韶峒山中》

黎贯（1482—1549），广东从化（今广东广州）人。

修途惭蹇步，守拙返丘园。得罪非怀璧，穷途异触藩。风尘凋壮齿，雨露负明恩。鸣雁怜庄叟，雄鸠感屈原。薄田余稻秫，荒径有兰荪。涧户窥书帙，山榼列酒尊。马疲思服皂，鹤举恋乘轩。岐路新知尽，沧洲吾道存。樊笼今脱略，鹏鸮且飞翻。力命今如此，浮荣宁复论。

（中山大学中国古代文献研究所编《全粤诗》第7册，岭南美术出版社2009年，第407页）

---

① 原作《前题》，据原集前文改此题。

陈绍文《送洛南舍弟按襄郧》

陈绍文，1537年举人，广东南海（今属广州市白云区）人。

奏罢离弦酒半醒，雁群分影拂苍冥。山开二华迎衡岳，水带三湘入洞庭。扪藓暮伤羊祜碣，纫兰秋拟屈原经。清时勋业归仙吏，莫负名峰绕郭青。

（中山大学中国古代文献研究所编《全粤诗》第10册，岭南美术出版社2010年，第224页）

陈昌《屈原渔父图》

陈昌，平湖（今浙江嘉兴）人。

一从恩谴出銮坡，辞却襄王到汨罗。渔父不知忧国恨，相逢但和濯缨歌。

［（明）曹学佺《石仓历代诗选》卷四百，文渊阁四库全书本］

陈颢《屈原渔父问答》

众醉陶陶我独醒，此心于世已忘情。老翁不识孤臣意，谩向沧浪歌濯缨。

［（明）曹学佺《石仓历代诗选》卷三百四十一，文渊阁四库全书本］

袁华《寄湖南经历富珠哩子升》

袁华，苏州府昆山（今属江苏）人。

洞庭湖南木叶黄，桓桓宪府肃秋霜。弭节还临楚王泽，观风定到屈原乡。澧兰沅芷思公子，郢曲巴歌唱女郎。好把音书寄千里，冥鸿今已过衡阳。

［（明）袁华《耕学斋诗集》卷十，文渊阁四库全书本］

苏平《湘南怀古》

苏平，海宁（今属浙江）人。

江山摇落独登临，草色湖南入望深。万古空留湘女恨，九歌谁识屈原心。霜清楚畹兰香歇，云暗巴陵雁影沉。正是客怀消不得，竹枝声里断猿吟。

［（明）曹学佺《石仓历代诗选》卷三百四十一，文渊阁四库全书本］

董纪《秋兴四首》其四

董纪，松江府（今上海市）人。

仰望青天漠漠高，人生处世一鸿毛。胡笳有拍空遗恨，汉节无旄不易操。方朔寓言兴设难，屈原忠愤在离骚。读书多费闲伤感，且向西家唤浊醪。

［（明）董纪《西郊笑端集》卷一，文渊阁四库全书本］

陈达《寄题杨恒叔陶园》

陈达（1482—1554），闽县（今福建福州）人。

凉飙何处透重袍，翁与山灵两共高。老去不妨耽径菊，客来时或荐溪毛。清风尚友严陵濑，长日惟吟屈子骚。门外红尘深几许，先生醉卧乐陶陶。

［（明）曹学佺《石仓历代诗选》卷四百四十一，文渊阁四库全书本］

孟洋《潇湘行》

孟洋（1483—1534），信阳（今属河南）人。

岁暮浮潇湘，天空豁心目。霁日千林开，高云万峰簇。江色岩霏水郭隈，垂萝飞幌隐楼台。疏松野寺钟磬响，枯苇沙汀鸿雁哀。风烟奕奕纷奇状，海贾湖商日流荡。浣妇新妆映绿波，渔人密罟抛洪浪。年年岁岁此江津，今日人过非昔人。曾闻埋没屈原骨，不复飘零贾谊身。楚人宫中罢歌舞，十二峰头泣云雨。岸上谁家越女讴，珠帘罗幕桂堂幽。江南本自山川胜，日暮其如客子愁。当昔孙吴汉照烈，衡湘转战江流血。功臣名将已寂寥，石碑铜柱俱沦灭。秦皇威力震羌胡，仍回车驾遍寰区。驰道至今潇水上，秋风惟见白云孤。白云孤以飞，湘水自南下。安得从之亦北旋，东园种竹耕西野。

［（明）曹学佺《石仓历代诗选》卷四百七十二，文渊阁四库全书书本］

何景明《李户部梦阳》

何景明（1483—1521），信阳（今属河南）人。

李子振大雅，超驾百世前。著书薄子云，作赋追屈原。新章益伟丽，一一鸾凤骞。华星错秋空，爝火难为然。摛文固无匹，投义罕比肩。抗志冀陈力，危言获罪愆。握瑜不得售，宝弃谁为怜。仲舒贬胶西，贾生亦南迁。古来有遗愤，非君独哀叹。

［（明）何景明《大复集》卷八，文渊阁四库全书书本］

孙承恩《题画兰棘》

孙承恩（1485—1565），松江（今属上海市）人。

美人羞自献，空谷抱幽贞。翛然绝尘俗，谁结岁寒盟。
荆棘岂不茂，眷焉昧平生。徘徊日将晚，慨矣思灵均。
［（明）孙承恩《文简集》卷十二，文渊阁四库全书本］

孙承恩《菊》

野菊丛丛艳，清香细细寒。孤根谢桃李，幽致契芝兰。
欲共陶翁醉，思遗屈子餐。小斋明棐几，移得一枝看。
［（明）孙承恩《文简集》卷十五，文渊阁四库全书本］

孙承恩《秋日感怀八首》其六

霜陨千林木叶稀，阴阴邪日荡寒霏。空江水落鱼龙蛰，绝塞风高鸿雁飞。
齐物更添庄叟论，纫兰堪制屈原衣。向来世故浮云似，何俟他年始息机。
［（明）孙承恩《文简集》卷二十二，文渊阁四库全书本］

孙承恩《张石川书来约会杭城议共远游》

故人约我事清游，兹兴年来百不留。曾欲天台观瀑布，遂登庐岳访浮丘。
枯筇短屐三高墓，明月清风八咏楼。屈子子长非我事，一区何处不夷犹。
［（明）孙承恩《文简集》卷二十四，文渊阁四库全书本］

朱淛《观竞渡和韵》

朱淛（1486—1552），莆田（今属福建）人。

壶公山下作端阳，素舸欢呼斗欲狂。我亦临流同吊古，湘累骨冷已千霜。
［（明）朱淛《天马山房遗稿》卷八，文渊阁四库全书本］

霍韬《三至轩诗》其一

霍韬（1487—1540），广东南海（今广东广州）人。

《哲哲》，公始至也。公蕴馨德，虽化及憸人，恒亦忧危时也。《严霜》，忧时也。逆濠嵌慝，人罹中伤，公履危无虞焉。《陟陟》，公再至也。民始脱难，公亦再至，旬宣之政行焉。《桃李》，于时春矣。桃李醉春色，公之政也。《小扬》，南浦水颂也，亦祝也。《章江》，公三至也。公实丹心，无訾鸾德。《丈人》，美公也。公服上德，黜贪恤穷，清风溢于庶官焉。《轩中灌猗兰》，颂公也。屏慝树淑，长养多材，以报天子，故曰“喜得纫兰归”，又曰“轩外生素辉”，愿之至矣。

哲哲绘云手，弱冠绘楚云。焚兰媚累灵，糈粲款湘君。

沿湘至章江，菉施犹沾芬。时乃遘多艰，日诵湘累文。

［（明）霍韬《霍文敏公渭厓集》，顺德罗学鹏春晖堂本］

张天赋《次东洲韵》

张天赋（1488—1555），兴宁（今广东梅州）人。

汨罗屈原苦，首阳伯夷饥。我欲戒孤愤，不与借阶梯。

（中山大学中国古文献研究所编《全粤诗》第8册，岭南美术出版社2009年）

杨慎《恩遣戍滇纪行》

杨慎（1488—1559），四川新都（今四川成都）人。

商秋凉风发，吹我出京华。赭衣裹病体，红尘蔽行车。弱侄当门啼，怪我不过家。行行日已夕，扁舟歙潞沙。扬舲天津口，回瞻见牛斗。风吹紫荆树，月照青杨柳。逆流溯漕河，相顾慎风波。荒村聚豺虎，夹岸鸣蛟鼍。仆夫困牵挽，防吏苦嗔呵。徐沛洪流溢，沧溟浴白日。聚落鸡犬空，衔舻羽毛疾。暗滩持棍防，洄溜扬帆栗。维缆依鹳巢，搴蓬迩鲛室。乘月下吕梁，侵星过白杨。漫岸憬失道，孤舟郁相忘。喧豗见叠浪，极眺无连冈。阴霞互兴没，涑雨倏淋浪。湿薪戒传火，空囊愁绝粮。信宿万籁平，邻舟动欢声。闻鸡共起舞，买鱼贺兼程。夕泊秦淮岸，朝逗维扬城。愁听玉箫曲，懒问琼花名。畏途险已出，胜地心犹惊。真州对瓜步，分岐当去住。翘思铁瓮云，怅望金陵树。江浮惧涛澜，陆走淹霜露。移船鹭洲来，弭榜龙江隈。故人同载酒，一醉雨花台。高台多古今，百虑盈疏襟。琴弹别鹤调，笛喝飞鸿吟。临风惜南鹜，揆景恨西沉。江程始挂席，江月照采石。招摇西北明，水雾东南碧。铜陵梦里过，赭圻望中隔。浔阳见市廛，湓浦异潮夕。马口歌独漉，鱼山候风宿。西塞渔父矶，东陵道士洑。估客叹浮萍，放臣悲落木。秋惊赤岸枫，霜谢黄州菊。龟山汉阳县，鹄矶遥可见。披襟倚山阁，开图对离宴。鲜飙蘋末来，余霞波外绚。枕底鸣飞湍，舷际失江干。仙子驻鹤峤，王孙斗鸭阑。云开君山出，蟹归洞庭宽。干鹊噪危樯，连连一何迅。试叩巴峡船，果得家乡信。时序感孤怀，风烟集双鬓。江陵初解帆，苍皇理征衫。家人从此别，客泪不可缄。腾装首滇路，问愁程楚岩。楚水萦沅澧，楚岸秀兰芷。古墓识昭丘，遗坊号珠履。珠坊青芜繁，昭丘白云屯。伤心枫树林，回首桃花源。天寒行旅少，岁晏霜霰烦。界亭四十渡，羸马不成步。幽篁讵见天，密箐才分路。营窟半卉裳，人烟尽槃瓠。戾虫啸落景，暴客当官戍。驱车先发煦，投驿迟瞑雾。溆浦涔阳连，龙摽夜郎天。远游吊屈子，长流悲谪仙。我行更迢递，千载同潸然。一叶崇安渡，千波竹箭急。鬼方昔云遐，罗甸今初入。阴霾暄凝交，瘴岚昏晓集。长亭此驿遥，只尺如棘涩。石行蹶昆蹄，沙炊咽蒸粒。断肠盘江河，销魂宠嵷坡。军堡鸣笳近，蛮营荷戟多。三辰晦光彩，七旬历滂沱。罽衣行风舞，芦笙跳月歌。可怜异方乐，令人玄鬓皤。烟霜穷琐旅，莔若开芳序。迎睫平原来，还顾残山去。喜见青松林，却辞黄茅屿。滔滔岁已周，望望且夷犹。衣尘何暇拂，足茧不能休。碧鸡俪金马，滇海昆池泻。五尺常頞道，万里唐蒙野。隋将仆碑川，汉相连营下。我行更向西，绵力倦攀跻。硪碌穿危磴，蜻蛉控绝溪。点苍明霁雪，抱珥饮晴霓。蒲塞重关峻，兰津毒草低。枝寒鸩鸟下，花煖杜鹃迷。溯环蜮射渚，畷入象囲畦。莹角犛牛斗，斑文筰马嘶。缅书涂贝叶，僰照燧松梯。风景他乡别，天倪吾道拙。云山已乱心，风尘仍结舌。出门各自媚，失路为谁悦。桑落岂忘忧，芃鷈讵申结。龙吼雄剑鸣，骥歌唾壶缺。苍苍七星关，几时却东还。弥弥三峡水，奚啻隔中沚。黄犬代书邮，青龙借归舟。雁翼翔廖廓，猿声递阻修。何由一缩地，暂作锦江游。

［（明）杨慎《升庵集》卷十五，文渊阁四库全书本］

杨慎《薰橘》

绿橘试新霜，金丸缀紫房。美人怜节物，含笑出长廊。玉手劳亲摘，朱唇不忍尝。浓薰九微火，清芬百和香。捧持青玉案，投赠白云乡。桃李终成俗，芝兰岂并芳。真堪颂屈子，讵许掷潘郎。罗帕分珍赐，犹疑出上方。

［（明）杨慎《升庵集》卷二十，文渊阁四库全书本］

杨慎《海风行》

下关临苍海点苍之冲，有石梁曰天桥口。岁恒风烈，偃树走石，人马辟易，予夕憩客邮，闻吼声傍枕，发眴尤雄，明适过之，纤萝不动，乃赋以志之。

苍山峡束沧江口，天梁中贯晴雷吼。中有不断之长风，冲波动林沙石走。
咫尺颠崖迥不分，征马长嘶客低首。我行其野岁仲春，春寒野阴云物屯。
病骨凌兢坐自踬，欲去未到先愁人。山灵相假若有神，纤萝不动停飙尘。
乌鸟声乐旅颜破，仆夫笑语庞眉伸。翻思往昔兰台直，披襟曾奋雌雄笔。
金门玉堂远别来，景差唐勒长相忆。飘蓬落羽向南荒，憔悴荣华宁有常。
不学回风悲屈子，江边愁结芰荷裳。

［（明）杨慎《升庵集》卷二十三，文渊阁四库全书本］

杨慎《春兴》其二

昆明初日五华台，草长莺啼花乱开。探禹穴游今已遂，吊湘累赋未须哀。
巢云独鹤时时下，傍水群鸥日日来。散地幸容高枕卧，清朝岂乏济川才。

［（明）杨慎《升庵集》卷二十六，文渊阁四库全书本］

杨慎《病中秋怀》其七

湘累憔悴滞江潭，禅伯逍遥老梵龛。松下围棋闲屐二，花前度曲引杯三。
不愁痼疾婴双竖，为喜良医得二楠。采药名山吾愿毕，白头久矣谢朝簪[①]。

［（明）杨慎《升庵集》卷二十八，文渊阁四库全书本］

杨慎《送韩炅庵应荫北上》

采兰赠弟弟如金，珍重金兰只此心。屈子秉芳留佩韘，左思招隐间重襟。
骊驹北上瞻高步，虎节西归听好音。奕世闻诗齐鲁并，岂惟韬略似淮阴。

---

① 尾句又作：更借新凉供稳睡，西风昨夜雁声南。

［（明）杨慎《升庵集》卷二十八，文渊阁四库全书本］

杨慎《杨林病榻罗果斋太守远访（七十行成稿）》

荒店晨炊冷灶烟，忽闻五马暂流连。关山尽是销魂路，樽酒翻为迸泪筵。遥想生还成幻梦，纵令死去有谁怜。眼前难缩壶中地，何问灵均楚国天。

［（明）杨慎《升庵集》卷二十九，文渊阁四库全书本］

杨慎《滇海岁暮》

村灯社酒蔟辛盘，春立星回腊已残。故国江山遥怅望，浮生节序几悲欢。寇公心事雷州竹，屈子情辞澧浦兰。草荐藜床无雪霰，醉来一枕且偷安。

［（明）杨慎《升庵集》卷二十九，文渊阁四库全书本］

杨慎《丰禄县西兰谷》

响水关水绕兰谷，兰之猗猗环谷芳。瑶涡玉嘬涌神瀵，绿叶紫茎涵帝浆。湘累采作美人佩，尼父嗟为王者香。怀哉千古两不见，独立苍茫愁大荒。

［（明）杨慎《升庵集》卷三十，文渊阁四库全书本］

杨慎《寄题杨凌泉水木清华堂》

宛宛阑干石径斜，悠悠水木湛清华。桥通玉局仙人馆，邻接金绳大士家。翠锁渭川千亩月，红蒸杜曲一园花。刘安招隐歌丛桂，屈子离骚赋折麻。岚霭望山堪拄笏，陌尘流水任行车。间儿好扫青苔壁，欲把新诗落墨鸦。

［（明）杨慎《升庵集》卷三十一，文渊阁四库全书本］

杨慎《踉跄操》

更长，夜良。明月养魄，华灯熺光。戍客违家万里，美人来天一方。诵谪仙惜余春之赋，歌屈子悲回风之章。将予逃禅兮如是观之域，与子中圣乎无何有之乡。

［（明）杨慎《升庵集》卷三十七，文渊阁四库全书本］

杨慎《寄张愈兴六言》其一

屈子无梅花句，杜陵欠海棠诗。华屋不成三瓦，宝剑惟闻一吹。

［（明）杨慎《升庵集》卷四十，文渊阁四库全书本］

杨言《言事被讯折指》

杨言（1488—1562），宁波府鄞县（今浙江宁波）人。

贯索有明星，湘累独系囹。云何捐臂指，率尔忤雷霆。

瘦骨凭谁惜，贞心只自铭。浮云欣不蔽，果日竟当庭。

［（清）胡文学编《甬上耆旧诗》卷十一，文渊阁四库全书本］

李濂《沔阳纪俗》

李濂（1489—1566），河南祥符（今河南开封）人。

嶰郭环湘曲，风流自昔称。家家住水阁，日日下渔罾。云湿常垂雨，潮寒未见冰。风微鸥戏藻，沙静鹭衔菱。翎羽充王贡，鱼虾入岁征。莲舠秋竟泛，竹槛晚堪凭。陆羽风如在，灵均恨不胜。汉唐兵未到，吴楚势相乘。地僻逢迎少，江清赏宴仍。羔羊怀汉咏，琴瑟对渔灯。放柁初犹怯，垂纶近亦能。疏狂叨守牧，高兴益崚嶒。

［（清）《湖广通志》卷八十六《艺文志》，文渊阁四库全书全］

薛蕙《行路难》其一

薛蕙（1490—1539），南直隶凤阳府亳州（今安徽亳州）人。

君不见山中行人葬虎腹，复有贪狼饱人肉。天生二物毒爪牙，比似谗人未为毒。谗人之毒在利口，能覆邦家如覆手。一夫中伤那足悲，万事纷纭真可丑。君不见伯嚭加诬子胥刎，越师西来吴国尽。又不见上官纳谮屈原死，楚王翻为秦地鬼。谗人反覆不可凭，变易是非移爱憎。重华聪明疾谗说，诗人怨愤刺青蝇。青蝇营营点垂棘，谗口嚣嚣排正直。已于平地置机阱，更向通衢布矰弋。可怜豪杰死道边，总为奸邪在君侧。行路难，行路难，只在谗人唇吻端。宁当脱屣蹈东海，不须驱马入长安。

［（明）薛蕙《考功集》卷一，文渊阁四库全书本］

薛蕙《效阮公咏怀》其十

生才良不幸，处世诚独难。扬娥兴妒阶，怀璧贾罪端。

灵均既见放，韩非亦自残。奉身失所从，慷慨使我叹。

［（明）薛蕙《考功集》卷二，文渊阁四库全书本］

薛蕙《置酒辞》

美人洗拂白玉卮，老夫自歌置酒辞。桑榆之光能几时，含情不饮复待谁。我生材质无所宜，不拟纵任恒矜持。譬如散木不自知，欲就绳墨何其痴。盛年一去悔可追，却对蛾眉慚鬓丝。君不见谢公自是天下宝，偃仰东山颇枯槁。平生掩鼻向富贵，一见婵娟翻绝倒。人间混浊殊可憎，聊凭尤物娱怀抱。屈原湛身亦何补，贾生恸哭空自苦。漫将一缕系千钧，秖余碧血埋黄土。九州浩浩扬洪波，念之岂免泣滂沱。怀宝迷邦遭诋诃，手援天下可奈何。未如闲处且婆娑，快饮美酒听清歌。及今为乐勿蹉跎，明年白发应更多。

［（明）薛蕙《考功集》卷四，文渊阁四库全书本］

薛蕙《庚辰八月谢病南归奉寄王浚川先生三十韵》

圣代弘文运，词臣作颂年。声明增润色，藻翰郁联翩。侧席思今上，登朝集众贤。儒林卑汉武，雅道复周宣。后进争谈艺，诸公早并肩。风骚各自命，碑版竟谁传。王子吾师表，名家尔最先。过都惊汗血，切玉辨龙泉。西掖初迁谪，南台再弃捐。才高无汲引，数厄有屯邅。流寓沿荒徼，栖迟遍冗员。山城盈瘴疠，海郡匝云烟。寝息防多恙，行吟苦未便。湘累愁泽畔，康乐倦瀛壖。履信曾非慊，阽危幸已全。梁园归仓卒，蜀道去寅缘。雅兴应难辍，新诗定可怜。铜梁输险绝，锦水夺清妍。岐路弥云阻，音徽日眇然。使车劳促遽，郎署困沈绵。时俗知音少，平生激赏偏。素心乖报国，生事拟求田。默默辞燕阙，悠悠望剑川。黄金遗骏骨，绿绮绝哀弦。薄宦情殊倦，闲居病稍痊。风尘俱摆落，岩壑每周旋。采药临蓬渚，藏书入洞天。珠林搴的皪，丹液漱潺湲。遥忆峨嵋曲，长歌凤鸟篇。何当解缨绂，萧洒共寻仙。

［（明）薛蕙《考功集》卷六，文渊阁四库全书本］

黄佐《端午张黄门燕集分韵得细字》

黄佐（1490—1566），香山（今广东中山）人。

张君苍髯如拥戟，起家龙泉重当世。我昔幽栖祇树林，伦郎视我犹兄弟。

君来奋髯发高论，意气豪雄略文艺。尊前击剑星斗动，月下放歌鸾鹤唳。伦郎一去未言返，招隐无人赋丛桂。聚散于今又一时，赤墀青琐多留滞。长安咫尺不相见，松筠寂寞门长闭。端午开尊延我曹，宾从过逢得偕诣。芳糈清酤溢筵几，艾叶榴花满庭砌。兴酣徙倚前荣下，促膝相欢谈往岁。火云消尽暮天碧，空翠时时落巾袂。世事追思尽萍梗，人生那得无根蒂。嗟我亦是江海人，感时历历惭匡济。翠管银罂不可求，细葛香罗谁复制。阆诗怀古三叹息，呜呼盛事何由继。燕俗到今传角黍，湘累终古伤兰蕙。黄金高台未萧瑟，南薰古殿犹佳丽。盍簪乍可开怀抱，弹冠且莫夸遭际。张君爱客不知暑，执热传觞转容裔。酒阑挥手谢君去，纤月当空凯风细。

［（明）黄佐《泰泉集》卷五，文渊阁四库全书本］

王廷陈《送龙廷重为荥府长史》其二

王廷陈（1493—1550），黄冈（今属湖北）人。

未谢金门籍，先谐静者私。桃源春泛稳，桂苑月游迟。
洞口渔人艇，花间帝子卮。兹行有词赋，不必吊湘累。

［（明）王廷陈《梦泽集》卷五，文渊阁四库全书本］

王廷陈《江上》

晴日丽芳洲，春风振碧流。灵均兰可揽，神女佩堪留。
渔岂临渊羡，仙因入海求。机心息已久，自喜不惊鸥。

［（明）王廷陈《梦泽集》卷六，文渊阁四库全书本］

王廷陈《奉酬皇甫百泉雪中见过留赠之什三首》其三

含香辞汉署，投赋吊湘累。白璧竟谁惜，素丝诚我悲。
岂图当雪夜，聊得协风期。丘也君能学，应知涅不缁。

［（明）王廷陈《梦泽集》卷七，文渊阁四库全书本］

王廷陈《谈生墨竹人拟夏卿点染石兰犹称独步予钦绝艺聊赠斯言》

画师好手久寂寞，晚有谈子能孤骞。心机妙入此君室，足迹遍谒诸王门。自从屏障得汝笔，忽惊潇湘来我轩。更烦拂素写兰杜，灵均千古留芳魂。

［（明）王廷陈《梦泽集》卷九，文渊阁四库全书本］

王廷陈《闻恩诏有感四首》其三

天地重开日月移，幽人感激中兴时。湘累莫漫题芳杜，汉皓何须咏紫芝。
［（明）王廷陈《梦泽集》卷十一，文渊阁四库全书本］

杨爵《端午节》

杨爵（1493—1549），富平（今属陕西）人。
圜中佳节喜相寻，况有良朋与合簪。蒲酒且同今日乐，负盘因见古人心。
忧时未恤身危久，宥罪还思恩诏临。此日密云成骤雨，似伤屈子泪淋淋。
［（明）杨爵《杨忠介集》卷十，文渊阁四库全书本］

杨爵《端午用杜工部韵》

半室还如天样宽，诗书聊此与君欢。汉廷可少贾生泪，晋絷应怜楚客冠。
举世从今蒲酒乐，普天怀古汨江寒。千年屈子心如在，角黍将来此地看。
［（明）杨爵《杨忠介集》卷十一，文渊阁四库全书本］

陆粲《答朱佥事》

陆粲（1494—1551），苏州府长洲（今江苏苏州）人。
惨淡江天里，何人识岁星。众嘲扬子拙，公爱屈原醒。
昨日传书札，殷勤问勒铭[①]。平生无健思，多病况飘零。
［（明）陆粲《陆子余集》卷八，文渊阁四库全书本］

谢榛《屈原》

谢榛（1495—1575），临清（今属山东）人。
放逐孤臣泪满缨，离骚当日寄深情。汨罗江上愁云起，万古蛟龙气不平。
［（明）谢榛《四溟集》卷十，文渊阁四库全书本］

① 原注：朱以书来求作宪司题名碑文。

谢榛《客居篇呈孔丈》

客居寥落天积阴，其奈二毛愁复侵。东篱有花白衣至，菊花恨不栽成林。
糟床雨声夜彻耳，醅瓮春色时关心。昨梦长江变绿酒，茫茫不知几许深。
倒吞明月荡豪兴，下有蛟龙那敢吟。屈原李白莫相笑，肯与尔辈俱浮沈。
醒者醉者怀不同，我狂独在醒醉中。百年形骸匪金石，讵可一日无春风。
燕台梁园旧游处，好客迩来惟孔融。太行山头共俯仰，人间谁识真英雄。
几醉良宵感秋别，大火自西人自东。

［（明）谢榛《四溟集》卷十，文渊阁四库全书本］

皇甫汸《黄州郡斋作》

皇甫汸（1498—1582），苏州府长洲（今江苏苏州）人。

少年不知讳，摅衷怀謇谔。在宥蒙至仁，承嘉谴犹薄。员外置为理，斋中但掩阁。辍藻事刑书，悬蒲代敲朴。株染得自明，逮者尽释缚。虽乏广汉神，庶几仲由诺。两闻春鸟鸣，再见秋英落。笑悟孺子歌，间从渔父谑。采兰贻所思，无媒将焉托。投赋吊湘累，长揖返丘壑。

［（明）皇甫汸《皇甫司勋集》卷四，文渊阁四库全书本］

皇甫汸《送王少仪给事罢官还楚》

怜君得罪出梧垣，最是难招楚客魂。匹马乡关从此别，一尊岐路复何言。
未须操乐聆钟子，便可为文吊屈原。木落洞庭堪涕泪，月明湘浦况闻猿。

［（明）皇甫汸《皇甫司勋集》卷二十五，文渊阁四库全书本］

黄廷用《醉翁》

黄廷用（1500—1566），莆田（今属福建）人。

闻道灵均心欲醒，问君何以醉名翁。全生天地过臣分，任达江湖与世同。
春晓山容雕毂外，夕阳鸿影酒杯中。酡颜白发偕宾从，为烒黎氓乐岁丰。

［（明）黄廷用《少村漫稿》，明万历刻本。］

樊阜《烟雨竹图》

樊阜，浙江缙云（今浙江丽水）人。

九疑矗沓湿翠迷，浦溆黯黯黄陵西。霏英沆漭斗纤袅，咽涩鹧鸪凉月低。
石坛羃历苔痕紫，冷沁羽幢吹不起。蕊窗琼馆隔离宫，鸾尾参差醮江水。
千年旧恨余斑斑，幽丛佩玉寒阑珊。腻粉粘枯乱纷馥，南巡帝子何时还。
瑶瑟声沈天欲曙，女郎蹋歌过江去。扁舟杳渺吊灵均，脉脉流澌无觅处。

［（明）曹学佺《石仓历代诗选》卷四百三十七《明诗次集》卷七十一，文渊阁四库全书本］

高玘《江山万里图》

高玘，生卒年不详。

元气湿淋漓，攒峰万仞危。排空森剑戟，猎雾动旌旗。迥与星辰逼，幽通雨露滋。岷峨相控带，衡岳共崔巍。云暗苍梧夕，烟霾梦泽时。猿声闻断续，雁影度参差。飞瀑凌三峡，层峦隔九疑。日边窥鸟道，天际引龙蕤。斑竹湘娥泪，青蘋屈子悲。花香武陵路，草色汉阳陂。阁险依岩石，桥危拂树枝。仙踪殊窅渺，旅思共凄其。峭壁临江断，洪流赴海迟。扬帆方利涉，策马欲何之。分野全归楚，民居半杂夷。嶂回青作画，溪转绿分支。拔地琼崖折，悬虹玉涧垂。幽探穷物象，凝睇豁襟期。倏忽神灵异，崩腾虎豹驰。洞寒啼木客，谷静隐山魈。浩兴毫端发，雄图掌上披。胜游嗟未遂，展玩起遐思。

［（明）曹学佺《石仓历代诗选》卷三百四十二，文渊阁四库全书本］

罗洪先《湘江怀古》

罗洪先（1504—1564），吉安府吉水（今江西吉水）人。

秋风江上易生悲，寂寞寒流去欲迟。汉室几人怜贾傅，楚狂今日吊湘累。
长沙地近家谁识，渔父歌残舟自移。纵为天涯多往事，至今斑竹尚低垂。

［（明）罗洪先《念庵文集》卷二十二，文渊阁四库全书本］

汪坦《宣风馆用阳明先生韵》

汪坦，约1573年前后在世，宁波府鄞县（今浙江宁波）人。

雨沃新苗翠已痕，石溪曲曲正流浑。千山淑气开南楚，十里莺声自一村。
未有涓埃沾白屋，漫留灯火照黄昏。罗施升斗还叨窃，惭问湘累万古魂。

［（清）胡文学编《甬上耆旧诗》卷二十，文渊阁四库全书本］

尹台《小适园菊》

尹台（1506—1579），永新（今属江西）人。

众卉非无艳，不列君子堂。眷兹袭幽丽，结操独贞良。餐餐裛朝露，荧荧辉夕霜。休沐下宸直，摛情及藻章。陶公咏佳色，屈子赋落芳。悠悠怏孤适，旭日横扶桑。

［（明）尹台《洞麓堂集》卷七，文渊阁四库全书本］

唐顺之《又迭前韵（小楼宴坐）二首》其一

唐顺之（1507—1560），常州府武进（今属江苏）人。

到处迷阳不记年，村中历本逐时编。寒乌满野成禾后，社燕辞人落木前。戒酒刘伶终酒性，遗言摩诘亦言诠。青天自是无逃处，何事灵均更问天。

［（明）唐顺之《荆川集》卷三，文渊阁四库全书本］

卢楠《奉寄河东荀侍御小川三首》其三

卢柟（1507—1560），浚县（今属河南）人。

屈原传宋玉，子云铸侯巴。哲人多启迪，讲道临河涯。至今江汉辉，炯炯凌朝霞。风期托深恩，千载著名家。愧非桃李姿，焉能敷青华。俄然柳生肘，物化终欹斜。何由重升堂，大造裁淫哇。

［（明）卢柟《蠛蠓集》卷四，文渊阁四库全书本］

赵贞吉《访苏门》

赵贞吉（1508—1576），内江（今属四川）人。

帝遣巫阳与旧魂，又骑羸马访苏门。虽逢高士不相顾，犹胜浮湘哀屈原。

［（清）钱谦益编《列朝诗集》丁集第十一，汲古阁本］

王慎中《和李司业懋钦登庐山石耳峰读空同先生之诗作》

王慎中（1509—1559），晋江（今属福建）人。

同声殊世易怀思，惆怅风流不在兹。真迹爱从苔刻认，旧题多是野僧持。张衡不负扬云待，屈子能令宋玉悲。

流落当年何足恨，斯文今见后贤知[1]。

［（明）王慎中《遵岩集》卷六，文渊阁四库全书本］

庞嵩《蓝澄溪至自潮卒于朱明诗挽之》

庞嵩（1510—1587），广东南海（今广东广州）人。

朝诵湘累篇，夜闻惜颜操。俯仰怀哲人，感慨悲长道。所遇固有穷，余芬岂同秏。壮哉蓝氏子，抗志跻堂奥。千里负琴书，远向罗浮到。良冶开铸炉，品物欣洪造。飞云顶未穷，薤露歌先报。菀结同心言，邈矣将谁告。达人宇为家，易地皆吾靠。莫更嗟罗浮，朱明有丹灶。

［（明）庞嵩《庞曲靖弼唐集》，春晖堂清嘉庆二十四年刊本］

庞嵩《过湘阴吊屈原》

清流佳客舣湘湖，千古清风仰大夫。如矢本来如汝直，佯狂何不学为奴。

栖烟古泽三闾尽，落木寒枝一鸟呼。再展离骚不成诵，畹兰汀芷总愁予。

［（明）庞嵩《庞曲靖弼唐集》，春晖堂清嘉庆二十四年刊本］

李汛《五月五日舟游》

李汛，生卒年不详，歙县（今属安徽）人。

舟行又喜得新潮，昨夜前溪没渡桥。靖节身闲惟欲醉，湘累魂醒不须招。

蟠龙石上云长暗，战马滩头迹半销。何幸圣恩怜病骨，放归烟水乐渔樵。

［（明）曹学佺《石仓历代诗选》卷四百七十六，文渊阁四库全书本］

俞允文《周氏园亭》

俞允文（1513—1579），苏州府昆山（今属江苏）人。

紫绀琳宫侧，芳园丽景回。焚香青霭聚，洗鹿白云开。

橘想灵均什，亭堪内史才。更怜花径里，月色夜深来。

［（清）《御定佩文斋咏物诗选》卷一百二十二，文渊阁四库全书本］

---

① 原注：李诗有“谁令流落明时去”之句。

区益《续芝田曲》

区益（1513—1583），广东高明（今广东佛山）人。

芝田昔为张翁歌，张翁之去无几何。余亦扬舲向此过，望故国兮涕滂沱。思美人兮心烦疴，湘潭往矣续长沙。屈原贾谊岂殊科，畴昔之梦同病魔。苍蝇一玷难为磨，眼前清醒相遭罗。悔不啜醨与扬波，嗟彼有来疾如梭。丈夫落落叹蹉跎。璞玉不逢楚卞和，谁为辨证别真讹。蚌珠翠羽殃祸多，古来志士常坎坷。眄彼芝田水，广不及汉，深不及河，胡为五月之间屡见解鸣珂。祥鸾逸鹄腾其涡，世途不用久婆娑。余将辞彼芝田，佩兰采菊山之阿。四皓不可作，商山空嵯峨。废有命，止非人，余将诵法尼与轲。

（中山大学中国古代文献研究所编《全粤诗》第10册，岭南美术出版社2010，第313页）

李时行《读离骚经》

李时行（1514—1569），番禺（今属广东）人。

物性畏剽刭，人情忌孤蹇。兰以香就焚，膏因明自灭。洁躬能取尤，高才终见远。郑卫登中堂，韶英听斯缓。溷流趋靡靡，谁复察区欵。灵均多遗悲，渔父有先见。皎皎明月珠，溘矣沈湘沅。至人执元枢，俛仰能自遣。无为以为宝，随时任舒卷。

［（清）陈文藻等编《南园后五先生诗》卷二十，《四库全书存目丛书补编》第38册，齐鲁书社2001年，第599页］

李攀龙《送李司封谪广陵》

李攀龙（1514—1570），济南府历城（今山东济南）人。

明光起草羡青春，服药求仙笑此身。白首云霄空荐士，黄金湖海未逢人。广陵鸿雁来秋色，寒雨江枫度逐臣。见说故园湘上水，懒将词赋吊灵均。

［（明）李攀龙《沧溟集》卷七，文渊阁四库全书本］

黎民表《仆穷居方丈之室睹时事有郁抑于中者欲默则不能欲言则不可因作五歌以遣意奥轺轩之使有闻焉》其五

黎民表（1515—1581），从化（今属广东）人。

乘车戴笠何后先，粤人重交从古然。迩来云雨成翻覆，秖有萁豆相熬煎。屈原反遭申兰妒，尼父空羞盗跖贤。我生本是忘机者，痛哭应惭贾少年。

［（明）黎民表《瑶石山人稿》卷三，文渊阁四库全书本］

欧大任《送吴而待守归州》

欧大任（1516—1596），广东顺德（今广东佛山）人。

汉室分符属俊良，喜君得郡古丹阳。去时佩印辞京邸，到日题诗出射堂。大别东连荒梦泽，潜江南下乱潇湘。三休竟望荆台远，九辨空思汨水长。熊绎旧邦留荜辂，灵均遗庙洁椒浆。竹枝渐习巴渝曲，月峡遥归蜀客航。几处种山还采蜡，何人驻马问耕桑。拔河应笑祈农异，竞渡堪怜习俗狂。百里芜城夔子国，千家菰米楚人乡。讼庭山鸟时时下，燕寝江蓠冉冉香。露冕褰帷真此地，浮云征雁自殊方。吴公治行推高第，禁掖行瞻日月光。

［（明）欧大任等著，郑力民点校《南园前五先生诗》，中山大学出版社1990年，第328页］

欧大任《厓门吊古四首》其一

路尽中原历数新，秋风江上水粼粼。南巡不返胶舟日，东渡空劳舣棹人。豫让死能酬国士，屈原终合作波臣。黍离麦秀无穷恨，谁向行朝忆紫宸。

［（明）欧大任等著，郑力民点校《南园前五先生诗》，中山大学出版社1990年，第266页］

胡直《明月篇》

胡直（1517—1585），吉安泰和（今属江西）人。

朝发兮采石，暮荡兮马当。散炎霭于轻飙，流皓魄于船艎。耀江波之鳞鳞，喷万里兮珠光。矫玉螭兮璇宫，舞素娥兮霓裳。渺下上兮混素，浸无穷兮漭泱。荡予目兮天外，浮予躬兮银潢。彼湘累与明妃，邈不足以絓予肠。予将骑白龙歌少皞，挹南斗而酌酒浆。又讵知鹭斯跔跔，焉之控地，大鹏羚羊，角于苍苍。

［（明）胡直《衡庐精舍藏稿》卷二，文渊阁四库全书本］

胡直《行路难》

君不见乌生子，坐巢秦氏桂树端。黄鹄摩天离哉翻，二物纷纭遭射弹。又不见嵇康遗荣志，偓佺魏武鼎业期千年，一身四海俱难全。人生以天地为钧，阴阳为陶，吉凶祸福随变迁。秦项虽雷威，那能奸其权。放勋之帝仁如天，胡为浡潏洪涛震荡于九埏。鲸鲵食人喷蛟涎，自非金书苍水使，沐日浸月知几年。汤德及鱼鸟，四海成干枯。颜生抱瓢有余乐，弱龄白发摧黄垆。威凤祥麟三千年一间睹，鸮猰貐无地无。大者块圠不可测，何论鱼目混灵珠。切玉利铅刀，盐车驾騊駼。自昔孔孟已皆然，何用怵迫生烦纡。我今落魄若丧狗，君亦胡为局促如辕驹。君乎何不为神龙之变化，用则甘霖霈四国，不用还归包山湖。愚子藏舟深山壑，达者藏天下于天下，放心与化而俱徂。忠信可以蹈吕梁，太行未必摧辀軥。扬雄美新诚淟涊，屈原沉湘何太荼。柱下首阳无工拙，方朔依隐翻自拘。与君今日相逢且为乐，会须一倒三百壶，安能白首长睢盱。闻君蹑屩寻五岳，我当搴衣叩元幄。太公老作帝王师，磻水当年卧寥邈。云龙风虎自有期，翱翔大道长踔荦。行矣山中路不难，回首卞和羞献璞。

［（明）胡直《衡庐精舍藏稿》卷二，文渊阁四库全书本］

胡直《游仙三首调笑丁戊山人》其三

大道虽可受，虚无为之先。当其产大物，嘘噏成地天。二仪既以剖，灵气于中旋。壮哉广成子，出入握浑元。一朝启天扃，授道羲与轩。落落千岁间，传者有周聃。周聃既隐矣，灵均发其诠。纵读远游词，托意何浚渊。寓言沈湘曲，千秋徒愤悁。宁知骖玉驷，晞发九阳门。嵇生何倜傥，结志缵冲元。赭衣适东市，顾日弹素弦。兵解无惊怖，俗士焉能原。人生测有形，焉得契空玄。金石徒区区，畴能获大还。虞恐众士笑，为君陈篇端。

［（明）胡直《衡庐精舍藏稿》卷三，文渊阁四库全书本］

朱睦㮮《闻明卿补高州》

朱睦㮮（1518—1587），休宁（今属安徽）人。

十年载笔侍枫宸，万里分符向海濒。共拟禁庭思长孺，莫寻湘水吊灵均。三山桂发烟中色，五岭花生雪里春。此去谁言留滞久，君恩先到泣珠人。

［（清）《御选明诗》卷二，文渊阁四库全书本］

朱睦㮮《送鸣虚弟卜居长葛》

濠客观泉兴，屈原行泽篇。怜余黄发暮，羡尔白眉贤。
落叶荒城畔，寒花别路前。惠连春草句，先已郡人传。
［（清）《御选明诗》卷二，文渊阁四库全书本］

沈明臣《送周象贤赴襄国左史》

沈明臣（1518—1596），宁波府鄞县（今浙江宁波）人。
送君芳草路，落日且徘徊。倚相元官楚，襄王故爱才。
地当巫峡尽，天入汉江回。莫学长沙傅，湘累吊不回。
［（清）钱谦益辑《列朝诗集》丁集第九，汲古阁刻本］

朱朴《西湖竹枝词五首》其三

朱朴，约1515年前后在世，海盐（今属浙江）人。
麦岭风吹小麦花，古藤乔木路三叉。千年玉骨湘累墓，万里坚城少保家。
［（明）朱朴《西村诗集》卷上，文渊阁四库全书本］

梁辰鱼《屈原庙》

梁辰鱼（1519—1591），昆山（今属江苏）人。
寒云掩映庙堂门，旅客秋来荐水蘩。山鬼暗吹青殿火，灵儿昼舞白霓幡。
龙舆已逐蜂头梦，鱼腹空埋水底魂。斑竹丛丛杂芳杜，鹧鸪飞处欲黄昏。
［（清）钱谦益辑《列朝诗集》丁集卷八，汲古阁刻本］

徐渭《柳浪堤楚颂亭二首为溧阳史氏题》其二

徐渭（1521—1593），绍兴府山阴（今浙江绍兴）人。
屈子颂匪今，轼也志空寓。千载伊谁子，后皇锡嘉树。
曾剡刺崇檐，青黄揉广阼。永与兹亭留，不迁乃其素。
［（明）徐渭《徐文长文集》卷四，丛书集成初编排印本］

徐渭《元夕先一日诸君俯屐小饮联句盘中枣既各散去余隐括其剩隽而东阳袖珍不胜仿悍此后当咋指》

元夕款灵均，清尊道气殷。盘高惟韭薤，箸下谢膮臐。枣自青州至，梅从绿萼芬。抽编阄竞病，振咏响镛蕡。既落枝难缀，相黏意转勤。同筐怜昔并，异俎怅今分。瘦为干苛日，肥堪冠密云。鸡心望贡篚，羊矢分樵斤。老媪腮抟襞，憨娥乳突纁。如瓜粗觉诞，似杵细能匀。海荔何劳殿，交梨尚许群。甜先闽橄榄，黄染晋牙龈。瘤瘿县襟小，蛴螬啮篆纷。麻皴山顶画，纱绉织边纹。似茧初成马，如茸略绽麇。树还珍霹雳，药亦策功勋。纂纂荣华句，来来离合文。比心投赤果，塞鼻笑红裙。插核花生烛，槌膏气夺芸。葡萄乌累漆，玛瑙紫雕蕡。遥忆游燕日，逢渠始沛溃。沿堤倾大斛，摊瓦遍斜曛。物价离乡换，人情贵耳闻。壁多俱抵鹊，怪罕共惊獖。是险休轻冒，何难且莫云。酒阑张镐兴，韵捍亚夫军。彻管篪开羽，穿灯架拗�。艰难貂尾续，愁杀老弥明。

［（明）徐渭《徐文长逸稿》卷五，明天启三年刻本］

徐渭《菊》

百草诸香百露涔，一时非不哭湘沅。千年独有黄花瘦，为伴行吟瘦屈原。

［（明）徐渭《徐文长文集》卷十一，丛书集成初编排印本］

徐渭《写竹拟送友人之官长沙》

无不长沙吊贾生，贾生也自吊灵均。头陀暗里争餐鲙，却把干鱼哭向人。

［（明）徐渭《徐文长文集》卷十二，丛书集成初编排印本］

徐学谟《贾傅祠》

徐学谟（1522—1593），苏州府嘉定（今属上海）人。

一疏危明主，千秋怨未平。湘累如有待，宣室竟无成。

夜雨湖南草，春风江上城。可怜卑湿地，还复祀先生。

［（清）钱谦益辑《列朝诗集·丁集第三·徐宫保学谟》，文渊阁四库全书本］

宗臣《将发京夜别峻伯得湖字席上赋》

宗臣（1525—1560），扬州府兴化（今属江苏）人。

握手殊不尽，论心日转纡。更谁怜凤鸟，为尔系骊驹。明月惨相照，浮云寒不徂。客涂从浩荡，帝里只须臾。岂为苍生出，宁言壮士图。安危群贵在，去住二人俱。君莫嗟齐瑟，吾将卜楚巫。椒兰徒自结，魍魉作人趍。渔父何方去，灵均未可呼。宦情余棘莽，生计久菰蒲。黑发从今变，黄金自昔孤。敝裘辞北斗，短棹入西湖。倘遇寻秋色，悲歌问玉壶。

［（明）宗臣《宗子相集》卷九，文渊阁四库全书本］

王世贞《兰谷辞为沈子赋也》

王世贞（1526—1590），太仓（今属江苏）人。

菀菀谷中兰，习习微风吹。馨香自相媚，焉用傍人知。陋彼灵均子，九畹广见滋。被以大国名，贡之白玉墀。违性离故土，虽贵非所怡。欲识幽人贞，请听兰谷辞。

［（明）王世贞《弇州四部稿》卷七，文渊阁四库全书本］

王世贞《五歌》其一

我所痛，在蓟门。青蝇蔽天白昼昏。苌弘之碧灵均魂。失不奉之偕九原。嵎曦荧荧回覆盆。安能照枯使复温。呜呼一歌兮乌鹊翻。使我万事惭生存。何况食肉复乘轩。

［（明）王世贞《弇州四部稿》卷十，文渊阁四库全书本］

王世贞《题餐英卷赠金陵赵生》

蓝田老翁解种璧，南海太守仍煮石。争似侬家篱落边，长贫不乏黄金钱。
侬今亦号天随子，手摘此花和露饵。湘江乍可荐灵均，甘谷何烦遗伯始。
为侬朗诵餐英辞，清波溢齿天风吹。胸中秋色三万斛，底事商山寻紫芝。

［（明）王世贞《弇州四部稿》卷十九，文渊阁四库全书本］

王世贞《郡丞刘公子仁以直道由谏垣外补量移吴郡署后高斋黄菊翼之颜曰晚香亭诸生莫叔明要余作歌》

君不见阳春二三月，桃花李花参差发。只知秾艳媚游蜂，宁信芳菲付啼鸩。
八月九月露为霜，金天司候律中商。此时群荣尽摇落，此际庭菊独舒黄。
堂上三秀垂欲朽，握中九畹寒相负。迟暮翻窥造物心，衰荣岂落东君手。
刘侯旧是含香客，一官流摈非所惜。肯将憔悴傍灵均，自有风流胜彭泽。
白衣赠君酒一壶，亭亭秋色凌霜孤。他时再入承明地，莫问玄都花有无。

［（明）王世贞《弇州四部稿》卷十九，文渊阁四库全书本］

王世贞《送王佥事先生罢官归》其二

清秋怆行役，况子罢官归。落日芬兰佩，西风凉芰衣。
迟迟为帝里，款款向亲闱。更薄湘累怨，孤臣托罪微。

［（明）王世贞《弇州四部稿》卷二十三，文渊阁四库全书本］

王世贞《哭敬美弟二十四首》其十一

尚忆当年废蓼莪，凄然吊影两湘累。那知白日回光处，已傍崦嵫奈尔何。

［（明）王世贞《弇州四部稿》卷二十五，文渊阁四库全书本］

王世贞《淮阳公署遣怀二首》其二

向惜湘累有，行求越石非。官宁为吾设，事颇与心违。随遇浮沉足，相知积渐稀。庭阴候吏散，树色晚鸦归。白发过搔首，青云阻拂衣。淮南小山桂，乡思欲翻飞。

［（明）王世贞《弇州四部稿》卷三十一，文渊阁四库全书本］

王世贞《咏物体六十六首》其二十四《兰花》

十年憔悴傍灵均，澧浦传波色尚新。总为握香夸大国，可无含意托幽人。
荣庭秀夺三花晓，纫佩芳留九畹春。我自当门逢弃掷，敢将时调怨沉沦。

［（明）王世贞《弇州四部稿》卷四十三，文渊阁四库全书本］

游朴《黄对兹给谏左谪永丰》

游朴（1526—1599），福建福宁（今福建柘荣）人。

边庭何事日惊尘，去国翻悲叩阙辰。本为九重分拊髀，敢云孤愤快批鳞。

霜寒楚泽迟吟棹，雪满燕山拥逐臣。宣室即看前席对，不须投赋问灵均。

［（明）游朴撰；魏高鹏，魏定榔，游再生点校《游朴诗文集》，福建人民出版社 2015 年，第 283 页］

陈吾德《与陈隆之太史侨寓广陵比园庐者累日临别赠余六绝用此见答》其五

陈吾德（1528—1589），广东归善（今广东惠阳）人。

鸒斯随处可游身，罗网疏开天色春。已把闲心对渔父，敢将哀怨托灵均。

［（明）陈吾德《谢山存稿》卷九，《明别集丛刊》黄山书社 2015 年，第 462 页］

陈履《端午述怀》

陈履（1530—1596），东莞（今属广东）人。

去岁兹辰在帝都，琳宫绿酒送清蒲。旧游忽忆天涯远，佳节重惊客里徂。

多病经时劳案牍，扁舟何日问江湖。低徊寂寞空怀古，拟吊灵均思转孤。

［（明）陈履撰；陈建光，陈树培，陈梓英补辑《悬榻斋集》，广东教育出版社 2005 年，第 150 页］

张元凯《阳山顾生愿甫赠我长歌颇过推与乃述怀志答》

张元凯（1537—1578），吴县（今江苏苏州）人。

男儿七尺期自爱，要令姓字千秋在。不然草木与同腐，富贵纷华何足数。

吾家骠骑从文皇，赏延带砺山河长。谁知后世贱介胄，虫沙猿鹤无低昂。

吾生久拼弃五斗，无奈嗷嗷啼八口。身沾寸禄为人役，手持破斧门挂席。

逐队随行公府间，缁尘赤汗难为颜。借人瘦马风吹倒，传家旧芾屋漏殷。

首如飞蓬色如土，傍人犹妒蛾眉妩。以兹贝锦耀空幻，屏居寂寂南山涧。

阴符在匣羞与传，父书剩有毛苌编。皎月流辉照白雪，飞泉疏越鸣朱弦。

虽然踉跄人间弃，但言风雅心如醉。乍来破产聊自放，青山啸傲常无恙。
江东复生顾虎头，自云痴绝无所求。徙倚沧浪赓孺子，拍浮绿酒歌张侯。
贫交廿载真尔汝，何事长歌太称许。谓我斯名堪不朽，敝帚千金良可丑。
吁嗟发短心则长，敦诗说礼聊自藏。攀援今人身徒瘁，尚论古人口亦香。

君不见扬家子云老执戟，至今玄草光生白。又不见湘累沉浮在鱼腹，世间离骚比珠玉。毋论鹖士与波臣，日月文章万古新。即今青鬓不弩力，辗转白发来侵人。

［（明）张元凯《伐檀斋集》卷四，文渊阁四库全书本］

张元凯《江楼》

高阁凭扬子，登临伤客心。云青山有色，潮白海生音。
落日灵均庙，秋风庄舄吟。大江南去路，惆怅暮归禽。

［（明）张元凯《伐檀斋集》卷五，文渊阁四库全书本］

张元凯《对酒吟二首》其一

屈原投湘徒自洁，介推逃山焉用文。时乎不遇饮美酒，高歌激散青天云。

［（明）张元凯《伐檀斋集》卷十一，文渊阁四库全书本］

王叔承《汨罗潭吊屈原》

王叔承（1537—1601），苏州府吴江（今江苏苏州）人。

楚山迸断楚水寒，灵均死作青琅玕。酒星西堕吊冤魄，白云乱点秋江兰。兰花娇掇湘夫人，竹枝细奏云中君。吴钩拂潭潭喷雪，碧空孤雁流斜曛。衡岳为几，洞庭为杯。羞鹏酿酒，三酹楚材。霞开薜荔梦欲落，月出芙蓉魂忽来。鸾车翠旌飒如雨，星冠玉衣姣犹女。女媭扬灵宋玉啸，惨淡离骚映江渚。含悲投我辛夷簪，北斗回杓振南吕。苍梧冥冥帝何许，鬼火青青髑髅语。上官子兰生不人，荆王客死飘游尘。孤臣荒冢是鱼腹，明珠怒发骊龙鳞。逆鳞难批光易晕，七窍之心翻自殉。魍魉狐狸何代无，万古苍天不堪问。自君骚破潇湘天，词人，蠹鱼萤火浮残编。功名千态空言久，二仪七曜更相寿。狱中易亦穷愁书，六经晚激东归叟。扬雄赋反骚，徐卿复反反。是非靡定端，尽付葡萄盏。君也独醒吾独醉，远游且学神仙蜕。醉来一曲沧浪歌，天公其奈渔郎何。

［（清）钱谦益辑《列朝诗集》丁集第九，汲古阁刻本］

王应鹏《和渊明杂诗七首》其七

王应鹏（？—1536），宁波府鄞县（今浙江宁波）人。

翳昔有灵均，曰惟楚公子。平生秉忠节，同列不足倚。觉君赋离骚，哀怨皆至理。

［（清）胡文学编《甬上耆旧诗》卷八，文渊阁四库全书本］

朱凯《题郑所南画兰》

朱凯，生卒年不详，苏州府长洲（今江苏苏州）人。

渚宫春冷北风寒，九畹萧条入塞垣。老死灵均在南国，百年谁为赋招魂？

［（清）《御定历代题画诗类》卷七十五，文渊阁四库全书本］

戴鳌《宿清化驿》

戴鳌，生卒年不详，甬上（今浙江宁波）人。

澧水城头短发蓬，灵均应笑此萍踪。每从落日驱羸马，更指层霄接大龙。古驿小窗频刻烛，远山何寺忽鸣钟。不惭虚薄犹縻禄，欲向清时强奋庸。

［（清）胡文学编《甬上耆旧诗》卷八，文渊阁四库全书本］

徐桂《咏虞美人草》其一

徐桂，生卒年不详，余杭（今浙江杭州）人。

楚宫人去霸图移，剩有芳名寄一枝。浥露晚妆余涕泪，临风夜舞忆腰肢。乍翻尚自疑红药，欲刈终难混绿葵。若使灵均当日见，不将哀怨托江蓠。

（《博物汇编·草木典》第一百二十四卷，古今图书集成本）

王弘诲《送许云程大行奉使还琼为宫保海公营墓》

王弘诲（1542—?），琼州定安（今属海南）人。

清朝耆硕里中闻，敕葬新恩借使君。海上松楸覃雨露，日边剑舄拥风云。茂陵遗草归时奏，庾岭寒梅到处芬。知是灵均门下客，大招何处拟骚文。

（中山大学中国古代文献研究所编《全粤诗》第11册，岭南美术出版社

2010年，第725页）

王弘诲《过雷阳寓公樊以斋新构居易堂留题》

万里投荒此卜居，骚坛千古拟湘累。文身章甫知无用，埋剑丰城自有时。
鸣马暂辞天仗远，山龙终待衮衣期。五湖烟水无劳长，坡老堂前续去思。
（中山大学中国古代文献研究所编《全粤诗》第11册，岭南美术出版社2010年，第747页）

余继登《送卢东麓祠部廷杖为民南还》

余继登（1544—1600），北直隶交河县（今河北泊头市）人。
燕山雪花大如手，层冰欲裂阴风吼。车轮摧折马不前，卢郎此日东南走。
卢郎尔去莫销魂，尔力犹能叩天阍。幽谷不回白日照，星辰乱落红尘昏。
红尘昏，浮云驰，嗟哉世事竟堪疑。精诚自分山可移，山鬼窃笑精灵窥。
汉庭不闻贾生痛，泽畔谁怜屈子悲。卢郎卢郎尔何为，上帝待尔以不死。
尔归且韬胸中奇，慎勿狂歌叹五噫。
［（明）余继登《淡然轩集》卷八，文渊阁四库全书本］

于慎行《送邹进士南皋谪戍贵阳二首》其一

于慎行（1545—1607），山东东阿（今山东平阴）人。
自怜焚草日，却送看花人。迢递三危路，飘零万死身。
长沙悲贾傅，湘水吊灵均。总是经过地，将谁采白蘋。
［（明）于慎行《谷城山馆集》卷六，文渊阁四库全书本］

汤显祖《黄冈西望寄王子声》

汤显祖（1550—1616），江西临川人。

白露滴江城，江声绕秋至。心赏不在兹，幽芳渺难寄。木叶号蝉悲，水荇潜鳞戏。日气淡芙蓉，云阴生薜荔。栖栖王子情，默默楚人思。未及湘累醒，且共蓬池醉。遥松起暝色，虚竹惊寒吹。物往年序迁，情存风景异。樵歌归影迟，新月忽在地。

［（清）钱谦益辑《列朝诗集》丁集第十二，文渊阁四库全书本］

胡应麟《远别离（七夕感事作用李白体）》

胡应麟（1551—1602），金华府兰溪（今属浙江）人。

远别离，古有之。不见牵牛星，荧荧河汉湄。黄姑弄杼轴，锦石为支机。招要自成匹，永永不相疑。终朝卧阊阖，折花事游嬉。逡巡怒上帝，立遣东西驰。天孙尚尔尔，世人了可知。酌君一杯酒，听我歌别离。君不见重瞳堕地气食牛，扫除六合朝诸侯。美人娇爱置金屋，彭城著绣夸遨游。时危势屈走垓下，楚歌四面兴仇雠。蛾眉倏忽化黄土，拔山力尽乌江头。君不见隆准布衣奋三尺，蹙项诛秦四海一。淮阴菹醢百虑空，掌上娇儿夜啼泣。回身楚舞涕泗横，黄鹄摩天招不得。未央美人居厕中，地下谁呼宠姬戚。古来豪杰流，往往称二子。裂眦摧天关，五岳任驱使。徘徊一妇人，竟作别离死。何况蚩蚩辈，畴能不罹此。房帷仅咫尺，陷阱如丘山。不信别离苦，焉知行路难。荆榛莽闺闼，对面生尤愆。逝将舍之去，去去适荆蛮。荆蛮非我乡，念欲还长安。载歌别离曲，使人叹息摧朱颜。远别离，何匆匆。浮世狭，难为容。胡不醉我美酒三千钟。葡萄之酿紫花泼，绿尊翠杓春溶溶。两手持蟹螯，拍浮玉缸中。落叶有时合，明珠有时逢。人生把酒当尽醉，回头万事成虚空。项刘两竖子，龌龊非英雄。天孙与河鼓，儿女徒忡忡。二妃从游已百岁，湘水底事流啼红。屈原李白俱谩语，谑浪分明欺乃公。大人虎变挟宇宙，傍日月驾双飞龙。黄童姹女永相逐，周游八极乘罡风。安能低眉折腰局促，相若辕下驹守樊笼。远别离，何匆匆。安能低眉折腰局促，相若辕下驹守樊笼。

［（明）胡应麟《少室山房集》卷六，文渊阁四库全书本］

胡应麟《咏史八首》其五

虞卿本说客，著书自穷愁。马迁下蚕室，史笔垂千秋。楚泽放灵均，漆园饿庄周。伊人一何否，举足罹愆尤。文章实大业，宁与富贵谋。峨峨金张第，七叶开王侯。一朝随物化，荣耀同蜉蝣。

［（明）胡应麟《少室山房集》卷十一，文渊阁四库全书本］

胡应麟《秋日偕诸同志游金华二首》其一

屈子歌远游，尚平有遐慕。顾谢青云人，言寻赤松路。历览穷幽深，冥探惬情素。涧壑扪嵚岑，林峦陟回互。崖倾黄叶积，谷转垂萝护。高峰散余霭，峭壁屯寒雾。娟娟初月升，隐隐微阳暮。长谣钦昔踪，独往怀蹇步。虑由忘物超，道以遗荣悟。迹契容成公，神交子支父。徘徊北山文，恻怆淮南赋。眷彼丘中人，回镳对岩户。

［（明）胡应麟《少室山房集》卷十三，文渊阁四库全书本］

胡应麟《二酉园为陈玉叔京兆题》

不佞藏书室黎惟敬题曰“二酉山房”，而玉叔京兆辟园亦曰“二酉”，命余赋诗。

吾家二酉斋，斗室不盈掬。何以称兹名，架上书万轴。公家二酉园，大厦蔽陵谷。何以称兹名，笔底珠万斛。楼台瞰空起，云雾傍檐宿。雕甍挟天柱，高栋擎岳麓。轩窗洞庭叶，户牖云梦竹。蜃鳄游长川，虎兕啸平陆。岸芷纷葳蕤，汀兰互芳馥。主人湖海豪，潇洒脱尘俗。开襟跨寥廓，解带谢拘束。三闾问灵均，九辩追宋玉。名惊孟公座，梦启傅岩卜。誓扫六合尘，一榻非所欲。蜚声京兆里，张赵三鼎足。至尊催赐金，上相待横玉。异日休林泉，赐第镜湖曲。华堂坐昼锦，饱看四野绿。煌煌中令墅，烨烨魏公筑。宁当卧二酉，卒岁事耕读。好借胡生居，日餍蠹鱼腹。携手仑昆丘，相将问周穆。

［（明）胡应麟《少室山房集》卷十三，文渊阁四库全书本］

胡应麟《忆在京洛遇鸣皋游契甚洽一别五载鸣皋既赴召玉京余亦辖轲家难偶祝生如华携所业印正门下诗以勖之》

昔余寓京华，红颜发垂腰。翩然遇祝生，里闬同游遨。矫如长空鹤，清唳闻九皋。呻吟落珠贝，咳唾飞璚瑶。奇情两突兀，衣被长飘飘。青箱破万卷，白眼持双螯。调笑谪仙人，骑鲸堕烟霄。悲伤杜陵叟，二顷荒衡茅。马迁下蚕室，相如困中消。东方枉设难，子云徒解嘲。造物真小儿，役我随尘嚣。黄土抟下愚，茫茫若蟭蛲。南阳贵宾客，什九横金貂。盗跖葬东陵，高坟郁嶕峣。伯夷饿西山，腐骨湮蓬蒿。陶朱窃西子，黄金压波涛。屈原有何罪，委身饲鱼蛟。为善福安厝，为恶刑安逃。长当毕吾愿，痛饮歌离骚。狂思捧北斗，醉欲呼天瓢。玉女令鼓瑟，仙童使餔糟。穷年谇司命，真宰为嗷嗷。以兹诉上帝，帝怒驰神飙。雷公击天鼓，屏翳嘘风潮。青天拆龙剑，易水寒萧萧。吞声出京洛，洒泣沾河桥。一与此生别，三年隔东郊。煌煌白玉楼，倏已升岧峣。山阳怆邻笛，玉洞闻鸾箫。归来瀫川上，一室藏鷦鷯。俗子遍阛阓，可人费招邀。尘埃闭穷巷，草色盈疏寮。科头诵四部，赤脚翻缃缥。蟭螟鉴止足，偃鼠明逍遥。皇天未悔祸，家门日煎熬。慈亲悴霜露，稚子埋山椒。晨牝噪高堂，孽狐瞰林巢。戚戚类冯衍，皇皇逾孝标。人生亦何乐，七尺徒烦劳。逝将弃家室，六合穷荒要。翩然挟大鹏，九万腾扶摇。嗟咨念良友，宿草迷荒坳。阳春慨永绝，白雪空长谣。欢言遘之子，兴文自垂髫。飞扬慕古昔，跌宕扳贤豪。沾沾问奇字，片语为神交。斯文久沦谢，玄阁长寥寥。尔志亮金石，遗风未全凋。抽毫述往事，赠汝为虔刀。勖哉丈夫子，努力追前茅。

［（明）胡应麟《少室山房集》卷二十，文渊阁四库全书本］

胡应麟《送朱可大还万安》

自从战国更王风，屈原师弟俱称雄。西京苏李复继作，遗篇十九真宗工。
黄初七子各有得，勃兴杜李文章伯。此道凌迟大历还，世代纷纷转荆棘。
千年大雅几茫然，信阳北地何翩翩。力剪榛芜继唐汉，恍揭日月悬高天。
眼中作者难尽数，戛玉敲金事奇古。相逢海内俱贤豪，奋迹前茅追步武。
看君意气何昂藏，十九谒帝趋明光。胸蟠万卷破幽眇，手炼五色回天章。
藉甚声华满京洛，咫尺云霄见孤鹤。司马仍传太史书，拾遗颇负襄阳学。
飘然遇我燕市中，河梁邂逅双飞龙。高歌击筑白虹断，剑花欲堕青芙蓉。
莽苍风尘遽相别，美人迢递音容绝。五年空睹芳草生，万里长看碧云合。
云泥自分随升沉，岂料重逢瀫水滨。咄嗟往事如梦寐，解衣共拂京华尘。
五夜论文思逾壮，浊酒淋漓对惆怅。天地迟回秉烛间，星河磊落孤舟上。
眼看世变随江河，悯时愤事忧弥多。百川砥柱赖公等，异时讵肯扬其波。
伯乐张华古难得，时乖暂敛图南翼。燕雀宁争世上名，蛟龙岂是池中物。
一朝变幻乘风霆，磅礴六合摩昆仑。卞和之玉讵三刖，季子金多安足论。
高天黄叶连乡国，大艑乘风度秋色。短歌送汝不成声，握手临岐泪沾臆。
千秋杰阁倚清沙，百尺珠帘挂晚霞。兹行定拟滕王赋，一寄兰州孺子家。
［（明）胡应麟《少室山房集》卷二十一，文渊阁四库全书本］

胡应麟《秋日泛舟钱塘观潮放歌》

黑风夜簸沧溟水，冯夷却走海若靡。素车白马来何方，璇室琼楼遍空起。

玉龙垂地五千丈，银河驾天一百里。三军钜鹿战始酣，万甲长平溃难止。胡生此时归适越，醉挟扁舟离江渚。鼓柁初疑月窟中，旋身已入冰壶里。雪山恍见释迦坐，一苇聊将达摩拟。波翻魍魉泣，浪蹴天吴语。长鲸鼓鬣如峻山，电掣云愁堕飞雨。舟人渔子袖手不敢出，篷底仓皇掩其耳。是日胡生气无比，轻桡在手疾于矢。白眼茫茫向天际，欲乘长风破万里。回瞻圆峤若咫尺，东望扶桑聊徙倚。即如鲁连蹈岂得，便逐灵均兴难已。君不见越王宫，吴王宇，寂寞空匡半颓圮，日夜寒涛浸荒址。满眼豪华遽如许，人生龌龊胡为尔。乘槎八月差快意，击楫中流竟何以。天寒日暮风转疾，彷佛鸱夷共相语。朝来更泛若耶棹，会挟西施从范蠡。

［（明）胡应麟《少室山房集》卷二十三，文渊阁四库全书本］

胡应麟《后醉中放歌五章》其四

君不见鲁仲尼，圣德巍巍穹壤齐。君不见姬公旦，赤舄忠勤古今擅。有孚濡首系易终，惟汝无量不及乱。呜呼周孔两大圣，欢伯时时见亲幸。胡为屈子游江潭，独醒反被蛟龙餐。谅为名士传不朽，但读离骚饮美酒。

［（明）胡应麟《少室山房集》卷二十六，文渊阁四库全书本］

胡应麟《过吴门不及访弇州王公寄怀十首》其十

帝惜悬车蚤，人看杖钺雄。青山郧子国，白雪楚王宫。
杜甫名差著，灵均曲未工。岘台遗迹在，千古擅流风。

［（明）胡应麟《少室山房集》卷三十一，文渊阁四库全书本］

胡应麟《萧含誉自楚中来访留集二首》其二

狂歌青桂下，醉舞绿筠前。越绝书犹著，湘累赋已传。
风葭云梦笛，雪苇洞庭船。归路甑甄近，能无问太玄。

［（明）胡应麟《少室山房集》卷三十三，文渊阁四库全书本］

胡应麟《秋日邦相署中对菊作篇末兼期枉过》

仙令栽花自国工，幽香竞吐曲阑中。瑶台骤立霜千朵，玉砌浑皴露一丛。
摘处杜陵堪岁晚，餐来屈子未途穷。白衣剩有江州酝，莫遣东篱怅望同。

［（明）胡应麟《少室山房集》卷五十四，文渊阁四库全书本］

胡应麟《朱山人卜居广陵持卷遍乞名公题赠余赋二章》其二

回首高斋翳绿苔，大江晴望海云开。言将德耀居吴苑，不学灵均放楚台。一叶乍从兰浦过，四松先傍草堂栽。抽毫试觅平原叟，曾寄双鱼到越来。

［（明）胡应麟《少室山房集》卷六十六，文渊阁四库全书本］

胡应麟《为赵宗鲁别驾题屏菊四绝》其二

直干经时雨，繁英乍夜霜。灵均餐不尽，艳色满潇湘。

［（明）胡应麟《少室山房集》卷六十九，文渊阁四库全书本］

张萱《甲寅秋兴十首》其三

张萱（约 1553—1636），博罗（今属广东）人。

曾闻哲匠感萧晨，欲向彭咸问水滨。十幅□笺题楚些，一杯新酒荐灵均。饶他积毁能销骨，留得恩多未杀身。莫笑一归头便白，青山不负白头人。

（中山大学中国古代文献研究所编《全粤诗》第 13 册，岭南美术出版社 2011 年，第 250 页）

张萱《园中黄花盛开携诸小妇赏之醉中戏笔》

同车绕径踏霜华，采采东篱日未斜。垂手姬姜争送酒，牵衣儿女笑呼爷。亦知老态干于叶，莫遣衰容瘦比花。曾否灵均摇食指，餐英已饱老浑家。

（中山大学中国古代文献研究所编《全粤诗》第 13 册，岭南美术出版社 2011 年，第 288 页）

张萱《赠陈集生太史》

皎皎神驹絷藿场，盘雕犹染御炉香。紫薇花下书连屋，芳草池边笏满床。帝力喜闻歌壤父，圣明今已颂天王。愿言泽畔凌云笔，莫向湘累续九章。

（中山大学中国古代文献研究所编《全粤诗》第 13 册，岭南美术出版社 2011 年，第 306 页）

张萱《香玉洞题壁》其四

湘累杂佩正葳蕤，何事梅花独见遗。可是行吟太憔悴，热中不与冷香宜。

（中山大学中国古代文献研究所编《全粤诗》第13册，岭南美术出版社2011年，第383页）

张萱《小园梅落又次苏韵》

归云忽失溪上村，冷月凄断梨花魂。姑射仙人太无赖，散步冲寒烟树昏。
橐驼惊报雪满地，下帷老子来窥园。玉鳞片片香馥馥，商气虽播难收温。
揉冰掷玉点池水，龙涎尽吐浑温暾。芳名岂杂湘累佩，玉奴已谢东昏门。
幽期信是岁寒伴，馨香自媚谁能言。对月巡檐万籁寂，惟我与尔同孤樽。

（中山大学中国古代文献研究所编《全粤诗》第13册，岭南美术出版社2011年，第135页）

邹迪光《登黄鹤楼》

邹迪光（1555—?），常州府无锡（今属江苏）人。

凭陵矫首大荒浮，万里苍梧接汉丘。夜气半衔三楚阔，天风长带九嶷愁。
虚闻仙子乘云去，似有灵均鼓瑟游。最是晴川烟水滑，片帆漠漠下扬州。

［（明）孙承荣纂辑《明刻黄鹤楼校注》，湖北人民出版社2019年，第261页］

董其昌《次韵酬叶少师台山赠行四首》其二

董其昌（1555—1636），华亭（今属上海市）人。

素衣端合避京尘，留滞繇来说史臣。敢赋湘累愁帝子，但吟篱菊比皇人。
钟山猿鹤寻盟晚，泽国莼鲈发兴新。为问陆沉成底事，征车生耳等劳薪。

［（明）董其昌《容台诗集》卷四，明崇祯三年董庭刻本］

李麟《登黄鹤楼步韵》

李麟（1558—1635），宁波府鄞县（今浙江宁波）人。

楼居仙子虚舟泊，一去流传跨黄鹤。餐霞骨相本身轻，飘然羽化翔寥廓。

椽笔谁题楼上头，白石乌丝碧纱络。岘首平临沉水碑，长安屹向朝元阁。
西山帘卷青来峰，云飞缥缈襄王宫。香雾空中下神女，精灵直与星河通。
银屏月懒浑疑水，锦帐春偏不受风。角声惊起梅花落，鹤背绝倒仙人翁。
观察惭予殿群彦，头颅不分霜华半。采真何处许参同，笑倩图南双鸷翰。
还从此老学无生，黄鹤前身坐相见。闻说灵均亦仙蜕，为问仙翁曾识面。
我欲因之一寄声，哀郢江头濯如练。终始君恩誓不移，百炼钢肠真铁汉。

［（明）孙承荣纂辑；王启兴等校注《明刻黄鹤楼集校注》，湖北人民出版社 1992 年］

陶望龄《端午日无念师二詹生吴生同集斋中偶看坡公汁字韵诗戏效韵四章末章呈似念公》其三

陶望龄（1562—1609），浙江会稽（今浙江绍兴）人。

生平食字饱，渴饮松煤汁。共压强韵诗，思苦笔未湿。纷如舟竞渡，红锦志先得。胜事出危险，好语生迫急。每爱孟东野，铜斗夸射鸭。虽无壮士怀，幽韵写蒙幂。飞情高鸟堕，洗恨游鲂赤。不独吟者劳，闻歌已头白。伊余亦何事，肩耸发去帻。胡不日中眠，强效寒虫泣。灵均去我久，风雅道渐缺。我欲拜低头，谁是词坛客。何当唤韩孟，去作城南集。

［（清）《御选明诗》卷三十一，文渊阁四库全书本］

邓云霄《湖南九歌》其三①

邓云霄（1566—1631），广东东莞（今属广东）人。

词赋千秋自有神，谁从鱼腹起灵均？椒浆寄奠丹枫暮，兰佩凄凉绿水滨。
日远长安多逐客，秋高泽国怨骚人。劳歌一曲西风急，遥忆当年郢调新。

［（明）邓云霄著；邓进滔整理《邓云霄诗文集》，内部刊印 2003 年］

邓云霄《七日龙潭之景宦游后缺赏十八秋矣乙卯拂衣始逢胜会倚棹漫赋可叹逝川》

山光潭影别多年，胜会回看黯自怜。岁月驱人随峡水，管弦留客醉江天。

① 原注：秋杪登石鼓大观楼作。

双龙冲雨犹交斗，一鸟依沙只独眠。莫吊灵均悲放逐，孤臣元爱五湖船。
［（明）邓云霄著；邓进滔整理《邓云霄诗文集》，内部刊印 2003 年］

邓云霄《秋兴十首》其三

三杯嘉月及良辰，双屐山椒复水滨。处士逍遥同靖节，逐臣哀怨异灵均。
风云壮志虚弹剑，犬马余年早乞身。最是田园多乐事，秋风多少未归人。
［（明）邓云霄著；邓进滔整理《邓云霄诗文集》，内部刊印 2003 年］

邓云霄《江上行三十首》[1] 其十八

江上逢渔父，今时几逐臣。遥传一掬泪，为我吊灵均。
［（明）邓云霄著；邓进滔整理《邓云霄诗文集》，内部刊印 2003 年］

邓云霄《湘江清十首》其八

木落洞庭秋，丹枫夹岸愁。灵均前日泪，不断与江流。
［（明）邓云霄著；邓进滔整理《邓云霄诗文集》，内部刊印 2003 年］

邓云霄《闻刘门从姊新寡》

老年儿女大，婚嫁已难禁。岂意刘伶饮，翻为屈子沉。
竹枝千点泪，关塞万重心。行橐垂垂尽，回书怅一金。
［（明）邓云霄著；邓进滔整理《邓云霄诗文集》，内部刊印 2003 年］

邓云霄《哭陈仪翔年兄十二首》其十一

步出溪桥叹逝川，春风谁忍听啼鹃？庄生有梦曾为蝶，屈子多才莫问天。
马鬣未须论宿草，牛眠何处卜新阡？荒郊漠漠鸰原远，泪尽平芜一片烟。
［（明）邓云霄著；邓进滔整理《邓云霄诗文集》，内部刊印 2003 年］

邓云霄《阊门观竞渡戏作长歌》

注：席上集诸词人醉后赋。

① 原注：自京口至豫章触景而得，不觉盈帙。

端阳新雨涨平堤，柳暗长桥莺乱啼。万户楼台如镜里，千门弦管喧于市。
五丝系臂醉蒲觞，争看龙舟戏江水。红帘彩鹢木兰桡，锦缆牙墙奏玉箫。
簇簇黄头歌欸乃，重重翠扇伫娇娆。楼船画舫纷停泊，别上江亭开水阁。
两岸游人似堵墙，绮罗耀日相交错。游人开处使君来，伐鼓填填响若雷。
屏帐駊騀张巨舫，琼筵乐部递相催。使君重文兼好客，当筵载笔皆词伯。
未许丰容斗艳妆，直从险峻看标格。梨园曲罢报诗成，江上游龙急瞩声。
鳞甲翻波风雨恶，江胥河伯避霓旌。输赢未决雌雄队，叠鼓催桡浪花碎。
锦标夺得快先登，两岸千人齐喝采。输者惭兮赢者矜，回舟赌胜更凭陵。
江波咫尺分吴越，往事千年感废兴。越兴吴废付东流，南国烟花恣浪游。
谁向澄潭伤屈子，空余兰杜结离忧。湘兰沅杜长江隔，吴门还有鸱夷革。
日暮潮来天地青，剑光袍镫如银白。江南士女自嬉嬉，话及前朝总不知。
赢输兴废浑闲事，莫怪山公倒接䍦。

［（明）邓云霄著；邓进滔整理《邓云霄诗文集》，内部刊印 2003 年］

邓云霄《和李自得题咏小园上下平韵三十首》其十九《四豪》

既同元亮隐，休续屈原骚。骨懒非缘病，名微不用逃。
百忧缠世网，一醉解天韬。直任渔人入，前溪密种桃。

［（明）邓云霄著；邓进滔整理《邓云霄诗文集》，内部刊印 2003 年］

邓云霄《戊午五月八日招博罗张孟奇尹冲玄洪约吾温瑞明泛舟篁溪观竞渡余与陈美用同集笙歌士女之盛不减龙潭乐而共赋以落日放船好轻风生浪迟为韵得六言十首》其三

人如郭泰登仙，客异屈原既放。休歌捐佩哀词，且奏采菱新唱。

［（明）邓云霄著；邓进滔整理《邓云霄诗文集》，内部刊印 2003 年］

张嗣纲《端阳连日大雨　时有谮予者上峰不察故作此诗》

张嗣纲，1597 年武魁，清远（今属广东）人。

天涯佳节又逢端，怀古能无吊屈原。再见炎方悬虎艾，不知何处竞龙船。
参差天上旌旗闪，断续波间鼓角喧。我亦夺红心未已，只愁斜雨暗江村。

（中山大学中国古文献研究所编《全粤诗》第 12 册，岭南美术出版社

2013 年，第 107 页）

龚三益《登黄鹤楼次李西涯相国韵》

龚三益，1601 年进士，武进（今江苏常州）人。

仙人到处堪栖泊，幻出白云与黄鹤。鹤去楼空事若何？江天一望成寥廓。
蛇蟠龟锁谁开凿？凤凰鹦鹉相缠络。戛羽回翔仙枣亭，振衣俯视晴川阁。
隔江大别起孤峰，蛟龙跋浪冯夷宫。帆樯远自五湖至，烟霞暗与三湘通。
襟带高深浩无极，凭阑飒飒生雄风。屈原宋玉久不作，独有崔颢称诗翁。
朝来衔命罗群彦，棘闱深锁秋过半。藠草千龄伴药笼，丹砂五色凝柔翰。
物色由来重楚材，江山隐隐菁华见。白华聊辞眯目讥，熊湘倘复开生面。
兹辰把臂共登临，愿借并刀裁匹练。酾酒还招跨鹤人，冉冉乘云下霄汉。
［（清）湖广通志卷八十五《艺文志》，文渊阁四库全书本］

郑学醇《南园》

郑学醇，生卒年未详，广东顺德（今广东佛山）人。

春深燕子绕朱楼，绝代才名此胜游。欲吊灵均无限恨，雨花烟草路悠悠。

（中山大学中国古文献研究所编本书编委会著《全粤诗》第 12 册，岭南美术出版社 2011 年，第 248 页）

郑学醇《咏池上竹得辞字》

潇湘有嘉植，移植临芳池。繁苞自檠错，文玉何葳蕤。
重阴覆层阁，清影醮涟漪。微风时戛击，凤管鸣参差。
伶伦一以往，千载留雄雌。拉此英皇泪，写取灵均辞。

（中山大学中国古文献研究所编本书编委会著《全粤诗》第 12 册，岭南美术出版社 2011 年，第 280 页）

郑学醇《史记三十六首　其二十　屈原》

枫树潇潇汨水深，宗臣眷顾意何深。强秦反覆重诒楚，谋国何人竭寸心。

（中山大学中国古文献研究所编本书编委会著《全粤诗》第 12 册，岭南美术出版社 2011 年，第 280 页）

袁宏道《哭临漳令王子声》其二

袁宏道（1568—1610），湖广公安（今属湖北）人。

垂头再哭哭声哑，长夜幽幽悲逝者。破玉锺珠可惜人，天何言哉无知也。三哭眼酸泪枯欲流不得流，焚香告天愿天为我开咽喉。颜渊鲁高士，胡为三十二而死休？灵均楚直臣，云何枯槁江潭望君门而媒蹇修？云何为而投阁？贺何为而赋楼？渴何为而病马？癞何为而疾牛？龙何愚而触网？鳌何细而随钩？山何卑而成水？海何升而为丘？圣者不能言，愚者不能忧。释迦与老子，眯矇双白头。即如王子声，高第十二秋。穷年只淹蹇，低眉拜督邮。谗言复间之，刺心如戈矛。缠棺布三尺，栖身土一抔。嗟乎子声，汝生不能一日牙牌青绶拱手长安道，又不能拂衣故园补缀先人草。万里迢遥魄伴魂，一具瘦骨官送老。福君何其薄？夺君何其早？和氏空有泣，楚国无以宝。天不平，地不平，吁嗟乎，王子声！

［（明）袁宏道《袁中郎全集》卷二十六，明崇祯刻本］

袁宏道《靳尚祠》

骨谗犹可忏，舌悭岂不悔。佞鬼亦兼容，始知佛如海。至今篱落下，不忍种兰茝。

［（明）袁宏道《袁中郎全集》卷二十八，明崇祯刻本］

韩上桂《别董叔远随刘参知入楚时余北上》

韩上桂（1572—1644），番禺（今属广东）人。

新书繁露几时成，郢曲翻夸白雪明。调以埙篪能共应，剑分干莫不须惊。浮湘拟结灵均佩，对月深酬庾亮情。策蹇有人方旅食，可无雁信慰平生。

［（明）韩上桂撰《韩节愍公月峰集》，顺德罗学鹏春晖堂清嘉庆刊刻本］

韩上桂《伤逝》

日月奄其代序兮，伤吾考其何之。指九天以为正兮，就皋繇而陈词。
余考平生其皎洁兮，何缁尘之能集。恶若污而易浼兮，善若趋而靡及。
行笃信于重玄兮，志惟守乎先服。艺幽兰以待佩兮，俟橘柚乎将实。

何彼昏之恣戾兮，纷不知其所仇。嫉吾考之怀正兮，汝何为其好修。
执往衅而致咎兮，设机阱以来求。痛灵均之追祸兮，盛荆棘而靡扫。
彼如意之遇鸩兮，怪终加乎吕媪。怼矩步俾速蹶兮，彼年亦为之不延。
虽诡谋之竟售兮，鉴莫逃乎高天。遗二孽以相厄兮，余九死其何畏。
扪余心而靡负兮，任桀犬之群吠。鹰至春而鸠化兮，觉彼目之可憎。
资菉葹之浸茂兮，皇涂惧其秽蓁。曰盍祖诈以阴夷兮，非余心之所忍。
余逐禽而范辔兮，终无昧此幽隐。维轻重之在衡兮，揆正义而摅愤。
苟余力之既竭兮，经重烬而未泯。余播之而不可兮，覆之又不能。
身已付于波澜兮，足复履乎嶙峋。嗟民生之咸固兮，余独坎壈而无凭。
［（明）韩上桂撰《韩节愍公月峰集》，顺德罗学鹏春晖堂清嘉庆刊刻本］

韩日缵《自光州至麻城山行即事》

韩日缵（1578—1635），博罗（今属广东）人。

浃月苦行役，今朝履楚郊。不殊霜雪厉，渐觉语音譊。曲涧连冰断，危峦带雾凹。才分一径入，多是两峰交。历险盘千磴，分强似二崤。冬林无荟蔚，古驿有蟏蛸。处处灵均泽，家家宋玉茅。寒凋残柳线，涛怒老松梢。岩峭杉相倚，风来竹自敲。翻嫌人境寂，转怕鸟声呶。冒瘴宜红友，探春见绿苞。看山吾不厌，游兴病来抛。

（中山大学中国古代文献研究所编《全粤诗》第 16 册，岭南美术出版社 2014 年，第 320 页）

韩日缵《盆中芰》

盆中何所有，有荷复有芰。浮荇乱微波，众卉杂不治。托根幸相随，那可便弃置。曾缉楚臣衣，亦闻屈子嗜。翠盖擎朝晖，纤柯亦相次。把酒临前除，逌然小有致。美人隔云端，采采欲谁遗。

（中山大学中国古代文献研究所编《全粤诗》第 16 册，岭南美术出版社 2014 年，第 298 页）

陈迁《端阳吊古》

陈迁，生卒年不详，番禺（今属广东）人。

姱节垂青史，遗风遍海隅。榴花空笑日，楚客尚飞符。

艾叶杯中蚁，龙文水上凫。灵均呼不起，愁思落菰蒲。

（中山大学中国古代文献研究所编《全粤诗》第10册，岭南美术出版社2010年，第239页）

周应辰《矫志诗》其二

周应辰，生卒年不详，宁波府鄞县（今浙江宁波）人。

玄穹一以默，大化无留停。七襄虽云粲，犹传卷舌星。林风起飘忽，欲辨已无形。灵均何其愚，陆离纷骚经。无宁恕醉言，而谓我独醒。

［（清）胡文学《甬上耆旧诗》卷二十四，文渊阁四库全书本］

何士壎《秋篱采菊》

何士壎，生卒年不详，新会（今属广东）人。

晚香朵朵傍栖迟，况复余芳慰所思。暂学灵均长学亮，一家生事在东篱。

（中山大学中国古代文献研究所编《全粤诗》第20册，岭南美术出版社2017年，第102页）

佘翔《咏史十首》其三《屈原》

佘翔，1558年举人，莆田（今属福建）人。

三闾不可作，九歌有遗编。伊昔仕宗国，岂不炳几先。青蝇一坠耳，明月亦弃捐。离骚空缱绻，利口急相煎。娥眉嫉众女，萧艾茂兰荃。侘傺古如此，非今独怃然。

［（明）佘翔《薜荔园诗集》卷一，文渊阁四库全书本］

佘翔《鹅湖馆中别詹修之》其一

佘翔，1558年中举，福建莆田（今属福建）人。

余向江南去，君为蓟北行。舟车含别泪，风雨恋交情。

燕市初求骏，湘累自采蘅。天涯如见月，莫负岁寒盟。

［（明）佘翔《薜荔园诗集》卷二，文渊阁四库全书本］

佘翔《那叱矶》

江上征兵赴国门，石城龙斗不堪论。一时鱼腹千秋泪，不独怀沙吊屈原。
［（明）佘翔《薜荔园诗集》卷三，文渊阁四库全书本］

佘翔《赠杨素虚》

谁为湘累费苦吟，楚人高谊比南金。即今不尽忠魂泪，犹是当年请死心。
［（明）佘翔《薜荔园诗集》卷三，文渊阁四库全书本］

佘翔《读弇州集赠王元美先生》其三

秣陵佳丽帝王州，京兆奚为厌壮游。马曳吴门还匹练，弓藏范蠡合扁舟。
荷衣楚楚湘累怨，雪调泠泠玉女愁。漫道出山称小草，弇中高卧是丹丘。
［（明）佘翔《薜荔园诗集》卷四，文渊阁四库全书本］

佘翔《送方子及谪滇南》其二

迢迢东海一波臣，路出盘江更问津。寒食蘼芜愁片雨，春衣杨柳拂轻尘。
青云谪去还何日，白雪歌来和几人。我亦乾坤憔悴者，不堪泽畔赋灵均。
［（明）佘翔《薜荔园诗集》卷四，文渊阁四库全书本］

欧必元《谒侍御刘公祠》

欧必元（1573—1642），顺德（今广东佛山）人。
莫以怀沙吊屈原，当时谁共叩天阍。无论未死明臣节，纵是投荒亦主恩。
一疏回天留壮气，千秋伏腊荐忠魂。西风不返辽阳鹤，暮云愁听岭外猿。
世有勋名饶国恤，官仍清白见贤昆。江兰欲采无由赋，怅望湘潭不可言。
［（明）欧必元《欧子建集》，华南师范大学藏清刊本］

区大相《午日张家湾舟中即事》

区大相，1589 年进士，广东高明人。
绿树移官舫，清波蘸客衣。岁明行处见，采拾望中违。
汉节新恩是，湘累旧俗非。自然爽意惬，纨扇不须挥。

（中山大学中国古代文献研究所编《全粤诗》第14册，岭南美术出版社2013年，第349页）

区大相《既登济上楼还饮舟中对酒作》

鲁酒白玉壶，齐讴紫罗襦。持觞劝鲁叟，问尔何拘拘。昔有独醒人，千载笑其愚。屈原非吾党，公荣非我徒。所以日对酒，弹弦间笙竽。安得偕贺李，金鱼贸清酤。斯人不可作，兹事宛如昨。当时君不饮，今日谁为乐。我来访古游，还登济上楼。天光摇积水，城影落芳洲。

（中山大学中国古代文献研究所编《全粤诗》第14册，岭南美术出版社2013年，第238页）

邹统鲁《谒三闾祠》

邹统鲁，1642年举人，衡阳（今属湖南）人。

古今人局蹐人伦，则托乘方外，同情也。三闾不以远游终，而以怀沙终，忠孝性至，仙佛固不足与易也。斯为独奇已然，则违仁以生而驾言远游，虽踵期（握）〔偓〕之清尘，亦不得齐野蔌于稻粱而称同气矣。乃若墨客夜人，风流澌尽，犹俯仰乎骚而一唱三叹，窃草木之臭味，何哉？雪庵而后，堪读骚者鲜矣。须眉肝血字，岂落巾帼脂黛中迹？其唱叹谓甚于靳尚之谗口可也。漫叟退谷尚绝竞近，濯濯灵均能不一扼其吭乎？因谒而有清焉。

含辛独拜大夫平，风草栖栖茝自觞。岂少玉英寻正气，翻怀沙石应嘉名。

春秋欲绝全骚系，江汉长滔一汨横。断只今沉丝竹里，南天招有杜鹃声。

［《（乾隆）衡州府志》卷三十二，清乾隆刻本］

卞同《题燕龙图楚江秋晓卷》

卞同，吴县（今江苏苏州）人。

初月澹微茫，猿啼楚江晓。恬风展波镜，千里泻弥渺。起语船上人，惊飞岸边鸟。行装乱填委，徒御争纷扰。川后弭安流，天吴沕深窈。阴霾敛遥翳，目断秋旻杳。响榧节歌长，翔帆逗风小。人生等萍寄，奔涉何时了。旅思协悲端，羁情重忧悄。忠沉不可见，水吊鸣寒筱。回首嗷湘累，苍山乱云绕。

［（清）钱谦益辑《列朝诗集》甲集第十九，汲古阁刻本］

刘宗周《赠王聚洲年友》

刘宗周（1578—1645），浙江山阴（今浙江绍兴）人。

天涯浪迹去匆匆，匿影韬光托冥鸿。东下望门谁破产，西归变服任投佣。晨星数点兄还在，萍水交情命不同。若向潇湘逢屈子，卜居何似故乡中。

［（明）刘宗周《刘蕺山集》卷十七，文渊阁四库全书本］

刘宗周《长安》

频惊客梦又长安，霜落瑶天病骨寒。肃肃风棱虚辇下，行行狐鼠问朝端。止惭京兆无簪笔，不信南阳有豸冠。赢得湘累头似雪，青衫憔悴到河干。

［（明）刘宗周《刘蕺山集》卷十七，文渊阁四库全书本］

钱谦益《湖上送孟君归甘州二首》其二

钱谦益（1582—1664），江南常熟（今属江苏）人。

才歌伐木又骊驹，执手懵腾杂涕洟。奔赴见星仍汉法，送归临水亦湘累。别筵忍唱甘州曲，故国谁看原庙碑。为我因风谢高掌，莫随河曲漫迁移。

［（清）钱谦益著；（清）钱曾笺注，钱仲联标校《牧斋初学集》卷四，上海古籍出版社1996年，第113页］

钱谦益《东皋种菊诗四首赠稼轩给谏》其三

胡广患风疾，休沐饮菊水。八十犹克壮，侍母谢杖几。庸庸挠大议，公台负讥毁。惜哉神仙药，遗秽等马矢。灵均餐落英，早沉汨罗死。安知椒兰徒，寿考非伯始。种菊爱其芳，纷纷且休矣。不如饮君酒，共醉寒香里。

［（清）钱谦益著；（清）钱曾笺注，钱仲联标校《牧斋初学集》卷十，上海古籍出版社2009年，第316页］

钱谦益《苕上吴子德舆次东坡狱中寄子由韵作丁丑纪闻诗六首盖悲余之逮系而喜其狱之渐解也感而和之亦如其前后之次》其四

八寒阴狱夏凄凄，破壁残灯白首低。一夜霜天愁唳鹤，五更风雨悔鸣鸡。

捐生聂政今无母，先死王章尚有妻。准拟图形屈原庙，墓门何用刻征西。

［（清）钱谦益著；（清）钱曾笺注，钱仲联标校《牧斋初学集》卷十，上海古籍出版社2009年，第316页］

钱谦益《迎神曲十二首》其七

真诰稽神未许论，伯昌位业并曹孙。摄山靳尚如相遇，切莫怀沙问屈原。

［（清）钱谦益著；（清）钱曾笺注，钱仲联标校《牧斋初学集》卷十三，上海古籍出版社2009年，第621页］

钱谦益《拂水竞渡曲十首》其一

招屈亭前沅水回，千年鱼腹有余哀。儿童不解灵均苦，拂水岩前竞渡来。

［（清）钱谦益著；（清）钱曾笺注，钱仲联标校《牧斋初学集》卷十三，上海古籍出版社2009年，第463页］

伍瑞隆《午日同有开龙友诸子饮瑞虞点石斋席上赋四首》其一《得山字》

伍瑞隆（1585—1668），香山（今广东中山）人。

溪流晴漾水花翻，客有乘舟来叩关。出户石泉当倚槛，闭门朝爽到他山。

风雷乍拔林烟起，蒲艾初传野兴闲。荐罢灵均转相笑，座中谁忍独醒还。

（中山大学中国古代文献研究所编《全粤诗》第17册，岭南美术出版社2014年，第735页）

孙传庭《挽杨斗玉少参》其五

孙传庭（1593—1643），代州振武卫（今山西代县）人。

归来魂梦久相恬，困倚孤帏漫自嫌。颈厌鹤长难学短，味谙荼苦反疑甜。

人情冷与秋风并，世路蒙如夜色兼。怪杀屈原原未醒，卜居何用拂龟占。

［（明）孙传庭《白谷集》卷五，清文渊阁四库全书补配文津阁四库全书本］

陈子壮《答欧子建》

陈子壮（1596—1647），广东南海（今广东广州）人。

多年散木成劳薪，每羡文园卧病身。龙泉太阿知我者，历落嵚崎可笑人。

宗国亦忧漆室女，高天乃吊湘累臣。无端重下苍生涕，不愿君王问鬼神。

［（明）陈子壮《乾坤正气集　陈忠简公遗集》，潘氏袁江节署求是斋印本］

徐孚远《将耕东方感念维斗卧子怆然有作》

徐孚远（1599—1665），松江府华亭（今属上海）人。

荷锄东海复何言，回首亲交总泪痕。曩岁英华联研席，两君名姓各飞翻。

何人为乞王琳首，自古难招屈子魂。独立苍茫无限恨，岫云归尽掩柴门。

［（明）徐孚远撰；姚光整理《钓璜堂存稿》卷十五，万德图书有限公司2012年，第1099页］

区怀瑞《登仲宣楼（玉阳北城燹后重构）》

区怀瑞，1627年举人，广东高明（今广东佛山）人。

石削玉阳平，楼簪百堞城。三秋屈子地，十载仲宣名。

水绝蛟螭斗，云翚燕雀营。何当此横槊，退虏更论兵。

（中山大学中国古代文献研究所编《全粤诗》第18册，岭南美术出版社2016，第185页）

区怀瑞《寄六藏居士》

问讯楚天碧，秋黔老蕨薇。五龙开洞府，双鹤护禅扉。宦迹青油幂，骚坛翠羽旂。山中张岊是，潭畔屈原非。径仄消尘累，林间长道机。松餐饶五粒，苔卧冷三衣。以我多歧癖，于君十载违。断虹知不化，疲马憺忘归。语向军持净，心随脉望飞。那堪隔回雁，吟眺独依依。

（中山大学中国古代文献研究所编《全粤诗》第18册，岭南美术出版社2016年，第162页）

陈邦彦《厓门吊古》其四

陈邦彦（1603—1647），广东顺德（今属广东佛山）人。

往事苍茫不可寻，东风吹雨昼阴阴。精魂拟共湘波怨，遗恨长留越客吟。

赖是圣明回汉甸，只今邦计仗南琛。春陵佳气中兴日，借取尚年义士心。
［（明）《陈岩野集》，顺德文献丛书 1987 年印，第 123 页］

陈邦彦《题画（二首）》

一瓣芳心解卜邻，谢家庭院米家皴。清时已入君王操，不向湘皋伴楚臣。
垂柳千条绾晚霞，溪深流出半桃花。不嫌渔艇过从惯，天下车书正一家。
［（明）《陈岩野集》，顺德文献丛书 1987 年印，第 136 页］

陈邦彦《清远城陷题朱氏池亭》其二

平生报国怀深，望断西方好音。已共苌弘化碧，还同屈子俱沉。
［（明）《陈岩野集》，顺德文献丛书 1987 年印，第 138 页］

黎景义《吊洪廉使（并序）》

黎景义（1603—1662），广东顺德（今属广东佛山）人。

紫云洪公讳云蒸，湖广攸县人，万历庚戌进士，天启乙丑繇户部郎来为吾广太守，考满擢本省宪副兼参议，督兵入卫，回任晋参政，摄惠潮两道监军，征剿九连山寇陈万、钟凌秀等，平之，添设连平州，晋按察使，分守岭东道，整饬伸威兵备。会洋贼刘香作乱，入寇海丰，督府檄公往抚之，为贼所留，公以死自誓，谩骂不屈。逾岁，官军出讨，贼咎公约兵。公曰："吾恨兵来迟耳。"又遥呼我军速战，勿以我为惜云，遂遇害，是日贼平，崇祯乙亥四月也。后数日，得尸水中，面如生，粤士民莫不思公德，感公烈，遂请台宪奉公入祀名宦，多为诗以吊焉。

欃枪吐妖摇南岭，海波飞扬亿万顷。白云越秀逼狼烟，奋揆戒严氓胆冷。
公本湘沅一岁星，壶间扇缓解论兵。投袂穷岩探虎穴，掀髯黑浪馘长鲸。
忍拼躯命济苍赤，一死鸿毛何足惜。闻当我军鏖集时，纵横戮钺甘如饴。
阴霾杀气惨呜咽，碛草炎云愁不飞。见危授命诚稀得，敌忾乌能顾七尺。
恨不须臾碎贼头，遥语貔貅函弩力。此日吁嗟匕首红，此时就难何从容。
真卿仗义詈希烈，张步矫虔戕伏隆。亦有吴云与王祎，滇南死节谥双忠。
彭殇草草今安在，祇见流丹露光彩。魄逐灵均共葬鱼，魂成精卫思填海。
忆曩一麾来五羊，翱翔藩宪拥寒霜。万里提师卫京国，宣威御侮勋勤王。

班黔借寇旋东土，乐只十年讴召杜。九连之山多巨盗，暂试韬钤莅罴虎。
倏奏廓清因建州，疮痍盈眼劳摩抚。千壑从箐万苞蘖，尽化桑麻乐安堵。
如公才略自峥嵘，姑衍燕然储盛名。可怜小丑偶相遘，断送勋庸罄厥生。
虫肝鼠臂那堪说，恶飓腥泷凝碧血。河伯晨号碣石潮，山灵夜吊罗浮月。
白蛇纪月青豕年，繇此光争两曜县。为厉献囚心已慰，有功民祀庙巍然。
我生不洒人间泪，独向忠臣曾雪涕。漫赋悲歌续大招，瑶篇金管荣无际。

[（明）黎景义《二丸居集选》，光绪元年刻本]

黄淳耀《蚵蚾矶》

黄淳耀（1605—1645），嘉定（今属上海市）人。

蚵蚾矶，水弥弥，矶下醉翁呼不起。曾持笺上两行书，写出胸中万卷余。长揖陛前论管乐，立谈当世比严徐。生平奴视九华叟，老语槎牙肯钳口。屈原渔父两冥冥，翻怜君醉人尽醒。君不来兮醉亦得，不见西山渔钓客①。

[（明）黄淳耀《陶庵全集》卷九，文渊阁四库全书本]

黄淳耀《咏史二十四首》其一

鸾鹫常特栖，騕袅辞服箱。古来俊杰人，不在亡主堂。六国昔崩分，岂无贤与良。青蝇飞竿旌，谗妾踞瑶房。屈原既放逐，楚事以佂攘。信陵见猜疑，蛙黾游大梁。悠悠狡童心，仁义愁我肠。逝言空国都，啖食恣虎狼。往车有折轴，后驾宜周防。愿回目睫智，一为辨圆方。

[（明）黄淳耀《陶庵全集》卷十一，文渊阁四库全书本]

黄淳耀《读郑思肖心史》

一夕厓山卷阵云，百年吴会泣斯文。人间再见陶徵士，地上元无沧海君。
心入漏泉终化铁，气填沟壑亦成坟。千秋万古灵均意，只有西川杜宇闻。

[（明）黄淳耀《陶庵全集》卷十四，文渊阁四库全书本]

朱鹤龄《菊花》

朱鹤龄（1606—1683），江南吴江（今属江苏苏州）人。

① 原注：同时，陈陶亦有台辅之器，以齐丘忌之，隐于西山后仙去。

篱间金蕊漫纵横，莫讶精神太瘦生。种贵延年堪送老，人能载酒可同倾。甘馨露下含芳淡，疏放灯前取影清。陶径不须愁落瓣，灵均原自解餐英。

［（清）朱鹤龄《愚庵小集》卷五，文渊阁四库全书本］

李廷龙《谒三闾祠》

李廷龙，1553 年进士，湘阴（今属湖南）人。

新祠再拜古宗臣，生气于今尚凛人。属草本图安社稷，行吟非是怨君亲。楚襄独醉生何益，湘水膏鱼死亦仁。却忆武关成往事，可怜漂泊在西秦。

［（清）廖元度选编；湖北省社会科学院文学研究所校注《楚风补校注》下，湖北人民出版社 1998 年，第 129 页］

梁以壮《谒三闾大夫祠》

梁以壮（1607—?），番禺（今属广东）人。

国风不入楚人辞，天使离骚续国诗。空笑郑姬亡土地，几曾罗水没须眉。残烟柳影连湖暗，旧苑乌啼落日迟。为客亦寻詹尹卜，片心将付白云知。

（中山大学中国古代文献研究所编《全粤诗》第 21 册，岭南美术出版社 2017 年，第 442 页）

胡钦华《寄其勤宗兄》

胡钦华（？—1651），绍兴（今属浙江）人。

落魄齐昌偶曳裾，风光屈指一年余。君延南郡沙棠楫，我问东湖水竹居。两地经春无客信，三韩旁午有军书。行吟亦抱灵均恨，鼓枻愁逢楚泽渔。

［（清）钱谦益辑《列朝诗集》闰集第五，汲古阁刻本］

郭之奇《集雅诗二十首》其五《屈原》

郭之奇（1607—1662），揭阳（今属广东）人。

《楚辞》前无古，后无今。眉山知其文矣。屈原之忠，忠而过；屈原之过，过于忠。紫阳知其人矣。予将读其书而论其世：行比伯夷，置以为像；知死不让，将以为类。君子哉！以人治人，匪独天性然也。若夫《诗》亡《骚》作，后人取而经之。《骚》曷为不可经？《诗》幸而及删，列为五；骚，不幸而不及删，放而孤行，孤行独寿，无古无今，信夫！而或者曰“变风之遗，词赋之祖”，犹未离乎蠡管之见也。彼谏怀叹思，无疾痛而强呻吟，三闾之隶役所羞道。其高阳之苗裔，屈氏之云仍哉！

博闻强志者，此惟天地腹。国人莫我知，乃以骚当哭。谁解泽丘弦，仍取嶰溪竹。流悲二千年，尽染灵均牍。骚留日月悬，骚没古今覆。孤臣抆泪吟，放子闻声蹙。是以君子心，时开大雅目。流涕想其人，痛饮安能读。

（中山大学中国古代文献研究所编《全粤诗》第19册，岭南美术出版社2016年，第409-410页）

郭之奇《金陵舟次五月五日》

榴花眼际照江津，兰浴天中净客身。白水蟠龙空在望，彩符艾虎不须陈。

五丝自续他乡命，万里谁怜于役人。卮酒临风招屈子，孤舟吊古倍伤神。

（中山大学中国古代文献研究所编《全粤诗》第19册，岭南美术出版社2016年，第207-208页）

郭之奇《立春日风雪如晦漫望有感》其二

东望望春春未舒，孤舟滞客转踟蹰。欲招屈子为天问，懒向风人赋日居。

（中山大学中国古代文献研究所编《全粤诗》第19册，岭南美术出版社2016年，第281页）

郭之奇《冬宵何漫漫》

冬宵何漫漫，残灯留影半。冥心出大荒，合眼凭霜案。无复赘我言，诗易人删赞。无复劳我思，元会人排算。治忽兴亡事，昭昭史册断。左谷并迷盲，马班合腐烂。人事有推迁，天心随炼锻。弃置从何说，古事难今判。一自鸿初邈，黄虞忽已澌。羲和久湎沉，叔季皆长幔。揖让与征诛，是非同一段。楚狂不复醒，屈子醒即窜。是由独往人，五夜千忧绊。蝶梦倚庄周，凤鸣烦姬旦。我非扣角徒，何以歌复叹。且留百岁心，时假三号唤。

（中山大学中国古代文献研究所编《全粤诗》第19册，岭南美术出版社2016年，第544页）

胡承诺《长沙晚春》

胡承诺（1607—1681），湖北天门（一说湖南石门）人。

楚国皆奇秀，洞庭云最多。胡为江上客，无奈晚春何。潭影涵芳芷，山光带女萝。红兰吹野艇，白鸟下青波。响绝轩皇乐，悲连屈子歌。自伤卑湿地，丧乱复经过。

（徐世昌辑《晚晴簃诗汇》卷十三，退耕堂刻本）

吴伟业《赠学易友人吴燕余》其一

吴伟业（1609—1672），太仓（今属江苏）人。

风雨菰芦宿火红，胥縻憔悴过墙东。吞爻梦逐虞生放，端策占成屈子穷。纵绝三编身世外，横添一画是非中。道人莫讶姚平笑，六十应称未济翁。

［（清）吴伟业《梅村集》卷十四，文渊阁四库全书本］

释函可《寄于皇》

释函可（1611—1659），博罗（今属广东）人。

大风吹梦渺无垠，白鹭洲前彩袖贫。今古更教谁搦管，乾坤似未可容身。钟声屡听寒僧饭，诗句时生山鬼瞋。好拟招魂东海畔，沅湘不独没灵均。

［（明）函可和尚撰；张红，仇江，沈正邦点校整理《函可和尚集》卷九，广东旅游出版社2015年，第223页］

释函可《寄题楚女尸》

江上渔人举网得尸，颜面如生，衣皆密缝，臂系白绫，上题绝句十余首，不言姓氏，盖楚女被获，恐为强暴所污而赴之江者。李太翁传其诗于塞上，予哀而赋之。

雪底挑灯续楚词，灵均何必是男儿。恨留青冢黄沙污，拚掷红妆白水知。半夜惊涛酬绝句，一江新月鉴双眉。不传姓氏人间恧，母也如天自谅之。

［（明）函可和尚撰；张红，仇江，沈正邦点校整理《函可和尚集》卷十二，广东旅游出版社2015年，第268页］

释函可《哭左吏部大来八首》其六

三月寒边不见春，西风落日暗飞尘。青山自爱文章鬼，白马都来放逐臣。
新句定将寻杜甫，续骚只可问灵均。不愁寂寞无知己，况有当年举案人。

［（明）函可和尚撰；张红，仇江，沈正邦点校整理《函可和尚集》卷十二，广东旅游出版社 2015 年，第 274-275 页］

释函可《过北里读〈徂东集〉》

余家五岭本炎方，孤身远窜三韩地。四月五月不知春，六月坚冰结河底。
今年天气稍冲和，秋尽雪飞到山寺。出门仰天天欲沉，只杖栖栖过北里。
北里先生拥毳吟，诗成煮雪讶予至。未曾展读泪先倾，拭泪同歌悲风起。
医巫闾高碧嵯峨，千叠万叠岚光积。大謦一声白昼昏，黑云崩腾吼苍兕。
须臾云净松杉青，野泉泠泠石磊磊。东海洋洋大国风，茫然万顷中无砥。
海气怒叱蜃气枯，狂涛倒飞星月沸。三坌流驶鸭江平，寒鹰不鸣蛟龙寐。
有时亟欲掷头颅，蠹鱼悔食神仙字。有时稼穑自谋生，三尺穹庐团妇子。
有时噀酒骂虚空，雷霆迅走黎丘惴。有时谈笑和且平，欢狎牛蛇群白豕。
倏喜倏怒岂有常，欲杀欲活亦非意。有时夜半步空阶，一叩青冥尺有咫。
沉魄千年呼尽来，死者可生生者死。旧帝宵啼五国荒，闺媛暮哭长城址。
华表山前鹤唳孤，青冢犹闻月下欷。琵琶凄切胡笳悲，未免有情谁遣此。
不知是血复是魂，化作吴刀切心髓。心髓如铁刀如冰，片片飞入阴山里。
阴山惨惨泉冥冥，神农虞夏今已矣。因思太古音尚希，噩噩浑浑难可冀。
尼山栖栖自卫归，苦乐忧伤各有旨。约略删余三百篇，发愤曾闻司马氏。
何人继者屈子骚，汨罗万古流弥弥。可怜秦火恨不灰，汉室苏卿唐子美。
苏卿啮雪声韵凄，子美三迁足诗史。五代波颓宋代儒，眉山山下出苏轼。
苏轼流离儋惠间，珠崖鹤岭供指使。更有文山第一人，浩浩乾坤留正气。
从此荒芜将百秋，国初高杨追正始。天下承平四海清，人人含宫家嚼征。
琳琅金玉庙堂音，王李登坛执牛耳。文长巨斧劈华山，中郎拍板逢场戏。
景陵一出洗烦浇，顿令搦管趋平易。风雅茫茫失所宗，不得不推北地李。
李公豪雄步少陵，匪特形似亦神似。先生才凌北地高，先生遇非少陵比。
阿弟捐躯阿兄流，西山之歌续二士。不数秦关二百强，不羡蜀江千丈绮。

从来厄极文乃工，所以论文先论世。丰干饶舌罪如山，滔滔谁易今皆是。
三百年来事莫知，天教斯道存东鄙。不然今古亦荒凉，大雪纷纷吾与尔。
[（明）函可和尚撰；张红，仇江，沈正邦点校整理《函可和尚集》卷五，广东旅游出版社2015年，第179页]

钱澄之《哭漳浦师》其三

钱澄之（1612—1693），桐城（今属安徽）人。

二月长干天昼昏，都人争举李膺幡。笑将涕泪酬知己[①]，坐索衣冠谢主恩。无路请还先轸首，何人招返屈原魂！当年北寺留皮骨，此日南朝仗尔存！
（汤华泉校点《钱澄之全集　藏山阁集》，黄山书社2004年，第120页）

钱澄之《昭江三首》其一

光禄无家寄一舟，香炉茗椀坐江头。沉沙不是骑鲸去，好共湘累结伴游。
（汤华泉校点《钱澄之全集　藏山阁集》，黄山书社2004年，第318页）

许虬《将发荆州招李劬庵秦对岩话别次劬庵韵》

许虬，生卒年不详，1658年进士，苏州府长洲（今江苏苏州）人。

荆蛮忽聚四方豪，睥睨城西幕府高。蹴鞠搒蒱方合阵，竹头木屑有分曹。
清商莫奏湘君曲，浊酒堪酬屈子骚。南北往还诚万里，百年物役一何劳。
[（清）沈德潜编《清诗别裁集上》卷五，吉林出版集团股份有限公司2017年，第165页]

程泰象《赠山阴黄仪逋》

程泰，康熙诸生，生卒年不详，休宁（今属安徽）人，入泰兴籍。

吾爱黄夫子，生平善自操。声名空四海，词赋压三曹。
陋室颜渊巷，湘潭屈子骚。倾壶仍不醉，满腹是醇醪。
[（清）陈诗辑；孙文光校点《皖雅初集中》卷十五，黄山书社2017年，第598页]

---

① 原注：谓公却洪承畴说词。

顾炎武《京师作》

顾炎武（1613—1682），苏州府昆山（今江苏昆山）人。

呜呼古燕京，金元递开创。初兴靖难师，遂驻时巡仗。制掩汉唐闳，德俪商周王。巍峨大明门，如翚跱南向。其阳肇圜丘，列圣凝灵贶。其内廓乾清，至尊俨旒纩。缭以皇城垣，靓深拟天上。其旁列两街，省寺郁相望。经营本睿裁，斫削命般匠。鼎从郏鄏卜，宅是成周相。穹然对两京，自古无与抗。酆宫逊显敞，未央失宏壮。西来太行条，连天矚崖嶂。东尽巫闾支，界海看滉瀁。居中守在支，临秋国为防。人物并浩穰，风流余慨慷。百货集广馗，九金归府藏。通州船万艘，便门车千两。绵延祀四六，三灵哀板荡。紫塞吟悲笳，黄图布毡帐。狱囚圻父臣（王洽），郊死凶门将（满桂）。悲号煤山缢，泣血思陵葬（虏酋上我先皇帝陵号曰思陵）。中华竟崩沦，燔瘗久虚旷。宗子洎群臣，鸢岑与黔涨。丁年抱国耻，未获居一障。垂老入都门，有愿无繇偿。足穿贫士履，首戴狂生盎。愁同箕子过，悴比湘累放。纵横数遗事，太息观今向。农（田民）苦诛求，甲卒疲转饷。且调入沅兵，更造浮海舫。索盗穷琅当，追亡敝筑杖。太阴掩心中，两日相摩荡。火运有转移，虞天乱无象。白水焰未然，绿林烟已炀。空怀赤伏书，虚想云台仗。不睹二祖兴，茕茕念安傍。复思塞上游，汗漫诚何当。河西访窦融，上谷寻耿况。聊为旧京辞，投毫一吁怅。

［（明）顾炎武《顾亭林诗文集　亭林诗集》卷三，中华书局1983年，第335］

顾炎武《赠林处士古度》

老者人所敬，于今乃贱之。临财但苟得，不复知廉维。五官既不全，造请无虚时。赵孟语谆谆，烦乱不可治。期颐悲褚渊，耄齿嗟苏威。以此住人间，动踬为世嗤。嶷嶷林先生，自小工文辞。彬彬万历中，名硕相因依。高会白下亭，卜筑清溪湄。同心游岱宗，谊友从湘累。江山忽改色，草木皆枯萎。受命松柏独，不改青青姿。今年八十一，小字书新诗。方正既无诎，聪明矧未衰。吾闻王者兴，巡狩名山来。百年且就见，况德为人师。唯此耇成人，皇天所憖遗。以洗多寿辱，以作邦家基。

［（明）顾炎武《顾亭林诗文集·亭林诗集》卷三，中华书局1983年，第

348 页］

顾炎武《井中心史歌》

崇祯十一年冬，苏州府城中承天寺，以久旱浚井，得一函，其外曰《大宋铁函经》。锢之再重，中有书一卷，名曰《心史》，称“大宋孤臣郑思肖百拜封”。思肖号所南，宋之遗民，有闻于志乘者。其藏书之日为“德祐九年”，宋已亡矣，而犹日夜望陈丞相、张少保统兵外来以复土宇。至于痛哭流涕而祷之天地，盟之大神，谓“气化转移，必有一日”。于是郡中之人见者，无不稽首惊诧。而巡抚都院张公国维刻之以传，又为所南立祠堂，藏其函祠中。未几而遭国难，一如德祐末年之事。呜呼！悲矣！其书传至北方者少，而变故之后，又多讳而不出。不见此书者三十余年，而今复睹之富平朱氏。昔此书初出，太仓守钱君肃乐赋诗二章，昆山归生庄和之八章。及浙东之陷，张公走归东阳，赴池中死。钱君遁之海外，卒于琅琦山。归生更名祚明，为人尤慷慨激烈，亦终穷饿以没。独余不才，浮沉于世，悲年运之日往，值禁罔之愈密，而见贤思齐，独立不惧，故作此歌以发挥其事云尔。

有宋遗臣郑思肖，痛哭元人移九庙。独力难将汉鼎扶，孤忠欲向湘累吊。著书一卷称心史，万古此心心此理。千寻幽井置铁函，百拜丹心今未死。厄运应知无百年[①]，得逢圣祖再开天。黄河已清人不待，沈沈水府留光彩。忽见奇书出世间，又惊牧骑满江山[②]。天知世道将反覆，故出此书示臣鹄。三十余年再见之，同心同调复同时。陆公已向厓门死，信国捐躯赴燕市。昔日吟诗吊古人，幽篁落木愁山鬼。呜呼！蒲黄之辈何其多，所南见此当如何！

［（明）顾炎武《顾亭林诗文集·亭林诗集》卷五，中华书局 1983 年，第 409 页］

顾炎武《颜神山中见橘》

黄苞绿叶似荆南，立雪凌寒性自甘。但得灵均长结伴，颜神山下即江潭。

［（明）顾炎武《顾亭林诗文集·亭林诗集》卷四，中华书局 1983，第 353 页］

---

① 厄运应知，一钞本作“胡虏从来”。

② 牧，一作胡。

顾炎武《赴东六首》其四

荏苒四五日，乃至攀髯时。夙兴正衣冠，稽首向园墀。诗人岸狱中，不忘恭敬辞。所秉独周礼，颠沛犹在斯。北斗临轩台，三辰照九疑。可怜访重华，未得从湘累。

［（明）顾炎武《顾亭林诗文集·亭林诗集》卷四，中华书局1983年，第379页］

宋琬《泊舟夷陵作》

宋琬（1614—1673），莱阳（今属山东）人。

百丈挽孤舟，譬诸御劲敌。黄头运长篙，森然列矛戟。伐鼓以为节，进止有成画。喧呼殷雷霆，鱼龙应辟易。草间觅微路，蜿蜒入山脊。蜀儿夸身手，攀缘类蜥蜴。乘风张素帆，眩目失青壁。蒙茸岩际花，斑驳沙边石。小市闻鱼腥，近郊留虎迹。夷陵楚西门，历年困兵革。黄牛未百里，江流疾如射。云岑莽亏蔽，波涛相委积。芜没明妃村，苍凉屈原宅。景物足留连，畏此简书迫。浩歌对鸥鸟，俯仰悲行役。

［（明）宋琬《入蜀集》卷七，安雅堂未刻稿四部备要本］

陈子升《赠表兄冯茂》

陈子升（1614—1692），广东南海（今属广州市白云区）人。

与君为兄弟，异姓复连枝。君是大冯君，生于吾有妫。虞帝南巡下韶石，南天家世斯辉赫。言陪八伯共赓歌，向尔商瞿先学易。学易精思还草玄，赋成吾欲献甘泉。甘泉烽火来万里，俄看荆棘上参天。晓漏滴残鳷鹊观，悲风吹断鹡鸰篇。鹡鸰歌急孤鸾窜，可怜亲友皆星散。伍胥祇合避芦中，宁戚惟知愁夜半。故旧沦亡有几存，中表行中君最尊。甘为贫士终逃禄，曾列诸生亦受恩。伤心思过乌衣巷，遁迹难营白板门。君年七十荣期似，犹待华封祝男子。自言御妇比容成，莫是安储有园绮。忆昔风流邝舍人，雕龙绣虎夐无伦。世人妒才皆欲杀，君与相欢儿女亲。广陵遗散成绝调，山阳闻笛重沾巾。端阳怨切灵均赋，酹酒同吟舍人句。君持竹杖且须停，云过西山雨如注。

（中山大学中国古代文献研究所编《全粤诗》第21册，岭南美术出版社

2017 年，第 46-47 页）

陈子升《二子歌》

皖城方子栖庐山，番禺屈子辽东还。裁书寄去客复到，道气往来天地间。

此时天地烟茫茫，一鹤低迷双鹤翔。会须共集三珠树，莫惜参差道路长。

（中山大学中国古代文献研究所编《全粤诗》第 21 册，岭南美术出版社 2017 年，第 47 页）

陈子升《感秋四十首》其二十一

欲采琪花去，云深不可知。青天难矫翼，尘世总低眉。

方朔何容易，灵均有所宜。金丹如可授，会是别渑淄。

（中山大学中国古代文献研究所编《全粤诗》第 21 册，岭南美术出版社 2017 年，第 88 页）

陈子升《湘管》

不知将寸管，何以问重华。江岸斑斑竹，千竿似着花。

野云笼杂树，苔石点晴沙。读罢灵均赋，含毫日又斜。

（中山大学中国古代文献研究所编《全粤诗》第 21 册，岭南美术出版社 2017 年，第 117 页）

陈子升《五月黎梅萼刺史斋中纳凉》

一水何烦远溯洄，荔支湾上柳塘隈。大夫旧创迎风馆，中圣新持避暑杯。

疏雨洒松棋子落，暗潮翻荇棹歌来。濠梁陈迹湘累怨，玉麈挥残赋莫裁。

（中山大学中国古代文献研究所编《全粤诗》第 21 册，岭南美术出版社 2017 年，第 152-153 页）

陈子升《集唐》其二

此心期与故人同，独把一杯山馆中。古往今来只如此，谗言巧佞傥无穷。

孤云独鸟川光暮，九点秋烟黛色空。欲吊灵均能赋否，楚魂吟去月朦胧。

（中山大学中国古代文献研究所编《全粤诗》第 21 册，岭南美术出版社

2017 年，第 201 页）

谢元汴《放言》其十五《雪旨》

谢元汴（1615—1669），澄海（今广东汕头）人。

雪旨邀冬住，寒花称谪人。抗怀将落月，委美在山榛。

奇服自招妒，长眉不数蓁。先春芳色死，江畔问灵均。

（中山大学中国古代文献研究所编《全粤诗》第 20 册，岭南美术出版社 2017 年，第 253 页）

谢元汴《哭先民部贞穆先生》其五

腰镰岭上耘绳麻，桃滥薄陈紫笋茶。溟海风烟各日月，魂州草木自荣华。

臂林名社招平叔，栎树连诗吊若耶。太白墓前闻鬼语[1]，灵均苗裔后牛蛇。

（中山大学中国古代文献研究所编《全粤诗》第 20 册，岭南美术出版社 2017 年，第 283 页）

谢元汴《喜得陈夏木书》

岂是盗名字小山，书来短发及秋删。遐心匪卷流黄席，我面有如古玉颜。

七尺平分天地辱，五常不理剑冠顽。佩瑱阿谷犹吾党，泽畔先询屈子蔄。

（中山大学中国古代文献研究所编《全粤诗》第 20 册，岭南美术出版社 2017 年，第 280-281 页）

彭孙贻《吴门观竞渡》其一

彭孙贻（1615—1673），海盐（今属浙江）人。

荡舟湖上去，俱言吊屈原。鸱夷倘相遇，莫复过胥门。

［（明）彭孙贻《茗斋集·初集》四部丛刊集部续编集部本］

彭孙贻《东游纪行一百二十二韵往历下省觐作》

朱明徂暑候，玄驷授旌绥。采芑搴长薄，飘蓬触远思。晚英翩蹁躅，繁芷

① 原注：先生过采石，有吊李白诗。

飒萎蕤。咫尺辞庭榭，苍茫判路岐。柳条禁赠别，芍药怨将离。行色匆难止，当樽惨不怡。尘埃蔽暗暖，昃景在崦嵫。戚友临征术，闺人计返期。线添缝袖密，书嘱寄函私。挥揖回诸弟，牵裾抚弱儿。天涯从此逝，慷慨讵须悲。井邑看旋失，河梁伫已疲。木兰春棹急，携李夜帆迟。闪电随灯黑，低蓬带枕欹。金阊停鼓枻，林屋纳流飓。吴市肥鱼鳜，苏台满鹿麋。竹枝歌漠漠，荷叶水弥弥。岚雾迷汀煖，蘋鸥并席移。榴花骄客鬓，蒲节届浮卮。系缆云阳市，邮亭日午时。搴帘招野鸟，把盏酬芳蓠。剩有愁千缕，奚烦佩五丝。龙舟观竞渡，鼍鼓赛灵祇。浪溅辛夷棹，波翻结桂旗。佳辰怀楚俗，幽恨吊湘累。候入黄梅变，衣教白苎施。旅途中夏杪，行次大江湄。铁瓮围于带，金焦峙作坻。山川增灏淼，登览助凄其。延眺人千里，占风月半规。羁心横暮笛，断梦隔天陲。烟火维扬域，铅华往代遗。倡家多赵女，酒肆炫胡姬。胜迹犹存晋，穷奢夙着隋。草深荒苑树，萤照废楼基。破壁凋图画，苍苔间蒜蓏。故宫埋瓦砾，琼观易蕃薹。鹤自何年跨，箫应此夕吹。昔游增怅望，新句懒题诗。牛斗星分尽，东南地脉亏。摩霄翔鹳雀，潜浒惧蛟螭。贾舶宵衔尾，严关曙解维。沧浪旭低出，淅沥苇交靡。泗上俱罹寇，淮阴正誓师。近闻方辍警，数日散登陴。百感艰难集，孤征雪泪随。束装稍戒陆，策蹇乍横羁。旷野天为幂，平林树若荠。饥狐窜丰冢，狡兔跃颓陂。村落墟残灶，冈峦布累棋。无边惟灌莽，所历但茅茨。浣服经时换，舂粮并日炊。眠宁亲莞簟，餐曷具盘匜。纂纂徒悬枣，萋萋只旅葵。羹藜空啖黍，煮豆即然萁。瘠马嘶寥廓，荒鸡唱喔咿。蜚蝗蔽丘陇，枯泽老蒿萑。古邑郯侯国，寒城峄首碑。渐临齐境土，回盼鲁郊垂。引吭谣梁甫，低回向孔尼。鹊峰行在目，岱麓可容窥。乱岫穿尧岭，空原过舜祠。花洲晨饮骑，趵突暑流澌。抃舞浑忘倦，奔趋不自支。高堂今近矣，游子复何之。长耳骄逾疾，苍头悦载嬉。稍堪劳苦慰，预拟问安词。八郭遥传讯，前驱愕乍知。挂冠先命驾，卧辙已遵逵。自乞淮阳病，将寻扁氏医。大清湖寂寞，长白岭屋巇。后至来何晚，穷途哭可追。仆夫呼偃蹇，从者立嗟咨。默默神摇曳，皇皇意忸怩。芒然丧家走，困甚触藩羸。资斧囊羞竭，干糇腹畏饥。趾伤重茧裂，箧负一肩罢。袍类西河敝，颜看季子黧。肥阳崖巀嶪，济北溢涟洏。云树成修阻，征途亘委蛇。只身附萍梗，单舸逐鸱夷。畏路风波恶，孤踪霜露欺。轻飙渔艇速，巨舰石尤危。傲暗行船唤，旁呼泊岸谁。辩声同雀跃，审听两狐疑。梦寐惊猜见，苍黄拜起迟。欲言噤不语，未泣恸前持。啮臂分儿痛，伤心恻母慈。酸辛塞喉咽，鸣悒诉兴居。夜尽重添烛，风纤更掩帷。躬从遭难得，贫亦罢官宜。天意开群盗，人生遘百罹。长成怜弟妹，僮婢悯创痍。喜剧余怦怖，谭深转涕洟。浊河湍漭沆，击汰楫淋漓。返旆兼程迅，还家计日推。芙蓉生极浦，风雨滞邗池。荇藻牵青发，蒹葭映绿荑。横塘睡凫鸭，烟渚美莼蓤。斫鲙鳞飞玉，浮瓜月剖脂。乡音谙仿佛，城阙睨参差。扬子高樯稳，中峰兀植奇。攀跻荧象罔，指顾见支祁。景物从来好，江山似旧披。兰陵买醇酎，震泽钓文魮。冒湿冲霖澍，探泉汲绠縻。褰裳飞瀑涌，濯足乱流徙。信宿郊园到，旋归妇子嘻。户庭刚洒扫，车马轧喧卑。邻巷填肩背，宾朋接履綦。家人哗聚首，群稚竞含饴。鞅掌勤初释，田畴乐始兹。石犹青故故，兰亦茂猗猗。媚眼娱阶卉，投闲坐竹篱。桂香皆酿秫，草秀自生芝。浮世吾何有，狂歌今殆而。忧时休扼腕，旷览独舒眉。直道应安黜，清真且任訾。希因知我贵，隐又用文为。万事聊云尔，千秋谅在斯。东皋容啸傲，南亩或耘耔。遮莫生骚屑，哀吟赋五噫。

［（明）彭孙贻《茗斋集·初集》四部丛刊集部续编集部本］

彭孙贻《长春菊》

园林何处不长春，独占佳名匹美人。小有风流娱靖节，那教秋老怨灵均。繁星点缀金华散，累月铅黄黛色新。三径已荒篱菊尽，乱花细草解留宾。

［（明）彭孙贻《茗斋集》四部丛刊集部续编本］

彭孙贻《黄荷花》其二

几度江南唱采莲，秋容疑在洞庭船。临波檀晕双文浅，坐蕊蜂王一色妍。全学道装浮太乙，可随仙掌削金天。菊衣更觉婵娟甚，制芰灵均更惘然。

［（明）彭孙贻《茗斋集》四部丛刊集部续编本］

彭孙贻《并蒂菊花为七弟正仲赋》

霜落衡门手自栽，悠然三径并枝开。却疑兰泽同心者，相约寒皋二仲来。共傲两山风雨色，双浮重九弟兄杯。东篱从此堪偕隐，莫伴灵均楚客哀。

［（明）彭孙贻《茗斋集》四部丛刊集部续编本］

彭孙贻《五日偶成》

幽居人事日萧骚，昌歜樽前命浊醪。海内烽烟豺虎乱，山城槐火暮蝉号。经旬愁思过梅雨，五月榴花惜鬓毛。欲吊灵均渡江去，大江千里正风涛。

［（明）彭孙贻《茗斋集》四部丛刊集部续编本］

彭孙贻《陈章侯九歌图引》

幽斋细响鸣楚猿，巴巫姱女吹铁埙。垂帘点易意萧瑟，文狸窈窕窥书园。悲秋狂客饮不足，梦枕楚骚醉中读。沉吟不共哀蛩语，河伯湘君愁似雨。湘灵洗云沅水湄，烟丝雨丝织桂旗。幽篁含睇女床笑，芙蓉落尽篬梧庙。章侯醉笔写秋情，十二峰尖画研青。墨痕刻露孤袅袅，绣枣佳梨镌手灵。古帘勾出松肪暗，雕发镂眉宛无憾。潇湘衣帻洞庭舄，印来阿堵神明澹。颊毛奇崛卷虬螭，云中君亦烟其姿。应知笔力盘沉鸷，诘屈摧藏带愁字。嵯峨鬼腕呕孤心，巧得离骚天问意。九歌夜诵寒茫茫，夜深山鬼摇仓琅。凝思敛手一展卷，啾啾苦狖鸣空堂。烟霾惨楮灵均活，司命婆娑礼魂祓。应毁长沙吊屈篇，女媭押尾为题跋。

［（明）彭孙贻《茗斋集》四部丛刊集部续编本］

彭孙贻《和悯乱诗》其六

抱犊深耕食有余，辍犁登陇忽欷歔。淫蛙数部公私讼，一鹗孤秋荐剡书。世事乱麻愁草蔓，群贤服艾自兰锄。江湘今已无芳杜，屈子仓黄更卜居。

［（明）彭孙贻《茗斋集》四部丛刊集部续编本］

彭孙贻《山村》

渔艇沿溪棹，江村绕屋鸦。飘零去戎马，信宿寄田家。草白新经烧，芦枯尚带花。寒山萦树出，苦竹过邻斜。野老思天宝，中原乱永嘉。生还甘橡栗，失路混龙蛇。行在居空卜，归心鬓有华。故林招屈子，莫复赋怀沙。

［（明）彭孙贻《茗斋集》四部丛刊集部续编本］

彭孙贻《蒲亭客谈庐山栖贤寺之胜贻再经庐阜总未及游聊为长句以须后期》

庐山三百六十寺，最胜归宗及栖贤。我投白社不信宿，尚未一到天池巅。
蒲亭细雨灯花落，指点游踪共商略。从君齿颊出烟霞，使我胸中有丘壑。
寸心五岳隐不平，小句四愁徒寂寞。麻衣芒屩还山去，买得南州高士絮。
剪作招魂屈子衣，身挽柴车黄犊驭。他年削发访匡君，定到君言幽绝处。
君忆名山我忆君，相看总是无心云。青山上天云在地，明日云山从此分。
［（明）彭孙贻《茗斋集》，四部丛刊集部续编本］

龚鼎孳《馆卿命下孝威以诗见赠和答》其二

龚鼎孳（1615—1673），合肥（今属安徽）人。
雁鹜谋诚短，夔龙地敢论。幻频看海市，梦亦怯天门。
事过疑羊祜，时清醉屈原。侧身知亢悔，柔道欲占坤。
（徐世昌辑《晚晴簃诗汇》卷二十，退耕堂刻本）

王夫之《留守相公六帙仰同诸公共次方密之学士旧韵二首》其一

王夫之（1619—1692），衡阳（今属湖南）人。
千古英雄此赤方，漓江南下正汤汤。情深北阙多艰后，兴寄东皋信美乡。
进酒自吹松粒曲，裁诗恰赋芰荷裳。萧森天放湘累客，得倚商歌侍羽觞。
［（明）王夫之《姜斋诗文集·五十自定稿·船山遗书四十九》，四部丛刊初编本］

王夫之《读甘蔗生遣兴诗次韵而和之七十六首》其二十三

人间幻出墨胎廉，左右方圆画可兼。莺啭九歌娇屈子，绿肥五柳富陶潜。
雪中但窖丰年蝗，汗后全忘隔日痁。百尺竿头须痛扎，泥封汞鼎更添盐。
［（明）王夫之《姜斋诗文集·遣兴诗（夕堂戏墨卷二）·船山遗书五十四》，四部丛刊初编本］

王夫之《题芦雁绝句十八首》其十六

秋心万古此潇湘，汉苑胡关带恨长。谁道灵均哀思绝，唯将鶗鴂怨年芳。

［（明）王夫之《姜斋诗文集·鴈字诗（夕堂戏墨卷五）·船山遗书五十七》，四部丛刊初编本］

梁清标《送李吉津出塞》

梁清标（1620—1691），直隶真定（今河北石家庄）人。

生别妻孥出塞门，严城哀角动黄昏。文章自昔憎时命，痛哭终当感至尊。汉吏多持廷尉法，中朝谁举鲍生幡？此行渐入龙庭去，不用投诗吊屈原。

［（清）沈德潜选编；吴雪涛，陈旭霞点校《清诗别裁集》，河北人民出版社1997年，第25页］

释今沼《无题》

释今沼（1621—1665），番禺（今属广东）人。

越国相思楚水涯，江蓠如箭柳如丝。云迷巫峡神娥去，水绿湘潭帝子悲。汉苑兰生人已寂，洞庭木落雁先知。佩蘅谁向芳洲远，寥落灵均一帙辞。

［（清）《海云禅藻集》，卷三，逸社重刊本，第11册］

徐枋《奉赠周仪部玉凫先生五十韵》

徐枋（1622—1694），苏州府长洲（今江苏苏州）人。

迹隐东冈畔，人称南国贤。异才诚不世，大雅振当年。风调江山助，文章日月悬。词场推哲匠，禁苑着先鞭。摛藻彤庭丽，含香粉署妍。云衢开逸骥，天路渺飞鸢。万里风云合，千秋雅颂传。职司参典礼，郎署应星躔。鹤立矜风度，鹓行羡璧联。补天瞻凤德，华国赖鸿篇。荣问倾前辈，名儒自列仙。天心方晦蹇，国步忽迍邅。魏阙烟尘里，周京禾黍边。龙髯悲堕地，鹏翼敛垂天。白首松筠矢，红颜绂冕捐。后凋群卉暮，孑立众峰巅。一室生虚白，孤亭自草玄。江南哀庾信，幕北阻张骞。尝绌智林麈，同依慧远莲。独醒渔父忌，高卧阿侬先。顾曲余三爵，羲书韵一编。腹容卿数百，掌故礼三千。倒薤书宁易，晚菘秋正鲜。幽栖伤伏腊，逸兴托林泉。雌霓还知赋，高山独赏弦。忘年愧胶漆，知已正陶甄。廿载存孤露，三缄属佩弦。稚璆同下榻，摛舍敢随肩。丧乱过从数，栖迟气谊偏。湖村风漠漠，山墅月娟娟。薇蕨分同饱，芝兰每共搴。伤时栖砚北，怀旧泣尊前。墨沉烟云出，诗歌涕泪涟。荆扉支谷口，兰楫溯江漩。八九吞云梦，沿洄忆涧瀍。衡阳回去雁，澧浦揽芳荃。投赋湘累泣，传书社橘牵。九歌声转咽，三户谶仍然。岭海悲歌入，瓯闽意绪煎。十年悲蜃市，一旅付蛮烟。道是乘槎去，其如犯汉还。沧桑同寤寐，旦夕异山川。宁独浔阳隐，还同钟阜禅。清风回鹤市，丽藻染鱼笺。挂剑情犹昔，亡琴痛未蠲。哀荣襄吉壤，楚些泣荒阡。高谊空千古，关情惠一椽。纪群齐齿遇，孔祢早周旋。感激形骸尽，苍茫岁月迁。明公真硕果，避世恰华颠。

［（明）徐枋《居易堂集》卷十八，四部丛刊三编本］

周筼《寄彭仲谋兼柬令弟羡门》

周筼（1623—1687），嘉兴（今属浙江）人。

文人更相轻，此事古已然。今衰薄日趋下，谁从屠钓推贞坚。盐官独有彭夫子，汲引幽遐世无比。郭泰人伦许劭评，坐合末俗敦懿轨。胡山阳羡一书生，卖药来栖海上城。新诗满箧不堪煮，瘦妻病母愁空铛。君能裹饭相寻数，不使颠连赴沟壑。属和羊何世并称，谢家群从多名作。吾宗福柱才弱龄，亦有林生初发硎，昨者携诗走门下，辱君奖借增光荧。归来佳咏相传示，贱子姓名蒙录记。无盐刻画难作容，小巫神气徒深愧。海内名高汪与王，娄东合肥不可当。清真共挹王方伯，雄健皆推曹侍郎。吁嗟我党多贫贱，朱李才华世方见。浙川隐者释东关，老成得自千锤炼。杜陵声誉早著闻，番禺屈子尤不群。陆姜李顾及三魏，直上皆欲干青云。自余才俊分超轶，推挽后先安可失。读书曾不慕浮荣，仆与南村同矩律。令弟从知慧业深，许身直欲比南金。辞官虞寄多幽兴，卜宅陶潜有素心。清文秀句人争诵，博取诸家能错综。连舍相呼应不迟，青青池草西堂共。企望风流今几春，何当携手作情亲。他时傥遂观涛约，并挹琼枝玉树新。

［（清）徐世昌辑《晚晴簃诗汇》卷十七，退耕堂刻本］

汪琬《寄题鲍声来草庭》

汪琬（1624—1691），苏州府长洲（今江苏苏州）人。

鲍生嗜读书，书室开南荣。梧石罗四周，清阴覆门衡。如何了不顾，而以草名庭。草类区以别，剖晰不厌精。蒺藜善蔓延，蓬藋易纵横。葶苈苦如檗，荞萁甘似饧。茈莀差可染，菟葵略堪烹。芄兰本非兰，野薪本非荓。几此皆恶种，详在尔雅经。生也爱芳草，辨之已分明。种植与溉壅，往往手亲营。露浓翠甲滋，日暖珍芽萌。晨夕观物变，采香揽其英。陶令艺篱菊，湘累佩畦蘅。二子不偶俗，晚节尤茕茕。生也生东南，才颖超楚伧。行脱薜荔衣，翻然出柴荆。空留庭前芳，摇荡春风轻。

［（清）汪琬《尧峰文钞》卷四十三，文渊阁四库全书本］

汪琬《草堂偶成三首》其三

差科方扰扰，烽火更悠悠。有地堪埋骨，无天可寄愁。
桑榆身事晚，枫柳物华秋。何限行吟景，湘累惜未收。

［（清）汪琬《尧峰文钞》卷四十七，文渊阁四库全书本］

潘柽章《虎林漫成四首同吴愧庵作》其三

潘柽章（1626—1663），江南吴江（今江苏苏州）人。

圜土初经二月春，薰风又到系维身。流萤夜度绨袍冷，采蕨朝供麦饭新。
敢望左骖归越石，还期长佩拟灵均。多情最是他乡侣，闲谱龟兹慰苦辛。

［（清）徐世昌辑《晚晴簃诗汇》卷十五，退耕堂刻本］

岑征《耒阳谒杜少陵墓》其一

岑征（1627—1699），广东南海（今属广州市白云区）人。

没处既非假，埋时莫问真。先生不可作，大雅向谁陈。
披草看残碣，临风荐白蘋。耒河通汨水，知己有灵均。

（中山大学中国古代文献研究所编《全粤诗》第 20 册，岭南美术出版社 2017 年，第 633 页）

岑征《湘阴谒三闾庙二首》

遗像缘虫篆，空廊污燕泥。浮湘魂不散，归郢路长迷。
帝子山如黛，王孙草又萋。千秋有遗恨，长在武关西。
巫阳招不返，魂气傍湘东。宿莽中洲尽，长楸故国空。
悲歌荐兰芷，憔悴想形容。千里栖栖客，离忧不可穷。

（中山大学中国古代文献研究所编《全粤诗》第 20 册，岭南美术出版社

2017 年，第 636 页）

岑征《长沙谒屈贾二大夫祠》

痛哭辞京洛，行吟赴汨罗。楚汉文章贱，潇湘哀怨多。

斜阳临水国，灵雨散山阿。弭节荒祠下，凄其荐九歌。

（中山大学中国古代文献研究所编《全粤诗》第 20 册，岭南美术出版社 2017 年，第 637 页）

岑征《湘潭周家园牡丹》其三

片片轻霞护绮寮，浓华应许擅春朝。妆成魏苑夸潘发，醉后华清笑楚腰。

欲向梦魂传彩笔，谁从深院出红绡。三春易向兰皋发，料得湘累恨亦消。

（中山大学中国古代文献研究所编《全粤诗》第 20 册，岭南美术出版社 2017 年，第 661 页）

何绛《家二兄入罗浮余之循州承陈独漉珠江送别后却寄》其二

何绛（1627—1712），广东顺德（今属广东佛山）人。

三湘曾共客江浔，散发狂歌屈子心。自喜年来无个事，每于清夜一追寻。

（中山大学中国古代文献研究所编《全粤诗》第 21 册，岭南美术出版社 2017 年，第 657 页）

屈大均《平湖逢马培原给谏时给谏被沙门眼》

屈大均（1630—1696），番禺（今属广东）人。

平湖雨过白鸥飞，有客扁舟薄暮归。明月渐圆居士法，天花犹着比丘衣。

湘累梦寐通瑶圃，梅福封章隔紫微。去国离家予亦久，相逢萧寺泪同挥。

［（明）屈大均著，陈永正校笺《屈大均诗词编年笺校》，上海古籍出版社 2017 年，第 209 页］

屈大均《寓山园吊祁忠敏公》

园林午澄霁，左右芙蓉披。浮舟弄清暾，遂至镜湖湄。阳涯云方散，阴峰露未晞。再拜清泠渊，泪下沾裳衣。吁嗟怀沙人，守道无委蛇。筑宫水中涘，兰橑莺粟楣。金峦开彩翠，玉溜滴葳蕤。方怀安石赏，遽与彭咸期。皇舆已败绩，发肤何以为。浩歌赴长湍，溯洄从九嶷。容与凌明霞，触石体不隳。怒潮为安流，靡濡鱼鳞衣。我祖维灵均，冠剑郁陆离。夫君交手去，重华以同归。玄烟横极浦，冲风激寒澌。投篇涕泷澜，日暮感舟师。

［（明）屈大均著，陈永正校笺《屈大均诗词编年笺校》，上海古籍出版社2017年，第216页］

屈大均《维帝篇》

吾屈自楚而秦，自秦而南越，源流甚速，故从番禺始迁之祖，以溯三闾，而撰《维帝篇》。其辞曰：

维帝颛顼裔，周氏相蝉嫣。食土荆湘邑，屈姓何连绵。左徒死怀忠，日月在罗渊。宗臣不去国，恩义同比干。子孙藏剑佩，世守长沙田。汉初实关中，昭景同西迁。族贵称王孙，文采未相宣。武帝爱离骚，始命淮南笺。买臣工楚学，能言廿五篇。三闾之弟子，王逸益精妍。所恨灵均孙，名姓未有传。唐时美词藻，祇有屈同仙。千载失宗支，遗书荡如烟。徒闻宋南渡，我祖从秦川。抱挟离骚经，肇居番禺偏。番禺两山连，桂林横大川。冰霜避炎德，熊罴盘层峦。神灵所窟宅，形胜亚中原。少祖拥义兵，力拒元可汗。言从东莞伯，归命洪武年。褒勋锡彤矢，作镇临幽燕。本支在茭塘，世德列朝鹓。三闾大夫祠，峨峨南海边。景差与宋玉，配享蘼芜坛。女媭之婵媛，岁时祀孔虔。天问及九章，凄悲被笙弦。称觞何济济，伐鼓复填填。女巫献玉琐，姣服若飞鸾。灵兮骖两螭，云旌来翩翩。迎之激楚舞，侑以招魂篇。习射张大侯，中者为神欢。山谷气巃嵸，樛木缭苍烟。土膏春既动，禾稼郁芊芊。聚族二千人，公耕兹墓田。百果从离支，芬馨充豆笾。龙目酿酥醪，饮者寿多延。东家笼窗竹，西邻翡翠兰。中池翔文鱼，孔雀尾斓斑。皓发四五叟，混茫谈羲轩。子弟工文辞，风华尚小山。榕树大十围，流泉应鸣蝉。百尺木棉花，朱火然高天。灵境似华胥，淳俗夸桃源。花落鸡犬静，处处张春筵。爰从广州陷，我父方言还。勤王功未成，避世志难宣。吁嗟蚩尤乱，闾阖纷刀铤。湘君沉锦瑟，重华失金銮。四澥沸鼎镬，九州惊虚弦。将相妇人衣，崩角穹庐前。其时歌薤露，吾亲泪涟涟。龚胜屡绝粒，陶潜时鸣弦。遂筑怀沙亭，背冈带修湍。岌岌远游冠，卖药东市廛。增城受丹诀，委蜕从稚川。正气得所繇，庶几返自然。嗟予破家产，报国多迍邅。左持将军头，右揕秦王肩。虎狼不足刺，生劫酬燕丹。吁嗟天命衰，脱身出函关。爰从翟义公，兴师平陵间。逐日麾金戈，捎星曳红旃。黄帝驾象车，飞廉挥虹鞭。一夫先拔木，五丁齐开山。魑魅纷来战，雷霆相纠缠。予时当一队，矢尽犹争先。猛士尽疮痍，一呼皆腾鞍。手剥太行玃，足蹂阴山豜。雄虺昂九首，吞人益其肝。神虬忽失穴，潢污蟠蜿蜒。不能为国殇，含羞余空拳。天方造草昧，养晦为大贤。鹏运需扶摇，折翼避鹰鹯。割肉聊自食，毋须膏火煎。婉彼蛾眉女，瑶瑟中道捐。大禹方胼胝，遑恤涂山颜。客获千金珠，乃遭骊龙眠。英雄不学道，功名安足传。飘然登太山，长啸摇天门。鸡鸣见瀣日，涌出如金盘。神光腾八极，顿豁鸿蒙前。盘古日九变，玉斧开方圆。死生如循环，寻之渺无端。公孙舞双剑，宜僚弄一丸。鬼出忽电入，兵机获无传。囊括其雌雄，妙得将将权。蒲且弯长弓，风胡操龙泉。卫我归罗浮，省母梧桐间。凤凰挟其雏，羽仪九苞妍。一鸣圣人生，再鸣泰阶平。此身非血肉，五岳共乔骞。庶几鞠育恩，少报罔极焉。弟妹未婚嫁，夙夜亦怀仙。寡兄奉为师，冥探太素言。梁鸿尝牧豕，弄玉思骑鸾。织缣为亲衣，采薇为亲餐。甘瓜抱苦蒂，骨肉相夤缘。自谓依庭闱，没齿同贞坚。何意鲜飙激，孤雁吹飞翻。日月有盈亏，吾生遑得闲。挥涕出门去，斯民方倒悬。事亲贵养志，治国若烹鲜。乘彼太清霞，白鹿何娟娟。尘垢铸尧舜，羽翼凌绮园。御世有操纵，六辔如琴然。四夷若牛马，累累受拘牵。东游寒风阙，西戏昆仑巅。足性自无待，横流一手援。回顾乡闾中，萧萧桑梓寒。仲尼怀疾固，思归修遗编。百川朝沧溟，清浊必还源。北斗天中央，周流光不偏。姑射以神凝，使民疵疠蠲。苏耽能反本，化为黄鹄旋。

［（明）屈大均著，陈永正校笺《屈大均诗词编年笺校》，上海古籍出版社2017年，第268-270页］

屈大均《田三丈席上歌》

今夕何夕醉频阳，王剪祠前堪断肠。美人一双紫鸳鸯，愿随长风共翱翔。
秦筝慷慨西气溢，燕歌变转南魂失。佳丽须归楚些人，神仙肯作湘累匹。
往日人传好色名，南求交趾东辽城。交州美人珠鬘送，辽阳美人貂裘迎。
只今衱裯情难已，温其如玉惭君子。羽钗既挂远游冠，牙床敢展合欢被。

［（明）屈大均著，陈永正校笺《屈大均诗词编年笺校》，上海古籍出版社2017年，第348页］

屈大均《频阳纪梦作》其一

湘累魂越散，端赖美人招。故国无三秀，佳期有二姚。

神光离复合，幽梦暮还朝。不道襄王惑，频将玉佩要。

［（明）屈大均著，陈永正校笺《屈大均诗词编年笺校》，上海古籍出版社2017年，第350页］

屈大均《吉祥寺古梅》

巉岩山寺里，铁干欲为薪。残月疑山鬼，深云隔美人。

无花留太古，何草似灵均。再弄虬枝下，江南久望春。

（中山大学中国古代文献研究所编《全粤诗》第24册，岭南美术出版社2018年，第571页）

屈大均《读李耕客龚天石新词作》其一

东风吹愁满天地，越客羁栖不得意。携家远自南海来，十口飘飖无所寄。

秦淮一曲且侨居，升斗之水愁枯鱼。故人咫尺在幕府，慰我饥渴三致书。

公子多才年复少，乐府能兼南宋调。风流初见藕庄词，与君宫体皆娟妙。

我方笺易临河楼，梦寐日与羲皇游。新词见赠不遑答，精微空向画前求。

南楚好辞宗屈子，学诗昔自离骚始。含风吐雅数千篇，美刺颇得春秋旨。

［（明）屈大均著，陈永正校笺《屈大均诗词编年笺校》，上海古籍出版社2017年，第778页］

屈大均《阮亭岁暮怀人诗有曰姚生子庄结屋罗浮顶小陆卿平分古洞天欲觅屈师访仙迹梅铜岭上隔风烟屈师谓予也其注亦云翁上人旧隐罗浮二首》其一

罗浮旧隐海云东，姚陆坟悲宿草空。憔悴依然为屈子，逍遥不复作支公。

沉冥竹叶愁终遣，汤沐梅花命或同。岁暮有怀劳学士，何时注籍洞天中。

［（明）屈大均著，陈永正校笺《屈大均诗词编年笺校》，上海古籍出版社

2017 年，第 600 页］

屈大均《酬尹生贻木兰花》其一

木兰枝上露瀼瀼，津液因之吸正阳。之子采花数相赠，为怜屈子爱芬芳。

［（明）屈大均著，陈永正校笺《屈大均诗词编年笺校》，上海古籍出版社 2017 年，第 619 页］

屈大均《酬尹生贻木兰花》其二

屈子餐英自润泽，正阴精蕊在秋花。不如朱夏木兰好，与尔凌朝饮露华。

［（明）屈大均著，陈永正校笺《屈大均诗词编年笺校》，上海古籍出版社 2017 年，第 619 页］

屈大均《湘中闻竹枝》

竹枝本是三巴曲，流入湖湘调更悲。风俗变来从屈宋，千秋哀怨一相思。

［（明）屈大均著，陈永正校笺《屈大均诗词编年笺校》，上海古籍出版社 2017 年，第 644 页］

屈大均《南岳顶观日》

中宵登岳望，阊阖赤霞边。光采频迎日，空蒙不见天。
苍梧龙驭失，紫盖凤楼迁。万古湘累泪，东皇太乙前。

［（明）屈大均著，陈永正校笺《屈大均诗词编年笺校》，上海古籍出版社 2017 年，第 647-648 页］

屈大均《浮湘》其十三

水清鱼不少，一路有罾塘。山映涟漪绿，日含烟雨黄。
人为今屈子，地是古中湘。兰芷亦青草，如何独有芳。

［（明）屈大均著，陈永正校笺《屈大均诗词编年笺校》，上海古籍出版社 2017 年，第 657 页］

屈大均《柬孔君》

世事茫茫总苦辛，肝肠岂与孔融亲。天教鲁国余男子，代有湘累是怨人。

鸾凤自应栖枳棘，骅骝那得绝风尘。堪怜夜夜同明月，相照愁心满海滨。

[（明）屈大均著，陈永正校笺《屈大均诗词编年笺校》，上海古籍出版社2017年，第711页]

屈大均《喜族兄修古远归》其二

膝下文章雏子分，白鹅潭上写鹅群。东西水作双飞瀑，大小山成一白云。

楚国王孙多悱恻，灵洲佳气未氤氲。离骚不忍言家学，泪洒湘累杜若薰。

[（明）屈大均著，陈永正校笺《屈大均诗词编年笺校》，上海古籍出版社2017年，第728页]

屈大均《赠别吴门朱雪鸿》其十二

毵娑凤州柳，枝叶最垂垂。絮向白头扑，花兼红粉吹。

年年分越女，处处寄湘累。清婉吴音好，相思定不衰。

[（明）屈大均著，陈永正校笺《屈大均诗词编年笺校》，上海古籍出版社2017年，第756页]

屈大均《采石题太白祠》其四

乐府篇篇是楚辞，湘累之后汝为师。乌栖岂写亡吴怨，猿啸惟传幸蜀悲。

烟水苍茫投赋地，霜林寂历礼魂时。重华一别无消息，终古龙鱼恨在兹。

[（明）屈大均著，陈永正校笺《屈大均诗词编年笺校》，上海古籍出版社2017年，第798页]

屈大均《送汪扶晨奉吴山大师灵龛返葬黄山》其四

千秋知己是湘累，一读离骚泪便垂。禅寂未销亡国恨，愁心尝被朔风吹。

[（明）屈大均著，陈永正校笺《屈大均诗词编年笺校》，上海古籍出版社2017年，第800页]

屈大均《赠茅天石》

苕霅溪边客，丹青世所无。以予为屈子，因作远游图。

旧业余天目，新诗满太湖。繇来名下士，多半在菰芦。

［（明）屈大均著，陈永正校笺《屈大均诗词编年笺校》，上海古籍出版社 2017 年，第 811 页］

屈大均《赋为白下禅师寿》其三

十丈山茶与海榴，枝枝从不与春秋。生憎宝掌空长命，每见湘累欲白头。

比兴总超唐手笔，丹青兼得晋风流。杖人高弟真惭我，佛祖丛中不可留。

［（明）屈大均著，陈永正校笺《屈大均诗词编年笺校》，上海古籍出版社 2017 年，第 856 页］

屈大均《画兰行》

张公画鹰胜画马，兰竹尤精知者寡。兰师乃是程六无，竹亦仲昭始能写。

写成辄乞我题诗，墨花如雨争淋漓。我欲学兰兰不就，馨香难寄所相思。

多日湘累音响绝，紫茎绿叶无人说。枝枝画出亦离骚，仿佛潇湘见风雪。

兰膏细共露华滴，兰芽乱向春泥茁。秠兰一箭五十花，罗浮生长美人家。

花多人疑是蕙草，花少乃是真兰葩。为兰为蕙总芳芬，兰蕙繇来本一身。

画手写多休写少，一花即是一幽人。

［（明）屈大均著，陈永正校笺《屈大均诗词编年笺校》，上海古籍出版社 2017 年，第 873 页］

屈大均《求二桥山人画三闾大夫像》

先生怀姱节，寤寐见古人。凌朝漱九阳，为予貌灵均。曲眉象珠斗，姣衣飘春云。云中嫣含笑，望如扶桑君。正气得所繇，变化皆吾真。下为兰杜滋，上为日月陈。子其虚以待，鬼神将来奔。其小入无内，其大廓无垠。

［（明）屈大均著，陈永正校笺《屈大均诗词编年笺校》，上海古籍出版社 2017 年，第 927 页］

屈大均《王学士亦经屈沱作诗予复和之》其二

吾乡临一水，亦用屈沱名。伏腊湘累庙，弦歌楚些声。

宗惟南屈盛，辞未使君轻。家学元骚赋，依依忠爱情。

［（明）屈大均著，陈永正校笺《屈大均诗词编年笺校》，上海古籍出版社

2017 年，第 934 页］

屈大均《赠吴吴兴》

一麾江海日，宾客几人存。白首携雏凤，炎方听暮猿。

词人推祭酒，故事问开元。蓠草持相赠，湘累有一孙。

［（明）屈大均著，陈永正校笺《屈大均诗词编年笺校》，上海古籍出版社 2017 年，第 946 页］

屈大均《答祁七苞孙》其三

镜湖佳在镜湖桥，兰枻维时奏玉箫。东市虽然琴散绝，西秦尚未筑声消。

能逢句践方君子，莫吊湘累只大招。慷慨肯教生白发，衔杯且趁落花朝。

［（明）屈大均著，陈永正校笺《屈大均诗词编年笺校》，上海古籍出版社 2017 年，第 1003 页］

屈大均《答张桐君见题三间书院之作》其一

注：书院在广州城南。

桐君何事别桐庐，来问罗浮桂父居。岂有仙人还好剑，繇来高士不知书。

青樽但使秋常满，白发从教日已疏。身是湘累憔悴种，忍将词赋送居诸。

［（明）屈大均著，陈永正校笺《屈大均诗词编年笺校》，上海古籍出版社 2017 年，第 1091 页］

屈大均《赠家泰士兄》其五

麑衣散发亦逢迎，高简空驰世外声。岂有林宗能绝俗，自来巢父不知名。

稻粱人肯肥闲客，薇蕨天犹靳寡兄。无限微辞写哀怨，湘累子姓总多情。

［（明）屈大均著，陈永正校笺《屈大均诗词编年笺校》，上海古籍出版社 2017 年，第 1123 页］

屈大均《呈某按察使》

重来听讼海云间，司寇冠形似华山。中正自教金矢得，神明长与玉琴闲。

湘累子姓怜三户，白傅诗篇动百蛮。咫尺台门高不极，肯容狂客一追攀。

［（明）屈大均著，陈永正校笺《屈大均诗词编年笺校》，上海古籍出版社 2017 年，第 1138 页］

屈大均《人日双桧堂社集与诸从分得高字》

桧树阴阴庙貌高，相将人日事抽毫。白头宝胜分云髻，新岁椒花剩玉醪。
已暖风光全在柳，犹寒雨色半含桃。湘累辞赋吾家事，风雅能兼望汝曹。
［（明）屈大均著，陈永正校笺《屈大均诗词编年笺校》，上海古籍出版社 2017 年，第 1150 页］

屈大均《赋得摇落深知宋玉悲》其一

无端宋玉始悲秋，萧瑟长令异代愁。楚国大夫多丽则，湘累弟子更风流。
美人不向离骚取，神女频从梦寐求。词客最知摇落早，况闻猿啸满林丘。
［（明）屈大均著，陈永正校笺《屈大均诗词编年笺校》，上海古籍出版社 2017 年，第 1342 页］

屈大均《增城万寿寺乞取丫兰之作》其一

僧多兰蕙作花师，乞取离骚第一枝。叶短花长争尺寸，春黄秋紫间参差。
焦冈树色含霜早，丹井泉香出雪迟。莫笑湘累哀窈窕，频来只住女仙祠。
［（明）屈大均著，陈永正校笺《屈大均诗词编年笺校》，上海古籍出版社 2017 年，第 1388 页］

屈大均《止酒》其一

止酒因无酒，樽罍久已尘。每从皆醉日，愧作独醒人。
衰白谁能老，清高自得贫。餔糟终未敢，渔父笑灵均。
［（明）屈大均著，陈永正校笺《屈大均诗词编年笺校》，上海古籍出版社 2017 年，第 1392 页］

屈大均《咏古二十七首》其八

湘累泽畔吟，亦似秦庭哭。同怀宗国心，夙夜忧倾覆。自古楚贤才，二君最贞淑。忠爱格上天，大仇终报复。三户即三闾，亡秦在公族。义帝虽不终，诸侯尽臣仆。汉兴离骚显，楚声被丝竹。高帝歌大风，夫人和鸿鹄。皆是离骚余，哀乐同敦笃。

［（明）屈大均著，陈永正校笺《屈大均诗词编年笺校》，上海古籍出版社2017年，第1472页］

屈大均《韶阳恭谒虞帝庙有赋》其四

怅望沅湘有所思，楚宫泯没至今悲。三闾大族惟三户，九面衡阳岂九疑。
歌舞东皇暾未出，夷犹北渚月频移。零陵不是来龙驭，讵有湘累谒帝时。

［（明）屈大均著，陈永正校笺《屈大均诗词编年笺校》，上海古籍出版社2017年，第1516页］

屈大均《送人往归州》其三

往日湘累返，乡人慰梦思。悲凉高弟辩，婉顺女兄辞。
既放何曾怨，将亡惜未知。汨罗谁复赠，君去更投诗。

［（明）屈大均著，陈永正校笺《屈大均诗词编年笺校》，上海古籍出版社2017年，第1548页］

屈大均《赠友》其五

神农削鸿梧，以合天人和。嗟余半死根，摧藏在山阿。蒙周生浊世，滑稽扬其波。湘累亦寓言，荒淫为九歌。变易吾仪容，云气象嵯峨。日月尚有瑕，丘陵亦孔讹。称文虽渺小，其旨咸包罗。夫子诚知音，悯我如韩娥。行云如可遏，更奏采菱荷。

［（明）屈大均著，陈永正校笺《屈大均诗词编年笺校》，上海古籍出版社2017，第1631页］

屈大均《赠陈药长》

神仙中人谁不羡，羡子朱衣方拭面。点漆凝脂是右军，瑶林玉树如王衍。
日日弹棋用拂巾，时时作草多团扇。新诗更播宝安城，前辈风流不敢轻。
太白最能歌进酒，张衡还解赋同声。我过每谈风雅旨，三闾婉顺真君子。
谁道离骚乃变风，可怜忠原心无已。遗音千载有君知，日日弦歌是楚辞。

为言乃祖多忠愤，苍梧昔逐翠华迟。事去捐躯沉桂水，愁来作赋续湘累。
大节表扬犹未得，求予作传传京国。每闻人诵怀沙篇，感念先臣泪沾臆。
今朝娶妇思承宗，敬尔威仪玉帛从。婿如葛勃应无恨，女得陈丰复有容。
纱扇披时惊似月，香车乘处喜如龙。为君敬进新婚箴，性情之际难处心。
令祖争光同日月，慈孙继志在高深。燕婉定知长不惑，忠贞自此世相寻。

［（明）屈大均著，陈永正校笺《屈大均诗词编年笺校》，上海古籍出版社 2017 年，第 1666 页］

屈大均《宋玉》

荆南多巧说，宋玉尚微辞。神女空魂梦，湘累已别离。
荒淫言是托，摇落气何悲。师弟皆忠爱，襄王自不知。

［（明）屈大均著，陈永正校笺《屈大均诗词编年笺校》，上海古籍出版社 2017 年，第 1707 页］

屈大均《莲叶》

东西南北总田田，未作芙蓉已可怜。鱼戏不惊珠乱泻，人擎最爱月多圆。
湘累水屋香谁似，越女罗裙色未鲜。玉溆金塘无阙处，花开一一故相穿。

［（明）屈大均著，陈永正校笺《屈大均诗词编年笺校》，上海古籍出版社 2017 年，第 1735 页］

屈大均《巫山词》其六

巫山秀耸不曾高，朝暮阳台亦未劳。可惜湘累哀怨后，美人无命入离骚。

［（明）屈大均著，陈永正校笺《屈大均诗词编年笺校》，上海古籍出版社 2017 年，第 1823 页］

屈大均《巫山词》其七

三楚荒淫祇梦思，灵均弟子善微辞。巫山神女湘君似，好色都于讽谏宜。

［（明）屈大均著，陈永正校笺《屈大均诗词编年笺校》，上海古籍出版社 2017 年，第 1824 页］

张家珍《先文烈兄没产复勘偶成一律》

张家珍（1631—1660），东莞（今属广东）人。

夜卧绳床雷雨动，短檠相照一窗寒。乱离何处堪回首，魂梦犹如未解鞍。一卷离骚悲屈子，三归弹铗笑冯驩。萧然剩有闲心在，憔悴多惭漂母餐。

［（明）张家珍《寒木居诗钞》，沈乃文主编《明别集丛刊》第5辑第91册，黄山书社2015年，第524页］

于鉴之《杂感十首（崇祯元）》其三

于鉴之，1628年左右在世，籍贯不详。

卮酒能当万树萱，上才宁必醉西园。清时肯护文人行，薄俗难称长者言。素魄岂愁频缺辐，苍穹犹恨类欹轩。微词竟得留容冶，宋玉何曾似屈原。

［（清）钱谦益编《列朝诗集》丁集第十三之下，汲古阁刻本］

无名氏《沙上鬼诗》

长风吹浪海天昏，兄弟同时吊屈原。千古不消鱼腹恨，一门谁识雁行冤。红妆少妇空临镜，白发慈亲尚倚门。肠断不堪回首处，一轮明月照双魂。

［（清）钱谦益编《列朝诗集》闰集第六，汲古阁刻本］

史谨《屈原庙》

史谨，生卒年不详，苏州府昆山（今江苏昆山）人。

江边遗庙掩松筠，檐际云霞互吐吞。地接武关龙去远，枭临阿阁凤难存。湘兰日老春风佩，楚些谁招月夜魂。留得生前诸制作，千年光焰烛乾坤。

［（明）史谨《独醉亭集》卷中，文渊阁四库全书本］

清

毛奇龄《黄母生日》

毛奇龄（1623—1716），浙江萧山（今属浙江）人。

山鸟飞乌鹊，河鱼跃鲤鲂。中闺生左妹，有妇比周姜。撷佩湘东碧，从夫江夏黄。起家膺隼羽，入陛击貂珰。党锢成王国，灵均返帝阊。覆巢余破垒，漆室置懿筐。窥壁知名士，张帷助小郎。最怜悬帨节，犹得傍端阳。

［（清）毛奇龄《西河文集》卷一百五十，文渊阁四库全书本］

毛奇龄《自南昌逾峡江入庐陵界再寄施湖西并诸幕府四十三韵》

清江犹曲溯，溜水几回沿。甫入章中路，旋逾峡口船。回帆知几日，看桂又经年。时转青山外，朝行绿水边。周郎雄镇下，汉尉旧城前。虎踞横洲险，鸾吟舞岫联。无书藏玉笥，有驿住金川。庐阜难回首，洪崖未拍肩。前程逾浩渺，上浦正迁延。疏叶穿枫坞，寒苗映蔗山。秋高云度煖，冬近日行偏。宿草红晞露，平沙绿浸天。石攒飞鸟毳，涡曲敛蛟涎。枉渚难齐榜，层滩只上牵。矶封犹叠壁，浪碎恍连钱。妙景纡还望，忘机醒亦眠。长征邻去马，偶咏效衰蝉。篷暖衣从晾，垆歆酒更煎。霜栖寻蓼雀，水食进槎鳊。卷簟抽蒲莞，添衾爱木棉。琴声浮浦藻，剑气解冰莲。寂莫匡君隐，昭灵屈子篇。丹虚惭羽服，赛起恨神弦。高德屏藩业，才名幕府贤。安危烦重镇，优暇即神仙。地已成维服，民犹解倒悬。群方追啸咏，我亦诵旬宣。献瑟羞胶柱，劘刀痛着铅。自当依谢尚，敢曰寄刘焉。寓择郗公舍，披余谢眺毡。逢迎随浪荡，奔走任风烟。特是忘归矣，天涯纵转旋。未知谁税驾，江畔漫流涟。风急愁来雁，波澄看下鸢。年华空冉冉，流水自溅溅。此处祠梅福，吾行愧鲁连。孤游标鹿豕，健举负鹰鹯。泛梗忧中断，枯花忆故妍。天章徒似锦，茨影笑如椽。规我曾遗襚，随时悔佩弦。宁终浮玉桂，逝欲采香荃。洲鹭漂逾白，川螺转最圆。怀人兼寄志，游泳自苍然。

［（清）毛奇龄《西河文集》卷一百五十二，文渊阁四库全书本］

毛奇龄《看菊联句（为杨云士菊圃作）》

北苑寻幽鞠（甡[①]），东篱见治蘠。佳名浑不辨（张杉），妙植想多方。
种集伊川盛（甡），泉通郦县香。铜镮铺处白（杉），金碗镀来黄。
龙脑蟠银埒（甡），猧丝旋锦囊。轮衔千辐广（杉），钱取五铢良。

① 毛奇龄，原名“甡”。

蜡朵红儿髻（甡），檀窝青女妆。苞沿舒茗甲（杉），瓣底缀瓜瓤。
敞类仙盘举（甡），圆同佛面张。微红名马蔺（杉），小臭似蛇床。
坞辟辛椒外（甡），园邻苦竹傍。穿莺疑住久（杉），报雀欲衔将。
高士裁为佩（甡），夫人染作裳。分花餐屈子（杉），酿酒送长房。
合蜜团松饵（甡），和英煮桂浆。翻丛袪蛱蝶（杉），啄蕊妒鸳鸯。
暂吸枝头露（甡），潜窥叶上霜。候迟犹猗犯（杉），风动自低昂。
重叠排成障（甡），离披布近墙。记时存小正（杉），遣兴在重阳。
赐邺悲将老（甡），横芬诵有芳。秋葩应晚歇（杉），为我罄余觞（甡）。
［（清）毛奇龄《西河文集》卷一百五十四，文渊阁四库全书本］

毛奇龄《奉赠屠又良解元母太君寿》

锦帨张筵泛玉波，高堂玄发尚如螺。长携公子攀丛桂，曾对灵均剪芰荷。
丽日朱函开宝篆，秋风瑶瑟动云和。阳山大节终能配，庭下何难见孟轲。
［（清）毛奇龄《西河文集》卷一百七十四，文渊阁四库全书本］

毛奇龄《淮寓谢友人各馈淮酒》

玉瓮银缸慰客怀，依然进食在天涯。深惭屈子醒何用，但作刘伶死便埋。
终岁无家难去楚，一朝有酒竟如淮。
［（清）毛奇龄《西河文集》卷一百九十，文渊阁四库全书本］

毛奇龄《曹伯母寿（曹侍读同年母太君也）》

人生最堪乐，高堂有贤亲。况当享修年，八十方赐珍。所虑版舆隔，西舍留逡巡。而乃拓养堂，右与金阙邻。服献丝监织，鲙上山池鳞。拜母有王导，对客饶长文。我亦捧五豆，将遂攀千春。俯首诵母德，倍觉汗简新。当其剪荷蕙，慷慨辞灵均。衔辈养孤雏，忠孝两得伸。白日漫挥戟，沧海徒扬尘。松柏在坡峨，岂与众草伦。

［（清）毛奇龄《西河文集》卷一百八十八，文渊阁四库全书本］

范承谟《感怀》

范承谟（1624—1676），辽东沈阳（今属辽宁）人。

磨炭和百苦，恰哭屈原时。细检无可取，焚之还自疑。欲寄何由寄，收藏谁与持。展转劳梦寐，一念百踌躇。聊比御沟叶，随流付所知。代为消烈焰，了此一番痴。

［（清）刘可书编《范忠贞集》卷五，文渊阁四库全书本］

釋晓青《过水绘园留赠冒辟疆》其三

释晓青（1629—1690），江南吴江（今属江苏苏州）人。

平居至性爱孤骞，几拟为文吊屈原。欲采芙蓉秋水阔，搴裳仿佛到湘沅。

［（清）徐世昌辑《晚晴簃诗汇》卷一百九十六，退耕堂刊本］

陈恭尹《怀古十首》其三《楚中》

陈恭尹（1631—1700），广东顺德（今广东佛山）人。

衡云巫雨暗江津，江上孤吟过一春。二女庙边逢泪竹，大王风急到青蘋。

虚无玉驷朝天阙，惨澹云旗降楚神。终古灵均词赋在，湘南山水倍关人。

［（清）陈恭尹著；陈荆鸿笺释；陈永正补订；李永新点校.《岭南文库陈恭尹诗笺校》，广东人民出版社 2016 年，第 149 页］

陈恭尹《送程周量起复入都》

英英江上云，浩浩江中水。水流日下云日高，与君离隔情如此。无钱沽酒赠君别，就君醉饮清歌发。庭前乍响金风初，碧树离离照新月。新月西飞向沧海，海中老蚌含光怪。珊瑚枝长犀有纹，南州之宝无君对。先君门下三千人，就中程子尝冠军。即今贤达每不乏，野人于汝偏情亲。二十年间如电扫，旧时游处今荒草。屈子能争日月光，王裒分守松楸老。人生出处各有宜，看君高步何崔嵬。神龙吐气首万物，大鹏整翮盘天池。往年被命颁新诏，千骑东方年最少。磨崖手勒泰山碑，把笔醉题尼父庙。昨者麻衣反南野，江上聚观群拥马。盛名往往动时人，及见恂恂一儒者。沧海终为百谷王，如君气度谁能量。从此一抔封已毕，报恩身健日偏长。

［（清）陈恭尹著；陈荆鸿笺释；陈永正补订；李永新点校.《岭南文库陈恭尹诗笺校》，广东人民出版社 2016 年，第 207 页］

陈恭尹《端江五日写怀六首》其六

处处吊灵均，当年一逐臣。迹疏犹恋国，道直不谋身。

日月悬词赋，风涛泣鬼神。湘流殊未极，来者又何人。

［（清）陈恭尹著；陈荆鸿笺释；陈永正补订；李永新点校.《岭南文库 陈恭尹诗笺校》，广东人民出版社2016年，第406页］

彭孙遹《寄董苍水》

彭孙遹（1631—1700），浙江海盐人。

清霜十月下秋旻，独立寒塘下夕曛。摇落即看同坠叶，相思空自感停云。

骚人漫有湘累怨，世路方悲海贾文。迟尔华阳栖隐处，竹冠松麈礼茅君。

［（清）彭孙遹《松桂堂全集》卷十三，文渊阁四库全书本］

何巩道《独立》

何巩道（？—1675），广东香山（今广东中山）人。

急风禾黍暮，独立向斜阳。水远归帆白，山明落叶黄。

潘生霜染鬓，屈子泪沾裳。淹滞何为者，临岐空自伤。

（中山大学中国古代文献研究所编《全粤诗》第22册，岭南美术出版社2017年，第217页）

何巩道《钟子建才美而文有怀高云白之作社中人为和章余亦步韵二律代高子赋答二首》其二

凌云岂敢拟相如，空学灵均赋卜居。未与故人倾白堕，漫劳佳句比黄初。

须知彩鹢能寻戴，莫遣乌龙解吠徐。试问六窗分向月，清光何处不怜余。

（中山大学中国古代文献研究所编《全粤诗》第22册，岭南美术出版社2017年，第250页）

王士祯《秭归夜泊》

王士祯（1634—1711），新城（今山东桓台）人。

江水茫茫去，西风感鬓丝。峡深夔子国，月上屈原祠。

滩响夜方急，猿声寒更悲。楚天摇落后，何处采江蓠。

［（清）王士祯《精华录》卷七，文渊阁四库全书本］

王士祯《长寿县吊雪庵和尚》

枳县秋风怆客魂，金川遗事忍重论。谁从鱼服悲宗国，唯有乌朝恋旧恩。
叶下沅湘愁北渚，芜生鄢郢哭东门。至今松柏滩头水，呜咽寒潮吊屈原。

［（清）王士祯《精华录》卷七，文渊阁四库全书本］

王士祯《题三闾大夫庙四首》

怀沙千古恨，弭楫吊灵均。眇妙思公子，依依问楚人。
招魂龙贝阙，遗恨虎狼秦。愁绝涔阳浦，年年杜若春。

湘累哀怨地，自昔有遗音。晓日空舲岸，孤帆枫树林。
数穷詹尹策，魂断女媭砧。欲问离骚意，巴东猿夜吟。

久客怀往路，还登江上祠。美人惜珍髢，众女妒娥眉。
楚泽凋兰叶，巴巫唱竹枝。九歌何处续，宋玉有微词。

鶗鴂鸣何早，鸟飞思故乡。如何怀郢路，终自弃沅湘。
三户余秋草，千山满夕阳。武关呜咽水，犹怨楚襄王。

［（清）王士祯《精华录》卷七，文渊阁四库全书本］

宋荦《感遇七首》其六

宋荦（1634—1713），河南归德府（今河南商丘）人。

巫山女粗丑，乃有王明君。峡中寡俊才，屈原撰奇文。灵芝出粪壤，所自安足云。胡为纨袴子，家世夸令闻。俯视蓬蒿士，宛如河汉分。贵者擅其贵，鸡鹜徒纷纭。贱者守其贱，兰蕙同芳芬。

［（清）宋荦《西陂类稿》卷二，文渊阁四库全书本］

田雯《放歌效铁厓体》

田雯（1635—1704），济南府德州（今山东德州）人。

吁嚱已矣，人生不必万户侯，又焉用识韩荆州。手种山姜八百本，成都之桑那足数，栗里之菊诚堪羞。盘皇破壳八十一纪水清浅，两丸跳掷簸弄春复秋。罡风送我落天外，琼田三万六千顷，君房曼倩群来游。吴刚厕名作小户，女娲驱使为舆驺。琵琶乱拨双成戏，沧屿支拄昆仑愁。骑茅龙，佩吴钩。肩拍洪厓，袖揖浮丘。星精织女，天上牵牛。把任公之钓竿，披五月之羊裘。效孟郊之寒虫啼号聒两耳，笑屈原之啜糟啜醨茗艼休。暮啃朝喋太多事，宿醒旧痼从今瘳。同峪作歌杜亦苦，雌霓有赋沈何求。徐于欠伸梦忽醒，绛人甲子真蜉蝣。问天搔首，掘地埋忧。青驴箱贮，肥豕瓶收。金粟小于粒，莲叶大如舟。我将蹋崆峒，学长生，呼鸱夷，狎阳侯。轩辕之子弥明癫且老，与尔试看榑桑红日海西流。不则吹笙跨鹤缑山头。

[（清）田雯《古欢堂集》卷一，文渊阁四库全书本]

田雯《杂诗后十首》其八

书几西头药灶东，渔蓑樵斧不曾空。珠囊未遭骊龙睡，树杪偏多少女风。曲唱庡廖悲迁日，人夸矍铄实衰翁。去天一握屈原问，白石南山两鬓蓬。

[（清）田雯《古欢堂集》卷十二，文渊阁四库全书本]

田雯《姊归庙》

高唱沧浪沔口东，于菟乡里吊秋风。屈原庙与女媭宅，尽在白蘋红蓼中。

[（清）田雯《古欢堂集》卷十三，文渊阁四库全书本]

田雯《午日》

安石榴花寂寞开，三间古庙抱荒台。沌阳渡口停舟处，买得蛮村角黍來。

[（清）田雯《古欢堂集》卷十三，文渊阁四库全书本]

张英《庚子放后舟中赠信臣二首》其二

张英（1637—1708），安徽桐城（今属安徽）人。

一叶轻舟逐水湄，西风吹客到家迟。依然江岸芦花路，况是秋深暮雨时。暂屈敢言同鹤胫，长愁只恐负蛾眉。惜阴亭畔蘋香老，难荐湘累楚客祠。

[（清）徐世昌辑《晚晴簃诗汇》卷十三，退耕堂刊本]

释成鹫《南塘泛舟赠何太占》

释成鹫（1637—1722），番禺（今属广东）人。

我本钓鱼船上客，偶随鸥鹭下南塘。长空放鹤不留影，野水侵花长带香。

屈子牢骚庄旷达，稽生懒惰阮猖狂。相逢大笑各归去，明日抱琴来此堂。

［（清）释成鹫著《咸陟堂诗集》卷十三，香港中文大学图书馆藏本］

释成鹫《十闰诗》其五《闰端阳》

中天回北陆，余闰继南离。至朔盈虚定，朱明日月迟。

涧蒲添节节，榴火足枝枝。昨有灵均约，重来此一时。

［（清）释成鹫著《咸陟堂诗集》卷七，香港中文大学图书馆藏本］

释成鹫《山居杂咏》其十六《餐菊》

楚客有佳味，山僧非酒人。醉嫌陶靖节，颦效屈灵均。

无复盐梅想，偏宜姜桂辛。东篱花满眼，霖雨任经旬。

［（清）释成鹫著《咸陟堂诗集》卷七，香港中文大学图书馆藏本］

释成鹫《过蓝关谒韩文公庙》

我昔读书至原道，眼中有儒无佛老。孔门儿孙争吐气，烈日当空长杲杲。后来更读潮州韩庙碑，始知眉山老子不吾欺。道济溺，文起衰，古人可作非公谁。当年天子崇佛氏，骑马鸡栖上封事。批龙鳞，履虎尾，等荣辱，齐生死。自断投荒不复还，一路行吟八千里。至人履险如履夷，眼前直道平如砥。何有于，秦岭云，蓝关云，凄凉独洒穷途泪。呜呼噫唏，我知之矣。孤臣去国兮誓忘家，天路险难兮不可至。望帝乡兮云中，范驰驱兮荒裔。灵均九辨有同情，平子四愁应不二。今来古庙枕寒崖，松树森阴不知岁。秋风入松作山雨，前路行人去如水。我问行路人，谁是公知己。当年祗有鳄潭鱼，不畏天王畏刺史。路人问我谁，旧是尼山门弟子。方袍高笠胡来哉，稽颡再拜汗先泚。我公聪明见肝胆，天人默默应相契。过门正好留衣别，登堂不用作胡礼。

［（清）释成鹫著《咸陟堂诗集》卷二，香港中文大学图书馆藏本］

吴雯《潭州遇李屺瞻前辈》

吴雯（1644—1704），山西蒲州（今永济）人，原籍奉天辽阳（今属辽宁省）。

夫子罢官久，高怀人不知。相逢湘水上，同过落花时。

世事只如此，天涯何所之。犹能藏斗酒，醉读屈原辞。

［（清）吴雯著《莲洋诗钞》卷三，文渊阁四库全书本］

沈天宝《公无渡河歌》

沈天宝，1699年举人，江南吴江（今江苏苏州）人。

公无渡河，公竟渡河，渡河而死悲洪波。渡河尚不可，何况溟海恶浪山嵯峨。黑云压天日无色，阴风惨淡百怪多。君何为而来此地，粤东行省老从事。王事有程不敢稽，疾驱海滨意难迟。珠崖孤悬绝岛中，遥指百里舟航通。怪云一缕起天末，舟人为语嘘长风。君诧狂言决长往，扬帆鼓柁驰空蒙。中流飓母果为祟，狂飙拉杂翻艨艟。一时官吏相抱死，百二十口无遗踪，呜呼！君非同姓屈原愿灭顶，又非求仙徐福来自沧瀛东，何为竟学披发狂痴之老叟，捐躯沉魄蛟龙宫。君有田园吴越间，华堂窈窕临晴川。美酒清歌娱旦暮，曲房尽贮如花颜。何为求荣自束缚，一家飘散如飞烟。庾岭岭头妇哭死，两子连殒浔阳船。妾生两雏在襁褓，呱呱扶榇归荒阡。君不见长安大道平如砥，朝入金门暮朱邸。一朝失足蹈危机，卵覆巢倾亦如此。吁嗟乎！宦海风波随处多，岂独人间公渡河。

［（清）沈德潜编《清诗别裁集》，岳麓书社1998年，第548页］

万夔辅《中秋狱中作寄老妻》

万夔辅，生卒不详，江苏宜兴人。

此生此月狱中看，分照累人不算圆。泣忆牛衣心并瘁，坐当木榻膝俱穿①。《明夷》曾卜周文《易》，《惜誓》还吟屈子篇。生我恩深惭未报，夜深长跪礼金仙②。

---

① 自注：狱中只一木榻，坐卧其上。廿二为先慈忌日。

② 原注：于极颠沛中，不忘《明夷》《惜誓》，视“梦绕云山心似鹿，魂飞汤火命如鸡”者，较有定守。

［（清）沈德潜编《清诗别裁集》，岳麓书社 1998 年，第 854 页］

查慎行《三闾祠》

查慎行（1650—1727），海宁（今属浙江）人。

平远江山极目回，古祠漠漠背城开。莫嫌举世无知己，未有庸人不忌才。放逐肯消忘国恨，岁时犹动楚人哀。湘兰沅芷年年绿，想见吟魂自去来。

［（清）查慎行《敬业堂诗集》卷二，文渊阁四库全书本］

查慎行《长沙杂感四首》其一

水远山平极望赊，湖南风物一长嗟。屈原已去终亡国，吴芮如存可世家。湘竹旧痕啼梦雨，薜萝新鬼怨囊沙。孤城自绕残阳岸，风急秋清急暮笳。

［（清）查慎行《敬业堂诗集》卷四，文渊阁四库全书本］

查慎行《又五言绝句四十首》其三十八

章子今云亡，孤此一条竹。上有斑斑痕，湘累如代哭。

［（清）查慎行《敬业堂诗集》续集卷五，文渊阁四库全书本］

查嗣瑮《贾太傅祠》

查嗣瑮（1652—1734），海宁（今属浙江）人。

陈书痛比秦庭哭，作赋情同楚奏哀。已遣长沙忧不返，如何宣室召空回？身逢明主犹嗟命，天夺中年亦忌才。此日题诗还下拜，也如君吊屈原来。

［（清）沈德潜编《清诗别裁集中》卷十九，吉林出版集团股份有限公司 2017 年，第 631 页］

陈鹏年《冬日感怀三首》其二

陈鹏年（1663—1723），湘潭（今属湖南）人。

清时稽古独优崇，诏许诸儒集禁中。花发上林春窈窕，雪晴阿阁日曈昽。直庐夜检青藜照，讲幄朝呈白虎通。痛定湘累惭报国，皂囊无补但雕虫。

［（清）陈鹏年撰；李鸿渊校点《陈鹏年集》，岳麓书社 2013 年，第 599 页］

张璨《宋徽庙画兰》

张璨（1674—1753），湘潭（今属湖南）人。

御墨淋漓写楚兰，披图却忆政宣间。分明一种湘累怨，万里青城似武关。

［（清）钱谦益辑《列朝诗集·乙集第八·张处士璨》，汲古阁刻本］

李锴《悼离篇哭亡姊》

李锴（1686—l755），辽东铁岭（今属辽宁）人。

吾家少姊类吾母，婉愸从容有所守。儿时颖慧能读书，列女篇章皆上口。锦官城下锦江水，芙蓉红压锦城里。当时姊弟并孩提，朝朝联臂芙蓉底。姊挽老父带，弟牵慈母衣。终年不一出闺阁，无日或复离庭闱。长安归后互分飞，姊行作妇弟娶妻。膝前儿女各已长，眼中二老嗟安归。滂沱血涕昔对下，天乎为此死别离。凋丧十五年，存者五六人。齿发日已老，骨肉情愈亲。如何零露意，又使芳华泯。屈原无人詈婞直，骆统困约谁分食。吁嗟骨肉不再得，哀猿一声泪填臆。萧森雨气逼昏灯，灯灺更长天墨黑。

（金毓绂主编《辽海丛书》第3册，辽沈书社1985年，第2006页）

蒋恭棐《景州董子故里》

蒋恭棐（1690—1754），苏州府长洲（今江苏苏州）人。

嫚秦废学校，坑儒并焚书。师吏辜诵说，六经归榛芜。汉兴虽天授，创业由征诛。典礼命叔孙，绵蕞诚区区。百年生董子，私淑洙泗徒。下帷绝窥园，精心究典谟。从容对三策，致君期唐虞。武皇内多欲，遇之以虚拘。讵能崇正学，诏令相江都。后复相胶西，骄主重谄谀。诚正能感通，两地无龃龉。邪臣怀妒嫉，谲计何从摅。春秋详灾异，众口訾其迂。弟子昧师说，妄谓论大愚。获罪得免死，诚口全其躯。所幸圣道明，邪正分殊途。以待后来者，迭起胥匡扶。有宋五子兴，直溯姬孔初。日月悬中天，蒙翳消云衢。何人启涂径，广川实先驱。而胡昌黎伯，吐辞取敷腴。屈原司马迁，子云与相如。论道遗董子，所见犹偏隅。我过景州里，祠宇丛枌榆。稽拜瞻仪容，和粹缅真儒。王道复谁陈，揽辔空踟蹰。

［（清）沈德潜编；吴雪涛，陈旭霞点校《清诗别裁集》卷二十四，河北

人民出版社 1997 年，第 477 页]

戴亨《题王外史昆霞小像》

戴亨（1691—1760），浙江仁和人（今浙江杭州）。

黄鹄飞飞薄霄起，健翮徘徊营四海。排风卷雾任翱翔，南北东西无定在。徜徉世外全其天，虞罗至老无患殆。长安市上繁华郎，裘马照耀生辉光。坎险当前昧不识，欢娱往往潜悲伤。兰蕙遭刈岂由人，琬琰器美多自戕。簪我切云冠，披我芰荷裳。朝看钱塘水，暮游荆楚乡。芒鞋竹杖遍天下，遇君燕市结客场。高楼沽酒说兴废，阴云倏起天苍茫。钱镠霸业今安在，屈原词赋沉沅湘。黄金台畔骨已朽，荆高击筑空激昂。人世沧桑顷刻耳，吊古悲今动流涕。呕吟长短括诗囊，餐霞茹芝随角绮。

（金毓绂主编《辽海丛书》第二册，辽沈书社 1985 年，第 1195 页）

厉鹗《午日湖上同少穆耕民观竞渡》

厉鹗（1692—1752），浙江钱塘（今浙江杭州）人。

乡园五日何所为，相与牵挽趋湖湄。湖波帖妥平似席，波上忽有群龙嬉。龙头昂昂尾嶦嶦，伐鼓摐金闻近远。青山几点彩帜飞，万人拍手回桡健。吴儿踏浪雨足霜，镜心越女开红妆。大船小船更旁午，此岂有意哀沉湘。谁家放鸭争欢谑，不用金丸羽毛落。分曹齐赴鹳鹅军，凌波竞捉鲻鹤跃。须臾细雨东南来，水仙鸣佩琉璃堆。天公不令兴易尽，菰蒲斜日明深杯。人生即事有今古，回首平烟空极浦。金明池上夺标图，当年盛事亦已无，独醒不醉胡为乎。

［（清）厉鹗《樊榭山房集》卷四，文渊阁四库全书本］

厉鹗《靳尚祠》

楚臣佩菉葹，林表曾现形。自受度师戒，不食江鱼腥。我非离忧客，坦步半山亭。

［（清）厉鹗《樊榭山房续集》卷四，文渊阁四库全书本］

汪由敦《西湖竞渡词》

汪由敦（1692—1758），钱塘（今浙江杭州）人，原籍安徽休宁。

午月午日日卓午，水马奔腾振鼍鼓。金支翠羽猎猎斜，仿佛冯夷扶风舞。纷孥桂辑竞盘空，婉蜒倏忽云吞吐。鳍爪之而白浪翻，舴艋攀鳞百千聚。中流画鹢镜奁中，五尺竹帘淡容与。杏衫轻压赤灵符，艾虎斜牵长命缕。六桥浓柳新蝉沸，桥上游人薄醉语。水嬉胜事盛东吴，此日招魂仿荆楚。美人香草寄幽忧，大夫日月并千古。噫嘻往事纷可数，自昔孤臣遭际苦。不见栖霞岭对三台山，两代忠魂一抔土。南枝蟉结闷幽宫，铁人剥蚀埋荒莽。衔哀冰上鹭鸶飞，松楸霎霎神灵雨。蛟龙攫食东门芜，虎豹当关帝阍阻。燐燐碧血射寒烟，岌岌云冠委芳杜。绿水青山到处愁，悲歌重借离骚谱。痛饮蒲樽放棹回，茶盖亭亭隔前浦。空明窈窕浸山脚，南高北高斗眉妩。我乘新月作曼声，定值鲛宫弄珠女。

[（清）汪由敦《松泉诗集》卷一，黄山书社 2016 年]

金德瑛《题吾汶稿》

金德瑛（1701—1762），祖籍休宁，浙江仁和（今浙江杭州）人。

丞相不劝原必死，先书祭文数十纸。待得燕山齿发归，同心不愧同乡里。
昔者宋玉师屈原，莫能直谏空招魂。未知楚灭身何所，千古但有风流存。
何如庐陵王鼎翁，耻作机云作陈东。心哀母老难许国，不然随殉柴市中。
虔州之水洪州驿，处处悲风寒凛栗。义士相望四百年，歙州亦有江天一。

[（清）徐世昌辑《晚晴簃诗汇》卷七十四，退耕堂刊本]

姚范《家叔于巢以折枝兰花赠方息翁自翁作歌张之壁间书一诗于后呈于巢》

姚范（1702—1771），安徽桐城人。

屈原已死潇湘空，蕙兰不生芳草丛，朅来南阮萧斋中。
美人不见相思瘦，一枝折赠秋风后，夜雨西堂落红豆。
我昔曾谱《猗兰篇》，空山鼓之谁与传，烦君更乞冰丝弦。

[（清）徐世昌辑《晚晴簃诗汇》卷七十七，退耕堂刊本]

全祖望《漳浦黄忠烈公夫人蔡氏写生画卷诗十首》其八

全祖望（1704—1755），宁波府鄞县（今浙江宁波）人。

湘江兰秀，武陵桃熟。种志玄都，香传幽谷。易称辨物，盖以类族。

何来金丝，采之盈掬。附以紫萝，亦几一束。虽袭其名，实殊其目。
屈原已死，陶潜不复。女史记之，以防混浊。
［（清）全祖望《鲒埼亭诗集》第二卷，四部丛刊本］

爱新觉罗·弘历《题赵孟頫水村图手卷》

爱新觉罗·弘历（1711—1799），清朝第六代皇帝，直隶（今北京市）人。

屈子卜居后，潭边渔父逢。沧浪鼓枻去，烟水自重重。
［（清）《御制诗初集》卷二，文渊阁四库全书本］

爱新觉罗·弘历《题邹一桂百花卷》

东风骀荡珠斗旋，女夷早识当司权。探春为使冒晓寒，垂垂雪节报韶年。
东郊迎春春可怜，赭黄袍笏映日暄。是时红梅方灿然，暗香疏影笑逋仙。
晓妆学杏斗芳鲜，九嶷萼绿环佩珊。不许舞蝶知因缘，湘妃波上犹跹跹。
云仪雾从衣袂联，九龙为御不须鞭。一品九命瑞香团，味输龙沉与麝兰。
万粒齐绽雪点残，诗人漫夸紫球般。宝珠山茶出祇园，杨妃焦萼空喧传。
滋兰九畹忆屈原，凌驾菉葹突蕙荃。东皇绶带垂翩翩，管领嫣红姹紫天。
南阳诸葛卧龙蟠，只今遗种犹田田。玉李含桃相樛连，繁英碎瓣春星攒。
色香不辨孰媸妍，百花领袖文杏专。上林仙子名姓宣，亦有行人断魂牵。
清明时节村舍边，双双金雀何飞翾。宛同社燕珠帘穿，紫棉垂丝笑靥嫣。
欲绾青阳片刻延，荆花解令昆仲欢。不须更咏棣华篇，光风转处蕙丛芊。
态比吴兰差娟嬛，野薇含笑美且鬈。苎萝村里浣纱人，蝴蝶惯抱花心眠。
紫罗花凤低枝骈，海棠贴梗种尤难。元都观里春将阑，桃花人面啼阑干。
雪梨映月小院偏，木笔点咏芳园闲。昭容紫袖俄双搴，流苏万结压井栏。
蔷薇金朵垂篱垣，如来迦叶曾示禅。何来于菟绕戒坛，比邱伏后都忘筌。
谁将荷包名牡丹，满贮春和露未干。轻鲦出水波溅溅，弱干掩映梳烟鬟。
银丝万缕疑珠贯，瑶葩真是抵金钱。浴蚕初罢豆花繁，不与桃李争春官。
绕蹊棠棣常偏反，满囊金粟胜霜籼。双成上元纷骑鸾，石家步障金谷筵。
紫丝十里围芳阡，沃丹九转驻朱颜。虞姬杜鹃愁满川，蕊珠宫里彩球悬。
兰膏微晕胭脂殷，名传西府堪吟攀。长春四季开斓斑，直将春秋纪八千。

丛丛石竹疑湘斑，洛阳魏紫尤称尊。琼田瑶圃樊杜班，沉香乐游应并删。
身傍小玉欺素蛮，木香郁李枝连蜷。玉堂佳客挥吟笺，缤纷翠羽来空山。
亚盆栀子丽且娴，但闻薝卜余香捐。忘忧最爱北堂萱，豆篱花满凉蛩喧。
金银引蔓飘温馨，蜀姬濯锦锦浪翻。石榴争似葵心丹，南中金丝五出圆。
盈盈黄苞衬绿盘，千叶翠桃倚晚烟。连昌宫墙那能关，还疑洞口寻刘阮。
玫瑰宜上美人钿，缠枝千结芳菲魂。佛国嘉种称旃檀，离垢顿悟倒刹竿。
渭川遥接武陵源，观音幻柳何曾观。石菊凌霄剪碎纨，或绽砌旁施松颠。
海桐蒙蒙清露泫，渌波初日舒芳莲。亭亭翠盖凌风轩，虑妃罗袜步银湾。
郎名紫薇侍金銮，晚香未入嵇含编。岸莲紫鹤净粉铅，玉阶岸帻鸡人冠。
露晨报曙琐窗前，清江红醉雁初还。牵牛七夕鹊桥填，秋葵凤仙簇藓砖。
美人绿鬓映貂蝉，闻雷悟处同风幡。马兰珠兰争笑嫣，茉莉吐馥髻云鬟。
海棠秋染红霞痕，幽馨逸态难具论。淡竹不离僧伽肩，芒鞋挂处铁线缠。
汉宫秋色赤焰燀，玉簪插髻清芬喷。蓝菊翠梅各婉娈，桂花丹粟月窟根。
木樨弄影临清湍，夜来香绽花须鬈。桃蹊李径委榛菅，九秋佳色东篱存。
当年陶令兴盘桓，金英落砌犹堪餐。嘉名万寿荐寿樽，月月红妆灿朝暾。
芙蓉寒倚夕阳滩，江乡一幅图范宽。累累天竹缀琅玕，山茶艳质名玉环。
香传真蜡薇露湔，月明林下殊清便。玉梅宜殿花王铨，更番风信非虚言，明年芳事从头看。

［（清）《御制诗初集》卷十二，文渊阁四库全书本］

爱新觉罗·弘历《雪浪石叠苏轼韵》

行或使之止或屯，内相外牧何卑尊。贾谊明时乃可惜，屈原泽畔时原昏。
牛刀不妨一小试，况兹百里联乡村。前年中山策马过，倾颓百雉未入门。
北门学士[①]命图取，展阅几度清吟魂。鸠工发帑事版筑，驱除狐鼠芟荆根。众春花木复旧观，清秋风月移新痕。时巡嵩洛偶驻跸，一拳坐对堪评论。横盘硬语走健笔，叫绝起拍莲花盆。岁月详识笑多事[②]，高风千古存乎存。

［（清）《御制诗二集》卷二十，文渊阁四库全书本］

① 自注：谓张若霭。
② 自注：坡诗云四月辛酉绍圣元。

爱新觉罗·弘历《昔昔盐二十首》其三《水溢芙蓉沼》

品格全标秀，铅华尽洗浓。叶为云伞盖，水是镜芙蓉。
屈子文相契，陈王赋不逢。试看芳沼溢，江海定谁从。
［（清）《御制诗二集》卷一，文渊阁四库全书本］

爱新觉罗·弘历《云起阁》

春泽今年实可欣，却因云起又思云。许家诗里名斯阁，屈子骚中望彼君。
柳绿杏红相澹荡，山岚谷霭与氤氲。何当为雨滋三寸，种遍东郊利早耘。
［（清）《御制诗三集》卷三，文渊阁四库全书本］

爱新觉罗·弘历《题沈周写生各种》其三《萱花》

叶绿与花黄，无情自在芳。持将赠屈子，定是不能忘。
［（清）《御制诗三集》卷五十三，文渊阁四库全书本］

爱新觉罗·弘历《题赵孟坚水仙二绝》其二

屈子行吟湘水滨，楚人拟说水仙人。离骚读尽无名字，应是难为自写真。
［（清）《御制诗二集》卷六十六，文渊阁四库全书本］

爱新觉罗·弘历《题仇英水仙蜡梅小幅叠旧韵》其一

小幅携将秘笈中，不疑色相未相融。楚荆屈子长沙贾，恰称龙门合传同。
［（清）《御制诗三集》卷十一，文渊阁四库全书本］

朱景英《题王石谷寒夜联吟图》

朱景英，生卒年不详，1750 年解元。武陵（今湖南常德）人。

款云丙寅（1746）仲冬六日，与二三同志，集涵碧亭围炉分韵，余诗不成，写此图以代金谷罚数，耕烟散人王翚。

干莎满地霜华净，丛筱依墙风籁咏。空旻一片月轮寒，孤照藤萝光不定。
乌目山前旧草堂，朋簪歙集倾壶觞。炉煨榾柮拨不尽，冷灰残烛谭何长。
须臾寒光透虚牖，瑟缩蟾蜍泪凝久。毚毫呵冻各匠心，茧纸铺银竞叉手。

耕烟散人画绝伦，以画代诗更逼真。眼边粉本摹能肖，笔底丹青妙入神。古人作画皆有意，或传故实或即事。曾图屈子离骚经，亦写卢鸿草堂志。君家右丞姿绝奇，诗中有画画中诗。散人诗句故不俗，写意时复仿佛之。我携此幅来海外，珍重频将玉义挂。为题长句代君诗，愧我难效诗中画。却想江南冰雪庐，飞觥刻烛兴何如。衹今画在诗篇逸，令人空忆骊龙珠。

（梁颂成辑校《朱景英集》，中国社会科学出版社 2017 年，第 208－209 页）

贾田祖《题杨青村先生诗集》

贾田祖（1714—1777），江苏高邮（今属江苏）人。

我生局束鸡瓮中，可怜萧索如衰蓬。岂惟五岳足未到，并此眼前山水无由逢。萤干蠹死老残帙，何异候虫时鸟啼悲风。纪游往往羡康乐，神工鬼斧开鸿蒙。《秦州》杜老斗奇崛，实与太白《蜀道》争两雄。后来手笔愧凡劣，譬以钝戈朽甲攻。崇墉夜来披点商丘刻，鲛人网布珊瑚空。秀野草堂出新意，遇佳山水留诗筒。淋漓泼墨更谁子，横绝独步青村翁。齐州九点罗心胸，玲珑雕刻青芙蓉。中原蜡屐回匆匆，蛮天宰邑凭祝融。洞庭彭蠡飞艟艨，中流绝叫惊蛟龙。万弩直射冯夷宫，彩丝吊屈心忡忡。欲呼湘累歌兰丛。吁嗟乎，丈夫薄宦路已穷，簿领朱墨纷相从。才雄天末少人识，顽烟瘴雨支吟筇。江东群彦坐台省，锵鸣玉佩陈钟镛。我读君诗悼君遇，忽觉清夜剑戟摩苍穹。急然瓦铛煮浊酒，为君感慨抑塞挥千钟。

［（清）徐世昌辑《晚晴簃诗汇》卷九十七，退耕堂刊本］

汪缙《题王存素画黄山云海障子》

汪缙（1725—1792），长洲（今江苏苏州）人，祖籍安徽休宁。

昔逢海客谈瀛洲，苍茫气象无能侔。我欲向之问端倪，但指天际云悠悠，即云即海空外流。今看好手弄狡狯，满纸淋漓吁可怪。不知墨气并云气，唯见紫澜万叠声澎湃，即海即云壁上挂。我闻黄山之云天下奇，仙灵变幻那得知。欲往观之劳我思，异境恍惚移于斯。一缕初生上遥汉，烟交雾集渐浩瀚。云作奇峰峰作云，云峰片片相凌乱。俄然南北东西合，浮天没地无边岸。三千白月照难穷，九万长风吹不散。神仙欲到辄引去，河伯无端望洋叹。云邪海邪谁能判，咫尺相从游汗漫。乃是三十六峰入臂腕，扫却一片锦绣段，非海非云任君看。画理通化工，对之开心胸。我将陋木华之《海赋》，隘屈子之《云中》。契达观于漆园，等妙谛于大雄。天地溟悻，古今混同。何有乎日月之循环，宇宙之始终。而况人世之得失穷通，一一归虚空。精灵忽与丹青聚，置身已在天都峰。囊括千朵万朵之芙蓉，割取千间万间之琳宫，踏倒千年万年之长松。誓从王夫子，游戏入无穷。

［（清）徐世昌辑《晚晴簃诗汇》卷九十七，退耕堂刊本］

宋思仁《屈原故宅》

宋思仁（1730—1807），长洲（今江苏苏州）人。

茫茫湘水漾空虚，昔日灵均此卜居。秦地可曾亡六里，楚臣徒自放三闾。

汀洲香草情难尽，岸浦丹枫怨未除。万古旅魂招不得，长沙风景又何如？

［（清）王昶《湖海诗传》卷三十三，三泖渔庄刻本］

姚鼐《咏七国》

姚鼐（1732—1815），桐城（今属安徽）人。

孔道穷获麟，风雅泯无正。蚩蚩六国主，虫豸力争竞。函关向东启，四海一朝定。铜柱绌燕谋，天奚爱秦政。屈子放湘流，信陵罢称病。伤哉郑国渠，延韩数年命。当时天下士，宁蹈东海夐。松柏与房陵，哀歌不堪听。

［（清）姚鼐撰；姚永朴训纂；宋效永校点《惜抱轩诗集训纂》，黄山书社2001年，第50-51页］

施朝干《寄汪存南》

施朝干，1763年进士，江苏仪征（今属江苏）人。

汪子豪气不可羁，昔我见之青溪湄。踉跄布袍半碎裂，白眼肯顾膏粱儿。

堆阜峥嵘塞方寸，喑呜万里天风吹。长江大河入几席，黑龙向人头倒垂。

子遗我书值除夕，反覆展看言数百。书久未报心茫然，祇恐匆卒孤肝膈。

古来出处各有道，处非远志出小草。屈原怀石杜甫亡，轻薄为文苦颠倒。

今子纪年逾二十，齐谐博物堪搜讨。我年较长逐飞鸿，照镜朱颜难自保。

御沟杨柳春青青，忽思白下烟飘零。镫船鼓吹歌已矣，夜饮五子谁能醒。

此时张君偕子卧，吾与蔡子行前庭。郭生自起添炉火，煮茗座上流芳馨。三更急雨鸣屋角，举头不辨河与星。悲喜变化在俄倾，辞家去里皆伶俜。吁嗟乎！鸡虫得失无休歇，邮良一去骅骝蹶。劝子孤吟廿四桥，凄凉莫怨扬州月。

［（清）徐世昌辑《晚晴簃诗汇》卷九十二，退耕堂刊本］

洪亮吉《消寒第三会王孝廉履荃胡明经金诰邀游乐郊园因出娄东十老图索题十老为王育字石隐年八十陆羲宾字素朴年七十一宋龙字子犹年六十四郁法字仪臣年六十五顾士琏字殷重年六十四盛敬字圣传年六十二陆世仪字道威年六十一江士韶字虞九年六十陈瑚字言夏年五十九王撰字异公年五十皆娄上明末隐君子也》

洪亮吉（1746—1809），江苏阳湖（今江苏武进）人。

十人惨惨荒江浔，时歌时哭天为阴。朝无食案夜乏衾，尚扱朱履行空林。沉思古昔泪雨淋，往者不作何况今。鲁连既向沧海蹈，屈子又复湘江沉。田光刎颈苌宏施，渐离曜目豫让喑。吹箫吴市亦时有，击鼓河岸谁能寻。寰中止剩伯伦锸，海上自拊成连琴。龚生未授新祭酒，伏胜尚属秦儒林。以之相较尽不愧，余子未足披深襟。归迂顾怪在咫尺，庶可与尔称同心。

［（清）洪亮吉《洪北江诗文集·更生斋诗》卷第四，四部丛刊集部初编本］

洪亮吉《汪生彦和出元人画二十幅分赋其五》其五《贾谊上书图》

洛阳少年真可喜，长沙上书思治安。致君尧舜固盛事，不问宰相皆材官。霸陵思治让复再，德薄何能四三代。此时一官次邓通，憔悴日值甘泉宫。无端鹑凤引作侣，坐使谮谪来南中。君不见，南中还留屈原宅，千古万古伤卑湿。斜阳何必鹏鸟飞，吊古宁同楚囚泣。孝文重道不重儒，孝武重儒谁上书？可怜牧豕亦作相，殿上挟策羞吾徒。如公季命关世数，经术宁同太常错。卷图不忍见横流，中有沉湘一篇赋。

［（清）洪亮吉《洪北江诗文集·附鲒轩诗》卷二，四部丛刊集部初编本］

李宪乔《舜庙》

李宪乔（1746—1799），高密（今山东高密市）人。

古帝祠犹在，荒江荐若蓠。虽同杜陵感，不奏屈原辞。

画雉承虚网，耕牛砺折碑。欲归寻竹路，雷雨暮天垂。

（李怀民，李宪暠，李宪乔《李氏三先生诗钞》，光绪十二年李氏西安郡斋刻本）

冯敏昌《萧尺木楚辞歌图》

冯敏昌（1747—1806），广东钦州（今属广西）人。

诗人无媒安问天，画手欲并前人肩。谁云画史胸次狭，有此人物神鬼仙。

潇湘洞庭渺风烟，苍梧北渚云连绵。屈子神游向何处，飘荡恍惚凌风船。

天阊不开吁可怜，鸾凰蛟龙相后先。湘君夫人环佩捐，云之君兮下翩翩。

幽丛山鬼媚余笑，坐使狸豹工攀牵。猿狖悲哀草木泣，雷雨昏绝枫篁颠。

呜呼重华不可作，汤禹祗敬忧其諐。王佐霸功几遭遇，孤臣孽子多迍邅。

不闻谗鼎铸饕餮，共说獊雉私彭篯。女娲炼石补不尽，缺限首在磨兜坚。

搔首问之不得对，无声第写愁诗篇。古来作者俱精专，妙手须附词人传。

略如蝉嫣有苗裔，鬼才贮锦仙青莲。我昔长江浩洄沿，太白楼高矶势偏。

匡庐峨眉接云气，云台日观森钩缠。谁呵四壁吐墨瀋，不食七日愁笞鞭。

画成长嗟果绝笔，事过感激难为缘。再游京国今几年，萧斋寄寂来骚笺。

读罢想像得真契，使我坐叹心茫然。昔画何减吴道元，今图何谢李龙眠。

谁能御气出天地，披发往逐烦忧蠲。

［（清）徐世昌辑《晚晴簃诗汇》卷一百一，退耕堂刊本］

黄景仁《黄陵庙》其二

黄景仁（1749—1783），江苏武进（今江苏常州）人。

远祀常留楚，焚山断自秦。波涛犹阻客，风雨自随身。

香草皆遗蜕，湘累是替人。扬灵如可接，我亦唱迎神。

［（清）黄景仁《两当轩集》卷二，上海古籍出版社 1983 年，第 45 页］

黄景仁《衡山高和赵味辛送余之湖南即以留别》

衡山高，湘水深，我为此别难为心。君知我行不得意，为我翻作衡山吟。衡山吟，声渐苦，凄断湘弦冷湘浦。女萝山鬼风萧萧，七泽欲冻鼋鼍嗥。下见苍梧万里之大野，上有祝融碍日之高标。鱼龙广乐不复作，雁飞欲堕哀嗷嗷。渔父挐舟入烟水，屈原行吟意未已。千古骚人且如此，我辈升沉偶然耳。衡山之吟吟且停，此曲凄绝难为听。我亦不吊湘夫人，我亦不悲楚灵均。只将此曲操入水云去，自写牢落招羁魂。前途但恨少君共，谁与醉倒金庭春。春来沅芷倘堪折，手把一枝归赠君。

［（清）黄景仁《两当轩集》卷一，上海古籍出版社 1983 年，第 24 页］

赵鹤《张贞女》

赵鹤，榆次人。

崞县人，字姑子蓝生，将婚，生死于溺，女归姑家守志。

早寡已足悲，况当将嫁时。艰难思鲁女，风雨黯湘累。

一痛成今古，终身断涕洟。妾心如古井，地下不须知。

［（清）徐世昌辑《晚晴簃诗汇》卷九十九，退耕堂刊本］

孙星衍《黄二景仁游黄山归索赠长句》

孙星衍（1753—1818），江苏阳湖人。

黄生骨格何轩轩，摆脱羁绁辞笼樊。俯视世俗中心烦，怅然欲与山鬼言。
南浮汨罗招屈原，洪涛涬溟颠乾坤。寸磔幽怪偿厥怨，长蛟泼血江为浑。
三湘七泽澧与沅，参差一声波不喧。出没交手多婵媛，与子晞发观潺湲。
洞庭为酒君山樽，八九云梦胸中吞。胸中垒块谁共论，扣舷大啸呼灵均。
酌以椒桂香温黁，尝闻黄山极天门。欲往叩额排帝阍，三十六峰愁攀援。
人迹不到哀清猿，盘盘直上天宇昏。山貐怪魅来蹲蹲，蛮君鬼伯舌腭反。
恍惚不惧存丹元，昂首大啸扪元根。阳鸟翻翥六合暾，手折若木敲金盆。
铺海万顷光沄沄，容成车过紫纛幡。倏忽变灭归昆仑，忽然悲涕心自扪。
仆马临睆愁云屯，母啮其指忧饔飧。独携长铗归田园，突兀环堵颓四垣。
堂后抚视忘忧萱，采撷兰藻供芳荪。亦既觏止笑以温，我时叩门日千番。

罗缕异境唇澜翻，嗟我进退羝触藩。咫尺衡泌拳肩跟，悲来但恐岁月奔。
感慨皮肉生胜臀，君独爱我气谊敦。酣酒过从常留髡，发箧示我千玙璠。
元晖作友太白昆，补石要使天无痕。书生有若虱处裈，曷不弃书佩猳豚。
十年浪迹车折辕，面目变尽声音存。雄鸡一鸣惊逖琨，附子不羞鱼化鲲。

［（清）徐世昌辑《晚晴簃诗汇》卷一〇五，退耕堂刊本］

王芑孙《醉翁吟》

王芑孙（1755—1818），长洲（今江苏苏州）人。

滁山高，滁水深，醉翁吟处，当时写之以为醉翁吟。醉翁吟，不在琴，泠泠所写翁之心。翁心牢落轩天地，醉翁住世无古今。迄今化去六百有余载，桑海迷茫几兴废。风月江山兴会同，文章气节精灵在。登堂謦欬俨如生，图画飘飘睹冠佩，滁州移命守扬州，扬州又见来乡辈。自古文人命不犹，相同惟是一清愁。韩公月宿逢南斗，屈子《离骚》降孟陬。作者凄凉说我辰，后来艳羡传生日。黄泥阪下鹤南飞，腰笛人来紫裘逸。何况醉翁曾此行吟地，后起同乡更同志。转运宁殊河北劳，风流早向淮南嗣。碧筒筵上祝翁生，主人略似翁生平。再添蓂叶非雌甲，要屈荷花作后庚。君年正自及翁年，鬓须渐欲成斑斑。便袭翁名不须让，收取曼卿子美，莫使流落随人间。元祐高文久轧茁，傥从君手能追还。醉翁所到君亦到，江南江北何处非滁山。

［（清）徐世昌辑《晚晴簃诗汇》卷一〇六，退耕堂刊本］

赵本扬《荆州怀古》其一

赵本扬，1808 年举人，江宁知县。

屈原祠庙枕江波，江草江花可奈何。北渚云阴公子辔，西风露湿美人罗。怀襄旧恨余三户，师弟深愁付九歌。迁客何须伤贾谊，才人岁日易蹉跎。

［（清）徐世昌辑《晚晴簃诗汇》卷一二〇，退耕堂刊本］

姚椿《屈子祠》

姚椿（1777—1853），江苏娄县（今上海松江）人。

荆楚丘墟废，湖湘日夜流。异朝余涕泪，同姓托危忧。
败壁难为古，寒花易感秋。征途循枉渚，浩荡驾螭虬。

［（清）徐世昌辑《晚晴簃诗汇》卷一二三，退耕堂刊本］

陈沆《璞斋为余作洞庭秋舫图自题二首》其一

陈沆（1785—1826），湖北蕲水（今湖北浠水）人。

一夜客无睡，秋湖风不波。船从渔父借，月到洞庭多。

鼓瑟湘妃怨，鸣舷屈子歌。樽前含万古，不饮奈愁何。

［（清）陈沆《陈沆集》，湖北教育出版社 2002 年，第 13 页］

陈沆《三十生日都门自述》其三

乙卯我十龄，夫子方筮仕。随宦到湘南，浩游从此始。袖拂衡岳烟，心倾洞庭水。再拜屈子祠，三过郧侯里。结交七泽中，纫佩兰与芷。意气托杯酒，文章洗雕绮。愧彼湖湘人，啧啧相叹美。佥曰贤父母，乃生好儿子。

［（清）陈沆《陈沆集》，湖北教育出版社 2002 年，第 24 页］

陈沆《湖南怀古四首》其一

堂堂贾太傅，痛哭浮湘来。投书吊屈子，异世同悲怀。前知七国变，岂曰非奇才。方期遇合远，所嗟年命乖。名高造物忌，气盛群愚猜。爱才若孝文，命薄良可哀。我来拜祠宇，寂寞楚江隈。

［（清）陈沆《陈沆集》，湖北教育出版社 2002 年，第 57 页］

尚镕《湘潭舟中》其三

尚镕（1785—1835），南昌府南昌县（今属江西）人。

淡月漾江面，犹如吊屈子。湘水真无情，不救骚人死。善招虽有玉，魂魄岂能起。此中浪如山，险与洞庭比。湘灵爱词客，漂泊多到此。吞不惧蛟龙，香乃薰兰芷。试听子规叫，幽恨孰能已。

［（清）徐世昌辑《晚晴簃诗汇》卷一四〇，退耕堂刊本］

梅曾亮《东坡定惠院月夜偶出叠韵诗汪均之得其手稿墨迹二首共一纸纸残一角虞山钱宗伯补以细字叠东坡原韵》其一

梅曾亮（1786—1856），上元（今江苏南京）人。

东坡昔作骑鲸游，斯文冥冥若长夜。传流片纸万牛回，想见挥毫一鸟下。
细看浓抹如眉阔，肯使奇才任胸泻。谪宦虽成蜀党魁，悲歌不作湘累亚。
庙堂无地能尔容，风月在天从我借。经冬山竹碧初老，驻春海棠红未谢。
典窜岂因模禊帖，敖游自喜依僧舍。往事真成牛角花，余甘幸比虎头蔗。
眼前清景过始知，身后高名生可怕。作诗一笑公应闻，当日好官谁复骂。
［（清）徐世昌辑《晚晴簃诗汇》卷一三〇，退耕堂刊本］

陈裴之《夏内史诗》

陈裴之（1794—1826），钱塘（今浙江杭州）人。

汉纪表终军，鲁史传汪锜。弱龄赴大义，成败非所知。桓桓夏节愍，生遘阳九期。磨盾誓猿鹤，横剑轻熊罴。草檄厉士气，破产充军赀。天心厌胜国，遑许一木枝。升阶陨罗罿，胜兆遭幽羁。日生首授命，文麾同舆尸。考功暨黄门，先后沉江湄。衔冤啸精卫，披发从湘累。四海无尺土，九鼎悬一丝。西山有薇蕨，不救志士饥。天荒复地老，恸哭将安之。唐王继鲁藩，遥荫忠臣儿。拜爵殊羽林，清望属紫薇。一官何足重，故国心不移。表称臣完淳，窃附勤王师。腾踔愿有济，刀锯安敢辞。表成谨封缮，转畀尧文赍。逻卒获以告，刑讯陈其私。望门泣张俭，复壁藏赵岐。按籍识姓氏，被逮经丛祠。九高幸相遘，被服如沙弥。暂时谢桎梏，附书报双慈。慈亲寄空门，漂泊愁无依。生母托异姓，菽水将谁资。门祚久衰薄，同气无埙篪。赖有女兄弟，端藉相扶持。善保双玉体，无烦念孤羁。新妇现有娠，未能辨雄雌。生男自可喜，生女慎勿悲。立后苟不肖，何如不立为？淳身君所用，淳身父所遗。还以殉君父，大节良不亏。武功洵大器，家事劳勾稽。年年寒食节，清酒酹一卮。俾免若敖痛，此外无他思。人生孰无死，每患不得时。今既得死所，赴难焉敢迟。桓山有弱羽，飘泊罹虞机。不如屋上乌，反哺毋相违。不如逵间鸿，王国辉羽仪。但如子规鸟，泣血中林啼。一书寄内子，义重非情痴。回忆结缡夕，花烛联旌旗。三月遘大变，外室成孤栖。肯以盛衰故，交谪腾中闺。贤孝媲德曜，和淑侪班姬。霜飙厉贞木，比翼长分飞。茕茕二九年，坐见成孤嫠。双亲叹白发，一女才孩提。养育职綦重，生是死则非。所悲负郭田，芜没成蒿藜。急难谁解慰，离乱谁提携。劝生复何赖，感此心魂凄。生平为他人，筹画无所疑。独于夫人事，生死两不宜。方寸一以乱，不认重致词。惟听自裁断，反袂长歔欷。从此卜归梦，远在天一涯。钟山何高高，江水何弥弥。孝陵宛在目，云树迷参差。趋承绝剑佩，清泪沾裳衣。不图垂死日，反得瞻皇畿。待鞫故珰第，囚首趋崇墀。经略谓年少，焉解扬戈戣。果能达顺逆，来者犹可追。懔懔中书君，壮气凌虹霓。但恨赍志殁，遑惜前程迷。回首语妇翁，慎勿陈哀祈。炯卿职当死，畏葸将贻讥。数语愧反侧，颜色憎忸怩。纪年逮丁亥，尺一颁彤闱。九月十九日，急景藏晨曦。狱吏加锒铛，传呼出阛扉。道闻鸣钲声，壮士持交铍。同心数公旦，蛩駏相追随。碧血誓不化，白刃甘如饴。麻衣从故君，植立森枯榴。风云为憀栗，日月为憯凄。求仁而得仁，含笑无凄其。徒令旁观人，泪下如绠縻。良朋赖任沈，雪涕收遗尸。归榇先茔旁，筑冢高崔巍。冢边何所植，夭矫青松枝。惜无大手笔，濡墨题丰碑。季世昧大义，侈口相瑕疵。动谓一青衿，名器关甚微。见危即授命，于国曾何裨。岂知毓至性，全受求全归。髫龄具卓识，论古昭端倪。逋逃侣诸葛，重惜弹琴嵇。出处商尽善，要在明伦彝。胆气凌顺平，眉宇秀紫芝。白虹继前烈，黄鹄悲慈帏。世父负奇气，遘乱潜披缁。城东结茅庵，其名曰竹离。终殉圣贤域，旷代高风希。女兄炳幽贞，苦志追磨笄。楚婴泣湘芷，鲁女悲园葵。忠孝我家事，此语良不欺。三年颜氏乌，半夜刘琨鸡。宇宙浩然气，久已铭心脾。此岂强死流，所得矜瑰奇。堂堂钱尚书，东林扬芳徽。垂老甘毁节，不畏千秋嗤。浮名尔何物，坐令天性漓。当时辱赠言，自负冰鉴姿。遑意论定后，史山惭须眉。士生各有志，爵禄何尊卑。芳轨嗣袁勖，演洁其庶儿。终输内史集，彪炳干珠玑。大哀自有赋，南冠自有诗。刘蕡发悲愤，正则怀履綦。惟悲幸存录，续著无留贻。更有《代乳集》，蜡凤殊儿嬉。篇帙付蟫蠹，冥漠腾光辉。侍宦经云间，刺促骖归骓。崇茔迟修谒，式毂心神驰。平生慕忠孝，瓣香乃在兹。掩卷发三叹，愿世长雍熙。

［（清）徐世昌辑《晚晴簃诗汇》卷一三四，退耕堂刊本］

龚自珍《夜坐》其一

龚自珍（1792—1841），浙江仁和人（今浙江杭州）。

春夜伤心坐画屏，不如放眼入青冥。一山突起丘陵妒，万籁无言帝座灵。

塞上似腾奇女气，江东久陨少微星。平生不蓄湘累问，唤出姮娥诗与听。

［（清）龚自珍著，刘逸生等注《龚自珍编年诗注》，浙江古籍出版社1995年，第175页］

李振钧《叠前韵答振之》其三

李振钧（1794—1839），太湖（今安徽太湖）人。

怕向人前话感恩，故衫憔悴旧啼痕。古槐能幻淳于梦，芳草难招屈子魂。

尘谪何因偏彩笔，天涯无处不朱门。任君学得安心法，清浊从来未易论。

［（清）李振钧《味镫听叶庐诗草》卷上，清代诗文集汇编本，上海古籍出版社 2010 年，第 560 页］

吴静《读资治通鉴》

吴静，生卒年不详，昭文（今江苏常熟）人。

雕虫小技诚何用，屈子《离骚》尚未奇。若是杜陵无史笔，姓名亦恐少人知。

［（清）徐世昌辑《晚晴簃诗汇》卷一八六，退耕堂刊本］

李嶟瑞《九日陪西陂先生暨诸君登毗卢阁饮樵沙道院》

李嶟瑞（约 1671 年前后在世），江苏盱眙人。

萧晨逼摇落，羁客空首搔。那能着短屐，但欲歌离骚。广平具好怀，车前屏旌旄。酷爱览观适，都忘登陟劳。杰阁凌层空，四达瞻周遭。烟生出远岫，雁下连寒涛。苍茫入无际，秋色何滔滔。日斜兴未稀，更起寻林皋。城隅有道院，地僻离尘嚣。疏黄堕鸭脚，净绿浮篦笏。鱼来松花江[①]，风味胜蟹螯。傍篱既采菊，捉笔还题糕。龙山传往事，千载推人豪。不落孟生帽，且餔屈子糟。公欢顾而笑，我官岂冷曹。长安曾几辈，今日闲登高。

［（清）宋荦《西陂类稿》卷二十《藤阴酬倡集》，文渊阁四库全书本］

查元鼎《岁暮书怀》其二

查元鼎（1804—?），浙江海宁（今属浙江）人。

明月清风不值钱，客中消受亦神仙。俗尘扑面袪千斛，老屋打头寄一椽。

自有啸歌惊户外，漫愁车马冷门前。悠悠世事无凭准，屈子何须更问天。

---

① 自注：公出鱼御赐松花江啖客。

［（清）查元鼎《草草草堂吟草》，《台南文化》1966 年八卷二期］

张穆《除夕雨》其二

张穆（1805—1849），山西平定人。

荦落江南老客星，那堪别怨倚空舲。春风吹鬓花如梦，江月陵寒雨易成。天上哄传司命醉，人间剩有屈原醒。年年好语浑难信，又听朝来贺岁声。

（王俭主编《张穆诗词笺释》山西人民出版社 2005 年，第 97 页）

姚燮《猿》

姚燮（1805—1864），浙江镇海（今浙江宁波）人。

凉气逼秋深，哀吟续苦吟。空山辞世累，枯木寄禅心。

屈子知何怨，巫姬不可寻。高峰横笛处，萝叶自阴阴。

［（清）姚燮《姚燮集》，浙江古籍出版社 2014 年，第 1 页］

姚燮《按剑吟六章》其三

三闾不雪湘累冤，一饭谁报淮阴恩？人生出入有险阻，何啻荒山狎狼虎？一斗酒，不醉人。一寸舌，能杀身，狂魃啸旱天帝嗔，巫山绿萝吹阴云。阴云不澍万里渴，鬼泪成河人泪竭，祆火空郊焦白骨。

［（清）姚燮《姚燮集》，浙江古籍出版社 2014 年，第 651 页］

姚燮《敢效》

暗泄天倪到静琴，喉枯敢效屈原吟。生非牛马襟裾贱，屋有松兰岁月深。新获稻粱群雀老，旧秋门巷一蛩寻。瓠巴莫向沧溟去，知否空山有足音？

［（清）姚燮《姚燮集》，浙江古籍出版社 2014 年，第 137 页］

姚燮《饯舅氏陈明府廷勋之汉阳》

长船欲放千里初，残暑将收六月既。交烟疏柳剩春痕，过雨遥峦入秋气。春痕不断沔水绿，秋气直接晴川青。樽边乱蘋云片片，梦中独雁江冥冥。客中送别难为情，醉里分襟可怜夕。莫将漳皋仲宣心，寄到归州屈原宅。

［（清）姚燮《姚燮集》，浙江古籍出版社 2014 年，第 359 页］

姚燮《许氏园看菊》

两三客作瘦猿影，屋作空山画苔静。尔花冷苦当怨秋，翻似春鬟列修整。明廊疏竹嫩云飘，斜日纤蛩独梦醒。颇矜夕烛悬百枝，那识天霜下千顷？吾家柴门溪水深，钓竿低拂万丈岑。烟色不挂飞鸟眼，露香但匿穷士心。离骚谁解屈原赋，此院未宜陶潜琴。自怜憔悴溷尘俗，葛衫九月西风侵。

［（清）姚燮《姚燮集》，浙江古籍出版社2014年，第454页］

姚燮《冬日月湖寓楼写怀呈黄明府维同一百韵》

水气不濯帘，青尘上刀室。手抚床头书，频思付焚熚。托生类废材，安庸口喽嘌？眼憎涎面人，奇踪杂夔獝。风以趋渐靡，势难理相诘。山壁高云劁，泉声下流汩。我惟中自持，缄趾畏逾佚。屡防伧夫仇，恐遭妒者尼。杰哉鲁直公，颠危致亲昵。勃郁小子怀，敢辞罄情述？今秋闻乱归，梦寐警荒蒺。兼程循长河，健夫挽绳繂。仓皇淮徐间，调兵帅符密。薄日摇岸旗，军行戒私膝。同天昧死生，谁当保家室？及归喜幸存，重依老亲膝。顿令懑气除，一发笑声咥。耳摄城根涛，助之暴风飋。接地砂砾翻，摧折到榛樿。炯目蜷絮衾，及晓倍森溧。单寒怜病妻，尚御嫁时衵。拟贷邻家钱，十家已逃七。遍谒亲鄙门，清辰至昏戌。彼皆艰自生，实非吝赒恤。免从南市炉，脱襦换饧饆。怜彼童无知，娇犹索榴栗。慰诱恐不工，奚忍恶声叱？某某称素封，挈眷早深逸。穴地为窖藏，黄金葬千镒。守屋佣仆刁，峻价发禾秵骄横启乱苗，讵止藐官律？簌簌良自雄，孰拯饿民疾。明知女口瘏，委云予手拮。感此增浩叹，吾贫信所必。因忧十月霜，朔气紧慄栗。弃棉错敝襕，横篝促缝绖。蓄盎鲜米盐，终穷御冬术。焉有骀荡风，潜吹向蓬荜。而公知我归，郡书夜传驲。于我身及家，覙缕具明悉。鲰生何技能，劳公降词恤。遽令原宪厨，获充元亮秫。招我栖郡邮，命我理缃帙。郡邮楼面湖，高城抱峀崒。楼阴老树枝，交空战矛铋。楼下葵根黄，颓阳絮残蟀。楼外横冻烟，枯萍荡昏汐。下有万鳞蛰，上有万鸿驲。我醉当其中，独歌乱筝瑟。歌角厉龀龀，歌商凄唧唧。朝歌答渔榔，夜歌掩胡觱。惟公知我心，劝我弗摧踤。繄公宰吾邑，立政尚清谧。百冗综绪端，繁丝得梳栉。宜俾积弊除，昭昭着画一。怒或惩梗顽，亦非滥刑桎。民缘罔肆奸，造言互评骘。莅有君子官，诗谁赋闲佶？愧因文字知，屡顾逮衡泌。急欃逾流沙，轮艓牴奔驌。咫尺滃州城，传报一夕失。驰铃奏九重，请命简军实。帝敕中丞公，司阃代云跸。蛟川一弹丸，貙貐聚聱耴。公凛守土责，身先耆老率。执燎勤缉巡，烟霾手排扢。天方霉伏交，江柳散荒鶵。拇茧督布营，利钝审刀锧。烂泥沾带袍，安顾趾伤跮？两旬绝夜眠，蹙眉抱冰怵。痛哭陈密机，几遭上帅黜。旋以失怙悲（时公丁太翁丧），衰麻易裳韠。时惭钩棘丛，振羽脱罗罼。居丧读礼经，霜帏烛垂堲。孑影寡与依，苦梦枕岩庢。回念旁午俦，品难辨侨肸。争竞貂冠荣，百计秘搜訹。惟公陌路穷，尝檗勿尝蜜。彼都卷发䍽，民空望贤姞。向未聆公谭，乌知始与卒？今我下第还，松筠憔清质。嗟负公许期，昵若藉缫璱。颇哀屈原放，仅免豫让漆。扰扰豕误亥，纷纷虎挟乙。实嗟命不犹，奚逢卜之吉？匪直蛇目怜，在璭各成蛣。瓶羸吁足虞，援引藉长繘。是公扶我恩，荆州古所轶。重为陈酒歌，毋辞瓦尊溢。八牖彯赭星，朔氛驶狂飀。恍见三神山，隐辚而郁垒。远云扶桑车，光芒隔天室。吾歌激愈高，公醉酒初毕。径思叩玉皇，万里布祥霱。搜括蚩尤魂，幽囚罚鞭抶。庶乎九宇澄，句萌遂春茁。与公处裈中，譬诸邯郸虱。禀性即至微，且共被暄日。公去锄肉芝，我行饵龙朮。后期昆仑颠，荣光看河出。

［（清）姚燮《姚燮集》，浙江古籍出版社 2014 年，第 578-580 页］

姚燮《再和感咏诗四章代柬》其四

羡尔疏慵厕逸民，清流绕屋好搴蘋。须知今我无长策，只伴凄蛩哭旧人。
废卷难收灰后劫，败荷还写病余身。莫疑楚调含商怨，我与湘累有夙因。

［（清）姚燮《姚燮集》，浙江古籍出版社 2014 年，第 722 页］

姚燮《海雁》

海雁瞥已遥，天云澹欲消。古心投契阔，时物敛萧条。
屈子若为怨，陶公如见招。青山吾旧侣，依柳拥孤髫。

［（清）姚燮《姚燮集》，浙江古籍出版社 2014 年，第 949 页］

姚燮《喜罗通守来郡养疾》

经年烽火迤江台，作赋难为庾信哀。屈子搴兰循泽到，王乔脱屣自天来。
壮怀已尽穷生拙，道力能坚旦气回。万宇升沈苍狗幻，且招琼管侑清罍。

［（清）姚燮《姚燮集》，浙江古籍出版社 2014 年，第 606 页］

曾国藩《得郭筠仙书并诗却寄六律》其二

曾国藩（1811—1872），湖南湘乡（今属湖南）人。

大雅悲沦歇，斯文久不尊。至情宜倔强，吾道有篱藩。
仰首呼虞舜，狂歌答屈原。自非君子性，兹意固难论。

［（清）曾国藩著；王澧华校点《曾国藩诗文集》，上海古籍出版社 2013 年，第 16 页］

曾国藩《喜筠仙至即题其诗集后》

昌黎圣者徂不作，呜呼吾意久寥廓。郭生近出还崚嶒，肠胃森然起丘壑。
古来文士非羸尫，各有雄心战坟索。自寻世界针孔中，别开九州造城郭。
衰叔曹尚安可论，袭儿沿声胆已薄。丈夫举步骧两龙，岂有趑趄蹑人脚。
我方僵踣暗不前，君能践之道斯托。忆君别我东南行，挽袖牵裾事如昨。
五年奔走存骨皮，龟坼砚田了无获。时时音问相照临，语言虽甘意绪恶。
岂知今日还相逢，席地帷天共一酌。纷纷蛮触争土疆，谁能买闲事笑谑。
解颜一觌岂寻常，百岁忽如扫秋箨。众木有知草有心，殊性异涂那可度。
昨夕之炭今晨冰，转燠回寒在焱霍。弓影构似公成真，箭锋失机砉相遻。
葛亮书说虽贵和，屈原平生莫量凿。趋同造独良难兼，攘诟纳尤讵非乐。
方今帝舜明四聪，朱虎夷夔并高爵。大钟土鼓相和鸣，文字秋霜起廉锷。
号呼朋侣趋上流，聊可示强孰云弱？嗟余瞽者迷岳尘，不殖十年得毋落。
欲张汉帜标新军，要盟不从谁肯诺？独者无倚同者羞，心之簸摇欲何着？
智小谋大姬所惩，偏有狂夫百不怍。移山愚叟无日休，填海冤禽有时涸。
屠龙大啖愿已虚，哆口如箕且一嚼。老筠老筠子视余，谬志诞言岂堪药。
闭门引窍号五噫，欲与秋虫斗方略。宇宙空旷时日宽，安用出膏自燔灼。
忽忆元和奇崛翁，会合联吟两鸣鹤。云龙相逐终不能，海南江东各飘泊。
彼之贤俊尚如斯，我今瞀顽当何若？与君办醉千亿场，谁道人间有纰错！

［（清）曾国藩著；王澧华校点《曾国藩诗文集》，上海古籍出版社 2013 年，第 42-43 页］

龙启瑞《湘源纪行》

龙启瑞（1814—1858），广西临桂（今广西桂林）人。

古木森苍崖，飞云挂石屋。南风三日程，吹送湘水曲。诸山若屏障，秀色疑可掬。时维暮春初，晴晖散平陆。蘅芜杂荪荃，细碎纷众绿。山花如有情，时炫游子目。遥看白鸟下，径就陂塘浴。净极不容唾，况敢濯我足。当年子屈子，行吟想芳躅。至今湘水流，不共江河浊。海洋尔何山，灵源此中蓄。何当访幽胜，一就峰顶宿。

［（清）徐世昌辑《晚晴簃诗汇》卷一四四，退耕堂刊本］

王拯《舟中忆海秋作》

王拯（1815—1876），广西马平（今广西柳州）人。

茝兰哀怨接湘累，几日浮丘挹袂来。万古关门蹲虎豹，百篇藏箧走风雷。
功名云薄生徒壮，恩怨山重死亦灰。一过西州愁痛腹，青山何处酹余杯。

［丁国成，迟乃义主编《历代名诗一万首》（下），花山文艺出版社1997年，第2212页］

郭嵩焘《桂花树下饮酒至夕》

郭嵩焘（1818—1891），湖南湘阴（今属湖南）人。

少年爱花随处家，祇得岁月来无涯。眼看生意年年谢，花开花落成长嗟。
退思堂前五株桂，烂漫又着秋来花。今年花事计数尽，得醉莫惜啼昏鸦。
绛云漫空送飞霰，浓香泛浥披晴霞。试拣繁枝挂鹦鹉，翠蕤云帔纷交加。
屈原离骚揽芳芷，不见古干攒仙葩。嗟予笃嗜不论命，婀娜相对无疵瑕。
自怜岁岁花经眼，把盏更削秋园瓜。蛮方相待留手迹，移栽两树新萌芽。
明年花开应更盛，坐视日月如转车。盛衰荣落复谁料，只恐两鬓摧霜华。
余芳堕地坐客散，耿耿白日西南斜。

［（清）郭嵩焘撰；梁小进主编《郭嵩焘全集》第14册，岳麓书社2018年，第96页］

郭嵩焘《岳麓山屈子祠》

楚臣余憾到江村，一径烟芜昼掩门。遗构山川仍故国，满庭兰芷黯归魂。

惊鸦坠叶随高下，暮岭孤云自吐吞。乱后楼台知几在，坏墙销尽旧题痕。

［（清）郭嵩焘撰；梁小进主编《郭嵩焘全集》第 14 册，岳麓书社 2018 年，第 84 页］

郭嵩焘《谒屈公祠有怀李次青》

生长江潭屈子乡，罗渊疑冢久荒凉。一筇白发寻遗迹，万壑苍烟隔夕阳。
长佩高冠骚意在，抽思惜诵楚风长。昌江独揽湘流胜，洄溯蒹葭水一方。

［（清）郭嵩焘撰；梁小进主编《郭嵩焘全集》第 14 册，岳麓书社 2018 年，第 80 页］

俞樾《移居紫阳书院作》其一

俞樾（1821—1907），浙江德清人。

旧游过眼总云烟，又向吴中借一廛。韩愈偶成进学解，屈原聊赋卜居篇。
高登坛坫虽非分，暂寄琴书亦是缘。输与兴公清福好，好山刚对讲堂前。

［（清）俞樾撰《春在堂诗编》卷六，浙江古籍出版社 2017 年，第161 页］

翁同龢《己丑二月偶见文文水龙舟图发兴摹之既录原诗于上并和一诗》

翁同龢（1830—1904），江苏常熟人。

具区三万六千顷，容我山椒着一村。小拓轩窗临绝壁，更栽桑竹满平原。
琼靡讵起湘累魄，玉磬难寻学博孙。从此入林甘寂寞，尚嫌箫鼓隔江喧。

［（清）翁同龢著，朱育礼校，朱汝稷校《翁同龢诗集》，上海古籍出版社 2009 年，第 149 页］

李慈铭《寓山四负堂谒祁忠惠公像》

李慈铭（1830—1894），浙江会稽（今浙江绍兴）人。

呜呼忠惠天人姿，门第高华文采奇。二十登科作司李，蛮陬猾吏无能欺。
报最俄膺谏垣擢，惠文脑后尤岳岳。鸳湖选郎手障天，一疏披云折其角。
三吴地大多强家，白昼击鼓惊吏衙。绣衣少年美如玉，骢马一出人无哗。
中台入长十三道，逆党汗流观谏草。仓皇请急归倚庐，四负名堂待终老。
南都草创吴民骄，公还持斧锄其豪。三弊上言仅报可，擢公开府苏台高。

扬州镇帅本名贼，花门大纵南塘出。骎骎略地窥丹杨，公檄要盟克以日。
大江鼓浪高崔嵬，传呼单舸中丞来。通侯跽接健儿拜，辕门酾酒欢如雷。
奄儿翻案水火急，副相出都国人泣。弹章并列三贤名，师弟相随返乡邑。
同文狱起城社倾，兴朝帝子安车迎。殉国义同高刘死，观时耻逐姜商生。
一泓清绝寓园水，角巾屹然水中止。讲学同源幸得人，柳桥携手王元趾。
画江犹子更从戎，巢覆孤儿缧绁同。故宅幸留施舍后，藏书散尽乱离中。
承平回首闲居福，月榭风亭看不足。夫妇清闺品画诗，弟兄别墅从丝竹。
梦醒人世已沧桑，终古山川对影堂。青袍尚志孤臣痛，黄帛长攽御府香。
园名记在谁能续，平泉花石邻家鬻。客过还凭础认亭，僧贫只缚篱为屋。
野菊寒泉荐一尊，魏庄耕稼几人存。当筵莫奏湘累曲，我亦公家七叶孙。
［（清）李慈铭著；刘再华校《越缦堂诗文集　上》，上海古籍出版社 2008 年，第 21 页］

张之洞《屈大夫祠》

张之洞（1837—1909），直隶南皮（今河北南皮）人。
心忧三户为秦虏，身放江潭作楚囚。处处芳兰澌涕泪，至今寒橘落沙洲。
婵媛兴叹终无济，婞直危身亦有由。宋玉景差无学术，仅传诗赋丽千秋。
［（清）张之洞《张之洞全集》卷二，河北人民出版社 1998 年，第 10475 页）

李超琼《元夕舟抵宜昌》

李超琼（1846—1909），合江（今属四川）人。
至喜亭边水势平，江山开展落帆轻。灵旗暮雨湘累庙，火树银花步阐城。
客梦只循鱼腹上，滩声还为虎牙惊。楚天寥落乡音少，愁对元宵大月明。
［（清）徐世昌辑《晚晴簃诗汇》卷一六五，退耕堂刊本］

释敬安《九日过屈子祠》

释敬安（1852—1913），湖南湘潭人。
野径斜阳上绿苔，经过此地不胜哀。千年感慨遗湘水，万古离骚识楚才。
泽畔行吟还忆昨，庭前谏草已成灰。我来浊世怀高洁，不奠黄花酒一杯。

（释敬安著；柏季点辑《八指头陀诗文集》，岳麓书社 1984，第 13 页）

李稷勋《赵芷生提学投诗即行次韵答和》

李稷勋（1857—1918），四川秀山人。

朝事惊心累叹欷，君胡掉首向岩扉。朝辞帝女过巫峡，夜唤湘累下秭归。

乱后江潭几秋树，山中日月尽春晖。彝陵郭畔匆匆语，目极神州涕满衣。

［（清）徐世昌辑《晚晴簃诗汇》卷一八二，退耕堂刊本］

王松《步瑶京族弟元韵》

王松（1866—1930），太仓（今属江苏）人。

登高宋玉独悲秋，世事徒烦作杞忧。自昔安危频北望，于今治乱付东流。

问天屈子难埋恨，斫地王郎且寄愁。争奈姓名收不得，近来无计避公侯！

［（清）王松《沧海遗民剩稿　如此江山楼诗存》，《台湾文献丛刊》第 50 册，台湾银行经济研究室 1959 年，第 35 页］

王松《放言五首》其四

问天屈子离骚赋，斫地王郎托醉歌。东国圣师西国佛，南山鸟避北山罗。

云深易觅还魂草，风劲难兴止水波！受辱不须逃胯下，无双品自引萧何。

［（清）王松《沧海遗民剩稿　如此江山楼诗存》，《台湾文献丛刊》第 50 册，台湾银行经济研究室 1959 年，第 37 页］

胡思敬《别谢文节公祠》

胡思敬（1869—1922），江西新昌（今江西宜丰）人。

鬼星犯座斗柄移，海风吹折枯桑枝。翻山倒海地轴裂，六鳌并力孱难支。丈夫屹立未可惧，剥复相代会有时。吾乡宋末有二老，不以节见谁则知。谢公无官亦无禄，并无一旅随奔驰。敌军开门受降表，大江南北无立锥。聘书到门以死拒，窃愿上比古伯夷。仲尼尊周守臣分，宜于革命多恕词。《三百篇》终录《商颂》，未敢滥及《采薇》诗。首阳饿死志未白，不遇公等当告谁。太公蒙面诛妲己，应立微子而臣之。马前数语寓史法，左右敢以兵甲施。大义凛凛在万世，公急起与相扶持。当公变名学卖卜，混迹岂屑同子皮。麻衣大哭建阳市，一琴一砚常相随。砚则毁矣琴则碎，铜驼卧棘秋生悲。幽燕古俗尚奇节，庙食于此佥曰宜。我欲从公卜死所，公其鉴我示我龟。骊驹在户不忍别，愿荐兰芷招湘累。悯忠相去不咫尺，恨未一读《曹娥碑》。

［（清）徐世昌辑《晚晴簃诗汇》卷一八二，退耕堂刊本］

孙淑《五日吊古》

孙淑，常熟（今属江苏）人。

田文五日生，屈原五日亡。吉凶同此日，理固难推详。原与国休戚，一死分所当。渔父榧自鼓，詹尹龟宜藏。抱石投湘流，心与日月光。文从狡兔计，高枕乐未央。后合魏秦赵，伐齐何披猖！身死薛遂灭，高户仍不祥。文生鸡狗雄，原死蘅荃芳。世人何梦梦，悲屈羡孟尝。我心独不然，临风慨以慷。抚时怀往事，聊进菖蒲觞。

［（清）徐世昌辑《晚晴簃诗汇》卷一八四，退耕堂刊本］

词　类

说明：共采录“屈原题材”词280篇。其中，宋66篇，金元24篇，明52篇，清138篇。这些词作者籍贯分布湖南、湖北、河南、河北、四川、甘肃、山西、山东、陕西、江苏、浙江、安徽、上海、广东、广西、福建等省份。其中，明清以后，广东、福建籍词人偏多。

宋

苏轼《归朝欢　和苏坚伯固》

苏轼（1037—1101），眉州眉山（今属四川）人。

我梦扁舟浮震泽。雪浪摇空千顷白。觉来满眼是庐山，倚天无数开青壁。此生长接淅。与君同是江南客。梦中游、觉来清赏，同作飞梭掷。

明日西风还挂席。唱我新词泪沾臆。灵均去后楚山空，澧阳兰芷无颜色。君才如梦得，武陵更在西南极。竹枝词、莫徭新唱，谁谓古今隔。

（唐圭璋编《全宋词》，中华书局1965年，第281-282页）

晁补之《永遇乐　同前自过腔，即越调永遇乐端午》

晁补之（1053—1110），济州钜野（今山东巨野）人。

红日葵开，映墙遮牖，小斋端午。杯展荷金，簪抽笋玉，幽事还堪数。绿窗纤手，朱奁轻缕。争斗彩丝艾虎。想沈江怨魄归来，空惆怅、对菰黍。

朱颜老去，清风好在，未减佳辰欢聚。趣蜡酒深斟，菖菹细糁，围坐从儿女。还同子美，江村长夏，闲对燕飞鸥舞。算何须、楚王雄风，方消畏暑。

（唐圭璋编《全宋词》，中华书局 1965 年，第 555 页）

毛滂《剔银灯　同公素赋，侑歌者以七急拍七拜劝酒》

毛滂（约 1060—1124），衢州江山（今属浙江）人。

帘下风光自足。春到席间屏曲。瑶瓮酥融，羽觞蚁闹，花映酃湖寒绿。汨罗愁独。又何似、红围翠簇。

聚散悲欢箭速。不易一杯相属。频剔银灯，别听牙板，尚有龙膏堪续。罗熏绣馥。锦瑟畔、低迷醉玉。

（唐圭璋编《全宋词》，中华书局 1965 年，第 673-674 页）

李清照《多丽　咏白菊》

李清照（1084—约 1151），济南（今属山东）人。

小楼寒，夜长帘幕低垂。恨潇潇、无情风雨，夜来揉损琼肌。也不似、贵妃醉脸，也不似、孙寿愁眉。韩令偷香，徐娘傅粉，莫将比拟未新奇，细看取、屈平陶令，风韵正相宜。微风起，清芬酝藉，不减酴醿。

渐秋阑，雪清玉瘦，向人无限依依。似愁凝汉皋解佩，似泪洒纨扇题诗。朗月清风，浓烟暗雨，天教憔悴度芳姿。纵爱惜，不知从此，留得几多时。人情好，何须更忆，泽畔东篱。

（唐圭璋编《全宋词》，中华书局 1965 年，第 927 页）

李弥逊《浣溪沙　和蒋丞端午竞渡》

李弥逊（1089—1153），吴县（今江苏苏州）人。

箫鼓哀吟乐楚臣。牙樯锦缆簇江滣。调高彩笔逞尖新。

海角逢时伤老大，莫辞卮酒话情亲。与君同是异乡人。

（唐圭璋编《全宋词》，中华书局 1965 年，第 1056 页）

陈与义《清平乐　木犀》

陈与义（1090—1138），洛阳（今属河南）人。

黄衫相倚。翠葆层层底。八月江南风日美。弄影山腰水尾。

楚人未识孤妍。离骚遗恨千年。无住庵中新事，一枝唤起幽禅。

（唐圭璋编《全宋词》，中华书局 1965 年，第 1069 页）

杨无咎《齐天乐　端午》

杨无咎（1097—1169），临江清江（今江西樟树）人。

疏疏数点黄梅雨。殊方又逢重五。角黍包金，草蒲泛玉，风物依然荆楚。衫裁艾虎。更钗凫朱符，臂缠红缕。扑粉香绵，唤风绫扇小窗午。

沈湘人去已远，劝君休对酒，感时怀古。慢啭莺喉，轻敲象板，胜读离骚章句。荷香暗度。渐引入陶陶，醉乡深处。卧听江头，画船喧叠鼓。

（唐圭璋编《全宋词》，中华书局 1965 年，第 1186 页）

王十鹏《点绛唇　国香兰》

王十朋（1112—1171），温州乐清（今属浙江）人。

芳友依依，结根遥向深林外。国香风递。始见殊萧艾。

雅操幽姿，不怕无人采。堪纫佩。灵均千载。九畹遗芳在。

（唐圭璋编《全宋词》，中华书局 1965 年，第 1351 页）

姚述尧《念奴娇　次刘周翰韵》

姚述尧，1154 年进士，钱塘（今浙江杭州）人。

山城秋早，听画角吟风，晓来声咽。梦断华胥人乍起，冷浸一天霜月。灏气参横，尘埃洗尽，玉管濡冰雪。兴来吟咏，灵均谁谓今绝。

闻道潇洒王孙，对黄花清赏，喜延佳客。一坐簪缨谭笑处，全胜东篱山色。酒兴云浓，诗肠雷隐，饮罢须臾设。醉归凝伫，此怀还与谁说。

（唐圭璋编《全宋词》，中华书局 1965 年，第 1549 页）

郭世模《念奴娇》

郭世模（？—1160），籍贯不详。

光风转蕙，泛崇兰、漠漠满城飞絮。金谷楼危山共远，几点亭亭烟树。枝上残花，胭脂满地，乱落如红雨。青春将暮，玉箫声在何处。

无端天与娉婷，帘钩鹦鹉，梦断闻残语。玉骨瘦来无一把，手挹罗衣看取。江北江南，灵均去后，谁采蘋花与。香销云散，断魂分付潮去。

（唐圭璋编《全宋词》，中华书局1965年，第1722页）

黄岩叟《望海潮》

黄岩叟，生卒年不详。

梅天雨歇，柳堤风定，江浮画鹢纵横。瀛女弄箫，冯夷伐鼓，云间凤咽鼍鸣。波面走长鲸。卷怒涛来往，搅碎沧溟。两岸游人笑语，罗绮间簪缨。

灵均逝魄无凭。但湘沅一水，到底澄清。菰黍万家，丝桐五彩，年年吊古深情。锦帜片霞明。使操舟妙手，翻动心旌。向晚鱼龙戏罢，千里浪花平。

（唐圭璋编《全宋词》，中华书局1965年，第1767-1768页）

赵长卿《醉蓬莱　端午》

赵长卿，生卒年不详。1224年前后尚在世，居南丰（今属江西）。

见浴兰才罢，拂掠新妆，巧梳云髻。初试生衣，恰三裁贴体。艾虎宜男，朱符辟恶，好储祥纳吉。金凤钗头，应时戴了，千般忔戏。

那更殷勤，再三祝愿，斗巧合欢，彩丝缠臂。刻玉香蒲，泛金觥迎醉。午日熏风，楚词高咏，度遏云声脆。赤口白舌，从今消灭，诸馀可意。

（唐圭璋编《全宋词》，中华书局1965年，第1787页）

赵长卿《武陵春》

落了丹枫残了菊，秋色苦无多。谁唤西风泣汨罗，吹恨入星河。碧枝头金粟闹，曾乖翠云窝。重揉檀英忆两娥。无奈冷香何。

（唐圭璋编《全宋词》，中华书局1965年，第1823页）

许及之《贺新郎》

许及之（？—1209），温州永嘉（今浙江温州）人。

旧俗传荆楚。正江城、梅炎藻夏，做成重午。门艾钗符关何事，付与痴儿骏女。耳不听、湖边鼍鼓。独炷炉香熏衣润，对潇潇、翠竹都忘暑。时展卷，诵骚语。

新愁不障西山雨。问楼头、登临倦客，有谁怀古。回首独醒人何在，空把清尊酹与。漾不到、潇湘江渚。我又相将湖南去，已安排、吊屈嘲渔父。君有语，但分付。

（唐圭璋编《全宋词》，中华书局 1965 年，第 1829 页）

辛弃疾《贺新郎　赋水仙》

辛弃疾（1140—1207），齐州历城（今山东济南）人。

云卧衣裳冷。看萧然、风前月下，水边幽影。罗袜尘生凌波去，汤沐烟波万顷。爱一点、娇黄成晕。不记相逢曾解佩，甚多情、为我香成阵。待和泪，收残粉。

灵均千古怀沙恨。恨当时匆匆，忘把此仙题品。烟雨凄迷僝僽损，翠袂摇摇谁整？谩写入、瑶琴幽愤。弦断《招魂》无人赋，但金杯的皪银台润。愁殢酒，又独醒。

（唐圭璋编《全宋词》，中华书局 1965 年，第 1873 页）

辛弃疾《蝶恋花　月下醉书雨岩石浪》

九畹芳菲兰佩好。空谷无人，自怨蛾眉巧。宝瑟泠泠千古调。朱丝弦断知音少。

冉冉年华吾自老。水满汀洲，何处寻芳草？唤起湘累歌未了。石龙舞罢松风晓。

（唐圭璋编《全宋词》，中华书局 1965 年，第 1879 页）

辛弃疾《沁园春》

城中诸公载酒入山，余不得以止酒为解，遂破戒一醉，再用韵

杯汝知乎，酒泉罢侯，鸱夷乞骸。更高阳入谒，都称齑臼，杜康初筮，正得云雷。细数从前，不堪余恨，岁月都将曲蘖埋。君诗好，似提壶却劝，沽酒何哉。

君言病岂无媒。似壁上雕弓蛇暗猜。记醉眠陶令，终全至乐，独醒屈子，未免沈灾。欲听公言，惭非勇者，司马家儿解覆杯。还堪笑，借今宵一醉，为故人来。

（唐圭璋编《全宋词》，中华书局 1965 年，第 1915 页）

辛弃疾《婆罗门引　别叔高。叔高长于楚词》其一

落花时节，杜鹃声里送君归。未消文字湘累。只怕蛟龙云雨，后会渺难期。更何人念我，老大伤悲。

已而已而。算此意、只君知。记取岐亭买酒，云洞题诗。争如不见，才相见、便有别离时。千里月、两地相思。

（唐圭璋编《全宋词》，中华书局 1965 年，第 1918 页）

辛弃疾《贺新郎　和徐斯远下第谢诸公载酒相访韵》

逸气轩眉宇。似王良、轻车熟路，骅骝欲舞。我觉君非池中物，咫尺蛟龙云雨。时与命、犹须天付。兰佩芳菲无人问，叹灵均、欲向重华诉。空壹郁，共谁语。

儿曹不料扬雄赋。怪当年、甘泉误说，青葱玉树。风引船回沧溟阔，目断三山伊阻。但笑指、吾庐何许。门外苍官三百辈，尽堂堂、八尺须髯古。谁载酒，带湖去。

（唐圭璋编《全宋词》，中华书局 1965 年，第 1929 页）

辛弃疾《喜迁莺　谢赵晋臣敷文赋芙蓉词见寿，用韵为谢》

暑风凉月。爱亭亭无数，绿衣持节。掩冉如羞，参差似妒，拥出芙渠花发。步衬潘娘堪恨，貌比六郎谁洁。添白鹭，晚晴时，公子佳人并列。

休说。搴木末。当日灵均，恨与君王别。心阻媒劳，交疏怨极，恩不甚兮轻绝。千古离骚文字，芳至今犹未歇。都休问，但千杯快饮，露荷翻叶。

（唐圭璋编《全宋词》，中华书局 1965 年，第 1935 页）

辛弃疾《沁园春　答杨世长》

我醉狂吟，君作新声，倚歌和之。算芬芳定向，梅间得意，轻清多是，雪里寻思。朱雀桥边，何人会道，野草斜阳春燕飞。都休问，甚元无霁雨，却有晴霓。

诗坛千丈崔嵬。更有笔如山墨作溪。看君才未数，曹刘敌手，风骚合受，屈宋降旗。谁识相如，平生自许，慷慨须乘驷马归。长安路，问垂虹千柱，何

处曾题。

（唐圭璋编《全宋词》，中华书局 1965 年，第 1950 页）

辛弃疾《西江月　和赵晋臣敷文赋秋水瀑泉》

八万四千偈后，更谁妙语披襟。纫兰结佩有同心。唤取诗翁来饮。

镂玉裁冰著句，高山流水知音。胸中不受一尘侵。却怕灵均独醒。

（唐圭璋编《全宋词》，中华书局 1965 年，第 1956 页）

黄仁杰[①]《满江红》

黄仁杰，1166 年进士，南城（今属江西）人。

老子生朝，萧然坐离骚窟宅。更莫诧、才雄屈宋，诗高刘白。不向凤凰池上住，不逃鹦鹉洲边迹。谩一官、如水过称呼，诸侯客。

平生志，水投石。首已皓，心犹灵。算陆沉雄奋，总非人力。广武成名惟孺子，高阳适意须欢伯。睨醉乡、一笑抚青萍，乾坤窄。

（张璋、刘卓英编著《词渊钩沉》巴蜀书社 1993 年，第 220 页）

黄仁杰《念奴娇》

山光堂下，恰催花雨过，韶华将半。蝶舞回风莺度曲，暖响笙箫庭院。泥轼仙翁，当时此夕，正梦投怀燕。紫髯黄发，到今如此清健。

岂但风月平分，海沂千里，流得欢声遍。屈宋江山，还助说，莫惜金荷频卷。问寿何如，凤池三到，却放壶天晚。赤松应待，挂冠归伴萧散。

（张璋，刘卓英编著《词渊钩沉》，巴蜀书社 1993 年，第 223 页）

黄仁杰《沁园春》

金虎鸣秋，玉龙嘶月，天气正凉。应梦熊时候，叶丹苔碧，栖鸾亭馆，橘绿橙黄。人在兰台公子上，更身寄风流屈宋乡。登赏处，记含情纡思，曾赋高唐。

春明旧家不远，算蝉嫣袭庆，都付仇香。况鹍弦初续，和生角徵，鹗书频

① 黄仁杰，一作黄人杰。此处据《词渊钩沉》本。

下，名厕循良。但得西风吹峡水，尽倒卷波澜添寿觞。功业事，有朱颜领略，未许称量。

（张璋，刘卓英编著《词渊钩沉》，巴蜀书社1993年，第230页）

汪晫《贺新郎　开禧丁卯端午中都借石林韵》

汪晫（1162—1227），徽州绩溪（今属安徽）人。

帖子传新语。问自来、翰林学士，几多人数。或道江心空铸镜，或道艾人如舞。或更道、冰盘消暑。或道芸香能去蠹，有宫中、斗草盈盈女。都不管，道何许。

离骚古意盈洲渚。也莫道、龙舟吊屈，浪花吹雨。只有辟兵符子好，少有词人拈取。谁肯向、帖中道与。绝口用兵两个字，是老臣、忠爱知艰阻。写此句，绛纱缕。

（唐圭璋编《全宋词》，中华书局1965年，第2287页）

程珌《沁园春　读〈史记〉有感》

程珌（1164—1242），休宁（今属安徽）人。

试课阳坡，春后添栽，多少杉松。正桃坞昼浓，云溪风软，从容延叩，太史丞公。底事越人，见垣一壁，比过秦关遽失瞳？江神吏，灵能脱罟，不发卫平蒙。

休言唐举无功。更休笑、丘轲自厄穷。算汨罗醒处，元来醉里，真敖假孟，毕竟谁封。太史亡言，床头酿熟，人在晴岚杳霭中。新堤路，喜樛枝鳞角，夭矫苍龙。

（唐圭璋编《全宋词》，中华书局1965年，第2293-2294页）

李刘《水调歌头　寿赵茶马》

李刘（1175—?），崇仁（今属江西）人。

万里碧鸡使，叱驭问邛崃。枪旗有烨，川秦奔走送龙媒。好在灵均初度，唤起长庚佳梦，霜月照金罍。寿似武侯柏，香在草堂梅。

舞娉婷，斟凿落，沃崔嵬。神尧孙子，向来八九上三台。挂了桑弧蓬矢，便恐彤弓秬瓒，分宝下天阶。归赋梁园雪，试唤长卿来。

（唐圭璋编《全宋词》，中华书局 1965 年，第 2287 页）

李刘《水调歌头　寿丘漕九月初三》

端正九秋月，今夜始生明。扬辉毓秀，飘然海上跨长鲸。认得灵均初度，直用望舒为御，重耀紫枢庭。何事乘槎使，尚藉执圭卿。

合东西，瞻使节，镜中行。腾腾渐渐，绕枝乌鹊不须惊。太白擒胡了未，即墨降城安否，玉斧仗修成。圆却山河影，捣药兔长生。

（唐圭璋编《全宋词》，中华书局 1965 年，第 2321 页）

薛师石《渔父词》

薛师石（1178—1228），永嘉（今浙江温州）人。

船系兰芷鲙长鲈，曲袷方袍忽访吾。神甚爽，貌全枯，莫是当年楚大夫。

（唐圭璋编《全宋词》，中华书局 1965 年，第 2325 页）

魏了翁《水调歌头　虞永康刚简所筑美功堂于城南以端午落成唐涪州赋水调歌即席次韵》

魏了翁（1178—1237），邛州蒲江县（今属四川）人。

江水自石纽，灌口怒腾辉。便如黑水北出，迤逦到三危。百尺长虹夭矫，两岸苍龙偃蹇，翠碧互因依。古树百夫长，修竹万竿旗。

画堂开，风与月，巧相随。史君领客行乐，旌纛立披披。慨想二江遗迹，更起三闾忠愤，此日最为宜。推本美功意，禹甸六章诗。

（唐圭璋编《全宋词》，中华书局 1965 年，第 2366 页）

魏了翁《满江红　次韵西叔兄咏兰》

玉质金相，长自守、闲庭暗室。对黄昏月冷，朦胧雾浥。知我者希常我贵，于人不即而人即。彼云云，谩自怨灵均，伤兰植。

鶗鴂乱，春芳寂。络纬叫，池英摘。惟国香耐久，素秋同德。既向静中观性分，偏于发处知生色。待到头，声臭两无时，真闻识。

（唐圭璋编《全宋词》，中华书局 1965 年，第 2368 页）

林正大《括酹江月》

林正大，1206 年曾任严州学官。

诸公台省，问先生何事，冷官如许。甲第纷纷粱肉厌，应怪先生无此。道出羲皇，才过屈宋，空有名垂古。得钱沽酒，忘形欲到尔汝。

好是清夜沈沈，共开春酌，细听檐花雨。茅屋石田荒已久，总待先生归去。司马子云，孔丘盗跖，到了俱尘土。不须闻此，生前杯酒相遇。

（唐圭璋编《全宋词》，中华书局 1965 年，第 2440 页）

林正大《满江红　杜工部饮中八仙歌》

衮衮诸公，嗟独冷、先生宦薄。夸甲第、纷纷粱肉，谩甘寥寞。道出羲皇知有用，才过屈宋人谁若。剩得钱、沽酒两忘形，更酬酢。

清夜永，开春酌。听细雨，檐花落。但高歌不管，饿填沟壑。司马逸才亲涤器，子云识字终投阁。且生前、相遇共相欢，衔杯乐。

（唐圭璋编《全宋词》，中华书局 1965 年，第 2440 页）

林正大《贺新郎　括山谷送王郎》

酌以蒲城酒。撷湘累、秋英满泛，介君眉寿。赠君点漆黟川墨，与印文章大手。问此别、相逢难又。三叠阳关声堕泪，写平时、兄弟情长久。离别事，古来有。

十年骨肉情何厚。对江山千里，共期白首。夜雨连床追旧事，惟恨音书渐少。便只恐、炊沙不饱。翰墨新功收汗马，话书囊、无底何时了。欢未足，听鸡晓。

附　山谷送王郎：酌君以蒲城桑落之酒，泛君以湘累秋菊之英，赠君以黟川点漆之墨，送君以阳关堕泪之声，酒浇胸次之磊隗，菊制短世之颓龄，墨以传万古文草之印，歌以写平时兄弟之情。江山千里头俱白，骨肉十年眼终青。连床夜语鸡戒晓，书囊无底谈未了。有功翰墨乃如此，何恨远别音书少。炊沙作糜终不饱。镂冰文章费工巧。要须心地收汗马，孔孟行世日杲杲。有弟有弟力持家。妇能养姑供珍鲑。儿大诗书女丝麻。公但读书煮春茶。

（唐圭璋编《全宋词》，中华书局 1965 年，第 2449 页）

杨泽民《西河　岳阳》

杨泽民（1182—?），抚州乐安（今属江西）人。

形势地。岳阳事见图记。因山峭拔耸孤城，画楼涌起。楚吴巨泽坼东南，惊涛浮动空际。半天楼栏翠倚。记人风舸难系。空馀细草没章华，但存故垒。

二妃祠宇隔黄陵，精魂遥接云水。蟹鱼橘柚渐上市。是当年屈宋乡里。别有老仙高世。袖青蛇屡入，都无人对。惟有枯松城南里。

（唐圭璋编《全宋词》，中华书局 1965 年，第 3015 页）

刘克庄《念奴娇　菊》

刘克庄（1187—1269），兴化军莆田（今属福建）人。

老夫白首，尚儿嬉、废圃一番料理。餐饮落英并坠露，重把《离骚》拈起。野艳幽香，深黄浅白，占断西风里。飞来双蝶，绕丛欲去还止。

尝试诠次群芳，梅花差可，伯仲之间耳。佛说诸天金色界，未必庄严如此。尚友灵均，定交元亮，结好天随子。篱边坡下，一杯聊泛霜蕊。

（唐圭璋编《全宋词》，中华书局 1965 年，第 2602 页）

刘克庄《满江红　和王实之韵送郑伯昌》

怪雨盲风，留不住、江边行色。烦问讯、冥鸿高士，钓鳌词客。千百年传吾辈话，二三子系斯文脉。听王郎、一曲玉箫声，凄金石。

晞发处，怡山碧。垂钓处，沧溟白。笑而今拙宦，他年遗直。只愿长留相见面，未宜轻屈平生膝。有狂谈、欲吐且休休，惊邻壁。

（唐圭璋编《全宋词》，中华书局 1965 年，第 2614 页）

刘克庄《满江红　和叔永吴尚书，时吴丧少子》

着破青鞋，浑不忆、踏他龙尾。更冷笑、痴人擘划，二三百岁。殇子彭篯谁寿夭，灵均渔父争醒醉。向江天、极目羡禽鱼，悠然矣。

杯中物，姑停止。床头易，聊抛废。慨事常八九，不如人意。白雪调高尤协律，落霞语好终伤绮。待烦公、老手一摩挲，文公记。

（唐圭璋编《全宋词》，中华书局 1965 年，第 2615 页）

刘克庄《满江红　端午》

梅雨初收，浑不辨、东坡南荡。清旦里、鼓铙动地，车轮空巷。画舫稍渐京辇俗，红旗会踏吴儿浪。共葬鱼娘子斩蛟翁，穷欢赏。

麻与麦，俱成长。蕉与荔，应来享。有累臣泽畔，感时惆怅。纵使菖蒲生九节，争如白发长千丈。但浩然一笑独醒人，空悲壮。

（唐圭璋编《全宋词》，中华书局 1965 年，第 2617 页）

刘克庄《贺新郎　端午》

深院榴花吐。画帘开、练衣纨扇，午风清暑。儿女纷纷夸结束，新样钗符艾虎。早已有、游人观渡。老大逢场慵作戏，任陌头、年少争旗鼓。溪雨急，浪花舞。

灵均标致高如许。忆生平、既纫兰佩，更怀椒醑。谁信骚魂千载后，波底垂涎角黍。又说是、蛟馋龙怒。把似而今醒到了，料当年、醉死差无苦。聊一笑，吊千古。

（唐圭璋编《全宋词》，中华书局 1965 年，第 2625 页）

刘克庄《贺新郎》

动地东风起。画桥西、绕溪桑柘，漫山桃李。寂寂墙阴苍苔径，犹印前回屐齿。惊岁月、飙驰云驶。太息攀翻长亭树，是先生、手种今如此。君不乐，欲何俟。

傍人错会渊明意。笑斯翁、皇皇汲汲，登山临水。佳处径呼篮舆去，彷佛柴桑栗里。从我者、门生儿子。尝试平章先贤传，屈原醒、不似刘伶醉。判酩酊，卧花底。

（唐圭璋编《全宋词》，中华书局 1965 年，第 2626 页）

刘克庄《贺新郎　甲子端午》

过眼光阴驶。忆垂髫、留连节物，逢场游戏。初试练衣弄纨扇，斗采菖蒲涧里。今发白、颜苍如此。艾子萧郎方用事，怪先生、苦死纫兰芷。君不乐，欲何俟。

头标夺得群儿喜。向溪边、旁观助噪，叹吾衰矣。欲建鼓旗无气力，唤起龙泉改委。但酒户、加封而已。晚觉醉乡差快活，那独醒、公子真呆底。聊洗净，笛筝耳。

（唐圭璋编《全宋词》，中华书局 1965 年，第 2633-2634 页）

赵以夫《芰荷香　端午和黄玉泉韵》

赵以夫（1189—1256），居长乐（今属福建）。

倚晴空。爱湖光潋滟，楼影青红。彩丝金黍，水边还又相逢。怀沙人问，二千年、犹带酸风。骚人洒墨香浓。幽情要眇，雅调惺松。

天上菖蒲五色，倩掺掺素手，分入雕钟。新欢往恨，一时付与歌童。斜阳正好，且留连、休要匆匆。应须倒尽郫筒。归鞭笑指，月挂苍龙。

（唐圭璋编《全宋词》，中华书局 1965 年，第 2675 页）

张榘《念奴娇　重午次丁广文韵》

张榘，1245 年后在世，南徐（今江苏镇江）人。

楚湘旧俗，记包黍沈流，缅怀忠节。谁挽汨罗千丈雪，一洗些魂离别。赢得儿童，红丝缠臂，佳话年年说。龙舟争渡，搴旗捶鼓骄劣。

谁念词客风流，菖蒲桃柳，忆闺门铺设。嚼徵含商陶雅兴，争似年时娱悦。青杏园林，一樽煮酒，当为浇凄切。南薰应解，把君愁袂吹裂。

（唐圭璋编《全宋词》，中华书局 1965 年，第 2679 页）

张榘《念奴娇》其二

三闾何在，把离骚细读，几番击节。蓠蕙椒兰纷江渚，较以艾萧终别。清浊同流，醉醒一梦，此恨谁能说？忠魂耿耿，只凭天辨优劣。

须信千古湘流，彩丝缠黍，端为英雄设？堪笑儿童浮昌歇，悲愤翻为嬉悦。三叹灵均，竟罹谗网，我独中情切。薰风窗户，榴花知为谁裂！

（唐圭璋编《全宋词》，中华书局 1965 年，第 3679 页）

黄师参《沁园春　饯郑金部去国》

黄师参，1220 年进士，福州闽清（今属福建）人。

谷口高人，偶溯明河，近尺五天。见紫霄宫阙，空中突兀，玉皇姬侍，云里蹁跹。滴露研朱，披肝作纸，细写灵均孤愤篇。排云叫，奈大钧不管，沙界三千。

语高天上惊传。早斥去人间伴谪仙。念赤城丹籍，香名空在，蓬莱弱水，欲到无缘。还倚枯槎，飘然归去，回首清都若个边。家山好，有一湾风月，小小渔船。

（唐圭璋编《全宋词》，中华书局1965年，第2718页）

吴潜《暗香》

吴潜（1196—1262），宜州宁国（今属安徽）人。

仪真去城三数里，东园梅花之盛甲天下。嘉定庚辰、辛巳之交，余犹及歌酒其下，今荒矣。园乃欧公记，君谟书，古今称二绝。犹忆其词云：高甍巨桷，水光日影，动摇而下上，其宽间深靓，可以答远响而生清风，此前日之颓垣断壁而荒墟也。嘉时令节，州人士女，啸歌而管弦，此前日之晦冥风雨、鼪鼯鸟兽之嗥音也。令人慨然。

淡然绝色。记故园月下，吹残龙笛。怅望楚云，日日归心大刀折。犹怕冰条冷蕊，轻点污、丹青凡笔。可怪底，屈子离骚，兰蕙独前席。

院宇，深更寂。正目断古邗，暮霭凝积。何郎旧梦，四十余年尚能忆。须索梅兄一笑，但娇首、层霄空碧。春在手、人在远，倩谁寄得。

（唐圭璋编《全宋词》，中华书局1965年，第3679页）

李曾伯《水龙吟　席间诸公有赋，再和》

李曾伯（？—1265），祖籍覃怀（今河南沁阳），侨居嘉兴（今属浙江）。

琅琅环佩三千，一楼玉立中端委。瑶琚碾就，襄王故国，屈平遗里。多少铅华，飞琼涂抹，一时挼碎。记少年驰逐，银杯缟带，几番被、鸡呼起。

冷入重貂如水。鬓丝丝、叹非前比。羔儿满泛，狮儿低唱，飘风过耳。冰释边忧，春生民乐，欢形佐史。倩何人韭奏，五云天上，助吾君喜。

（唐圭璋编《全宋词》，中华书局1965年，第2787页）

方岳《水调歌头　寿吴尚书》

方岳（1199—1262），祁门（今属安徽）人。

明日又重午，搀借玉蒲香。劝君且尽杯酒，听我试平章。时事艰难甚矣，人物眇然如此，骚意满潇湘。醉问屈原子，烟水正微茫。

溯层峦，浮叠嶂，碧云乡。眼中犹有公在，吾意亦差强。胸次甲兵百万，笔底天人三策，堪补舜衣裳。要及黑头耳，霖雨趁梅黄。

（唐圭璋编《全宋词》，中华书局 1965 年，第 2836 页）

方岳《哨遍　用韵作月对和程申父国录》

月曰不然，君亦怎知，天上从前事。吾语汝，月岂有弦时。奈人间井观乃尔。休浪许。历家缪悠而已。谁云魄死生明起。又明死魄生，循环晦朔，有老兔、自熙熙。妄相传、月溯日光馀。嗟万古谁知了无亏。玉斧修成，银蟾奔去，此言荒矣。

噫。世已堪悲。听君歌复解人颐。桂魄何曾死，寒光不减些儿。但与日相望，对如两镜，山河大地无疑似。待既望观之。冰轮渐侧，转斜才一钩耳。论本来不与中秋异。恐天问灵均未知此。又底用、咸池重洗。乾坤一点英气。宁老人间世。飞上天来，摩挲月去，才信有晴无雨。人生圆缺几何其。且徘徊、与君同醉。

（唐圭璋编《全宋词》，中华书局 1965 年，第 2846 页）

王谌《渔父词》其五[①]

王谌，理宗（1205—1264）时人，阳羡（今江苏宜兴）人。

嘉熙戊戌季春一日，画溪吟客王子信为亚愚诗禅上人作《渔父词》七首。

离骚读罢怨声声，曾向江边问屈平。醒还醉，醉还醒，笑指沧浪可濯缨。

（唐圭璋编《全宋词》，中华书局 1965 年，第 2954 页）

陈著《江城子　重午书怀》

陈著（1214—1297），庆元路鄞县（今浙江宁波）人。

年年端午又今朝。鬓萧萧。思摇摇。应是南风，湘浦正波涛。千古独醒魂在否，无处问，有谁招。

① 本首作品一作薛嵎之词。

何人帘幕倚兰皋。看飞桡。夺高标。饶把笙歌，供笑醉陶陶。孤坐小窗香一篆，弦绿绮，鼓离骚。

（唐圭璋编《全宋词》，中华书局1965年，第3052-3053页）

马廷鸾《水调歌头 隐括楚词答朱实甫》

马廷鸾（1222—1298），饶州乐平（今属江西）人。

把酒对湘浦，独吊大夫醒。当年皇览初度，饮露更餐英。服以高冠长佩，扈以江蓠薜芷，御气独乘清。谁意椒兰辈，从臾武关盟。

哭东门，哀郢路，悄无宁。人世纷纷起灭，遗臭与留馨。一笑远游轻举，三叹道长世短，晦朔自秋春。洗眼看物变，朝菌共灵椿。

（唐圭璋编《全宋词》，中华书局1965年，第3140页）

刘辰翁《行香子 叠韵》

刘辰翁（1232—1297），庐陵（今江西吉安）人。

海水成尘。河水无银。恨幽明、我与公分。青山独往，回首伤神。叹魏阙心，磻石魄，汨罗身。

除却相思，四海无亲。识风流、还贺季真。而今天上，笑谪仙人。但病伤春，愁厌雨，泪看云。

（唐圭璋编《全宋词》，中华书局1965年，第3199页）

刘辰翁《齐天乐 端午和韵》

枝头雨是青梅泪。翻作一江春水。鱼腹魂消，龙舟叫彻，不了湖亭张戏。满庭芳芷。正艾日高高，葛风细细。试比陈人，人间除我更谁似。

浮沈君共我里。记薰廊待对，闻鸡蹴起。昨日蟾蜍，明朝蝇虎，身与渠衰更悴。老夫病已。任采绿采苓，为师为帝。但有昌阳，倩酤扶路醉。

（唐圭璋编《全宋词》，中华书局1965年，第3212页）

刘辰翁《扫花游/扫地游 和秋崖见寿。秋崖时谒选，留词去》

春台路古，想店月潭云，鸡鸣关候。巾车尔久。记湘累降日，留词劝酒。不是行边，待与持杯论斗。算吾寿。已待得河清，万古晴昼。

京国事转手。漫宫粉堆黄，髻妆啼旧。瑶池在否。自刘郎去后，宴期重负。解事天公，道是全无又有。浯溪友。笑浯溪、至今聱叟。

（唐圭璋编《全宋词》，中华书局 1965 年，第 3226 页）

刘辰翁《永遇乐》

余方痛海上元夕之习，邓中甫适和易安词至，遂以其事吊之。

灯舫华星，崖山碇口，官军围处。璧月辉圆，银花焰短，春事遽如许。麟洲清浅，鳌山流播，愁似汨罗夜雨。还知道，良辰美景，当时邺下仙侣。

而今无奈，元正元夕，把似月朝十五。小庙看灯，团街转鼓，总似添恻楚。传柑袖冷，吹藜漏尽，又见岁来岁去。空犹记，弓弯一句，似虞兮语。

（唐圭璋编《全宋词》，中华书局 1965 年，第 3229 页）

刘辰翁《金缕曲　壬午五日》其十三

叶叶跳珠雨。里湖通、十里红香，画桡齐举。昨梦天风高黄鹄，下俯人间何许。但动地、潮声如鼓。竹阁楼台青青草，问木棉、羁客魂归否。盘泣露，寺钟语。

梦回酷似灵均苦。叹神游、前度都非，明朝重五。满眼离骚无人赋，忘却君愁吊古。任醉里、乌乌缕缕。渺渺茂陵安期叟，共鄗池、夜别还于楚。采涧绿，久延伫。

（唐圭璋编《全宋词》，中华书局 1965 年，第 3244 页）

刘辰翁《金缕曲　五日和韵》

锦岸吴船鼓。问沙鸥、当日沉湘，是何端午。长恨青青朱门艾，结束腰身似虎。空泪落、婵媛媭女。我醉招累清醒否，算平生、清又醒还误。累笑我，醉中语。

黄头舞棹临江处。向人间、独竞南风，叫云激楚。笑倒两崖人如蚁，不管颓波千屦。忽惊抱、汨罗无柱。欸乃渔歌斜阳外，几书生、能办投湘赋。歌此恨，泪如缕。

（唐圭璋编《全宋词》，中华书局 1965 年，第 3245 页）

王奕《贺新郎　秦淮观斗舟有感，追和思远楼》

王奕，1275年前后在世，玉山（今属江西）人。

惆怅秦淮路。慨当年、商女谁家，几多年数。死去方知亡国恨，尚激起、浪花如语，应不为、黍峰蒲缕。花隔青溪胭井湿，又谁省、此时情绪。云盖拥，翠阴午。

汨罗无复灵均楚。到如今、荃蕙椒兰，尽成禾黍。疑是狨龙穿王气，遗恨六朝作古。□留与、浮歌载醑。天外长江浑不管，也无春无夏无晴雨。流岁月、滔滔去。

（唐圭璋编《全宋词》，中华书局1965年，第3298页）

蒲寿宬《渔父词十三首》其十

蒲寿宬，1272年前后在世，泉州（今属福建）人。

白首渔郎不解愁，长歌箕踞亦风流。江上事，寄蜉蝣。灵均那更恨悠悠。

（唐圭璋编《全宋词》，中华书局1965年，第3302页）

詹无咎《贺新郎　端午》

詹无咎，生卒年不详。

梅子黄时雨。对幽窗、依依抱独，几多愁绪。润逼琴丝无雅韵，难续文园旧诣。头白尽、相如谁顾。燕子楼空尘又锁，望天涯、不寄红丝缕。嗟往事，且休语。

伤情当日斑衣舞。更宫衣、香罗乍带，九天繁露。一寸草心迎永日，更把葵心自许。怎料有、风推雨如。惹起灵均千古恨，转凄凉、更不成端午。拼小醉，读骚句。

（唐圭璋编《全宋词》，中华书局1965年，第3415页）

罗志仁《木兰花慢　禁酿》

罗志仁，1287年天长书院山长，清江（今江西樟树）人。

汉家糜粟诏，将不醉、饱生灵。便收拾银瓶，当垆人去，春歇旗亭。渊明权停种秫，遍人间，暂学屈原醒。天子宜呼李白，妇人却笑刘伶。

提葫芦更有谁听。爱酒已无星。想难变春江，蒲桃酿绿，空想芳馨。温存，鸬鹚鹦鹉，且茶瓯，淡对晚山青。但结秋风鱼梦，赐醽依旧沈冥。

（唐圭璋编《全宋词》，中华书局 1965 年，第 3430 页）

刘将孙《水调歌头　败荷》

刘将孙（1257—1302），庐陵（今江西吉安）人。

摇风犹似旆，倾雨不成盘。西风未禁十日，早作背时看。寂寞六郎秋扇，牵补灵均破屋，风露半襟寒。坐感青年晚，不但翠云残。

叹此君，深隐映，早阑珊。人间受尽炎热，暑夕几凭阑。待得良宵灏气，正是好天良月，红到绿垂干。摇落从此始，感慨不能闲。

（唐圭璋编《全宋词》，中华书局 1965 年，第 3140 页）

勿翁《贺新郎　端午和前韵》

勿翁，生卒年不详。

庭外潇潇雨。对空山、再度端阳，悄无情绪。旧日文君今瘦损，寻旧曲、不成腔谱。更不周郎回顾。尚喜庭萱春未老，捧蒲觞、细细歌金缕。儿女醉，笑还语。

醉余更作婆娑舞。又谁知、灵均心事，菊英兰露。最苦当年哀郢意，因甚夫君未许。却枉使、蛾眉见妒。在再章台才十载，笑关河、失报应旁午。愁读到，楚辞句。

（唐圭璋编《全宋词》，中华书局 1965 年，第 3589 页）

金元

李纯甫《水龙吟》

李纯甫（1185—约 1231），弘州襄阴（今河北阳原）人。

几番冷笑三闾，算来枉向江心堕。和光混俗，随机达变，有何不可。清浊从他，醉醒由己，分明识破。待用时即进，舍时便退，虽无福，亦无祸。

你试回头觑我。怕不待峥嵘则个。功名半纸，风波千丈，图个甚么。云栈扬鞭，海涛摇棹，争如闲坐。但尊中有酒，心头无事，葫芦提过。

［《中国古典文学名著分类集成·词曲卷（二）》，百花文艺出版社1994年，第49页］

元好问《江城子　嵩山中作》

元好问（1190—1257），太原秀容（今山西忻州）人。

众人皆醉屈原醒。笑刘伶。酒为名。不道刘伶，久矣笑螟蛉。死葬糟丘殊不恶，缘底事，赴清泠。

醉乡千古一升平。物忘情。我忘形。相去羲皇，不到一牛鸣。若见三闾凭寄语，尊有酒，可同倾。

［（金）元好问《遗山先生新乐府》卷三，石莲盦汇刻本］

元好问《鹧鸪天》其二十五

只近浮名不近情。且看不饮更何成。三杯渐觉纷华远，一斗都浇块磊平。

醒复醉，醉还醒。灵均憔悴可怜生。离骚读杀浑无味，好个诗家阮步兵。

［（金）元好问《遗山先生新乐府》卷三，石莲盦汇刻本］

李治《鹧鸪天》

李治（1192—1279），真定栾城（今河北石家庄）人。

太乙沧波下酒星。露醽秘诀出仙扃。情知天上莲花白，压尽人间竹叶青。

迷晚色，散秋馨。兵厨晓溜玉泠泠。楚江云锦三千顷，笑杀灵均语独醒。

［（清）《御选历代诗余》卷二十八，文渊阁四库全书本］

段克己《满江红　遁庵主人植菊阶下秋雨既盛草莱芜没殆不可见江空岁晚霜余草腐而吾菊始发数花生意凄然似诉余以不遇感而赋之因李生湛然归寄菊轩弟》

段克己（1196—1254），绛州稷山（今山西稷山）人。

雨后荒园，群卉尽、律残无射。疏篱下、此花能保，英英鲜质。盈把足娱陶令意，夕餐谁似三闾洁。到而今、狼藉委苍苔，无人惜。

堂上客，头空白。都无语，怀畴昔。恨因循过了，重阳佳节。飒飒凉风吹汝急，汝身孤特应难立。漫临风、三嗅绕芳丛，歌还泣。

[（金）段成己，段克己《二妙集》卷七，文渊阁四库全书本]

段克己《鹧鸪天　暮春之初会饮卫生袭之家酒酣诸君请作乐府因为之赋使览者知吾辈之所乐也》其二

酾酒椎牛诧里豪。临流觞咏富时髦。纷纷世态浮云变，草草生涯断梗漂。

愁不寐，夜难朝。广陵散曲屈平骚。从今有耳都休听，且复高歌饮楚醪。

[（金）段成己，段克己《二妙集》卷七，文渊阁四库全书本]

段成己《临江仙　暮秋有感》其一

浊酒一杯歌一曲，世间万事悠悠。闲来乘兴一登楼。西风吹叶脱，尽见四山秋。

自古兴亡天不管，屈原枉葬江流。寸心禁得许多愁。莞然成独笑，白鹭起沧洲。

[（金）段成己，段克己《二妙集》卷八，文渊阁四库全书本]

刘秉忠《望月婆罗门引》

刘秉忠（1216—1274），邢州（今河北邢台）人。

春眠正美，觉来风雨满红楼。卷帘情思悠悠。望断沙烟渚，蘋蓼不胜秋。但冥冥天际，难识归舟。

大夫骨朽。算空把，汨罗投。谁辨浊泾清渭，一任东流。而今不醉，苦一日醒醒一日愁。薄薄酒、且放眉头。

[（元）刘秉忠《藏春集》卷五，文渊阁四库全书本]

朱晞颜《喜迁莺　永嘉思远楼端午》

朱晞颜（1221—1279），湖州路长兴（今属浙江）人。

香尘盈箧。是旧日赐来，宫罗叠雪。服艾衣清，浴兰汤暖，输与个人娟洁。性巧戏拈针缕，蹙得虎儿狞劣。鬓半亸，贴朱符翠篆，同心双结。　愁绝追楚俗。独吊湘累，日映沉菰叶。彩鹢浮空，鸣鼍聒昼，十里翠红相接。漫有倚空栏槛，谁把朱帘高揭。归去也，听叩舷儿女，尚传歌阕。

［（元）朱晞颜《瓢泉吟稿》卷三，文渊阁四库全书本］

朱晞颜《过秦楼　客中端午》

水碧纱幮，月圆纨扇，悄悄午窗曾共。袪愁楚艾，照眼安榴，节物把人船送。无奈长昼如年，莺趁吟情，蝶迷乡梦。怅归期多误，暮云凝望，乱愁如葑。

谁念我、闷对骚经，慵寻遗谱，冷落赴湘琴弄。醒魂正渴，筒碧初干，买健听人呼粽。不似归来故园，同泛香蒲，频倾春瓮。尽痴儿骙女，齐唱湖楼兴动。

［（元）朱晞颜《瓢泉吟稿》卷三，文渊阁四库全书本］

王恽《水龙吟　送焦和之赴西夏行省》

王恽（1227—1304），卫州汲县（今河南卫辉）人。

当年紫禁烟花，相逢恨不知音早。秋风倦客，一杯情话，为君倾倒。回首燕山，月明庭树，两枝乌绕。正情驰魏阙，空书怪事，心胆堕，伤殷浩。

祸福无端倚伏，问古今、几人明了。沧浪渔父，归来惊笑，灵均枯槁。邂逅淇南，岁寒独在，故人襟抱。恨黄尘障尽，西山远日，送斜阳鸟。

［（元）王恽《秋涧集》卷七十四，文渊阁四库全书本］

王恽《满江红》

二十一年二月初四日，午夜枕上，复继前韵，书梦中所见。

秣马膏车，又去作、天涯羁客。明见得、水云深处，万花如雪。绿暗江城多洞府，红烧烛影翻双节。被晓风、吹散枕中春，檐间铁。

尘世事，无穷歇。吾最爱，沧浪说。恐灵均泽畔，只成孤洁。心事比量无少恶，前途何必论龟坼。倘祥金、陶铸遇良工，从区别。

［（元）王恽《秋涧集》卷七十四，文渊阁四库全书本］

姚燧《六州歌头　赋木莲花》

姚燧（1238—1313），河南洛阳人。

灵均不信，木末搴芙蓉。徒自洁，好奇服，芰荷缝。看心胸。霁月光风。

似爱莲叟，云难狎，应亦未观，林下澹丰容。坐荫高花十丈，身疑在，玉井三峰。甚东皇遣与，桃李斗春浓。男色昌宗，失昌丰。

访平泉记，奇草木，惟赤柏，与金松。岷岭导江，浩浩发临邛。进吴侬。万里江南北，行欲遍，未曾逢。堪怅恨，风与雨，苦相攻。怕学琼花不坠，潜飞去，地上无踪。奈明朝酒醒，空对夕阳春。流水溶溶。

［（元）姚燧《牧庵集》卷三十六，文渊阁四库全书本］

姚燧《摸鱼儿　赋玉簪录呈赵太初兼与时中茂异》

更休寻、玉山瑶草，蓬莱知在何处。司花嫌被春风妒。留待九秋清露。还解语。试问着当时，月夜乘鸾女。何年遗汝。甚不怕高寒，青云万里，鬓鬓乱风雾。

人间世、无物有香如许。灵均遗恨千古。芙蓉杜若何堪佩，憔悴行吟沅浦。空自苦。诮教得扬雄，不信离骚赋。云窗月户。恨白发诗翁，年来多病，不识醉乡路。

［（元）姚燧《牧庵集》卷三十六，文渊阁四库全书本］

姚燧《烛影摇红》

袅袅东风，碧湘左畔群山囿。海棠无语不成蹊，桃李羞牛后。生脸朱唇晕酒。

问坡仙、肝肠锦绣。未容花睡，银烛高烧，何如晴昼。

十事之中，不随人意长居九。结贻憔悴笑灵均，兰茝盈襟袖。今代巫阳恐有。

剑南呼、樵人画手。向青轩底，貌取妖妍，为司花寿。

［（元）姚燧《牧庵集》卷三十六，文渊阁四库全书本］

卢挚《水调歌头　蛾眉亭》

卢挚（1242—1314），涿郡（今河北涿县）人。

亭榭踞雄胜，杖屦踏烟霏。山灵听足春雨，忙遣暮云归。我欲天门平步，消尽江涛余怨，尝试问冯夷。何物儿女子，刚道似蛾眉。

雁行斜，松影碧，橹声微。一齐约下，风景莫是为湘累。政有玉台温峤，未暇燃犀下照，贪着芰荷衣。好在初明观，重与故人期。

［（清）张万选辑《太平三书》卷三，北京大学图书馆藏清顺治五年刻本］

吴存《水龙吟　督军湖观竞渡》

吴存（1257—1339），饶州鄱阳（今属江西）人。

平湖暮色冥濛，雷风唤起双龙舞。吸干彭蠡，须臾噀作，一川烟雨。汉女霓旌，湘妃翠盖，冯夷鼍鼓。想祝融指挥，涛奔浪卷，来赴世，间端午。

此地番君旧境，问当年，军容何许。垂杨断岸，几回想象，水犀潮弩。风景依然，英雄远矣，悠悠汉楚。笑邦人、只记饭筒缠彩，汨罗怀古。

［（元）吴存《乐庵诗余》，彊村丛书本］

贯云石《殿前欢》

贯云石（1286—1324），畏兀儿（今维吾尔族）人。

楚怀王，忠臣跳入汨罗江。《离骚》读罢空惆怅，日月同光。伤心来笑一场，笑你个三闾强，为甚不身心放？沧浪污你？你污沧浪？

［（明）郭勋辑《雍熙乐府》卷十九，四部丛刊续编本］

许有壬《摸鱼儿　登洞庭湖连天楼，和刘光远韵》

许有壬（1287—1364），汤阴（今属河南）人。

问楼头几多烟景，长风千里吹送。洞庭岛屿留残雪，依约玉龙飞动。天故纵。要老子南来，添得诗囊重。遥山翠耸。更淡淡斜阳，萧萧落木，感慨古今共。

人间世，何处祥麟威凤。繁华一枕春梦。江湖无限闲风月，待我往来吟弄。君莫痛。看起舞纷纷，踏破中宵瓮。深杯自捧。便唤起湘累，汨罗江上，沉醉是奇供。

［（元）许有壬《至正集》卷七十九，文渊阁四库全书本］

许有壬《摸鱼儿　次明初为寿韵》

算驱驰三十余岁，只将光景虚度。野云本是无心物，办得几多霖雨。还自许。量绵力粗才，犹可松筠主。天方见与。把村落溪山，风烟朝夕，着在最佳处。

青年志，万一容裨当宁。何惭与哙为伍。归来千仞冈头看，却笑瓮天飞舞。方学圃。要摘我田蔬，共和渊明句。诧诧醉语。道咫尺重阳，登高落帽，休竞汨罗渡。

［（元）许有壬《至正集》卷七十九，文渊阁四库全书本］

许桢《渔家傲》

许桢，生卒年不详，相州汤阴（今河南汤阴）人。

万木凋零岩壑峭。一机消长观天道。松竹园亭时一造。谁敢诮。敲冰煮茗供谈笑。

自负平生心矫矫。三间何事形容槁。琴到无弦谁与操。怀我宝。相逢且赋渔家傲。

［（元）许有壬《圭塘欸乃集》卷上“桢和”，丛书集成初编本］

舒頔《小重山　端午》

舒頔（1304—1377），绩溪（今属安徽）人。

碧艾香蒲处处忙。谁家儿共女，庆端阳。细缠五色臂丝长。空惆怅，谁复吊沅湘。

往事莫论量。千年忠义气，日星光。离骚读罢总堪伤。无人解，树转午阴凉。

［（元）舒頔《贞素斋集》卷八，文渊阁四库全书本］

王旭《水调歌头　端午》

王旭，东平（今山东）人。

漱齿汲寒井，理发趁凉风。先生畏暑晨起，笑语听儿童。说道今年重午，节物随宜稍具，还与去年同。已喜酒樽列，更觉粽盘丰。

愿人生，长醉饱，百年中。独醒竟复何事，憔悴佩兰翁。我有青青好艾，收蓄已经三载，疗病不无功。从此更多采，莫遣药囊空。

［（元）王旭《兰轩集》卷九，文渊阁四库全书本］

梁寅《宴清都　端午》

梁寅（1309—1390），新喻（今江西新余）人。

带恨湘江水。无奈远、楚云天际千里。灵均一去，芳荪翠减，香篱青死。龙舟鼍鼓声沸。叹旧俗、空夸水戏。乐少年、越女吴姬，□□王孙公子。

曾记南浦芙蓉，东湖杨柳，斜日歌吹。彩舟载酒，纶巾挥扇，胜友同醉。而今白头蓬卷。但谙惯、独醒滋味。好只把、兰佩荷衣，从今料理。

［（明）梁寅《新喻梁石门先生集》，清乾隆十五年刊本］

明

刘炳《水龙吟　己巳端午》

刘炳，江西鄱阳（今属江西）人。

海榴庭院初长日，梅羽弄阴弄霁。惊心节序，艾枝悬绿，菖蒲浮碧。衣赐香罗，忆陪宫宴，御炉烟细。愧相如多病，归来鬓痕如缕。

往事风流莫记。黯江山、旧游凝睇。湘波吊雪，楚峰凄黛，荆云愁垒。鱼腹沉冤，众人皆醉，一樽谁酹。独登临词客，兴亡多恨，洒青衫泪。

［（明）刘炳《刘彦昺集》卷八，文渊阁四库全书本］

张宁《苏武慢　金兰》

张宁（1426—1496），浙江海盐（今属浙江）人。

丽水真精，南州高品，流落楚皋湘岸。翠帐销残，带鱼粉碎，写不尽灵均怨。莺羽潇潇，菜花掩映，黄瘦过初相见。记当时，传报泥缄，早已遂同心愿。

似谁将，三径寒芳，满林枯叶，把九畹风光换。从今契合，世路交情，拼一笔都勾断。操变西音，佩纫中色，郁鬯酒堪同荐。尽教人，东抹西涂，都不改旧时疏淡。

［（明）张宁《方洲集》卷十一，文渊阁四库全书本］

史鉴《哨遍　端午日饮都玄敬于豫章堂》

史鉴（1434—1496），苏州府吴江（今江苏苏州）人。

梅雨弄晴，梧叶生阴，深苑榴花吐。见钗头，齐缀赤灵符。恰又经一番重午。君听取。斜阳竹西歌吹，分明不是扬州路。信彼此无殊，古今不异，逢场自足欢娱。但未能免俗与人俱。也试举芳樽泛菖蒲。艾虎悬门，彩丝缠臂，尚传荆楚。

吁。满地江湖。龙舟竞渡哓喧呼。相习成故事，骚魂此日知夫。觑水马争驰，锦标平插，浪华卷雪轰旗鼓。幸得隽归来，拈华弄酒，向人夸笑矜舞。有谁解屈子怀沙故。眷宗国难忘心独苦。想曾怀、琼粻椒糈。浮游蝉脱应笑，世俗沉菰黍。是非非是都休评论，聊且长歌吊古。阆风县圃渺苍梧。望夫君、弭节何所。

［（明）史鉴《西村集》卷四，文渊阁四库全书本］

顾璘《念奴娇　湘山怀古》

顾璘（1476—1545），苏州府吴县（今江苏苏州）人。

振衣嵂屼，洗长空，初过一天新雨。万壑千峰，争耸秀、犹有微云吞吐。扑地闾阎，横江城郭，总是闲尘。寺前松桧，让渠曾见今古。

漫说衡岳巡游，郁林开拓，身后还谁主。泪竹斑斑，空洒血、玉辇而今何处。水底灵均，江边刺史，蔓草埋荒宇。举觞浮白，竟须烂醉休语。

［（清）汪森编辑；桂苑书林编辑委员会校注《粤西诗载校注》，广西人民出版社1988年，第169页］

韩邦奇《烛影摇红　端午》

韩邦奇（1479—1555），陕西朝邑（今陕西大荔）人。

荷绿翻风，榴红斗日端阳节。湖光百里碧波摇，是处华筵列。菰角玉红银白，泛金觞、香蒲琼液。彩悬艾虎，锦夺龙舟，佳人豪客。

笑语声喧，谁知此际堪悲咽。骚魂千载尚悠悠，日暮吟湘泽。几点黄梅雨歇。欲怀古、俄成凄恻。不如醉了，还胜似醒时，免烦胸膈。

［（明）韩邦奇《苑洛集》卷十二，文渊阁四库全书本］

陈霆《满庭芳　兰》

陈霆（1479—1560），浙江德清（今属浙江）人。

幻谷阴崖，香云暖雨，芳蕤初着幽丛。翛然世外，此意几人同。回望三湘何许，灵均去、佩冷江空。无人问，断魂千里，相逐落梅风。

平生，良自爱，孤标高韵，寂寞山中。算知心独许，三尺焦桐。肠断王孙未返，年时草、又衬残红。春愁满，汀蘋岸芷，落日楚江东。

［（明）陈霆著；陈景超注释点校《水南集》下，浙江古籍出版社 2017 年，第 312-313 页］

陈霆《贺新郎　端午》

梅子成金弹。正池塘、帘纤雨歇，海榴红绽。节序催人又重午，彩索新缠双腕。更艾虎、朱符妆遍。谩对蒲樽开角黍，奈沉湘、旧事经伤感。须一醉，强驱遣。

清江竞渡人争看。绕沙堤、荷香荏苒。南薰微扇。两两龙舟斗相向，夺罢锦标方散。又早被、西山催晚。十里平波人去后，但一钩新月蛾眉浅。归棹急，浪花乱。

［（明）陈霆著；陈景超注释点校《水南集》下，浙江古籍出版社 2017 年，第 331 页］

孙承恩《贺新郎　舟中值重午》

孙承恩（1485—1565），松江（今属上海市）人。

客路风尘恶。叹匆匆、节临重午，不堪牢落。却忆故园当此日，虚馆朋侪对酌。拟胜会、追踪河朔。翘首帝都红日近，望白云、亲舍天寥廓。肠欲断，心飘泊。

江心旧事流传昨。我欲将、兴亡作鉴，悃诚谁托。惆怅灵均今已矣，水底英魂寂寞。又谁辨、醉醒清浊。感事羁怀频吊古，抚乾坤、浩气空盘薄。歌短调，发长噱。

［（明）孙承恩《文简集》卷二十六，文渊阁四库全书本］

杨慎《满江红　咏菊，效稼轩词论体》

杨慎（1488—1559），四川新都（今属四川）人。

唤醒灵均，为问餐、秋菊落英消息。秋英元不落，妙筌谁识。要悟灵均言外意，此花珍重难得。待英蕤零落始供餐，休轻摘。

九月律，当无射。黄落尽，无颜色。惟兹独秀，冷露寒霜侧。不肯悠悠随宿莽，只将凛凛争松柏。把九章橘颂试同观，方奇特。

［（明）杨慎著；王文才辑校《杨慎词曲集》，四川人民出版社 1984 年，第 96 页］

张治《贺新郎　酬王曼仙之长沙途中有寄》

张治（1488—1550），湖广茶陵（今属湖南）人。

烽火连云起。怪王郎、布帆无恙，锦囊私喜。蕙亩兰皋都经遍，慷慨悲歌未已。还凭吊、洛阳才子。叹息楚臣遭放逐，向汨罗、江上沉秋水。岸上竹，两妃泪。

衡阳雁断书难寄。看严城、万点狼烟，千重铁骑。投笔封侯君知否，不负男儿志气。堪笑煞、渔樵活计。一卷阴符三寸舌，算人生、事业当如此。把长剑，天外倚。

（赵尊岳辑《明词汇刊　上》，上海古籍出版社 2012 年，第 594 页）

吴子孝《锦缠道　端午》

吴子孝（1495—1563），苏州府长洲（今江苏苏州）人。

堂映湖山，解粽共酬佳节。对蒲风、金杯休歇。銮坡每岁恩波阔。忆赐宫衣，轻叠香罗雪。

到如今回头，五云仙阙。故园中、只闻啼鴂。诵离骚、自叹孤忠惟，扬州铸镜，能照人心别。

［（清）陈梦雷编纂《钦定古今图书集成　历象汇编　岁功典》卷五十二，中华书局影印本］

李攀龙《浪淘沙　汨罗夜泊》

李攀龙（1514—1570），济南府历城（今山东济南）人。

风雨夜来多。暗渡湘罗。冷烟凝露蘸清波。隔浦残灯明半灭，满地渔蓑。

三载几回过。壮志消磨。芦花深处楚人歌。大半离骚经里意，音韵阿那。

［（清）陈梦雷编纂《钦定古今图书集成　历象汇编　岁功典》卷一百十，中华书局影印本］

许谷《风入松　癸亥端午》

许谷，1535 年进士，上元（今江苏南京）人。

薰风吹满旧都城，斜日映钟陵。佳辰恰喜收残雨，正榴花、照眼烘晴。闭户恐辜令节，开尊独坐闲庭。

一年春夏等闲更，冷暖不须惊。瓜棚豆架空寻遍，笑王郎、好梦难成。吊屈添来余恨，江边呜咽潮声。

［（清）王昶辑《明词综》卷三，清嘉庆刻本］

俞彦《醉花阴　端午饮清溪阁上》

俞彦，1601 年进士，上元（今江苏南京）人。

谁拯灵均湘水上。节物多惆怅。痛饮读离骚，杜若江离，总是凄然况。

姊归曾整行春仗。俯仰千秋壮。今日拟招魂，酒侣诗朋，醉弄清溪涨。

［（清）邹祗谟、王士禛辑《倚声初集》卷八，清顺治刻本］

来鎔《应天长　江东遗事共十首》其四

来鎔（1604—1682），浙江萧山（今浙江杭州）人。

大中丞忠湣祁世培先生，闻国难，悲伤痛悼，涕泣沾巾。日坐卧园中，若有所计量，听者不得闻知，子弟虞有他变，侍之日夜不休。先生即更哑哑笑言，命趣驾，载筐实，如将有适者。子弟喜，稍稍散去。其夜作书诀家人，诫厚葬，自赞小像，乃赴水死。及旦，子弟见室阒无人，从几上得书，溯洄从之，则宛在水中央，趺跏而坐。

园中疑半圮，见茂荫森森，肃然乔木。吾道非即，涕破土堆成绿。忠魂骑箕尾，渺下界、烟村华屋。刚八尺，卧首丰碑，无人堪读。

姑苏遗爱在，念豸绣当胸，逢奸须触。一水溶溶，潇洒便归鱼腹。汨罗千古意，又莫用、怀沙悲鹏。还剩得、忧国心肠，远山眉蹙。

（《全清词·顺康卷》，中华书局 2002 年，第 211-212 页。）

吴伟业《满庭芳　水明楼观竞渡》

吴伟业（1609—1683），太仓（今属江苏）人。

紫盖黄旗，白袍银浆，画角声撼潜虬。鬃馋鬣怒，惹动汨罗愁。最忆龙艘凤舸，迎鸾曲、唱彻扬州。风吹散、残鳞零甲，金鼓霎时休。

悠悠。来此地，张牙弄爪，睹甚王侯。像重分无楚，巧赛孙刘。回首烟波香霭，斜阳外、几点沙鸥。鸡豚社、村箫蛮管，灯火水明楼。

（《全清词·顺康卷》，中华书局 2002 年，第 401 页）

纪映钟《贺新凉　视方虎》

纪映钟（1609—1671），上元（今江苏南京）人。

罨画姻云卷。诞英贤、雕龙天赉，石麟天遣。税驾阳阿朝沐发，养得神珠丹泫。探邃古、结绳缫茧。人领俊厨书著富，薄齐梁、仆射才疏浅。风雅窟，纵横展。

千秋有价何须显。笑当场、苦吟瓮醋，市诙鼓扁。摇笔江山追屈宋，白雪还惊粤犬。赤帜下、吾其胄免。愿得先生长寿考，历商周、文物篯铿典。天问发，小巫剪。

（《全清词·顺康卷》，中华书局 2002 年，第 504-505 页）

纪映淮《小重山　端午》

纪映淮，生卒年不详，上元（今江苏南京）人。

闲窗独坐病余身。惊闻画鼓闹，在河津。始知节届佩符辰。彩丝系，输与少年人。

一岁一番新。年光催短鬓。暗伤神。感时怀古欲沾巾。湘江渺，何处吊灵均。

（《全清词·顺康卷》中华书局 2002 年，第 5004 页）

徐籀《沁园春　题画兰》

徐籀，1633 年举人，吴县（今江苏苏州）人。

梦里池边，芳草王孙，远色纤纤。纵繁华满眼，脂粘粉腻，一天浓闹，带雨拖烟。何似高人，空江明月，古调清音独夜弹难。持赠有，幽芳自吐，不共人间。

抽条碧整如簪。看香绿妆成十圳闲。赖芝朋若友，不愁寂寞，封姨青女，耐得春寒。醉读离骚，汨罗非远，千载难将此意传。谁好手，将松螺石髓，拂上轻笺。

（《全清词·顺康卷》，中华书局2002年，第204页）

曹溶《万年欢　济武同诸子过周雨文山房》

曹溶（1613—1685），浙江嘉兴（今属浙江）人。

小径平分，驾高轩、碾破袁安深雪。何意催将春到，柳丝争发。户外雕戈拄眼，且静对、瑶琴声绝。黄金去、意冷封侯，荷锄来劚山骨。

酸心壮游已歇。待天涯息战，弹剑留别。休学湘累，桂醑毕竟神物。人澹修筠欲舞，莫便是、凌波仙袜。今宵纵、冻影遮窗，不妨峰顶寻月。

（《全清词·顺康卷》，中华书局2002年，第828-829页）

曹溶《水龙吟　午日湖上》

一年莺外时光，藕花将满湖南路。绿荫斜带，层层珠箔，惹人深处。倚遍重楼，共移清景，寻他箫鼓。怅吴霜染鬓，难簪艾叶，佳梦逐，奔驹去。

刚觉山川如故。别灵均、渐凋兰杜。红情待续，小吟消夏，谁传纨素。徐挂轻帆，此身宜称，闲风浪雨。算归来未得，鸥盟七泽，被杯中误。

（《全清词·顺康卷》，中华书局2002年，第832页）

曹溶《一萼红　题香山半村草堂》

近城楼，剩清阴数亩，刚许结烟萝。逸士移梅，佳人倚竹，名园那得如他。分明是、五陵侠少，抛紫绶、不肯听鸣珂。自渡江来，百年心事，渺渺关河。

此际水幽林寂，坐幼舆一个，丘壑增多。石户堆书，云窗袅篆，时光总付

消磨。频回眺、天台仙侣，领春情、脉脉画双蛾。约我为邻砚北，各占青螺[①]

曹溶《一萼红　夏卤均再招集舟中》

漫空柳絮。似断云独鹤，飘泊难遇。写怨尘途，绾带题襟，蒲觞预约相聚。清波远照三湘影，不肯放、屈平醒去。泛中流、静夜弹棋，落子忽惊松雨。

盛事莫嫌无据。借右军笔阵，亲记游处。属玉桥边，潮信初生，可着龙舟飞翥。尊前一半苍颜叟，喜济胜、尚骄童孺。遣紫骝、重觅妖姬，谱我荐春新句。

（《全清词·顺康卷》，中华书局2002年，第837-838页）

曹溶《贺新郎　答横秋见寿，时将行役云中》

玉宇秋如水。为黄花、满襟离恨，雁筝频倚。落日马蹄穷塞主，白发一肩行李。铜柱北、曾经脱屣。又怪风旗沙柳外，对磨崖、片石挥毫起。呼屈宋，且休矣。

故人相见平安喜。写新词、龙蛇飞动，牢骚心事。刁斗河山今不闭，敢诧封侯万里。笑老子、疏狂未已。范蠡湖边莼菜熟，肯羊裘、敝尽车生耳。痛饮酒，真男子。

（《全清词·顺康卷》，中华书局2002年，第841页）

宋琬《满江红　题尤展成小像》

宋琬（1614—1673），山东莱阳（今属山东）人。

陶令归来，三径外、栽松种柳。遥集者、湘潭屈子，漆园庄叟。木柄长镵常在握，竹皮圆笠新加首。置斯人、一壑一丘间，然乎否。

白雪调，无双手。晓风句，诸伶口。但应门遣子，烹葵呼妇。秘笈已窥林屋洞，新篘且醉兰陵酒。问朱门、高盖几人存，东门狗。

（《全清词·顺康卷》，中华书局2002年，第893页）

① 原注：香山燕人倅台州后寓武林三十年矣疏影。

宋琬《满江红　予与顾庵、西樵皆被奇祸得免》

痛定追思，瞿塘峡、怒涛飞涨。叹北寺、皋陶庙侧，何期无恙。庄舄悲歌燕市外，灵均憔悴江潭上。问绨袍、高谊有还无，谁曾饷。

愁万斛，东流漾。五噫句，舂间唱。恨埋忧无地，中山须酿。故态狂奴仍未减，尊前甘蔗还堪杖。笑邯郸、梦醒恰三人，无殊状。

（《全清词·顺康卷》，中华书局 2002 年，第 890 页）

龚鼎孳《绮罗香　同起自井中赋记，用史邦卿春雨韵》

龚鼎孳（1615—1673），合肥（今属安徽）人。

弱羽填潮，愁鹃带血，凝望宫槐烟暮。并命鸳鸯，谁倩藕丝留住。搴杜药、正则怀湘，珥瑶碧、宓妃横浦。误承受、司命多情，一双唤转断肠路。

人间兵甲满地。辛苦蛟龙外，前溪难渡。壮发三千，黏湿远山香妩。凭蝶梦、吹恨重生，问竹简、殉花何处。肯轻负、女史苌宏，止耽莺燕语。

（《全清词·顺康卷》，中华书局 2002 年，第 1117 页）

龚鼎孳《南柯子　端午前一日社集，和遂初韵》

逝水沧江远，浮云碧汉流。逢时愁上仲宣楼。漫说当年刘表、在荆州。

探把菖蒲盏，还胶芥叶舟。隔宵堆怨玉搔头。吊屈湘波何处、此淹留。

（《全清词·顺康卷》，中华书局 2002 年，第 1127 页）

龚鼎孳《齐天乐　湖上午日（用吴修蟾和周美成韵）》

远峰吹散雕阑雨，游人画桥三五。彩鹢风高，绣旗日丽，又吊一年湘楚。钗符缀虎。也娇小窥帘，笑低金缕。如此湖山，半分歌吹送重午。

樽前初拭醉眼，问灵均去后，与谁终古。屏枕芗潮，扇摇玉雪，同赋采兰新句。菱舟曲度。渐掉入前心，月痕留处。愿趁佳时，普天销战鼓。

（《全清词·顺康卷》，中华书局 2002 年，第 1135 页）

曹尔堪《洞仙歌　晓过莺脰湖》

曹尔堪（1617—1679），浙江嘉善（今属浙江）人。

悲凉屈宋，重过吴江道。小市鱼虾闹清晓。想蛟龙睡稳，千顷晴澜，风色好、霜后白蘋花老。

角巾还故土，烟月谁争，一苇凌波胜蓬岛。茶灶笔床随意具，呼取樵青，芼莼丝、浊醪须倒。看双丸、寒暑织如梭，羡湖笛渔榔，白头翁媪。

（《全清词·顺康卷》，中华书局2002年，第1322页）

曹尔堪《满江红　乙巳午日，宋既庭见招泛蒲同陆处实、姜西溟》

佳节吴阊，浑不灭、汨罗愁涨。争吊屈、龙舟箫鼓，锦帆无恙。公子画船官驿口，名倡罗绮江楼上。拥残书、自有故交同，清尊饷。

榴花影，杯中漾。竞度曲，筵前唱。正梅黄时解，阴晴迭酿。山鬼漫矜明月佩，健人也曳菖蒲杖。祇浮生、憔悴泣枯鱼，湘累状。

（《全清词·顺康卷》，中华书局2002年，第1325页）

陆求可《送入我门来端午》

陆求可（1617—1679），江南淮安（今属江苏）人。

剑倚苍蒲，虎牵白艾，清尊满泛雄黄。四海天中，千古号端阳。刚刚五月逢初五，近短至书云夜渐长。能续命，多少缠绵彩缕，沐浴兰汤。

信是怀沙堪吊，飞凫一时竞渡，泽畔悲凉。今作欢娱，谁断汨罗肠。红裙妒杀榴花色，看眉黛凝萱草夺将。笑粉团角黍，小弓戏射，中者先尝。

（《全清词·顺康卷》，中华书局2002年，第1373页）

陆求可《贺新郎闰端午》

记得逐龙舟，甚枝头、海榴花蕊，重开如簇。绣户佳人擎彩线，艾索垂垂金屋。再一度、兰汤早浴。新样钗符双鬓满，听溪头、十里笙歌续。解菰黍，连昌歜。

灵均休向欧回哭。喜今年、五丝楝叶，两番风俗。料想骚魂千载下，波底不愁枵腹。何须怨、龙潭蛟谷。只有蟾蜍和蝎虎，恨羲和置闰心何毒。两月里，偏相捉。

（《全清词·顺康卷》，中华书局2002年，第1374页）

陆求可《扫地花兰》

含英旖旎，正晚径罗生，光风催发。猗猗九畹，任盈腰服艾，芳馨难灭。照耀春阳，不用伤心秋月。身思洁。正是灵均，纫佩时节。

当门容易折。更溱洧相将，赠持心悦。凝膏煮液。近朱颜绿鬓，强如芜没。见说佳人，玉齿常含鸡舌。朱唇揭。比花香、总无差别。

（《全清词·顺康卷》，中华书局2002年，第1432页）

尤侗《满江红　即席赠顾庵学士》

尤侗（1618—1704），江南长洲（今江苏苏州）人。

二十年来，叹世事、尘霾波涨。喜老友、跳归燕市，须眉无恙。皂帽幸辞辽海外，青衫还泣浔江上。问榜门、谁是脱骖人，千金饷。

且上下，随流漾。予解和，公能唱。须浇开磈垒，洞庭春酿。屈指明年将半百，看云取次从藜杖。又何劳、呵壁续离骚，笺天状。

（《全清词·顺康卷》，中华书局2002年，第1546页）

尤侗《贺新郎　端午和刘潜甫韵》

小满吴蚕吐。乍阴晴、春红消歇，黄梅迎暑。刮眼风尘纷未了，遍地蒲人艾虎。何处觅、龙舟竞渡。横笛短箫江上远，但关山烽火传鼙鼓。请拔剑，为君舞。

花花世界遽如许。算英雄、百年成败，一杯残醑。金紫貂蝉长在否，不抵枕中炊黍。又看尽、蛮争触怒。读破离骚还痛饮，叹吴侬、更比湘累苦。只一醉，忘今古。

（《全清词·顺康卷》中华书局2002年，第1569页）

尤侗《临江仙　午日》

庭砌香蒲一剪绿，纱窗梅雨萧萧。闹妆儿女彩丝飘。珠帘桃叶渡，画鼓木兰桡。

唤起湘累休竞渡，云旗游戏波涛。江潭独醒转无聊。古人应让我，饮酒读离骚。

（《全清词·顺康卷》中华书局 2002 年，第 1572–1573 页）

尤侗《千秋岁　午日祝江明府》

文通能赋。梦笔如风雨。采杜若，潇湘浦。驱车越峤远，岸帻吴山暮。衙放了，锦帆花月迎明府。

佳节逢端午。胜事传三楚。系彩线，穿菰黍。寿杯菖叶酒，乐语离骚句。讴歌者，芙蓉江上喧龙鼓。

（《全清词·顺康卷》中华书局 2002 年，第 1541 页）

王夫之《满庭芳　初夏》

王夫之（1619—1692），湖南衡阳（今属湖南）人。

颗颗梅珠，条条菖叶，不须更怨春归。垂杨风软，练鹊一双飞。自爱芳塘素影，与波光、上下争晖。闲日永，新来病浅，相赏莫相违。

当年还似此，年华虽老，不道今非。问灵均去后，谁剪荷衣。日暮轻云凝绿，遥天迥、笑揖湘妃。还应有，芙蓉出水，妆点钓鱼矶。

（《全清词·顺康卷》，中华书局 2002 年，第 1641 页）

吴绮《减字木兰花　树兰》

吴绮（1619—1694），江都（今属江苏）人。

家原幽谷，自别湘沅非旧族。叶叶枝枝，婀娜江城玉露时。

灵均漫采，根蒂虽殊香未改。金粟前身，那用朝衣侍女薰。

（《全清词·顺康卷》中华书局 2002 年，第 1707 页）

钱肃润《念奴娇　送陈其年归荆溪》

钱肃润（1619—1699），无锡（今属江苏）人。

君才如此，是天生人物，从来希有。屈宋于今成鼎立，子建平分八斗。匹马燕台，联镳菟苑，赋出争傅口。乌丝新调，傲他秦七黄九。

忆昔意气拿云，文章腾焰，直唾功名手。此日雄心犹肮脏，每对青天搔首。俄上龙山，寻过鸿水，访我烟霞友。来朝归去，且倾今夜杯酒。

（张宏生编著《全清词·顺康卷补编》第一册，南京大学出版社 2008 年，

第 210 页）

梁清标《永遇乐　寄田佛渊孝廉》

梁清标（1620—1691），直隶真定（今河北正定）人。

大雅犹存，云间驰誉，君才无匹。屈宋衙官，凌颜轹谢，早擅生花笔。何缘高卧，荒江寂寞，岁月闲中抛掷。忆当年、论文把臂，云树顿分南北。

茂陵病免，襄阳坐废，万事总堪浮白。鞭弭中原，卿当独秀，领袖词场客。旗亭贳酒，梨园潦倒，佳句双鬟偏识。秋风里、莼鲈三泖，有人抱膝。

（《全清词·顺康卷》，中华书局 2002 年，第 2241–2242 页）

梁清标《花发沁园春　赠徐方虎编修归德清》

屈宋衙官，曹刘驱马，文坛手辟荆棘。才江学海，剩馥残膏，沾溉人间词客。相如病渴。归梦绕、乡关秋色。早谢却儤直承明，经营登山双屐。

怅别河梁萧瑟。有青门供帐，红亭风笛。霜零葭菼，枫冷江楼，尽入涛笺湘笔。军船战鼓，浑不碍、霅溪泉石。还朝日铙吹篇成，伫看灯撤莲碧。

（《全清词·顺康卷》，中华书局 2002 年，第 2273 页）

梁清标《绮罗香　午日》

葵扇迎风，榴芳照眼，鹊尾鹧斑香吐。儿女憨生，争把钗符缀虎。佩丹砂、乍启清樽，夸益智、竞传角黍。问江南、金粉山川，波心几许舟飞渡。

惊心云外羽檄，但听潮声里，军船鼙鼓。绣柱珠帘，一半沉埋歌舞。登楼赋、王粲愁时，吊湘水、灵均何处。休辜负、眼底繁华，流年难更数。

（《全清词·顺康卷》，中华书局 2002 年，第 2270 页）

徐倬《贺新凉　灯下菊影》

徐倬（1624—1713），浙江德清（今属浙江）人。

缺月云云卷。伴青灯、人同花瘦，花将人遣。生小是陶家样子，略带湘累微泫。谁携上、窗棂雪茧。为怕黄茎脂粉污，故淋漓墨汁无深浅。鹅绢净，兔毫展。

最模糊地分明显。似秋娘、银钗摇乱，金钱摊扁。风过处疏枝飐动，惊走眠莎猧犬。只顾影、丛残难免。好把兰缸纨扇掩，付香魂、乌有先生典。冰胆内，一茎剪。

（《全清词·顺康卷》中华书局 2002 年，第 3451 页）

董以宁《解连环　楚行白筠心书赠楚词一箑，复作高唐好梦图，因柬谢》

董以宁（1629—1669），江南武进（今江苏常州）人。

澧兰沅芷。是文郎当日，旧游之处。生平说、屈宋衙官，拟重去襄川，将他部署。翻怪香山，却贬技、填词赠与。想落笔高吟，多应说向，君家老妪。

亲写双钩小柱。苦绝少红鹅，凭君携去。况画将、一梦高唐，把纨扇招风，更添佳绪。但到阳台，倘误惹、香云艳雨。凭君莫寄招魂赋，梦中叨絮。

（《全清词·顺康卷》，中华书局 2002 年，第 5217 页）

朱隗《念奴娇　观子瞻九辨帖（壬午）》

朱隗，1627 年前后在世，江苏长洲（今江苏苏州）人。

风流墨宝，是坡公晚岁，淋漓雄笔。怪石枯槎非一态，浪叠龙腾蛟逸。去国怀人，登山临水，况是清秋节。狂歌痛饮，拂笺何限萧瑟。

还想三楚才华，灵均弟子，困苦遭谗疾。瘴海云涛家万里，似與骚人同律。九死余生，两朝遗老，间代神仙质。焚香展卷，千秋悲感横出。

（《全清词·顺康卷》，中华书局 2002 年，第 168 页）

董如兰《大江东去　午日和韵》

董如兰，1643 年后在世，华亭（今属上海）人。

端阳重遇，可应是、辗转天高难越。炫日葵榴疑是泪，触景偏增呜咽。三载离乡，两经兵火，辜负芳时节。五丝续命，寸肠应被千结。

休问鼓吹谁家，龙标何处，风鹤成惊怯。魂梦飞扬傍人须，讶道鬓斑形劣。渔父忘言，汨罗留恨，醉醒凭人说。伶仃儿女，有谁为我疼热。

（《全清词·顺康卷》，中华书局 2002 年，第 56 页）

屈大均《雨中花》

屈大均（1630—1696），番禺（今属广东）人。

大别山前人大别。芳草里、新坟如雪。宿蝶休飞。啼鹃休去，为守松间月。

万里楼烦来入越。又相逐、烟波一叶。魂傍湘累，泪沾秦女，定作桃花血。

（《全清词·顺康卷》中华书局 2002 年，第 5654–5655 页）

屈大均《浣溪沙》

欲使绯桃嫁碧桃。瓶中交插两枝高。朝朝对取酌香醪。

白发不须求大药，红颜自可解离骚。并州那有剪愁刀。

（《全清词·顺康卷》中华书局 2002 年，第 5673 页）

屈大均《轮台子　粤秀山麓经故太仆霍公池馆作》

一片含烟蔓草，忍再吊、沉渊太仆。闺人共赴涟漪，不少佩环鱼腹。佳儿佳妇嬉嬉，媵湘累总作蛟龙族。想忠魂未远，尚抱乌号林中哭。

荒园咫尺朝台，望龙驭、水滨未复。恨江山、与金汤四塞。难归青犊。但玉殿虚无。翠旗反覆。化海思云愁，杜鹃啼相续。莫招魂，持衣上屋。想隋帝、被发天门，哀诉身难赎。

［（清）屈大均著；陈永正等校笺《屈大均诗词编年校笺》，上海古籍出版社 2017 年，第 1958–1959 页］

屈大均《惜秋华　木芙蓉》

莫拒秋霜，任重台独瓣，红衣都染。乍得露华，新妆更添娇艳。凌晨已作酡颜，醉滴滴、天浆未厌。堪念。念芙蓉制裳，湘累得占。

朵朵暮还敛。待明朝醒解，把薄脂重点。恨水浅。照不彻、镜云微掩。何人见尔关情。折数朵、寄来相赚。那敢。怕鸳鸯、露栖葭菼。

［（清）屈大均著；陈永正等校笺《屈大均诗词编年校笺》，上海古籍出版社 2017 年，第 2017 页］

清

陈祚明《贺新凉　寿芝麓先生次顾庵太史韵》

陈祚明（1623—1674），浙江钱塘（今浙江杭州）人。

暇即开书卷。但临文、六经贯穿，百家驱遣。水涌泉飞山岳动，垂露毫端秋泫。舒十幅、长笺雪茧。轹谢陵颜追屈宋，笑江淹、当日才还浅。声振集，大成展。

附青云使人名显。济川舟、登仙许共，春帆题扁。下士苍蝇随骥尾，愿比淮南鸡犬。逢洗沐、良辰朝免。便爱酒徒邀命罩，肯尊空、不惜鹴裘典。红烛烂，青蔬剪。

（《全清词·顺康卷》，中华书局2002年，第3469页）

陈维崧《采桑子　题画兰小册，兰为横波夫人所绘》

陈维崧（1625—1682），宜兴（今属江苏）人。

后堂丝管亲曾醉，衮遍筝琶。舞煞蛮靴，百幅红兰出内家。

左徒弟子今谁在。只有章华。沦落天涯，忍看灵均九畹华。

（陈维崧《陈迦陵文集》卷二，四部丛刊集部本）

陈维崧《送入我门来　同龚仲震小饮高汝敬红梅花下高系忠宪公孙所居即忠宪祠》

松漱微波，山铺暝翠，软风吹得帆斜。柴门将掩，步屧诣君家。灵均祠畔多香草，总变做孤山树树花。

小缕红糟鸡跖，选花阴碧磴，弄酒拈茶。况有良朋，凭醉作生涯。明朝摇橹入城去，约仍过山窗听暮鸦。

（陈维崧《陈迦陵文集》卷九，四部丛刊集部本）

陈维崧《满江红　渡江后车上作二首仍用前韵》

亦复何伤，终不掩、文章光价。曾抵突、不知屈宋，何论沈谢。一曲楚声愁筑破，半生情泪如铅泗。尽腹中、容得百千人，如卿者。

好觅个、西村罅。竟须在、南山下。结斩蛟射虎，疏狂之社。梦里悲欢槐国蚁，世间得丧邻翁马。语前驺、叱驭且从容，余归也。

（陈维崧《陈迦陵文集》卷十二，四部丛刊集部本）

陈维崧《满庭芳　五日玉峰竞渡用梅村词韵》

菖歜芳筵，葵榴绮节，一雨凉透重湖。绣旗画鼓，兰桨划菰蒲。多少唐陵汉寝，千年恨、远近楸梧。休凭吊，玉山将倒，翠袖可相扶。

狂夫。狂更剧，花颠酒恼，脱帽喧呼。唤湘累与汝，美酝同沽。收拾金箫玉管，昆峰好、晚髻新梳。家乡忆，层层水榭，红缕漾钗符。

（陈维崧《陈迦陵文集》卷十三，四部丛刊集部本）

陈维崧《水调歌头　庚申五日》

又是女儿节，何处贳香醪。艾装碧虎闪烁，与汝复相遭。回忆家乡此际，不少痴儿騃女，彩鹢绣旗摇。蹙起一川雪，崩落半空涛。

渚宫远，澧水阔，恐难招。古来陈事何限，细数总今朝。楚国湘累自苦，齐国薛君自乐，一笑等鸿毛。我自饮我酒，卿自读卿骚。

（陈维崧《陈迦陵文集》卷十四，四部丛刊集部本）

陈维崧《念奴娇　读屈翁山诗有作》

灵均苗裔，羡十年学道，匡庐山下。忽听帘泉瑟泠瀑，豪气轶于生马。亟跳三边，横穿九塞，开口谈王霸。军中球猎，醉从诸将游射。

提罢匕首入秦，不禁忍俊，缥缈思登华。白帝祠边三尺雪，正值玉姜思嫁。笑把岳莲，乱抛博箭，调弄如花者。归而偕隐，白羊瑶岛同跨。

（陈维崧《陈迦陵文集》卷十八，四部丛刊集部本）

陈维崧《齐天乐　端午阴雨和云臣用片玉词韵》

红榴泪黦苏苏雨，正因此时重五。怨结湘累，悲缠骚客，天也为人酸楚。孤城虾虎。飏几阵茶烟，一丝鬓缕。触绪沉吟，蒲樽懒赏小墀午。

江南江北行遍，每逢看竞渡，伤今吊古。俯仰随人，飘蓬返里，蠹尽彩笺新句。流年空度。记麝粉钗符，旧关心处。镇日空蒙，戍楼将动鼓。

（陈维崧《陈迦陵文集》卷二十一，四部丛刊集部本）

陈维崧《贺新郎　乙巳端午寄友用刘潜夫韵》

醉凭阑干吐。倚清狂、横陈冰簟，后堂无暑。闻说吴儿工作剧，吊屈龙舟似虎。我欲唱、公乎无渡。累自沉湘聊底急，枉教人、挝碎回帆鼓。楚江畔，苇花舞。

陡然磊魄多如许。唤灵均、前来共语，酹君椒醑。呵壁荒唐何必问，死累人间角黍。尚不及、伍胥涛怒。忽发狂言惊满座，料诸公、知我心中苦。酒醒后，重怀古。

（陈维崧《陈迦陵文集》卷二十六，四部丛刊集部本）

陈维崧《贺新郎　丁未五日程昆仑别驾招同谈长益何雍南石崖程干一金山看竞渡》

一鼓鱼龙急。看滔滔、妙高台下，乾坤嘘吸。彷佛云旗和翠盖，贝阙鳞堂齐葺。料此际、百灵都集。十万黄头皆突鬓，挽湘累、今夜谁先及。有人在，江潭泣。

吴儿梢尾飘红褶。但回帆、水云飐处，翻身径入。不斗黄金惟斗捷，江水骇时欲立。惹商妇、银筝声涩。一霎悲欢才过眼，渐日斜、桂楫纷收拾。山如睡，黛还湿。

（陈维崧《陈迦陵文集》卷二十六，四部丛刊集部本）

王士禄《念奴娇　读曹顾庵学士五词奉柬，用顾庵韵》

王士禄（1626—1673），山东新城（今山东桓台）人。

华披秀振，羡词成星子，琅玕十幅。还似楚骚传屈子，句里龙堂鳞屋。削迹艰虞，擅场风雅，未遣中书秃。何须哀怨，国香合在幽谷。

黄九秦七虽能，那如坡老，豪气尤堪掬。侬向欢场歌苦调，终类季疵击木。画壁垆头，题巾酒次，此事推君独。穿云裂石，好将配入豪竹。

［（清）孙默编《十五家词》卷十《王士禄炊闻词》上，文渊阁四库全书本］

王士禄《减字木兰花　羁所七忆》其一

竹西清署。昨岁称觞曾暂去。慈母缝衣。又逐寒枫草草归。
湘累新愁。二老遥闻魂应断。念此如何。梦溯清淮夜夜波。
［（清）孙默编《十五家词》卷十《王士禄炊闻词》上，文渊阁四库全书本］

王士禄《减字木兰花　羁所七忆》其七

单车宵引。铁网珊瑚思采尽。深院梧桐。红烛三条见至公。
玉壶秋月。人道欧公清鉴别。我罪伊何。默默凭谁讯汨罗。
［（清）孙默编《十五家词》卷十《王士禄炊闻词》上，文渊阁四库全书本］

王士禄《水龙吟　羁所自寿，用刘后村自寿韵二首》

灵均览揆重逢，幽拘欲忘桑蓬事。飞光如箭，出人不意，忽焉还至。咄咄书空，芒芒集臆，了无情思。况狄云望杳，谢池梦断，肱虽曲，谁能睡。

不用出疆载贽。受一尘、隶无怀氏。人间无用，江淹彩笔，扬雄奇字。试问何如，披裘安稳，漉巾容裔。待樊笼剖破，便携德曜，变名吴会。

［（清）孙默编《十五家词》卷十一《王士禄炊闻词》下，文渊阁四库全书本］

彭孙遹《沁园春　题影，赠吴中友人》

彭孙遹（1631—1700），浙江海盐（今属浙江）人。

其状若何，珠玉为容，冰雪为肠。问对朕者谁，心知沤露，如卿有几，手淬风霜。读损羲爻，搜奇禹简，探得灵威字数行。低回处，叹无情山水，阅尽兴亡。

悲歌慷慨苍凉。正散发、行吟白日长。尽家徒四壁，贫如司马，目空一世，狂甚袁羊。奇服灵均，高冠子夏，杂佩缤纷茝若香。身名事，付杯中醽醁，枕畔沧浪。

［（清）孙默编《十五家词》卷二十六《彭孙遹延露词下》，文渊阁四库全书本］

储方庆《渡江云　都门送京少之楚》

储方庆（1633—1683），江南宜兴（今江苏宜兴）人。

长安居不易。敝裘典尽，还理旧征袍。念万重烟树，一鞭萧瑟，此去路方遥。高歌且尽将离酒，莫漫牢骚。看茫茫、古今失路，多半是吾曹。

飘摇。浮云蔽日，急雪迎风，正长途潦倒。问年来、滔滔江汉，几许波涛。挥毫题遍，芳洲草好，将他屈宋魂招。休更道，置身宜在云霄。

（蒋景祁编《瑶华集》卷十二，影印清康熙二十五年刻本）

王士禛《踏莎行　醉后作》

王士禛（1634—1711），山东新城（今山东桓台）人。

屈子离骚，史公货殖。直须一石懵腾醉。胸中五岳不能平，何人解识狂奴意。

修竹弹文，绿章封事。聊将笔墨供游戏。茂陵若问马卿才，飘飘大有凌云气。

［（清）王士禛《王士禛全集·衍波词》，齐鲁书社 2007 年］

黄永《满江红　东篱》

黄永，1655 年进士，江苏武进（今属江苏）人。

归去来兮，恰五载、逍遥林外。敢自比、渊明高致，田园潇洒。我自不才明主弃，旁人翻讶何为者。且悠然、采菊复看山，东篱下。

谁问答，渔樵话。堪语笑，妻拿暇。只未能免俗，酒杯诗债。屈子有天何必问，扬雄嘲罢无烦解。道谁人、能狷又能狂，吾师也。

［（清）孫默编《十五家词》卷十七，文渊阁四库全书本］

邹祗谟《黄河清慢　阮亭招观竞渡竟日，即席同方坦庵、楼冈、邵村、唐耕坞诸先生分赋，用晁次膺韵》

邹祗谟，1658 年进士，江南武进（今属江苏）人。

官阁昼凉初歇雨。正逢令节重五。栀子榴花齐放，香消清暑。为吊灵均作赋，恰随处、岁时荆楚。年年绣鹢朱旗，最难逢、酒龙诗虎。

僧弥年少多才，况佐节、扬州风流霞举。拾艾采兰，多少鹄俦鸿侣。看尽鱼龙曼衍，舞回鹘、歌残白苎。留髡送客，便日落、莫催津鼓。

［（清）孫默编《十五家词》卷二十三，文渊阁四库全书本］

邹祗谟《卜算子　并头兰，和琅霞韵》

九畹傍幽人，曾误灵均死。绿春泛泛笑东风，几朵吴花紫。

缥缈影双飞，黯淡香层倚。移近红楼碧玉阑，着意长看此。

［（清）孫默编《十五家词》卷二十三，文渊阁四库全书本］

曹贞吉《沁园春　读子厚新词却寄三首》其三

曹贞吉（1634—1698），山东安丘（今山东潍坊）人。

读罢新词，击碎唾壶，悄然以悲。任邯郸枕上，重茵列鼎，大槐宫里，貂锦蛾眉。未了功名，难消磊块，不向空门何处归。又底事、问安期高誓，乞取刀圭。

茫茫大造谁知。况世上、原无真是非。彼南华齐物，呼牛呼马，灵均呵壁，将信将疑。我赋三章，为君七发，得愈头风或有之。掀髯笑、望西山一带，暮雨迷离。

［（清）曹贞吉《珂雪词》卷下，万有文库本］

徐釚《渔家傲》

徐釚（1636—1708），江南吴江（今江苏苏州）人。

乙卯五日，泛舟西湖，午风酣畅，画舫笙歌，湖山环绕，冶湄大令载酒放鹤亭边，其弟中溪子偶寻小青墓不得，微吟“消魂一半是孤山”之句，余信口足成之云：“青青芳草瘗红颜，愁对双峰似翠鬟。多少西陵松柏路，消魂一半是孤山。”相与拍浮叫绝。酒痕墨沈，几污衫袖。酒半小憩处，士祠中，分韵赋《渔家傲》一阕，已而夕阳在山。人影散去，逋仙有灵，亦应呼梅妻鹤子，共伴香魂于暮烟衰草之际也。

艾虎钗符悬百结。兰桡重汎菖蒲节。影漾湖心清又彻。无休歇。子规枝上声声血。

瘗玉埋香魂断绝。银涛江上空呜咽。莫把灵均闲话说。春纤捏。半湾逻逖沉檀屑。

（陈去病辑录《笠泽词征》，上海大学出版社 2017 年，第 163 页）

徐釚《沁园春　校镌七十二芙蓉词成，上合肥龚先生，用陈其年韵》

落魄堪悲，不数江东，二陆三张。况词追屈宋，哀吟入破，年惭终贾，苦调摧藏。清泪如铅，春愁似水，难博欢娱醉一场。堪怜处，恰花开蜀缬，鬓点吴霜。

休嫌犊鼻凄凉。愿击碎、胡琴去故乡。忽传来好句，恍闻风吹，携归清响，宛奏霓裳。坐炙鹍筝，闲排雁柱，红豆斜拖与绿杨。求益耳，虑买丝难绣，且缀兰香。

（陈乃乾《清名家词》卷四，上海书店出版社 1982 年，第 7 页）

查慎行《扬州慢》

查慎行（1650—1727），海宁（今浙江海宁）人。

余来武陵，当兵燹之际，触目荒凉。溯刘宾客之旧游，凄怆凭吊，与姜白石追思小杜寄慨略同。因和其自度《扬州慢》一阕以见意，用其韵而易其名，亦犹《春霁》《秋霁》之不改调云尔。

屈子亭荒，隐侯台废，沅江苦雾难晴。听鹧鸪叫处，又春水初生。问仙路、红霞远近，匆匆花事，愁满刀兵。但烟扶、残柳马鞭，青入空城。

风流司马，向诗篇、都寄闲情。有曲度南音，采菱归晚，白马湖平。并入竹枝歌里，游人去、流尽滩声。念刘郎前度，也如杜牧三生。

［（清）查慎行撰；张玉亮，辜艳红点校《查慎行集》第 6 册，浙江古籍出版社 2014 年，第 1164 页］

厉鹗《水龙吟　漳兰》

厉鹗（1692—1752），浙江钱塘（今浙江杭州）人。

海帆吹送琼姿，一番又拆秋前信。云衣袅袅，冰心的的，高情占尽。着意扶持，青瓷架小，素瓯茶嫩。向风亭水槛，炎光不到，搴香梦，今才准。

可惜幽芳易近。有谁知、楚天闲恨。逢迎只许，灵均水佩，湘娥烟鬓。驿荔程遥，蛮花种杳，不堪重问。试山空、露下瑶琴，独按写、深林韵。

［（清）厉鹗撰；罗仲鼎，俞浣萍点校《厉鹗集　下》，浙江古籍出版社2016年，第466页］

厉鹗《小桃红　题横波夫人画兰扇》

秦淮不见翠双颦。摺扇香痕润。往事眉楼有谁问。墨花春。

灵均旧怨都销尽。南朝艳粉，才人风韵，题咏到湘裙。

［（清）厉鹗撰；罗仲鼎，俞浣萍点校《厉鹗集　下》，浙江古籍出版社2016年，第486页］

厉鹗《满江红　郑义门自号五岳游人，索予题其纪游画册》

英气如君，驾千丈、萧森翠寒。寻常肯、尘中涸迹，负却跻攀。屈子远游奇服在，尚平婚嫁此身间。记残冬、向我话仙踪，无数山。

青岱去，玄岳还。登二室，俯轘辕。看玉莲几瓣，搴下孱颜。太白风云生脚底，清凉冰雪现眉端。诧明年、又拟访朱陵，招紫鸾。

［（清）厉鹗撰；罗仲鼎，俞浣萍点校《厉鹗集　下》，浙江古籍出版社2016年，第696页］

史承谦《石州慢》

史承谦（1707—1756），荆溪（今江苏宜兴）人。

潦落琴书，孑尔长征，关河无伴。远游漫拟灵均，别绪纷飞吴苑。巴邱鼓柁，题诗黄鹤楼头，秋风袅袅吹江汉。何处九疑云，看遥天帆转。

孤馆。登临应过，向鹦鹉洲边，细腰宫畔。定有哀砧惊梦，洞箫飘怨。月明乌鹊，望中隐隐江南，湘兰沉芷添肠断。红鲤尺书来，忆辞家王粲。

（马大勇编著；叶嘉莹主编《史承谦词新释辑评》，中国书店2007年，第206页）

史承谦《台城路》

一从律管灰飞后，月痕又圆过五。可怪湘累，魂依故国，遗俗尚沿三楚。休夸绣虎。算绝代骚人，情丝一缕。幽怨难胜，漫言今日是重午。

流光真觉弹指，苦萦怀琐事，莫伤千古。碧玉堂东，宝钗楼下，多少惊心词句。前欢几度。记黍冷蒲香，眼波横处。薄醉凭栏，戏抛珠络鼓。

（马大勇编著；叶嘉莹主编《史承谦词新释辑评》，中国书店 2007 年，第 336 页）

王昶《露华　题仙姝采菊图》

王昶（1724—1806），江苏青浦（今上海市）人。

玉山秋晚。渐朵朵金铃，开到松畹。雁影度江，应怅采芳人远。谁知偷拟灵均，思与木兰同荐。筠篮贮，还宜鬓鸦，插处微颤。

霜枫乍照苍巘。算不比缃桃，曾引刘阮。恰笑芙蓉仙侣，泪痕红泫。彷佛翠袖天寒，只少丛篁低偃。萧斋静，肯作昙花轻散。

［（清）王昶著；陈明洁，朱惠国，裴风顺点校《春融堂集　上》，上海文化出版社 2013 年，第 544-545 页］

蒋士铨《贺新郎　题汪用民红袖添香图》

蒋士铨（1725—1785），江西铅山（今江西上饶）人。

池馆幽偏里。助清凉、碧梧丛桂，静偎双美。金鉔都梁荀令坐，掩映芙蓉秋水。匿笑者、郑家诗婢。未免有情堪慰藉，况髯翁、所好多如此。古人有，东坡子。

鸥波亭外呼承旨。十年来、公卿屏障，识君名氏。妙墨淋漓推巨手，题遍石渠图史。把屈宋、衙官位置。消受滇池文字饮，看点苍、山翠新眉似。著书后，更何以。

［（清）蒋士铨撰《忠雅堂诗集　附铜弦词》卷四，续修四库全书本，上海古籍出版社 2002 年］

吴锡麒《金缕曲　高忠宪公画像》

吴锡麒（1746—1818），浙江钱塘（今浙江杭州）人。

暗揾孤臣泪。着青衫、飘萧一叶，揭阳归未。偌大乾坤须担负，全仗此心不死。在忠孝、两端而已。君子原无朋党论，汨清流、都是宵人起。真脉绝，国亡矣。

一生学问求其是。想往日、夕阳亭下，那贪生计。狐鼠纵横吾不辱，此志先盟白水。剩千古、虹蟠波际。遗疏何堪灯下读，哭灵均、当作招魂纸。瞻面目，有生气。

［（清）吴锡麒撰《有正味斋词集》卷八，影印山东省图书馆藏清嘉庆刻有正味斋诗集本］

黄景仁《霜叶飞　湘江夜泊》

黄景仁（1749—1783），江苏武进（今江苏常州）人。

倩谁为问潇湘水，缘何一碧能尔。自从葬了屈灵均，只想成烟矣。不通道、骚魂未死。月明凄苦犹如此。算地老天荒，那一角、苍梧野外，多少山鬼。

我欲寸磔蛟龙，将君遗骨，捧出万丈潭底。请看往日细腰宫，是一堆荆杞。又恐惹、冲冠发指。问天呵壁从头起。还伴他、□□□，雾鬟烟鬟，一双帝子。

［（清）黄景仁《两当轩集》，上海古籍出版社 1998 年，第 418 页］

黄景仁《金缕曲　劳濂叔手书大悲咒以赠，云“诵此可却一切魔障”，报之以此》

落魄吾之分。叹年来、病魔穷祟，公然作横。君说驱除真易耳，此事吾能为政。论慧力、图澄堪证。一卷贝多魑魅避，更波涛、可与蛟龙迸。还说与，堪续命。

檀那衣钵何曾吝。更兼他、雄词辟疟，光芒难近。此去天南山鬼哭，脱却女萝逃尽。更凿险、降魔杵奋。只恐夜深惊屈宋，月明中、难把骚魂认。一长笑，谢君赠。

［（清）黄景仁《两当轩集》，上海古籍出版社 1998 年，第 413 页］

凌廷堪《戚氏　端午日游宝障湖》

凌廷堪（1757—1809），安徽歙县（今属安徽）人。

木兰艭。冲波摇过翠云矼。碧艾悬檐，绛榴堆几，俗敦庞。淙淙水流泷。离骚吟罢忆南邦。灵均毅魄安在，佩芳人远汨罗江。云外何处，笙歌鼎沸，更饶金鼓齐摐。渐衣香鬓影，柔橹伊轧，都尽船窗。荆楚国士无双。忠谏大节，直可配龙逢。

神弦急、乍调郢曲，又犯吴腔。思难降。健笔万石谁扛。且倒绿酒盈缸。线缠角黍，饭裹圆荷，湖上应荐蓠茳。竞看穿帘燕，攫浮水鸭，逐吠花龙。水戏今年最盛，赤金刀、厌虎更缘幢。雕题绣额效邛駹。隔墙仕女，娇语喧深巷。且趁闲、回棹依花港。早斜照、萧寺钟撞。傍荜扉、蟹簖鱼桩。那人家、不亚鹿门庞。向归途望，沿城绣阁，尽爇银釭。

［（清）凌廷堪撰；纪健生校点《凌廷堪全集 4》，黄山书社2009年，第251页］

鲍之芬《台城路 病中答方采芝》

鲍之芬（1761—1808），丹徒（今江苏镇江）人。

芳兰秀菊馨香换，难禁异乡羁旅。卧病心情，惜花时节，牵惹愁醒离绪。佳人别去。恨湘水湘云，将伊留住。昨日南风，锦鳞江上寄新句。

莺花堪占吟谱。甚屈原歌辨，宋玉词赋。熨去清漪，裁成瘦月，别是采珠俦侣。知音几许。得怀袖长存，沉疴如愈。何日春归，梦中惊杜宇。

［（清）鲍之芬《三秀斋词》，徐乃昌校刻《小檀栾室汇刻闺秀词》第七集，清光绪戊戌校刻本］

鲍之芬《贺新凉 叠韵再和》

逸句花生管。赋离居、西风落叶，乡心自遣。红豆从来多写怨，总是啼春莺燕。谁画出、碧天凉汉。一片宫商云外度，顿铅华洗尽筝琶掩。屈宋后，词人见。

赏心此夕还谁羡。想姮娥、白团扇底，佳期暗判。抛掷流黄机上锦，十二阑干倚遍。也分领、客怀一半。何日秦楼联彩凤，续箫声、共待银河绚。画屏暖，人无倦。

［（清）鲍之芬《三秀斋词》，徐乃昌校刻《小檀栾室汇刻闺秀词》第七集，清光绪戊戌校刻本］

乐钧《法曲献仙音 题潘朗斋大令填词图（戊辰）》

乐钧（1766—1814），江西临川（今江西抚州）人。

香露津豪，艳云蒸墨，的是陈髯才调。情剥蕉心，梦销桃靥，年年画中人笑。绣箔外，瑶窗里，声声和啼鸟。

蜀冈道。认河阳、种花围县，花放也、闲笔又添词稿。解意一枝箫，甚闲愁、都替吹了。别自回肠，怕春风、仍未分晓。问灵均骚怨，定有几茎香草。

［（清）乐钧《断水词》卷二，续修四库全书本］

郭麐《买陂塘　题种水图用原韵》

郭麐（1767—1831），吴江（今江苏苏州）人。

笑村农、何曾学稼，钓徒或者堪似。随身但有闲渔具，那用鹤头鸦觜。如此水。便都变良田，尽种长腰米。也能余几。要秫酿春醪，粮分瘦鹤，花插百弓地。

扬州梦，中酒阻风聊尔。灌夫曾畜为弟。封侯老矣知无分，亭长新衔鱼计。浮世事。恨渔父湘累，不得同时醉。扫除家累。约一舸相从，五湖许泛，分取画中意。

［（清）郭麐《郭麐诗集上》，人民文学出版社 2016 年，第 1261 页］

郭麐《满庭芳　题吕卿香蘅馆图》

萝带飘烟，荔裳褰雨，高馆尽好吟秋。楚词课罢，容易畔牢愁。是处疏帘不卷，荡潇湘、一片云浮。闲行遍，芷畦蕙圃，随意小勾留。

前修。思屈宋，美人香草，寄托深幽。便微词多有，也足风流。好在桐花万里，肯同他、憔悴江头。只怜我，王孙游倦，归思满芳洲。

［（清）郭麐《郭麐诗集上》，人民文学出版社 2016，第 1263 页］

宋翔凤《忆旧游　荆州》

宋翔凤（1776—1860），江苏长洲（今江苏苏州）人。

郢中思故楚，梦雨台荒，丛桂庭芜。积古来愁思，觉春前寂寞，日暮踟躇。登楼四望如此，作赋惯穷途。剩汉水波深，方城树老，词客心孤。

模糊。问形势，有高城戍角，战舰樯乌。割据纷纷久，是当年门户，今日通都。漫夸吞取云梦，此境付空虚。任摘句寻章，灵均宋玉今已无。

［（清）宋翔凤《浮溪精舍词三种》，开明书店 1937 年《清名家词》本］

杨夔生《渔歌子》

杨夔生（1781—1841），江苏金匮（今江苏无锡）人。

湘庙神弦竞水嬉。笙歌不赛屈原祠。千古恨，满江蓠。起潮风信到灵旗。

［（清）杨夔生《真松阁词》，清光绪刊本］

杨夔生《千秋岁　夜半有感》

目穷寥廓。此子宜丘壑。自怜赋，胡为作。胆瓶蕉影里，凉透秋衫薄。云掩冉，吟魄夜绕蘋风阁。

死是蒙生钥。情乃灵均橐。乍远寺，琅然铎。空山谁物色，偃蹇抟霄鹤。君不见，飞鸣青桂枝头雀。

［（清）杨夔生《真松阁词》，清光绪刊本］

周之琦《倦寻芳　渡汨罗》

周之琦（1782—1862），河南祥符（今河南开封）人。

素波箭激，新涨奁平，舟舣烟浦。道左残碑，题字不堪重抚。寂寂江天如梦寐，悠悠湘水无今古。悼贞魂，但怀沙事往，九歌凄苦。

忆泽畔、行吟憔悴，渔父难招，詹尹空诉。怨偶椒兰，争念美人迟暮。鱼腹长怜埋恨日，蛾眉岂有容身处。近端阳，听迎神、数声箫鼓。

［《中国古典文学名著分类集成　词曲卷》（三），百花文艺出版社1994年，第14页］

顾翰《湘春夜月　题龙女牧羊图》

顾翰（1783—1860），江苏无锡（今属江苏）人。

海山低。白烟几点依微。蓦见雨族驱来，水雾湿绡衣。欲折珊瑚鞭起，奈痴云不动，草碧凄迷。纵方诸作镜，红妆惨澹，嫁便须啼。

风鬟看绰约，簪抽凉玉，怨比湘累。罗袜凌波，又谁妒、水精眠梦，谣诼蛾眉。鳞鳞鱼媵，恁龙堂、难寄书回。待缄就、珍珠密字，怅洞庭霜树，旧日寒闺。

［（清）顾翰《拜石山房词钞》卷二，光绪刻本］

顾翰《望江南　其十　主讲平皋，寓斋岑寂，因念故乡风景，缀为小词，以遣长夏》

吾乡好，庭院露华香。芳草似逢今屈宋，名花如对古姬姜。邻树绿窥墙。

［（清）顾翰《拜石山房词钞》卷四，光绪刻本］

龚自珍《定风波　五月十二日即事》

龚自珍（1792—1841），浙江仁和（今浙江杭州）人。

十里榴花一色裙。三吴争赛楚灵均。吴舞传芭如楚舞。儿女。中流箫管正纷纷。

别有高楼人一个。独坐。背灯偷学制回文。许我幽寻凉月下。闲话。去年今日未逢君。

［（清）龚自珍撰；杭州市上城区文化馆编；刘麒子整理《龚自珍全集》，浙江古籍出版社2014年，第535页］

奕绘《水调歌头》

奕绘（1799—1838），直隶省顺天府大兴县（今北京市）人。

歌舞醉西子，风雪吊南朝。灵均多少清泪，迸落大江潮。万里幅员家国，千载兴亡事业，空换可怜宵。一曲春灯谜，容易逐冰销。

英雄恨，儿女恨，怎开销。沙场金谷，战马歌扇两萧条。三十六陂春水，二十四桥明月，烟景不堪描。唯有匣中宝，剑气夜干霄。

［（清）奕绘著；金启孮编校《妙莲集　写春精舍词》，辽宁民族出版社1989年，第14页］

吴藻《蝶恋花（题屠莜园广文姊归行后）》

吴藻（1799—1862），浙江仁和人。

莜园，会稽人，其先侨寓扬州，有二姊，长望舒，次灵香，均未嫁而逝，厝棺邗江，莜园既成立，亲为扶归营葬。感其教育之恩，作《姊归行》志痛。

记得儿时妆阁戏。邀月成三，都是飞琼姊。骑鹤扬州仙去矣。珊珊环佩魂归来。

砧断女媭悲屈子。寒食梨花，麦饭重来祭。宿草秋坟斜照里。埋香埋玉埋愁地。

［（清）吴藻著，江民繁注释《吴藻全集》，浙江人民出版 2020 年，第 165-166 页］

吴藻《金缕曲（滋伯以五言古诗见赠，倚声奉酬）》

一掬伤心泪。印啼痕、旧红衫子，洗多红退。唱断夕阳芳草句，转眼行云流水。静夜向、金仙忏悔。却怪火中莲不死，上乘禅、悟到虚空碎。戒生定，定生慧。

望秋蒲柳根同脆。再休题、女媭有恨，灵均非醉。冠盖京华看衮衮，知否才人憔悴。只满纸、歌吟山鬼。五字长城诗格老，子言愁、我怕愁城垒。正明月、屋梁坠。

［（清）吴藻著，江民繁注释《吴藻全集》，浙江人民出版 2020 年，第 183-184 页］

黄燮清《满江红　观水嬉》

黄燮清（1805—1864），浙江海盐（今属浙江）人。

细浪摇罗，杨柳岸、微风乍薰。指镜里、彩龙飞下，舞碎烟痕。十里鼓声凉振雨，一湖扇影盪成云。认珊珊、神女踏波来，金缕裙。

残照隐，花外村。疏树蔼，水边门。看琉璃掉破，几点青鳞。画舫寻香怜小杜，野桥沽酒吊灵均。采芳兰、何处寄相思，空翠昏。

（陈乃乾辑《清名家词》，上海古籍出版社 1982 年，第 14 页）

姚燮《貂裘换酒　赠吴伶杨秋伊六阕》

姚燮（1805—1864），浙江镇海（今浙江宁波）人。

游戏人间耳。甚寻常、墨奴粉隶，两难安置。那有男身刘碧玉，肯学汉宫猪媚。把一握、云心轻委。记否萝屏秋雨夕，楚灵均、掩泣歌山鬼。灯耿耿，敛襟对。

眼看江上东流水。想年来、味都尝遍，苦甜桃李。插脚红尘无转劫，谁免谤生薏苡。且跨虎、空山长逝。几辈情丝能慧断，撷莲华、忏梦清钟地。天上月，要残矣。

［（清）姚燮《姚燮集》第7册，浙江古籍出版社，2014年，第1966页］

蒋敦复《疏影》

蒋敦复（1808—1867），江苏宝山（今上海市）人。

佳人乍别。正画屏瘦影，幽艳如雪。检取花名，重唤花魂，着手便描画活。无多颜色销凝处。只留与、素心人说。笑东风、秾李夭桃，几许冶春消歇。

谁写灵均古怨，沅湘望一带，香草天阔。不道空山，也感流年、愁赠将离时节。残枝剩叶飘零蒂。更弹入、琴丝凄绝。问销寒、九九胭脂，可似玉梅风骨。

（袁进编《海上文学百家文库》第2集，上海文艺出版社2010年，第490页）

勒方锜《摸鱼儿　乙卯二月，同年沈笠湖镗赴官东河，行有日矣，同人设筵相饯。余赋此解，即题其〈城南送别图〉》

勒方锜（1816—1880），江西新建（今江西南昌）人。

最销魂、绮筵华烛、清宵偏照离绪。惊心走马燕台客，都是异乡羁旅。君记取。算眼底貂蝉，谁竟封侯去。流年过羽。好载酒裁笺，谪仙楼上，和我问天句。

萦怀处，满地征笳战鼓。家山迢遰何许。春兰秋菊灵均泪，闲寄玉英瑶圃。添乐府。把锦字凄声，分付昭华谱。新图试补。怕枨触东阳，腰围瘦损，愁对杏花雨。

（陈乃乾《清名家词》第9册，上海书店出版社1982年，第32-33页）

端木埰《齐天乐》

端木埰（1816—1889），江宁（今江苏南京）人。

妙香不受微尘涴，天仙化人游戏。群玉山头，瑶台月下，一种神姿明粹。姚黄魏紫，傥对影风前，总惭形秽。不染铅华，澹然相向有真契。

灵均芳思正远，湔盘新浴罢，留取昭质。雪莹仙肌，莲胎佛性，不是人间富贵。繁华梦里，有清白流芬，更贻孙子，待结同心，素兰香近水。

［（清）端木埰《碧瀣词》卷下，清道光十六年《薇省同声集》本］

端木埰《惜红衣》

座拥牟尼，舟乘太乙，妙香清福。为问前因，由来是仙佛。离尘上品，怜浊世无端沦辱。幽独。红盖素馨，称灵均奇服。

银塘泻影，璚露流甘，伊人正如玉。孤芳自远，极浦晚烟绿。为问此生知己，但有畹兰修竹。共一汀凉月，袪尽俗尘千斛。

［（清）端木埰《碧瀣词》卷上，清光绪十六年《薇省同声集》本］

端木埰《湘月》

水天澄碧，见风裳雾帔，飞步清景。为想神娥游历处，渺渺湖光如镜。泪洒斑筠，声传拊瑟，月照江波冷。儿时向往，梦魂欲访仙境。

兹后诵法灵均，澧兰沅芷，对遗篇生敬。去何裨空赢得，皎皎兹心清净。但值凉宵，青天皓月，便欲前身证。何时真个，听来挎拊新咏。

［（清）端木埰《碧瀣词》卷上，清光绪十六年《薇省同声集》本］

边浴礼《八声甘州　答金改之》

边浴礼，1844 年进士，直隶任丘（今属河北）人。

洒东风别泪湿征衫，北游挂烟帆。似灵均初放，楚吟骚屑，愁满江潭。一路沙虚月冷，风水换邮签。对诉飘零感，樯燕呢喃。

说与依人滋味，便侯鲭饱吃，难疗清馋。且筹花斗酒，翠管戏分拈。望扬州、夕烽传警，暗关情、十里旧珠帘。尊前意、写乌丝句，分付何戡。

［（清）边浴礼《空青馆词稿》卷二，《清代诗文集汇编》第 659 册，上海古籍出版社 2010 年，第 229 页］

边浴礼《疏影　画芙蓉》

蔫红一剪。向楚江深处，描出清怨。弱不禁愁，娇欲含颦，西风压帧吹晚。凉波浸影浑无语，晕半颊、脂痕浓澹。算汀洲、无数秋芳，不似此花幽艳。

长忆搴来木末，含凄吊正则，骚赋吟遍。霞外银塘，梦里仙城，香雾冥冥人远。年华遮莫伤迟暮，尚拒得、青霜无限。剩文鸳、宛颈相偎，映上画屏双扇。

［（清）边浴礼《空青馆词稿》卷二，《清代诗文集汇编》第659册，上海古籍出版社2010年，第225页］

李慈铭《念奴娇》

李慈铭（1830—1894），会稽（今浙江绍兴）人。

瘦年前度，喜冬暄、回暖春风催律。小试灯屏围绛蜡，照遍梅花如雪。白发庞眉，儿童指点，卌载填词客。斯人犹在，东方游戏还剧。

漫道铸错郎潜，三朝京辇，几醉闲花月。同辈少年偏见爱，来作灵均生日。更喜尊前，一枝瑶树，绰约依人立。笑它坡老，紫裘夸煞吹笛。

［（清）李慈铭《越缦堂诗文集》，上海古籍出版社2008年，第660页］

李慈铭《贺新郎》

李慈铭（1830—1894），浙江会稽（今浙江绍兴）人。

家在巫云曲。更那堪、蕙情兰抱，楚天人独。屈子骚根三千载，悱恻录芽能续。且莫怨、衫痕凋绿。湘水芳魂招未得，又黄陵、泣断瑶妃竹。歌迸急，素弦促。

知君心似弹棋局，忆三生、香阶划袜，定情银烛。绿绮微寒么凤寡，泪洗明珠盈斛。便锦里、回文谁读。一角红楼春如梦，只东风、岁岁花吹玉。多少恨，认横幅。

［（清）李慈铭《越缦堂诗文集》，上海古籍出版社2008年，第738页］

谭献《蝶恋花　题瑞石山民画兰》

谭献（1832—1901），仁和（今浙江杭州）人。

林下水边春欲去。花自忘言，归日风吹雨。棐几湘帘寻伴侣。天涯香草浑无主。

憔悴灵均曾作赋。芳意如何，离思朝还暮。回首卅年空谷路。当时结佩人何处。

［（清）谭献《谭献集　下》，浙江古籍出版社2012年，第651页］

冯煦《卜算子　屈沱女媭捣衣处》

冯煦（1843—1927），江苏金坛（今江苏常州）人。

楚甸晚萧萧，橘柚寒无际。断续清砧断续猿，实下三声泪。

月暗女萝丛，山鬼窥镫至。巴峡秋涛下汨罗，犹似申申詈。

［（清）冯煦《蒿盦词》，《清代诗文集汇编》第757册，上海古籍出版社2010年，第239页］

樊增祥《高阳台》

樊增祥（1846—1931），湖北恩施（今属湖北）人。

《同根词草》为太平屈云珊、逸珊两女史所作，云珊适葛进士咏裳，逸珊字余同年王君咏霓，皆佳偶也。读竟为题是解，并调王君。

集号联珠，词名漱玉，红房对擘吟笺。低鬟吹笙，分明并蒂双莲。花间打叠相思谱，怕双声、绛树偷传。是灵均、一脉湘愁，付与婵娟。

彩鸾已伴文箫住，剩小乔未嫁，幽独谁怜。夫婿相如，琴心消渴年年。销魂弟一霓裳序，检题名、彼此嫣然。胜当时、刘阮匆匆，赘与神仙。

［（清）樊增祥《樊山词稿二卷》卷上《民国词集丛刊》第27册，国家图书馆出版社2016年，第377页］

樊增祥《金缕曲》

莲溪以鹾台领长沙、宝庆二郡，余误以为常德，遂有“武陵桃花”之句，可笑人也。赋此解嘲。

地势长沙小。似怜君、回旋不足，别兼常宝。题目虽差文字隽，评泊愚山最好。且莫笑、破山颠倒。若把陶潜更贾傅，葛天民、肯续湘累稿。堪大用，此才老。

朗州都愿神君到。盼旌斾、沅陵澧浦，几多香草。属吏南阳刘子骥，供亿山花水鸟。占饮水、词名多少。一误渔郎吾再误，太康来、两被桃花笑。秦父老，可知道。

［（清）樊增祥《樊山词稿二卷》卷下《民国词集丛刊》第27册，国家图书馆出版社2016年，第409页］

洪炳文《满江红　自题〈无根兰〉传奇卷首》

洪炳文（1848—1924），瑞安（今属浙江）人。

兰草无根，觅不得、中原净土。只剩有、铜驼荆棘，荒凉谁语。故宫禾黍歌行迈，冬青宰木悲风雨。比灵均、寄与赋荃荪，吟蘅杜。

升中书，义堪取。史中讹，笔堪补。愿激励华民，扫除胡虏。大义春秋凛夷夏，雄军革命师汤武。幸今朝、还我旧江山，归民主。

（薛钟斗辑，余振堂校补《东瓯词徵》，上海社会科学院出版社 2004 年，第 275 页）

王鹏运《金缕曲》

王鹏运（1848—1904），临桂（今广西桂林）人。

霜露既至，云物皆秋，独弦哀歌，用抒予怀。词成以示巢隐，曰“此秋声也”，为之击节。

寂寞闲门闭。又天涯、岁华如此，旅怀孤寄。姹燕娇莺前日事，依旧空阶络纬。更着甚，管弦清脆。薜荔丛深猿狖啸，料灵均、应恨歌山鬼。还禁得，几憔悴。

海山烟树苍茫里。自成连、刺船归后，果移情未。白眼看天星与月，但见楼台弹指。问高处、阑干谁倚。漫遣钿筝移玉柱，铸相思、枉负黄金泪。听嘹亮，雁声起。

［（清）王鹏运《半塘定稿》卷一，京华印书馆刊 1948 年，第 3-4 页］

沈曾植《金缕曲　为藏山题画》

沈曾植（1850—1922），嘉兴（今属浙江）人。

绝唱酬希听。我非鱼、子犹非我，会心谁胜。天若有情天亦老，目瞑华萎难认。展画里、仙关云磬。浪说挂冠神武早，滞翱翔那得常清净。铭鹤罣，倚松暝。

洞庭叶下灵均醒。顾龙门、伤怀眇跖，阳侯波劲。亲友抟沙坚不散，荒了陶家三径。溯明月、中秋人定。玉宇琼楼三世影，唤湘灵鼓瑟苍龙应。常娥老，维摩病。

［（清）沈曾植《曼陀罗寱词》，《清代诗文集汇编》第 772 册，上海古籍出版社 2010 年，第 586 页］

沈曾植《八声甘州　重阳园中独坐菊花有开者》

舫斋西背指菊花开，餐英太清寒。自灵均去后，远游无绪，往日难还。缭绕秋空雁字，漫画不堪观。海鹤霜辰警，如此江山。

影事回环重数，怕老君眉皱，秋色阑珊。惜秋花郑重，写出瘦诗看。又多少、回黄转绿，恁上云乐语老胡谩。龙山去，几人帽落，鬓影霜残。

［（清）沈曾植《曼陀罗寱词》，《清代诗文集汇编》第 772 册，上海古籍出版社 2010 年，第 587 页］

沈曾植《十二时慢　和鹤林靖体》

木兰花，玉溪悟后，的的假中不二。秋思耗、悲来笑矣。露滴幻香愁蕊。汉国山河，秦关明月，楚客回风意。咽竞气，千载缠绵，鬼带殇戈，莫近汨罗宵济。

夜向晨，斗杓酹地。星賨吠流离碎。如此江山，适来夫子，郁歖钟山翠。问归人归未，不是漆园早计。

大明王，西飞孔雀，覆遍光明金翅。一念千年，十身九界，云海搴衣至。任蟪蛄朝菌，斗诤黄帝岁。此心不去，也非来蓑，妙莲华里。

［（清）沈曾植《曼陀罗寱词》，《清代诗文集汇编》第 772 册，上海古籍出版社 2010 年，第 579 页］

奭良《洞仙歌　题肃忠亲王旅顺书册》

奭良（1851—1930），满洲镶红旗（今吉林）人。

荒寒野处，问如何遣日。手擘涛笺墨华碧。有山禽格磔，路草斑烂，凭眺处、都化作湘累叹叱。

天乎胡此醉，阁笔沈思，往事匆匆不堪忆。旧恨怎消磨，泽畔行吟，犹延望、断鸿天北。当庄生、哀吟一般看，任苏海韩潮，莫摅胸臆。

［（清）奭良《野棠轩词集》卷一，吉林奭氏仿北宋椠本 1929 年，第 17–18 页］

奭良《望海潮　送慕韩莅沪》

骑鹤扬州，骖鸾桂管，古来无此皇华。露冕行春云韶肆夏，争传屈宋排衙。按部却鸣笳。有鲛人卉服，蛮女香车。估客田更，齐瞻马首，颂驺牙。

勋名早遍天涯。记支机石畔，两度乘槎。旌节花开，丝纶簿领，前尘鸿爪参差。海涌赤城霞。看赕钱纳秸，彩笔笼纱。舆诵连江，从今昼锦属谁家。

［（清）奭良《野棠轩词集》卷一，吉林奭氏仿北宋椠本1929年，第32页］

郑文焯《瑞鹤仙　落梅》

郑文焯（1856—1918），汉军正黄旗人，占籍奉天铁岭。

虎山桥下水。问几时销尽，伤春清泪。花前旧吟袂。绕阑干如梦，东风还是。相思未寄，荐青尊、高寒自倚。恁飘零、画角声中，忍见送春桃李。

何意。烟横雪乱，数点芳心，为谁憔悴。苔茵漫缀。无人见，断魂地。叹垂垂一树，江南遗恨，不到灵均楚佩。但黄昏、写照空池，两三瘦蕊。

［（清）郑文焯《樵风乐府》卷九，《清代诗文集汇编》第782册，上海古籍出版社2010年，第493页］

郑文焯《高阳台　己酉重午西园饮席感怀》

梅雨团金，兰风洒翠，吟觞又泛香蒲。斗草阑干，余薰更涤芳裾。宫魂枉续长生缕，误旧情、臂约红疏。感年光，明镜波心，不铸颜朱。

汨罗一片伤心碧，作中流箫鼓，遗恨江鱼。清些难招，沈哀欲变吴歈。江潭自古蛟龙恶，但怨魂、绿老汀菰。镇销凝，节物凄凉，午醉谁扶。

［（清）郑文焯《樵风乐府》卷八，《清代诗文集汇编》第782册，上海古籍出版社2010年，第484-485页］

曾廉《摸鱼儿　丹青》

曾廉（1856—1928）宝庆邵阳（今湖南邵东）人。

问天公、是诚何意，明蟾多被云掩。容华盖世倾城色，嫁与北荒玁狁。君不念。坂九折、长途无若人心险。仙姿尚俨。试遥望荆门，青山隐露，犹数两三点。

丹青事，当日非关失检。明明人面堪验。黄金贩得蛾眉去，头项合教污剑。休诧艳。江水上、屈原宋玉皆迁贬。千秋一欠。任儿女英雄，同悲零落，拭泪袂犹染。

陈衍《贺新郎　丁亥闰四月十三日赋》

陈衍（1856—1937），福建侯官（今福州）人。

朝雉飞鸣鷩。是一双、南来翡翠，西来青鸟。几度灵均媒不好，痴汉欲驮騕褭。算判牒、氤氲分晓。七宝楼台三万户，看枕边、玉斧工夫巧。待比翼，伽楞了。

梢头豆蔻娉婷袅。压春风、珠帘十里，善容为窕。展眼千重石榴吐，领取一枝生小。想花下、樱桃多少。浅紫纶巾颜色称，羡座中、夫婿舒同佼。奈望眼，穿天杪。

［（清）陈衍《朱丝词》卷下，《陈石遗集》附，福建人民出版社2001年，第410页］

朱祖谋《国香慢　为曹君直题赵子固凌波图》

朱孝臧（1857—1931），浙江归安（今浙江湖州）人。

一帧湘魂。正捐珰水阔，泛瑟烟昏。江皋几丛憔悴，留伴灵均。日暮通词何许，有婵媛、北渚孤颦。国香纵流落，未许东风，换土移根。

经年亡国恨，料铜檠冷透，铅泪潸痕。故宫天远，鹅管从此无春。补作宣和残谱，尽消凝、老去王孙。不成被花恼，步入鸥波，满袜秋尘。

［（清）朱孝臧《彊邨语业》卷二，《清代诗文集汇编》第783册，上海古籍出版社2010年，第701页］

朱祖谋《水龙吟　沈寐叟挽词》

十年轻命危阑，望京遂瞑登楼眼。虞渊急景，伶俜已忍，须臾盍缓。沉陆繁忧，排阊旧梦，一朝凄断。痛招魂无些，宣哀有诏，经天泪，中宵泫。

垂死中兴不见。掩山丘、风回云偃。浯溪撰颂，茂陵求稿，湛冥何限。我独悲歌，紫霞一去，凄凉九辩。剩大荒酹取，人天孤愤，觅灵均伴。

［（清）朱孝臧《彊邨语业》卷二，《清代诗文集汇编》第783册，上海古

籍出版社 2010 年，第 706 页]

朱祖谋《高阳台　过苍虬湖舍》

吹剑驱愁，挥杯劝影，湖上重与温存。一弄荒波，客来犹道闲身。隔年缥缈钧天梦，傍清钟、忍断知闻。袖香熏，携向虚堂，还熨诗痕。

遮门不是闲烟水，洗秋心最苦，更托鹃春。小阁通明，夜深孤月寻人。褰裳手把芙蓉朵，问目成、可记灵均。便从君，把臂黄华，相守孤根。

[（清）朱孝臧《彊邨语业》卷三，《清代诗文集汇编》第 783 册，上海古籍出版社 2010 年，第 707 页]

朱祖谋《竹马子　送白琴》

嗟寒雨飘烟，衰兰泫露，故山年晚。向虚楼倦对，城谯角起，霜林屏展。坐惜独客悲歌，繁弦倦轸，渐催离宴。眼底酒须醒，要看人、一舸秋潮如箭。

为想经行地，帆随雁落，梦先湘转。灵均旧日沈怨。漠漠波尘吹换。定忆听雨风情，剪镫吟事，人隔吴枫远。惊飙万叶，黯淡斜阳满。

[（清）朱孝臧《彊邨词剩稿》卷二，《清代诗文集汇编》第 783 册，上海古籍出版社 2010 年，第 775 页]

朱祖谋《减字木兰花　题李云谷先生残研拓本》

英英光气。磊落半规三十字。旧学江门。一样深衣皂帽人。

韩陵谁语。填海补天无用处。一片苍云。中有灵均旧泪痕。

[（清）朱孝臧《彊邨集外词》《清代诗文集汇编》第 783 册，上海古籍出版社 2010 年，第 792 页]

朱祖谋《浪淘沙　自题庚子秋词后》

何止为飘零。相伴秋镫。念家山破一声声。销尽湘累多少泪，不要人听。

蛩駏若为情。哀乐纵横。十洲残梦未分明。休问恨笺愁墨里，画取芜城。

[（清）朱孝臧《彊邨词剩稿》，《清代诗文集汇编》第 783 册，上海古籍出版社 2010 年，第 753 页]

夏孙桐《江南春慢　题俞阶青静乐居填词图，用梦窗韵》

夏孙桐（1857—1941），江苏江阴（今属江苏无锡）人。

画里行窝，吟边活计，秋堂余地盈笏。蓬山梦远，剩坠红、空老江笔。门外无深辙。萧疏意、井梧自洁。祗漫与、凉灯选句，瘦笛偷声，嘉辰且课风月。

灵均怨，元亮节。任菊晚兰凋，想中怀葛。余溪带水，正望极、蒹葭如雪。名辈从销歇。悲歌事、酒肠尚热。鸥外一翁，酬韵松陵，辑苕玉兮双玦。

［（清）夏孙桐；夏志兰等笺注《悔龛词笺注》，内蒙古大学出版社 2001 年，第 38 页］

易顺鼎《南乡子　自题洞庭看月图，敬用家大人韵》

易顺鼎（1858—1920），湖南龙阳（今湖南汉寿）人。

洗出水都新。鱼地蟾天只一云。我料嫦娥居碧海，愁辛。来觅英皇话夜分。

骚唱更微闻。万古灵均欲返魂。悔把龙宫青玉笛，收存。吹得潇湘月满身。

（《湖湘文库·易顺鼎诗文集》，湖南人民出版社 2010 年）

易顺鼎《绣鸾凤花犯　溆浦江上得水仙一本，姬人限以周公瑾韵赋之》

似当年，退红更见，犹余洗妆泪。水窗幽意。看小影如魂，明月能记。冰弦听到无生际。葱尖飞恨起。来伴渡江桃叶，矮篷春雪底。

浔阳苦竹漫为家，孤芳品，合配灵均湘芷。仙不去，却恋人间何味。天涯且漫悲沦落，肯今夜、焚香同鄂被。须替尔，横安一位，岁寒三友里。

（《湖湘文库·易顺鼎诗文集》，湖南人民出版社 2010 年）

易顺鼎《国香　买兰数本，香韵绝佳，为赋此解》

碧槛移春，甚真香幻影，参透情根。屏边那回无睡，绿梦初醒。谁道灵均去后，向人天、不返秋魂。年时目成处，有个词仙，吹瘦鹅笙。

真妃犹忆否，漫神皋解佩，别馆留簪。露寒烟悄，应念冷尽红心。还被东风一剪，剪愁痕、飘满湘云。凌波翠鸾杳，写入琴弦，江上峰青。

（《湖湘文库·易顺鼎诗文集》，湖南人民出版社 2010 年）

易顺鼎《沁园春　小斋开同心兰一枝，为赋此解》

草红心耶，花素心耶，同心此兰。正倚篁幽泣，邀回露眼，窥萝靓笑，对辫风鬟。何处神君，旧家儿女，一碧湘魂欲化烟。东皇力，让灵均今日，清艳能兼。

紫钗敲韵珊珊。漫分付、笼鹦说晓寒。尽捧当怨雨，矉原非效，印来香月，梦不成单。秋士年华，春人影事，从古双修福慧难。真开也，算相思北渚，称意西天。

（《湖湘文库·易顺鼎诗文集》，湖南人民出版社 2010 年）

易顺鼎《城头月　灵均祠》

荒祠落叶歌延伫。想见愁眉宇。上帝无言，美人何处。湘水流终古。

鬼镫数点摇秋雨。薜荔寒如许。一卷离骚，夜深时读。似共灵均语。

（《湖湘文库·易顺鼎诗文集》，湖南人民出版社 2010 年）

易顺鼎《湘月　赠唐浔舫》

楚中唐勒，是景瑳朋辈，灵均弟子。家在碧湘门外住，领略烟骚情思。词卷鸣秋，酒杯问月，飘泊愁乡里。歌离吊梦，才人通病如此。

因甚王粲从军，祢衡投刺，同倒天涯屐。瘴水蛮花，枉题遍我辈，几行名字。秋士伤心，夜郎搔首，四顾悲歌起。布帆无恙，与君行且归矣。

（《湖湘文库·易顺鼎诗文集》，湖南人民出版社 2010 年）

易顺鼎《齐天乐　素心兰，和敦甫韵》

湘天万古飞明月，珠光照来波路。影外论交，香中写意，曾共灵均心许。藏愁不住。已销尽幽春，一痕犹露。却笑人间，千红冷暖甚情趣。

乾坤几分清气，算无芳占得，全染襟素。恩怨都平，悲欢总澹，花国自成朝暮。仙禅合处。是空色同修，玉昙琼树。夜蹋鱼云，来听瑶瑟语。

（《湖湘文库·易顺鼎诗文集》，湖南人民出版社 2010 年）

易顺鼎《忆旧游　悼云筱廷总戎》

记鬃银络马，臂锦鞲鹰，浅陌闲坊。斜照花阴坐，解单衫紫窄，细数金创。苔边几度春雨，湿了绿沉枪。叹煮酒青梅，缚弓红竹，回首全荒。

沙场。醉曾卧，更玉帐谈兵，月影刀光。旧隐南山远，剩灞亭风雪，残梦飞凉。伏波万古祠庙，裹革换来香。又惹起灵均，湘天一碧招国殇。

（《湖湘文库·易顺鼎诗文集》，湖南人民出版社2010年）

易顺鼎《百字令》

麓宫高处，指遥天一白，湘流浩浩。砧杵长沙三万户，不似此间秋好。如此江山，几何岁月，都向愁中老。半空吹笛，僧楼云气围绕。

且将上界星辰，下方烟雨，收拾归怀抱。莫把登临无限感，换了尊前年少。屈贾词章，朱张理学，大半知名早。问来袖手，暮霞几朵红悄。

（《湖湘文库·易顺鼎诗文集》，湖南人民出版社2010年）

李岳瑞《莺啼序》

李岳瑞（1863—1927），陕西咸阳（今陕西西安）人。

上元期迩，箫鼓喧阗，顾影自怜，烦忧百种。依梦窗韵，曼声度此。自写牢愁，不计其辞之杂沓也。

春声夜来四起，遍千门万户。碧天远、玉宇高寒，珊珊明月何暮。御街畔、鱼龙曼衍，星桥铁锁银花树。漾晴晖、摇曳因风，荡成芳絮。

旧日东华，几辈胜侣，踏天街软雾。醉箫鼓、游宴承平，京尘缁尽衣素。蓦惊心、天吴蹴浪，彩云散、飘零金缕。怕重论、青琐朝班，旧时鹓鹭。

金舆北曲，紫气西来，九重尚寄旅。闻说道、帝城无恙，昨梦依稀，北里笙歌，南湖烟雨。灵均顑颔，兰成萧瑟，支离东北风尘际，最销魂、一曲公无渡。钗分镜拆，凄然更怆离鸾，玉颜寂寞黄土。

茫茫万感，漫鼓秦筝，听夜歌白苎。试问取、余情何似，江上烟云，梦蝶逍遥，听鸡起舞。沅湘难济，重华何在，瑶台娀女方偃蹇，莽风涛、谁是中流柱。江南草长莺飞，招隐词成，故人在否。

（刘梦芙编选《二十世纪中华词选》上，黄山书社2008年，第140-141页）

程颂万《金缕曲　兰》

程颂万（1865—1932），湖南宁乡（今属湖南）人。

露泫啼珠颤。认亭亭、无聊环佩，冷烟庭院。帘底恹恹人卧病，无限态浓意远。任惨绿、舞衫痕变。鹃国一春愁作瘴，指灵均、葬处侬曾唁。坟几尺，恨深浅。

楼居不合香君贱。赚词仙、损伊才思，替描芳怨。松畹未妨愁破罅，添得素心凄眷。更压影、花阑魂扁。痴绝晓奁娟楚色，好分来、浅笑浓啼半。湘水晕，照愁脸。

［（清）程颂万《程颂万诗词集·美人长寿盦词》卷一，湖湘文库本，湖南人民出版社2009年，第391页］

程颂万《沁园春　偕易六叔由、家兄彦清泛舟游岳，舟中醉赠叔由，兼忆中实蜀中》

人生百年，以酒为欢，不醉如何。认短篷残烛，霜欺人瘦，空江乱荻，风飐愁多。一棹兰皋，半泓杯影，岳色冥蒙堕酒波。邀君醉，到祝融峰顶，西望岷嶓。

群峰万马奔驮。蹴水势昭滩一旋涡。怅江上骚人，衣褰薜荔，天边玉女，髻拥青螺。雁落霜空，猿啼夜悄，一夕愁心冷汨罗。重阳近，怨天涯风雨，梦里关河。

［（清）程颂万《程颂万诗词集·美人长寿盦词》卷二，湖湘文库本，湖南人民出版社2009年，第405页］

程颂万《浣溪纱　题凌鉴园鹤岭听雨图二阕》

睍睆巢居念独深。一簃山翠一窗琴。池塘归梦汨罗阴。

定后风波成儽僁，儿时游钓费追寻。不教闲却老来心。

［（清）程颂万《程颂万诗词集·美人长寿盦词》卷三，湖湘文库本，湖南人民出版社2009年，第503页］

章钰《瑶花　水仙，步草窗韵》

章钰（1865—1937），江苏长洲（今江苏苏州）人。

蘅皋艳迹，芝馆灵因，悔西池轻别。清泉白石，差称得、姑射肤冰肌雪。花中君子，一般是、亭亭芳洁。好画他、微步凌波，与伴秃株霜杰。

甘心纸阁芦帘，任翻遍骚经，名等梅阙。东风不管，翻迟了、多少狂蜂痴蝶。国香零落，只清净、托根堪说。尚有情、凭吊灵均，梦到湘烟湘月。

[（清）章钰《四当斋集》卷十四，文海出版社 1966 年，第 377 页]

章钰《凤凰台上忆吹箫　纳兰容若生日，集苍虬阁》

莲麝为心，蓼貂何物，还他本色词人。是满腔忠爱，志在灵均。多少云愁海思，曾不分、奉倩伤神。翻赢得、南唐两主，错拟前身。

郎君。定依帝所，听奏乐钧天，应悔悲辛。剩荀香裴玉，桂苑留真。证取南中鸿雪，贯华阁、曾寄琴尊。颂呵护、章家坞里，忍草长生。

[（清）章钰《四当斋集》卷十四，文海出版社 1966 年，第 392 页]

章钰《洞仙歌　题林子有忍盦填词图卷》

灵均往矣，剩蓉裳兰佩。赖有人兮大词苑。数千秋、几个飞梦高寒，余子辈、枉费鹃愁蛩怨。

浮云孤月里，唱丽酬妍，偷减求之去偏远。特地扇莆风，芳洁天成，尘衮衮、心仍霄汉。试问讯、城东旧铜仙，祇忍泪看天，岁寒遥伴。

[（清）章钰《四当斋集》卷十四，文海出版社 1966 年，第 398 页]

杨玉衔《渡江云　为陈柱翁题黄宾虹桂林山水长卷》

杨玉衔（1866—1944），广东香山（今广东中山）人。

飞仙苍玉佩，御风散落，疏密点漓江。剑从天外倚，剖璧分圭，千里近相望。沧波残画，仗秋阳、点缀丹黄。怀旧游、吸光餐渌，诗思乱蓬窗。

谁降。年华畹晚，心迹依违，算湘累天放。空坐阅、云涯芳杜，劫海红桑。羁愁剪断淞江水，梦故山、林桂丛荒。图展对，怡然一叶徜徉。

[（清）杨玉衔《抱香词》，杨百富堂刊本]

杨玉衔《祝英台近　题姚景翁天醉楼填词图》

海桑红，宫黍秀，年冷鹤能语。满地江湖，寒暖变晴雨。有人抱膝长吟，茶烟禅榻，老不管、莺花朝暮。

潮分付。往来送尽兴亡，湘累为谁苦。醉醒无端，写尽问天句。似闻人海浮沈，江关萧瑟，称为我、駏蛩俦侣。

［（清）杨玉衔《抱香词》，杨百富堂刊本］

杨玉衔《西子妆　端午夕对月，和蕙石》

孤影伴愁，短歌送节，举目天涯愁满。秦关尘涨楚江昏，吊湘累、芷兰哀怨。归帆似箭。更谁管、潮痕暗换。殢乡关，问晓风残月，凭谁能劝。

连村晚。浴鹭春波，一水匀寒暖。时新眉样费商量，话西窗、青灯黄卷。风尘阅遍。享家帚、千金同玩。合我成三，月照琴楼酒盏。

［（清）杨玉衔《抱香词》，杨百富堂刊本］

杨玉衔《丹凤吟　甲戌端午》

招得薰风驱暑，插艾门庭，下帷深寂。菖蒲酒盏，漫掬流花自涤。长添线影，闲情消尽，缠臂丝红，沈波菰黑。拟起湘累问讯，近日湘江秋夜，龙啸消息。

堪笑钟馗倚壁。脚靴手板须半赤。面目嶙峋甚，算么么群丑，望风辟易。吟壶清晏，阒室啸梁无迹。门外黎邱千百变，搅一天风色。天龙竖指，忘却魔眼擘。

［（清）杨玉衔《抱香词》，杨百富堂刊本］

杨玉衔《酒泉子　题民族词选》

憔悴国魂，泪尽新亭人悄悄。英雄未死胆肝粗。拼头颅。古今唯一，湘累沈沈呵壁叫。是何多也醉乡徒。乐华胥。

［（清）杨玉衔《抱香词》，杨百富堂刊本］

杨玉衔《夏云峰　和六禾宝云道中日光浴之作》

爇兰汤。薰沐赋、湘累绣口骚肠。又似水嬉拭垢，凫没鱼翔。濯从江汉，都输与、曝向秋阳。旷莽界、眠红藉绿，颠倒衣裳。

登高不羡招凉。讵犹恋、夏云恶木阴长。正好背偎棉纩，腹晒书囊。精华嘘吸，通沆瀣、气辨青黄。忍忘却、锄禾日午，珠酣淋浪。

［（清）杨玉衔《抱香词》，杨百富堂刊本］

杨玉衔《湘江静　竞渡》

白浪飞花雷叠鼓。怎匆匆、冒烟冲去。拿舟独出，齐桡着力，赌锦标争取。青眼到红妆，东西岸、凭栏延伫。楼船下濑，鸳鸯弄潮，欢声里，忘昏暮。

奈汨罗，人正苦。况重渊、老魔盘互。褰裳赴救，赖后先邪许。入水斩蛟龙，江心剑、待清波路。沉沉楚魄，万方多难，大招谁赋。

刘泽湘《望江南》

刘泽湘（1867—1924），湖南醴陵人。

聊居好，绕屋碧纱笼。树枳为篱潘岳赋，纫兰做佩屈原风。花笑满园红。

魏元戴《洞庭春色　梦山题壁》

魏元戴（1867—1929），南昌（今属江西）人。

醒眼蘧蘧。青山有约，转入华胥。听天鸡叫曙，庄周还我，大千秋色，泪满襟裾。屈子问天天语否，抱信美、文章赋索居。烟霞外，漫心悬霄汉，赤日轮扶。

平生着几緉屐，原不惜、寻仙路迂。看回峦起伏，都如龙虎，危峰偃蹇，比我清癯。凉路湿衣孤月白，正万树、松楸啼夜乌。聊题句，待归来五岳，囊括秦吴。

［（清）魏元戴《沧江岁晚集》卷二，浙江大学藏本］

魏元戴《采桑子》

茫茫天意何须问，多事灵均。杳矣南冥。倏忽何如浑沌情。

树犹如此花无奈，老去春心。遁去天形。风雨偏宜午夜闻。

［（清）魏元戴《沧江岁晚集》卷二，浙江大学藏本］

吴昌绶《点绛唇　题缪筱珊垂虹感旧图，盖为蒋鹿潭作也》

吴昌绶（1867—?），浙江仁和（今浙江杭州）人。

一曲垂虹，顿成千古伤心地。灵均怨思。祇托微波寄。

旧梦松陵，曾共双桡舣。回望里。水云无际。枉费词人泪。

[（清）吴昌绶《松邻遗集·词下》，《清代诗文汇编》第782册，上海古籍出版社2010年，第232页]

吴昌绶《惜红衣》

丙午八月，叔问营樵风别墅成，与沤尹造访，徘徊庭间，新月晚烟，光景可念。今年丛桂再华，昌绶方感秋卧病，沤尹独游吴中，因话鄙生，海滨索居无憀状，各赋佳什见寄。会有都门之行，不获面别，辄依韵奉和，为异日相思之资。凭楮依黯，不可为怀。

掩冉芳时，侵寻去日，病慵无力。梦恋乡程，湖波酽秋碧。鸥眠未稳，还又逐、天涯征客。萧瑟。愁赋庾郎，共吟湘累息。

鸣镳绮陌。唤酒铜街，惊烽黯尘藉。觚棱侧望旧国。雁绳北。便欲泛槎星汉，略记昔游重历。更翠微无恙，凝盼隔城山色。

[（清）吴昌绶《松邻遗集·词下》《清代诗文汇编》第782册，上海古籍出版社2010年，第228页]

赵熙《声声慢　菖蒲》

赵熙（1867—1948），四川荣县（今属四川）人。

苔礓净暑，药涧流澌，午风一道清芬。叶叶干将，参差绿就龙文。新芽乍吐努白，又丛丛、芳渚长春。玉泓水，合湘兰风露，采供灵均。

岁岁京华佳节，遍家家儿女，挂艾当门。寸蒂朱丝，香囊扣近罗裙。芳醽至今味苦，任罗浮、山下移根。仙梦远，一茎花、如见故人。

[（清）赵熙《香宋词》卷二，《近代蜀四家词》本，1916年]

赵熙《高阳台　病酒，频伽韵》

小劫壶天，空心药盏，思量自取无聊。多谢闺情，葛花煎似红绡。风流那比相如渴，欲消愁、愁聚眉梢。誓今朝。杯底休干，坟上休浇。

百年一泡成归客，算海山兜率，帘影齐招。坐炷浓香，蛤蜊墙外偏撩。乾坤纳纳无醒法，判湘累、身世风骚。酒盘高。未到重泉，仍泛双桡。

［（清）赵熙《香宋词》卷二，《近代蜀四家词》本，1916 年］

赵熙《高阳台　寒竹，和频伽韵》

清节争春，虚心领雪，美人翠袖天寒。万绿凋年，亭亭四照明玕。穷阴不结孤生伴，孰花予芳岁今阑。拗孤山。梅外斜枝，红片花残。

情知正则幽篁命，奈见天无路，石冷苔干。泪点潇湘，露华滴滴铜盘。拳枝忍读宣和画，纥干山寒雀争喧。锦绷斑。将尾捎云，谁作龙看。

［（清）赵熙《香宋词》卷二，《近代蜀四家词》本，1916 年］

赵熙《三姝媚　端午寄锦江词社》

春心攒万苦。又菖蒲花开，彩舟龙舞。咫尺前尘，尽华阳奔命，庾兰成句。乱叶争风，偏更搅、漫天飞絮。未省余生，江北江南，几回盘古。

思向云中横步。奈正则如今，梦天无路。大局文楸，念去年今日，祖龙何处。历劫群仙，聊共醉、澡兰香雾。破子家山重按，铜琵断谱。

［（清）赵熙《香宋词》卷二，《近代蜀四字词》本，1916 年］

陈洵《减字木兰花　题薛剑公石竹芝兰画册》

陈洵（1870—1942），广东新会（今广东江门）人。

无言有泪。终古苍梧何限翠。唤起商山。心是湘累事较闲。

芳馨欲采。凄咽海尘零画在。珍重晴窗。不是前朝旧夕阳。

［（清）陈洵著，刘斯翰笺注《海绡词笺注》，上海古籍出版社 2002 年，第 347 页］

周岸登《小重山》

周岸登（1872—1942），四川威远（今属四川）人。

锦瑟无端五十弦。弦弦胶柱鼓，怨华年。落花中就奈何天。欹方枕，鸾想破红禅。

凭梦剪湘兰。九真邀帝所，小游仙。露帏星幌损清眠。灵均远，和泪浣蛮笺。

（周岸登《蜀雅》卷三，自印本 1931 年）

周岸登《念奴娇　丙辰端午后一日书事，次东坡赤壁韵》

大千尘劫，问苍苍、主宰其中何物。舜跖孳孳同尽耳，谁遣湘累呵壁。七圣曾迷，四凶非罪，一蹶终难雪。云雷天造，古来安用英杰。

遥睇莽荡神州，咸池夕浴，暾扶桑晁发。廿四陈编俱点鬼，狐貉一丘生灭。共此销沈，流芳遗臭，也不争毫发。潜移舟壑，有人麾日不修月。

（周岸登《蜀雅》卷三，自印本1931年）

周岸登《调笑转踏　章华台》

诗曰：楚围问鼎无宗周，诟天篡国走诸侯。霸魂不洗乾溪辱，块土独枕山中愁。按剑投龟思肘壁，回首华容归不得。大曲污翻湛卢沉，渚宫落日空萧瑟。

萧瑟。悲倾国。梦断三江迷七泽。细腰还舞新君侧。只有溪菱堪食。君兮窜死臣奚恤。莫遣湘累呵壁。

（周岸登《蜀雅》卷十，自印本1931年）

宁调元《满江红》

宁调元（1873—1913），湖南醴陵人。

黄鹄高飞，待唤取、归来同住。剧劳汝、暮三朝四，狙公赋芧。一曲广陵今夜月，千钟鲁酒黄昏雨。叹炎凉、时节已推移，天如故。

惜往日，屈原赋。投五体，要离墓。笑壮怀勃郁，而今老去。灯火险为魑魅灭，山头听惯婴儿语。猛回头、世事几沧桑，心魂怖。

梁启超《高阳台　题台湾逸民某画兰》

梁启超（1873—1929），广东新会（今广东江门）人。

紫甲颦烟，素心泫露，等闲消得黄昏。幽谷年年，孤芳谁共温存。多情应解思公子，渺予怀可奈无言，最凄凉月冷空庭，香返骚魂。

秋人别有秋怀抱，将灵均遗佩，写入冰纨。雨叶风枝，古今无限荒寒。凭君莫问移根地，怕着来总是愁痕。更销凝，象管抛余，泪满湘沅。

（杨子才编《民国五百家词钞》，线装书局2008年，第160页）

梅际郇《暗香　兰》

梅际郇（1873—1934），四川巴县（今重庆市）人。

孤花砚席。算国香入世，未尝虚掷。一佩湘累，早有清芬破南国。惟恨同心去远，苦追忆、秋灯谈屑。静中对、一剪疏风，芳意沁诗臆。

高洁。谁探撷。望危栈倚天，草满青壁。细香暗袭。似为芝房引齐客。休问欢场旧侣，曾苦谏、葳蕤轻摘。吉祥事、名与字，梦中记得。

（梅际郇《念石斋诗》附，排印本1935年）

姚华《南歌子　早春治具，闰老来，而倬庵谢病。明日词至，依韵和之》

姚华（1876—1930），贵州贵筑（今贵州贵阳）人。

时节初灯后，心情梦草间。未须屈宋作衙官。柴门浅水，借本拟衡山。

一老成孤兴，翩然小饮还。词人春感避残寒。且待岱堂，梅绚醉乡宽。

［（清）姚华《弗堂词》，顾久主编《黔南丛书》第15辑，贵州人民出版社2010年，第316页］

高旭《菩萨蛮》

高旭（1877—1925），松江府金山（今上海市）人。

旧恨如潮犹可记。潇湘水化灵均泪。着耳杜鹃啼。王孙独未归。

帘栊清露滴。惆怅鸦飞夕。闲立画楼东。秋花故故红。

［（清）高旭《天梅遗集词六卷》，《民国词集丛刊》第14册，国家图书馆出版社2016年］

高旭《小桃红　泪》

一掬东风倩。洒向灵均传。杜牧重来，紫云未嫁，十分凄恋。写相思、红雨湿天涯，有丝丝如线。

转眼芳菲变。却洗梨花面。枕畔灯前，行行点点，啼痕谁见。更何堪、簌簌滴湘裙，看明朝都遍。

［（清）高旭《天梅遗集词六卷》，《民国词集丛刊》第14册，国家图书馆出版社2016年］

王国维《百字令　题孙隘庵〈南窗寄傲图〉》

王国维（1877—1927），浙江海宁（今属浙江）人。

楚灵均后，数柴桑，第一伤心人物。招屈亭前千古水，流向浔阳百折。夷叔西陵，山阳下国，此恨那堪说。寂寥千载，有人同此伊郁。

堪叹招隐图成，赤明龙汉，小劫须臾阅。试与披图寻甲子，尚记义熙年月。归鸟心期，孤云身世，容易成华发。乔松无恙，素心还问霜杰。

（叶嘉莹，安易编著《王国维词新释辑评》，中国书店 2006 年）

陈曾寿《鹧鸪天　题清微道人画兰》

陈曾寿（1878—1949），湖北蕲水（今湖北浠水）人。

憔悴空山听雨人，三湘清怨入微颦。玉纤轻点花疑瘦，钏重慵移叶未伸。芳佩冷，露痕新，微波何事误灵均。心香意蕊难分别，劫堕华鬘又一春。

（陈曾寿撰《旧月簃词　不分卷》，复旦大学图书馆 1985 年）

傅熊湘《水调歌头　痴萍邀饮，赋赠》

傅熊湘（1882—1930），湖南醴陵（今属湖南）人。

且莫悲秋去，尝试踏歌来。眼前屈子余子，坛坫几骚才。都付大江东去，剩有青山无语，劫换六朝灰。楚泽尚今古，谁上问天台。

烹肥羜，沽美酒，酌金罍。浮云人世富贵，春梦一场回。未若登山临水，还与唱予和汝，笑口向人开。我语惟卿解，欢饮快吾杯。

（《湖湘文库　傅熊湘集》，湖南人民出版社 2010 年）

傅熊湘《西江月》

倏忽早知地哑，灵均枉恨天聋。窍难开凿问难通。偏又会将人弄。

占谶告余以臆，岂惟大块梦梦。人间亦有物相同。释策谢之曰懂。

（《湖湘文库　傅熊湘集》，湖南人民出版社 2010 年）

吕碧城《更漏子　题浣云吟稿》

吕碧城（1883—1943），安徽旌德（今属安徽）人。

句联珠，珠缀串，一一圆姿璀璨。哀窈窕，惜芳菲，自书花叶诗。

花开落，人离合，颠倒梦中蝴蝶。痴宋玉，苦灵均，问天天不闻。

（般夫，邹容，吕碧城著《孩儿塔　革命军　晓珠词》万卷出版公司 2015 年）

吕碧城《洞仙歌》

白葭居士绘松林，一人面海而立，题曰“湘水无情吊岂知”。南海康更生君见而哀之，题诗自比屈贾。而予现居之境，恰同此景，复以自哀焉，爰题此阕以应居士之嘱。戊辰冬识于日内瓦湖畔。

何人袖手，对横流沧海，一样无情似湘水。任山留云住，浪挟天旋，争忍说、身世两忘如此。

千秋悲屈贾，数到婵娟，我亦年来尽堪拟。遗恨满仙源，无尽阑干，更无尽、瀛光岚翠。又变征遥闻动苍凉。倚画里新声，万松清吹。

（般夫，邹容，吕碧城著《孩儿塔　革命军　晓珠词》万卷出版公司 2015 年）

林修竹《摊破浣沙溪　吊屈原》

林修竹（1884—1948），掖县（今山东莱州）人。

粽叶榴花角黍香。龙舟五月赛端阳。屈子空怀千古恨，汨罗江。

信谗弃忠成孤往，行吟披发下大荒。幽怨千年流不尽，吊沅湘。

黄侃《侧犯》

黄侃（1886—1935），湖北蕲春人。

劝君漫去，澹云夕照留人住。南浦。更几日潮痕上舟步。鳞波纵媵予，懒续湘累句。津鼓。催画鹢，今宵向何处。严城闭早，急取归时路。还念汝。冒炎蒸，魂黯更无语。泪浥危栏，目穷江树。弦月昏黄，数声渔橹。

（黄侃《黄季刚诗文钞》，湖北人民出版社 1985 年，第 367 页）

范邃《满江红　午日》

范邃，生卒籍贯不详。

昼静堂空，真肠断、今年角黍。梁燕出、将雏母惯，吾何如汝。叠起白云蚕茧碎，泼残红血榴花苦。记前朝、新麦荐春盘，俄重午。

形共影，萧然处。书与史，凄然取。倘灵均犹在，应呼之语。有恨泉台虚节冷，无情邻院传箫鼓。恼娇儿、弱女镂蒲根，为龙虎。

［（清）汪之珩辑《东皋诗余》卷三，如皋汪氏文园印本］

徐森《望湘人　午日》

徐森，生卒年不详，宜兴（今属江苏）人。

正黄梅过雨，麦浪挼晴，今朝又是重五。几阵蒲香，飘来深院，白苎单衫无暑。戏摘榴花，遍思陈事，凭栏低语。记那日，条脱亲投，小缠同心丝缕。

好谢殷勤邻女。恰相邀片晌，画完艾虎。剩半幅轻纨，又索采兰佳句。伤今吊昔，都无是处。但笑灵均差误。问何事、沅芷江蓠，刚换年年角黍。

［（清）缪荃孙编选《国朝常州词录》卷五，云自在龛影印本］

钱孟钿《临江仙　其七　失题》

钱孟钿，生卒年不详，江苏武进（今江苏常州）人。

劝尔回波旨酒，九重春色争开。楼头但赏夜珠来。衙官驱屈宋，不及内家才。玉尺平衡文苑，毫端光散琼瑰（以下缺）。

（南京大学文学院《全清词》编纂研究室编《全清词　雍乾卷》第4册，南京大学出版社2012年，第2185页）

赵我佩《金缕曲　次絅士韵》

赵我佩，生卒年不详，仁和（今属浙江）人。

北宋南唐继。问词坛、双飞健将，而今有几（兼谓玉湖）。太白才华江令笔，一样花生梦里。谱妙句、金荃堪拟。旧酿蒲桃新拨瓮，倒芳樽、共把尘襟洗。沧海量，更谁比。

清谈雅吐如虹气。骋吟怀、齐霏玉屑，尘挥难已。便化西湖波作酒，那怕刘伶醉死。总不学、眼醒屈子。我亦浇书成素癖，要青旗、买遍江南地。拼酩酊，画屏倚。

［（清）赵我佩《碧桃馆词》，同治中程秉钊钞本］

曹景芝《高阳台　秋窗风雨图》

曹景芝，生卒年不详，吴县（今江苏苏州）人。

切切凄凄，萧萧瑟瑟，听来都是酸辛。一种无聊，能消几个黄昏。梧桐洒泪芭蕉响，卷芳心、百结难分。且挑灯，起作秋诗，独抱吟身。

那能忘却当时景，记连床絮语，忒煞温存。好梦难留，休言影事前尘。伊凉吟罢离骚曲，倚屏山、只哭灵均。冷清清，默坐思量，尽够销魂。

［（清）徐乃昌校刻《小檀乐室汇刻闺秀词·寿研山房词》，浙江大学出版社 2018 年，第 9、10 集，第 251 页］

曲　类

说明：共采录“屈原题材”散曲、杂剧、传奇类作品46篇。其中，元代19篇，明代24篇，清代3篇。

曲兴起成熟于元代，成为有元一代之文学。本书目前发现的最早咏屈原曲类文学是从元代开始。又，隋代傀儡戏、宋南戏、元杂剧中的屈原形象，由于文献资料已佚，今天亦仅仅知道当时的一些剧目，南戏有《屈大夫江潭行吟》（清《传奇汇考标目》）[①]，元杂剧有睢景臣《楚大夫屈原投江》、吴弘通《楚大夫屈原投江》、吴昌龄《抱石投江》，明传奇有徐应乾《汨罗记》、袁凫公《汨罗记》（祁彪佳《远山堂曲品》）[②]，清孔尚任《楚辞谱》，佚名《正则成仙》、《蒲剑辟邪》等，以上内容均不传世。

传世的“屈原戏”，据吴伯森编著《黄钟大吕歌楚魂：古代屈原戏注评》（湖北人民出版社2006）可知，有明末清初时期的郑瑜（生卒年不详）《汨罗江》，清代康乾时期的张坚《怀沙记》、汪柱《采兰纫佩》、周乐清《屈大夫魂返汨罗江》，道光以后，有胡盍朋《汨罗沙》、尤侗《读离骚》。此外，有一些剧本，不以屈原为剧中主要人物或根本无屈原出现，仅借屈原悲剧倾吐自己的满腔悲愤，如嵇永仁《续离骚》、吴藻《饮酒读离骚》、楚客《离骚影》、静庵

---

① 冯金牛著《书林札记》：“以屈原故事人剧，元、明间有佚名《屈大夫江潭行吟》杂剧，已佚。清郑瑜作《汨罗江》杂剧、尤侗作《读离骚》杂剧、胡盍朋作《汨罗沙》杂剧，尚存。”（复旦大学出版社，2008年，第163页。）张正学著《中国杂剧艺术通论》：“在宋元南戏中，可以确指的列国戏有《豫让吞炭》《孙武子》《苏秦衣锦还乡》《范蠡沉西施》《屈大夫江潭行吟》《孟母三移》《赵氏孤儿报冤记》《秋胡戏妻》《浣纱女》《楚昭王》等十余种，但这些作品我们并不知其准确的创作时代，估计产生于元代的可能性是很大的。”（天津古籍出版社，2007年，第179页。）

② 刘新文《〈录鬼簿〉中历史剧探源》：“他（指：睢景臣）所作杂剧有《千里投人》、《莺莺牡丹亭》、《屈原投江》三种，惜无一流传。”“元人有《屈大夫江潭行吟》（佚），明传奇有徐应乾《汨罗记》（佚），明末清初袁凫公《汨罗记》（佚）。”（南开大学出版社，1989年，第301页。）

居士《吊湘》。[①]

元

白朴《寄生草　饮》

白朴（1226—1306），澳州（今山西河曲）人。

长醉后方何碍，不醒时有甚思？糟腌两个功名字，醅淹千古兴亡事，曲埋万丈虹霓志。不达时皆笑屈原非，但知音尽说陶潜是。

（周振甫主编《全元散曲》第 1 册，黄山书社 1999 年，第 45 页）

马致远《双调　拨不断》

马致远（约 1251—约 1321），大都（今北京）人。

酒杯深，故人心。相逢且莫推辞饮，君若歌时我慢斟。屈原清死由他恁，醉和醒争甚！

［（元）杨朝英辑《乐府新编阳春白雪》卷之三前集·小令，随庵丛书本］

马致远《双调　拨不断》

菊花开，正归来。伴虎溪僧、鹤林友、龙山客；似杜工部、陶渊明、李太白；有洞庭柑、东阳酒、西湖蟹。哎，楚三闾休怪！

［（元）杨朝英辑《乐府新编阳春白雪》卷之三前集·小令，随庵丛书本］

王实甫《圣药王》

王实甫（约 1260—1336），大都（今北京）人。

乐有余。饮未足。樽前无酒典衣沽。倒玉壶。听金缕。直吃的满身花影倩人扶。我可也不让楚三闾。

［（元）王实甫《四丞相高会丽春堂杂剧》第三折，哈佛燕京藏万历刻本］

① 吴伯森编著：《黄钟大吕歌楚魂：古代屈原戏注评》，湖北人民出版社，2006 年，第5 页。

王实甫《紫花儿序》

也不学刘伶荷锸。也不学屈子投江。且做个范蠡归湖。绕一滩红蓼。过两岸青蒲。渔夫。将我这小小船儿棹将过去。惊起那几行鸥鹭。似这等乐以忘忧。胡必归欤。

［（元）王实甫《四丞相高会丽春堂杂剧》第三折，哈佛燕京藏万历刻本］

杨梓《三煞》

杨梓，生卒年不详，嘉兴海盐（今属浙江）人。

可知道摘星楼剖了比干。汨罗江淹杀屈原。姑苏台范蠡辞了勾践。从来乱国皆无道。自古昏君不重贤。不把清浊辨。子怕吃人心盗跖。那里敬有德行颜渊。

［（元）杨梓《古杭新刊关目霍光鬼谏》，元刊杂剧三十种元刻本］

宫大用《牧羊关》

宫大用，生卒年不详，大名开州（今河北邯郸）人。

想当日那东都门逢萌冠不挂。

第五伦云：贤士何不学那朱云折槛。正末唱：长朝殿朱云槛不折。

第五伦云：灵辄一饭必酬。真乃壮士也。正末唱：桑树下食椹子噎杀灵辄。

第五伦云：孙叔敖举于海滨。位至上卿。正末唱：沧海上孙叔敖干受苦十年。

第五伦云：管夷吾霸诸侯。一匡天下。正末唱：囹圄内管夷吾枉饿做两截。

第五伦云：贤士。你只学那张子房功成之后。弃职归山也不迟哩。正末唱：赤松岭张子房迷了归路。

第五伦云：岂不见范蠡霸越。泛舟五湖。正末唱：洞庭湖范蠡烂了桩橛。

第五伦云：那殷伯夷采薇甘饿首阳。他自有故。正末唱：首阳山殷伯夷撑的肥胖。

第五伦云：那楚屈原终日独醒。投江而死。何足道哉。正末唱：汨罗江楚三闾醉的来乱跌。

（《元曲选·死生交范张鸡黍》第二折，中华书局重印本）

张可久《苏武持节》

张可久（约1270—1348后），庆元（今浙江宁波）人。

刘伶不戒。灵均休怪。沿村沽酒寻常债。看梅开。过桥来。青旗正在疏篱外。醉和古人安在哉。窄不勾酾。哎我再买。

［（元）杨朝英辑《朝野新声太平乐府》卷四，四部丛刊初编本］

乔吉《混江龙》

乔吉（1280—1345），太原（今属山西）人。

博得个名扬天下。才能勾宴琼林饮御酒插宫花。带云：如今有一等人。他也是秀才。唱：恰便似斌玞石待价。斗筲器矜夸。现如今洞庭湖撑翻了范蠡船。东陵门锄荒了邵平瓜。想当日楚屈原假惺惺醉倒步兵厨。晋谢安黑喽喽盹睡在葫芦架。带云：似这等秀才呵。唱：没福消轩车驷马。大纛高牙。

（《元曲选·李太白匹配金钱记》第一折，中华书局重印本）

王伯成《折桂令》

王伯成，生卒年不详，涿州（今河北涿县）人。

一时间趁篷箔顺水推船。不比西出阳关。北侍居延。几时得为爱青山。住东风懒着吟鞭。流落似守汨罗独醒屈原。飘零似浮泛槎没兴张骞。纳了一纸黄宣。撇下满门良贱。对十五婵娟。怎不凄然。他每向水底天心。两下里团圆。

［（元）王伯成《古杭新刊关目的本李太白贬夜郎》，元刊杂剧三十种元刻本］

王伯成《尾》

那厮主置定乱宫心。酝酿着谩天谎。倚仗着强爷壮娘。全不顾白玉阶头纳表章。子信着被窝儿里顿首诚惶。我绕着利名场。佯做个疯狂。指点银瓶索酒尝。尽教谗臣每数量。至尊把我屈央。休想楚三闾肯跳汨罗江下。

［（元）王伯成《古杭新刊关目的本李太白贬夜郎》，元刊杂剧三十种元刻本］

范康《贺新郎》

范康，生卒年不详，浙江杭州人。

你道俺打渔人不索问根由。俺则问你是做买卖经商。〔陈季卿云〕不是。〔正末唱〕是探故乡亲旧。〔陈季卿云〕不是。〔正末唱〕既不吵你怎生在长江侧畔将咱候。〔陈季卿云〕我是要过江去的。〔正末唱〕你莫不是楚三闾怀沙自投。你莫不是伍子胥雪父冤雠。你莫不是李谪仙扪月去。你莫不是郑交甫弄珠游。〔陈季卿云〕我要去的急。怎当这渔翁攀今揽古。

［（元）范康《陈季卿误上竹叶舟杂剧》第三折，哈佛燕京藏万历刻本］

阿鲁威《双调　蟾宫曲》

阿鲁威（约 1280—1350?），蒙古人。

东皇太乙前九首以楚辞九歌品成

穆将愉兮太乙东皇，佩姣服菲菲，剑珥琳琅。玉瑱琼芳，烝肴兰藉，桂酒椒浆。扬枹鼓兮安歌浩倡，纷五音兮琴瑟笙簧。日吉辰良，繁会祁祁，既乐而康。

云中君

望云中帝服皇皇，快龙驾翩翩，远举周章。霞佩缤纷，云旗暗蔼，衣采华芳。灵连蜷兮昭昭未央，降寿宫兮沐浴兰汤。先戒鸾章，后属飞帘，总辔扶桑。

湘君

问湘君何处翱游，怎弭节江皋，江水东流。薜荔芙蓉，涔阳极浦，杜若芳洲。驾飞龙兮兰旌蕙绸，君不行兮何故夷犹。玉佩谁留，步马椒丘，忍别灵修。

湘夫人

促江皋腾驾朝驰，幸帝子来游，孔盖云旗。渺渺秋风，洞庭木叶，盼望佳期。灵剡剡兮空山九疑，澧有兰兮沅芷菲菲。行折琼枝，发轫苍梧，饮马咸池。

大司命

令飘风冻雨清尘，开阊阖天门，假道天津。千乘回翔，龙旗冉冉，鸾驾辚辚。结桂椒兮乘云并迎，问人间兮寿夭莫凭。除却灵均，兰佩荷衣，谁制谁纫？

少司命

正秋兰九畹芳菲，共堂下蘼芜，绿叶留荑。趁驾回风，逍遥云际，翡翠为旗。悲莫悲兮君远将离，乐莫乐兮与女新知。一扫氛霓，晞发阳阿，洗剑天池。

东君

望朝暾将出东方，便抚马安驱，揽辔高翔。交鼓吹竽，鸣篪絙瑟，会舞霓裳，布瑶席兮聊斟桂浆，听锵锵兮丹凤鸣阳。直上空桑，持矢操弧，仰射天狼。

河伯

激王侯四起冲风，望鱼屋鳞鳞，贝阙珠宫。两驾骖螭，桂旗荷盖，浩荡西东。试回首兮昆仑道中，问江皋兮谁集芙蓉。唤起丰隆，先逐鼋鼍，后驭蛟龙。

山鬼

若有人兮含睇山幽，乘赤豹文狸，窈窕周流。渺渺愁云，冥冥零雨，谁与同游？采三秀兮吾令蹇修，怅宓妃兮要眇难求。猿夜啾啾，风木萧萧，公子离忧。鸱夷后那个清闲，谁爱雨笠烟蓑，七里严湍？除却巢由，更无人到，颍水箕山。叹落日孤鸿往还，笑桃源洞口谁关？试问刘郎，几度花开，几度花残？问人间谁是英雄？有酾酒临江，横槊曹公。紫盖黄旗，多应借得，赤壁东风。更惊起南阳卧龙，便成名八阵图中。鼎足三分，一分西蜀，一分江东。正春风杨柳依依，听彻阳关，分袂东西。看取樽前，留人燕语，送客花飞。谩劳动空山子规，一声声犹劝人归。后夜相思，明月烟波，一舸鸱夷。动高吟楚客秋风，故国山河，水落江空。断送离愁，江南烟雨，杳杳孤鸿。依旧向邯郸道中，问居胥今有谁封？何日论文，渭北春天，日暮江东。理征衣鞍马匆匆，又在关山，鹧鸪声中。三叠阳关，一杯鲁酒，逆旅新丰。看五陵无树起风，笑长安却误英雄。云树蒙蒙，春水东流，有似愁浓。烂羊头谁羡封侯？斗酒篇诗，也自风流。过隙光阴，尘埃野马，不障闲鸥。离汗漫飘蓬九有，向壶山小隐三秋。归赋登楼，白发萧萧，老我南州。任乾坤浩荡沙鸥，酤酒寻鱼，赤壁矶头。铁笛横吹，穿云裂石，草木炎州。信甲子题诗五柳，算庚寅合赋三秋。渺渺予愁，自古佳人，不遇灵修。

［（元）杨朝英选编王祥，刘刚注《乐府阳春白雪》前集卷二，春风文艺出版社 1995 年，第 42-51 页］

张鸣善《正宫　小梁州》

张鸣善，平阳（今山西临汾）人，家于湖南。

门外红尘滚滚飞。飞不到鱼鸟青溪。绿阴高柳听黄鹂。幽栖意。料俗客几人知。山林本是终焉计。用之行舍之藏兮。悼后世追前辈。对五月五日。歌楚些吊湘累。

［（清）《御定曲譜》卷一，文渊阁四库全书本］

王子一《混江龙》

王子一，生平字里不详，约明太祖洪武（1368—1398）初年在世。

山间林下。伴药炉经卷老生涯。眼不见车尘马足。梦不到蚁阵蜂衙。闲来时静扫白云寻瑞草。闷来时自锄明月种梅花。不想去上书北阙。不想去待漏东华。似这等鹍鹏掩翅。都只为狼虎磨牙。怕的是斩身钢剑。愁的是碎脑金瓜。

怎学他屈原湘水。怎学他贾谊长沙。情愿做归湖范蠡。情愿做噀酒栾巴。携闲客登山采药。唤村童汲水烹茶。惊战讨。骇征伐。逃尘冗。避纷华。弃富贵。就贫乏。学圣贤洗涤了是非心。共渔樵讲论会兴亡话。羡杀那知祸福塞翁失马。堪笑他问公私晋惠闻蛙。

（《元曲选·刘晨阮肇误入桃源》第一折，中华书局重印本）

谷子敬《天下乐》

谷子敬，元末明初，金陵（今江苏南京）人。

拼着个醉倒黄公旧酒垆。笑三也波闾。楚大夫。如今这汨罗江有谁曾吊古。怕不待骑鲸的飞上天。荷锸的埋入土。则问你独醒的今在无。

（《元曲选·吕洞宾三度城南柳》第一折，中华书局重印本）

书会才人《滚绣球》

有一个楚屈原在江上死。有一个关龙逢刀下休。有一个纣比干曾将心剖。有一个未央宫屈斩了韩侯。吕夷简云：待制。我想张良坐筹帷幄之中。决胜千里之外。辅佐高祖。定了天下。见韩信遭诛彭越被醢。遂辞去侯爵愿从赤松子游。真有先见之明也。正末唱：那张良呵若不是疾归去。韩魏公云：那越国范蠡。扁舟五湖。却也不弱。正末唱：那范蠡呵若不是暗奔走。这两个都落不的完全尸首。我是个漏网鱼怎再敢吞钩。不如及早归山去。我则怕为官不到头。枉了也干求。

（《元曲选·包待制陈州粜米》第二折，中华书局重印本）

佚名《金盏儿》

我从今见盈虚。识乘除。总不如隐山林弃钟鼎倒可也无荣辱。早拜辞了龙楼凤阁只守着我这蜗庐。我甘心儿追四皓。回首也叹三闾。萧相云：老司徒。你见我门排画戟。户列椒图。可不好那。正末唱：谁待要你这门排双画戟。户列八椒图。

（《元曲选·随何赚风魔蒯通》第一折，中华书局重印本）

佚名《油葫芦》

气的我粉脸儿三闾投汨罗。只他那情越多。把云期雨约枉争夺。你望着巫山庙满斗儿烧香火。怎知高阳台一路上排锹镬。休这般枕上说。都是他栽下的科。他是个万人欺千人货。你只待娶做小家婆。

（《元曲选·风雨像生货郎旦》第一折，中华书局重印本）

明

谢谠《北折桂令》

谢谠（1512—1569），浙江上虞（今浙江绍兴）人。

［外］学陶潜。五柳栽烟。屈子骚经。杜老诗编。醉后闲临书羲献帖。兔管鸾笺。［众］老先生怎么不讲些道学。也好哄动缙绅。［外］那肯向谲儒讲道。［众］炼些金丹也好。［外］也休提败事修玄我只是。玉管冰弦。云髻花钿。兄弟楼中。儿女灯前。

（《六十种曲·四喜记》第四十一出，中华书局1958年第6册，第105页）

王世贞《折桂令二首》其二

王世贞（1526—1590），太仓（今属江苏）人。

问先生不饮何如。一点篝灯，数卷残书。冷却扁舟，闷他五柳，淡杀三闾。太行路、都来胸腹。帝京尘、满上头颅。睡也忧虞。醒也忧虞。不得酕醄，怎便糊涂。

［（明）王世贞《弇州四部稿》卷五十四，文渊阁四库全书本］

王世贞《出队子》

［净上］蝉吟凉杪蝉吟凉杪。燕绕疏帘日色高。［副净］忽惊时届遇端阳。又见皇恩赐扇摇。［合］堪笑。汨罗忠魄谁招。

（《六十种曲·鸣凤记》第二十出，中华书局1958年第2册，第84页）

顾大典《朝元歌》

顾大典（1541—1596），南直隶苏州府吴江（江苏苏州）人。

［生末从上］山程水程，渐逼斜阳景。泉声鸟声，别是清幽境。日远长安，浮云蔽影。自叹孤踪萍梗。远道风尘，逐客偏多恋主情。薄谴荷恩深。何须吊屈平。溢城隐隐，到得后再图家庆。再图家庆。

（《六十种曲·青衫记》第十八出，中华书局1958年，第33-34页）

屠隆《节节高》

屠隆（1542—1605），宁波府鄞县（今浙江宁波）人。

波间月更明。跨长鲸。捉来兔魄冰壶暎。龙笙应。鼍鼓鸣。蛟宫静。怀沙肯作灵均醒。广寒还许仙音听。

（《六十种曲·彩毫记》第二十六出，中华书局1958年第5册，第69-70页）

杨景贤《天下乐》

杨景贤，生卒年不详，蒙古族人。

你恨不得解佩留琴当剑沽。全不学三闾。楚大夫。叹独醒满朝都是酒徒。习池边颓了季伦。竹林中迷了夷甫。这两个好饮的君子到如今播清风一万古。

［（明）臧懋循《元曲选·刘行首》第一折，四部备要本］

杨珽《油葫芦》

杨珽，浙江钱塘（今浙江杭州）人。

卖卜君平帘自垂。何来得长者车。这行藏祸福你却待要前知。你不是贾太傅远贬长沙去。又不是楚三闾泽畔苦吟日。［生］久闻仙师易卦通神。小生为功名一事。特来拜恳。望乞指示迷涂。［老旦］却原来龙虎榜欲问功名事。麒麟阁未际风云会。待抱筮问易求明示。早难道片语定恁个狐疑。

（《六十种曲·龙膏记》第四出，中华书局1958年，第11册，第9页）

陈汝元《二犯傍妆台》

陈汝元，生卒年不详，1580年前后在世，绍兴府会稽（今浙江绍兴）人。

恩波曾出九重天。阶前双玉。早已奋鹏抟。老夫见机，因而勇退。二子遭谤，闻已左迁。轼儿出守临安，辙儿理刑河内。武林远谪三闾怨。河洛荒投六月寒。门前柳长迎彭泽。径里花香筑辋川，婿女两人还在京师。奄奄弱息。瑶都暂安。不堪千里各风烟。

（《六十种曲·金莲记》第十出，中华书局1958年，第6册，第31页）

陈汝元《红衲袄》

我本是待漏的列鹓行冠盖俦。操觚的焕蛇神词赋首。端只为墨狼骄飞越三江口。因此上剑龙嘶凄凉八月舟。到做了楚大夫铜版差。怎免得贾大傅承尘疚。怕对西风弄蒯缑。

（《六十种曲·金莲记》第十九出，中华书局1958年，第6册，第59页）

陈汝元《北清江引》

醉游赤壁攀虬豹。好把灵均吊。还将碧落参。犹被红尘扰。惟愿你掷华簪游旧岛。

（《六十种曲·金莲记》第二十三出，中华书局1958年，第6册，第73页）

汤显祖《锦缠头》

汤显祖（1550—1616），抚州府临川（今江西抚州）人。

我本待学时流立奇功俊名。谈笑朔风生。怎如他苍生口说难凭。便道你能奋发有期程。则半盏河清。拚了滴珠槽浸死刘伶，道的个百无成。只杜康祠蘸住了这穷三圣。做个带帽儿堵酒瓶。头直下酒淹衣褙。难道普乾坤醉眼偏只许屈原醒。

（《六十种曲·南柯记》第六出，中华书局1958年，第4册，第15页）

徐复祚《红衲袄》

徐复祚（1560—1630后），常熟（今属江苏）人。

缥风。缥风。我只待觅飞鸿传将宋玉情。谁知你葬江鱼甘同屈子醒。想当日织锦时曾与你机间并。幽窗下曾与你密订盟。咳。缥风。你那里去了。只教我忆愁眉把杨柳憎。思笑口把桃花倩。何时得风清月朗梦三更也。环佩归来洛浦汀。

（《六十种曲·投梭記》第二十四出，中华书局1958年，第8册，第105-106页）

徐复祚《山麻秸》

醁醴酌。名香爇。缥风。缥风。你是个汨水裙钗。胥江女侠。怎肯随邪。做了个浪蕊浮花事业。若说你这段贞心呵。顿令人发毛欲竖。齿牙俱冷。泪满腮颊。

(《六十种曲·投梭记》第三十一出，中华书局 1958 年，第 8 册，第 125 页)

范受益《驻马听》

范受益，生卒年不详，吴县（今江苏苏州）人。

写怨挥毫。不是逢人作解嘲。似孔明吟梁甫。赵岐危迍。屈子作离骚。二十年离恨可知道。笔端写不尽凄凉调。好笑我母亲。周瑞隆十二十三。不省人事。十五十六。也知人事。那时不教我寻父亲。今日叫我寻。却不迟了。情况最难熬。早一日寻亲见了。免得受煎熬。

(《六十种曲·寻亲记》第三十二出，中华书局 1958 年，第 1 册，第 102 页)

汪廷讷《步步娇》

汪廷讷（1573—1619），休宁（今属安徽）人。

［小生上］泽畔三闾身憔悴。我亦湘潭弃。孤情托故知幸。得皇上赦罪。以礼部郎召还。寒谷多年。陡回春意。呀。禅师与琴操来了。［外同老旦上］离别不须悲。达观去住浑无异。

(《六十种曲·狮吼记》第二十六出，中华书局 1958 年，第 10 册，第 88 页)

高濂《山坡羊》

高濂，生卒年不详，钱塘（今浙江杭州）人。

［老旦］莫不是害了些王仲宣登楼的无奈。莫不是染了些楚三闾江潭流派。莫不是渴中山病儿转深。莫不是赋高唐愁孽债。心暗猜。莫不是扬子云阁上灾。非关病酒。也只为耽诗害。人在他乡须把愁肠解。堪哀。待思乡怎生归

去来。伤怀。为瓜葛空教泪满腮。

（《六十种曲·玉簪记》第十七出，中华书局 1958 年，第 3 册，第 48 页）

王錂《二犯渔家傲》

王錂，1583 年前后在世，钱塘（今浙江杭州）人。

休休。浊世谁收。痛英灵渺渺。强半成乌有。想遭时未偶。问灵均此际还知否。望湘水落日乍浮。见江树寒乌乱投。吊丛祠半荒丘。儃伫久。竟忠魂何处悠悠。我待把椒浆敬投。只落得向雕梁。对月影。怀清范。怎能彀驾桂棹。听波声。逐远游。

（毛晋《六十种曲·春芜记》第十九出，中华书局 1958 年，第 5 册，第 52 页）

许三阶《普天乐犯》

许三阶，籍贯、生平均不详，约明万历（1573—1619）间在世。

柳丝垂。牵愁绪。马声骄。嘶长路。我本待颂黄台反正乘舆。又谁知赋离骚放逐湘累。飘零何处。一生忠胆能为祟。凤朝阳与孤鹜齐飞。只恨鹰隼张威。

（毛晋《六十种曲·节侠记》第九出，中华书局 1958 年，第 12 册，第 21 页）

许自昌《锦上花》

许自昌（1578—1623），苏州府吴县（今江苏苏州）人。

［小旦］奴家今夜不为讨命而来。［净］这等这等我不曾招屈子楚些吟。不曾学崔护视殓殷。因甚么画图魂返牡丹亭。隐现毕方形。

（《六十种曲·水浒记》第三十一出，中华书局 1958 年，第 9 册，第 95-96 页）

袁于令《念奴娇序》

袁于令（1592—约 1674），苏州府吴县（今江苏苏州）人。

君行万里。暂扁舟祖饯尊前。听奏离鸿。秋老林皋。看晚照红映山麓霜枫。攀送。对酒歌骚。班荆挥麈。唾壶小叩水声涌。［合］堪怅快灞桥衰柳。渭水秋风。［末］楚楚。

（毛晋《六十种曲·西楼记》第二十五出，中华书局 1958 年，第 8 册，第 88 页）

袁于令《锦缠道》

载轻娃。暂停舟钱塘水涯。到处景随佳。昔张志和云愿为浮家泛宅。往来苕霅间。羡高人愿为泛宅浮家。我待弄清狂正平鼓挝。您休怨孤眠商妇琵琶。种了邵平瓜。效范蠡扁舟远驾。三闾未许夸。悲放逐啼聋泣哑。直恁的困苦欠撑达。

（毛晋《六十种曲·西楼记》第三十出，中华书局 1958 年，第 8 册，第 105 页）

张景《皂罗袍》

张景，一作景岩，生平事迹无考。

［生］一段浑如练帛。看汪洋荡漾。万顷空排。兼天涛浪浩无涯。胸襟淘汰真舒快。汨罗沈骨。忠魂可哀。中流鼓楫。雄心未灰。险难飞渡心惊碎。

（毛晋《六十种曲·飞丸记》第十四出，中华书局 1958 年，第 11 册，第 42-43 页）

张景《北八声甘州》

［生］潇潇客鬓。瘦损精神。梦想灵均。巫咸欲问。寒螀若助吟呻。［末上］筠管蠹编莫懒拈。宝剑瑶琴空掩尘。翘首望君门。一朵红云。

（《六十种曲·飞丸记》第二十出，中华书局 1958 年，第 11 册，第62 页）

单本《混江龙》

单本，生卒年不详，会稽（今浙江绍兴）人。

你从今已往。再休将诗谜学荒唐。则索把心猿归锁。意马收缰。赤紧的经卷丹炉放心坎内。没揣的车轮马足在耳边厢。受用此胡麻当饭。槲叶为裳。松花酒酽。菊蕊茶香。灵芝吐秀。瑞菌呈祥。鸾声清亮。鹤翅飘扬。打渔鼓随词按拍。吹铁笛信口无腔。闲扫白云消永昼。倦堆红叶卧斜阳。那里管乾坤荡荡。宇宙茫茫。吴兴越败。楚弱齐强。耳不闻斩蛇逐鹿。口不言失马亡羊。一任他桑田变海。海变田桑。过去四季一周到有十二月。算来百年三万止得六千场。咱想圣贤出处。自分清浊行藏。有两个乾瘪瘪饿死首阳山。有一个苦耽耽困杀箪瓢巷。又有个自求尸葬鸱夷革。还有个他甘身跳汨江。倒把空壳落认为正果。反将主人公撇在边傍。恰推开了生前那富贵。刚留下些死后的文章。

（毛晋《六十种曲·蕉帕记》第三十六出，中华书局1958年，第9册，第116页）

清

吴绮《南商调　九日泊鸳湖忆内》其一《二郎神》

吴绮（1619—1694），江苏江都（今江苏扬州）人。

霜花剪。叹柔肠、与孤帆共卷。六尺蓬窗无几扇，装来离绪，那堪恨万愁千。宋玉悲凉骚屈怨。都砌就、相思一片。影凄然，洒青衫，秋风泪落灯前。

［（清）吴绮《林蕙堂全集》卷二十六，文渊阁四库全书本］

厉鹗《满庭芳（中吕宫）辛未重午嶰谷半查招集行庵分韵》

厉鹗（1692—1752），浙江钱塘（今浙江杭州）人。

篱闲六枳。阶苔更扫，径竹新孳。觞蒲有客过三四，荆楚佳时。王播去、功名似此。孟尝生、富贵何之。开胸次，须行乐耳，不用读骚辞。

［（清）厉鹗《樊榭山房续集》卷十，文渊阁四库全书本］

厉鹗《落梅风（双调）五首》其五《嶰谷送漳兰》

心占易，佩拟骚。两三茎，送秋先到。吐幽香，暗将炎昼消。雪窗僧、写来难肖。

［（清）厉鹗《樊榭山房续集》卷十，文渊阁四库全书本］

总后记

湖南是屈原精神及楚辞作品的重要孕育地与传承地，认真做好屈原相关历史文献、口传文献、出土文献及域外文献的整理与研究，对于深入推进特色优长学科建设、推动长江流域古文化源流及其域外传播研究、推动长江流域文化遗产的高质量保护，及促进高校社科工作者自觉担当起传承民族精神的学术责任，进一步丰富并深化文化自信的内涵，意义重大。出版最新的楚辞文献整理与研究成果，既属于高校特色学科文献建设工程，又具有推动社会主义文化建设的作用。

湖南理工学院地处爱国诗人屈原行吟求索地和楚辞重要生成及源流地，长期得到社会各界及国内外学界的关注和支持，以做好做实屈原研究为己任。2015 年，中共湖南省委宣传部湖南省哲学社会科学规划办公室发文将全省社科研究基地“屈原文化研究基地”设立于岳阳，挂靠湖南理工学院，基地负责人为李明，首席专家为龚红林。学校与汨罗市人民政府达成合作共建湖南省屈原文化研究基地协议。2017 年 9 月校地合作共建的第一批成果《屈原文化研究丛书》六种出版：刘石林《读骚拾零》、吴广平《屈原赋通释》、钟兴永等《屈原与岳阳综论》、彭柏林等《屈原研究三十年——〈云梦学刊〉“屈原研究”栏目论文选萃》、龚红林等《屈原文化版图考》、朱益红《〈离骚〉琴曲集成》，成为湖南省重大文化工程汨罗屈子文化园入藏首套丛书。2021 年，依托湖南省屈原文化研究基地，学校申报获批了湖南省“十四五”时期社科重大学术和文化研究专项项目“楚辞文献整理与研究”（批准文号：湘社科办［2021］16 号；项目编号：21ZDAZ15；首席专家：龚红林）。2022 年 2 月 9 日，湖南省社科规划基金办公室组织召开了集体线上开题指导会议。2022 年 3 月 23 日，项目组由龚红林撰写的开题报告及所附龚红林、金海锦、唐磊、朱益红、段勇义、雒志达等六份子课题成果提纲，通过学校人文社科发展中心提交给省社科办。自项目立项以来，各子课题负责人夜以继日、定期研讨、互相鼓励，在长期关注研究基础上先期完成了四项成果，包括：龚红林、何轩《衣被词人非一代：屈原文学文献四种汇纂》，［韩］张闰洙主编、金海锦译、龚红林审校《屈原·楚辞在韩国的受容现象考索与研究》，唐磊、黄嘉慧点校整理《寄梦堂屈子离骚论文》，龚红林点校整理《待学楼重编楚辞》，统一入选校地合作共建湖南省屈原文化研究基地出版资助规划，并申报获批湖南大学出版社 2023 年度选题计划。

本次楚辞文献整理与研究工作和出版工作，得到湖南理工学院校、院各级领导和人文社科发展中心、协同创新中心、国际交流处等各相关部门的大力支持，得到中国屈原学会会长方铭教授、《楚辞文献丛刊》主编黄灵庚教授、中国屈原学会名誉会长徐志啸教授、中国屈原学会副会长周建忠教授、湖南省屈原学会第二届理事会会长郭建勋教授、第三届理事会会长吕双伟教授的鼓励和指导，得到屈原文化研究基地负责人、湖南理工学院第十届学术委员主任李明教授的鼎力支持，得到岳阳市社会科学界联合会任欣欣主席的大力支持，得到人文社科发展中心主任鲁涛教授的大力支持，得到湖南理工学院中国语言文学学院院长曾炜教授的大力支持，得到湖南理工学院外国语言文学学院汤卫根教授的大力支持，得到汨罗市屈原纪念馆老馆长刘石林先生、湖南科技大学吴广平教授、湖南理工学院彭柏林教授和钟兴永教授、中共岳阳市委党校陈振会副教授等丛书编委的大力支持。在此一并表示感谢！项目首席专家龚红林教授，负责组织申报、开题、研究推进等工作。湖北大学郭康松教授、江苏大学李金坤教授、韩国大邱教育大学张闰洙教授，湖南理工学院肖峰教授、黄去非副教授、黄嘉慧副研究员、吴岳芬副教授，及金海锦、唐磊、朱益红、雒志达、段勇义、张超人、晏军等老师具体指导和参与了“楚辞文献整理与研究”项目申报或研究工作。湖南理工学院中国古代文学研究生邹海燕、蔡智宏和汉语言文学（师范）本科生成子萌、赵铎同学等参加了本次出版的部分书稿的二校工作。

本次四种书籍出版得到湖南理工学院与汨罗市人民政府合作共建湖南省屈原文化研究基地、湖南理工学院屈原文化传承与发展协同创新中心、湖南省“十四五”时期社科重大学术和文化研究专项项目“楚辞文献整理与研究”

（项目批准文号：湘社科办〔2021〕16号；项目编号：21ZDAZ15）、汨罗市人民政府"屈子文化园藏骚阁图书系统建设采购项目"（政府采购编号：汨财采计〔2019〕0055号）、湖南理工学院屈原文化与中国古代文学校级科研创新团队、湖南理工学院图书馆屈学文献特藏室、岳阳市屈原学会、汨罗市屈原学会等平台、项目和学会的支持帮助。在此一并表示感谢！

入选本套"屈原文化研究丛书"的各论著，均由各著作人独立完成，编委会审阅书稿并征询出版社及专家意见，力求深化和推动屈原及楚辞研究。然，限于水平与能力，不足之处，敬请读者批评指正！

湖南省"十四五"时期社科重大学术和文化研究专项项目"楚辞文献整理与研究"课题组谨识

二〇二三年八月十二日